線上音檔
QR-Code

山田社
Shan Tian She

新日檢

絕對合格　學霸攻略！
寶藏題庫　6回
題目全翻譯+通關解題

【讀解、聽力、言語知識〈文字、語彙、文法〉】

N5

吉松由美・田中陽子・西村惠子・林勝田・山田社日檢題庫小組　著

方向對了，工具拿好，
N5 考試高分合格，分分鐘拿下！

熱切期待的重量級新作，《N5 學霸攻略絕對合格！新日檢寶藏題庫 6 回——題目全翻譯＋通關解題》，終於華麗登場！

不再枯燥，學習也能超燃：隨手刷題就上分，實力狂飆，考場一路躺贏！

◆ 為什麼這本書這麼厲害？因為它懂您！

這不是普通模擬試題，而是由頂尖題庫專家精心設計的超威版！

● 534 道經典考題：精準對應出題趨勢，讓您考前底氣十足！
● 全程駐日的出題老師：盯緊考試動態，題庫洗牌，一擊命中重點！
● 懂您緊張缺節奏感：模擬試題帶您提前進入狀態，考試再也不手抖！

短期衝刺？有它在，證照輕鬆入手，日檢合格就這麼簡單！

◆ 高分合格的秘密武器：

❶ 出題再變，高分不變！

考題更新快，但高分原則永遠不變！

● 日本老師親自設計 100% 還原模擬試題，掌握出題規律，一書搞定！
● 記住：考試如人生，變的是題目，不變的是高分的規則！

❷ 考場規律，才是高分捷徑！

● 合格高手的秘密：戰略＋技巧！掌握漢字發音、詞義差異、句間邏輯，讓您複雜題型輕鬆搞定。
● 熟悉規律的您，將成為考場上的「常勝將軍」！

◆ 日檢老師父的祕密武器：

● **失誤升級，不再踩雷！**

錯題不可怕，可怕的是錯而不改！老師父獻上獨家祕笈，幫您少走彎路，直奔高分！

● **解題思路，刀刀見血！**

每一題附專業解析，讓您了解考官的思維，漢字題、語法題一網打盡，答題自信滿滿！

● **命題哲學，破解核心！**

每道題背後的邏輯清清楚楚，了解後您將像擁有考官的日記本，輕鬆解題！

◆ 「聽力」決勝日檢，全科輕鬆制霸！

兄弟姐妹們，聽力是考場的大魔王，誰都躲不過！但別怕，這本書幫您拿下「王牌科目」：

● **6 回聽解模擬試題：練出「日語敏銳耳」，聽題秒抓重點！**

● **專業東京腔音檔：練就純正發音，聽力再也不是您的弱項，而是制勝的利器！**

懂套路，聽力就成了送分題！

◆ 信達雅翻譯，得分就是穩！

● **考場不僅比答題，還要比翻譯功力！**

● **「信（忠於原文）、達（表達順暢）、雅（文辭優美）」三大標準，幫您穩穩抓住高分！**

透過這樣的翻譯標準，不僅能讓您迅速抓住每道題的核心意思，還能大幅提升答題的準確性。此外，這種翻譯訓練還能培養您對日語的語感和表達能力，讓您的聽、說、讀、寫都能更上一層樓！考場上您將成為翻譯小天才！

◆ 用這本書學習，您就是考場 MVP ！

模擬試題不是用來嚇唬您的，它是您的成長跳板！

就像練舞步一樣：

● **穩中求快，難題不要慌！提前適應考場節奏，練就火眼金睛，重點全抓住！**

● **錯題不怕，只怕不改！日籍老師的解題分析，手把手教您避開所有陷阱，考場如同開掛！**

◆ 信心是合格的最佳裝備！

● **考前自我暗示：「這難度小菜一碟！」**

● **信心 + 實力雙加持，高分合格近在眼前！**

帶著這種信心走進考場，信心就是半個勝利，成功已經是您的囊中之物！

本書是您通往高分的最佳夥伴！別再猶豫，成功只差這一本書！現在就行動，讓合格證書直接躺進您的口袋吧！

目錄

もくじ

測驗科目 (測驗時間)			試題內容		
			題型	小題 題數 *	分析
語言知識 (25分)	文字、語彙	1	漢字讀音 ◇	12	測驗漢字語彙的讀音。
		2	假名漢字寫法 ◇	8	測驗平假名語彙的漢字及片假名的寫法。
		3	選擇文脈語彙 ◇	10	測驗根據文脈選擇適切語彙。
		4	替換類義詞 ○	5	測驗根據試題的語彙或說法,選擇類義詞或類義說法。
語言知識、讀解 (50分)	文法	1	文句的文法1 (文法形式判斷) ○	16	測驗辨別哪種文法形式符合文句內容。
		2	文句的文法2 (文句組構) ◆	5	測驗是否能夠組織文法正確且文義通順的句子。
		3	文章段落的文法 ◆	5	測驗辨別該文句有無符合文脈。
	讀解*	4	理解內容 (短文) ○	3	於讀完包含學習、生活、工作相關話題或情境等,約80字左右的撰寫平易的文章段落之後,測驗是否能夠理解其內容。
		5	理解內容 (中文) ○	2	於讀完包含以日常話題或情境為題材等,約250字左右的撰寫平易的文章段落之後,測驗是否能夠理解其內容。
		6	釐整資訊 ◆	1	測驗是否能夠從介紹或通知等,約250字左右的撰寫資訊題材中,找出所需的訊息。

聽力變得好重要喔!

沒錯,以前比重只佔整體的1/4,現在新制高達1/3喔。

聽解 (30分)	1	理解問題	◇	7	於聽取完整的會話段落之後，測驗是否能夠理解其內容（於聽完解決問題所需的具體訊息之後，測驗是否能夠理解應當採取的下一個適切步驟）。
	2	理解重點	◇	6	於聽取完整的會話段落之後，測驗是否能夠理解其內容（依據剛才已聽過的提示，測驗是否能夠抓住應當聽取的重點）。
	3	適切話語	◆	5	測驗一面看圖示，一面聽取情境說明時，是否能夠選擇適切的話語。
	4	即時應答	◆	6	測驗於聽完簡短的詢問之後，是否能夠選擇適切的應答。

＊「小題題數」為每次測驗的約略題數，與實際測驗時的題數可能未盡相同。此外，亦有可能會變更小題題數。

＊有時在「讀解」科目中，同一段文章可能會有數道小題。

＊新制測驗與舊制測驗題型比較的符號標示：

◆	舊制測驗沒有出現過的嶄新題型。
◇	沿襲舊制測驗的題型，但是更動部分形式。
○	與舊制測驗一樣的題型。

JLPT N5

しけんもんだい
試験問題

測驗時間共 <u>105</u> 分鐘

第1回

言語知識（文字・語彙）

もんだい1 ＿＿の ことばは ひらがなで どう かきますか。1・2・3・4
から いちばん いい ものを ひとつ えらんで ください。

(れい) 大きな さかなが およいで います。

　　1 おおきな　　　2 わきな　　　3 だいきな　　　4 たいきな

(かいとうようし)　(れい)　● ② ③ ④

---

1 あれが わたしの 会社です。
　　1 がいしゃ　　　2 かいしや　　　3 ごうしゃ　　　4 かいしゃ

2 あなたの きょうだいは 何人ですか。
　　1 なににん　　　2 なんにん　　　3 なんめい　　　4 いくら

3 ことしの なつは 海に いきたいです。
　　1 やま　　　2 うみ　　　3 かわ　　　4 もり

4 すこし いえの 外で まって いて ください。
　　1 そと　　　2 なか　　　3 うち　　　4 まえ

5 わたしの すきな じゅぎょうは 音楽です。
　　1 がっき　　　2 さんすう　　　3 おんがく　　　4 おんらく

6 わたしの いえは えきから 近いです。
　　1 とおい　　　2 ながい　　　3 みじかい　　　4 ちかい

7 そらに きれいな 月が でて います。
  1 つき   2 くも   3 ほし   4 ひ

8 あねは ちかくの 町に すんで います。
  1 むら   2 もり   3 まち   4 はたけ

9 午後は さんぽに いきます。
  1 ごぜん   2 ごご   3 ゆうがた   4 あした

10 わたしの 兄も にほんごを べんきょうして います。
  1 あね   2 ちち   3 おとうと   4 あに

もんだい２　　___の　ことばは　どう　かきますか。１・２・３・４から　いちばん
いい　ものを　ひとつ　えらんで　ください。

（れい）　わたしは　あおい　はなが　すきです。

　　　　１　草　　　　　　２　花　　　　　　３　化　　　　　４　芸

（かいとうようし）　|（れい）| ① ● ③ ④ |

11　きょうも　ぷうるで　およぎました。

　1　プール　　　　2　プルー　　　　　3　プオル　　　　　4　ノール

12　かさを　わすれたので、こまりました。

　1　国りました　　2　困りました　　　3　因りました　　　4　回りました

13　けさは　とても　さむいですね。

　1　景いです　　2　暑いです　　　3　者いです　　　4　寒いです

14　おかねは　たいせつに　つかいましょう。

　1　お全　　　　2　お金　　　　　3　お会　　　　4　お円

15　この　かどを　みぎに　まがると　としょかんです。

　1　北　　　　2　左　　　　　3　右　　　　4　式

16　しろい　はなが　さいて　います。

　1　白い　　　　2　日い　　　　　3　百い　　　　4　色い

17　きょうは　がっこうを　やすみます。

　1　体みます　　　　　　　　2　休みます
　3　木みます　　　　　　　　4　休みます

18 とりが <u>ないて</u> います。

1 島いて   2 鳴いて   3 鳥いて   4 嶋いて

もんだい3 （　　　）に なにを いれますか。1・2・3・4から いちばん
いい ものを ひとつ えらんで ください。

(れい) へやの なかに くろい ねこが （　　　）。

1 あります　　2 なきます　　　　3 います　　　　　4 かいます

(かいとうようし)　　(れい) ① ② ● ④

19 くつの みせは この （　　　）の 2かいです。

1 マンション　　2 アパート　　　　3 ベッド　　　　　4 デパート

20 つかれたので、ここで ちょっと （　　　）。

1 いそぎましょう　　　　　　　　2 やすみましょう

3 ならべましょう　　　　　　　　4 あいましょう

21 ごごから あめに なりましたので、ともだちに かさを （　　　）。

1 ぬれました　　2 かりません　　3 さしました　　4 かりました

22 そらが くもって、へやの なかが （　　　） なりました。

1 くらく　　　　2 あかるく　　　3 きたなく　　　4 せまく

23 なつやすみに ほんを 五（　　　） よみました。

1 ほん　　　　　2 まい　　　　　3 さつ　　　　　4 こ

24 これは きょねん うみで （　　　） しゃしんです。

1 つけた　　　　2 とった　　　　3 けした　　　　4 かいた

25 あついので まどを （　　　） ください。

1 あけて　　　　2 けして　　　　3 しめて　　　　4 つけて

26 くらいですね。すこし （　　　） して ください。

  1　おいしく　　　　2　くらく　　　　　　3　しずかに　　　　　4　あかるく

27 はこの なかに おかしが （　　　） はいって います。

  1　よっつ

  2　ななつ

  3　やっつ

  4　みっつ

28 かばんは まるい いすの （　　　）に あります。

  1　した

  2　よこ

  3　まえ

  4　うえ

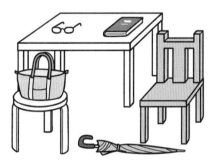

もんだい４　＿＿の　ぶんと　だいたい　おなじ　いみの　ぶんが　あります。
　　　　　　　１・２・３・４から　いちばん　いい　ものを　ひとつ　えらんで
　　　　　　　ください。

（れい）　その　えいがは　つまらなかったです。

　１　その　えいがは　おもしろく　なかったです。
　２　その　えいがは　たのしかったです。
　３　その　えいがは　おもしろかったです。
　４　その　えいがは　しずかでした。

　　（かいとうようし）　 | （れい） | ● ② ③ ④ |

29　まいあさ　こうえんを　さんぽします。

　１　けさ　こうえんを　さんぽしました。
　２　あさは　いつも　こうえんを　さんぽします。
　３　あさは　ときどき　こうえんを　さんぽします。
　４　あさと　よるは　こうえんを　さんぽします。

30　しろい　ドアが　いりぐちです。そこから　はいって　ください。

　１　いりぐちには　しろい　ドアが　あります。
　２　しろい　ドアから　はいると　そこが　いりぐちです。
　３　しろい　ドアから　はいって　ください。
　４　いりぐちの　しろい　ドアから　でて　ください。

31　この　ふくは　たかくなかったです。

　１　この　ふくは　つまらなかったです。
　２　この　ふくは　ひくかったです。
　３　この　ふくは　とても　たかかったです。
　４　この　ふくは　やすかったです。

32 おととい　まちで　せんせいに　あいました。

1　きのう　まちで　せんせいに　あいました。

2　ふつかまえに　まちで　せんせいに　あいました。

3　きょねん　まちで　せんせいに　あいました。

4　おととし　まちで　せんせいに　あいました。

33 トイレの　ばしょを　おしえて　ください。

1　せっけんの　ばしょを　おしえて　ください。

2　だいどころの　ばしょを　おしえて　ください。

3　おてあらいの　ばしょを　おしえて　ください。

4　しょくどうの　ばしょを　おしえて　ください。

答對：
／32題

言語知識（文法）・読解

もんだい1　（　　　）に　何^{なに}を　入^いれますか。1・2・3・4から　いちばん
　　　　　いい　ものを　一^{ひと}つ　えらんで　ください。

（れい）　これ　（　　　）　わたしの　かさです。

　　　　1　は　　　　　　2　を　　　　　　3　や　　　　　4　に

（かいとうようし）　｜（れい）　● ② ③ ④｜

1　もんの　まえ（　　　）　かわいい　犬^{いぬ}を　見^みました。

　　1　は　　　　　　　2　が　　　　　　　3　へ　　　　　　　4　で

2　あついので　ぼうし（　　　）　かぶりました。

　　1　に　　　　　　　2　で　　　　　　　3　を　　　　　　　4　が

3　中野^{なかの}「内田^{うちだ}さん（　　　）　きのう　なにを　しましたか。」
　　　内田^{うちだ}「えいがに　いきました。」

　　1　が　　　　　　　2　に　　　　　　　3　で　　　　　　　4　は

4　母^{はは}「たなの　上の　おかしを　たべたのは、あなたですか。」
　　　子^こども「はい。わたし（　　　）　たべました。ごめんなさい。」

　　1　が　　　　　　　2　は　　　　　　　3　で　　　　　　　4　へ

5　きのう、わたしは　友^{とも}だち（　　　）　こうえんに　いきました。

　　1　が　　　　　　　2　は　　　　　　　3　と　　　　　　　4　に

6　えきの　まえの　みちを　東^{ひがし}（　　　）　あるいて　ください。

　　1　を　　　　　　　2　が　　　　　　　3　か　　　　　　　4　へ

Check □1 □2 □3

7 先生「この 赤い かさは、田中さん（　　　）ですか。」

田中「はい、そうです。」

1　が　　　　　　　2　を　　　　　　　3　の　　　　　　　4　や

8 A「あなたは　がいこくの　どこ（　　　）いきたいですか。」

B「スイスです。」

1　に　　　　　　　2　を　　　　　　　3　は　　　　　　　4　で

9 わたしの　父は、母（　　　）3さい　わかいです。

1　にも　　　　　　2　より　　　　　　3　では　　　　　　4　から

10 これは　北海道（　　　）おくって　きた　魚です。

1　でも　　　　　　2　には　　　　　　3　では　　　　　　4　から

11 A「おきなわでも　雪が　ふりますか。」

B「ふった　ことは　ありますが、あまり　（　　　）。」

1　ふります　　　　　　　　　　　　　　2　ふりません

3　ふって　いました　　　　　　　　　　4　よく　ふります

12 A「魚が　たくさん　およいで　いますね。」

B「そうですね。50ぴき（　　　）いるでしょう。」

1　ぐらい　　　　2　までは　　　　3　やく　　　　4　などは

13 A「へやには　だれか　いましたか。」

B「いいえ、（　　　）いませんでした。」

1　だれが　　　　2　だれに　　　　3　だれも　　　　4　どれも

14 A「あなたは、その　人の　（　　　）ところが　すきですか。」

B「とても　つよい　ところです。」

1　どこの　　　　2　どんな　　　　3　どれが　　　　4　どこな

15 先生「あなたは、きのう　なぜ　学校を　やすんだのですか。」

学生「おなかが　いたかった（　　　）です。」

1　から　　　　　2　より　　　　　3　など　　　　　4　まで

16 （電話で）

山田「山田と　もうしますが、そちらに　田上さん（　　　）。」

田上「はい、わたしが　田上です。」

1　では　ないですか　　　　　2　いましたか

3　いますか　　　　　4　ですか

もんだい2　＿★＿に　入る　ものは　どれですか。1・2・3・4から　いちばん
　　　　　　いい　ものを　一つ　えらんで　ください。

（もんだいれい）

　　A「＿＿＿＿　＿＿＿＿　＿★＿＿　＿＿＿＿か。」
　　B「あの　かどを　まがった　ところです。」
　　1　どこ　　　　　2　こうばん　　　　　3　は　　　　　4　です

（こたえかた）

1.　ただしい　文を　つくります。

　┌───┐
　│　A「＿＿＿＿＿　＿＿＿＿＿　＿★＿＿＿　＿＿＿＿＿か。」　│
　│　　2 こうばん　　　3 は　　　1 どこ　　　4 です　　　　　│
　│　B「あの　かどを　まがった　ところです。」　　　　　　　│
　└───┘

2.　＿★＿に　入る　ばんごうを　くろく　ぬります。

　（かいとうようし）　│（れい）　● ② ③ ④　│

17　（デパートで）
　　客「ハンカチの　＿＿＿＿　＿＿＿＿　＿★＿　＿＿＿＿か。」
　　店の人「2かいです。」
　　1　は　　　　　　　2　みせ　　　　　　3　です　　　　　　　4　なんがい

18　A「きのうは　なんじ＿＿＿＿　＿＿＿＿　＿★＿　＿＿＿＿か。」
　　B「9じはんです。」
　　1　家　　　　　　　2　出ました　　　　3　を　　　　　　　4　に

19 この　へやは　とても　_____　★_____　_____　_____ね。

　　1　です　　　　　2　て　　　　　　　3　ひろく　　　　4　しずか

20 (本屋で)

　　店員「どんな　本を　さがして　いるのですか。」

　　客「かんたん_____　_____　★_____　_____　さがして　います。」

　　1　えいごの　　　2　な　　　　　　　3　本　　　　　　4　を

21 A「いえには　どんな　ペットが　いますか。」

　　B「__　　　★_____　　　　　　　　よ。」

　　1　犬　　　　　　　2　ねこが　　　　3　と　　　　　　4　います

もんだい3　 22 　から　 26 　に　何を　入れますか。ぶんしょうの　いみを
　　　　　かんがえて、1・2・3・4から　いちばん　いい　ものを　一つ
　　　　　えらんで　ください。

　日本で　べんきょうして　いる　学生が、「わたしと　パソコン」の　ぶんしょ
うを　書いて、クラスの　みんなの　前で　読みました。

　　わたしは、まいにち　家で　パソコンを　つかって　います。パソコンは、
何かを　しらべる　ときに　とても　 22 　です。
　　出かける　とき、どの　 23 　電車や　地下鉄に　乗るのかを　しらべた
り、店の　ばしょを　 24 　します。
　　わたしたち　留学生は、日本の　まちを　あまり　 25 　ので、パソコン
が　ないと　とても　 26 　。

22
1　べんり　　　　2　高い　　　　　3　安い　　　　　4　ぬるい

23
1　学校で　　　　2　えきで　　　　3　店で　　　　　4　みちで

24
1　しらべる　　　2　しらべよう　　3　しらべて　　　4　しらべたり

25
1　しって　いる　　　　　　　　　2　おしえない
3　しらない　　　　　　　　　　　4　あるいて　いる

26
1　むずかしいです　　　　　　　　2　しずかです
3　いいです　　　　　　　　　　　4　こまります

もんだい4　つぎの　(1)から　(3)の　ぶんしょうを　読んで、しつもんに　こたえて　ください。こたえは、1・2・3・4から　いちばん　いい　ものを　一つ　えらんで　ください。

(1)

　わたしは　今日、母に　おしえて　もらいながら　ホットケーキを　作りました。先週　一人で　作った　とき、じょうずに　できなかったからです。今日は、とても　よく　できて、父も、おいしいと　言って　食べました。

27 「わたし」は、今日、何を　しましたか。

1　母に　おしえて　もらって　ホットケーキを　作りました。
2　一人で　ホットケーキを　作りました。
3　父と　いっしょに　ホットケーキを　作りました。
4　父に　ホットケーキの　作りかたを　ならいました。

(2)

　　わたしの　いえは、えきの　まえの　ひろい　道を　まっすぐに　歩いて、花
やの　かどを　みぎに　まがった　ところに　あります。花やから　4けん先の
白い　たてものです。

28　「わたし」の　いえは　どれですか。

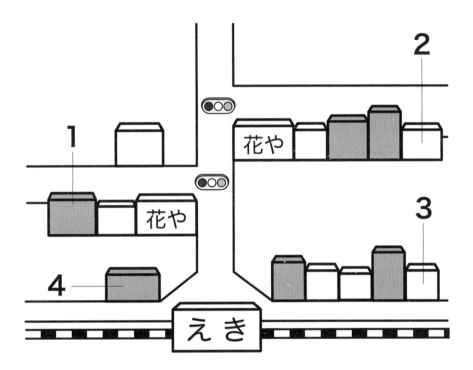

(3)

あしたの ハイキングに ついて 先生から つぎの 話が ありました。

○　○　○　○　○　○　○　○　○　○　○

　　あした、ハイキングに 行く 人は、朝、9時までに 学校に 来て ください。前の 日に 病気を して、ハイキングに 行く ことが できなく なった 人は、朝の 7時までに 先生に 電話を して ください。
　　また、あした 雨で ハイキングに 行かない ときは、朝の 6時までに、先生が みなさんに 電話を かけます。

29 前の 日に 病気を して、ハイキングに 行く ことが できなく なった ときは、どうしますか。

1　朝 6時までに 先生に 電話を します。
2　朝 8時までに 先生に メールを します。
3　朝 7時までに 先生に 電話を します。
4　夜の 9時までに 先生に 電話を します。

Check □1 □2 □3

もんだい5　つぎの　ぶんしょうを　読んで、しつもんに　こたえて　ください。

　　　　　こたえは、1・2・3・4から　いちばん　いい　ものを　一つ　え

　　　　　らんで　ください。

　土曜日の　夕方から　雪が　ふりました。

　わたしが　すんで　いる　*九州では、雪は　あまり　ふりません。こんなに
たくさん　雪が　ふるのを　はじめて　見たので、わたしは　とても　うれしく
なりました。

　くらく　なった　空から　白い　雪が　*つぎつぎに　ふって　きて、とても
きれいでした。わたしは、長い　間　まどから　雪を　見て　いましたが、12時
ごろ　ねました。

　日曜日の　朝7時ごろ、「シャッ、シャッ」と　いう　音を　聞いて、おきま
した。雪は　もう　ふって　いませんでした。門の　外で、母が　*雪かきを　し
て　いました。日曜日で　がっこうも　休みなので　まだ　ねて　いたかったの
ですが、わたしも　おきて　雪かきを　しました。

　近くの　子どもたちは、たのしく　雪で　あそんで　いました。

*九州：日本の南の方の島。

*つぎつぎに：一つのことやもののすぐあとに、同じことやものがくる。

*雪かき：つもった雪を道の右や左にあつめて、通るところを作ること。

30　「わたし」は、どうして　うれしく　なりましたか。

　1　土曜日の　夕方に　雪が　つもったから

　2　雪が　ふるのが　とても　きれいだったから

　3　雪を　はじめて　見たから

　4　雪が　たくさん　ふるのを　はじめて　見たから

31　「わたし」は、日曜日の　朝　何を　しましたか。

　1　7時に　おきて　がっこうに　行きました。

　2　子どもたちと　雪で　あそびました。

　3　朝　はやく　おきて　雪かきを　しました。

　4　雪の　つもった　まちを　歩きました。

もんだい6　下の　「図書館のきまり」を　見て、下の　しつもんに　こたえて
ください。こたえは、1・2・3・4から　いちばん　いい　ものを
一つ　えらんで　ください。

32 田中さんは　3月9日、日曜日に　本を　3冊　借りました。
何月何日までに　返しますか。

1　3月23日
2　3月30日
3　3月31日
4　4月1日

図書館のきまり

○　時間　　午前9時から午後7時まで
○　休み　　毎週月曜日

　　　*また、毎月30日（2月は28日）は、お
　　　休みです。

○　1回に、一人3冊までかりることができます。
○　借りることができるのは3週間です。

　　　*3週間あとの日が図書館の休みの日のときは、
　　　その次の日までにかえしてください。

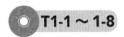

もんだい１

　もんだい１では、はじめに　しつもんを　きいて　ください。それから　はなしを
きいて、もんだいようしの　１から４の　なかから、いちばん　いい　ものを　ひとつ
えらんで　ください。

れい

1ばん

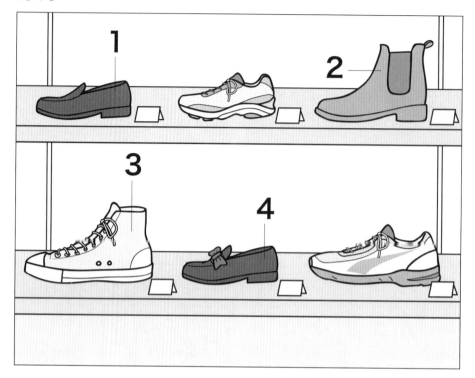

2ばん

1　1かい

2　2かい

3　3かい

4　4かい

3ばん

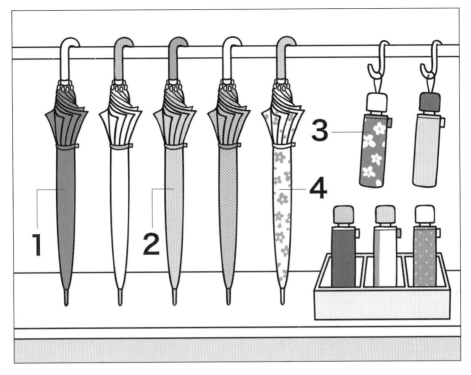

4ばん

1　歩いて行きます

2　電車で行きます

3　バスで行きます

4　タクシーで行きます

5ばん

6ばん

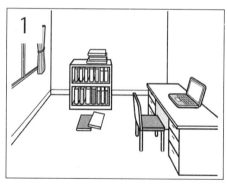
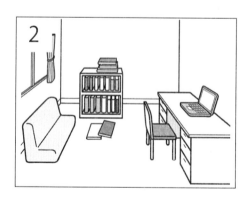

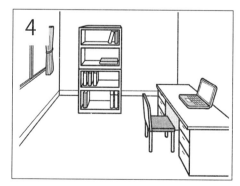

7ばん

1 かさをプレゼントします

2 あたらしいふくをプレゼントします

3 天ぷらを食べます

4 天ぷらを作ります

もんだい2

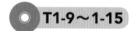

もんだい2では、はじめに　しつもんを　きいて　ください。それから　はなしを
きいて、もんだいようしの　1から4の　なかから、いちばん　いい　ものを　ひとつ
えらんで　ください。

れい

1　自分の家

2　会社の近くのえき

3　レストラン

4　おかし屋

1ばん

1 30分

2 1時間

3 1時間半

4 2時間

回數

1

2

3

4

5

6

2ばん

1 861—3201

2 861—3204

3 861—3202

4 861—3402

3ばん

1 本屋

2 ぶんきゅうどう

3 くつ屋

4 きっさてん

4ばん

1 午後2時

2 午後4時

3 午後5時30分

4 帰りません

5ばん

1　自分の部屋のそうじをしました

2　せんたくをしました

3　母と出かけました

4　母にハンカチを返しました

6ばん

1　トイレットペーパー

2　ティッシュペーパー

3　せっけん

4　何も買ってきませんでした

もんだい3

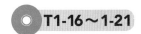
T1-16〜1-21

　もんだい3では、えを　みながら　しつもんを　きいて　ください。

➡（やじるし）の　ひとは、なんと　いいますか。1から3の　なかから、
いちばん　いい　ものを　ひとつ　えらんで　ください。

れい

Check □1 □2 □3

1 ばん

2 ばん

3ばん

4ばん

5ばん

もんだい4

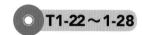

もんだい4は、えなどが ありません。ぶんを きいて、1から3の なかから、いちばん いい ものを ひとつ えらんで ください。

― メモ ―

MEMO

第2回

言語知識（文字・語彙）

もんだい1 ＿＿＿の ことばは ひらがなで どう かきますか。1・2・3・4
から いちばん いい ものを ひとつ えらんで ください。

（れい） 大きな さかなが およいで います。

　　1 おおきな　　　2 おきな　　　3 だいきな　　　4 たいきな

（かいとうようし）　| （れい） | ● ② ③ ④ |

---

1 きょうしつは とても 静かです。

　　1 たしか　　　2 おだやか　　　3 しずか　　　4 あたたか

2 えんぴつを 何本 かいましたか。

　　1 なにほん　　　2 なんぼん　　　3 なんほん　　　4 いくら

3 やおやで くだものを 買って かえります。

　　1 うって　　　2 かって　　　3 きって　　　4 まって

4 わたしには 弟が ひとり います。

　　1 おとうと　　　2 おとおと　　　3 いもうと　　　4 あね

5 わたしは 動物が すきです。

　　1 しょくぶつ　　　2 すうがく　　　3 おんがく　　　4 どうぶつ

6 きょうは よく 晴れて います。

　　1 くれて　　　2 かれて　　　3 はれて　　　4 たれて

Check □1 □2 □3

7 よる おそくまで <u>仕事</u>を しました。

1 しごと　　　　　2 かじ　　　　　　3 しゅくだい　　　4 しじ

8 <u>2週間</u> まって ください。

1 にねんかん　　　　　　　　　　2 にかげつかん

3 ふつかかん　　　　　　　　　　4 にしゅうかん

9 <u>夕方</u> おもしろい テレビを 見ました。

1 ゆうかた　　　　2 ゆうがた　　　　3 ごご　　　　　　4 ゆうひ

10 <u>父</u>は いま りょこうちゅうです。

1 はは　　　　　　2 あに　　　　　　3 ちち　　　　　　4 おば

もんだい2 ＿＿の ことばは どう かきますか。1・2・3・4から いちばん いい ものを ひとつ えらんで ください。

(れい) わたしは あおい はなが すきです。

　　　1 草　　　　　2 花　　　　　3 化　　　　　4 芸

(かいとうようし)　| (れい) | ① ● ③ ④ |

11 ぽけっとから ハンカチを だしました。

　1 ポケット　　　　　　　　　　　　2 ポッケット
　3 ポケット　　　　　　　　　　　　4 ホケット

12 ゆきが ふりました。

　1 電　　　　　　　　　　　　2 雪
　3 雨　　　　　　　　　　　　4 雷

13 にしの そらが あかく なって います。

　1 東　　　　　2 北　　　　　3 四　　　　　4 西

14 あには あさ 8時には かいしゃに 行きます。

　1 会社　　　　　2 合社　　　　　3 回社　　　　　4 会車

15 すこし まって ください。

　1 大し　　　　　2 多し　　　　　3 少し　　　　　4 小し

16 あねは とても かわいい 人です。

　1 姉　　　　　2 兄　　　　　3 弟　　　　　4 妹

17 ひゃくえんで なにを かいますか。

　1 白円　　　　　2 千円　　　　　3 百冊　　　　　4 百円

18 わたしは <u>ほん</u>を　よむのが　すきです。

　1　木　　　　　　2　本　　　　　　3　末　　　　　　4　未

もんだい3 （　　　）に　なにを　いれますか。1・2・3・4から　いちばん
いい　ものを　ひとつ　えらんで　ください。

（れい）へやの　なかに　くろい　ねこが　（　　　）。

　　　1　あります　　　2　なきます　　　3　います　　　4　かいます

（かいとうようし）　| （れい） | ① ② ● ④ |

19　5かいには　この　（　　　）で　行って　ください。

　1　デパート　　　　　　　　　　2　デパート
　3　カート　　　　　　　　　　　4　エレベーター

20　きょうは　とても　かぜが　（　　　）　です。

　1　ながい　　　　2　つよい　　　　3　みじかい　　　　4　たかい

21　この　えは　だれが　（　　　）。

　1　とりましたか　　　　　　　　2　つくりましたか
　3　かきましたか　　　　　　　　4　さしましたか

22　ぎゅうにくは　すきですが、ぶたにくは　（　　　）。

　1　きらいです　　　　　　　　　2　すきです
　3　たべます　　　　　　　　　　4　おいしいです

23　せんせいが　テストの　かみを　3（　　　）ずつ　わたしました。

　1　ねん　　　　　2　ぼん　　　　　3　まい　　　　　4　こ

24　くらいので　でんきを　（　　　）　ください。

　1　ふいて　　　　2　つけて　　　　3　けして　　　　4　おりて

25　（　　　）に　みずを　入れます。

　1　コップ　　　　2　ほん　　　　　3　えんぴつ　　　　4　サラダ

26 あそこに　（　　　）　いるのは、なんと　いう　はなですか。

1　ないて　　　　　　2　とって　　　　　　3　さいて　　　　　　4　なって

27 いもうとは　かぜを　（　　　）　ねて　います。

1　ひいて　　　　　　2　ふいて　　　　　　3　きいて　　　　　　4　かかって

28 ことし、みかんの　木に　はじめて　みかんが　（　　　）　なりました。

1　よっつ

2　いつつ

3　むっつ

4　ななつ

もんだい4 ＿＿の ぶんと だいたい おなじ いみの ぶんが あります。

1・2・3・4から いちばん いい ものを ひとつ えらんで ください。

(れい)　その　えいがは　つまらなかったです。

1　その　えいがは　おもしろく　なかったです。

2　その　えいがは　たのしかったです。

3　その　えいがは　おもしろかったです。

4　その　えいがは　しずかでした。

(かいとうようし)　(れい)　● ② ③ ④

29　まいにち　だいがくの　しょくどうで　ひるごはんを　たべます。

1　いつも　あさごはんは　だいがくの　しょくどうで　たべます。

2　いつも　ひるごはんは　だいがくの　しょくどうで　たべます。

3　いつも　ゆうごはんは　だいがくの　しょくどうで　たべます。

4　いつも　だいがくの　しょくどうで　しょくじを　します。

30　あなたの　いもうとは　いくつですか。

1　あなたの　いもうとは　どこに　いますか。

2　あなたの　いもうとは　なんねんせいですか。

3　あなたの　いもうとは　なんさいですか。

4　あなたの　いもうとは　かわいいですか。

31　あねは　からだが　つよく　ないです。

1　あねは　からだが　じょうぶです。

2　あねは　からだが　ほそいです。

3　あねは　からだが　かるいです。

4　あねは　からだが　よわいです。

Check □1 □2 □3

32　1ねん　まえの　はる、にほんに　きました。

1　ことしの　はる、にほんに　きました。

2　きょねんの　はる、にほんに　きました。

3　2ねん　まえの　はる、にほんに　きました。

4　おととしの　はる、にほんに　きました。

33　この　ほんを　かりたいです。

1　この　ほんを　かって　ください。

2　この　ほんを　かりて　ください。

3　この　ほんを　かして　ください。

4　この　ほんを　かりて　います。

言語知識（文法）・読解

もんだい1　（　　　）に　何を　入れますか。1・2・3・4から　いちばん
　　　　　　いい　ものを　一つ　えらんで　ください。

(れい)　これ（　　　）わたしの　かさです。

　　　1　は　　　　　　2　を　　　　　　3　や　　　　　　4　に

(かいとうようし)　| (れい) | ● ② ③ ④ |

1　あの　店（　　　）りょうりは　とても　おいしいです。

　1　と　　　　　　2　に　　　　　　3　の　　　　　　4　を

2　しずかに　ドア（　　　）あけました。

　1　を　　　　　　2　に　　　　　　3　が　　　　　　4　へ

3　A「あなたは　あした　だれ（　　　）会うのですか。」
　　　B「小学校の　ときの　友だちです。」

　1　は　　　　　　2　が　　　　　　3　へ　　　　　　4　と

4　A「ゆうびんきょくは　どこですか。」
　　　B「この　かどを　左（　　　）まがった　ところです。」

　1　に　　　　　　2　は　　　　　　3　を　　　　　　4　から

5　A「きのう、わたし（　　　）あなたに　言った　ことを　おぼえて　いま
　　　　すか。」
　　　B「はい。よく　おぼえて　います。」

　1　は　　　　　　2　に　　　　　　3　が　　　　　　4　へ

6　わたし（　　　）兄が　二人　います。

　1　まで　　　　　2　では　　　　　3　から　　　　　4　には

7 A「これは （　　　） 国の ちずですか。」

B「オーストラリアです。」

1　だれの　　　　2　どこの　　　　　3　いつの　　　　4　何の

8 あねは ギターを ひき（　　　） うたいます。

1　ながら　　　　2　ちゅう　　　　　3　ごろ　　　　　4　たい

9 学生が 大学の まえの 道（　　　） あるいて います。

1　や　　　　　　2　を　　　　　　　3　が　　　　　　4　に

10 夕ご飯を たべた （　　　） おふろに 入ります。

1　まま　　　　　2　まえに　　　　　3　すぎ　　　　　4　あとで

11 母「しゅくだいは （　　　） おわりましたか。」

子ども「あと すこしで おわります。」

1　まだ　　　　　2　もう　　　　　　3　ずっと　　　　4　なぜ

12 A「（　　　） 飲み物は ありませんか。」

B「コーヒーが ありますよ。」

1　何か　　　　　2　何でも　　　　　3　何が　　　　　4　どれか

13 すこし つかれた （　　　）、ここで やすみましょう。

1　と　　　　　　2　のに　　　　　　3　より　　　　　4　ので

14 としょかんは、土曜日から 月曜日（　　　） おやすみです。

1　も　　　　　　2　まで　　　　　　3　に　　　　　　4　で

15 母と デパート（　　　） 買い物を します。

1　で　　　　　　2　に　　　　　　　3　を　　　　　　4　は

16 A「この　本は　おもしろいですよ。」

B「そうですか。わたし（　　　）読みたいので、かして　くださいませんか。」

1　は 　　　　　 2　に 　　　　　 3　も 　　　　　 4　を

もんだい2 　＿★＿に　入る　ものは　どれですか。1・2・3・4から　いちばん
いい　ものを　一つ　えらんで　ください。

（もんだいれい）

　　A「＿＿＿　＿＿＿　＿★＿　＿＿＿か。」
　　B「あの　かどを　まがった　ところです。」
　　1　どこ　　　　　2　こうばん　　　　　3　は　　　　4　です

（こたえかた）

1. ただしい　文を　つくります。

> 　　A「＿＿＿＿＿　＿＿＿＿＿　＿★＿＿　＿＿＿＿＿か。」
> 　　　2 こうばん　　　3 は　　　1 どこ　　　4 です
> 　　B「あの　かどを　まがった　ところです。」

2. ＿★＿に　入る　ばんごうを　くろく　ぬります。

　　（かいとうようし）　　（れい）　●②③④

17　A「けさは　＿＿＿　＿★＿　＿＿＿　＿＿＿か。」
　　B「7時半です。」
　　1　おき　　　　　2　に　　　　　　3　なんじ　　　　4　ました

18　A「らいしゅう　＿＿＿　＿＿＿　＿★＿　＿＿＿か。」
　　B「はい、行きたいです。」
　　1　ません　　　　2　に　　　　　　3　パーティー　　4　行き

19 A「山田さんは　どんな　人ですか。」

　　B「とても　＿＿＿＿　★＿＿＿＿　＿＿＿＿　＿＿＿＿よ。」

　　1　人　　　　　　　2　です　　　　　　　3　きれいで　　　　4　たのしい

20 A「まだ　えいがは　はじまらないのですか。」

　　B「そうですね。＿＿＿＿　＿＿＿＿　★＿＿＿＿　＿＿＿＿ます。」

　　1　ほどで　　　　2　10分　　　　　　3　はじまり　　　　4　あと

21 A「お父さんは　どこに　つとめて　いますか。」

　　B「＿＿＿＿　＿＿＿＿　★＿＿＿＿　＿＿＿＿。」

　　1　います　　　　2　銀行　　　　　　3　つとめて　　　　4　に

もんだい3　　22　から　　26　に　何を　入れますか。ぶんしょうの　いみを
　　　　　　かんがえて、1・2・3・4から　いちばん　いい　ものを　一つ
　　　　　　えらんで　ください。

　日本で　べんきょうして　いる　学生が、「わたしの　町の　店」について
ぶんしょうを　書いて、クラスの　みんなの　前で　読みました。

　　わたしが　日本に　来た　ころ、駅　22　アパートへ　行く　道には
小さな　店が　ならんで　いて、八百屋さんや　魚屋さんが　23　。
　　24　、2か月前　その　小さな　店が　ぜんぶ　なくなって、大きな
スーパーマーケットに　なりました。
　　スーパーには、何　25　あって　べんりですが、八百屋や　魚屋の　お
じさん　おばさんと　話が　できなく　なったので、　26　なりました。

22
1　へ　　　　　　　2　に　　　　　　　3　から　　　　　　4　で

23
1　あります　　　2　ありました　　　3　います　　　　　4　いました

24
1　また　　　　　2　だから　　　　　3　では　　　　　　4　しかし

25
1　も　　　　　　2　さえ　　　　　　3　でも　　　　　　4　が

26
1　つまらなく　　2　近く　　　　　　3　しずかに　　　　4　にぎやかに

もんだい4　つぎの　(1)から　(3)の　ぶんしょうを　読んで、しつもんに　こた
　　　　　えて　ください。こたえは、1・2・3・4から　いちばん　いい
　　　　　ものを　一つ　えらんで　ください。

(1)
　　わたしは　大学生です。わたしの　父は　大学で　英語を　おしえて　います。
母は　医者で、病院に　つとめて　います。姉は　会社に　つとめて　いました
が、今は　けっこんして、東京に　すんで　います。

27　「わたし」の　お父さんの　しごとは　何ですか。
　1　医者　　　　　　　　　　　　2　大学生
　3　大学の　先生　　　　　　　　4　会社員

(2)

　これは、わたしが　とった　家族の　しゃしんです。父は　とても　背が　高く、母は　あまり　高く　ありません。母の　右に　立って　いるのは、母の　お父さんで、その　となりに　いるのが　妹です。父の　左で　いすに　すわって　いるのは　父の　お母さんです。

28　「わたし」の　家族の　しゃしんは　どれですか。

(3)

テーブルの　うえに　たかこさんの　お母(かあ)さんの　メモが　ありました。

○
　　たかこさん
○
　　　午後(ごご)から　出(で)かける　ことに　なりました。7時(じ)ごろには　か
○
　えります。れいぞうこに　ぶたにくと　じゃがいもと　にんじ
○
　んが　あるので、夕飯(ゆうはん)を　作(つく)って、まって　いて　ください。

29　たかこさんは、お母(かあ)さんが　いない　あいだ、何(なに)を　しますか。

1　ぶたにくと　じゃがいもと　にんじんを　かいに　行(い)きます。
2　れいぞうこに　入(はい)って　いる　もので　夕飯(ゆうはん)を　作(つく)ります。
3　7時(じ)ごろまで　お母(かあ)さんの　かえりを　まちます。
4　学校(がっこう)の　しゅくだいを　して　おきます。

もんだい5　つぎの　ぶんしょうを　読んで、しつもんに　こたえて　ください。
　　　　　こたえは、1・2・3・4から　いちばん　いい　ものを　一つ　え
　　　　　らんで　ください。

　きのうは、中村さんと　いっしょに　音楽会に　行く　日でした。音楽会は　1
時半に　はじまるので、中村さんと　わたしは、1時に　池田駅の　花屋の　前で
会う　ことに　しました。

　わたしは、1時から、西の　出口の　花屋の　前で　中村さんを　まちました。
しかし、10分すぎても、15分すぎても、中村さんは　来ません。わたしは、中村
さんに　けいたい電話を　かけました。

　電話に　出た　中村さんは「わたしは　1時10分前から　東の　出口の　花屋
の　前で　まって　いますよ。」と　言います。わたしは、西の　出口の　花屋
の　前で　まって　いたのです。

　わたしは　走って　東の　出口に　行きました。そして、まって　いた　中村
さんと　会って、音楽会に　行きました。

30　中村さんが　来なかった　とき、「わたし」は　どう　しましたか。
　1　東の　出口で　ずっと　まって　いました。
　2　西の　出口に　行きました。
　3　けいたい電話を　かけました。
　4　いえに　かえりました。

31　中村さんは、どこで　「わたし」を　まって　いましたか。
　1　西の　出口の　花屋の　前
　2　東の　出口の　花屋の　前
　3　音楽会を　する　ところ
　4　中村さんの　いえ

もんだい6　下の　郵便料金の　表を　見て、下の　しつもんに　こたえて　ください。こたえは、1・2・3・4から　いちばん　いい　ものを　一つ　えらんで　ください。

32　中山さんは、200gの　手紙を　速達で　出します。いくらの　切手を　はりますか。

1　250円　　　　　　2　280円　　　　　　3　650円　　　　　　4　530円

郵便料金
（てがみやはがきなどを出すときのお金）

定形郵便物 ＊1	25g 以内 ＊2	82円
	50g 以内	92円
定形外郵便物 ＊3	50g 以内	120円
	100g 以内	140円
	150g 以内	205円
	250g 以内	250円
	500g 以内	400円
	1kg 以内	600円
	2kg 以内	870円
	4kg 以内	1,180円
はがき	通常はがき	52円
	往復はがき	104円
速達 ＊4	250g 以内	280円
	1kg 以内	380円
	4kg 以内	650円

＊1　定形郵便物　郵便の会社がきめた大きさで50gまでのてがみ。

＊2　25g 以内　25gより重くありません。

＊3　定形外郵便物　定形郵便物より大きいか小さいか、または重いてがみやにもつ。

＊4　速達　ふつうより早くつくこと。

聴解

もんだい 1

　もんだい 1 では、はじめに　しつもんを　きいて　ください。それから　はなしを
きいて、もんだいようしの　1 から 4 の　なかから、いちばん　いい　ものを　ひと
つ　えらんで　ください。

れい

1ばん

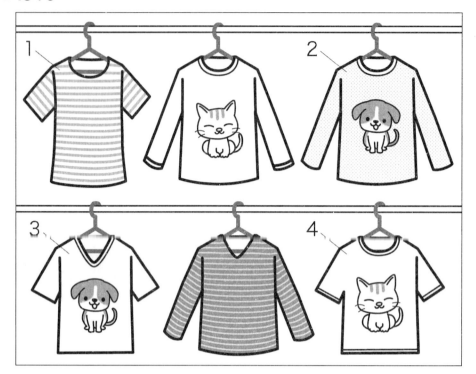

2ばん

1　1かい

2　2かい

3　3かい

4　4かい

3ばん

1　3時

2　3時20分

3　3時30分

4　3時40分

4ばん

1
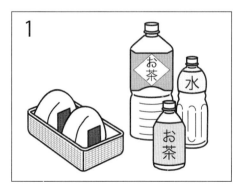

2

3

4

5ばん

1 客の名前を紙に書く

2 名前を書いた紙を客にわたす

3 客の名前を書いた紙をつくえの上にならべる

4 入り口につくえをならべる

6ばん

1 5番

2 8番

3 5番か8番

4 バスにはのらない

7ばん

1 えき

2 ちゅうおうとしょかん

3 こうえん

4 えきまえとしょかん

回數

1

2

3

4

5

6

もんだい 2

もんだい 2 では、はじめに　しつもんを　きいて　ください。それから　はなしを
きいて、もんだいようしの　1から4の　なかから、いちばん　いい　ものを　ひとつ
えらんで　ください。

れい

1　自分の家

2　会社の近くのえき

3　レストラン

4　おかし屋

　　　　　　　　　　　　　　　　　　　　　　Check □1 □2 □3

1ばん

1　0248—98—3025

2　0248—98—3026

3　0248—98—3027

4　0247—98—3026

回數

1

2

3

4

5

6

2ばん

1　5人

2　7人

3　8人

4　9人

3ばん

1 こうえん

2 こどものへや

3 がっこう

4 デパート

4ばん

1 34ページ全部と35ページ全部

2 34ページの1・2番と35ページの1番

3 34ページの3番と35ページの2番

4 34ページの2番と35ページの3番

Check □1 □2 □3

5ばん

1　1時間

2　1時間30分

3　2時間

4　3時間

6ばん

1　5人

2　7人

3　9人

4　10人

もんだい３

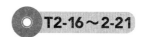

もんだい３では、えを　みながら　しつもんを　きいて　ください。

➡（やじるし）の　ひとは、なんと　いいますか。１から３の　なかから、
いちばん　いい　ものを　ひとつ　えらんで　ください。

れい

Check ☐1 ☐2 ☐3

1ばん

2ばん

3ばん

4ばん

Check ☐1 ☐2 ☐3

5ばん

もんだい 4

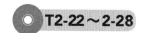

もんだい4は、えなどが　ありません。ぶんを　きいて、1から3の　なかから、
いちばん　いい　ものを　ひとつ　えらんで　ください。

— メモ —

MEMO

だい かい
第3回

言語知識（文字・語彙）

もんだい1 ＿＿＿の ことばは ひらがなで どう かきますか。1・2・3・4
から いちばん いい ものを ひとつ えらんで ください。

（れい） 大きな さかなが およいで います。

　　　1 おおきな　　　2 おきな　　　3 だいきな　　　1 たいきな

（かいとうようし）　（れい）　● ②③④

---

1 長い じかん ねました。

　1 みじかい　　　2 ながい　　　　3 ひろい　　　　4 くろい

2 あなたは くだものでは 何が すきですか。

　1 どれが　　　2 なにが　　　　3 これが　　　　4 なんが

3 わたしは 自転車で だいがくに いきます。

　1 じどうしゃ　　2 じてんしゃ　　3 じてんしや　　4 じでんしゃ

4 うちの ちかくに きれいな 川が あります。

　1 かわ　　　2 かは　　　　3 やま　　　　4 うみ

5 はこに おかしが 五つ はいって います。

　1 ごつ　　　2 ごこ　　　　3 いつつ　　　　4 ごっつ

6 出口は あちらです。

　1 でるくち　　2 いりぐち　　3 でくち　　　4 でぐち

　　　　　　　　　　　　　　　　　　Check □1 □2 □3

7 大人に なったら、いろいろな くにに いきたいです。
  1 おとな　　　　　2 おおひと　　　　　3 たいじん　　　　4 せいじん

8 こたえは 全部 わかりました。
  1 ぜんぶ　　　　　2 ぜんたい　　　　　3 ぜいいん　　　　4 ぜんいん

9 暑い まいにちですが、おげんきですか。
  1 さむい　　　　　2 あつい　　　　　　3 つめたい　　　　4 こわい

10 今月は ほんを 3さつ かいました。
  1 きょう　　　　　2 ことし　　　　　　3 こんげつ　　　　4 らいげつ

もんだい2 ＿＿の ことばは どう かきますか。1・2・3・4から いちばん
いい ものを ひとつ えらんで ください。

(れい) わたしは あおい はなが すきです。

　　1 草　　　　2 花　　　　3 化　　　　4 芸

(かいとうようし)　(れい) ① ● ③ ④

11 わたしは ちいさな あぱーとの 2かいに すんで います。
　1 アパト　　　2 アパト　　　3 アパト　　　4 アパアト

12 ひとりで かいものに いきました。
　1 二人　　　2 一人　　　3 一入　　　4 日人

13 まいにち おふろに はいります。
　1 毎目　　　2 母見　　　3 母日　　　4 毎日

14 その くすりは ゆうはんの あとに のみます。
　1 葉　　　2 薬　　　3 楽　　　4 草

15 ふゆに なると やまが ゆきで しろく なります。
　1 百く　　　2 黒く　　　3 白く　　　4 自く

16 てを あげて こたえました。
　1 手　　　2 牛　　　3 毛　　　4 未

17 ちちも ははも げんきです。
　1 元木　　　2 元本　　　3 見気　　　4 元気

18 ごごから 友だちと えいがに 行きます。
　1 五後　　　2 午後　　　3 後午　　　4 五語

もんだい3 （　　　）に　なにを　いれますか。1・2・3・4から　いちばん
　　　　　　いい　ものを　ひとつ　えらんで　ください。

(れい) へやの　なかに　くろい　ねこが　（　　　）。
　　1　あります　　　2　なきます　　　3　います　　　4　かいます

　　(かいとうようし)　┌─────────────┐
　　　　　　　　　　　│ (れい) ① ② ● ④ │
　　　　　　　　　　　└─────────────┘

19　この　みせの　（　　　）は、とても　おいしいです。
　1　はさみ　　　　　2　えんぴつ　　　　　3　おもちゃ　　　　4　パン

20　にくを　500（　　　）　かって、みんなで　たべました。
　1　クラブ　　　　　2　グラム　　　　　3　グラス　　　　4　リットル

21　ふうとうに　きってを　はって、（　　　）に　いれました。
　1　ドア　　　　　2　げんかん　　　　3　ポスト　　　　4　はがき

22　あには　おんがくを　（　　　）　べんきょうします。
　1　ききながら　　2　うちながら　　　3　あそびながら　　4　ふきながら

23　おひるに　なったので、（　　　）を　たべました。
　1　さら　　　　　2　ゆうはん　　　　3　おべんとう　　　4　テーブル

24　また　（　　　）の　にちようびに　あいましょう。
　1　らいねん　　2　きょねん　　　3　きのう　　　　4　らいしゅう

25　この　（　　　）は　とても　あついです。
　1　おちゃ　　　2　みず　　　　3　ネクタイ　　　4　えいが

26　かべに　ばらの　えが　（　　　）　います。
　1　かけて　　　2　さがって　　　3　かかって　　　4　かざって

27 もんの　（　　　）で　子どもたちが　あそんで　います。

  1　まえ

  2　うえ

  3　した

  4　どこ

28 としょかんで　ほんを　（　　　）　かりました。

  1　さんまい

  2　さんぼん

  3　みっつ

  4　さんさつ

もんだい4 ___の ぶんと だいたい おなじ いみの ぶんが あります。
　　　　　 1・2・3・4から いちばん いい ものを ひとつ えらんで
　　　　　 ください。

(れい)　その えいがは つまらなかったです。

　1　その えいがは おもしろく なかったです。

　2　その えいがは たのしかったです。

　3　その えいがは おもしろかったです。

　4　その えいがは しずかでした。

　（かいとうようし）　| (れい) | ● ② ③ ④ |

29　わたしの だいがくは すぐ そこです。

　1　わたしの だいがくは すこし とおいです。

　2　わたしの だいがくは すぐ ちかくです。

　3　わたしの だいがくは かなり とおいです。

　4　わたしの だいがくは この さきです。

30　わたしは まいばん 11じに やすみます。

　1　わたしは あさは ときどき 11じに ねます。

　2　わたしは よるは ときどき 11じに ねます。

　3　わたしは よるは いつも 11じに ねます。

　4　わたしは あさは いつも 11じに ねます。

31　スケートは まだ じょうずでは ありません。

　1　スケートは やっと じょうずに なりました。

　2　スケートは まだ すきに なれません。

　3　スケートは また へたに なりました。

　4　スケートは まだ へたです。

Check □1 □2 □3

32 おととし とうきょうで あいましたね。
1 ことし とうきょうで あいましたね。
2 2ねんまえ とうきょうで あいましたね。
3 3ねんまえ とうきょうで あいましたね。
4 1ねんまえ とうきょうで あいましたね。

33 まだ あかるい ときに いえを でました。
1 くらく なる まえに いえを でました。
2 おくれないで いえを でました。
3 まだ あかるいので いえを でました。
4 くらく なったので いえを でました。

言語知識（文法）・読解

もんだい1　（　　　）に 何を 入れますか。1・2・3・4から いちばん
いい ものを 一つ えらんで ください。

(れい) これ（　　　）わたしの かさです。

　　　1 は　　　　　2 を　　　　　3 や　　　　　4 に

(かいとうようし)　(れい)　● ② ③ ④

1 夜、わたしは 母（　　　）でんわを かけました。

　1 は　　　　　2 に　　　　　3 の　　　　　4 が

2 朝は、トマト（　　　）ジュースを つくって のみます。

　1 で　　　　　2 に　　　　　3 から　　　　　4 や

3 A「女の学生は（　　　）だれと 食事に 行きますか。」
　B「中学の ときの 大好きな 先生です。」

　1 きのう　　　　2 おととい　　　3 さっき　　　4 あした

4 A「この かさは だれ（　　　）かりたのですか。」
　B「すずきさんです。」

　1 から　　　　　2 まで　　　　　3 さえ　　　　　4 にも

5 わたしは 1年まえ にほんに（　　　）。

　1 行きます　　　　　　　　　2 行きたいです
　3 来ました　　　　　　　　　4 来ます

6 レストランへ 食事（　　　）行きます。

　1 や　　　　　2 で　　　　　3 を　　　　　4 に

7 やおやで　くだもの（　　　　）　やさいを　かいました。

1　も　　　　　　2　や　　　　　　3　を　　　　　　4　など

8 わたしは　いぬ（　　　　）　ねこも　すきです。

1　も　　　　　　2　を　　　　　　3　が　　　　　　4　の

9 行く（　　　　）　行かないか、まだ　わかりません。

1　と　　　　　　2　か　　　　　　3　や　　　　　　4　の

10 つくえの　上には　（　　　　）　ありません。

1　何でも　　　　2　だれも　　　　3　何が　　　　　4　何も

11 母「しゅくだいは　（　　　　）　おわりませんか。」

　　子ども「もう　すこしで　おわります。」

1　まだ　　　　　2　もう　　　　　3　ずっと　　　　4　さらに

12 この　みせの　ラーメンは、（　　　　）　おいしいです。

1　やすくて　　　2　やすい　　　　3　やすいので　　4　やすければ

13 あの　こうえんは　（　　　　）　ひろいです。

1　しずかでは　　　　　　　　　2　しずかだ

3　しずかに　　　　　　　　　　4　しずかで

14 すみませんが、この　てがみを　あなたの　おねえさん（　　　　）　わたして

　　ください。

1　が　　　　　　2　を　　　　　　3　に　　　　　　4　で

15 いもうとは　（　　　　）　うたを　うたいます。

1　じょうずに　　　　　　　　　2　じょうずだ

3　じょうずなら　　　　　　　　4　じょうずの

16 A「どうして もう すこし はやく （　　　）。」

B「あしが いたいんです。」

1 あるきます

2 あるきたいのですか

3 あるかないのですか

4 あるくと

もんだい2　＿＿＿★＿＿に　入（はい）る　ものは　どれですか。1・2・3・4から　いちばん
　　　　　いい　ものを　一（ひと）つ　えらんで　ください。

（もんだいれい）

A「＿＿＿　＿＿＿　＿★＿　＿＿＿か。」
B「あの　かどを　まがった　ところです。」
1　どこ　　　　　2　こうばん　　　　　3　は　　　　4　です

（こたえかた）

1. ただしい　文（ぶん）を　つくります。

> A「＿＿＿＿　＿＿＿＿　＿＿★＿＿　＿＿＿＿か。」
> 　　2 こうばん　　3 は　　　1 どこ　　　4 です
> B「あの　かどを　まがった　ところです。」

2. ＿★＿に　入（はい）る　ばんごうを　くろく　ぬります。

（かいとうようし）　|（れい）| ●②③④ |

17　(本屋（ほんや）で)
山田（やまだ）「りょこうの　本（ほん）は　どこに　ありますか。」
店員（てんいん）「＿＿＿　＿＿＿　＿★＿　＿＿＿　あります。」
1　2ばんめに　　　2　上（うえ）から　　　　3　むこうの　　　　4　本（ほん）だなの

18　学生（がくせい）「テストの　日（ひ）には、＿＿＿　＿＿＿　＿＿＿　＿＿★＿か。」
先生（せんせい）「えんぴつと　けしゴムだけで　いいです。」
1　を　　　　　　　2　もって　　　　3　何（なに）　　　　4　きます

19 A「 _____ ★ _____ _____ 公園は　ありますか。」

B「はい、とても　ひろい　公園が　あります。」

1　家の　　　　　　2　の　　　　　　　　3　あなた　　　　　4　近くに

20 A「日曜日には　どこかへ　行きましたか。」

B「いいえ。 _____ _____ ★ _____でした。」

1　行きません　　2　も　　　　　　　　3　どこ　　　　　　4　へ

21 A「スポーツでは　なにが　すきですか。」

B「野球も ★ _____ _____ _____よ。」

1　すきですし　　2　も　　　　　　　　3　サッカー　　　　4　すきです

もんだい3 　22　から　26　に　何を　入れますか。ぶんしょうの　いみを
　　　　　　かんがえて、1・2・3・4から　いちばん　いい　ものを　一つ
　　　　　　えらんで　ください。

日本で　べんきょうして　いる　学生が、「日曜日に　何を　するか」について、
クラスの　みんなに　話しました。

わたしは、日曜日は　いつも　朝　早く　おきます。へや　22　そうじ
や　せんたくが　おわってから、近くの　こうえんを　さんぽします。こう
えんは、とても　23　、大きな　木が　何本も　24　。きれいな　花も
たくさん　さいて　います。

ごごは、としょかんに　行きます。そこで、3時間ぐらい　ざっしを　読
んだり、べんきょうを　25　します。としょかんから　帰る　ときに
夕飯の　やさいや　肉を　買います。夕飯は　テレビを　26　、一人で
ゆっくり　食べます。

夜は、2時間ぐらい　べんきょうを　して、早く　ねます。

22
1　や　　　　　　2　の　　　　　　3　を　　　　　　4　に

23
1　ひろくで　　　2　ひろいで　　　3　ひろい　　　　4　ひろくて

24
1　います　　　　2　いります　　　3　あるます　　　4　あります

25
1　したり　　　　2　して　　　　　3　しないで　　　4　また

26
1　見たり　　　　2　見ても　　　　3　見ながら　　　4　見に

もんだい4　つぎの　(1)から　(3)の　ぶんしょうを　読んで、しつもんに　こたえて　ください。こたえは、1・2・3・4から　いちばん　いいものを　一つ　えらんで　ください。

(1)

　わたしは　学校の　かえりに、妹と　びょういんに　行きました。そぼが　びょうきを　して　びょういんに　入って　いるのです。

　そぼは、ねて　いましたが、夕飯の　時間に　なると　おきて、げんきに　ごはんを　食べて　いました。

27　「わたし」は、学校の　かえりに　何を　しましたか。

1　びょうきを　して、びょういんに　行きました。
2　妹を　びょういんに　つれて　行きました。
3　びょういんに　いる　びょうきの　そぼに　会いに　行きました。
4　びょういんで　妹と　夕飯を　食べました。

(2)

　　わたしの　つくえの　上^{うえ}の　*すいそうの　中^{なか}には、さかなが　います。くろく
て　大^{おお}きな　さかなが　2ひきと、しろくて　小^{ちい}さな　さかなが　3びきです。す
いそうの　中^{なか}には　小^{ちい}さな　石^{いし}と、*水草^{みずくさ}を　3本^{ほん}　入^いれて　います。

＊すいそう：魚^{さかな}などを入^いれるガラスのはこ。
＊水草^{みずくさ}：水^{みず}の中^{なか}にある草^{くさ}。

28 　「わたし」の　すいそうは　どれですか。

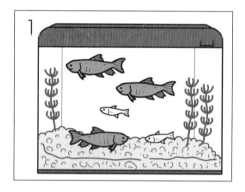

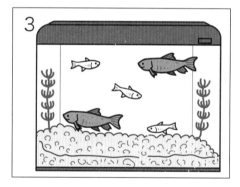
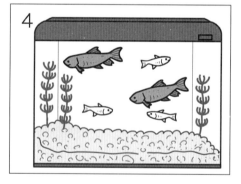

(3)

ゆきこさんの　つくえの　上(うえ)に、田中(たなか)さんからの　メモが　あります。

ゆきこさん
　母(はは)が　かぜを　ひいて、しごとを　休(やす)んで　いるので、明日(あした)は
パーティーに　行(い)く　ことが　できなく　なりました。わたしは、
今日(きょう)、7時(じ)には　家(いえ)に　帰(かえ)るので、電話(でんわ)を　して　ください。

田中(たなか)

29　ゆきこさんは、5時(じ)に　家(いえ)に　帰(かえ)りました。何(なに)を　しますか。
1　田中(たなか)さんからの　電話(でんわ)を　まちます。
2　7時(じ)すぎに　田中(たなか)さんに　電話(でんわ)を　します。
3　すぐ　田中(たなか)さんに　電話(でんわ)を　します。
4　7時(じ)ごろに　田中(たなか)さんの　家(いえ)に　行(い)きます。

もんだい5　つぎの　ぶんしょうを　読んで、しつもんに　こたえて　ください。
　　　　　　こたえは、1・2・3・4から　いちばん　いい　ものを　一つ
　　　　　　えらんで　ください。

　わたしは、まいにち　歩いて　学校に　行きます。けさは、おそく　おきたので、朝ごはんも　食べないで　家を　出ました。しかし、学校の　近くまで　きた　とき、けいたい電話を　わすれた　ことに　*気が　つきました。わたしは、走って　家に　とりに　帰りました。けいたい電話は、へやの　つくえの　上に　ありました。

　時計を　見ると、8時20分です。じゅぎょうに　おくれるので、じてんしゃで　行きました。そして、8時46分に　きょうしつに　入りました。いつもは、8時45分に　じゅぎょうが　はじまりますが、その　日は　まだ　はじまって　いませんでした。

＊気がつく：わかる。

30　学校の　近くで、「わたし」は、何に　気が　つきましたか。
　1　朝ごはんを　食べて　いなかった　こと
　2　けいたい電話を　家に　わすれた　こと
　3　けいたい電話は　つくえの　上に　ある　こと
　4　走って　行かないと　じゅぎょうに　おくれる　こと

31　「わたし」は、何時何分に　きょうしつに　入りましたか。
　1　8時38分
　2　8時40分
　3　8時45分
　4　8時46分

もんだい6　つぎの　ページを　見^みて、下^{した}の　しつもんに　こたえて　ください。

　　　　　こたえは、1・2・3・4から　いちばん　いい　ものを　一^{ひと}つ　え

　　　　　らんで　ください。

[32]　山中^{やまなか}さんは、7月^{がつ}から　アパートを　かりて、ひとりで　くらします。*すい

　　　はんきと　*トースターを　同^{おな}じ日^ひに　安^{やす}く　買^かうには　いつが　いいですか。

　　　山中^{やまなか}さんは、仕事^{しごと}が　あるので、店^{みせ}に　行^いくのは　土曜日^{どようび}か　日曜日^{にちようび}です。

　　　*すいはんき：ご飯^{はん}を作^{つく}るのに使^{つか}います。

　　　*トースター：パンをやくのに使^{つか}います。

　　　1　7月^{がつ}16日^{にち}ごぜん10時^じ

　　　2　7月^{がつ}17日^{にち}ごぜん10時^じ

　　　3　7月^{がつ}18日^{にち}ごご6時^じ

　　　4　7月^{がつ}19日^{にち}ごご6時^じ

オオシマ電気店
７月はこれが安い！

７月中安い！（７月７日〜３１日）

せんぷうき

エアコン

７日だけ安い！

７月 16 日（木）	７月 17 日（金）	７月 18 日（土）	７月 19 日（日）
トースター ジューサー	すいはんき せんたくき	パソコン ドライヤー	トースター デジタルカメラ

決まったじかんだけ安い！

７月 15 〜 18 日ごぜん 10 時

トースター
せんたくき

７月 18・19 日ごご 6 時

すいはんき
れいぞうこ

もんだい 1

　もんだい 1 では、はじめに　しつもんを　きいて　ください。それから　はなしを　きいて、もんだいようしの　1 から 4 の　なかから、いちばん　いい　ものを　ひとつ　えらんで　ください。

れい

1ばん

2ばん

1　一日中、寝ます

2　掃除や洗濯をします

3　買い物に行きます

4　宿題をします

3ばん

1 かさをもって、3時ごろに帰ります

2 かさをもって、5時ごろに帰ります

3 かさをもたないで、3時ごろに帰ります

4 かさをもたないで、5時ごろに帰ります

4ばん

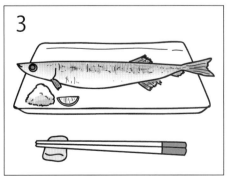

5ばん

1 コーヒーだけ

2 コーヒーとお茶

3 コーヒーとさとう

4 コーヒーとミルク

6ばん

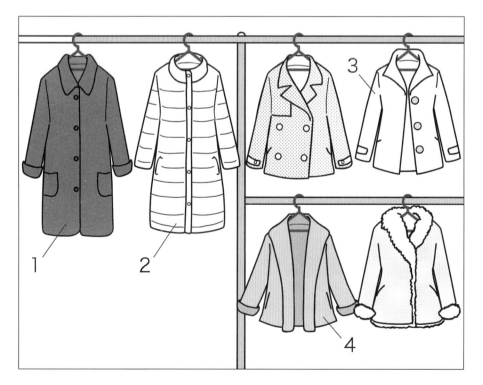

7ばん

1
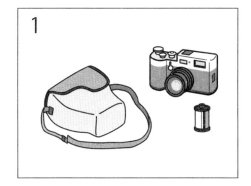

2

3
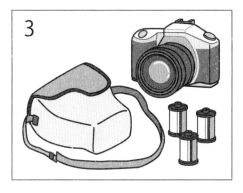

4
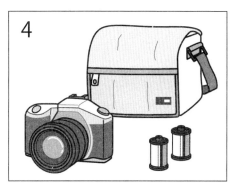

もんだい2

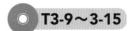 T3-9〜3-15

　もんだい2では、はじめに　しつもんを　きいて　ください。それから　はなしを
きいて、もんだいようしの　1から4の　なかから、いちばん　いい　ものを　ひとつ
えらんで　ください。

れい

1　自分の家

2　会社の近くのえき

3　レストラン

4　おかし屋

　　　　　　　　　　　　　　　　　　　Check □1 □2 □3

1ばん

1 ボールペン

2 万年筆

3 切手

4 ふうとう

回數

1

2

3

4

5

6

2ばん

1 5キロメートル

2 10キロメートル

3 15キロメートル

4 20キロメートル

3ばん

1 1年前
2 2年前
3 3年前
4 4年前

4ばん

1 ながさわさん
2 一人で出かけます
3 かとうさん
4 しゃちょう

5ばん

1　本屋のそばのきっさてん

2　まるみやしょくどう

3　大学のしょくどう

4　大学のきっさてん

6ばん

1　しゅくだいをしました

2　海でおよぎました

3　海のしゃしんをとりました

4　海の近くのしょくどうでさかなを食べました

回數

1

2

3

4

5

6

もんだい 3

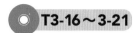

もんだい３では、えを　みながら　しつもんを　きいて　ください。

➡ （やじるし）の　ひとは、なんと　いいますか。１から３の　なかから、
いちばん　いい　ものを　ひとつ　えらんで　ください。

れい

　　　　　　　　　　　　　　　　　　　Check ☐1 ☐2 ☐3

1ばん

2ばん

3ばん

4ばん

Check ☐1 ☐2 ☐3

5ばん

もんだい4

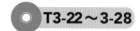

もんだい4は、えなどが ありません。ぶんを きいて、1から3の なかから、いちばん いい ものを ひとつ えらんで ください。

— メモ —

MEMO

答對：
／33題

第4回
<small>だい　かい</small>

言語知識（文字・語彙）

もんだい1 ＿＿の ことばは ひらがなで どう かきますか。1・2・3・4
から いちばん いい ものを ひとつ えらんで ください。

(れい) 大きな さかなが およいで います。

1 小さな　　　2 おきな　　　3 だいきな　　　4 たいきな

(かいとうようし)　(れい)　● ② ③ ④

1 りんごを 二つ 食べました。
1 ひとつ　　　2 ふたつ　　　3 みっつ　　　4 につ

2 タクシーを 呼んで くださいませんか。
1 よんで　　　2 かんで　　　3 てんで　　　4 さけんで

3 南へ まっすぐ すすみます。
1 ひがし　　　2 にし　　　3 みなみ　　　4 きた

4 三日までに ここに きて ください。
1 みつか　　　2 さんか　　　3 みっか　　　4 さんじつ

5 あなたの へやは とても 広いですね。
1 せまい　　　2 きれい　　　3 ひろい　　　4 たかい

6 写真を とります。「はい、チーズ。」
1 しゃじん　　　2 しやしん　　　3 しゃかん　　　4 しゃしん

Check □1 □2 □3

7 池の　なかで　あかい　さかなが　およいで　います。

1　いけ　　　　　2　うみ　　　　　　3　かわ　　　　　　4　みずうみ

8 にほんでは、ひとは　道の　みぎがわを　あるきます。

1　まち　　　　　2　どうろ　　　　　3　せん　　　　　　4　みち

9 その　角を　まがって　まっすぐに　いった　ところが、わたしの　がっこうです。

1　かく　　　　　2　かど　　　　　　3　つの　　　　　　4　みせ

10 わたしは　細い　ズボンが　すきです。

1　すくない　　　2　こまかい　　　　3　ほそい　　　　　4　ふとい

もんだい2 ＿＿の ことばは どう かきますか。1・2・3・4から いちばん
いい ものを ひとつ えらんで ください。

(れい) わたしは あおい はなが すきです。

1 草 　　　　 2 花 　　　　 3 化 　　　　 4 芸

(かいとうようし) | (れい) | ① ● ③ ④ |

11 ネクタイの みせの まえに えれべーたーが あります。

1 エルベッツ 　　　　　　　　　　　 2 えれべッツ

3 エレベター 　　　　　　　　　　　 4 エレベーター

12 おちゃは テーブルの うえに あります。

1 お水 　　　　 2 お茶 　　　　 3 お草 　　　　 4 お米

13 ドアを あけて なかに はいって ください。

1 開けて 　　　　 2 閉けて 　　　　 3 問けて 　　　　 4 門けて

14 やまの うえから いわが おちて きました。

1 石 　　　　 2 岩 　　　　 3 岸 　　　　 4 炭

15 となりの むらまで あるいて いきました。

1 材 　　　　 2 森 　　　　 3 村 　　　　 4 林

16 わたくしは 田中(たなか)と もうします。

1 申します 　　　 2 甲します 　　　 3 田します 　　　 4 思します

17 りんごを はんぶんに きって ください。

1 牛分 　　　　 2 半今 　　　　 3 羊今 　　　　 4 半分

18 えきは わたしの いえから ちかいです。

1 低いです 　　　 2 近いです 　　　 3 遠いです 　　　 4 道いです

Check □1 □2 □3

もんだい3　（　　　）に　なにを　いれますか。1・2・3・4から　いちばん
　　　　　　いい　ものを　ひとつ　えらんで　ください。

(れい)　へやの　なかに　くろい　ねこが　　（　　　）。
　　1　あります　　　　2　なきます　　　3　います　　　4　かいます

　　(かいとうようし)　│(れい)│① ② ● ④│

19　あるくと　おそく　なるので、　（　　　）で　行きます。
　1　ちかく　　　　　　2　タクシー　　　　　3　ズボン　　　　　　4　ワイシャツ

20　おばは　ちいさくて　かわいいので、（　　　）　みえます。
　1　わかく　　　　　　2　おおきく　　　　　3　あつく　　　　　　4　ふとって

21　たべた　あとは、すぐ　はを　（　　　）。
　1　あらいます　　2　ふきます　　　　3　みがきます　　　4　ぬきます

22　わたしの　いえには　くるまが　3（　　　）　あります。
　1　だい　　　　　　2　ぼん　　　　　　3　き　　　　　　　　4　こ

23　わからない　ときは、いつでも　わたしに　（　　　）　ください。
　1　つくって　　　2　はじめて　　　　3　きいて　　　　　4　わかって

24　この　カメラは　ふるいので、もっと　（　　　）　ほしいです。
　1　すきなのが　　　　　　　　　　2　たかいのが
　3　ただしいのが　　　　　　　　　4　あたらしいのが

25　ことばの　いみを　しらべたいので、（　　　）を　かして　ください。
　1　じしょ　　　　　2　がくふ　　　　　3　ちず　　　　　　4　はさみ

26　なつは　まいにち　シャワーを　（　　　）。
　1　はいります　　2　かぶります　　　3　あびます　　　　4　かけます

27 うちの ペットは、ちいさな （　　　） です。

　1 いぬ　　　　　2 くるま　　　　　3 はな　　　　　4 いす

28 さいふが ゆうびんきょくの （　　） おちて います。

　1 したに
　2 なかに
　3 まえに
　4 うえに

Check □1 □2 □3

もんだい4　＿＿の　ぶんと　だいたい　おなじ　いみの　ぶんが　あります。

　　　　　1・2・3・4から　いちばん　いい　ものを　ひとつ　えらんで

　　　　　ください。

(れい)　その　えいがは　つまらなかったです。

　1　その　えいがは　おもしろく　なかったです。

　2　その　えいがは　たのしかったです。

　3　その　えいがは　おもしろかったです。

　4　その　えいがは　しずかでした。

　　　(かいとうようし)　

29　1ねんに　1かいは　うみに　いきます。

　1　1ねんに　2かいずつ　うみに　いきます。

　2　まいとし　1かいは　うみに　いきます。

　3　まいとし　2かいは　うみに　いきます。

　4　1ねんに　なんかいも　うみに　いきます。

30　けさ　わたしは　さんぽを　しました。

　1　きのうの　よる　わたしは　さんぽを　しました。

　2　きょうの　ゆうがた　わたしは　さんぽを　しました。

　3　きょうの　あさ　わたしは　さんぽを　しました。

　4　わたしは　あさは　いつも　さんぽを　します。

31　父は、10ねんまえから　ぎんこうに　つとめて　います。

　1　父は、10ねんまえから　ぎんこうを　とおって　います。

　2　父は、10ねんまえから　ぎんこうを　つかって　います。

　3　父は、10ねんまえから　ぎんこうの　ちかくに　すんで　います。

　4　父は、10ねんまえから　ぎんこうで　はたらいて　います。

32 わたしは　いつも　げんきです。

1　わたしは　よく　びょうきを　します。

2　わたしは　あまり　びょうきを　しません。

3　わたしは　げんきでは　ありません。

4　わたしは　きが　よわいです。

33 ほんは　あさってまでに　かえします。

1　ほんは　あしたまでに　かえします。

2　ほんは　らいしゅうまでに　かえします。

3　ほんは　二日あとまでに　かえします。

4　ほんは　二日あとまでに　かえします。

Check □1　□2　□3

言語知識（文法）・読解

もんだい1　（　　　）に　何^{なに}を　入れますか。1・2・3・4から　いちばん
いい　ものを　一^{ひと}つ　えらんで　ください。

（れい）これ　（　　　）　わたしの　かさです。

　　　　1　は　　　　　　2　を　　　　　　3　や　　　　　　4　に

（かいとうようし）　｜（れい）｜ ● ② ③ ④ ｜

1 あしたの　パーティーには、お友^{とも}だち（　　　）　いっしょに　来^きて　くださ
いね。

　1　は　　　　　　　2　も　　　　　　　3　を　　　　　　4　に

2 東^{ひがし}（　　　）　あるいて　いくと、えきに　つきます。

　1　へ　　　　　　　2　から　　　　　　3　を　　　　　　4　や

3 A「きょう（　　　）　あなたの　たんじょうびですか。」
　B「そうです。8月^{がつ}13日^{にち}です。」

　1　も　　　　　　　2　まで　　　　　　3　から　　　　　　4　は

4 こんなに　むずかしい　もんだいは　だれ（　　　）　できません。

　1　も　　　　　　　2　まで　　　　　　3　さえ　　　　　　4　が

5 この　にくは　高^{たか}いので、少^{すこ}し（　　　）　買^かいません。

　1　は　　　　　　　2　の　　　　　　　3　しか　　　　　　4　より

6 A「とても　（　　　）　夜^{よる}ですね。」
　B「そうですね。庭^{にわ}で　虫^{むし}が　ないて　います。」

　1　しずかなら　　2　しずかに　　　　3　しずかだ　　　　4　しずかな

7 A「あなたは　どこの　くにに　行^いきたいですか。」

B「スイス（　　　）オーストリアに　行^いきたいです。」

1　に　　　　　　　2　か　　　　　　　3　へ　　　　　　　4　も

8 さむいので、あしたは　ゆきが（　　　）。

1　ふるでしょう　　　　　　　　　2　ふりでしょう

3　ふるです　　　　　　　　　　　4　ふりました

9 すずしく　なると、うみ（　　　）およげません。

1　へ　　　　　　2　で　　　　　　3　から　　　　　　4　に

10 A「あなたは　ひとつきに　なんさつ　ざっしを　かいますか。」

B「ざっしは　あまり（　　　）。」

1　かいたいです　　　　　　　　　2　かいます

3　3さつぐらいです　　　　　　　　4　かいません

11 A「これは　だれの　本^{ほん}ですか。」

B「山口^{やまぐち}くん（　　　）です。」

1　の　　　　　　2　へ　　　　　　3　が　　　　　　4　に

12 A「10時^じまでに　東京^{とうきょう}に　つきますか。」

B「ひこうきが　おくれて　いるので、（　　　）10時^じまでには　つかないで

しょう。」

1　どうして　　　　2　たぶん　　　　3　もし　　　　　4　かならず

13 中山^{なかやま}「大田^{おおた}さん、その　バッグは　きれいですね。まえから　もって　いま

したか。」

大田^{おおた}「いえ、先週^{せんしゅう}（　　　）。」

1　かいます　　　　　　　　　　　2　もって　いました

3　ありました　　　　　　　　　　4　かいました

14 A「こんど いっしょに 山に のぼりませんか。」

B「いいですね。いっしょに （　　　）。」

1　のぼるでしょう　　　　　　　　　2　のぼりましょう

3　のぼりません　　　　　　　　　　4　のぼって　います

15 はがきは かって （　　　）ので、どうぞ つかって ください。

1　やります　　　　2　ください　　　　3　あります　　　　4　おかない

16 夜の そらに 丸い 月が でて （　　　）。

1　いきます　　　　2　あります　　　　3　みます　　　　　4　います

もんだい2　＿★＿に　入る　ものは　どれですか。1・2・3・4から　いちばん
　　　　　　いい　ものを　一つ　えらんで　ください。

（もんだいれい）

　　A「＿＿＿　＿＿＿　＿★＿　＿＿＿か。」
　　B「あの　かどを　まがった　ところです。」
　　1　どこ　　　　　2　こうばん　　　　　3　は　　　　4　です

（こたえかた）

1.　ただしい　文を　つくります。

　　　A「＿＿＿＿＿　＿＿＿＿＿　＿★＿　＿＿＿＿＿か。」
　　　　　2 こうばん　　　3 は　　　1 どこ　　　4 です
　　　B「あの　かどを　まがった　ところです。」

2.　＿★＿に　入る　ばんごうを　くろく　ぬります。

　　（かいとうようし）　（れい）　● ② ③ ④

17　中山「リンさんは　休みの　日には　何を　して　いますか。」
　　　リン「そうですね、たいてい＿＿＿　＿★＿　＿＿＿　＿＿＿。」
　　1　います　　　　2　して　　　　　3　を　　　　　　4　ゴルフ

18　（八百屋で）
　　　大島「その　＿＿＿　＿★＿　＿＿＿　＿＿＿　ください。」
　　　店の人「はい、どうぞ。」
　　1　を　　　　2　赤い　　　　3　5こ　　　　　4　りんご

19 A「お兄さんは　おげんきですか。」

B「はい、とても＿＿＿　＿＿＿　★＿＿＿　＿＿＿　行って　います。」

1　げんき　　　　2　大学　　　　　　3　で　　　　　　　4　に

20 つくえの　上に　＿＿＿　＿＿＿　★＿＿＿　＿＿＿　あります。

1　など　　　　　2　本や　　　　　　3　が　　　　　　　4　ノート

21 (パン屋で)

女の人「＿＿＿　★＿＿＿　＿＿＿　＿＿＿　ありますか。」

店の人「ありますよ。」

1　パン　　　　　2　おいしい　　　　3　は　　　　　　　4　やわらかくて

もんだい3　　22　から　26　に　何を　入れますか。ぶんしょうの　いみを　かんがえて、1・2・3・4から　いちばん　いい　ものを　一つ　えらんで　ください。

日本で　べんきょうして　いる　学生が、「わたしの　かぞく」に　ついて　ぶんしょうを　書いて、クラスの　みんなの　前で　読みました。

　わたしの　かぞくは、両親、わたし、妹の　4人です。父は　警官で、毎日おそく　22　仕事を　して　います。日曜日も　あまり　家に　23　。母は、料理が　とても　じょうずです。母が　作る　グラタンは　かぞく　みんなが　おいしいと　言います。国に　帰ったら、また　母の　グラタンを　24　です。

　妹が　大きく　なったので、母は　近くの　スーパーで　仕事を　25　。妹は　中学生ですが、小さい　ころから　ピアノを　習って　いますので、今では　わたし　26　じょうずに　ひきます。

22

1　だけ　　　　2　て　　　　　3　まで　　　　4　から

23

1　いません　　2　います　　　3　あります　　4　ありません

24

1　食べる　　　2　食べてほしい　3　食べたい　　4　食べた

25

1　やめました　　　　　　2　はじまりました
3　やすみました　　　　　4　はじめました

26

1　では　　　　2　より　　　　3　でも　　　　4　だけ

もんだい４ つぎの　(1)から　(3)の　ぶんしょうを　読んで、しつもんに　こたえて　ください。こたえは、1・2・3・4から　いちばん　いい　ものを　一つ　えらんで　ください。

⑴

今日は、午前中で　学校の　テストが　終わったので、昼ごはんを　食べた　あと、いえに　かえって　ピアノの　れんしゅうを　しました。明日は、友だちが　わたしの　うちに　来て、いっしょに　テレビを　見たり、音楽を　聞いたり　します。

27 「わたし」は、今日の　午後、何を　しましたか。

1 学校で　テストが　ありました。

2 ピアノを　ひきました。

3 友だちと　テレビを　見ました。

4 友だちと　音楽を　聞きました。

(2)

　　わたしの　かぞくは、まるい　テーブルで　食事を　します。父は、大きな　い
すに　すわり、父の　右側に　わたし、左側に　弟が　すわります。父の　前には、
母が　すわり、みんなで　楽しく　話しながら　食事を　します。

28 「わたし」の　かぞくは　どれですか。

Check □1 □2 □3

(3)

中田くんの 机の 上に 松本先生の メモが ありました。

中田くん

　明日の じゅぎょうで つかう この 地図を 50枚
コピーして ください。24枚は クラスの 人に 1枚ず
つ わたして ください。あとの 26枚は、先生の 机の
上に のせて おいて ください。

松本

29 中田くんは、地図を コピーして クラスの みんなに わたした あと、
どう しますか。

1　26枚を いえに もって 帰ります。

2　26枚を 先生の 机の 上に のせて おきます。

3　みんなに もう 1枚ずつ わたします。

4　50枚を 先生の 机の 上に のせて おきます。

もんだい5　つぎの　ぶんしょうを　読んで、しつもんに　こたえて　ください。
こたえは、1・2・3・4から　いちばん　いい　ものを　一つ　えらんで　ください。

　昨日は、そぼの　たんじょうびでした。そぼは、父の　お母さんで、もう、90歳に　なるのですが、とても　元気です。両親が　仕事に、わたしと　弟が　学校に　行った　あと、毎日　家で　そうじや　せんたくを　したり、晩ご飯を　作ったり　して、はたらいて　います。

　母は　晩ご飯に　そぼの　すきな　りょうりを　作りました。父は、新しい　ラジオを　プレゼントしました。わたしと　弟は、ケーキを　買って　きて、ろうそくを　9本　立てました。

　そぼは　お酒を　少し　のんだので、赤い　顔を　して　いましたが、とても、うれしそうでした。これからも　ずっと　元気で　いて　ほしいです。

30 そぼの　たんじょうびに、父は　何を　しましたか。
1 そぼの　すきな　りょうりを　作りました。
2 新しい　ラジオを　プレゼントしました。
3 たんじょうびの　ケーキを　買いました。
4 そぼが　すきな　お酒を　買いました。

31 わたしと　弟は　ケーキを　買って　きて、どう　しましたか。
1 ケーキを　切りました。
2 ケーキに　立てた　ろうそくに　火を　つけました。
3 ケーキに　ろうそくを　90本　立てました。
4 ケーキに　ろうそくを　9本　立てました。

もんだい6　下の　お知らせを　見て、下の　しつもんに　こたえて　ください。

こたえは、1・2・3・4から　いちばん　いい　ものを　一つ　え

らんで　ください。

32　吉田さんが　午後6時に　家に　帰ると、下の　お知らせが　とどいて　い

ました。

あしたの　午後6時すぎに　荷物を　とどけて　ほしい　ときは、 0120

―○××―△×× に　電話を　して、何ばんの　番号を　おしますか。

1　06124　　2　06123　　　3　06133　　　4　06134

○

お　知　ら　せ

やまねこたくはいびん

吉田様

　6月12日午後3時に　荷物を　とどけに　きましたが、だれも　いま

せんでした。また　とどけに　来ますので、下の　電話番号に　電話を

して、とどけて　ほしい　日と　時間の　番号を、おして　ください。

電話番号0120―○××―△××

○とどけて　ほしい　日

　番号を　4つ　おします。

　れい　3月15日　⇒　0315

○とどけて　ほしい　時間

　下から　えらんで、その　番号を　おして　ください。

【1】午前中

【2】午後1時～3時

【3】午後3時～6時

【4】午後6時～9時

　れい　3月15日の　午後3時から　6時までに　とどけて　ほしい　とき。

⇒ 03153

聴解

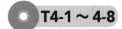

もんだい１

　もんだい１では、はじめに　しつもんを　きいて　ください。それから　はなしを
きいて、もんだいようしの　１から４の　なかから、いちばん　いい　ものを　ひとつ
えらんで　ください。

れい

Check □1 □2 □3

1ばん

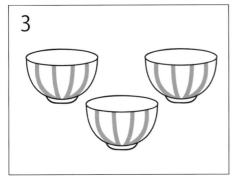

2ばん

1　ほんやに行きます

2　まんがやざっしなどを読みます

3　せんせいにききます

4　としょかんに行きます

3ばん

1　7月7日

2　7月10日

3　8月10日

4　8月13日

4ばん

1　10じ

2　12じ

3　13じ

4　14じ

5ばん

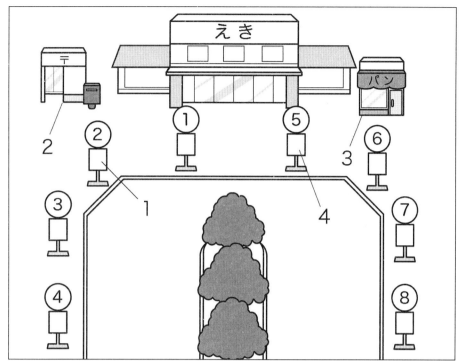

6ばん

1　コート

2　マスク

3　ぼうし

4　てぶくろ

7ばん

1 6こ

2 10こ

3 12こ

4 16こ

もんだい2

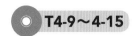

もんだい2では、はじめに　しつもんを　きいて　ください。それから　はなしを　きいて、もんだいようしの　1から4の　なかから、いちばん　いい　ものを　ひとつ　えらんで　ください。

れい

1　自分の家

2　会社の近くのえき

3　レストラン

4　おかし屋

1ばん

2ばん

1 およぐのがすきだから

2 さかながおいしいから

3 すずしいから

4 いろいろなはながさいているから

3ばん

4ばん

1 まいにち

2 かようびのごご

3 しごとがおわったあと

4 ときどき

5ばん

1　せんたくをしました

2　へやのそうじをしました

3　きっさてんにいきました

4　かいものをしました

6ばん

1　大

2　太

3　犬

4　天

もんだい3

T4-16〜4-21

もんだい3では、えを　みながら　しつもんを　きいて　ください。

➡（やじるし）の　ひとは、なんと　いいますか。1から3の　なかから、いちばん　いい　ものを　ひとつ　えらんで　ください。

れい

1ばん

2ばん

Check □1 □2 □3

3ばん

4ばん

5ばん

もんだい４

もんだい４は、えなどが　ありません。ぶんを　きいて、１から３の　なかから、いちばん　いい　ものを　ひとつ　えらんで　ください。

― メ モ ―

文
字
・
語
彙

【測驗時間25分鐘】

第5回
<ruby>第<rt>だい</rt></ruby><ruby>5回<rt>かい</rt></ruby>

言語知識（文字・語彙）

もんだい1　＿＿の　ことばは　ひらがなで　どう　かきますか。1・2・3・4
から　いちばん　いい　ものを　ひとつ　えらんで　ください。

(れい)　大きな　さかなが　およいで　います。

1　小さな　　　2　小さな　　　3　たいきな　　　4　たいきな

(かいとうようし)　| (れい) | ● ② ③ ④ |

---

[1]　まいあさ、たいしかんの　まわりを　散歩します。

1　さんぼう　　　2　さんほ　　　3　さんぽ　　　4　さんぼ

[2]　両親は　がっこうの　せんせいです。

1　りょおおや　　2　りょうしん　　3　りょしん　　4　りょうおや

[3]　わたしには　九つに　なる　おとうとが　います。

1　きゅうつ　　　2　ここのつ　　　3　くつ　　　4　やっつ

[4]　くるまは　みちの　左側を　はしります。

1　みぎがわ　　　2　にしがわ　　　3　きたがわ　　　4　ひだりがわ

[5]　まいにち　牛乳を　のみます。

1　ぎゅうにゅ　　2　ぎゅうにゆう　　3　ぎゅうにゅう　　4　ぎゆうにゅう

[6]　赤い　ネクタイを　しめます。

1　あおい　　　2　しろい　　　3　ほそい　　　4　あかい

Check □1 □2 □3

7 いま　4時15ふんです。

1　よんじ　　　　　2　よじ　　　　　　　　3　しじ　　　　　　4　よし

8 そこで　待って　いて　ください。

1　たって　　　　　2　もって　　　　　　3　かって　　　　　4　まって

9 がっこうの　横には　ちいさな　こうえんが　あります。

1　まえ　　　　　　2　よこ　　　　　　　3　そば　　　　　　4　うしろ

10 とても　楽しく　なりました。

1　うれしく　　　　2　ただしく　　　　　3　たのしく　　　　4　さびしく

もんだい2　＿＿の　ことばは　どう　かきますか。1・2・3・4から　いちば
ん　いい　ものを　ひとつ　えらんで　ください。

(れい)　わたしは　あおい　はなが　すきです。

　　　1　草　　　　　　2　花　　　　　　3　化　　　　　4　芸

(かいとうようし)　| (れい) | ① ● ③ ④ |

11　あつく　なったので、しゃつを　ぬぎました。

　　　1　シヤツ　　　　2　シャツ　　　　3　ソヤツ　　　　4　ソヤツ

12　りょこうの　ことを　さくぶんに　かきました。

　　　1　昨人　　　　　2　作文　　　　　3　昨文　　　　　4　作分

13　あかるい　へやで　ほんを　よみました。

　　　1　朋るい　　　　2　暗るい　　　　3　赤るい　　　　4　明るい

14　めがねは　6かいの　みせに　あります。

　　　1　6院　　　　　2　6階　　　　　3　6皆　　　　　4　6回

15　かわいい　おんなのこが　うまれました。

　　　1　男の子　　　　2　妹の子　　　　3　女の子　　　　4　母の子

16　つよい　ちからで　おしました。

　　　1　強い　　　　　2　弱い　　　　　3　引い　　　　　4　勉い

17　そとは　さむいですが、うちの　なかは　あたたかいです。

　　　1　申　　　　　　2　日　　　　　　3　甲　　　　　4　中

18　わたしは　さかなの　りょうりが　すきです。

　　　1　漁　　　　　　2　魚　　　　　　3　鳥　　　　　4　肉

もんだい3 （　　　）に　なにを　いれますか。1・2・3・4から　いちばん
いい　ものを　ひとつ　えらんで　ください。

（れい）　へやの　なかに　くろい　ねこが　（　　　）。
　　　1　あります　　　　2　なきます　　　3　います　　　4　かいます

　　（かいとうようし）　（れい）　① ② ● ④

19　何か　（　　　）は　ありませんか。すこし　おなかが　すきました。
　1　よむもの　　　　2　のみもの　　　　3　かくもの　　　　4　たべもの

20　あたまが　いたいので、これから　（　　　）に　いきます。
　1　びょういん　　2　びよういん　　　3　びょうき　　　　4　としょかん

21　たばこを　（　　　）　ひとが　すくなく　なりました。
　1　たべる　　　　2　はく　　　　　3　すう　　　　　4　ふく

22　なつ、そとに　でる　ときは、ぼうしを　（　　　）。
　1　かぶります　　2　はきます　　　3　きます　　　　4　つけます

23　わたしの　うちは、この　（　　　）を　まがって　すぐです。
　1　そば　　　　　2　かど　　　　　3　みぎ　　　　　4　まち

24　あさは、つめたい　みずで　かおを　（　　　）。
　1　かきます　　　2　ぬります　　　3　はきます　　　4　あらいます

25　かれは　友だちを　とても　（　　　）して　います。
　1　たいせつに　　2　しずかに　　　3　にぎやかに　　　4　ゆうめいに

26　いもうとは　らいねんの　4がつに　5ねんせいに　（　　　）。
　1　のぼります　　2　なりました　　3　なります　　　4　します

---

27 （　　　）を　ひいたので、くすりを　のみました。

1 かぜ　　　　　　2 びょうき　　　　　3 じしょ　　　　　　4 せん

28 そこで、くつを　（　　　）　なかに　はいって　ください。

1 はいて
2 すてて
3 かりて
4 ぬいで

もんだい4　＿＿の　ぶんと　だいたい　おなじ　いみの　ぶんが　あります。1
　　　　　・2・3・4から　いちばん　いい　ものを　ひとつ　えらんで　く
　　　　　ださい。

(れい)　その　えいがは　つまらなかったです。

　1　その　えいがは　おもしろく　なかったです。

　2　その　えいがは　たのしかったです。

　3　その　えいがは　おもしろかったです。

　4　その　えいがは　しずかでした。

　　　　(かいとうようし)　│(れい)│ ● ② ③ ④ │

29　わたしには　おとうとが　二人と　いもうとが　一人　います。

　1　わたしは　3人きょうだいです。

　2　わたしは　4人かぞくです。

　3　わたしは　2人きょうだいです。

　4　わたしは　4人きょうだいです。

30　でんきを　けさないで　ください。

　1　でんきを　けして　ください。

　2　でんきを　つけないで　ください。

　3　でんきを　つけて　いて　ください。

　4　でんきを　けしても　いいです。

31　こんなに　むずかしく　ない　こどもの　ほんは　ありますか。

　1　もっと　むずかしい　こどもの　ほんは　ありますか。

　2　こんなに　やさしく　ない　こどもの　ほんは　ありますか。

　3　もっと　りっぱな　こどもの　ほんは　ありますか。

　4　もっと　やさしい　こどもの　ほんは　ありますか。

32 <u>いまは　あまり　いそがしく　ないです。</u>
1　いまは　まだ　いそがしいです。
2　いまは　すこし　ひまです。
3　いまは　とても　いそがしいです。
4　いまは　まだ　ひまでは　ありません。

33 <u>二日まえ　ははから　でんわが　ありました。</u>
1　おととい　ははから　でんわが　ありました。
2　あさって　ははから　でんわが　ありました。
3　いっしゅうかんまえ　ははから　でんわが　ありました。
4　きのう　ははから　でんわが　ありました。

言語知識（文法）・読解

もんだい1　（　　　）に　何を　入れますか。1・2・3・4から　いちばん
　　　　　　いい　ものを　一つ　えらんで　ください。

（れい）　これ　（　　　）　わたしの　かさです。

　　　　　1　は　　　　　2　を　　　　　3　や　　　　4　に

（かいとうようし）　| （れい） | ● ② ③ ④ |

1　これは　妹　（　　　）　作った　ケーキです。

　1　は　　　　　　2　が　　　　　　3　へ　　　　　4　を

2　A「あなたの　くにでは、雪が　ふりますか。」

　B「（　　　）　ふりません。」

　1　あまり　　　　2　ときどき　　　　3　よく　　　　4　はい

3　A「パンの　（　　　）方を　おしえて　くださいませんか。」

　B「いいですよ。」

　1　作ら　　　　2　作って　　　　3　作る　　　　4　作り

4　しんごうが　青（　　　）　なりました。わたりましょう。

　1　で　　　　　2　い　　　　　3　に　　　　　4　へ

5　A「どんな　くだものが　すきですか。」

　B「りんごも　みかん（　　　）すきです。」

　1　は　　　　　2　を　　　　　3　も　　　　　4　が

6　いえの　前で　タクシー（　　　）とめました。

　1　が　　　　　2　に　　　　　3　を　　　　　4　は

7 A「さぁ、出かけましょう。」
B「あと、10分（　　　）まって　くださいませんか。」
1 ずつ　　　　　2 だけ　　　　　3 など　　　　　4 から

8 （　　　）ながら　けいたい電話を　かけるのは　やめましょう。
1 歩き　　　　　2 歩く　　　　　3 歩か　　　　　4 歩いて

9 A「ここから　学校（　　　）どれくらい　かかりますか。」
B「20分ぐらいです。」
1 へ　　　　　2 で　　　　　3 に　　　　　4 まで

10 A「きょうしつには　だれか　いましたか。」
B「いえ、（　　　）いませんでした。」
1 だれか　　　　2 どれも　　　　3 だれも　　　　4 だれでも

11 A「なぜ　あなたは　新聞を　読まないのですか。」
B「朝は　いそがしい（　　　）です。」
1 から　　　　　2 ほう　　　　　3 まで　　　　　4 と

12 A「その　シャツは　（　　　）でしたか。」
B「2千円です。」
1 どう　　　　　2 いくら　　　　3 何　　　　　4 どこ

13 これは、わたし（　　　）あなたへの　プレゼントです。
1 が　　　　　2 に　　　　　3 へ　　　　　4 から

14 ねる　（　　　）はを　みがきましょう。
1 まえから　　　2 まえに　　　　3 のまえに　　　4 まえを

15 子どもは　あまい　もの（　　　）すきです。
1 が　　　　　2 に　　　　　3 だけ　　　　　4 や

16 山田「田上さん、きょうだいは？」

田上「兄は　います（　　　）、弟は　いません。」

1　から　　　　2　ので　　　　3　で　　　　4　が

もんだい2 ___★___に 入_{はい}る ものは どれですか。1・2・3・4から いちばん
いい ものを 一_{ひと}つ えらんで ください。

（もんだいれい）

A「____ ____ _★__ ____か。」
B「あの かどを まがった ところです。」
2 どこ　　　　3 こうばん　　　　1 は　　　　4 です

（こたえかた）

1. ただしい 文_{ぶん}を つくります。

> A「_____ _____ __★__ _____か。」
> 2 こうばん　　3 は　　1 どこ　　4 です
> B「あの かどを まがった ところです。」

2. ___★___に 入_{はい}る ばんごうを くろく ぬります。

（かいとうようし）　（れい）　● ② ③ ④

---

17 A「あなたは、日本_{にほん}の たべもので どんな ものが すきですか。」
　B「日本の たべもので ____ ____ _★__ ____ てんぷらです。」
　1 は　　　　2 すきな　　　　3 わたしが　　　　4 の

18 夕_{ゆう}ご飯_{はん}は ____ _★__ ____ ____ 食_たべます。
　1 入った　　　2 に　　　3 あとで　　　4 おふろ

19 先生_{せんせい}「きのうは、なぜ 休_{やす}んだのですか。」
　学生_{がくせい}「朝_{あさ}、____ _★__ ____ ____ からです。」
　1 いたく　　　2 が　　　3 あたま　　　4 なった

Check □1 □2 □3

20 ＿＿＿＿ ＿＿＿＿ ＿★＿ ＿＿＿＿ あそびます。

　　1　して　　　　　2　しゅくだい　　3　を　　　　　　　4　から

21　A「うちの　＿＿＿＿ ＿＿＿＿ ＿★＿ ＿＿＿＿よ。」

　　　B「あら、うちの　ねこも　そうですよ。」

　　1　ねて　　　　　2　一日中　　　　　3　います　　　　4　ねこは

もんだい3　　22　から　26　に　何を　入れますか。ぶんしょうの　いみを　かんがえて、1・2・3・4から　いちばん　いい　ものを　一つ　えらんで　ください。

　日本で　べんきょうして　いる　学生が、「しょうらいの　わたし」に　ついて　ぶんしょうを　書いて、クラスの　みんなの　前で　読みました。

(1)

> 　わたしは、日本の　会社　22　つとめて、ようふくの　デザインを　べんきょうする　つもりです。デザインが　じょうずに　なったら、国へ　帰って　よい　デザインで　23　服を　24　です。

(2)

> 　ぼくは、5年間ぐらい、日本の　会社で　コンピューターの　仕事を　します。　25　国に　帰って、国の　会社で　はたらきます。ぼく　26　国に　帰るのを、両親も　きょうだいたちも　まって　います。

22

1　に　　　　　　2　から　　　　　　3　を　　　　　　4　と

23

1　おいしい　　2　安い　　　　　　3　さむい　　　　4　広い

24

1　作りましょう　2　作る　　　　　3　作ります　　　4　作りたい

25

1　もう　　　　　2　しかし　　　　3　それから　　　4　まだ

26

1　は　　　　　　2　が　　　　　　3　と　　　　　　4　に

もんだい４　つぎの　(1)から　(3)の　ぶんしょうを　読んで、しつもんに　こた
　　　　　　えて　ください。こたえは、1・2・3・4から　いちばん　いい
　　　　　　ものを　一つ　えらんで　ください。

(1)
　昨日、スーパーマーケットで、トマトを　三つ　100円で　売って　いました。
わたしは　「安い！」と　言って、すぐに　買いました。帰りに　家の　近くの
八百屋さんで　見たら　もっと　大きい　トマトが　四つで　100円でした。

27　「わたし」は、トマトを、どこで　いくらで　買いましたか。
　1　スーパーで　三つ　100円で　買いました。
　2　スーパーで　四つ　100円で　買いました。
　3　八百屋さんで　三つ　100円で　買いました。
　4　八百屋さんで　四つ　100円で　買いました。

(2)

　今朝、わたしは　公園に　さんぽに　行きました。となりの　いえの　おじい
さんが　木の　下で　しんぶんを　読んで　いました。

28　となりの　いえの　おじいさんは　どれですか。

Check □1 □2 □3

(3)

とおるくんが　学校から　お知らせの　紙を　もらって　きました。

ご家族の　みなさまへ　お知らせ

　3月25日（金曜日）　朝10時から、学校の　体育館で　生徒の
音楽会が　あります。

　生徒は、みんな　同じ　白い　シャツを　着て　歌いますので、そ
れまでに　学校の　前の　店で　買って　おいて　ください。

　体育館に　入る　ときは、入り口に　ならべて　ある　スリッパを
はいて　ください。写真は　とって　いいです。

〇〇高等学校

29　お母さんは　とおるくんの　音楽会までに　何を　買いますか。

1　スリッパ

2　白い　ズボン

3　白い　シャツ

4　ビデオカメラ

もんだい5 つぎの ぶんしょうを 読んで、しつもんに こたえて ください。こたえは、1・2・3・4から いちばん いい ものを 一つ えらんで ください。

　去年、わたしは 友だちと 沖縄に りょこうに 行きました。沖縄は、日本の 南の ほうに ある 島で、海が きれいな ことで ゆうめいです。

　わたしたちは、飛行機を おりて すぐ、海に 行って 泳ぎました。その あと、古い *お城を 見に 行きました。 お城は わたしの 国の ものとも、日本で 前に 見た ものとも ちがう おもしろい たてものでした。友だちは その しゃしんを たくさん とりました。

　お城を 見た あと、4時ごろ、ホテルに 向かいました。ホテルの 門の 前で、ねこが ねて いました。とても かわいかったので、わたしは その ねこの しゃしんを とりました。

*お城：大きくてりっぱなたてものの一つ。

---

30 わたしたちは、沖縄に ついて はじめに 何を しましたか。
1 古い お城を 見に 行きました。
2 ホテルに 入りました。
3 海に 行って しゃしんを とりました。
4 海に 行って 泳ぎました。

31 「わたし」は、何の しゃしんを とりましたか。
1 古い お城の しゃしん
2 きれいな 海の しゃしん
3 ホテルの 前で ねて いた ねこの しゃしん
4 お城の 門の 上で ねて いた ねこの しゃしん

Check □1 □2 □3

もんだい6　下の　「川越から東京までの時間とお金」を　見て、下の　しつもん
　　　　　　に　こたえて　ください。こたえは、1・2・3・4から　いちばん
　　　　　　いい　ものを　一つ　えらんで　ください。

32　ヤンさんは、川越と　いう　駅から　東京駅まで　電車で　行きます。行き
方を　調べたら、四つの　行き方が　ありました。*乗りかえの　回数が　少
なく、また、かかる　時間も　短いのは、①〜④の　うちの　どれですか。

*乗りかえ：電車やバスなどをおりて、ほかの電車やバスなどに乗ること。

1　①　　　　　　2　②　　　　　　3　③　　　　　　4　④

川越から東京までの時間とお金

① かかる時間　54分　　かかるお金　570円

川越 → 乗りかえ → 乗りかえ → 東京

② かかる時間　54分　　かかるお金　640円

川越 → 乗りかえ → 東京

③ かかる時間　56分　　かかるお金　640円

川越 → 乗りかえ → 乗りかえ → 東京

④ かかる時間　1時間6分　　かかるお金　3,320円

川越 → 乗りかえ → 東京

T5-1 ～ 5-8

もんだい1

　もんだい1では、はじめに　しつもんを　きいて　ください。それから　はなしを
きいて、もんだいようしの　1から4の　なかから、いちばん　いい　ものを　ひとつ
えらんで　ください。

れい

Check □1 □2 □3

1ばん

2ばん

1　きょうしつのまえのろうか

2　がっこうのしょくどう

3　せんせいがたのへや

4　Bぐみのきょうしつ

Check □1 □2 □3　　　　　　　　　161

3ばん

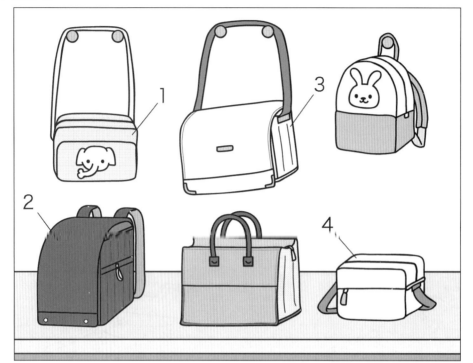

4ばん

1　プールでおよぎます

2　本をよみます

3　りょこうに行きます

4　しゅくだいをします

5ばん

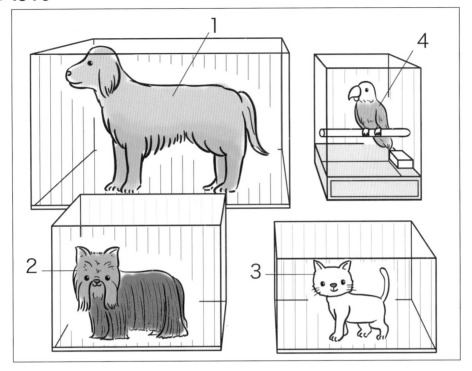

6ばん

1 へやをあたたかくします

2 あついコーヒーをのみます

3 ばんごはんをたべます

4 おふろに入ります

Check ☐1 ☐2 ☐3

7ばん

1 ホテルのちかくのレストラン

2 えきのちかくのレストラン

3 ホテルのちかくのパンや

4 ホテルのじぶんのへや

もんだい2

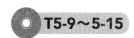

もんだい2では、はじめに　しつもんを　きいて　ください。それから　はなしを
きいて、もんだいようしの　1から4の　なかから、いちばん　いい　ものを　ひとつ
えらんで　ください。

れい

1　自分の家

2　会社の近くのえき

3　レストラン

4　おかし屋

1ばん

1　いやなあめ

2　6月ごろのあめ

3　たくさんふるあめ

4　秋のあめ

2ばん

1　にぎやかなけっこんしき

2　しずかなけっこんしき

3　がいこくでやるけっこんしき

4　けっこんしきはしたくない

Check □1 □2 □3

3ばん

1　くもり

2　ゆき

3　あめ

4　はれ

4ばん

1　1,500 えん

2　2,500 えん

3　3,000 えん

4　5,500 えん

5ばん

1 バス

2 じてんしゃ

3 あるきます

4 ちかてつ

6ばん

1 2,200 えん

2 2,300 えん

3 2,500 えん

4 2,800 えん

もんだい 3

もんだい 3 では、えを みながら しつもんを きいて ください。

➡ （やじるし）の ひとは、なんと いいますか。1 から 3 の なかから、いちばん いい ものを ひとつ えらんで ください。

れい

1ばん

2ばん

Check ☐1 ☐2 ☐3

3ばん

4ばん

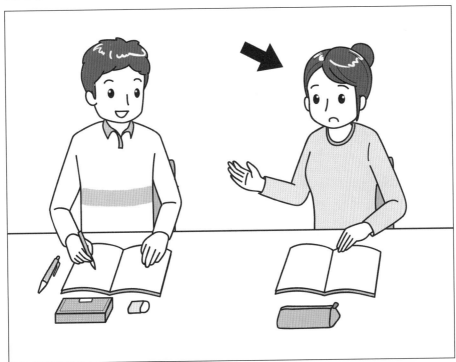

5ばん

もんだい 4

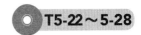

もんだい4は、えなどが　ありません。ぶんを　きいて、1から3の　なかから、いちばん　いい　ものを　ひとつ　えらんで　ください。

― メモ ―

回數
1
2
3
4
5
6

Check □1 □2 □3

173

答對：

／33題

第6回

言語知識（文字・語彙）

もんだい1 ＿＿の ことばは ひらがなで どう かきますか。1・2・3・4
から いちばん いい ものを ひとつ えらんで ください。

（れい） 大きな さかなが およいで います。

1 おおきな 2 おきな 3 だいきな 4 たいきな

（かいとうようし）　|（れい）| ● ② ③ ④ |

---

1 丸い テーブルの うえに おさらを ならべました。

1 せまい 2 ひろい 3 まるい 4 たかい

2 この かみに 番号を かいて ください。

1 ばんごう 2 ばんち 3 きごう 4 なまえ

3 庭で こどもたちが あそんで います。

1 へや 2 にわ 3 には 4 いえ

4 かんじの かきかたを 習いました。

1 なれい 2 うたい 3 ほしい 4 ならい

5 今朝は はやく おきました。

1 あさ 2 こんや 3 けさ 4 きょう

6 小さい ときの ことは わすれました。

1 ちいいさい 2 ちさい 3 うるさい 4 ちいさい

Check □1 □2 □3

7 ここから　えいがかんまでは　とても　遠いです。

　1　ちかい　　　　　2　とおい　　　　　　　3　ながい　　　　　4　とうい

8 この　デパートの　9階が　レストランです。

　1　きゅうかい　　2　くかい　　　　　　　3　はちかい　　　　4　はっかい

9 塩を　すこし　かけて　やさいを　たべます。

　1　しう　　　　　　2　しお　　　　　　　3　こな　　　　　　4　しを

10 再来年　わたしは、くにに　かえります。

　1　さらいしゅう　　　　　　　　　　2　さいらいねん

　3　さらいねん　　　　　　　　　　　4　らいねん

もんだい2　＿＿の　ことばは　どう　かきますか。１・２・３・４から　いちばん
いい　ものを　ひとつ　えらんで　ください。

（れい）　わたしは　あおい　はなが　すきです。

　　　　１　草　　　　　　２　花　　　　　　３　化　　　　　４　芸

（かいとうようし）　┌──────┬─────────┐
　　　　　　　　　　│（れい）│ ① ● ③ ④ │
　　　　　　　　　　└──────┴─────────┘

11　つめたい　かぜが　ふいて　います。

　１　寒たい　　　　　２　冷たい　　　　　３　氷たい　　　　　４　冴たい

12　あの　ひとは　ゆうめいな　いしゃです。

　１　左名　　　　　　２　有名　　　　　　３　夕名　　　　　４　右明

13　すぽーつで　じょうぶな　からだを　つくります。

　１　スポツ　　　　　２　スポーソ　　　　３　スボーン　　　　４　スポーツ

14　ちちは　おさけが　すきです。

　１　お湯　　　　　　２　お酒　　　　　　３　お水　　　　　４　お洋

15　にほんの　ふゆは　さむいです。

　１　春　　　　　　　２　久　　　　　　　３　冬　　　　　４　夏

16　きれいな　みずで　かおを　あらいます。

　１　顔　　　　　　　２　頭　　　　　　　３　類　　　　　４　題

17　としょかんで　ほんを　かりました。

　１　貸りました　　２　昔りました　　　３　買りました　　　４　借りました

18　がっこうの　プールで　まいにち　およぎます。

　１　永ぎます　　　２　泳ぎます　　　　３　池ぎます　　　４　海ぎます

もんだい3　（　　　）に　なにを　いれますか。1・2・3・4から　いちばん
　　　　　　いい　ものを　ひとつ　えらんで　ください。

(れい)　へやの　なかに　くろい　ねこが　（　　　）。
　　　1　あります　　　2　なきます　　　3　います　　　4　かいます

　　(かいとうようし)　| (れい) | ① ② ● ④ |
　　　　　　　　　　　|--------|----------|

19　きいろい　きれいな　（　　　）が　さきました。
　1　いろ　　　　　　2　はっぱ　　　　　3　き　　　　　　4　はな

20　まいあさ　（　　　）に　のって　だいがくに　いきます。
　1　ちかてつ　　　2　テーブル　　　　3　つくえ　　　　4　エレベーター

21　きってを　（　　　）、てがみを　だしました。
　1　つけて　　　　2　はって　　　　　3　とって　　　　4　ならべて

22　がっこうは　8じ20ぷんに　（　　　）。
　1　はじまります　2　はしります　　　3　はじめます　　4　はなします

23　わたしの　クラスの　（　　　）は　まだ　24さいです。
　1　せいと　　　　2　せんせい　　　　3　ともだち　　　4　こども

24　あと　（　　　）しか　じかんが　ありません。
　1　10冊　　　　　2　10回　　　　　　3　10個　　　　　4　10分

25　とりが　きれいな　こえで　（　　　）　います。
　1　ないて　　　　2　とまって　　　　3　はいって　　　4　やすんで

26　つよい　かぜが　（　　　）　います。
　1　おりて　　　　2　ふって　　　　　3　ふいて　　　　4　ひいて

Check　□1　□2　□3

27 はこに えんぴつが （　　　） はいって います。

1　ごほん

2　ろっぽん

3　ななほん

4　はっぽん

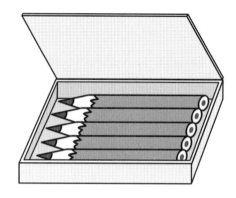

28 とても あつく なったので、（　　　） コートを きました。

1　しずかな　　　2　あつい　　　　　3　すずしい　　　　4　かるい

もんだい4 ＿＿＿の ぶんと だいたい おなじ いみの ぶんが あります。

　　　　　1・2・3・4から いちばん いい ものを ひとつ えらんで

　　　　　ください。

(れい)　その えいがは つまらなかったです。

　1　その えいがは おもしろく なかったです。

　2　その えいがは たのしかったです。

　3　その えいがは おもしろかったです。

　4　その えいがは しずかでした。

　　(かいとうようし)　| (れい) | ● ② ③ ④ |

29　みどりさんの おばさんは あの ひとです。

　1　みどりさんの おかあさんの おかあさんは あの ひとです。

　2　みどりさんの おとうさんの おとうさんは あの ひとです。

　3　みどりさんの おかあさんの おとうとは あの ひとです。

　4　みどりさんの おかあさんの いもうとは あの ひとです。

30　あなたは どうして その えいがに いきたいのですか。

　1　あなたは どんな えいがに いきたいのですか。

　2　あなたは だれと その えいがに いきたいのですか。

　3　あなたは なぜ その えいがに いきたいのですか。

　4　あなたは いつ その えいがに いきたいのですか。

31　だいがくは ちかく ないので、あるいて いきません。

　1　だいがくは ちかいので、あるいて いきます。

　2　だいがくは とおいので あるいて いきます。

　3　だいがくは とおいですが、あるいても いけます。

　4　だいがくは とおいので、あるいて いきません。

---

32 ヤンさんは　かわださんに　にほんごを　ならいました。

1 ヤンさんや　かわださんに　にほんごを　おしえました。

2 かわださんは　ヤンさんに　にほんごを　おしえました。

3 かわださんは　ヤンさんに　にほんごで　はなしました。

4 ヤンさんは　かわださんに　にほんごで　はなしました。

33 りょうしんは　どこに　すんで　いますか。

1 きょうだいは　どこに　すんで　いますか。

2 おじいさんと　おばあさんは　どこに　すんで　いますか。

3 おとうさんと　おかあさんは　どこに　すんで　いますか。

4 かぞくは　どこに　すんで　いますか。

言語知識（文法）・ 読解

もんだい1 （　　　）に 何^{なに}を 入^いれますか。1・2・3・4から　いちばん

　　　　いい　ものを　一^{ひと}つ　えらんで　ください。

（れい）　これ　（　　　）　わたしの　かさです。

　　　　1　は　　　　　　2　を　　　　　　3　や　　　　　4　に

（かいとうようし）　┃（れい）　● ② ③ ④ ┃

---

1 A「あなたは　いま　（　　　）　ですか。」

　　B「17 さいです。」

　　1　いくら　　　　　2　いつ　　　　　　3　どこ　　　　　　4　いくつ

2 歩^{ある}くと　とおい　（　　　）、タクシーで　行^いきましょう。

　　1　けれど　　　　　2　のは　　　　　　3　ので　　　　　　4　のに

3 つくえの　上^{うえ}には　本^{ほん}（　　　）　じしょなどを　おいて　います。

　　1　も　　　　　　　2　など　　　　　　3　や　　　　　　　4　から

4 かれが　外国^{がいこく}に　行^いく　ことは、だれも　（　　　）。

　　1　しりませんでした　　　　　　　　2　しっていました

　　3　しっていたでしょう　　　　　　　4　しりました

5 自転車^{じてんしゃ}が　こわれたので、新^{あたら}しい　（　　　）　かいました。

　　1　のを　　　　　　2　のが　　　　　　3　のに　　　　　　4　ので

6 この　かびん　（　　　）、あの　かびんの　ほうが　いいです。

　　1　なら　　　　　　2　でも　　　　　　3　から　　　　　　4　より

7 へやの　そうじを　して（　　）出かけます。

1 から　　　　　2 まで　　　　　　3 ので　　　　　4 より

8 弟は　今日　かぜ（　　）ねて　います。

1 を　　　　　　2 ので　　　　　　3 で　　　　　　4 へ

9 これから　かいもの（　　）行きます。

1 を　　　　　　2 に　　　　　　　3 が　　　　　　4 は

10 もっと　（　　）ひろい　へやに　すみたいです。

1 しずかなら　　2 しずかだ　　　3 しずかに　　　4 しずかで

11 たんじょうびに、おいしい　ものを　たべ（　　）のんだり　しました。

1 たり　　　　　2 て　　　　　　3 たら　　　　　4 だり

12 A「日曜日は　どこかへ　行きましたか。」
　　B「いいえ、（　　）行きませんでした。」

1 どこへ　　　　2 どこへも　　　3 どこかへも　　4 だれも

13 A「赤い　目を　して　いますね。ゆうべは　何時に　寝ましたか。」
　　B「ゆうべは　（　　）勉強しました。」

1 寝なくて　　　2 寝たくて　　　3 寝てより　　　4 寝ないで

14 A「（　　）りょこうしますか。」
　　B「来年の　3月です。」

1 いつ　　　　　2 どうして　　　3 何を　　　　　4 どこで

15 テレビ（　　）ニュースを　見ます。

1 に　　　　　　2 から　　　　　3 で　　　　　　4 には

16 テーブルの　上に　おはしが　ならべて　（　　）。

1 おります　　　2 います　　　　3 きます　　　　4 あります

Check □1 □2 □3

もんだい2　　★　に　入る　ものは　どれですか。1・2・3・4から　いちばん
　　　　　　いい　ものを　一つ　えらんで　ください。

(もんだいれい)

　　A「＿＿＿＿　＿＿＿＿　★　＿＿＿＿か。」
　　B「あの　かどを　まがった　ところです。」
　　2　どこ　　　　　3　こうばん　　　　　1　は　　　　4　です

(こたえかた)

1. ただしい　文を　つくります。

A「＿＿＿＿＿＿＿　＿＿＿＿＿＿　★　＿＿＿＿＿＿か。」
2　こうばん　　　3　は　　　1　どこ　　　4　です
B「あの　かどを　まがった　ところです。」

2. ★　に　入る　ばんごうを　くろく　ぬります。

　(かいとうようし)　(れい)　● ② ③ ④

17　A「これは、＿＿＿＿　★　＿＿＿＿　＿＿＿＿ですか。」
　　B「クジャクです。」
　1　鳥（とり）　　　　　　2　いう　　　　　　3　と　　　　　　4　なん

18　A「駅（えき）は　どこですか。」
　　B「しらないので、交番（こうばん）で　＿＿＿＿　＿＿＿＿　★　＿＿＿＿ませんか。」
　1　に　　　　　　2　おまわりさん　　　3　ください　　　4　聞（き）いて

19　A「この　とけいの　じかんは　ただしいですか。」
　　B「いいえ、＿＿＿＿　★　＿＿＿＿　＿＿＿＿。」
　1　います　　　2　ぐらい　　　　　3　おくれて　　　　4　3分

文
法

【測驗時間50分鐘】

20 A「春と 秋では どちらが すきですか。」
　　B「春 ＿＿＿ ＿＿＿ ＿★＿ ＿＿＿ すきです。」
　1　秋の　　　　　2　より　　　　　3　ほう　　　　　4　が

21 （くだもの屋で）
　　女の人「めずらしい くだものは ありますか。」
　　店の人「これは ＿＿＿ ＿★＿ ＿＿＿ ＿＿＿ くだものです。」
　1　に　　　　　　2　ない　　　　　3　は　　　　　　4　日本

184　　　　　　　　　　　　　　　　　　　　　Check □1 □2 □3

もんだい3　　22　から　26　に　何を　入れますか。ぶんしょうの　いみを　かんがえて、1・2・3・4から　いちばん　いい　ものを　一つ　えらんで　ください。

日本で　べんきょうして　いる　学生が　「こわかった　こと」に　ついて　ぶんしょうを　書いて、クラスの　みんなの　前で　読みました。

　　6さいの　とき、わたしは　父に　自転車の　乗り方を　22　。わたしが　小さな　自転車の　いすに　すわると、父は　自転車の　うしろを　もって、自転車　23　いっしょに　走ります。そうして、何回も　何回も　練習しました。

　　少し　24　なった　ころ、わたしが　自転車で　25　うしろを　向くと、父は　わたしが　知らない　間に　手を　はなして　いました。それを　知った　とき、わたしは　とても　26　です。

22

1　おしえました　　　　　　2　しました

3　なれました　　　　　　　4　ならいました

23

1　と　　　　　　2　に　　　　　　3　を　　　　　　4　は

24

1　じょうずな　　2　じょうずだ　　3　じょうずに　　4　じょうずで

25

1　走ったら　　2　走りながら　　3　走ったほうが　　4　走るより

26

1　こわい　　　　2　こわくて　　　3　こわかった　　　4　こわく

Check　□1　□2　□3　　　　　185

もんだい4　つぎの(1)から　(3)の　ぶんしょうを　読^よんで、しつもんに　こたえ
て　ください。こたえは、1・2・3・4から　いちばん　いい　も
のを　一^{ひと}つ　えらんで　ください。

(1)

　わたしには、姉^{あね}が　一人^{ひとり}　います。姉^{あね}も　わたしも　ふとって　いますが、姉^{あね}
は　背^せが　高^{たか}くて、わたしは　低^{ひく}いです。わたしたちは　同^{おな}じ　大学^{だいがく}で、姉^{あね}は　英^{えい}
語^ごを、わたしは　日本語^{にほんご}を　べんきょうして　います。

27　まちがって　いるのは　どれですか。
1　二人^{ふたり}とも　ふとって　います。
2　同^{おな}じ　大学^{だいがく}に　行^いって　います。
3　姉^{あね}は　大学^{だいがく}で　日本語^{にほんご}を　べんきょうして　います。
4　姉^{あね}は　背^せが　高^{たか}いですが、わたしは　低^{ひく}いです。

(2)

　5さいの　ゆうくんと　お母さんは、スーパーに　買い物に　行きました。しか
し　お母さんが　買い物を　して　いる　ときに、ゆうくんが　いなく　なりまし
た。ゆうくんは　みじかい　ズボンを　はいて、ポケットが　ついた　白い　シャ
ツを　きて、ぼうしを　かぶって　います。

28　ゆうくんは、どれですか。

(3)

大学で 英語を べんきょうして いる お姉さんに、妹の 真矢さんか
ら 次の メールが 来ました。

お姉さん

　わたしの 友だちの 花田さんが、弟に 英語を 教える 人を
さがして います。お姉さんが 教えて くださいませんか。
　花田さんが まって いますので、今日中に 花田さんに 電話
を して ください。

真矢

---

29 お姉さんは、花田さんの 弟に 英語を 教えるつもりです。どうしますか。

1 花田さんに メールを します。
2 妹の 真矢さんに 電話を します。
3 花田さんに 電話を します。
4 花田さんの 弟に 電話を します。

Check □1 □2 □3

もんだい5　つぎの　ぶんしょうを　読んで、しつもんに　こたえて　ください。
こたえは、1・2・3・4から　いちばん　いい　ものを　一つ　え
らんで　ください。

　わたしの　友だちの　アリさんは　3月に　東京の　大学を　出て、大阪の
会社に　つとめます。
　アリさんは、3年前　わたしが　日本に　来た　とき、いろいろと　教えて　く
れた　友だちで、今まで　同じ　アパートに　住んで　いました。アリさんが　も
う　すぐ　いなく　なるので、わたしは　とても　さびしいです。
　アリさんが、「大阪は　あまり　知らないので、困って　います。」と　言っ
て　いたので、わたしは　近くの　本屋さんで　大阪の　地図を　買って、それ
を　アリさんに　プレゼントしました。

30　友だちは　どんな　人ですか。
　1　大阪の　同じ　会社に　つとめて　いた　人
　2　同じ　大学で　いっしょに　べんきょうした　人
　3　日本の　ことを　教えて　くれた　人
　4　東京の　本屋さんに　つとめて　いる　人

31　「わたし」は　アリさんに、何を　プレゼントしましたか。
　1　本を　プレゼントしました。
　2　大阪の　地図を　プレゼントしました。
　3　日本の　地図を　プレゼントしました。
　4　東京の　地図を　プレゼントしました。

もんだい6　右の　ページを　見て、下の　しつもんに　こたえて　ください。こ
　　　　　　たえは、1・2・3・4から　いちばん　いい　ものを　一つ　えらん
　　　　　　で　ください。

32　＊新聞販売店から　中山さんの　へやに　＊古紙回収の　お知らせが　きまし
た。中山さんは、31日の　朝、新聞紙を　回収に　出すつもりです。中山さん
の　へやは、アパートの　2階です。

正しい　出し方は　どれですか。

＊新聞販売店・新聞を売ったり、家にとどけたりする店。
＊古紙回収：古い新聞紙を集めること。トイレットペーパーとかえたりして
　　　　　くれる。

1　自分の　へやの　前の　ろうかに　出す。
2　1階の　入り口に　出す。
3　1階の　階段の　下に　出す。
4　自分の　へやの　ドアの　中に　出す。

　　　　　　　　　　　　　　　　　　　　Check □1 □2 □3

毎朝新聞 古紙回収のお知らせ

31日朝9時までに
出してください。

トイレットペーパーとかえます。

（古い新聞紙10〜15kgで、トイレットペーパー1個。）

● このお知らせにへや番号を書いて、新聞紙の上にのせて出してください。

● アパートなどにすんでいる人は、1階の入り口まで出してください。

【へや番号】

答對：
／24題

T6-1 ～ 6-8

もんだい1

　　もんだい1では、はじめに　しつもんを　きいて　ください。それから　はなしを　きいて、もんだいようしの　1から4の　なかから、いちばん　いい　ものを　ひとつ　えらんで　ください。

れい

Check ☐1 ☐2 ☐3

1ばん

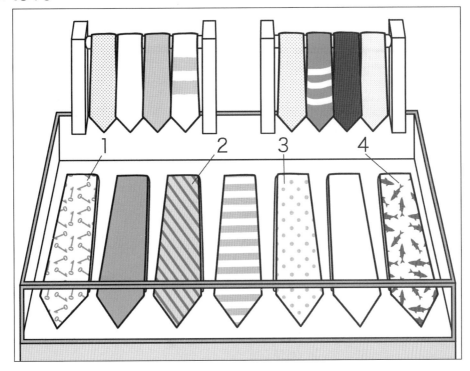

2ばん

1　ぎんこう

2　いえのまえのポスト

3　ゆうびんきょく

4　ぎんこうのまえのポスト

3ばん

4ばん

1　でんしゃ

2　あるきます

3　じてんしゃ

4　タクシー

5ばん

1　ほんをよみます

2　かいものに行きます

3　きゃくをまちます

4　おちゃのよういをします

6ばん

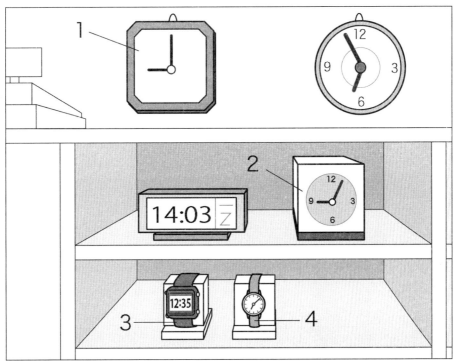

7ばん

1 くろのえんぴつ

2 あおのまんねんひつ

3 くろのボールペン

4 あおのボールペン

Check ☐1 ☐2 ☐3

もんだい2

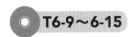

もんだい2では、はじめに　しつもんを　きいて　ください。それから　はなしを
きいて、もんだいようしの　1から4の　なかから、いちばん　いい　ものを　ひとつ
えらんで　ください。

れい

1　自分の家

2　会社の近くのえき

3　レストラン

4　おかし屋

1ばん

1 くつをはきます

2 スリッパをはきます

3 スリッパをぬぎます

4 くつしたをぬぎます

2ばん

1 せんせい

2 さいふ

3 おかね

4 いれもの

3ばん

1 のみものをのみたいです

2 たばこをすいたいです

3 にわをみたいです

4 おすしをたべたいです

4ばん

5ばん

1　3ねんまえ

2　2ねんまえ

3　きょねんのあき

4　ことしのはる

6ばん

1　おいしくないから

2　たかいから

3　おとこのひとがネクタイをしめていないから

4　えきの近くのしょくどうのほうがおいしいから

Check ☐1 ☐2 ☐3

もんだい３

T6-16〜6-21

　もんだい３では、えを　みながら　しつもんを　きいて　ください。

➡（やじるし）の　ひとは、なんと　いいますか。１から３の　なかから、いちばん　いい　ものを　ひとつ　えらんで　ください。

れい

1ばん

2ばん

Check ☐1 ☐2 ☐3

3ばん

4ばん

5ばん

もんだい４

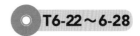

　もんだい４は、えなどが　ありません。ぶんを　きいて、１から３の　なかから、
いちばん　いい　ものを　ひとつ　えらんで　ください。

― メ モ ―

memo

/　　　/

翻譯＋
通關解題

—

N5
JLPT

第一回
言語知識
（文字、語彙）

もんだい1 ＿＿の ことばは ひらがなで どう かきますか。1・2・3・4から いちばん いい ものを ひとつ えらんで ください。

問題1 以下＿＿的詞語的平假名為何？請從選項1・2・3・4中選出一個最適合的答案。

例

^{おお}
大きなで さかなが およいでいます。

1 おおきな   2 おきな

3 だいきな   4 たいきな

有條大魚正在游泳。

1 大的   2 無此用法

3 無此用法   4 無此用法

解答（1）

解題 訓讀與音讀的區分：

● 訓讀→大きい（おおきい）：形容詞，用來表示「大的」；大きな（おおきな）：連體詞，用於名詞前修飾，表示「大的」。

● 音讀→だい：常見於複合詞，如「大学（だいがく，大學）」或「大切（たいせつ，重要）」。

本題中的「だいきな」則是錯誤組合，並非正確表達。

學習提示：訓讀詞通常適合單獨使用或修飾名詞，例如「大きなさかな」（大魚）。

音讀則多用於詞組，如「大問題（だいもんだい，大問題）」。

1

^{かいしゃ}
あれが わたしの 会社です。

1 がいしゃ   2 かいしや

3 ごうしゃ   4 かいしゃ

那間是我的公司。

1 進口車   2 無此用法

3 無此用法   4 公司

解答（4）

解題 訓讀與音讀的區分：

● 訓讀→会う（あう）：動詞，表示「見面」。

● 音讀→会（かい）：常見於複合詞，如「会社（かいしゃ，公司）」或「会議（かいぎ，會議）」；社（しゃ）：同樣用於複合詞，如「社会（しゃかい，社會）」或「会社（かいしゃ，公司）」。

注意：音讀「しゃ」是拗音，正確發音需避免誤唸成「しや」。

學習提示：在音讀用法中，像「会社（かいしゃ）」這類語語，通常兩個漢字的音讀結合起來形成固定詞彙，常用於正式或書面表達。訓讀則更多用於單獨表達或具有具體行動含義的場合，例如「会う（あう）」表示「見面」。

2

^{なんにん}
あなたの きょうだいは 何人ですか。

1 なににん   2 なんにん

3 なんめい   4 いくら

請問你有幾個兄弟姊妹呢？

1 無此用法   2 幾個人

3 幾位   4 多少錢

解答（2）

解題 訓讀與音讀的區分：

● 訓讀→何（なに）：常用於詢問「什麼」，如「何ものですか（這是什麼東西）」；人（ひと）：表示「人」或「個人」，如「あの人（那個人）」。

● 音讀→何（なん）：表示數量或特定語境中的「多少」，如「何人（なんにん，幾個人）」；人（にん）：用於表示人數的場合，如「三人（さんにん，三個人）」。

人（じん）：用於國籍或身分的表達，如「日本人（にほんじん，日本人）」。

學習提示：

1.「何」的讀音會根據後接詞語的音節變化，例如「何人（なんにん）」表示人數，但「何円（なんえん）」則表示金額。

2.「人」的讀音要根據語意選擇，與數量相關時用「にん」，與身份相關時用「じん」。

3　ことしの　なつは　海に　いきたいで
す。

1 やま　　　　　　　2 うみ

3 かわ　　　　　　　4 も

我今年夏天想去海邊。

1 山　　　　　　　2 海
3 河　　　　　　　4 森林

解答 (2)

解題　訓讀與音讀的區分：
● 訓讀→海（うみ）：用於表示自然地理現象「海洋」，如「海に行く（去海邊）」。
● 音讀→海（かい）：多用於複合詞中，如「海外（かいがい，國外）」或「海洋（かいよう，海洋）」。
學習提示：
1. 當「海」作為單獨詞使用時，通常使用訓讀「うみ」，以表達具體的海域或海洋。
2. 使用音讀「かい」時，多出現在書面語或正式語境中，常與其他漢字組成詞彙，例如「海外旅行（かいがいりょこう，國外旅行）」。
3. 書寫時，注意「海」右半部的結構，與中文的「每」有所不同，避免書寫錯誤。

4　すこし　いえの　外で　まって　いて
ください。

1 そと　　　　　　　2 なか

3 うち　　　　　　　4 まえ

請在房子外面稍等一下。

1 外面　　　　　　　2 裡面
3 內部　　　　　　　4 前面

解答 (1)

解題　訓讀與音讀的區分：
● 訓讀→外（そと）：表示「外面」，常用於描述空間位置，例如「家の外（いえのそと，房子的外面）」。
● 音讀→外（がい）：多用於複合詞中，如「外国（がいこく，外國）」或「外交（がいこう，外交）」。
學習提示：
1. 當「外」單獨作為空間描述詞使用時，通常採用訓讀「そと」，以表達具體的外部位置。
2. 使用音讀「がい」時，多出現在正式場合或複合詞中，特別是在表示抽象概念或國際相關內容時，如「外務省（がいむしょう，外交部）」。

5　わたしの　すきな　じゅぎょうは　音楽
です。

1 がっき　　　　　　　2 さんすう

3 おんがく　　　　　　　4 おんらく

我喜歡的科目是音樂。

1 樂器　　　　　　　2 算數
3 音樂　　　　　　　4 無此用法

解答 (3)

解題　訓讀與音讀的區分：
● 訓讀→音（おと）：用於描述具體的聲音，如「音がする（有聲音）」；楽（たのしい）：形容詞，表示「開心的、快樂的」，如「楽しい時間（快樂時光）」。
● 音讀→音（おん）：常用於複合詞中，如「音楽（おんがく，音樂）」或「発音（はつおん，發音）」；楽（がく）：多用於音樂相關的複合詞中，如「音楽（おんがく，音樂）」或「楽器（がっき，樂器）」；楽（らく）：用於表示「輕鬆、方便」，如「気楽（きらく，輕鬆）」或「楽な仕事（輕鬆的工作）」。
學習提示：
1. 當「音楽」出現在考題中時，通常是音讀組合「おんがく」，表示「音樂」。
2. 「音」與「楽」的訓讀多用於描述具體情感或狀態，例如「楽しい」（快樂的）和「音」（聲音）。
3. 注意音讀和訓讀的適用場合，特別是在複合詞中音讀更為常見。

6　わたしの　いえは　えきから　近いです。

1 とおい　　　　　　　2 ながい

3 みじかい　　　　　　　4 ちかい

我家離車站很近。

1 遠　　　　　　　2 長
3 短　　　　　　　4 近

解答 (4)

解題：訓讀與音讀的區分：

● 訓讀→近い（ちかい）：形容詞，表示「近的」，用於描述距離，例如「駅から近い（離車站近）」。

● 音讀→近（きん）：常用於複合詞中，如「近所（きんじょ，附近）」或「最近（さいきん，最近）」。

學習提示：

1. 當「近」作為單獨形容詞時，通常採用訓讀「ちかい」，以描述具體的距離感。

2. 使用音讀「きん」時，多見於複合詞中，通常用於更正式或抽象的語境中，例如「近代（きんだい，近代）」。

3. 在考題中，注意區分具體形容詞（如「ちかい」）和複合詞的音讀用法（如「きん」）。

7

そらに きれいな 月 が でて います。

1 つき　　　　　　　2 くも

3 ほし　　　　　　　4 ひ

天空中有一輪皎潔的明月。

1 月亮　　　　　　　2 雲

3 星星　　　　　　　4 日

解答（1）

解題 訓讀與音讀的區分：

● 訓讀→月（つき／月亮）：表示「月亮」，用於描述天體或自然現象，如「月が出る（月亮升起）」。

● 音讀→月（がつ）：用於表示月份時，例如「一月（いちがつ，一月）」；月（げつ）：用於複合詞或表示周期時，例如「月曜日（げつようび，星期一）」或「満月（まんげつ，滿月）」。

學習提示：

1. 當「月」表示天體時，通常採用訓讀「つき」，以具體指代月亮。

2. 當「月」用於表示時間或周期時，多採用音讀，如「がつ」表示月份，「げつ」表示周期或用於複合詞。

3. 注意語境中的提示，例如「そらに」表示自然景象，因此選擇「つき」（月亮）更為適合。

8

あねは ちかくの 町に すんで います。

1 むら　　　　　　　2 もり

3 まち　　　　　　　4 はたけ

姐姐住在附近的城鎮。

1 村子　　　　　　　2 森林

3 城鎮　　　　　　　4 田

解答（3）

解題 訓讀與音讀的區分：

● 訓讀：町（まち）：表示「城鎮、人潮聚集的地方」，如「町に住む（住在城鎮）」。

● 音讀：町（ちょう）：用於表示行政區劃名稱，如「銀座三丁目（ぎんざさんちょうめ，銀座三丁目）」或「町役場（ちょうやくば，鎮公所）」。

學習提示：

1. 當「町」用於描述居住地或生活環境時，通常使用訓讀「まち」，以強調日常或自然的語境。

2. 使用音讀「ちょう」時，主要用於正式場合或地名、行政區劃名稱中。

3. 注意考題中的提示詞「すんでいます（住著）」暗示生活環境，因此應選擇「まち」（城鎮）。

9

午後は さんぽに いきます。

1 ごぜん　　　　　　2 ごご

3 ゆうがた　　　　　4 あした

我下午要去散步。

1 上午　　　　　　　2 下午

3 黃昏　　　　　　　4 明天

解答（2）

解題 訓讀與音讀的區分：

● 訓讀→後（あと／之後）：表示「之後」，如「授業の後（上課之後）」；後（うしろ／後面）：表示「後面」，如「家の後ろ（房子的後面）」。

● 音讀→午（ご／正午）：表示「正午」，常用於表示時間段，如「午前（ごぜん，上午）」或「午後（ごご，下午）」；後（ご／後）：用於複合詞中，如「午後（ごご，下午）」或「最後（さいご，最後）」。

學習提示：

1. 當「午後」表示「下午」時，採用音讀組合「ごご」，特別是用於表示一天中的時間段。

2. 訓讀「あと」和「うしろ」則更多用於空間位置或時間順序的描述。

3. 注意題目中提示「午後」強調的是時間段，因此正確答案為音讀的「ごご」。

10 わたしの 兄(あに)も にほんごを べんきょ
うして います。

1 あね   2 ちち

3 おとうと   4 あに

我哥哥也在學習日語。

1 姐姐   2 父親

3 弟弟   4 哥哥

解答(4)

解題 訓讀與音讀的區分：
- 訓讀→兄（あに／哥哥）：表示「哥哥」，用於自稱或指自己的哥哥，如「わたしの兄（我的哥哥）」。
- 音讀→兄（きょう／兄）：：多用於複合詞中，如「兄弟（きょうだい，兄弟姊妹）」。

學習提示：
1. 當「兄」用於描述家庭成員時，通常採用訓讀「あに」，表示自己的哥哥。
2. 使用音讀「きょう」時，常用於更正式或書面語之複合詞中，例如「兄弟（きょうだい）」表示兄弟姊妹的統稱。
3. 題目中「わたしの兄」明確指出是「哥哥」，因此正確答案為「あに」。

問題二 翻譯與解題

もんだい2 ___の ことばは どう かきますか。1・2・3・4から いちばん いい ものを ひとつ えらんで ください。

問題2 以下___的詞語應為何？請從選項1・2・3・4中選出一個最適合的答案。

例 わたしは あおい はなが すきです。

1 草(くさ)   2 花(はな)

3 化(か)   4 芸(げい)

我喜歡青色的花。

1 草   2 花

3 變化、化學   4 技藝、藝

解答(2)

解題 選項分析：
1. 草（くさ／草）：意為「草」。題目中的「はな」並不表示草。不是「はな」正確的讀音。
2. 花（はな／花）：是正確答案。意思是「花」，與題目語意一致。注意：「花」字的書寫，上方的「艹」部需完整連接，避免錯誤書寫。另外，「はな」還可以指「鼻（鼻子）」，需根據上下文判斷。避免混淆。
3. 化（か、ばける／變化、化學）：意為「化學」或「變化」等，與題目無關。不是「はな」正確的讀音。
4. 芸（げい／技藝、藝術）：意為「技藝」或藝術，與題目無關。不是「はな」正確的讀音。

11 きょうも ぶうるで およぎました。

1 プール   2 プルー

3 プオル   4 ブール

我今天也去游泳池游泳了。

1 游泳池   2 無此用法

3 無此用法   4 無此用法

解答(1)

解題 選項分析：
1. プール（游泳池）：是正確答案。正確的片假名拼法與發音，長音的片假名表記為橫寫的「ー」。
2. プルー：此拼法有誤，音節不完整，且長音的位置錯誤。
3. プオル：拼法錯誤，音節不符合「プール」的正確發音。
4. ブール：此拼法中的第一個假名使用了濁音符號（ブ），與正確發音「プ」的半濁音符號（゜）不符。

12

かさを わすれたので、こまりました。

1 国りました   2 困^{こま}りました

3 因りました   4 回^{まわ}りました

我忘記帶雨傘,真傷腦筋。

1 無此用法	2 傷腦筋
3 無此用法	4 旋轉

解答(2)

解題 選項分析:

1. 国りました:無此用法。「国 (くに)」的意思是「國家」,與題目無關。不是正確的「こまりました」漢字。
2. 困りました(こまりました/傷腦筋、感到困擾):是正確答案。此動詞需用訓讀,讀作「こまる」,與題目語意一致。
3. 因りました:無此用法。「因 (いん)」意為「原因」,用法與題目無關。不是正確的「こまりました」漢字。
4. 回りました(まわりました/旋轉、繞行):意思是「旋轉」或「繞行」,與題目語意不符。不是正確的「こまりました」漢字。

13

けさは とても さむいですね。

1 景いです   2 暑^{あつ}いです

3 者いです   4 寒^{さむ}いです

今天早上非常冷耶。

1 無此用法	2 熱
3 無此用法	4 冷

解答(4)

解題 選項分析:

1. 景いです:無此用法。「景 (けい)」的意思是「風景」,並非形容詞,與題目無關,不是正確的「さむいです」漢字。
2. 暑いです(あついです/熱的):意思是「熱的」,為「寒い」的反義詞,與題目描述的「冷」不符,不是正確的「さむいです」漢字。
3. 者いです:無此用法。「者 (しゃ)」意為「人」或「某人」,並非形容詞,不是正確的「さむいです」漢字。
4. 寒いです(さむいです/冷的):是正確答案,與題目語意一致。需注意「寒い」是形容詞,且應用訓讀「さむい」。

14

おかねは たいせつに つかいましょう。

1 お全   2 お金^{かね}

3 お会   4 お円

讓我們節約用錢吧!

1 無此用法	2 錢
3 無此用法	4 無此用法

解答(2)

解題 選項分析:

1. お全:無此用法。「全 (ぜん)」的意思是「完整」或「全部」,並無此用法,與題目語意無關,不是正確的「おかね」漢字。
2. お金(おかね/錢):是正確答案。「金」的訓讀是「かね」,與題目語意一致。需注意不要將「かね」與假名相似的「かわ/川 (河川)」混淆。
3. お会):無此用法。「会 (かい)」意為「會面」或「聚會」,並非指「錢」,不是正確的「おかね」漢字。
4. お円:無此用法。「円 (えん)」意為「日圓」或「圓形」,與「錢」的表達不完全一致,不是正確的「おかね」漢字。

15

この かどを みぎに まがると としょかんです。

1 北^{きた}   2 左^{ひだり}

3 右^{みぎ}   4 式^{しき}

在這個轉角右轉,就到圖書館了。

1 北	2 左
3 右	4 式

解答(3)

解題 選項分析:

1. 北(きた/北):意為「北」。與題目語意不符,題目描述的是方向「右轉」,不是正確的「みぎ」漢字。
2. 左(ひだり/左邊):為「右 (みぎ)」的反義詞,題目中提到的是「右轉」,不是正確的「みぎ」漢字。
3. 右(みぎ/右邊):是正確答案,與題目語意一致。「みぎ」是漢字「右」的訓讀,需與「左 (ひだり)」對應記憶。
4. 式(しき/儀式、方式):與題目語意完全無關,不是正確的「みぎ」漢字。

16

しろい　はなが　さいて　います。

1 白い　　　　　　　　2 日い

3 百い　　　　　　　　4 色い

白色的花正綻放著。

1 白色　　　　　　　2 無此用法

3 無此用法　　　　　4 無此用法

解答（1）

解題　選項分析：

1. 白い（しろい）：是正確答案，意思是「白色的」，與題目語意一致。「しろい」是形容詞「白い」的訓讀，作名詞時為「しろ／白（白色）」。需注意不要將「しろ」混淆為假名相似的「しる／知る（知道）」。
2. 日い：無此用法。「日（ひ）」的意思是「太陽」或「日子」，並非形容詞，與題目無關，不是正確的「しろい」漢字。
3. 百い：無此用法。「百（ひゃく）」的意思是「一百」，並無此用法，不是正確的「しろい」漢字。
4. 色い：無此用法。「色（いろ）」的意思是「顏色」，但並非形容詞形態，不是正確的「しろい」漢字。

17

きょうは　がっこうを　やすみます。

1 体みます　　　　　　2 休みます

3 木みます　　　　　　4 休みます

我今天要向學校請假。

1 無此用法　　　　　2 無此用法

3 無此用法　　　　　4 請假

解答（4）

解題　選項分析：

1. 体みます：無此用法。「体（からだ）」的意思是「身體」，與題目語意無關。
2. 体みます：無此用法。該選項並無有效漢字組合，無此用法。
3. 木みます：無此用法。「木（き）」的意思是「樹木」，並非動詞「休む」的表記。
4. 休みます（やすみます／休息、請假）：是正確答案。「やすむ」是動詞「休む」的訓讀，與題目語意一致。作名詞時為「やすみ／休み（休息；休假）」。需注意不要將其與形容詞「安い（便宜的）」的「安」訓讀「やす」混淆。

18

とりが　ないて　います。

1 島いて　　　　　　　2 鳴いて

3 鳥いて　　　　　　　4 鳴いて

鳥正在鳴叫。

1 無此用法　　　　　2 叫

3 無此用法　　　　　4 無此用法

解答（2）

解題　選項分析：

1. 島いて：無此用法。「島（しま）」的意思是「島嶼」，並非動詞「鳴く」的表記。
2. 鳴いて（ないて／動物發出聲音）：是正確答案。「なく」是動詞「鳴く」的訓讀，與題目語意一致。需注意，「なく」也可表示動詞「泣く（哭泣）」，但語意不同。
3. 鳥いて：無此用法。「鳥（とり）」的意思是「鳥類」，但此處需要的是動詞「鳴く」的形態。
4. 鳴いて：無此用法。該選項並非有效漢字組合。

問題三　翻譯與解題

もんだい3　（　　　）に　なにを　いれますか。1・2・3・4から　いちばん　いい　ものを　ひとつ　えらんで　ください。

問題3　（　　　）中的詞語應為何？請從選項1・2・3・4中選出一個最適合的答案。

例

へやの　なかに　くろい　ねこが

（　　　　）

1 あります　　　　　　2 なきます

3 います　　　　　　　4 かいます

房間裡（有）一隻黑貓。

1 有　　　　　　　　2 鳴叫

3 存在　　　　　　　4 購買

解答（3）

解題 用「～に～がいます」句型，表示某處存在某個有生命的人或動物。
選項分析：
1. あります（有ります／存在）：描述無生命物品，題目是動物。
2. なきます（鳴きます／鳴叫）：指動物發聲行為，不是「存在」。
3. います（居ます／存在）：描述有生命物體，句型正確，正確答案。
4. かいます（買います／購買）：指購買行為，不符合題目內容。

19

くつの みせは この （　　　）の
2かいです。

1 マンション　　　　　2 アパート

3 ベッド　　　　　　　4 デパート

鞋店在這棟（百貨公司）的二樓。
1 公寓大廈　　　　2 公寓
3 床　　　　　　　4 百貨公司

解答（4）

解題 題目句描述鞋店在（　）的二樓，由「みせ」可以對應到答案的「デパート」。
選項分析：
1. マンション（まんしょん／公寓大廈）：指大型公寓住宅，與「鞋店」不符。
2. アパート（あぱーと／公寓）：指一般公寓，通常不含商業用途。
3. ベッド（べっど／床）：指床，完全不符合題目語境。
4. デパート（でぱーと／百貨公司）：指百貨公司，符合題目中「みせ」，正確答案。

20

つかれたので、ここで ちょっと
（　　　）。

1 いそぎましょう　　　2 やすみましょう

3 ならべましょう　　　4 あいましょう

我累了，所以在這裡稍微（休息）一下（吧）。
1 快點吧　　　　2 休息一下吧
3 排列吧　　　　4 見面吧

解答（2）

解題 「～ので」表示理由，所以可以從前項的「つかれた」，推出後項的「やすみましょう」。
選項分析：
1. いそぎましょう（急ぎましょう／快點吧）：表示催促加快速度，與語境不符。
2. やすみましょう（休みましょう／休息一下吧）：表示暫停以恢復體力，符合語境，正確。
3. ならべましょう（並べましょう／排列吧）：表示將物品排整齊，與語境無關。
4. あいましょう（会いましょう／見面吧）：表示與他人見面，與累了的情境不符。

21

ごごから あめに なりましたので、と
もだちに かさを （　　　）。

1 ぬれました　　　　　2 かりません

3 さしました　　　　　4 かりました

下午開始下起雨了，所以我跟朋友（借
了）雨傘。
1 淋溼了　　　　2 沒借
3 撐了　　　　　4 借了

解答（4）

解題 「～ので」表示因果關係。從前項「あめになりました」知道下了雨，因此推出後項是向朋友「かさをかりました」。
選項分析：
1. ぬれました（濡れました／淋溼了）：表示身體或衣物因雨淋濕，不符合向朋友借傘的行為，因為借傘是
　　為了避免淋溼。
2. かりません（借りません／沒借）：表示並未借到傘，與雨天情境中需要借傘來遮雨的行為不符，缺乏邏輯性。
3. さしました（差しました／撐了）：表示自己已經撐開傘，這需要有自己的傘，與題目中「向朋友借傘」
　　的行為矛盾。
4. かりました（借りました／借了）：表示已經成功借到傘，符合題幹中因下雨而向朋友借傘的情境，答案
　　正確且合理。

22

そらが くもって、へやの なかが
（　　　） なりました。

1 くらく　　　　　　　2 あかるく

3 きたなく　　　　　　4 せまく

天空陰沉了下來，房裡也變得（昏暗）了。
1 昏暗　　　　2 明亮
3 骯髒　　　　4 狹窄

解答（1）

解題 「形容詞くて」可以表示原因。從「そらがくもって」知道由於天空轉陰的關係，導致屋子裡「くら
くなりました」。「形容詞く＋なります」表示事物的變化。
選項分析：
1. くらく（暗く／昏暗）：表示環境變得昏暗，符合天空轉陰的情境，因為陰天會導致光線減弱，答案正確。
2. あかるく（明るく／明亮）：表示環境變得明亮，與「陰天」的情境矛盾，因為陰天通常會使光線減少。
3. きたなく（汚く／骯髒）：表示物體或環境變髒，與「天空陰沉」無直接關係，無法與題意聯繫。
214 4. せまく（狹く／狹窄）：表示空間變得狹窄，與天空的情境無關，且無法解釋陰天的描述。

23

なつやすみに　ほんを　五（　　）
よみました。

1 ほん	2 まい
3 さつ	4 こ

暑假我看了五（本）書。

1 支	2 張
3 本、冊	4 個

解答 (3)

解題 題目問的是量詞。在日語中，表示「ほん」的數量時，必須用「～さつ」。
選項分析：
1. ほん（本／支）：表示長條形物品（如筆或刀），數量詞，用在此不正確。
2. まい（枚／張）：表示扁平物體（如紙張或照片）的數量，用於書本不合適，因為書本不是單純的扁平物品。
3. さつ（冊／本、冊）：表示書本或冊子的數量，是描述書本數量的正確量詞，與題目中的內容相符，答案正確。
4. こ（個／個）：表示小型物品或立體物體的數量，但書本並非此類物品，用於書本的量詞不正確。

24

これは　きょねん　うみで　（　　　）
しゃしんです。

1 つけた	2 とった
3 けした	4 かいた

這是去年在海邊（拍）的照片。

1 貼	2 拍
3 刪	4 寫

解答 (2)

解題 這一題關鍵是用動詞修飾名詞的句型「動詞＋名詞」。「しゃしんをとる」是「拍照」的意思，所以這裡的「とった」用來修飾「しゃしん」，意指「拍下的照片」。
選項分析：
1. つけた（付けた／貼）：指將物品附著於表面，例如黏貼標籤或附上物品，與拍攝照片的情境無關。
2. とった（撮った／拍）：指使用相機或其他設備捕捉影像，符合題意中拍攝照片的描述，答案正確且符合情境。
3. けした（消した／刪除）：指移除或消除內容，例如刪除文字或影像，與題意中的拍攝行為不符。
4. かいた（書いた／寫）：指用文字或符號記錄內容，例如書寫文章或筆記，與拍攝照片的情境無關。

25

あついので　まどを　（　　　）
ください。

1 あけて	2 けして
3 しめて	4 つけて

太熱了，請把窗戶（打開）。

1 打開	2 熄滅
3 關上	4 點上

解答 (1)

解題 日語中，表示「開（門、窗等）」動詞用「あける」，「關（門、窗等）」則會用「しめる」。「～ので」表示理由，「～てください」用在請求、指示或命令某人做某事。從前項「あつい」的這個理由，推出後項的「まどをあけてください」。
選項分析：
1. あけて（開けて／打開）：指打開窗戶或門，讓空氣流通，符合「太熱了」需要通風的語境，答案正確。
2. けして（消して／熄滅）：指關掉燈、火或電器，與「打開窗戶」無關，也無法解決「太熱了」的問題。
3. しめて（閉めて／關上）：指關閉窗戶或門，會使空氣流通變差，與「太熱了」的情境矛盾。
4. つけて（付けて／點上）：通常指點亮燈或火，與窗戶的操作無關，無法解決「太熱了」的問題。

26

うるさいですね。みなさん、すこし
（　　　）　して　ください。

1 げんきに	2 くらく
3 しずかに	4 あかるく

好吵哦，各位同學，請（安靜）一點。

1 有精神	2 昏暗
3 安靜	4 開朗

解答 (3)

解題 「～てください」用在請求、指示或命令某人做某事。由前句的「うるさい」，可以知道後項的請求指令應該是「しずか」。「形容動詞に＋します」表示由人為意圖的施加作用，而產生的事物變化。
選項分析：
1. げんきに（元気に／有精神）：指充滿活力或精神飽滿，通常形容人的狀態，與「吵鬧」的語境不符。
2. くらく（暗く／昏暗）：指環境光線變得昏暗，與請求「安靜」的語境無關。
3. しずかに（静かに／安靜）：指保持安靜或降低音量，符合「うるさい」的對應請求，是正確的選項，答案正確。
4. あかるく（明るく／開朗）：通常指性格開朗或環境明亮，與「安靜」的請求語境不符。

27

はこの なかに おかしが（　　）
はいって います。

1 よっつ 　　　　　 2 ななつ

3 やっつ 　　　　　 4 みっつ

箱子裡有（四個）餅乾。

1 四個 　　　　　　 2 七個

3 八個 　　　　　　 4 三個

解答（1）

解題 題目問的是數量。插圖中，盒子裡的糕點有四塊，因此答案是「よっつ」。

選項分析：

1. よっつ（四つ／四個）：表示數量為四，與插圖中盒子裡的餅乾數量一致，答案正確且符合題目要求。
2. ななつ（七つ／七個）：表示數量為七，遠多於插圖中盒子裡的餅乾數量，與實際情境不符。
3. やっつ（八つ／八個）：表示數量為八，超過插圖中盒子裡的餅乾數量，與題目情境不符。
4. みっつ（三つ／三個）：表示數量為三，少於插圖中盒子裡的餅乾數量，與題目情境不符。

28

かばんは まるい いすの（　　）
に あります。

1 した 　　　　　　 2 よこ

3 まえ 　　　　　　 4 うえ

包包在圓形椅子（上面）。

1 下面 　　　　　　 2 旁邊

3 前面 　　　　　　 4 上面

解答（4）

解題 用「〜は〜にあります」句型，表示某物在某處。插圖中，提包在圓凳子的上面，因此答案是「うえ」。

選項分析：

1. した（下／下面）：指物品位於參考物的下方，與題目中描述的位置不符。
2. よこ（橫／旁邊）：指物品位於參考物的左右側，與題目中描述的「上方」位置不符。
3. まえ（前／前面）：指物品位於參考物的正前方，與題目中描述的位置不符。
4. うえ（上／上面）：指物品位於參考物的上方，符合題目所描述的位置，答案正確。

問題四 翻譯與解題

もんだい4 ＿＿の ぶんと だいたい おなじ いみの ぶんが あります。1・2・3・4から いちば
ん いい ものを ひとつ えらんで ください。

問題4　選項中有和＿＿意思相近的句子。請從選項1・2・3・4中選出一個 最適合的答案。

例

その えいがは つまらなかったです。

1 その えいがは おもしろく なかったです。

2 その えいがは たのしかったです。

3 その えいがは おもしろかったです。

4 その えいがは しずかでした。

那部電影很無聊。

1 那部電影並不有趣。

2 那部電影很有意思。

3 那部電影很有趣。

4 那部電影很安靜。

解答（1）

解題 找出關鍵字或句：

「つまらなかった」表示「無聊的」的過去式。

選項分析：

1. おもしろくなかった：「おもしろい」是「有趣的」，加上「くない」表示否定，變成「不有趣的」；過去
式「おもしろくなかった」意思是「並不有趣」。這與「つまらなかった」的意思一致，因此為正確答案。

2. たのしかった:「たのしい」是「愉快的」，用來形容讓人感到愉快、開心的情況；過去式「たのしかった」表示「很愉快」。與題目「無聊」的意思完全相反。

3. おもしろかった:「おもしろい」是「有趣的」，通常用來形容事物或情境具有吸引力；過去式「おもしろかった」意思是「很有趣」。與題目意思相反。

4. しずかでした:「しずか」是「安靜的」，多用於描述環境或氣氛；過去式「しずかでした」表示「很安靜」。題目並未提到電影是否安靜。

29 | まいあさ こうえんを さんぽします。
1 けさ こうえんを さんぽしました。
2 あさは いつも こうえんを さんぽします。
3 あさは ときどき こうえんを さんぽします。
4 あさと よるは こうえんを さんぽします。

每天早上我都會去公園散步。
1 今天早上我去公園散步了。
2 早上我總是去公園散步。
3 早上我偶而會去公園散步。
4 早上跟晚上我都會去公園散步。

解答(2)

解題 找出關鍵字或句:
「まいあさ」表示「每天早上」，是解題的關鍵，對應含有「總是」的語句。
選項分析:
1.「けさ」是「今天早上」，指的是特定的某一天，且句子用過去式「さんぽしました」(散步了)，與題目中「每天早上」的習慣性行為不符。
2.「いつも」是「總是」，表達持續且規律的行為，與題目中的「まいあさ」(每天早上)語意一致，因此為正確答案。
3.「ときどき」是「有時候」，表達不規律的行為，與題目中強調的「每天早上」的規律性不符。
4.「あさとよる」是「早上和晚上」，增加了題目中沒有提到的「晚上」，語意不符。

30 | しろい ドアが いりぐちです。そこから はいってください。
1 いりぐちには しろい ドアが あります。
2 しろい ドアから はいると そこが いりぐちです。
3 しろい ドアから はいって ください。
4 いりぐちの しろい ドアから でて ください。

白色的門是入口。請從那裡進入。
1 入口有扇白色的門。
2 進了白色的門之後，就到入口了。
3 請從白色的門進入。
4 請從入口的白色門出去。

解答(3)

解題 找出關鍵字或句:
「そこ」表示「那裡」，是一個場所指示代名詞。在本句中，「そこ」指的是前面提到的「しろいドア」，即「白色的門」。
選項分析:
1.「あります」表示「有」，該句翻譯為「入口有扇白色的門」，描述了一個事實，但未提及如何行動，因此與題目要求的動作指示不符。
2.「はいると」表示「進入之後」，該句意思為「進了白色的門之後，就到入口了」，描述了進門與入口的關係，但沒有明確指示動作。
3.「はいってください」是「請進入」的禮貌表達，指示考生進入特定門口，與題目中「請從白色的門進入」的意思完全一致，因此為正確答案。
4.「でてください」是「請出去」，與題目要求的「進入」相反。

31 | この ふくは たかくなかったです。
1 この ふくは つまらなかったです。
2 この ふくは ひくかったです。
3 この ふくは とても たかかったです。
4 この ふくは やすかったです。

這件衣服並不貴。
1 這件衣服很無聊。
2 這件衣服很低。
3 這件衣服非常貴。
4 這件衣服很便宜。

解答(4)

解題 找出關鍵字或句:

「たかくなかった」為解題關鍵,是形容詞「たかい」(貴的)的過去否定形,意思是「並不貴」。由前文的「ふく」(衣服)可以確定這裡的「たかい」指的是價錢。

選項分析:

1.「つまらなかった」是「無聊的」的過去式,用於描述事物的無趣,與題目中的「價錢」無關,因此排除。

2.「ひくかった」是「ひくい」(低的)的過去式,通常用於描述高度或聲音,與衣服的價錢無直接關聯。

3.「たかかった」是「たかい」(貴的)的過去式,意思是「非常貴」。與題目中「並不貴」的意思相反。

4.「やすかった」是「やすい」(便宜的)的過去式,意思是「很便宜」,與「たかくなかった」(並不貴)的意思相同,因此為正確答案。

32

おととい まちで せんせいに あいました。

1 きのう まちで せんせいに あいました。

2 ふつかまえに まちで せんせいに あいました。

3 きょねん まちで せんせいに あいました。

4 おととし まちで せんせいに あいました。

前天我在街上遇到老師了。

1 昨天我在街上遇到老師了。

2 兩天前我在街上遇到老師了。

3 去年我在街上遇到老師了。

4 前年我在街上遇到老師了。

解答 (2)

解題 找出關鍵字或句:

「おととい」是解題關鍵,意思是「前天」,相當於「ふつかまえ」(兩天前)。

選項分析:

1.「きのう」是「昨天」,表示的時間比「おととい」(前天)更接近現在,與題目中的「前天」意思不符,。

2.「ふつかまえ」是「兩天前」,與「おととい」(前天)意思完全相同,時間對應正確,因此為正確答案。

3.「きょねん」是「去年」,表示的是更長遠的過去,與題目中的「前天」時間相距太遠。

4.「おととし」是「前年」,表示的是比「去年」更早的過去,與題目中的「前天」時間完全不符。

33

トイレの ばしょを おしえて ください。

1 せっけんの ばしょを おしえて ください。

2 だいどころの ばしょを おしえて ください。

3 おてあらいの ばしょを おしえて ください。

4 しょくどうの ばしょを おしえて ください。

請告訴我廁所的位置。

1 請告訴我香皂的位置。

2 請告訴我廚房的位置。

3 請告訴我洗手間的位置。

4 請告訴我食堂的位置。

解答 (3)

解題 找出關鍵字:

「トイレ」是解題的關鍵,意思是「廁所」,其同義詞為「おてあらい」(洗手間)。

選項分析:

1.「せっけん」是「香皂」,此選項詢問的是香皂的位置,與題目要求的「廁所的位置」無關。

2.「だいどころ」是「廚房」,此選項詢問的是廚房的位置,與題目要求的「廁所的位置」無關。

3.「おてあらい」是「洗手間」,是「トイレ」的同義詞,與題目中的「廁所」意思相符,因此為正確答案。

4.「しょくどう」是「食堂」,此選項詢問的是食堂的位置,與題目要求的「廁所的位置」無關。

第一回
言語知識
（文法、讀解）

もんだい1　（　　　）に　何を　入れますか。1・2・3・4から　いちばん　いい　ものを　一つ　えらんで　ください。

問題1請從1・2・3・4之中選出一個最適合填入（　　　）的答案。

例

これ（　　　）　わたしの　かさです。

1 は　　　　　　　　2 を

3 や　　　　　　　　4 に

這（是）我的傘。

1 是（主題助詞）

2 （賓語助詞，表示動作的對象）

3 和、與

4 到、在

解答（1）

解題 此題考查日語中「主題標示助詞」的用法。「～は～です」是日語中基本的句型，用於對主題進行敘述或說明。句中的「これ」表示「這個」，用作主題，因此需要搭配助詞「は」。

選項解析：

1. は（正確答案）：助詞「は」用於標示句子的主題，結合「これ」形成「這個是～」的句型，正確且符合文法規則。

2. を：助詞「を」表示動作的對象或受詞，通常與動詞搭配使用。本句中沒有動詞，因此使用「を」不恰當。

3. や：助詞「や」用於列舉名詞，如「りんごやバナナ」，表示「～和～等」。本句中沒有列舉的情境，因此不適用。

4. に：助詞「に」表示動作的方向、時間點或存在的場所，常用於「存在」句型或動作的目的地。本句沒有這類語意，因此使用「に」不正確。

1

もんの　まえ（　　　）　かわいい　犬を　見ました。

1 は　　　　　　　　2 が

3 へ　　　　　　　　4 で

（在）門的前面看到了一隻可愛的狗。

1 是（主題助詞）　2 是（主語助詞）

3 到　　　　　　　4 在

解答（4）

解題 此題考查日語中助詞的用法，特別是描述動作發生地點時助詞「で」的使用。「で」表示動作或事件發生的場所，適用於句中的「もんの　まえ」（門的前面），表示在該地點看到了狗。

選項解析：

1. は：助詞「は」用於標示主題，但本句重點是描述動作的地點，而非主題，使用「は」不符合語法。

2. が：助詞「が」用於標示主語，通常描述某事物的狀態或存在。本句描述的是動作發生的地點，使用「が」不合適。

3. へ：助詞「へ」表示動作的方向或目的地，如「學校へ行きます」（去學校）。本句中並無方向或目的地的語意，因此不正確。

4. で（正確答案）：助詞「で」表示動作發生的場所。句中的「もんの　まえ」是動作「見ました」（看到）的發生地，使用「で」正確且符合語法規則。

2

あついので　ぼうし（　　　）　かぶりました。

1 に　　　　　　　　2 で

3 を　　　　　　　　4 が

天氣很熱，所以戴上了帽子。

1 戴在

2 用

3 （賓語助詞，表示動作的對象）

4 是

解答（3）

解題 此題考查助詞「を」的用法。「を」是表示動作對象或受詞的助詞，通常接在名詞後面，與表示動作的動詞搭配使用。句中的「ぼうしをかぶりました」表示「戴上帽子」，符合日語的語法規則。

選項解析：

1. に：助詞「に」表示動作的方向、時間點或存在的場所。例如「學校に行きます」（去學校）。但本句強調的是動作的對象（帽子），而非方向，因此使用「に」不正確。

2. で：助詞「で」用於表示動作的地點或工具。例如「車で行きます」（乘車去）。本句中並無地點或工具的語意，因此不適用。

3. を（正確答案）：助詞「を」表示動作的對象或受詞。「ぼうしをかぶります」是表示「戴上帽子」的固定搭配，語法正確且符合句意。

4. が：助詞「が」用於標示主語，強調動作的執行者或描述狀態。本句中沒有強調主語，而是在描述動作的對象，因此「が」不適合使用。

翻譯＋通關解題

1

2

3

4

5

6

回數

3

中野「内田さん（　　　）きのう　な
　　　にを　しましたか。」
内田「えいがに　いきました。」

1 が　　　　　　　　2 に
3 で　　　　　　　　4 は

中野「內田先生您昨天做了什麼事呢？」
內田「去看了電影。」

1 是　　　　　　　　2 到
3 在　　　　　　　　4 是（主題助詞）

解答（4）

解題 此題考查日語中助詞「は」的用法。「は」作為主題標示助詞，強調句子的主題或已知的信息。句中的「內田さんは」用於將「內田先生」作為話題的主體，接下來的內容說明有關「內田先生」的行動，因此使用「は」最為恰當。

選項解析：

1. が：助詞「が」用於標示句子的主語，強調新信息或描述特定的情況。但本句重點在於介紹「內田先生」這個已知主題，而非提供新信息，因此不適用。

2. に：助詞「に」通常用於表示動作的方向、目的地或時間點，例如「東京に行きます」（去東京）。但本句沒有表示方向或時間的語意，因此不正確。

3. で：助詞「で」用於描述動作發生的場所或手段，例如「図書館で勉強します」（在圖書館學習）。本句並未涉及場所或手段，因此不適用。

4. は（正確答案）：助詞「は」用於標示主題，強調「內田先生」是談話的主要對象，與後續的「きのうなにをしましたか」形成完整的句子結構，語法正確且符合語意。

4

母「たなの　上の　おかしを　たべたの
　　　は、あなたですか。」
子ども「はい。わたし（　　　）たべ
　　　　ました。ごめんなさい。」

1 が　　　　　　　　2 は
3 で　　　　　　　　4 へ

媽媽：「把架子上面的點心吃掉的人是你嗎？」
孩子：「對。（是）我吃掉的。對不起。」

1 是　　　　　　　　2 是（主題助詞）
3 用　　　　　　　　4 到

解答（1）

解題 此題考查日語中助詞「が」的用法。「が」用於標示句子的主語，特別是在回答問題或強調動作執行者時。「わたしが」強調「是我」這個主語，符合文法和語境。

選項解析：

1. が（正確答案）：助詞「が」用於標示主語，特別是在回答「誰做了某事」的問題時強調動作的執行者。「わたしがたべました」表示「是我吃的」，語法正確且符合句意。

2. は：助詞「は」用於標示主題，但在強調動作執行者時，需使用「が」而非「は」。若改為「わたしは」，則側重於主題，但未強調「是我」執行動作，語意不符合對話情境。

3. で：助詞「で」表示動作的場所或手段，如「車で行きます」（乘車去）。本句沒有表示場所或手段的語意，因此不正確。

4. へ：助詞「へ」表示動作的方向或目的地，如「學校へ行きます」（去學校）。本句並無方向或目的地的語意，因此不正確。

5

きのう、わたしは　友だち（　　　）
こうえんに　いきました。

1 が　　　　　　　　2 は
3 と　　　　　　　　4 に

昨天我（和）朋友去了公園。

1 是　　　　　　　　2 是（主題助詞）
3 和　　　　　　　　4 到

解答（3）

解題 此題考查助詞「と」的用法。「と」用於表示伴隨或動作的共同執行者，意思是「和～一起」。句中的「友だちとこうえんにいきました」表示「和朋友一起去了公園」，符合文法規則。

選項解析：

1. が：助詞「が」用於標示主語，但本句的重點是描述「和朋友一起去」的情境，而非主語，使用「が」不正確。

2. は：助詞「は」用於標示主題，但句中「友だち」並非句子的主題，而是動作的共同執行者，因此不適用。

3. と（正確答案）：助詞「と」表示伴隨或共同動作，意為「和～一起」。本句表達的是「和朋友一起去公園」，使用「と」正確且符合語意。

4. に：助詞「に」用於表示動作的方向或目的地，例如「こうえんに行きました」（去了公園）。但本句的空格需填入表示「和朋友一起」的助詞，因此「に」不正確。

6

えきの まえの みちを 東（   ）
あるいて ください。

1 を   2 が

3 か   4 へ

請沿著車站前面那條路（往）東邊走。

1 通過   2 是

3 或   4 往

解答（4）

解題 此題考查助詞「へ」的用法。「へ」用於表示動作的方向或目標地，意思是「往～」。句中的「東へあるいてください」表示「請往東走」，符合語法規則。

選項解析：

1. を：助詞「を」表示動作的對象或受詞，例如「道を歩きます」（走在路上）。但本句中的空格需填入表達方向的助詞，因此「を」不正確。
2. が：助詞「が」用於標示主語，強調主語的行動或狀態。本句重點是表達動作的方向，而非主語，因此使用「が」不正確。
3. か：助詞「か」表示選擇或疑問，例如「りんごかバナナ」（蘋果或香蕉）。本句並無選擇或疑問語意，因此不適用。
4. へ（正確答案）：助詞「へ」用於表示動作的方向或目標地，例如「駅へ行きます」（去車站）。本句中表達「往東邊走」的方向語意，使用「へ」正確且符合文法規則。

7

先生「この 赤い かさは、田中さん
（   ） ですか。」
田中「はい、そうです。」

1 が   2 を

3 の   4 や

老師：「這把紅色的傘是田中同學（的）嗎？」
田中：「是的，沒錯。」

1 是

2（賓語助詞，表示動作的對象）

3 的

4 和

解答（3）

解題 此題考查助詞「の」的用法。「の」用於表示所屬關係或名詞修飾名詞，意思是「的」。句中的「田中さんのですか」表示「是田中同學的嗎」，符合語法規則。

選項解析：

1. が：助詞「が」用於標示主語，強調主語的行動或狀態。但本句強調的是「田中同學與紅傘的所屬關係」，而非主語，使用「が」不正確。
2. を：助詞「を」表示動作的對象或受詞，通常與動詞搭配使用，例如「本を読みます」（看書）。但本句並非描述動作，因此「を」不適用。
3. の（正確答案）：助詞「の」表示名詞之間的所屬或修飾關係，例如「私の傘」（我的傘）。本句用「田中さんの」表示「田中同學的」，語法正確且符合語意。
4. や：助詞「や」用於列舉名詞，例如「本や雑誌」（書和雜誌）。本句中並未涉及列舉情境，因此「や」不正確。

8

A「あなたは がいこくの どこ
（   ） いきたいですか。」
B「スイスです。」

1 に   2 を

3 は   4 で

A：「你想去外國的什麼地方呢？」

B：「瑞士。」

1 去、到

2（賓語助詞，表示動作的對象）

3 是（主題助詞）

4 在

解答（1）

解題 此題考查助詞「に」的用法。「に」用於表示動作的方向或目標地，意思是「到～」。句中的「どこにいきたいですか」表示「想去什麼地方」，符合語法規則。

選項解析：

1. に（正確答案）：助詞「に」表示動作的方向或目標，例如「日本に行きます」（去日本）。本句詢問目標地「想到外國的哪裡」，使用「に」正確且符合語意。
2. を：助詞「を」表示動作的對象或受詞，例如「道を歩きます」（走在路上）。本句重點在於描述方向或目標地，而非動作的對象，因此「を」不適用。
3. は：助詞「は」用於標示主題，例如「私は学生です」（我是學生）。但本句中空格需填入方向助詞，與句意不符，因此「は」不正確。
4. で：助詞「で」表示動作發生的場所或工具，例如「図書館で本を読みます」（在圖書館讀書）。但本句詢問的是目標地，而非動作發生地，因此「で」不適合。

9

わたしの 父(ちち)は、母(はは)（　　　） 3さい わかいです。

1 にも　　　　　　　2 より

3 では　　　　　　　4 から

我爸爸（比）我媽媽還要小三歲。

1 也　　　　　　　　2 比起

3 在…裡　　　　　　4 從

解答(2)

解題 此題考查助詞「より」的用法。「より」用於表示比較對象，意思是「比～」。句中的「母より3さい わかいです」表示「比媽媽小三歲」，符合語法規則。

選項解析：

1. にも：助詞「にも」用於表示動作的方向或附加的對象，例如「先生にも言いました」（也對老師説了）。本句中需要表示比較關係，「にも」不適用。

2. より（正確答案）：助詞「より」表示比較對象，意思是「比～」。本句中「母より」用來説明爸爸相較於媽媽的年齡小，語法正確且符合句意。

3. では：助詞「では」用於標示話題或條件，例如「日本では桜が有名です」（在日本櫻花很有名）。但本句中不涉及條件或話題，而是比較，因此不正確。

4. から：助詞「から」表示起點或原因，例如「東京から来ました」（從東京來）或「雨だから行きません」（因為下雨所以不去）。本句沒有起點或原因的語意，「から」不適合使用。

10

これは 北海道(ほっかいどう)（　　　） おくって きた 魚(さかな)です。

1 でも　　　　　　　2 には

3 では　　　　　　　4 から

請問（從）北海道寄來的魚。

1 即使　　　　　　　2 在…裡

3 在…裡　　　　　　4 從

解答(4)

解題 此題考查助詞「から」的用法。「から」用於表示起點，意思是「從～」。句中的「北海道からおくってきた」表示「從北海道寄來的」，符合語法規則。

選項解析：

1. でも：助詞「でも」表示列舉或讓步，例如「お茶でも飲みますか」（喝點茶嗎）或「雨でも行きます」（即使下雨也去）。本句中需表示起點，「でも」不適用。

2. には：助詞「には」用於強調場所或方向，例如「部屋には誰もいません」（房間裡沒人）。本句需表示「從北海道」的起點語意，因此「には」不正確。

3. では：助詞「では」用於標示話題或條件，例如「日本では桜が有名です」（在日本櫻花很有名）。本句中強調的是「從北海道寄來」，而非話題或條件，因此「では」不合適。

4. から（正確答案）：助詞「から」表示起點或來源，例如「東京から来ました」（從東京來）。本句中「北海道から」表示「從北海道寄來的魚」，語法正確且符合句意。

11

A「おきなわでも 雪(ゆき)が ふりますか。」

B「ふった ことは ありますが、あまり （　　　）。」

1 ふります　　　　　　2 ふりません

3 ふって いました　　　4 よく ふります

A：「請問沖繩也會下雪嗎？」

B：「雖然曾經下雪，但幾乎（不下）。」

1 下　　　　　　　　2 不下

3 以前正在下雪　　　4 經常下

解答(2)

解題 此題考查否定句型的用法。「～ません」是動詞的否定形式，表示某行為「不發生」或「幾乎不發生」。句中的「あまりふりません」用於表達「幾乎不下雪」，符合語法規則。

選項解析：

1. ふります：「ふります」是動詞「降る」（下雨、下雪）的肯定形式，表示「會下雪」。但根據前文「ふったことはありますが」，顯示下雪很少發生，因此「ふります」不符合語意。

2. ふりません（正確答案）：「ふりません」是動詞「降る」的否定形式，表示「不下雪」。與「あまり」（幾乎不）搭配使用，語法正確且符合句意。

3. ふっていました：「ふっていました」是過去進行式，表示「以前正在下雪」。但本句的重點在於描述下雪頻率，而非過去正在下雪的情況，因此不適用。

4. よくふります：「よくふります」表示「經常下雪」。但根據上下文，沖繩的下雪情況很少發生，因此「よくふります」與句意不符。

12

A「魚が　たくさん　およいで　います
ね。」

B「そうですね。50 ぴき（　　　）い
るでしょう。」

1 ぐらい　　　　　　　2 までは

3 やく　　　　　　　　4 などは

A「有好多魚在游喔。」
B「是呀。（大概）有五十條魚左右吧。」

1 大概、大約　　　　2 直到

3 約　　　　　　　　4 等等

解題　此題考查數量詞與助詞「ぐらい」的用法。「ぐらい」表示大約的數量或範圍，意思是「左右、大概」。句中的「50 ぴきぐらい」表示「大概有五十條魚」，符合語法規則。

選項解析：

1. ぐらい（正確答案）：用於表示數量或時間的概略，例如「30分ぐらい」（大概30分鐘）。本句需要表達「大約五十條魚」，使用「ぐらい」正確且符合語意。

2. までは：表示範圍的終點，例如「駅までは歩いて行けます」（可以步行到車站為止）。本句中沒有表示終點的語意，因此不適用。

3. やく：用於表達「大約」，但作為副詞使用，通常放在數量詞之前，例如「やく 50 ぴき」（大約 50 條魚）。本句的語境中需要與數量詞直接搭配的「ぐらい」，而非副詞「やく」，因此不適合。

4. などは：表示列舉，例如「魚やエビなどは」（像魚和蝦之類的）。本句沒有列舉的語意，因此「などは」不正確。

13

A「へやには　だれか　いましたか。」

B「いいえ、（　　　）　いませんでし
た。」

1 だれが　　　　　　2 だれに

3 だれも　　　　　　4 どれも

A「剛才房間裡有誰在嗎？」
B「沒有，（誰也）不在。」

1 誰是　　　　　　　2 跟誰

3 誰也　　　　　　　4 任何人都

解題　此題考查日語中「だれも」的用法。「だれも」用於否定句中，表示「誰也（不）」，是強調否定的表達方式。句中的「だれもいませんでした」表示「誰也不在」，符合語法規則。

選項解析：

1. だれが：用於標示疑問句中的主語，例如「だれが行きますか」（誰去呢）。本句需要否定句中的強調詞，並非主語標示，故不適用。

2. だれに：表示動作的方向或對象，例如「だれに話しましたか」（跟誰說了呢）。本句並未表達動作對象的意思，使用「だれに」不正確。

3. だれも（正確答案）：用於否定句中，表示「誰也不」。本句的意思是「沒有人在」，符合語法和句意，使用「だれも」正確。

4. どれも：用於列舉或選擇時，表示「每一個都～」，例如「どれも好きです」（每一個都喜歡）。本句是詢問「誰」，而非「哪一個」，因此「どれも」不正確。

14

A「あなたは、その　人の　（　　　）
ところが　すきですか。」

B「とても　つよい　ところです。」

1 どこの　　　　　　2 どんな

3 どれが　　　　　　4 どこな

A「你喜歡那個人的（什麼）地方呢？」
B「他非常堅強。」

1 哪裡的　　　　　　2 什麼樣的

3 哪個是　　　　　　4 無此用法

解題　此題考查疑問詞「どんな」的用法。「どんな」用於詢問對象的特徵或性質，意思是「什麼樣的」。句中的「その人のどんなところが」表示「那個人的什麼地方」，符合語法規則。

選項解析：

1. どこの：表示地點或來源的疑問，例如「どこの店ですか」（是哪家店）。但本句詢問的是人性質的特徵，而非地點，因此不適用。

2. どんな（正確答案）：用於詢問對象的特徵或性質，例如「どんな音楽が好きですか」（喜歡什麼樣的音樂）。本句詢問的是「那個人的什麼樣的地方」，語法正確且符合句意。

3. どれが：用於選擇對象，例如「どれが一番好きですか」（最喜歡哪一個）。但本句中未涉及選擇，使用「どれが」不正確。

4. どこな：是不存在的日語形式，完全不正確。

15

先生「あなたは、きのう　なぜ　学校を
　　　やすんだのですか。」

学生「おなかが　いたかった（　　　）
　　　です。」

1 から　　　　　　　　2 より

3 など　　　　　　　　4 まで

老師「你昨天為什麼沒來上學呢？」
學生「（因為）我肚子痛。」

1 因為　　　　　　　　2 比起
3 等等　　　　　　　　4 直到

解答（1）

解題　此題考查助詞「から」的用法。「から」用於表示原因或理由，意思是「因為～」。句中的「おなかが
いたかったからです」表示「因為肚子痛」，符合語法規則。

選項解析：

1. から（正確答案）：用於表達原因或理由，例如「雨が降っているから行きません」（因為下雨所以不去）。
　本句用來說明「肚子痛」是請假的理由，語法正確且符合句意。

2. より：用於表示比較，例如「兄より背が高い」（比哥哥高）。本句不是比較句，因此「より」不適用。

3. など：用於列舉事物，例如「りんごやバナナなど」（蘋果、香蕉等）。本句沒有列舉的語意，因此「など」
　不正確。

4. まで：用於表示範圍的終點，例如「家まで歩きます」（走到家）。本句是說明原因，而非描述範圍，因
　此「まで」不適合。

16

（電話で）

山田「山田と　もうしますが、そちらに
　　　田上さん　（　　　）。」

田上「はい、わたしが　田上です。」

1 では　ないですか　　2 いましたか

3 いますか　　　　　　4 ですか

（通電話）

山田「敝姓山田，請問您那裡（有）一位
　　　田上先生（嗎）？」

田上「您好，我就是田上。」

1 不是嗎　　　　　　　2 有…嗎（過去式）
3 有…嗎（現在式）4 是嗎

解答（3）

解題　此題考查助詞「いますか」的用法。「います」用於表示人的存在，特別是詢問或確認某人是否在場。
句中的「そちらに田上さんいますか」表示「請問您那裡有位田上先生嗎」，符合語法規則。

選項解析：

1. ではないですか：表示否定的反問語氣，例如「田上さんではないですか」（難道不是田上先生嗎）。本
　句意圖詢問對方是否在場，而非進行反問，故不適用。

2. いましたか：是「いますか」的過去式，表示「（以前）在嗎」。本句中詢問的是現在的情況，使用過去式
　不合適。

3. いますか（正確答案）：用於詢問人的存在，例如「誰かいますか」（有沒有人在）。本句詢問田上先生是
　否在，語法正確且符合句意。

4. ですか：用於詢問敘述句的確認，例如「田上さんですか」（您是田上先生嗎）。本句中詢問的是某人的
　存在，而非確認身分，因此「ですか」不正確。

もんだい2 ＿★＿ に 入（はい）る ものは どれですか。1・2・3・4から いちばん いい ものを 一つ（ひと）
えらんで ください。

問題2下文的 ＿★＿ 中該填入哪個選項，請從1・2・3・4之中選出一個最適合的答案。

例

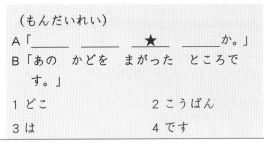

（もんだいれい）
A「＿＿＿＿ ＿＿＿＿ ＿★＿ ＿＿＿＿か。」
B「あの かどを まがった ところで
す。」

1 どこ　　　　　　2 こうばん
3 は　　　　　　　4 です

※ 正確語順
「こうばんは　どこですか。」
A「派出所在哪裡呢？」
B「就在那個巷口轉角處。」

解答（1）

解題

（1）選項意義分析

1. どこ：表示「哪裡」，用來提問地點；2. こうばん：表示「派出所」；3. は：提示助詞，用於強調主題；
4. です：句尾敬語，表示敘述或疑問句的結尾。

（2）語法結構分析

根據日語基本語序：主題（主語）+ 提示助詞 + 補語 + 謂語，整理正確的句子順序。

主題（こうばん）；提示助詞（は）；補語（どこ）；謂語（です）。

因此正確句子為：「こうばんはどこですか。」

（3）解答解析

正確答案：1（どこ）。因為該句是提問地點，缺少疑問詞「どこ」來表達「在哪裡」。其餘選項無法完成
完整的語句結構。

17

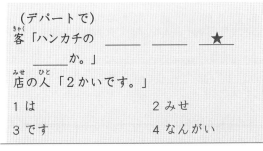

（デパートで）
客（きゃく）「ハンカチの ＿＿＿＿ ＿＿＿＿ ＿★＿
＿＿＿＿か。」
店（みせ）の人（ひと）「2かいです。」

1 は　　　　　　　2 みせ
3 です　　　　　　4 なんがい

※ 正確語順
客「ハンカチの　みせは　なんがいですか。」
（在百貨公司裡）
顧客「請問賣手帕的店在幾樓呢？」
員工「在二樓。」

解答（4）

解題

（1）選項意義分析

1. は：提示助詞，用於引出主題；2. みせ：表示「店」；3. です：句尾敬語，表示敘述或疑問句的結尾；4.
なんがい：表示「幾樓」，用於提問樓層。

（2）語法結構分析

根據日語基本語序：主題（主語）+ 提示助詞 + 補語 + 謂語，整理正確的句子順序。

主題（ハンカチのみせ）；提示助詞（は）；補語（なんがい）；謂語（です）。

因此正確句子為：「ハンカチのみせはなんがいですか。」

（3）解答解析

正確答案：4（なんがい）。因為句子中缺少疑問詞「なんがい」來詢問樓層位置，選項4是正確答案。
其餘選項無法完成完整的疑問句。

18

A「きのうは　なんじ_____　_____
　　_____★_____　_____　か。」
B「9じはんです。」

1 家	2 出ました
3 を	4 に

※ 正確語順
A「きのうは　なんじに　家を　出ましたか。」
（在店裡）
A「昨天你是幾點離開家門的呢？」
B「九點半。」

解答（3）

解題

（1）選項意義分析

1. 家：表示「家」，為地點名詞；2. 出ました：表示「離開」，動詞過去式；

3. を：助詞，標示動作的對象或作用的範圍；4. に：助詞，標示時間或動作的方向。

（2）語法結構分析

根據日語基本語序：主題（主語）＋ 時間 ＋ 地點 ＋ 動作，整理正確的句子順序。

主題（きのうは）；時間（なんじに）；地點（家を）；動作（出ました）。

因此正確句子為：「きのうはなんじに家を出ましたか。」

（3）解答解析

正確答案：3（を）。因為句子需要助詞「を」來標示離開的地點「家」，其他選項無法完成語法正確的句子結構。

19

この　へやは　とても _____　★_____
_____　_____ね。

1 です	2 て
3 ひろく	4 しずか

※ 正確語順
この　へやは　とても　ひろくて　しずか
ですね。
這個房間非常寬敞並且安靜呢。

解答（2）

解題

（1）選項意義分析

1. です：句尾敬語，表示敘述或疑問句的結尾；2. て：接續助詞，用於連接形容詞或動作，表示「並且」或「同時」；3. ひろく：形容詞「広い」的連用形，表示「寬敞」；4. しずか：形容動詞，表示「安靜」。

（2）語法結構分析

根據日語基本語序：主題（主語）＋ 修飾語 ＋ 接續 ＋ 描述語 ＋ 謂語，整理正確的句子順序。

主題（このへやは）；修飾語（とてもひろく）；接續（て）；描述語（しずか）；謂語（ですね）。

因此正確句子為：「このへやはとてもひろくてしずかですね。」

（3）解答解析

正確答案：2（て）。因為句子需要接續助詞「て」將兩個形容詞「ひろく」和「しずか」連接起來，表示「既寬敞又安靜」，其他選項無法完成語意和語法正確的句子結構。

20

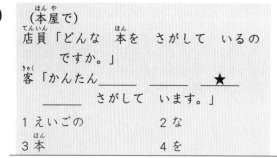

（本屋で）
店員「どんな　本を　さがして　いるの
　　　ですか。」
客「かんたん_____　_____　_____★
　　_____　さがして　います。」

1 えいごの	2 な
3 本	4 を

※ 正確語順
客「かんたんな　えいごの　本を　さがし
て　います。」
（在書店裡）
店員「請問您在找哪本書嗎？」
顧客「我在找淺顯易懂的英文書。」

解答（3）

解題

（1）選項意義分析

1. えいごの：表示「英文的」，為修飾語，用於形容名詞；2. な：形容動詞的連接助詞，用於將形容動詞連接到名詞；3. 本：表示「書」，為名詞；4. を：助詞，用於表示動作的對象。

（2）語法結構分析

根據日語基本語序：主語 ＋ 修飾語 ＋ 補語 ＋ 助詞 ＋ 動詞，整理正確的句子順序。

修飾語 1（かんたんな）；修飾語 2（えいごの）；補語（本）；助詞（を）；動詞（さがしています）。

因此正確句子為：「かんたんなえいごの本をさがしています。」

（3）解答解析

正確答案：3（本）。因為句子中需要名詞「本」作為補語，其他選項無法完成語意與語法正確的句子結構。

21

A「いえには どんな ペットが いますか。」

B「＿＿＿ ★ ＿＿＿ ＿＿＿よ。」

1 犬 (いぬ)　　　　　　2 ねこが

3 と　　　　　　　　　4 います

※ 正確語順
B「犬と ねこが いますよ。」
A「你家裡養了哪些寵物呢？」
B「有狗和貓喔。」

解題

（1）選項意義分析

1. 犬：表示「狗」，為名詞；2. ねこが：表示「貓」，為主語助詞「が」修飾的名詞；3. と：連接助詞，用於連接名詞，表示「和」；4. います：表示「存在」或「有」，用於描述人或動物的存在。

（2）語法結構分析

根據日語基本語序：名詞 1 + 連接助詞 + 名詞 2 + 動詞，整理正確的句子順序。

名詞 1（犬）；連接助詞（と）；名詞 2（ねこが）；動詞（います）。

因此正確句子為：「犬とねこがいますよ。」

（3）解答解析

正確答案：3（と）。因為句子需要用「と」將兩個名詞「犬」和「ねこ」連接起來，表示「狗和貓」，其他選項無法完成語法和語意正確的句子結構。

問題三　翻譯與解題

もんだい3 22 から 26 に 何を (なにを) 入れますか (いれますか)。ぶんしょうの いみを かんがえて、1・2・3・4から いちばん いい ものを 一つ (ひとつ) えらんで ください。

問題 3 於閱讀下述文章之後，就整體文章的內容作答第 22 至 26 題，並從 1・2・3・4 選項中選出一個最適合的答案。

日本で (にほんで) べんきょうして いる 学生 (がくせい) が、「わたしと パソコン」の ぶんしょうを 書いて (かいて)、クラスの みんなの 前で (まえで) 読みました (よみました)。

わたしは、まいにち 家で (いえで) パソコンを つかっています。パソコンは、何かを (なにかを) しらべる ときに とても 22 です。

出かける (でかける) とき、どの 23 電車や (でんしゃや) 地下鉄に (ちかてつに) 乗るのか (のるのか) を しらべたり、店の (みせの) ばしょを 24 します。

わたしたち 留学生 (りゅうがくせい) は、日本の (にほんの) まちを あまり 25 ので、パソコンが ないと とても 26 。

在日本留學的學生以〈我和電腦〉為題名寫了一篇文章，並且在班上同學的面前誦讀給大家聽。

我每天都在家裡使用電腦。需要查詢資料時，電腦非常 22 。

要外出的時候，可以先 24 應該 23 哪個 23 搭電車或地鐵，或者是店家的位置。

我們留學生對日本的交通道路不太 25 ，所以如果沒有電腦，實在非常 26 。

22

1 べんり　　　　　　2 高い (たかい)

3 安い (やすい)　　　4 ぬるい

1 便利　　　　　　2 昂貴
3 便宜　　　　　　4 溫和

解題 關鍵句分析：

第二段提到「パソコンは、何かをしらべるときにとても ＿＿＿＿＿＿」中，空格處應填入「便利」表達了電腦在查詢資料時的價值。

語法點解釋與選項排除邏輯：

1. べんり（便利／方便、實用）：表示事物的實用性，與句中描述的電腦功能相符，正確。

2. 高い（たかい／高價）：表示價格昂貴，與語境無關。

3. 安い（やすい／低價）：表示價格便宜，但文中並未涉及價格相關內容。

4. ぬるい（温い／溫和）：多用於形容溫度，與語境不符。

1 2 3 4 5 6 回數

23

1 学校で（がっこう）	2 えきで
3 店で（みせ）	4 みちで

1 在學校	2 在車站
3 在商店	4 在街上

解答 (2)

解題 關鍵句分析：

「出かけるとき、どの ＿＿＿＿＿ 電車や地下鉄に乗るのかをしらべたり」中提到「電車」和「地下鉄」，這兩者的乘車地點通常是「えき」（車站）。

語法點解釋與選項排除邏輯：

1. 学校で（がっこうで／在學校）：學校並非電車或地下鐵的乘車地點，與語境不符。
2. えきで（駅で／在車站）：車站是電車和地下鐵的乘車地點，與語境相符，正確。
3. 店で（みせで／在商店）：商店無法與電車或地下鐵的乘車情境產生聯繫。
4. みちで（道で／在街上）：街上偏向道路，無法與乘車地點的語境相符。

24

1 しらべる	2 しらべよう
3 しらべて	4 しらべたり

1 查詢	2 查詢吧
3 查詢	4 或者查詢

解答 (4)

解題 關鍵句分析：

「しらべたり」暗示此處應用「～たり～たり」的句型，表示例舉多個動作。

語法點解釋與選項排除邏輯：

1. しらべる（調べる／查詢）：為普通形，無法構成「～たり～たり」句型，語法錯誤。
2. しらべよう（調べよう／查詢吧）：為意志形，表示提議或自我激勵，與句中描述行為列舉的語境不符。
3. しらべて（調べて／查詢）：為接續形，雖語法正確，但未構成「～たり～たり」的列舉用法，語法不通。
4. しらべたり（調べたり／或者查詢）：為「たりたり」句型的正確用法，用於列舉多個動作，且符合句中列舉行為的語境，正確。

25

1 しって　いる	2 おしえない
3 しらない	4 あるいて　いる

1 熟悉	2 不教導
3 不熟悉	4 正在走路

解答 (3)

解題 關鍵句分析：

「わたしたち留学生は、日本のまちをあまり ＿＿＿＿＿ ので」中，「あまり」後通常接否定表達「不太…」。因此，空格處應填入否定形式。

語法點解釋與選項排除邏輯：

1. しっている（知っている／熟悉）：為肯定形，語意與「あまり」的否定語氣矛盾。
2. おしえない（教えない／不教導）：與句子描述的街道熟悉度無關。
3. しらない（知らない／不熟悉）：為否定形，正確表達「不太熟悉日本的街道」，符合語境，正確。
4. あるいている（歩いている／正在走路）：描述動作「走路」，與熟悉街道的語境無關。

26

1 むずかしいです	2 しずかです
3 いいです	4 こまります

1 困難	2 安靜
3 良好	4 傷腦筋

解答 (4)

解題 關鍵句分析：

「わたしたち留学生は、日本のまちをあまりしらないので、パソコンがないととても ＿＿＿＿＿。」中，「ので」表示因果關係，因此後面的內容應表達「因不熟悉街道，沒有電腦會導致的問題」。

語法點解釋與選項排除邏輯：

1. むずかしいです（難しいです／困難）：可用於表示具挑戰性的事務，但未特別表達主觀困擾。
2. しずかです（静かです／安靜）：與語境無關，無法描述「因不熟悉街道而導致的問題」。
3. いいです（良いです／良好）：語意正面，與文中描述困擾的語境矛盾。
4. こまります（困ります／傷腦筋）：表達主觀的不便或困擾，語氣更符合「因不熟悉街道而感到困擾」的文意，正確。

んだい4 つぎの (1)から (3)の ぶんしょうを 読んで、しつもんに こたえて ください。こたえは、1・
2・3・4から 一ばん いい ものを 一つ えらんで ください。

第 4 大題　請閱讀下列（1）～（3）的文章，並回答問題。請從選項 1・2・3・4 中，選出一個最適當的答案。

(1)

わたしは 今日、母に おしえて もらいなが
ら ホットケーキを 作りました。先週 一人で
作った とき、じょうずに できなかったからで
す。今日は、とても よく できて、父も、おいし
いと 言って 食べました。

我今天在媽媽的指導之下做了鬆餅。因為上星期
我自己一個人做的時候，沒有做得很成功。今天做
得很好，爸爸也邊吃邊稱讚說很好吃。

27　「わたし」は、今日、何を しましたか。

1 母に おしえて もらって ホットケーキ
　を 作りました。
2 一人で ホットケーキを 作りました。
3 父と いっしょに ホットケーキを 作り
　ました。
4 父に ホットケーキの 作りかたを なら
　いました。

「我」今天做了什麼呢？
1 在媽媽的指導下做了鬆餅。
2 自己一個人做了鬆餅。
3 和爸爸一起做了鬆餅。
4 向爸爸學了鬆餅的製作方法。

解答(1)

解題 題型分析：
此題考查對文章內容的理解以及動作主體的判斷能力。文中關鍵句為「わたしは 今日、母に おしえて も
らいながら ホットケーキを 作りました」，其中「母に おしえて もらいながら」表示「在媽媽的教導下」，
而「作りました」是描述「製作了某物」的動作。根據文脈，需要選出符合描述的選項。
選項解析：
1. 此選項準確表述了文章中「在媽媽的指導下製作鬆餅」的內容，符合文意，並且完全忠於原文描述。
2. 本選項提到「一個人製作鬆餅」，但文章中明確指出「先週一人で作ったとき」沒有成功，而今天是「在
　媽媽的指導下」完成，因此此選項不符合文意。
3. 此選項提到「和爸爸一起製作鬆餅」，但文章中並未提及父親參與製作，父親的角色僅是品嘗並稱讚，
　因此此選項錯誤。
4. 此選項表示「向父親學習鬆餅的做法」，但文章中提到的是「在媽媽的指導下製作」，而非向父親學習，
　因此不正確。

(2)

わたしの いえは、えきの まえの ひろい 道
を まっすぐに 歩いて、花やの かどを みぎに
まがった ところに あります。花やから 4けん
先の 白い たてものです。

我家的位置是沿著車站前面那條寬敞的道路直
走，在花店那個巷口往右轉就到了。就是和花店隔
四棟的那個白色建築。

翻譯＋通關解題

1

2

3

4

5

6

回數

229

28 「わたし」の　いえは　どれですか。　　　　　「我」家是哪一棟呢？

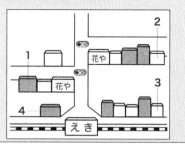

解答(2)

解題 由於在「花やのかど」轉彎，因此選項3和4不同。用來描述轉彎方向的「みぎ」和「ひだり」是基本語彙，一定要記起來才行，不過就算不知道「みぎにまがったところ」，只要知道「4けん先の白いたてもの」裡面的「4」或「白い」，應該就能選出正確答案了吧。

---

(3)

あしたの　ハイキングに　ついて　先生から　　　關於明天的健行，老師交代了以下
つぎの　話が　ありました。　　　　　　　　　　的事項。

> あした、ハイキングに　行く　人
> は、朝　9時までに　学校に　来て
> ください。前の　日に　病気を　して、
> ハイキングに　行く　ことが　できな
> く　なった　人は、朝の　7時までに
> 先生に　電話を　して　ください。
> また、あした　雨で　ハイキングに　行
> かない　ときは、朝の　6時までに、先生が
> みなさんに　電話を　かけます。

> 明天要去健行的人，請在早上九點之前到學校。如果有人前一天晚上生病了，沒辦法參加健行，請在早上七點之前打電話告訴老師。
>
> 還有，萬一明天因為下雨而取消健行，老師會在早上六點之前打電話通知大家。

29 前の　日に　病気を　して、ハイキングに　行く　ことが　できなく　なった　ときは、どうしますか。
　1 朝　6時までに　先生に　電話を　します。
　2 朝　8時までに　先生に　メールを　します。
　3 朝　7時までに　先生に　電話を　します。
　4 夜の　9時までに　先生に　電話を　します。

假如前一天晚上生病了，沒辦法參加健行的話，該如何處理呢？
1 在早上六點之前打電話告訴老師。
2 在早上八點之前寄電子郵件告訴老師。
3 在早上七點之前打電話告訴老師。
4 在晚上九點之前打電話告訴老師。

解答(3)

解題 題型分析：
此題考查對文章具體細節的理解能力，尤其是對指定時間和行動的判斷。文中明確提到「前の日に病気をして、ハイキングに行くことができなくなった人は、朝の7時までに先生に電話をしてください」，需要根據此資訊選擇正確答案。
選項解析：
1. 此選項提到「早上六點之前打電話」，但文章中規定的是「早上七點之前」聯繫老師，時間不符，因此此選項不正確。
2. 此選項提到「早上八點之前發送電子郵件」，但文章中要求的是「早上七點之前打電話」，並且未提到可以用電子郵件聯繫，因此此選項錯誤。
3. 此選項準確表述了文章中要求的行動，即「早上七點之前聯繫老師」，完全符合文章內容。
4. 此選項提到「晚上九點之前打電話」，但文章中明確要求聯繫時間為「早上七點之前」，時間不符，因此此選項不正確。

もんだい5 つぎの ぶんしょうを 読んで、しつもんに こたえて ください。こたえは、1・2・3・4から
一ばん いい ものを 一つ えらんで ください。

第5大題　請閱讀下列文章，並回答問題。請從選項1・2・3・4中，選出一個最適當的答案。

土曜日の 夕方から 雪が ふりました。

わたしが すんで いる 九州で※1は、雪は あまり
ふりません。こんなに たくさん 雪が ふるのを はじめ
て 見たので、わたしは とても うれしく なりました。

くらく なった 空から 白い 雪か つぎつぎに※2
ふって きて、とても きれいでした。わたしは、長い 間
まどから 雪を 見て いましたが、12時ごろ ねました。

日曜日の 朝 7時ごろ、「シャッ、シャッ」と いう
音を 聞いて、おきました。雪は もう ふって いません
でした。門の 外で、母が

雪かき※3を して いました。日曜日で がっこうも 休み
なので まだ ねて いたかったのですが、わたしも おき
て 雪かきを しました。

近くの 子どもたちは、たのしく 雪で あそんで い
ました。

（注1）九州：日本の 南の 方の 島。
（注2）水草：水の 中に ある 草。
（注3）雪かき：つもった 雪を 道の 右や 左に あつめて、通る ところを 作ること。

星期六從傍晚開始下起雪了。

我居住的九州※1地區很少下雪。由
於我是第一次看到下這麼多雪，所以非
常開心。

天空暗了下來，不斷地※2飄著潔白
的雪花，那景象實在美極了。我在窗前
望著雪看了好久，直到十二點左右才入
睡。

在星期天早上七點左右，一陣「唰
唰」聲響讓我醒了過來。雪已經停了。
媽媽正在門外剷雪※3。原本因為星期
天我不必去上課，想要多睡一點，但我
還是起床剷雪了。

附近的孩子們玩雪玩得很開心。

（注1）九州：位於日本南方的島嶼。
（注2）不斷地：在一件事或物之後，同
　　　　樣的事物接連而來。
（注3）剷雪：把積雪集中到道路左右兩
　　　　旁，做出可通行的路。

30 「わたし」は、どうして うれしく なりまし
たか。
1 土曜日の 夕方に 雪が つもったから
2 雪が ふるのが とても きれいだったか
ら
3 雪を はじめて 見たから
4 雪が たくさん ふるのを はじめて 見
たから

「我」為什麼感到高興呢？
1 因為星期六的傍晚積了雪
2 因為下雪的景象非常美
3 因為第一次看到雪
4 因為第一次看到這麼多雪

解答（4）

解題 題型分析：
此題考查文章中描述「我」感到開心的原因，需要根據文章內容精確判斷原因所在。關鍵句為「こんなに
たくさん 雪が ふるのを はじめて 見たので、わたしは とても うれしく なりました」，其中提到「看到這
麼多雪是第一次」，因此需要選出與此表述相符的選項。
選項解析：
1. 此選項提到「因為星期六傍晚雪積起來了」，但文章中並未提到積雪的時間是讓「我」感到開心的原因，
　　因此此選項不正確。
2. 此選項提到「因為雪很漂亮」，雖然文章中描述雪景「とても きれい」，但並未表明這是「我」感到開心
　　的主要原因，因此此選項不完全正確。
3. 此選項提到「因為第一次看到雪」，但文章中提到的是「看到這麼多雪」而非單純「第一次看到雪」，因
　　此此選項與文章不符。
4. 此選項準確表述了文章中「看到這麼多雪是第一次」的內容，完全符合文章描述。

翻譯＋通關解題

231

31

「わたし」は、日よう日の 朝 何を しましたか。

1 7時に おきて がっこうに 行きました。

2 子どもたちと 雪で あそびました。

3 朝 はやく おきて 雪かきを しました。

4 雪の つもった まちを 歩きました。

「我」在星期天的早晨做了什麼事呢？

1 七點起床後去上了課。

2 和孩子們一起玩了雪。

3 清晨醒來後去剷了雪。

4 走在積雪的街道上。

解答 (3)

解題 題型分析：

此題考查對文章具體行動的理解能力，特別是「我」在星期天早上的行為。關鍵句為「日曜日の 朝7時ごろ、『シャッ、シャッ』という 音を 聞いて、おきました」以及「わたしも おきて 雪かきを しました」，指出「我」早上起床後參與了剷雪活動。需根據此資訊選出正確答案。

選項解析：

1. 此選項提到「7點起床去學校」，但文章中明確表示「日曜日で がっこうも 休み」，沒有去學校，因此此選項不正確。
2. 此選項提到「和孩子們一起玩雪」，但文章中僅描述「近くの 子どもたちは、たのしく 雪で あそんでいました」，並未提到「我」參與了玩雪，因此此選項不正確。
3. 此選項準確描述了文章中的行為，「我」在早上起床後幫忙剷雪，完全符合文章內容。
4. 此選項提到「走在積雪的街道上」，但文章中沒有任何關於散步的描述，因此此選項不正確。

問題六 翻譯與解題

もんだい6 下の ページを 見て、下の しつもんに こたえて ください。こたえは、1・2・3・4から いちばん いい ものを 一つ えらんで ください。

第6大題 請閱讀下方「圖書館相關規則」，並回答下列問題。請從選項1・2・3・4中，選出一個最適當的答案。

図書館のきまり

○ 時間　　午前9時から午後7時まで
○ 休み　　毎週 月曜日

*また、毎月30日（2月は28日）は、お休みです。

○ 1回に、一人3冊までかりることができます。
○ 借りることができるのは3週間です。

*3週間あとの日が図書館の休みの日のときは、その次の日までにかえしてください。

圖書館相關規則

○ 開放時間　上午九點至下午七點
○ 休館日　　每週一

*此外，每月30號（2月為28號）是休館日。

○ 每人每次限借閱三冊。
○ 借閱期限為三星期。

*假如三星期後的到期日恰為圖書館的休館日，請於隔天之前歸還。

32

田中さんは 3月9日、日曜日に 本を 3冊 借りました。

何月何日までに 返しますか。

1 3月23日　　2 3月30日

3 3月31日　　4 4月1日

田中先生在三月九號星期天借了三本書。

請問他在幾月幾號之前要歸還呢？

1 三月二十三號　　2 三月三十號

3 三月三十一號　　4 四月一號

解答 (4)

解題 題型分析：

此題考查對圖書館借書規則的理解，特別是借書期限的計算及對例外情況（圖書館休館日）的處理。文章提到，借書期限為3週後的日期，但若該日期為休館日，則需推遲至下一個開館日歸還。

選項解析：

1. 此選項計算錯誤，3月23日僅為借書日期後的第14天（即2週後），不符合3週期限的規定，因此不正確。
2. 此選項的日期無效，並非現實中的日期，屬於無效選項。
3. 此選項與借書日期前後的時間無關，明顯不符合規則，因此不正確。
4. 此選項準確計算了3週期限及考慮了休館日的影響，正確地指出了下一個開館日的歸還時間，符合規定。

第一回
聽解

もんだい1では、はじめに しつもんを きいて ください。それから はなし を きいて、もんだいようしの 1から4の なかから、いちばん いい もの を ひとつ えらんで ください。

在問題 1 中，請先仔細聆聽問題。接著，聽對話內容，然後從問題用紙中的 1 到 4 個選項中，選出最適合的答案。

例

動物園で、先生と生徒が話しています。この生徒は、このあと、どの動物を見に行きますか。

M：岡田さんは、ゾウとキリンが好きなんですか。

F：はい。でも、いちばん好きなのはパンダです。

M：ほかのみんなは、アライグマのところにいますよ。いっしょに行きませんか。

F：はい、行きましょう。

この生徒は、このあと、どの動物を見に行きますか。

老師和學生正在動物園裡交談。請問這位學生在談話結束後，會去看哪種動物呢？

M：岡田同學喜歡大象和長頸鹿嗎？

F：我喜歡。不過，最喜歡的是貓熊。

M：其他同學都去浣熊那邊囉，要不要一起去呢？

F：好的，我們一起去吧！

請問這位學生在談話結束後，會去看哪種動物呢？

解答 (3)

解題 關鍵點：

1. 對話中提到學生喜歡的動物（大象、長頸鹿、貓熊）。
2. 其他同學的位置（浣熊那邊）。
3. 最後學生是否跟著其他同學去浣熊那裡。

選項解析：

1. ゾウ（大象）：對話提到「岡田さんは、ゾウとキリンが好きなんですか。」（岡田同學喜歡大象和長頸鹿嗎？），但學生並未表示接下來要去看大象。
2. キリン（長頸鹿）：雖然提到學生喜歡長頸鹿，但也沒有表示會去看長頸鹿。
3. アライグマ（浣熊）：正確答案。男方提到「ほかのみんなは、アライグマのところにいますよ。」（其他同學都在浣熊那邊），並提議「いっしょに行きませんか？」（要不要一起去呢？）。學生回答「はい、行きましょう。」（好的，我們一起去吧！），清楚表明她會去看浣熊。
4. パンダ（貓熊）：對話中提到「いちばん好きなのはパンダです。」（最喜歡的是貓熊），但學生並未表示要去看貓熊。

翻譯＋通關解題

1

2

3

4

5

6

回數

233

1

靴屋で、女の人と店の人が話しています。
女の人は、どの靴を買いますか。

F：子どもの靴を買いたいのですが、ありますか。

M：女の子の靴ですか。男の子の靴ですか。

F：女の子の黒い革の靴で、サイズは22センチです。

M：上のと下ので、どちらがいいですか。

F：そうですね、下のがいいです。

女の人は、どの靴を買いますか。

女士和店員正在鞋店裡交談。請問這位女士會買哪雙鞋？

F：我想買兒童鞋，這裡有嗎？

M：要買小女孩的鞋，還是小男孩的鞋呢？

F：小女孩的黑色皮鞋，尺寸是二十二公分。

M：請問上面這雙和下面這雙，您比較喜歡哪一雙呢？

F：我看看喔……，下面的比較好。

請問這位女士會買哪雙鞋呢？

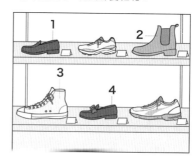

解答（4）

解題 關鍵點：

1. 女的客人想購買孩子的鞋子，指定是「女の子の」（女孩的）。

2. 客人要求鞋子是「黒い革の靴」（黑色的皮鞋）。

3. 最後客人選擇了「下のがいいです」（下面的比較好）。

請用刪除法找出正確答案。單單只有「女の子の」還沒辦法刪掉任何一個選項。因為提到「黒い革の靴」（黑色的皮鞋），所以可以去掉選項2（長靴）和3（運動鞋）。「22センチ」（22公分）對解答沒有幫助。剩下的只有選項1和4，因為對話中提到「下のがいいです」（下面的比較好），所以答案是4（下的黑色革靴）。

另外，「サイズ」（尺寸）這個字對N5來說可能有些困難，但在這一題即使不知道它的意思也能順利解題。

2

病院で、医者と男の人が話しています。
男の人は、1日に何回薬を飲みますか。

F：この薬は、食事の後飲んでくださいね。

M：3度の食事の後、必ず飲むのですか。

F：そうです。朝と昼と夜の食事のあとに飲むのです。1週間分出しますので、忘れないで飲んでくださいね。

M：わかりました。

男の人は、1日に何回薬を飲みますか。

1 1かい　　　　2 2かい

3 3かい　　　　4 4かい

醫師和男士正在醫院裡交談。請問這位男士一天該服用幾次藥呢？

F：這種藥請在飯後服用喔。

M：請問是三餐飯後一定要服用嗎？

F：是的。早餐、中餐和晚餐之後服用。這裡開的是一星期的分量，請別忘了要按時服用喔！

M：我知道了。

請問這位男士一天該服用幾次藥呢？

1 一次　　　　　　　　2 兩次
3 三次　　　　　　　　4 四次

解答（3）

解題 關鍵點：

1. 醫師指示男士「食事の後飲んでください」（請飯後服用）。

2. 男士確認「3度の食事の後、必ず飲むのですか？」（三餐飯後一定要服用嗎？），醫師回答「そうです」（是的）。

3. 醫師明確說明「朝と昼と夜の食事のあとに飲むのです」（早餐、中餐和晚餐後服用），表示一天服用三次。

選項解析：

1. 1（一次）：對話中提到「3度の食事の後」（三餐飯後），排除一次。

2. 2（兩次）：醫師明確提到「朝と昼と夜」（早餐、中餐、晚餐）兩次。

3. 3（三次）：正確答案。對話中明確說明男士一天需在三餐飯後服藥，因此選擇三次。

4. 4（四次）：對話中沒有提到一天服用四次，排除。

3

デパートの傘の店で、女の人と店の人が話しています。店の人は、どの傘を取りますか。

F：すみません。そのたなの上の傘を見せてください。

M：長い傘ですか。それとも短い傘ですか。

F：長い、花の絵のついている傘です。

M：あ、これですね。どうぞ。

店の人は、どの傘を取りますか。

女士和店員正在百貨公司的傘店裡交談。
請問店員該拿哪一把傘呢？

F：不好意思，我想看架子上面的那把傘。

M：是長柄傘嗎？還是短柄傘呢？

F：長的、有花樣的那一把。

M：喔，是這一把吧？請慢慢看。

請問店員該拿哪一把傘呢？

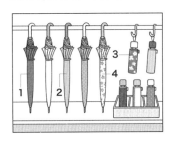

解答(4)

解題 關鍵點：
1. 女士指明她要看「たなの上の傘」（架子上的傘）。
2. 店員詢問「長い傘ですか。それとも短い傘ですか。」（是長柄傘還是短柄傘呢？）。
3. 女士進一步説明「長い、花の絵のついている傘」（長柄、有花樣的傘）。

選項解析：
1. 黑色長傘：錯誤。對話中沒有提到「黑色」，也沒有與女士的需求相符。
2. 灰色長傘：錯誤。對話中沒有提到「灰色」，也不符合「花樣」的需求。
3. 花樣短傘：錯誤。雖然有「花樣」，但女士要求的是「長い傘」（長柄傘）。
4. 花樣長傘：正確答案。對話中女士明確要求「長い、花の絵のついている傘」（長柄、有花樣的傘），因此這是正確答案。

4

男の人と女の人が話しています。二人は、駅まで何で行きますか。

M：もう時間がありませんよ。急ぎましょう。駅まで歩いて30分かかるんですよ。

F：電車の時間まで、あと何分ありますか。

M：30分しかありません。

F：では、バスで行きませんか。

M：あ、ちょうどタクシーが来ました。

F：乗りましょう。

二人は、駅まで何で行きますか。

1 歩いて行きます
2 電車で行きます
3 バスで行きます
4 タクシーで行きます

男士和女士正在交談。請問他們兩人會使用什麼方式前往車站呢？

M：時間要來不及囉，我們得快點了！還得花三十分鐘走到車站哩！

F：距離電車發車的時間，還有幾分鐘呢？

M：只剩下三十分鐘了。

F：那麼，搭巴士去吧！

M：啊，剛好有一輛計程車過來了！

F：那搭這輛車吧！

請問他們兩人會使用什麼方式前往車站呢？

1 步行前往
2 搭電車往
3 搭巴士前往
4 搭計程車前往

解答(4)

解題 關鍵點：
1. 男士提到「駅まで歩いて30分かかるんですよ」（走路到車站需要30分鐘），並表示時間不夠，排除了步行的選項。
2. 女士提議「バスで行きませんか」（搭巴士去吧），但對話後來沒有採用此提議。
3. 男士注意到「ちょうどタクシーが来ました」（剛好有一輛計程車來了），而女士同意「乗りましょう」（那搭這輛車吧）。

選項解析：
1. 步行前往：錯誤。對話中提到走路需要30分鐘，但電車只剩30分鐘到站。
2. 搭電車前往：錯誤。他們討論的是到車站的方法，並未提到搭電車去車站。
3. 搭巴士前往：錯誤。雖然女士提議搭巴士，但最後選擇了計程車。
4. 搭計程車前往：正確答案。男士注意到計程車過來，而女士同意搭乘計程車，這是他們最終選擇的方式。

5

バスの中で、旅行会社の人が客に話しています。客は、ホテルに着いてから、初めに何をしますか。

M：みなさま、今日は遅くまでおつかれさまでした。もうすぐホテルに着きます。ホテルでは、まず、フロントで鍵をもらってお部屋に入ってください。7時にレストランで食事をしますので、それまで、お部屋で休んでください。明日は10時にバスが出発しますので、それまでに買い物などをして、フロントにあつまってください。

客は、ホテルに着いてから、初めに何をしますか。

旅行社的員工正在巴士裡對著顧客們說話。請問顧客們抵達旅館之後，首先要做什麼事呢？

M：各位貴賓，今天行程走到這麼晚，辛苦大家了！我們即將抵達旅館了。到了旅館以後，請先在櫃臺領取鑰匙進去房間。我們安排於七點在餐廳用餐，在用餐前請在房間裡休息。明天十點巴士就要出發，要購物的貴賓請在出發前買完東西，然後到櫃臺集合。

請問顧客們抵達旅館之後，首先要做什麼事呢？

解答(4)

解題 因為提到「まず、フロントで鍵をもらってお部屋に入ってください」，所以最先要做的事情是4。雖然「フロント」這個單字對N5來說有點難，不過到了飯店首先要做的事情屬於一般常識，再加上「まず」、「鍵」這些單字，應該就能選出正確答案。為了以防萬一，再來確認一下其他的選項，選項1是今晚七點之後要做的事，選項2是在選項1之前要做的事，選項3是明天十點為止要做的事。

6

男の学生と女の学生が話しています。女の学生は、どんな部屋にするつもりですか。

M：本だなと机といす一つしかないから、広い部屋ですね。

F：はい。机の上も、広い方がいいので、パソコンしかおいていないんです。

M：でも、本を床におかない方がいいですよ。

F：そうですね。次の日曜日、大きい本だなを買いに行きます。

女の学生は、どんな部屋にするつもりですか。

男學生和女學生正在交談。請問這位女學生想要把房間打造成什麼樣子呢？

M：房間裡只有一個書架、一張書桌還有一把椅子，看起來好寬敞啊！

F：對呀。我也想讓桌面盡量寬敞一點，所以桌上只擺了一台電腦而已。

M：可是書本不要擺在地板上比較好吧？

F：是呀。下個星期天，我會去買大書架的。

請問這位女學生想要把房間打造成什麼樣子呢？

解答(4)

解題 請用刪除法找出正確答案。首先，因為是「本だなと机といす一つしかない」的房間，所以不考慮選項2。其次又說，桌上「パソコンしかおいていない」，或許會不知道「パソコン」這個字的意思，不過，放了各種物品的桌子是不正確的，所以刪掉選項3。接著，因為有「本を床におかない方がいい」，所以現在的房間是選項1的狀態。就算不知道「床」是什麼，從「次の日曜日、大きい本だなを買いに行きます」也可以知道，現在沒有大書架。但是，問題問的並不是現在的房間，而是問之後的「つもり」，所以答案是4。

7

男の人と女の人が話しています。男の人は、来週、何をしますか。

M：来週、お誕生日ですね。ほしいものは何ですか。プレゼントします。

F：ありがとうございます。でも、うちがせまいので、何もいりません。

M：傘はどうですか。それとも、新しい服は？

F：傘は、去年買った黒いのがあります。服も、けっこうです。

M：それじゃ、いっしょに夕ご飯を食べに行きませんか。

F：ええ、では、天ぷらはどうですか。

M：天ぷらはわたしも好きですよ。

男の人は、来週、何をしますか。

1 かさをプレゼントします

2 あたらしいふくをプレゼントします

3 天ぷらを食べます

4 天ぷらを作ります

男士和女士正在交談。請問這位男士下星期會做什麼呢？

M：下星期是妳生日吧？有什麼想要的東西嗎？我送妳。

F：謝謝你。不過，我家很小，什麼都不需要。

M：送妳傘如何？還是新衣服？

F：傘去年已經買一把黑色的了，衣服也已經夠了。

M：那麼，要不要一起去吃一頓晚餐呢？

F：好呀，那麼，吃天婦羅如何？

M：我也喜歡吃天婦羅喔！

請問這位男士下星期會做什麼呢？

1 送雨傘

2 送新衣服

3 吃天婦羅

4 做天婦羅

解答 (3)

翻譯＋通關解題

1

解題 關鍵點：

1. 男士詢問女士生日禮物的需求，並提到「プレゼントします」（我送妳）。

2. 女士表示「うちがせまいので、何もいりません」（家裡很小，所以什麼都不需要），排除了物品作為禮物。

3. 最後男士提議「いっしょに夕ご飯を食べに行きませんか」（要不要一起去吃晚餐呢），女士回應「天ぷらはどうですか」（吃天婦羅如何），並獲得男士的同意。

選項解析：

1. 送雨傘：對話中男士提議送雨傘，但女士表示「傘は、去年買った黒いのがあります」（去年買了黑色的傘）。

2. 送新衣服：男士提議送新衣服，但女士回答「服も、けっこうです」（衣服也已經夠了）。

3. 吃天婦羅：正確答案。男士最後提議一起吃晚餐，女士建議吃天婦羅，雙方達成共識，因此選擇此項。

4. 做天婦羅：對話中提到「天ぷらはどうですか」（吃天婦羅如何），並無提到製作天婦羅。

回數

237

もんだい２では、はじめに しつもんを きいて ください。それから はなしを きいて、もんだいようしの
１から４の なかから、いちばん いい ものを ひとつ えらんで ください。

在問題 2 中，請先仔細聆聽問題。接著，聽對話內容，然後從問題用紙中的 1 到 4 個選項中，選出最適合的答案。

例

会社で、女の人と男の人が話しています。男の人は、会社を出てから、初めにどこへ行きますか。

F：もう帰るのですか。今日は早いですね。何かあるのですか。

M：父の誕生日なのです。これから会社の近くの駅で家族と会って、それからレストランに行って、みんなで夕飯を食べます。

F：おめでとうございます。お父さんはいくつになったのですか。

M：80歳になりました。

F：何かプレゼントもしますか。

M：はい、おいしいお菓子が買ってあります。

男の人は、会社を出てから、初めにどこへ行きますか。

1 自分の家
2 会社の近くのえき
3 レストラン
4 おかし屋

女士和男士正在公司裡交談。男士離開公司之後，會先去哪裡呢？

F：您要回去了嗎？今天下班滿早的哦。有什麼活動嗎？

M：今天是我爸爸的生日。我等下要去公司附近的車站和家人會合，然後去餐廳和大家一起吃晚餐。

F：那真是恭喜了！請問令尊今年貴庚呢？

M：滿八十歲了。

F：您也會送什麼禮物嗎？

M：有，我買了好吃的糕餅。

男士離開公司之後，會先去哪裡呢？

1 自己的家
2 公司附近的車站
3 餐廳
4 壽司店

解答 (2)

解題 關鍵點：

1. 男士提到「これから会社の近くの駅で家族と会って」（等下要去公司附近的車站和家人會合），表示他離開公司後的第一個目的地是車站。

2. 男士説到「それからレストランに行って、みんなで夕飯を食べます」（然後去餐廳和大家一起吃晚餐），説明餐廳並不是第一個目的地。

3. 男士已經準備好禮物「おいしいお菓子が買ってあります」（買了好吃的糕餅），因此不會再去點心店。

選項解析：

1. 自己的家：對話中沒有提到回家，排除此選項。

2. 公司附近的車站：正確答案。男士提到會先去公司附近的車站和家人會合，這是他離開公司的第一個目的地。

3. 餐廳：男士提到「それからレストランに行って」（然後去餐廳），説明餐廳是第二個目的地，排除此選項。

4. 點心店：男士已經準備好禮物「おいしいお菓子が買ってあります」（買了好吃的糕餅），不需要再去點心店，排除此選項。

1

大学の食堂で、女の学生と男の学生が話しています。男の学生は、毎日、何時間ぐらいパソコンを使っていますか。

F：町田さんは、いつも、何時間ぐらいパソコンを使っていますか。

M：そうですね。朝、まず、メールを見たり書いたりするのに30分。夕飯のあと、好きなブログを見たり、インターネットでいろいろと調べたりするのに1時間半ぐらいです。

F：へえ。毎日ずいぶんパソコンを使っているのですね。

男の学生は、毎日、何時間ぐらいパソコンを使っていますか。

1 30分　　　　2 1時間
3 1時間半　　　4 2時間

女學生和男學生正在大學的學生餐廳裡交談。請問這位男學生每天使用電腦大約幾小時呢？

F：請問町田同學平時使用電腦大約幾小時呢？

M：讓我想一想……，早上一起床就先花三十分鐘開電子郵件系統收信和回覆，然後是晚飯後瀏覽喜歡的部落格、或是上網查閱各種資料大概一個半小時。

F：是哦？那你每天用電腦的時間還滿久的呢。

請問這位男學生每天使用電腦大約幾小時呢？

1 三十分鐘　　　　　　2 一個小時
3 一個半小時　　　　　4 兩個小時

解答(4)

解題 關鍵點：
1. 男學生提到早上使用電腦「30分」(30分鐘)處理電子郵件。
2. 晚上則提到「1時間半」(一個半小時)瀏覽喜歡的部落格或查詢資料。
3. 總共時間為「30分＋1時間半＝2時間」(2小時)。
選項解析：
1. 三十分鐘：對話中提到早上使用電腦30分鐘，但晚飯後還使用了1個半小時，因此總時間不止三十分鐘。
2. 一個小時：總時間為30分鐘加上1個半小時，明顯超過一個小時。
3. 一個半小時：晚飯後的使用時間為1個半小時，但還需加上早上的30分鐘。
4. 兩個小時：正確答案。對話中總結了使用時間為「30分＋1時間半＝2時間」，符合此選項。

2

男の人と女の人が話しています。女の人の郵便番号は何番ですか。

M：はがきを出したいのですが、あなたの家の郵便番号を教えてください。

F：はい。861の3204です。

M：ええと、861の3402ですね？

F：いいえ、3204です。それから、この前、町の名前が変わったんですよ。

M：それは知っています。東区春野町から春日町に変わったんですよね。

女の人の郵便番号は何番ですか。

1 861—3201　2 861—3204
3 861—3202　4 861—3402

男士和女士正在交談。請問這位女士家的郵遞區號是幾號呢？

M：我想要寄明信片給妳，請告訴我妳家的郵遞區號。

F：好的。861之3204。

M：我抄一下……，是861之3402嗎？

F：不是，是3204。還有，前陣子鎮町的名稱也改了喔！

M：那件事我曉得。從東區春野町改成了春日町，對吧？

請問這位女士家的郵遞區號是幾號呢？

1 861—3201　　　2 861—3204
3 861—3202　　　4 861—3402

解答(2)

解題 關鍵點：
1. 男士請求女士提供郵遞區號，女士明確回答「861の3204」(861-3204)。
2. 男士在確認時誤記為「861の3402」，但被女士糾正為「3204」。
3. 街名變更的資訊(東區春野町改為春日町)與郵遞區號的解答無關。
選項解析：
1. 861—3201：對話中並未提到「3201」，此選項無相關依據。
2. 861—3204：正確答案。女士明確表示她的郵遞區號是「861の3204」，並再次糾正男士的誤記。
3. 861—3202：對話中並未提到「3202」，此選項無相關依據。
4. 861—3402：雖然男士在對話中曾誤記為此郵遞區號，但被女士糾正，並非正確答案。

239

3

男の人が女の人に、本屋の場所を聞いています。男の人は、何の角を右に曲がりますか。

M：文久堂という本屋の場所を教えてください。

F：この道をまっすぐ行って、二つ目の角を右にまがります。

M：ああ、靴屋さんの角ですね。

F：そうです。その角を曲がって10メートルぐらい行くと喫茶店があります。そのとなりです。

男の人は、何の角を右に曲がりますか。

1 本屋　　　　　　2 ぶんきゅうどう
3 くつ屋　　　　　4 きっさてん

男士正在向女士詢問書店的位置。請問這位男士該在哪個巷口轉彎呢？

M：麻煩您告訴我一家叫文九堂的書店在哪裡。

F：沿著這條路直走，在第二個巷口往右轉。

M：喔，是鞋店的那個巷口吧？

F：對。在那個巷口往右轉再走十公尺左右有家咖啡廳，就在它隔壁。

請問這位男士該在哪個巷口轉彎呢？

1 書店
2 文九堂
3 鞋店
4 咖啡廳

解答 (3)

解題　關鍵點：
1. 女士指示男士「この道をまっすぐ行って、二つ目の角を右にまがります」（沿著這條路直走，在第二個巷口右轉）。
2. 男士確認「靴屋さんの角ですね」（是鞋店的巷口吧？），女士回答「そうです」（對）。
3. 女士補充轉彎後的參考地點：「10メートルぐらい行くと喫茶店があります。そのとなりです」（再走約10公尺有一家咖啡廳，書店就在它隔壁）。
選項解析：
1. 書店：書店的位置在右轉後的咖啡廳旁邊，而不是轉彎的地點。
2. 文九堂：文九堂是目標地點，但不是轉彎的參考點。
3. 鞋店：正確答案。對話中明確提到「靴屋さんの角ですね」（是鞋店的巷口），女士也確認此為轉彎點。
4. 咖啡廳：咖啡廳位於右轉後，而非轉彎的參考點。

4

会社で、男の人と女の人が話しています。男の人は、今日、何時に会社に帰りますか。

M：今から、後藤自動車とつばき銀行に行ってきます。

F：会社に帰るのは何時頃ですか。

M：後藤自動車の人と2時に会います。つばき銀行の人と会うのは4時です。話が終わるのは5時半頃でしょう。

F：あ、じゃあ、その後は、まっすぐ家に帰りますか。

M：そのつもりです。

男の人は、今日、何時に会社に帰りますか。

1 午後2時　　　　2 午後4時
3 午後5時30分　　4 帰りません

男士和女士正在公司裡交談。請問這位男士今天會在幾點回到公司呢？

M：我現在要去後藤汽車和茶花銀行。

F：請問您大約幾點會回到公司呢？

M：我和後藤汽車的人約兩點見面，和茶花銀行的人約四點見面，談完的時間大概在五點半左右吧。

F：啊，那麼之後您會直接回家嗎？

M：我的確打算直接回家。

請問這位男士今天會在幾點回到公司呢？

1 下午兩點
2 下午四點
3 下午五點半
4 不回公司

解答 (4)

解題　關鍵點：
1. 男士提到他會去兩個地方：後藤汽車和茶花銀行，分別約在「2時」和「4時」與對方會面。
2. 他預估「話が終わるのは5時半頃でしょう」（談話會在下午5點半左右結束）。
3. 女士詢問「その後は、まっすぐ家に帰りますか？」（之後會直接回家嗎？），男士回答「そのつもりです」（我的確打算直接回家）。
選項解析：
1. 下午兩點：這是男士與後藤汽車的人會面的時間，並非回到公司的時間。
2. 下午四點：這是男士與茶花銀行的人會面的時間，並非回到公司的時間。
3. 下午五點半：這是男士預估談話結束的時間，但他已表明不會回公司，而是直接回家。
4. 不回公司：正確答案。男士明確表示「そのつもりです」，說明談完之後不會回到公司，而是直接回家。

5

男の人と女の人が話しています。女の人は、昨日、何をしましたか。

M：昨日の日曜日は、何をしましたか。

F：いつも、日曜日は、自分の部屋のそうじをしたり、洗濯をしたりするのですが、昨日は母とデパートに行きました。

M：そうですか。何か買いましたか。

F：いいえ、何も買いませんでした。あ、ハンカチを1枚だけ買いました。

女の人は、昨日、何をしましたか。

1 自分の部屋のそうじをしました

2 せんたくをしました

3 母と出かけました

4 母にハンカチを返しました

男士和女士正在交談。請問這位女士昨天做了哪些事呢？

M：昨天的星期天，妳做了哪些事呢？

F：我平常星期天會打掃打掃自己的房間、洗洗衣服，不過昨天和媽媽去了百貨公司。

M：這樣喔。買了什麼東西嗎？

F：沒有，什麼也沒買，……啊，只買了一條手帕。

請問這位女士昨天做了哪些事呢？

1 打掃了自己的房間

2 洗了衣服

3 和媽媽出門了

4 把手帕還給了媽媽

解答 (3)

解題 關鍵點：
1. 女士提到「昨日は母とデパートに行きました」（昨天和媽媽去了百貨公司），這表示她和媽媽有出門活動。
2. 女士平時會「自分の部屋のそうじをしたり、洗濯をしたりする」（打掃自己的房間、洗衣服），但昨天沒有提到進行這些活動。
3. 女士雖然買了一條手帕，但選項中並未涉及手帕相關的行為。

選項解析：
1. 打掃了自己的房間：對話中提到平時星期天會打掃房間，但昨天沒有進行這項活動。
2. 洗了衣服：對話中提到平時會洗衣服，但昨天沒有進行這項活動。
3. 和媽媽出門了：正確答案。對話明確提到「昨日は母とデパートに行きました」（昨天和媽媽去了百貨公司），這符合「出門」的描述。
4. 把手帕還給了媽媽：雖然提到買了一條手帕，但沒有提到將其還給媽媽。

6

男の人と女の人が話しています。男の人は、何を買ってきましたか。

M：ただいま。

F：買い物、ありがとう。トイレットペーパーは？

M：はい、これです。

F：これはティッシュペーパーでしょう。いるのはトイレットペーパーですよ。それから、せっけんは？

M：あ、わすれました。

男の人は、何を買ってきましたか。

1 トイレットペーパー

2 ティッシュペーパー

3 せっけん

4 何も買ってきませんでした

男士和女士正在交談。請問這位男士買了什麼東西回來呢？

M：我回來了。

F：謝謝你幫忙買東西回來。廁用衛生紙呢？

M：來，在這裡。

F：這是面紙吧？我要的是廁用衛生紙哦。還有，肥皂呢？

M：啊，我忘了。

請問這位男士買了什麼東西回來呢？

1 廁用衛生紙

2 面紙

3 肥皂

4 什麼都沒買

解答 (2)

解題 關鍵點：
1. 女士問男士是否買了「トイレットペーパー」（廁用衛生紙），男士回答「はい、これです」，但拿出來的是「ティッシュペーパー」（面紙）。
2. 女士糾正男士「これはティッシュペーパーでしょう。いるのはトイレットペーパーですよ。」（這是面紙，我需要的是廁用衛生紙）。
3. 女士問男士「せっけんは？」（肥皂呢？），男士回答「わすれました」（忘了）。

選項解析：
1. 廁用衛生紙：男士拿出來的並非廁用衛生紙，而是面紙。
2. 面紙：正確答案。男士買了面紙回來，雖然女士需要的是廁用衛生紙，但對話中明確表示男士實際買的是面紙。
3. 肥皂：男士明確表示「わすれました」（忘了），並未買肥皂。
4. 什麼都沒買：男士確實買了面紙，因此不能說什麼都沒買。

241

もんだい3では、えを みながら しつもんを きいて ください。➡（やじるし）の ひとは、なんと いいますか。1から3の なかから、 いちばん いい ものを ひとつ えらんで ください。

在問題3中，請一邊看圖，一邊仔細聆聽問題。➡（箭頭）指向的人會說什麼呢？請從1到3個選項中，選出最適合的答案。

例

朝、起きました。家族に何と言いますか。
M：1 行ってきます。
　　2 こんにちは。
　　3 おはようございます。

早上起床了。請問這時該對家人說什麼呢？
M：1 我要出門了。
　　2 午安。
　　3 早安。

解答（3）

解題 選項解釋：
1. 我要出門了：這是外出時才會說的句子，與早晨問候無關。
2. 午安：這是在中午到日落之間使用的問候語，早上不適合使用。
3. 早安：這是早晨的標準問候語，適合在早上與家人或其他人打招呼。

1

今からご飯を食べます。何と言いますか。
F：1 いただきます。
　　2 ごちそうさまでした。
　　3 いただきました。

現在要吃飯了。請問這時該說什麼呢？
F：1 我開動了。
　　2 我吃飽了。
　　3 承蒙招待了。

解答（1）

解題 選項解釋：
1. 我開動了：這是用餐前的標準致意語，表達對食物的感謝與開動的意思。
2. 我吃飽了：這是用餐結束時的致意語，用於感謝用餐後的滿足與招待。
3. 承蒙招待了：這是「いただきました」的敬語表達，語法上正確，但通常不單獨用於用餐場合的致意語。

2

電車の中で、あなたの前におばあさんが立っています。何と言いますか。
M：1 どうしますか。
　　2 どうぞ、座ってください。
　　3 私は立ちますよ。

在電車裡，你的面前站著一位老婆婆。請問這時該說什麼呢？
M：1 怎麼辦呢？
　　2 請坐。
　　3 我站起來囉！

解答（2）

解題 選項解析：
1. 怎麼辦呢？：這是用於詢問對方將要選擇什麼樣的行動，但不符合讓位時的情境。
2. 請坐：這是讓位時的適當措辭，表達禮貌與關懷。
3. 我站起來囉！：雖然語法正確，但實際生活中很少用這種表達方式，尤其在讓位的情境下不自然。

3

家に帰りました。家族に何と言いますか。
F：1 いま帰ります。
　　2 行ってきます。
　　3 ただいま。

回家了。請問這時該對家人說什麼呢？
F：1 我現在要回來。
　　2 我出門了。
　　3 我回來了。

解答 (3)

解題 選項解析：
1. 我現在要回來：這不是回家時的致意語，而是用於告知家人「正在回家的途中」，例如因為晚歸而需要報告時可能會說這句話。
2. 我出門了：這是出門時的致意語，與回家無關，情境不符。
3. 我回來了：這是回家時的標準致意語，用於向家人報告自己回家並表達「我回來了」。

4

店で、棚の中の赤いさいふを買いたいです。店の人に何と言いますか。
F：1 すみませんが、その赤いさいふを見せてください。
　　2 すみませんが、その赤いさいふを買いませんか。
　　3 すみませんが、その赤いさいふは売りませんか。

在店裡想買架上的紅色錢包。請問這時該向店員說什麼呢？
F：1 不好意思，請給我看那只紅色的錢包。
　　2 不好意思，請問要不要買那只紅色的錢包呢？
　　3 不好意思，請問那只紅色的錢包要賣嗎？

解答 (1)

解題 選項解析：
1. 不好意思，請給我看那只紅色的錢包：這是顧客在店裡購物時的標準用語，先要求查看商品是否符合需求，是合理且禮貌的表達方式。
2. 不好意思，請問要不要買那只紅色的錢包呢？：這是詢問對方是否願意購買，但由顧客來說這句話顯得不合邏輯，因為通常是店員徵詢顧客的購買意願。
3. 不好意思，請問那只紅色的錢包要賣嗎？：這是詢問對方是否出售，但在購物時這樣的表達方式很少使用，顯得不自然。

5

前を歩いていた男の人が、電車の切符を落としました。何と言いますか。
F：1 切符落としちゃだめじゃないですか。
　　2 切符なくしましたよ。
　　3 切符落としましたよ。

走在前方的那位男士掉了電車車票。請問這時該對他說什麼呢？
F：1 怎麼可以把車票弄掉了呢？
　　2 車票不見了喔！
　　3 車票掉了喔！

解答 (3)

解題 選項解析：
1. 怎麼可以把車票弄掉了呢：這句話帶有責備的語氣，對陌生人來說不太禮貌，不適合用於提醒他人。
2. 車票不見了喔：這裡使用了「なくしました」，意指遺失東西，通常是當事人自己發現遺後的表達，而非旁人提醒時會使用的語句，因此不合適。
3. 車票掉了喔：這是以中立且禮貌的方式提醒對方物品掉落，是最適合的表達。

243

もんだい4は、えなどが ありません。ぶんを きいて、1から3の なかから、いちばん いい ものを ひとつ えらんで ください。

在問題 4 中，沒有圖片等輔助資料。請仔細聆聽句子，然後從 1 到 3 個選項中，選出最適合的答案。

例

F：お国はどちらですか。
M：1 ベトナムです。
　　2 東からです。
　　3 日本にやって来ました。

F：請問您是從哪個國家來的呢？
M：1 越南。
　　2 從東方來的。
　　3 來到了日本。

解答(1)

解題 關鍵詞：

關鍵詞「お国」中的「お」是敬語接頭語，表達對對方母國的尊重。「どちら」是敬語表達的「哪裡」。
整句「お国はどちらですか」的意思是：「您的國家是什麼？」也就是在詢問對方的國籍或來自的國家。
選項解析：

1.「ベトナムです」（越南）。這是直接回答對方的國家，完全符合問題的語境，正確回答對方提問，因而是正確答案。

2.「東からです」（從東方來的）。這個回答更適合回應地理方位的問題，例如「太陽はどちらから昇りますか？」（太陽從哪邊升起？）。然而，本題的重點是詢問國籍，回答方位並不符合提問。

3.「日本にやって来ました」（來到了日本）。「やって来る」和「来る」意思接近，表示「到來」。這句話表達的是行動的完成情況，適合描述目前的狀態。然而問題是詢問國家，回答「來到了日本」明顯答非所問，因此不正確。

1

F：今日は何曜日ですか。
M：1 15 日です。
　　2 火曜日です。
　　3 午後 2 時です。

F：請問今天是星期幾呢？
M：1 十五號。
　　2 星期二。
　　3 下午兩點。

解答(2)

解題 關鍵詞：

關鍵詞「何曜日」中的「何」是疑問詞，表示「什麼」，而「曜日」是日語中表示星期幾的詞。因此，「今日は何曜日ですか」的意思是：「今天是星期幾呢？」問題的重點在於詢問日期的星期而非其他時間信息。
選項解析：

1.15 日です：這是回答具體的日期（日子），而非星期幾。問題並未詢問具體日期，因此此選項答非所問，並不正確。

2.火曜日です：這是回答今天的星期，直接符合問題的提問，並且準確解釋了「何曜日」的意思，因此是正確答案。

3.午後 2 時です：這是回答具體的時間（時刻），而非星期幾。問題並未詢問具體的時刻，因此此選項也答非所問，並不正確。

2

M：これはだれの傘ですか。
F：1 私にです。
　　2 秋田さんのです。
　　3 だれのです。

M：請問這是誰的傘呢？
F：1 是給我的。
　　2 是秋田小姐的。
　　3 是誰的。

解答(2)

解題 關鍵詞：

關鍵詞「だれの傘」中的「だれの」是疑問詞，表示「誰的」，而「傘」是具體的物品名詞。整句「これはだれの傘ですか」的意思是：「這是誰的傘呢？」問題的重點在於詢問物品的所有者。
選項解析：

1.私にです：這是回答「給我的」，表示接受者，而非回答物品的所有者。因此，此選項答非所問，並不正確。

2.秋田さんのです：這句話省略了「傘」，實際完整表達應是「秋田さんの傘です」（是秋田小姐的傘）。省略部分是日語中的常見用法，回答正確且符合提問，因此是正確答案。

3.だれのです：直接使用疑問詞「だれ」的回答不符合語境。若要這樣回答，應更完整地説「だれのでしょうね」或「だれのか分かりません」等，否則聽起來不自然，因此不正確。

3

F：きょうだいは<ruby>何人<rt>なんにん</rt></ruby>ですか。

M：1 <ruby>両親<rt>りょうしん</rt></ruby>と<ruby>兄<rt>あに</rt></ruby>です。

　　2 <ruby>弟<rt>おとうと</rt></ruby>はいません。

　　3 <ruby>私<rt>わたし</rt></ruby>を<ruby>入<rt>い</rt></ruby>れて4<ruby>人<rt>にん</rt></ruby>です。

F：請問你有幾個兄弟姊妹呢？

M：1 父母和哥哥。

　　2 沒有弟弟。

　　3 包括我在內總共四個人。

解答(3)

解題 關鍵詞：

關鍵詞「何人」中的「何」是疑問詞，表示「多少」，而「人」表示人數。因此，「きょうだいは何人ですか」的意思是：「兄弟姊妹有幾個呢？」問題的重點在於詢問兄弟姊妹的數量。

選項解析：

1.両親と兄です：這是回答家庭成員，提到父母和哥哥，但並未明確回答兄弟姊妹的人數，因此與問題不符，並不正確。

2.弟はいません：這是回答「沒有弟弟」，但問題是詢問兄弟姊妹的總數，僅提及是否有弟弟並未全面回答問題，因而不正確。

3.私を入れて4人です：這是直接回答兄弟姊妹的總人數（包括自己），符合問題的提問，回答完整且準確，因此是正確答案。

4

M：あなたの<ruby>好<rt>す</rt></ruby>きな<ruby>食<rt>た</rt></ruby>べ<ruby>物<rt>もの</rt></ruby>は<ruby>何<rt>なん</rt></ruby>ですか。

F：1 おすしです。

　　2 トマトジュースです。

　　3 イタリアです。

M：請問你喜歡的食物是什麼呢？

F：1 壽司。

　　2 蕃茄汁。

　　3 義大利。

解答(1)

解題 關鍵詞：

關鍵詞「好きな食べ物」中的「好きな」表示「喜歡的」，而「食べ物」則表示「食物」。因此，「あなたの好きな食べ物は何ですか」的意思是：「您喜歡的食物是什麼呢？」問題的重點在於詢問具體的食物名稱。

選項解析：

1.おすしです：這是直接回答具體的食物名稱「壽司」，完全符合問題的提問，回答正確且完整，因此是正確答案。

2.トマトジュースです：這是回答一種飲料「蕃茄汁」，而問題詢問的是食物，飲料並不符合提問的範疇，因此不正確。

3.イタリアです：這是回答一個國家「義大利」，與問題提問的食物完全無關，因此不正確。

5

M：あなたは、<ruby>何<rt>なに</rt></ruby>で<ruby>学校<rt>がっこう</rt></ruby>に<ruby>行<rt>い</rt></ruby>きますか。

F：1 とても<ruby>遠<rt>とお</rt></ruby>いです。

　　2 <ruby>地下鉄<rt>ちかてつ</rt></ruby>です。

　　3 <ruby>友<rt>とも</rt></ruby>だちといっしょに<ruby>行<rt>い</rt></ruby>きます。

M：請問你是用什麼交通方式到學校的呢？

F：1 非常遠。

　　2 地下鐵。

　　3 和朋友一起去。

解答(2)

解題 關鍵詞：

關鍵詞「何で」中的「何」是疑問詞，表示「什麼」，而助詞「で」用於詢問手段或工具。因此，「あなたは、何で学校に行きますか」的意思是：「您是用什麼方式去學校的呢？」問題的重點在於詢問交通工具或手段。

選項解析：

1.とても遠いです：這是描述距離「非常遠」，與問題提問的交通工具無關，因此答非所問，並不正確。

2.地下鉄です：這是直接回答交通工具「地下鐵」，完全符合問題的提問，回答正確且完整，因此是正確答案。

3.友だちといっしょに行きます：這是描述與誰一起「和朋友一起去」，而問題詢問的是交通方式，回答方向錯誤，因此不正確。

6

F：<ruby>図書館<rt>としょかん</rt></ruby>は<ruby>何時<rt>なんじ</rt></ruby>までですか。

M：1 <ruby>午前<rt>ごぜん</rt></ruby>9<ruby>時<rt>じ</rt></ruby>からです。

　　2 <ruby>月曜日<rt>げつようび</rt></ruby>は<ruby>休<rt>やす</rt></ruby>みです。

　　3 <ruby>午後<rt>ごご</rt></ruby>6<ruby>時<rt>じ</rt></ruby>までです。

F：請問圖書館開到幾點呢？

M：1 從早上九點開始。

　　2 星期一休館。

　　3 開到下午六點。

解答(3)

解題 關鍵詞：

關鍵詞「何時まで」中的「何時」是疑問詞，表示「幾點」，而助詞「まで」表示時間的終點。因此，「図書館は何時までですか」的意思是：「圖書館開到幾點呢？」問題的重點在於詢問圖書館營業時間的結束時間。

選項解析：

1.午前9時からです：這是回答營業開始時間「從早上九點開始」，而非營業結束時間，與問題提問不符，因此不正確。

2.月曜日は休みです：這是回答「星期一休館」，描述的是休館日，而非營業時間的終點，因此不正確。

3.午後6時までです：這是直接回答營業結束時間「開到下午六點」，完全符合問題的提問，因此是正確答案。

第二回
言語知識
（文字、語彙）

問題一 翻譯與解題

もんだい1 ＿＿の ことばは ひらがなで どう かきますか。1・2・3・4から いちばん いい ものを ひとつ えらんで ください。

問題1 以下＿＿＿的詞語的平假名為何？請從選項1・2・3・4中選出一個最適合的答案。

1

きょうしつは とても 静（しず）かです。

1 たしか　　　　　2 おだやか

3 しずか　　　　　4 あたたか

教室裡非常安靜。

1 的確　　　　　2 安穩
3 安靜　　　　　4 溫暖

解答（3）

解題 訓讀與音讀的區分：

● 訓讀→静か（しずか）：形容動詞，表示「安靜」。

● 音讀→せい：常見於複合詞，如「静止（せいし，靜止）」。

本題中的「しずか」屬於訓讀，且為形容動詞，其語尾會隨語法活用產生變化，符合題幹中表示教室「安靜」的情境。

選項分析：

1. たしか（確か／的確）：表示肯定某事的真實性，不是「静か」的平假名讀音，與句意不符。

2. おだやか（穏やか／穩和）：描述平穩或溫和的狀態，不是「静か」的平假名讀音，與句意不完全契合。

3. しずか（静か／安靜）：表示寧靜的狀態，是「静か」的正確平假名讀音，完全符合句意，正確答案。

4. あたたか（暖か／溫暖）：表示氣候或物體的溫暖感，不是「静か」的平假名讀音，與句意無關。

2

えんぴつを 何本（なんぼん） かいましたか。

1 なにほん　　　　　2 なんぼん

3 なんほん　　　　　4 いくら

你買了幾支鉛筆？

1 無此用法　　　　　2 幾支
3 無此用法　　　　　4 多少錢

解答（2）

解題 訓讀與音讀的區分：

在日語中，量詞的讀法會因場合和數量變化而異：

● 訓讀→本（もと）：訓讀用於單獨詞語，例如「本を訪ねる（もとをたずねる，尋根問源）」。

● 音讀→ほん、ぼん、ぽん：音讀隨音便變化，用於量詞，如「何本（なんぼん，幾支）」。

本題中的「なんぼん」是正確的用法，用來詢問鉛筆的數量，與句意吻合。

選項分析：

1. なにほん：讀音錯誤，表示方法不正確，無法用來詢問數量。

2. なんぼん（何本／幾支）：用於粗細物品，符合「問鉛筆數量」的語境，正確的讀音與意思。

3. なんほん：不正確的讀音。

4. いくら（幾ら／多少錢）：用於詢問價格，而非數量，與題幹不符，不是「何本」的平假名讀音。

3

やおやで くだものを 買（か）って かえります。

1 うって　　　　　2 かって

3 きって　　　　　4 まって

我在蔬果店買了水果回家。

1 賣　　　　　2 買
3 切　　　　　4 等

解答（2）

解題 訓讀與音讀的區分：

● 訓讀→買う（かう）：意為「買」，表示購買的動作；売る（うる）：意為「賣」，表示售賣的動作。

● 音讀→ばい：與名詞搭配使用時，可能以名詞形式出現，如「売買（ばいばい，買賣）」。

本題中的「買って」是「買う」的連用形，用來表示「買」這一動作，符合題意。

選項分析：

1. うって（売って／賣）：描述賣出商品的動作，不是「買って」的平假名讀音，與題意不符。

2. かって（買って／買）：符合題幹描述的購買水果情境，正確的讀音與意思。

3. きって（切って／切）：表示切割物品的動作，不是「買って」的平假名讀音，與題意不符。

4. まって（待って／等）：表示等待的動作，不是「買って」的平假名讀音，與題意不符。

4

わたしには 弟 が ひとり います。
おとうと

1 おとうと　　　　　2 おとおと

3 いもうと　　　　　4 あね

我有一個弟弟。

1 弟弟　　　　　2 無此用法

3 妹妹　　　　　4 姐姐

解答 (1)

解題 訓讀與音讀的區分：

● 訓讀→弟（おとうと）：訓讀，用於指自己的弟弟，常用於家族內部或非正式場合。

● 音讀→だい、で：常見於複合詞，如「兄弟（きょうだい，兄弟）」或「弟子（でし，徒弟）」。

本題中的「おとうと」是訓讀，用於指自己的弟弟，符合題意。

選項分析：

1. おとうと（弟／弟弟）：正確的讀音與意思，用於指自己的弟弟，與題幹中「弟弟」的描述完全吻合，答案正確。

2. おとおと：此用法並不存在，為錯誤平假名。

3. いもうと（妹／妹妹）：表示自己的妹妹，不是「弟」的平假名讀音，與題幹中提到的「弟弟」不符。

4. あね（姉／姐姐）：表示自己的姐姐，不是「弟」的平假名讀音，與題幹中提到的「弟弟」無關。

翻譯＋通關解題

1

2

3

4

5

6

5

わたしは 動物 が すきです。
どうぶつ

1 しょくぶつ　　　　　2 すうがく

3 おんがく　　　　　4 どうぶつ

我很喜歡動物物。

1 植物　　　　　2 數學

3 音樂　　　　　4 動物

解答 (4)

解題

● 訓讀→動く（うごく）：動詞，指移動、改變位置或狀態。

● 音讀→動物（どうぶつ）：動（どう）＋物（ぶつ），表示「動物」，常用於日常會話中。

本題中的「どうぶつ」是音讀，指「動物」，符合題意。

選項分析：

1. しょくぶつ（植物／植物）：表示植物，不是「動物」的平假名讀音，與題幹中描述的「動物」完全不符。

2. すうがく（数学／數學）：表示數學科目，不是「動物」的平假名讀音，與「喜好動物」的語境無關。

3. おんがく（音楽／音樂）：表示音樂，不是「動物」的平假名讀音，與題幹中提到的「動物」毫無關聯。

4. どうぶつ（動物／動物）：表示動物，與題幹中「喜歡動物」的描述一致，正確的平假名讀音與意思。

6

きょうは よく 晴れて います。
は

1 くれて　　　　　2 かれて

3 はれて　　　　　4 たれて

今天天氣晴朗。

1 昏暗　　　　　2 凋謝

3 晴朗　　　　　4 低垂

解答 (3)

解題 訓讀與音讀的區分：

● 訓讀→晴れる（はれる）：動詞，表示天氣放晴，用於自然現象的描述；晴れ（はれ）：名詞，表示晴朗的天氣，訓讀形式。

● 音讀→せい：常見於複合詞，如「晴天（せいてん，晴天）」。

本題中的「晴れて」是動詞「晴れる」的連用形，用來描述天氣放晴，符合題意。

選項分析：

1. くれて（暮れて／昏暗）：表示天色變暗或接近黃昏，不是「晴れて」的平假名讀音，與題幹中「晴朗的天氣」不符。

2. かれて（枯れて／凋謝）：表示植物枯萎或凋謝，不是「晴れて」的平假名讀音，與題幹的天氣描述無關。

3. はれて（晴れて／晴朗）：表示天氣晴朗，是「晴れて」的正確讀音，與題幹中描述的「今天天氣晴朗」完全吻合，答案正確。

4. たれて（垂れて／低垂）：表示物體向下垂落的狀態，不是「晴れて」的平假名讀音，與題幹中天氣的情境不符。

回數

7

よる　おそくまで　<u>仕事</u>を　しました。

1 しごと　　　　　　　2 かじ

3 しゅくだい　　　　　4 しじ

我工作到深夜。

1 工作　　　　　2 家事
3 作業　　　　　4 指示

解答 (1)

解題 訓讀與音讀的區分：
- 訓讀→こと（事）：意指事情、工作或具體行為。如「新しい事（あたらしいこと，新的事情）」。
- 音讀→し（仕）：表示從事或相關的行為。如「仕方（しかた，方法）」；じ（事）：表示事情、事件。如「事情（じじょう，事情）」。

本題中的「仕事」是音訓讀組合，指代「工作」符合題意。

選項分析：

1. しごと（仕事／工作）：表示職業活動或任務，與題幹中描述的「深夜工作」情境完全一致，正確讀音。

2. かじ（家事／家事）：指家庭內的雜務或家務勞動，不是「仕事」的平假名讀音，與題幹中的職業工作無關。

3. しゅくだい（宿題／作業）：表示學校布置的作業或課後練習，通常與學生相關，不是「仕事」的平假名讀音，與題幹中提到的工作情境無關。

4. しじ（指示／指示）：指命令或指導，強調下達或接收指令，不是「仕事」的平假名讀音，與題幹中「完成工作的行為」無關。

8

<u>2 週間</u>　まって　ください。

1 にねんかん　　　　　2 にかげつかん

3 ふつかかん　　　　　4 にしゅうかん

請等候兩個星期。

1 兩年　　　　　2 兩個月
3 兩天　　　　　4 兩個星期

解答 (4)

解題 訓讀與音讀的區分：
- 訓讀→あいだ（間）：表示空間、時間或關係之間。如「夏休みの間（なつやすみのあいだ，暑假期間）」。
- 音讀→にしゅうかん（2 週間）：音讀形式，表示「兩個星期」，常見於日常會話。

本題中的「にしゅうかん」是音讀組合，表達時間長度，符合題意。

選項分析：

1. にねんかん（二年間／兩年）：表示兩年的時間，不是「二週間」的平假名讀音。

2. にかげつかん（二か月間／兩個月）：表示兩個月的時間，不是「二週間」的平假名讀音。

3. ふつかかん（二日間／兩天）：表示兩天的時間，不是「二週間」的平假名讀音。

4. にしゅうかん（二週間／兩個星期）：表示兩個星期的時間，與題幹中「2 週間」的描述完全吻合，正確讀音。

9

<u>夕方</u>　おもしろい　テレビを　見ました。

1 ゆうかた　　　　　　2 ゆうがた

3 ごご　　　　　　　　4 ゆうひ

傍晚時看了很有趣的節目。

1 無此用法　　　　2 傍晚
3 下午　　　　　　4 夕陽

解答 (2)

解題 訓讀與音讀的區分：
- 訓讀→ゆう（夕）：表示傍晚或黃昏的時間。如「夕日（ゆうひ，夕陽）」；かた（方）：表示方向、方法或人。如「この方（這個人）」。
- 音讀→ほう（方）：表示方向、方面或方位。如「方法（ほうほう，方法）」。

本題中的「ゆうがた」是訓讀，表示傍晚時段，符合題意。

選項分析：

1. ゆうかた：無此用法，發音錯誤。

2. ゆうがた（夕方／傍晚）：表示傍晚的時間段，通常指接近黃昏時刻，與題幹描述的觀看電視的時間段完全吻合，正確讀音。

3. ごご（午後／下午）：表示中午過後至傍晚之前的時間段，不是「夕方」的平假名讀音。

4. ゆうひ（夕日／夕陽）：表示傍晚的日落景色，強調自然景象，而非時間段，不是「夕方」的平假名讀音。

10 父は いま りょこうちゅうです。

1 はは　　　2 あに

3 ちち　　　4 おば

家父現在正在旅行。

1 媽媽　　　2 哥哥

3 爸爸　　　4 姑姑

解題 訓讀與音讀的區分：

在日語中，親屬稱謂的讀法通常以訓讀為主：

● 訓讀→父（ちち）：訓讀，用於稱呼自己父親，多用於正式或書面語。

● 音讀→ふ：音讀形式，常見於複合詞，如「父母（ふぼ，父母）」或「祖父（そふ，祖父）」。

本題中的「父（ちち）」是訓讀，表示「爸爸」，用於描述自己家族成員，符合題意。

選項分析：

1. はは（母／媽媽）：表示自己的母親，指女性親屬，不是「父」的平假名讀音。

2. あに（兄／哥哥）：表示自己的哥哥，指男性兄弟，不是「父」的平假名讀音。

3. ちち（父／爸爸）：表示自己的父親，與題幹描述的「父親正在旅行中」完全吻合，讀音正確。

4. おば（叔母／姑姑、阿姨）：表示女性長輩，不是「父」的平假名讀音。

問題二　翻譯與解題

もんだい2　＿＿の ことばは どう かきますか。1・2・3・4から いちばん いい ものを ひとつ えらんで ください。

問題2　以下＿＿的詞語應為何？請從選項1・2・3・4中選出一個最適合填入的答案。

11 ぽけっとから ハンカチを だしました。

1 ボケット　　　2 ポッケット

3 ポケット　　　4 ホケット

從口袋裡掏出了手帕。

1 無此用法　　　2 無此用法

3 口袋　　　4 無此用法

解答 (3)

解題 選項分析：

1. ボケット（ぼけっと）：此寫法有誤。「ボ」與「ポ」混淆，與正確的「ポケット」不同。

2. ポッケット（ぽっけっと）：此寫法有誤，多了一個促音「ッ」，與正確的拼法「ポケット」不符。

3. ポケット（ぽけっと／口袋）：是正確答案，與題目語意一致。為外來語，需注意其片假名拼法的正確性。

4. ホケット（ほけっと）：此寫法有誤。「ホ」與「ポ」混淆，並非正確表記。

12 ゆきが ふりました。

1 雪　　　2 雪（ゆき）

3 雨（あめ）　　　4 雷（かみなり）

下雪了。

1 無此寫法　　　2 雪

3 雨　　　4 雷

解答 (2)

解題 選項分析：

1. 無此寫法：此選項為無效選項，沒有實際意義。

2. 雪（ゆき／雪）：指空中降下的雪花，與題幹中「ゆきがふりました」（下雪了）的描述完全一致，漢字正確。

3. 雨（あめ／雨）：指空中降下的雨水，不是「ゆき」的漢字。

4. 雷（かみなり／雷）：指雷電的自然現象，不是「ゆき」的漢字。

13

にしの　そらが　あかく　なって　います。

1 東 (ひがし)　　　　2 北 (きた)

3 四 (よん)　　　　4 西 (にし)

西邊的天空逐漸紅了。

1 東　　　　2 北
3 四　　　　4 西

解答 (4)

解題　選項分析：

1. 東（ひがし／東邊）：指東邊方向，不是「にし」的漢字。
2. 北（きた／北邊）：指北邊方向，不是「にし」的漢字。
3. 四（し／四）：表示數字四，不是「にし」的漢字。
4. 西（にし／西邊）：指西邊方向，與題目描述的「にしのそら」（西邊的天空）完全一致，正確漢字。

14

あには　あさ　8時 (じ) には　かいしゃに　行 (い) きます。

1 会社 (かいしゃ)　　　　2 合社

3 回社　　　　4 会車

哥哥早上八點要去公司。

1 公司　　　　2 無此用法
3 無此用法　　　　4 無此用法

解答 (1)

解題　選項分析：

1. 会社（かいしゃ／公司）：指公司或企業，與題目中「去公司」的語意完全一致，正確漢字寫法。
2. 合社：此寫法有誤，雖然「合（ごう）」和「社（しゃ）」各自有意義，但組合起來不表示「公司」。
3. 回社：此寫法有誤，「回（かい）」的意思是「回合」或「轉圈」，與題目中的「公司」無關。
4. 会車：此寫法有誤，「会車」是無效組合。

15

すこし　まって　ください。

1 大し　　　　2 多し
3 少 (すこ) し　　　　4 小し

請稍等片刻。

1 無此用法　　　　2 無此用法
3 少　　　　4 無此用法

解答 (3)

解題　作副詞「少し」時，「すこ」是漢字「少」的訓讀。作形容詞「少ない」時，用訓讀，讀作「すくない」。
選項分析：

1. 大し：此寫法有誤。「大（おお）」的意思是「大」，不是「すこし」的漢字。
2. 多し：此寫法有誤。「多（た）」的意思是「多」，不是「すこし」的漢字。
3. 少し（すこし／少量）：是正確答案，與題目語意一致。「少し」是表程度的副詞，需熟記其正確讀音和用法。
4. 小し：此寫法有誤，「小（しょう）」的意思是「小」，但無此組合。

16

あねは　とても　かわいい　人 (ひと) です。

1 姉 (あね)　　　　2 兄 (あに)
3 弟 (おとうと)　　　　4 妹 (いもうと)

姉姉是個非常可愛的人。

1 姐姐　　　　2 哥哥
3 弟弟　　　　4 妹妹

解答 (1)

解題　「あね」是漢字「姉」的訓讀，表示「姊姊」的意思。請特別留意，別跟中文的「姊」字搞混囉。
選項分析：

1. 姉（あね／姐姐）：表示自己的姐姐，是「あね」的正確漢字寫法。
2. 兄（あに／哥哥）：表示自己的哥哥，不是「あね」的正確漢字寫法。
3. 弟（おとうと／弟弟）：表示自己的弟弟，不是「あね」的正確漢字寫法。
4. 妹（いもうと／妹妹）：表示自己的妹妹，不是「あね」的正確漢字寫法。

17

ひゃくえんで なにを かいますか。

1 白円　　　2 千円（せんえん）
3 百冊（ひゃくさつ）　4 百円（ひゃくえん）

你要用一百日圓買什麼？
1 無此用法　　2 一千圓
3 一百冊　　　4 一百圓

解答（4）

解題 選項分析：
1. 白円：「白円」不是正確的漢字寫法，且「白」的意思是「白色」，與金額無關。
2. 千円（せんえん／一千圓）：表示一千日圓的金額，雖然是金額單位，但與句中的「ひゃくえん」（一百日圓）不符。
3. 百冊（ひゃくさつ／一百冊）：表示一百本書的數量，為冊數的計算單位，與金額無關，且不符合句意。
4. 百円（ひゃくえん／一百圓）：表示一百日圓的金額，符合句意。
「ひゃく」、「えん」分別是「百」、「円」兩字的音讀。請留意，用日語表示「100」時，不用加上「一」，用「百」即可以。「円」指的是日幣金額單位。

18

わたしは ほんを よむのが すきです。

1 木（き）　　　2 本（ほん）
3 末（すえ）　　4 未（み）

我喜歡閱讀書籍。
1 樹木　　2 書籍
3 末端　　4 未來

解答（2）

解題 選項分析：
1. 木（き／樹木）：表示樹木或木材，不是「ほん」的正確漢字寫法。
2. 本（ほん／書籍）：表示書本，是「ほん」的正確漢字寫法。
3. 末（すえ／末端）：表示末端或最後，通常指時間或空間的終點，不是「ほん」的正確漢字寫法。
4. 未（み／未來）：表示未來或尚未完成的狀態，不是「ほん」的正確漢字寫法。

問題三 翻譯與解題

もんだい3 　（　　　）に なにを いれますか。1・2・3・4から いちばん いい ものを ひとつ えらんで ください。
問題3 　（　　　）中的詞語應為何？請從選項1・2・3・4中選出一個最適合填入（　　　）的答案。

19

5かいには この （　　　）で 行って ください。

1 アパート　　　　2 デパート
3 カート　　　　　4 エレベーター

請搭乘這部（電梯）到五樓。
1 公寓　　　2 百貨公司
3 推車　　　4 電梯

解答（4）

解題 用「方法・手段＋で」句型，可以表示使用的工具。因此，從前項的「5かい」，推出是搭「エレベーター」去的。
選項分析：
1. アパート（あぱーと／公寓）：指住宅建築，強調居住用途，與題意中的「搭乘工具」無關。
2. デパート（でぱーと／百貨公司）：指商場或大型購物場所，強調場所概念，與題意中的「搭乘」動作不符。
3. カート（かーと／推車）：指用於購物或運送物品的工具，與題意中的搭乘設備無關。
4. エレベーター（えれべーたー／電梯）：指上下移動的搭乘設備，與題意中的「方法・手段＋で」句型和前文「5かい」（五樓）搭配完全吻合，答案正確。

20

きょうは とても かぜが （　　） です。

1 ながい　　　　　2 つよい

3 みじかい　　　　4 たかい

今天的風非常（強勁）。

1 長　　　　　2 強勁
3 短　　　　　4 高

解答（2）

解題 在日語中，形容風勢可以用形容詞「つよい（強的）」、「よわい（弱的）」、「あたたかい（溫暖的）」、「つめたい（寒冷的）」等。這一題選項中，可以填入空格的只有選項2。

選項分析：

1. ながい（長い／長）：表示物體的長度或時間的長久性，與題幹中的「風的強度」無關。

2. つよい（強い／強勁）：用於描述力量或程度，能準確表達「風很強」，符合題幹語意，答案正確。

3. みじかい（短い／短）：表示時間或距離的短，與題幹中的「風的強度」無關。

4. たかい（高い／高）：表示高度或價格高，無法用來描述「風的強度」，與題幹語意不符。

21

この えは だれが （　　）。

1 とりましたか　2 つくりましたか

3 かきましたか　4 さしましたか

這幅畫是誰（畫的呢）？

1 拍的　　　　2 做的
3 畫的　　　　4 指的

解答（3）

解題 日語中，表示「畫圖」動詞用「かく／描く」。因此，由「え」可以對應到答案的「かきましたか」。另外，表示「寫字」動詞用「かく／書く」，請別跟「かく／描く」搞混囉。

選項分析：

1. とりましたか（撮りましたか／拍的）：用於拍照或錄像，表示使用攝影設備的行為，與題幹中的「畫作」無關。

2. つくりましたか（作りましたか／做的）：用於製作物品，例如手工藝品，與題幹中的「繪畫」不符。

3. かきましたか（描きましたか／畫的）：用於描述繪畫或寫字，符合題幹中「這幅畫是誰畫的」的語意，答案正確。

4. さしましたか（指しましたか／指的）：用於描述指向或指出某事物的動作，與題幹中的「畫作」無關。

22

ぎゅうにくは すきですが、ぶたにくは （　　）。

1 きらいです　　　　2 すきです

3 たべます　　　　　4 おいしいです

我喜歡牛奶，但（討厭）豬肉。

1 討厭　　　　2 喜歡
3 會吃　　　　4 好吃

解答（1）

解題 用「～が～」句型，可以表示逆接，連接兩個對立的事物。從前項的「すき」，推出後項必須接反義詞「きらい」。

選項分析：

1. きらいです（嫌いです／討厭）：表示對某事物的否定喜好，符合題幹中轉折語氣的對比「雖然喜歡牛肉，但不喜歡豬肉」，答案正確。

2. すきです（好きです／喜歡）：表示對某事物的肯定喜好，與題幹中轉折語氣「但」相矛盾。

3. たべます（食べます／會吃）：僅表示進食的動作，未能表達對豬肉的好惡，與題意不符。

4. おいしいです（美味しいです／好吃）：用於描述味道，無法體現對豬肉的喜好對比，與題幹語境無關。

23

せんせいが テストの かみを 3 （　　）ずつ わたしました。

1 ねん　　　　　2 ぼん

3 まい　　　　　4 こ

老師發給每位學生3（張）考卷。

1 年　　　　　2 本
3 張　　　　　4 個

解答（3）

解題 題目問的是量詞。在日語中，表示「かみ」等輕薄、扁平東西的數量時，通常用「～まい」。

選項分析：

1. ねん（年／年）：用於計算年份，與「考卷」的單位無關。

2. ぼん（本／本）：用於計算細長物品，例如瓶子或筆，與「紙」這類扁平物品不符。

3. まい（枚／張）：用於計算扁平物品，例如紙張或票據，與題幹中的「考卷」單位完全一致，答案正確。

4. こ（個／個）：用於計算小型物品或立體物件，例如盒子或水果，與「紙」這類扁平物品不符。

24

くらいので でんきを （　　　）く
ださい。

1 ふいて
2 つけて
3 けして
4 おりて

太暗了，請把燈（打開）。
1 擦
2 打開
3 關掉
4 下來

解答 (2)

解題 日語中，表示「開燈」動詞用「つける」，「關燈」則會用「けす」。「～ので」表示理由，「～てください」用在請求、指示或命令某人做某事。從前項「くらい」的這個理由，推出後項的「でんきをつけてください」。
選項分析：
1. ふいて（拭いて／擦）：表擦拭物體表面，如「窓を拭く（擦窗戶）」。此動作與解決「太暗」的問題無關。
2. つけて（付けて／打開）：用於開啟燈光或電器，如「電気を付ける（打開燈）」。句中提到「くらいので（因為太暗）」，打開燈是解決問題的合適行動。
3. けして（消して／關掉）：用於關閉燈光或電器，如「電気を消す（關掉燈）」。然而，題幹表達的是光線不足，需打開燈，而非關掉燈。
4. おりて（降りて／下來）：表示從高處下降到低處，如「階段を降りる（下樓梯）」。此動作與光線不足的問題無關。

25

（　　　）に みずを 入れます。

1 コップ
2 ほん
3 えんぴつ
4 サラダ

把水倒在（杯子）裡。
1 杯子
2 書
3 鉛筆
4 沙拉

解答 (1)

解題 題目句描述往（ ）裡到水，由「みず」可以對應到答案的「コップ」。
選項分析：
1. コップ（こっぷ／杯子）：表示用來盛放水或飲料的容器，能與題幹中「盛水」的語境吻合，答案正確。
2. ほん（本／書）：表示書籍，屬於閱讀用物品，無法用來盛裝水。
3. えんぴつ（鉛筆／鉛筆）：表示文具，屬於書寫工具，無法用來盛裝水。
4. サラダ（さらだ／沙拉）：表示食物，通常與餐飲相關，無法與題幹中「盛水」的語境吻合。

26

あそこに （　　　） いるのは、なん
と いう はなですか。

1 ないて
2 とって
3 さいて
4 なって

（綻放）在那裡的是什麼花？
1 叫
2 拍攝
3 綻放
4 成為

解答 (3)

解題 「はながさく」是「～が＋自動詞」的用法，表示「開花」的意思。因此，由「はな」可以對應到答案的「さいて」。句型「動詞＋ています」可以表示結果或狀態的持續。
選項分析：
1. ないて（泣いて／叫）：用於描述動物或人的發聲，例如哭泣或鳴叫，與題幹中的「花」無關。
2. とって（取って／拍攝）：表示取物或拍照的動作，與題幹中描述的「花朵的狀態」不符。
3. さいて（咲いて／綻放）：用於描述花朵盛開的狀態，符合題幹中「盛開的花」的語境，答案正確。
4. なって（なって／成為）：用於描述事物的轉變或成為某種狀態，與題幹中描述的「花」的語境不符。

27

いもうとは かぜを （　　　） ねて
います。

1 ひいて
2 ふいて
3 きいて
4 かかって

我妹妹（感）冒了，正在睡覺。
1 感染
2 擦拭
3 聽到
4 花費

解答 (1)

解題 日語中，表示「感冒」用「かぜをひく」。因此，由「かぜ」可以對應到答案的「ひいて」。「動詞＋て」可以用在連接前後短句成一個句子。
選項分析：
1. ひいて（引いて／感染）：用於描述患病情況，例如「かぜをひく」（感冒），與題幹中描述的情境完全吻合，答案正確。
2. ふいて（拭いて／擦拭）：表示清潔或擦拭的動作，與題幹中「感冒」的語境無關。
3. きいて（聞いて／聽到）：表示聽取聲音或訊息的動作，與題幹中描述的感冒情境無關。
4. かかって（かかって／花費）：表示時間、金錢或其他資源的消耗，與題幹中的感冒情境無關。

28

ことし、みかんの 木に はじめて み
かんが （　　　） なりました。

1 よっつ　　　　　　 2 いつつ

3 むっつ　　　　　　 4 ななつ

今年的橘子樹上第一次結了（七顆）橘子。

1 四顆　　　　　　 2 五顆
3 六顆　　　　　　 4 七顆

解答（4）

解題 題目問的是數量。插圖中，樹上的橘子有七顆，因此答案是「ななつ」。

問題四 翻譯與解題

もんだい4 ＿＿＿の ぶんと だいたい おなじ いみの ぶんが あります。1・2・3・4から いちば
ん いい ものを ひとつ えらんで ください。

問題4 選項中有和＿＿＿意思相近的句子。請從選項1・2・3・4中選出一個 最適合的答案。

29

まいにち だいがくの しょくどうで ひる
ごはんを たべます。

1 いつも あさごはんは だいがくの しょ
くどうで たべます。

2 いつも ひるごはんは だいがくの しょ
くどうで たべます。

3 いつも ゆうごはんは だいがくの しょ
くどうで たべます。

4 いつも だいがくの しょくどうで しょ
くじを します。

我每天都在大學的學生餐廳裡吃午餐。

1 我總是在大學的學生餐廳裡吃早餐。
2 我總是在大學的學生餐廳裡吃午餐。
3 我總是在大學的學生餐廳裡吃晚餐。
4 我總是在大學的學生餐廳裡吃飯。

解答（2）

解題 找出關鍵字或句：

重點詞彙為「ひるごはん」（午餐）。這一題的「まいにち」與「ひるごはん」是解題關鍵，可以對應到答案句的「いつも」（總是）及「ひるごはん」。

選項分析：

1.「あさごはん」是「早餐」，與題目中的「ひるごはん」（午餐）不符，因此排除。

2.「いつも」（總是）；「ひるごはん」是「午餐」，句意為「我總是在大學的學生餐廳裡吃午餐」，與題目中的意思完全一致，因此為正確答案。

3.「ゆうごはん」是「晚餐」，與題目中的「ひるごはん」（午餐）不符，因此排除。

4.「しょくじをします」是「用餐」，未明確指出是哪一餐，與題目中提到的「ひるごはん」（午餐）不符，因此排除。

30

あなたの　いもうとは　いくつですか。

1 あなたの　いもうとは　どこに　いますか。

2 あなたの　いもうとは　なんねんせいですか。

3 あなたの　いもうとは　なんさいですか。

4 あなたの　いもうとは　かわいいですか。

你妹妹幾歲？
1 你妹妹在哪裡？
2 你妹妹幾年級？
3 你妹妹幾歲？
4 你妹妹很可愛嗎？

解答（3）

解題 找出關鍵字或句：

「いくつですか」是解題的關鍵，意思是詢問「幾歲」。

選項分析：

1.「どこにいますか」意思是「在哪裡」，詢問的是地點，與題目中詢問年齡的意思不符，因此排除。

2.「なんねんせいですか」意思是「幾年級」，用於詢問學生的年級，與題目中詢問年齡的意思不符，因此排除。

3.「なんさいですか」意思是「幾歲」，與「いくつですか」的意思完全相同，都是詢問年齡，因此為正確答案。

4.「かわいいですか」意思是「很可愛嗎」，是詢問性格或外貌，與題目中詢問年齡的意思不符，因此排除。

31

あねは　からだが　つよく　ないです。

1 あねは　からだが　じょうぶです。

2 あねは　からだが　ほそいです。

3 あねは　からだが　かるいです。

4 あねは　からだが　よわいです。

我姊姊身體不好。
1 我姊姊身體強壯。
2 我姊姊身體纖瘦。
3 我姊姊身體很輕。
4 我姊姊身體孱弱。

解答（4）

解題 找出關鍵字或句：

「からだがつよくないです」是解題的關鍵，意思是「身體不好」或「身體不強壯」，其中「つよくない」是形容詞「つよい」（強壯的）的否定形式，意思等於選項中的「よわい」。

選項分析：

1.「じょうぶ」意思是「強壯的」，與題目中「つよくない」（不強壯）意思相反，因此排除。

2.「ほそい」意思是「纖瘦的」，描述的是體型而非身體狀況，與題目中「身體不好」的意思無關，因此排除。

3.「かるい」意思是「輕的」，描述的是重量而非健康狀況，與題目不符，因此排除。

4.「よわい」意思是「孱弱的」，與題目中「つよくない」（不強壯）語意相符，因此為正確答案。

32

1ねん　まえの　はる　にほんに　きました。

1 ことしの　はる　にほんに　きました。

2 きょねんの　はる　にほんに　きました。

3 2ねん　まえの　はる　にほんに　きました。

4 おととしの　はる　にほんに　きました。

我在一年前的春天來到了日本。
1 我在今年春天來到了日本。
2 我在去年春天來到了日本。
3 我在兩年前的春天來到了日本。
4 我在前年春天來到了日本。

解答（2）

解題 找出關鍵字或句：

「1ねんまえ」是解題關鍵字，意思等於「きょねん」。

選項分析：

1.「ことしのはる」意思是「今年春天」，與題目中的「一年前的春天」不符，因此排除。

2.「きょねんのはる」意思是「去年春天」，與題目中的「1ねんまえのはる」（一年前的春天）完全一致，因此為正確答案。

3.「2ねんまえのはる」意思是「兩年前的春天」，與題目中的「一年前的春天」不符，因此排除。

4.「おととしのはる」意思是「前年春天」，與題目中的「一年前的春天」不符，因此排除。

33

この　ほんを　かりたいです。

1　この　ほんを　かって　ください。

2　この　ほんを　かりて　ください。

3　この　ほんを　かして　ください。

4　この　ほんを　かりて　います。

我想要借這本書。

1　請幫我買這本書。

2　請幫我借這本書。

3　請借我這本書。

4　我借下這本書了。

解答 (3)

解題 找出關鍵字或句：

「かりたいです」是解題的關鍵，表示「想要借」。這是動詞「かりる」（借）的意願形，用於表達自己想借某物。

選項分析：

1.「かって」是動詞「かう」（買）的て形，意思是「請買這本書」。與題目中的「借」不符，因此排除。

2.「かりて」是動詞「かりる」（借）的て形，意思是「請幫我借這本書」。題目中表達的是「自己想借」，而非請求他人幫忙，因此排除。

3.「かして」是動詞「かす」（借出）的て形，意思是「請借我這本書」。題目中的「かりたい」表示自己想要借入，與「かして」的借出行為相符，因此為正確答案。

4.「かりています」是動詞「かりる」（借）的て形「ています」形式，意思是「正在借這本書」。題目中強調的是「想借」，與此描述的正在借用的狀態不符，因此排除。

第二回
言語知識
（文法、讀解）

もんだい1　（　　）に　何を　入れますか。1・2・3・4から　いちばん　いい　ものを　一つ　えらんで　ください。

問題 1 請從 1・2・3・4 之中選出一個最適合填入（　　）的答案。

1

あの　店（　　）　りょうりは　とても　おいしいです。

1　は　　　　　　　2　に

3　の　　　　　　　4　を

那家店（的）料理非常好吃。

1　（標示主題）

2　到

3　的

4　（賓語助詞，表示動作的對象）

解答 (3)

解題 此題考查助詞「の」的用法。「の」用於表示所屬關係或名詞修飾名詞，意思是「的」。句中的「あの店のりょうり」表示「那家店的料理」，符合語法規則。

選項解析：

1.は：助詞「は」用於標示主題，例如「あの店はおいしいです」（那家店很好吃）。但本句中空格後接「りょうり」，需要表達「那家店的料理」，而非主題，故不適用。

2.に：助詞「に」表示動作的方向或存在場所，例如「店に行きます」（去店裡）。本句中並非描述方向或存在，而是表達所屬關係，因此「に」不正確。

3.の：助詞「の」用於表示所屬或修飾名詞，例如「私の本」（我的書）。本句中「あの店のりょうり」表示「那家店的料理」，語法正確且符合句意。

4.を：助詞「を」表示動作的對象或受詞，例如「りょうりを食べます」（吃料理）。本句不是描述動作，而是表示所屬關係，因此「を」不適用。

2

しずかに　ドア（　　　）　あけました。

1 を　　　　　　　　　2 に

3 が　　　　　　　　　4 へ

安靜地（把）門打開了。

1 把（賓語助詞，表示動作的對象）

2 去

3 是

4 向

解答 (1)

解題 此題考查助詞「を」的用法。「を」用於表示動作的對象或受詞，通常接在名詞後面，與動詞搭配使用。句中的「ドアをあけました」表示「把門打開了」，符合語法規則。

選項解析：

1. を：助詞「を」表示動作的對象或受詞，例如「本を読みます」（看書）。本句中「ドアをあけました」表示「打開門」，語法正確且符合句意。

2. に：助詞「に」用於表示動作的方向或目的地，例如「学校に行きます」（去學校）。本句中需要的是表示動作對象的助詞，而非方向，因此「に」不適用。

3. が：助詞「が」用於標示主語，強調主語的行動或狀態，例如「ドアがあきます」（門開了）。本句中主語是隱含的「我」，而非門，因此「が」不正確。

4. へ：助詞「へ」用於表示動作的方向，例如「左へ曲がります」（向左轉）。本句描述的是打開門的動作，與方向無關，因此「へ」不正確。

3

A「あなたは　あした　だれ（　　　）
　　会（あ）うのですか。」
B「小学校（しょうがっこう）の　ときの　友（とも）だちです。」

1 は　　　　　　　　2 が

3 へ　　　　　　　　4 と

A：「你明天要（和）誰見面呢？」

B：「小學時代的朋友。」

1 （主題助詞）是

2 （主語助詞）是

3 去

4 和

解答 (4)

解題 此題考查助詞「と」的用法。「と」用於表示與某人一起或共同進行的動作，意思是「和～」。句中的「だれと会う」表示「和誰見面」，符合語法規則。

選項解析：

1. は：助詞「は」用於標示主題，例如「私は学生です」（我是學生）。本句中需要的是表示動作對象的助詞，而非主題標示，故不適用。

2. が：助詞「が」用於標示主語，例如「誰が行きますか」（是誰去）。但本句需要的是表示見面對象的助詞，而非主語標示，故不正確。

3. へ：助詞「へ」用於表示方向或目的地，例如「学校へ行きます」（去學校）。本句詢問的是見面對象，而非動作方向，故「へ」不適用。

4. と：助詞「と」用於表示與某人一起或共同動作，例如「友だちと会います」（和朋友見面）。本句中「だれと会う」表示「和誰見面」，語法正確且符合句意。

4

A「ゆうびんきょくは　どこですか。」
B「この　かどを　左（ひだり）（　　　）　まが
　　った　ところです。」

1 に　　　　　　　　2 は

3 を　　　　　　　　4 から

A：「郵局在哪裡呢？」

B：「在這個巷口（向）左轉的那邊。」

1 向　　　　　2 是

3 通過　　　　4 從

解答 (1)

解題 此題考查助詞「に」的用法。「に」用於表示動作的方向，意思是「向～」。句中的「左にまがった」表示「向左轉」，符合語法規則。

選項解析：

1. に（正確答案）：助詞「に」用於表示動作的方向，例如「右に曲がります」（向右轉）。本句中「左にまがった」表示「向左轉」，語法正確且符合句意。

2. は：助詞「は」用於標示主題，例如「ゆうびんきょくはここです」（郵局在這裡）。但本句描述的是動作的方向，而非主題，故不適用。

3. を：助詞「を」用於表示動作的對象，例如「道を歩きます」（走在路上）。本句需要的是表示方向的助詞，而非動作對象，故「を」不正確。

4. から：助詞「から」用於表示動作的起點，例如「駅から歩きます」（從車站走）。本句中描述的是動作的方向，而非起點，因此「から」不適用。

5

A「きのう、わたし（　　　）あなたに
　言った　ことを　おぼえて　いますか。」

B「はい。よく　おぼえて　います。」

1　は　　　　　　　　　　2　に

3　が　　　　　　　　　　4　へ

A：「昨天我對你說過的事還記得嗎？」
B：「是的，我記得很清楚。」

1（主題助詞）是　　　　　2 到
3 是　　　　　　　　　　4 到

解答 (3)

解題　此題考查助詞「が」的用法。助詞「が」用於標示句子的主語，強調動作的執行者或主體。在本句中，「わたしが」表示「是我」進行了「對你說話」這個動作，符合句子的語法規則與語境。

選項解析：

1. は：助詞「は」用於標示主題，將焦點放在句子的主要話題上。若使用「わたしは」，語意會偏向討論「我」這個人，而非強調「說了什麼事情」的動作，與句中需要強調「誰說的」的語境不符。

2. に：助詞「に」用於表示動作的方向或接受對象，例如「あなたに言いました」（對你說）。本句需要標示主語，而非動作方向或接受對象，因此「に」不適用。

3. が：助詞「が」用於標示主語，強調句子的行為執行者或主體，例如「わたしが言いました」（是我說的）。本句需要明確表示「是我」對對方說了某事，使用「が」恰當且符合語法規則。

4. へ：助詞「へ」表示動作的方向，例如「駅へ行きます」（去車站）。本句並未涉及方向語意，使用「へ」不正確。

6

わたし（　　　）兄が　二人　います。

1　まで　　　　　　　　　2　では

3　から　　　　　　　　　4　には

我（有）兩個哥哥。

1 直到　　　　　　　　　2 在
3 從　　　　　　　　　　4 有

解答 (4)

解題　此題考查助詞「には」的用法。「には」用於強調存在句中的場所或主體，表示「在某地方有某事物」或「某人擁有某物」。句中的「わたしには兄が二人います」表示「我有兩個哥哥」，符合語法規則。

選項解析：

1. まで：助詞「まで」表示範圍的終點，例如「学校まで歩きます」（走到學校）。本句是描述擁有關係，與範圍的終點無關，因此「まで」不適用。

2. では：助詞「では」用於標示話題或條件，例如「日本では桜が有名です」（在日本櫻花很有名）。本句需要的是強調主體的助詞，而非話題標示，故「では」不正確。

3. から：助詞「から」表示起點或原因，例如「駅から歩きます」（從車站走）。本句並未涉及起點或原因，因此「から」不適合。

4. には：助詞「には」用於強調存在句的主體或場所，例如「私には夢があります」（我有夢想）。本句中「わたしには」強調「我」是擁有兩個哥哥的主體，語法正確且符合句意。

7

A「これは　（　　　）国の　ちずで
　すか。」

B「オーストラリアです。」

1　だれの　　　　　　　　2　どこの

3　いつの　　　　　　　　4　何の

A：「這是（哪個）國家的地圖呢？」
B：「澳洲的。」

1 誰的　　　　　　　　　2 哪個的
3 什麼時候的　　　　　　4 什麼的

解答 (2)

解題　此題考查疑問詞「どこの」的用法。「どこの」用於詢問地點或所屬，意思是「哪個地方的、哪裡的」。句中的「どこの国のちず」表示「哪個國家的地圖」，符合語法規則。

選項解析：

1. だれの：用於詢問所屬者，例如「これはだれの本ですか」（這是誰的書）。但本句需要詢問的是地圖所屬的國家，而非擁有者，因此「だれの」不適用。

2. どこの：用於詢問地點或所屬，例如「どこの店ですか」（是哪家店）。本句中「どこの国のちず」正確表達了「哪個國家的地圖」，語法正確且符合句意。

3. いつの：用於詢問時間，例如「これはいつの写真ですか」（這是什麼時候的照片）。本句並未涉及時間，因此「いつの」不正確。

4. 何の：用於詢問物品的用途或類型，例如「これは何の本ですか」（這是什麼書）。本句詢問的是地圖所屬的國家，而非用途，因此「何の」不適用。

8

あねは　ギターを　ひき（　　　）
うたいます。

1 ながら　　　　　　　　　2 ちゅう
3 ごろ　　　　　　　　　　4 たい

我姊姊（一邊）彈著吉他（一邊）唱歌。

1 一邊　　　　　　　2 正在…中
3 大約　　　　　　　4 想要

解答(1)

解題　此題考查助詞「ながら」的用法。「動詞ます形＋ながら」用於表示同時進行的兩個動作，意思是「一邊～一邊～」。句中的「ギターをひきながらうたいます」表示「一邊彈吉他一邊唱歌」，符合語法規則。

選項解析：

1. ながら：表示同時進行的兩個動作，例如「音楽を聞きながら勉強します」（一邊聽音樂一邊學習）。本句需要表達「一邊彈吉他一邊唱歌」，使用「ながら」正確且符合句意。

2. ちゅう：表示某動作正在進行中，例如「食事中」（正在用餐）。但本句中需要的是同時進行的兩個動作，而非單一動作的進行，因此「ちゅう」不適用。

3. ごろ：用於表示時間的大概範圍，例如「七時ごろ」（七點左右）。本句並未涉及時間，因此「ごろ」不正確。

4. たい：用於表示願望，例如「行きたい」（想去）。但本句描述的是同時進行的動作，而非願望，因此「たい」不適用。

9

学生が　大学の　まえの　道（　　　）
あるいて　います。

1 や　　　　　　　　　　　2 を
3 が　　　　　　　　　　　4 に

學生正在大學前面的路上行走。

1 和　　　　　　　　2 通過
3 是　　　　　　　　4 到

解答(2)

解題　此題考查助詞「を」的用法。「を」用於表示動作的對象或通過的場所，意思是「沿著～」「經過～」。句中的「道をあるいています」表示「正在路上行走」，符合語法規則。

選項解析：

1. や：用於列舉名詞，例如「本や雑誌」（書和雜誌）。本句中描述的是動作的進行，而非列舉，使用「や」不適用。

2. を：用於表示通過的場所，例如「道を歩きます」（走在路上）。本句描述的是學生正在道路上行走，因此「を」正確且符合句意。

3. が：用於標示句子的主語，例如「学生が歩いています」（學生正在走）。本句中「学生が」已經是主語，不能再用「が」來標示路徑，因此「が」不合適。

4. に：用於表示動作的目的地或方向，例如「学校に行きます」（去學校）。本句描述的是在道路上行走，而非到某地，因此「に」不正確。

10

夕飯を　たべた（　　　）　おふろに
入ります。

1 まま　　　　　　　　　　2 まえに
3 すぎ　　　　　　　　　　4 あとで

吃完晚餐（之後）去洗澡。

1 保持　　　　　　　2 之前
3 過後　　　　　　　4 之後

解答(4)

解題　此題考查助詞「あとで」的用法。「動詞た形＋あとで」用於表示時間的先後關係，意思是「之後」。句中的「夕飯をたべたあとでおふろに入ります」表示「吃完晚餐之後去洗澡」，符合語法規則。

選項解析：

1. まま：表示保持某種狀態，例如「電気をつけたまま寝ました」（開著燈就睡了）。本句需要表達動作的時間順序，而非狀態，因此「まま」不適用。

2. まえに：表示動作發生在某時間點之前，例如「食事のまえに手を洗います」（吃飯前洗手）。若填入「まえに」，句子的意思會變成「在吃晚餐之前洗澡」，與句子原意不符（句中動詞「たべた」表示已經吃過晚飯）。

3. すぎ：用於表示超過某個時間點，例如「5時すぎに帰ります」（五點多回家）。本句與超過時間的概念無關，因此「すぎ」不正確。

4. あとで：用於表示時間的後續順序，例如「仕事のあとで映画を見ます」（工作後看電影）。本句描述「吃完晚餐後」的行動，使用「あとで」正確且符合句意。

11

母「しゅくだいは（　　　）　おわりましたか。」

子ども「あと　すこしで　おわります。」

1 まだ　　　　　　　2 もう

3 ずっと　　　　　　4 なぜ

媽媽：「功課（已經）做完了嗎？」

小孩：「只剩一點點就做完了。」

1 還沒　　　　　　　2 已經

3 一直　　　　　　　4 為什麼

解答(2)

解題 此題考查副詞「もう」的用法。「もう」用於表示某件事情是否已經完成，意思是「已經」。句中的「しゅくだいはもうおわりましたか」表示「功課已經做完了嗎」，符合語法規則。

選項解析：

1. まだ：表某事尚未完成，如「まだおわっていません」（還未完成）。若用「まだ」，句子變為「作業還未完成嗎？」，突顯未完狀態確認。但小孩回「あとすこしでおわります」（即將完成），顯示作業接近完成，與母親提問不合。

2. もう：用於詢問或表達某事是否已經完成，例如「もう食べましたか」（已經吃了嗎）。本句的語境是詢問功課是否已經完成，因此使用「もう」正確且符合句意。

3. ずっと：表示動作或狀態的持續，意思是「一直」，例如「ずっと勉強していました」（一直在學習）。但本句並未強調持續的狀態，因此「ずっと」不適用。

4. なぜ：表示詢問原因，意思是「為什麼」，例如「なぜ来なかったのですか」（為什麼沒來）。本句並未涉及原因的詢問，因此「なぜ」不正確。

12

A「（　　　）　飲み物は　ありませんか。」

B「コーヒーが　ありますよ。」

1 何か　　　　　　　2 何でも

3 何が　　　　　　　4 どれか

A：「有沒有（什麼）飲料呢？」

B：「有咖啡喔！」

1 有什麼　　　　　　2 任何東西

3 是什麼　　　　　　4 哪個

解答(1)

解題 此題考查疑問詞「何か」的用法。「か」前接「なに」等疑問詞後面，用於詢問是否有某種不特定的事物或東西。句中的「何か飲み物はありませんか」表示「有沒有什麼飲料」，符合語法規則。

選項解析：

1. 何か：用於表示不特定的事物，意思是「有什麼嗎」，例如「何か食べるものはありませんか」（有什麼可以吃的嗎）。本句中詢問飲料的存在，使用「何か」正確且符合句意。

2. 何でも：表示不特定事物中的「任何東西」，例如「何でも好きです」（什麼都喜歡）。但本句需要的是詢問是否有某種飲料，而非表示任何飲料都可以，因此「何でも」不適用。

3. 何が：用於主語的位置，表示「是什麼」，強調對象的具體內容例如「何が好きですか」（喜歡什麼）。若使用「何が」，句子變成「是什麼飲料沒有嗎？」（語意不清且不符合語境），因此此用法不恰當。

4. どれか：表示從多個選項中選一個，意思是「其中一個」，例如「どれかを選んでください」（請選一個）。本句並未涉及選擇，因此「どれか」不適用。

13

すこし　つかれた（　　　）、ここで　やすみましょう。

1 と　　　　　　　　2 のに

3 より　　　　　　　4 ので

（因為）我累了，我們在這裡休息吧。

1 和　　　　　　　　2 雖然

3 比起　　　　　　　4 因為

解答(4)

解題 此題考查接續助詞「ので」的用法。「ので」用於表示原因或理由，意思是「因為～」。句中的「つかれたので」表示「因為累了」，符合語法規則。

選項解析：

1. と：用於表示條件或列舉，例如「右に行くと店があります」（往右走就有店）。但本句需要表達累了的原因，使用「と」不正確。

2. のに：用於表示逆接，意思是「雖然～但是～」，例如「雨なのに行きました」（雖然下雨，但去了）。本句是陳述理由，而非表示對比，故「のに」不適用。

3. より：用於比較，例如「彼より上手です」（比他更厲害）。本句並未涉及比較，使用「より」不正確。

4. ので：用於表示原因或理由，例如「寒いのでコートを着ます」（因為冷，所以穿外套）。本句描述「因為累了」的理由，因此使用「ので」正確且符合句意。

14

としょかんは、土曜日から 月曜日
（　　　） おやすみです。

1 も　　　　　　　　　2 まで

3 に　　　　　　　　　4 で

圖書館從星期六（到）星期一休館。

1 也　　　　　　　　2 直到

3 去　　　　　　　　4 於

解答（2）

解題 此題考查助詞「まで」的用法。「まで」用於表示時間或空間的終點，意思是「到～為止」。句中的「土曜日から月曜日まで」表示「從星期六到星期一」，符合語法規則。

選項解析：

1. も：表示包含或也的意思，例如「私も行きます」（我也去）。本句描述的是時間的範圍，而非包含關係，因此「も」不適用。

2. まで：用於表示時間或空間的終點，例如「駅まで歩きます」（走到車站）。本句描述的是圖書館從星期六到星期一的休館範圍，使用「まで」正確且符合句意。

3. に：用於表示動作的方向或時間點，例如「9時に行きます」（在9點去）。本句描述的是時間範圍，而非特定時間點，因此「に」不適用。

4. で：用於表示動作的場所或手段，例如「図書館で勉強します」（在圖書館學習）。本句與場所或手段無關，因此「で」不正確。

15

母と デパート（　　　） 買い物を
します。

1 で　　　　　　　　2 に

3 を　　　　　　　　4 は

我和媽媽（在）百貨公司買東西。

1 在

2 到

3 （賓語助詞，表示動作的對象）

4 是

解答（1）

解題 此題考查助詞「で」的用法。「で」用於表示動作發生的場所，意思是「在～」。句中的「デパートで買い物をします」表示「在百貨公司買東西」，符合語法規則。

選項解析：

1. で：用於表示動作的場所，例如「学校で勉強します」（在學校學習）。本句描述「在百貨公司買東西」，使用「で」正確且符合句意。

2. に：用於表示動作的方向或存在，例如「デパートに行きます」（去百貨公司）。但本句描述的是動作發生的場所，而非方向或存在，因此「に」不適用。

3. を：用於表示動作的對象或受詞，例如「りんごを食べます」（吃蘋果）。但本句需要的是描述動作場所的助詞，而非對象，因此「を」不正確。

4. は：用於標示主題，例如「デパートは大きいです」（百貨公司很大）。但本句並非描述主題，而是描述動作的場所，因此「は」不正確。

16

A「この 本は おもしろいですよ。」
B「そうですか。わたし（　　　） 読みた
いので、 かして くださいませんか。」

1 は　　　　　　　　2 に

3 も　　　　　　　　4 を

A：「這本書很有意思喔！」
B：「這樣嗎？我（也）想看，可以借給我嗎？」

1 （主題助詞）是

2 給

3 也

4 （賓語助詞，表示動作的對象）

解答（3）

解題 此題考查助詞「も」的用法。「も」用於表示與前述相同的情況，意思是「也～」。句中的「わたしも読みたい」表示「我也想看」，符合語法規則。

選項解析：

1. は：用於標示主題，例如「わたしは本が好きです」（我喜歡書）。但本句需要的是表達「也」的意思，而非單純標示主題，因此「は」不適用。

2. に：用於表示動作的方向或對象，例如「わたしに教えてください」（請教我）。本句描述的是想要表達「也想看」，而非動作方向，因此「に」不正確。

3. も：表示與前述相同的情況，例如「わたしも行きます」（我也去）。本句中「わたしも読みたい」正確表達了「我也想看」，語法正確且符合句意。

4. を：用於表示動作的對象或受詞，例如「本を読みます」（看書）。但本句需要的是表達「也」的意思，而非動作對象，因此「を」不適用。

もんだい2 ＿＿★＿＿に 入る ものは どれですか。1・2・3・4から いちばん いい ものを 一つ えらんで ください。

問題 2 下文的＿＿★＿＿中該填入哪個選項，請從 1・2・3・4 之中選出一個最適合的答案。

17

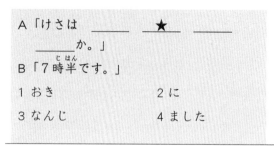

A「けさは ＿＿＿ ＿★＿ ＿＿＿ ＿＿＿か。」

B「7時半です。」

1 おき　　　　　2 に

3 なんじ　　　　4 ました

※ 正確語順

A「けさは なんじに おきましたか。」

A「今天早上是幾點起床的呢？」

B「七點半。」

解答（2）

解題

（1）選項意義分析

1. おき：表示「起床」，為動詞「起きる」的詞根形式；2. に：助詞，用於表示時間點；3. なんじ：表示「幾點」，為疑問詞；4. ました：動詞過去敬體形式，表示過去的動作。

（2）語法結構分析

根據日語基本語序：時間 + 疑問詞 + 助詞 + 動詞，整理正確的句子順序。

時間（けさは）；疑問詞（なんじ）；助詞（に）；動詞（おきました）。

因此正確句子為：「けさはなんじにおきましたか。」

（3）解答解析

正確答案：2（に）。因為句子需要助詞「に」來修飾疑問詞「なんじ」，表示具體的時間點，其他選項無法完成語意和語法正確的句子結構。

18

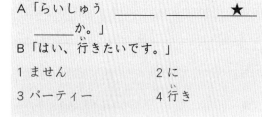

A「らいしゅう ＿＿＿ ＿＿＿ ＿★＿ ＿＿＿か。」

B「はい、行きたいです。」

1 ません　　　　2 に

3 パーティー　　4 行き

※ 正確語順

A「らいしゅう パーティーに 行きませんか。」

A「下星期要不要去參加派對呢？」

B「好，我想去。」

解答（4）

解題

（1）選項意義分析

1. ません：動詞否定敬體形式，表示「不」；2. に：助詞，表示動作的方向或目的地；3. パーティー：表示「派對」，為名詞；4. 行き：動詞「行く」的連用形，表示「去」。

（2）語法結構分析

根據日語基本語序：時間 + 名詞 + 助詞 + 動詞，整理正確的句子順序。

時間（らいしゅう）；名詞（パーティー）；助詞（に）；動詞（行きませんか）。

因此正確句子為：「らいしゅうパーティーに行きませんか。」

（3）解答解析

正確答案：4（行き）。因為這是一個提議句型，需要使用「行きませんか」來表示提議，這是「行く」的連用形。其他選項無法正確完成語法結構。

19

A「山田さんは　どんな　人ですか。」
B「とても　＿＿＿＿　＿＿★＿＿
　＿＿＿＿　＿＿＿＿よ。」

1 人　　　　　　　　　2 です

3 きれいで　　　　　　4 たのしい

※ 正確語順
B「とても　きれいで　たのしい　人ですよ。」
A「山田小姐是個什麼樣的人呢？」
B「是一位非常漂亮而且很有幽默感的人喔！」

解答(4)

解題

（1）選項意義分析

1. 人：表示「人」，為名詞；2. です：句尾敬語，表示敘述或疑問句的結尾；3. きれいで：形容動詞「きれい」的接續形式，表示「漂亮並且」；4. たのしい：表示「快樂、有趣」，為形容詞。

（2）語法結構分析

根據日語基本語序：描述語＋接續助詞＋補充語＋名詞＋謂語，整理正確的句子順序。

描述語（きれい）；接續助詞（で）；補充語（たのしい）；名詞（人）；謂語（です）。

因此正確句子為：「とてもきれいでたのしい人ですよ。」

（3）解答解析

正確答案：4（たのしい）。這句話描述的是山田小姐的性格和外貌，使用「きれいで」表示「漂亮的」，「たのしい」表示「有幽默感的」，其他選項無法正確完成語法結構。

20

A「まだ　えいがは　はじまらないのです
　か。」
B「そうですね。＿＿＿＿　＿＿＿＿　＿＿★＿＿
　＿＿＿＿ます。」

1 ほどで　　　　　　　2 10分

3 はじまり　　　　　　4 あと

※ 正確語順
B「そうですね。あと　10分ほどで　はじ
　まります。」
A「請問電影還沒有開演嗎？」
B「是呀，再十分鐘左右會開演。」

解答(1)

解題

（1）選項意義分析

1. ほどで：表示「大約」，用於表示估計的程度；2. 10分：表示「10分鐘」，為時間名詞；3. はじまり：動詞「はじまる」的連用形，表示「開始」；4. あと：表示「還有、剩下」，用於指示未來的時間或距離。

（2）語法結構分析

根據日語基本語序：時間＋估計詞＋助詞＋動詞，整理正確的句子順序。

時間（あと10分）；估計詞（ほど）；助詞（で）；動詞（はじまります）。

因此正確句子為：「そうですね。あと10分ほどではじまります。」

（3）解答解析

正確答案：1（ほどで）。這句話表達的是電影開始的時間，大約再過「10分鐘左右」就會開始，因此需要使用「ほどで」來表達時間的範圍。其他選項無法正確完成語法結構。

21

A「お父さんは　どこに　つとめて　いま
　すか。」
A「＿＿＿＿　＿＿＿＿　＿＿★＿＿　＿＿＿＿　。」

1 います　　　　　　　2 銀行

3 つとめて　　　　　　4 に

※ 正確語順
B「銀行に　つとめて　います。」
A「請問令尊在哪裡高就呢？」
B「在銀行工作。」

解答(3)

翻譯＋通關解題

1

2

3

4

5

6

回數

解題

（1）選項意義分析

1. います：表示「存在」或「正在」，用於描述動作的進行。這裡的「ています」表某種狀態持續存在；2. 銀行：表示「銀行」，為名詞；3. つとめて：動詞「つとめる」的連用形，表示「工作」；4. に：助詞，表示動作的方向或地點。

（2）語法結構分析

根據日語基本語序：地點＋助詞＋動詞＋謂語，整理正確的句子順序。

地點（銀行）；助詞（に）；動詞（つとめて）；謂語（います）。

因此正確句子為：「銀行に　つとめて　います。」

（3）解答解析

正確答案：3（つとめて）。因為這句話是在描述「工作」的動作，應該使用動詞「つとめる」的連用形「つとめて」來表達，其他選項無法正確完成語法結構。

問題三　翻譯與解題

もんだい3　[22]　から　[26]　に　何を　入れますか。ぶんしょうの　いみを　かんがえて、1・2・3・4から　いちばん　いい　ものを　一つ　えらんで　ください。

問題3 於閱讀下述文章之後，就整體文章的內容作答第 [22] 至 [26] 題，並從1・2・3・4選項中選出一個最適合的答案。

日本で　べんきょうして　いる　学生が、「わたしの　町の　店」について　ぶんしょうを　書いて、クラスの　みんなの　前で　読みました。

わたしが　日本に　来た　ころ、駅　[22]　アパートへ　行く　道には　小さな　店が　ならんでいて、八百屋さんや　魚屋さんが　[23]。

[24]、2か月前　その　小さな　店が　ぜんぶ　なくなって、大きな　スーパーマーケットに　なりました。

スーパーには、何　[25]　あって　べんりですが、八百屋や　魚屋の　おじさん　おばさんと　話が　できなく　なったので、[26]　なりました。

在日本留學的學生以〈我居住的街市上的店〉為題名寫了一篇文章，並且在班上同學的面前誦讀給大家聽。

我剛來到日本的時候，[22] 車站走到公寓的這一段路上，沿途一家家小商店林立，[23] 蔬果店也有魚舖。

[24]，在兩個月前那些小商店全部都消失了，換成了一家大型超級市場。

超級市場裡面什麼 [25] 有，非常方便，但是從此無法與蔬果店和魚舖的老闆及老闆娘聊天，走這段路變得 [26] 了。

22

1 へ	2 に	1 往	2 到
3 から	4 で	3 從	4 在

解答（3）

解題 關鍵句分析：

第二段提到「駅アパートへ行く道」，這裡描述了從車站到公寓的路段。「駅」是起點，「アパート」是目的地，這表示空格中需要填入表達起點的助詞。

語法點解釋與選項排除邏輯：

1. へ（往）：表示方向，用於指向目的地，但無法表示動作的起點。

2. に（到）：表示到達的地點，無法用於描述起點。

3. から（從）：正確用於表示起點，意為「從車站開始」，符合語境，正確。

4. で（在）：表示動作發生的場所，無法用於起點描述。

23

1 あります	2 ありました	1 有	2 曾經有
3 います	4 いました	3 在	4 曾經在

解答（2）

解題 關鍵句分析：
文章描述的是兩個月前「小商店全部消失了」，因此這段表述需要過去時的動詞形式，來表達「曾經有小商店」。
語法點解釋與選項排除邏輯：
1. あります（有）：描述無生命物體的現在存在情況，與過去的語境不符。
2. ありました（曾經有）：描述無生命物體的過去存在情況，正確表達「小商店曾經存在」，符合語境，正確。
3. います（在）：描述有生命物體的現在存在情況，與描述「小商店」的語境不符。
4. いました（曾經在）：描述有生命物體的過去存在情況，與無生命物體的「小商店」不符。

24

1 また	2 だから	1 又	2 所以
3 では	4 しかし	3 那麼	4 可是

解答（4）

解題 關鍵句分析：
最後一句話提到「超級市場很方便，但無法與老闆聊天，走這段路變得不再有趣」，這裡的語境明顯是對便利性和失去的人情味進行對比。需要一個表達轉折的連接詞。
語法點解釋與選項排除邏輯：
1. また（又／此外）：表示補充或附加信息，語意非轉折，與語境不符。
2. だから（所以）：表示因果關係，強調結果的邏輯推導，但語境並非因果關係。
3. では（那麼）：表示假設或話題的轉換，非用於表達轉折，與語境不符。
4. しかし（可是／但是）：表示轉折，用於對比或表達不同意見，正確表達「便利與人情味失去」之間的對比，符合語境，正確。

25

1 も	2 さえ	1 也	2 甚至
3 でも	4 が	3 連…都	4 表疑問詞主語

解答（3）

解題 關鍵句分析：
這句話的語境是強調超級市場內「什麼都有」，用來說明其便利性。因此，需要一個助詞來表達強調的語氣，例如「連…都」。
語法點解釋與選項排除邏輯：
1. も（也）：用於列舉或表示共通性，不是表達強調的語氣。
2. さえ（甚至）：語氣過於強烈，適用於極端情況或特殊情況的強調，與便利性的描述不符。
3. でも（連…都）：用於舉例強調某特性，與語境相符，正確答案。
4. が（主語標記）：用於標記主語，無法表達強調的語氣，與語境不符。

26

1 つまらなく	2 近く	1 無聊	2 近
3 しずかに	4 にぎやかに	3 安靜	4 熱鬧

解答（1）

解題 關鍵句分析：
最後一句話提到「超級市場很方便，但無法與店家聊天」，這裡暗示走這段路失去了原有的人情味與趣味，因此需要填入形容「無聊、乏味」的詞來形容改變後的情況。
語法點解釋與選項排除邏輯：
1. つまらなく（無聊）：描述事情或環境變得乏味，符合題目語境，正確。
2. 近く（ちかく／近）：表示距離，無法描述情感或趣味的變化，與語境無關。
3. しずかに（（静かに／安靜）：描述環境變得安靜，但此處強調的是情感與趣味的喪失。
4. にぎやかに（賑やか／熱鬧）：與語境中的「無法聊天」形成矛盾，語意不符。

もんだい4 つぎの (1)から (3)の ぶんしょうを 読んで、しつもんに こたえて ください。こたえは、1・
2・3・4から 一ばん いい ものを 一つ えらんで ください。

第4大題 請閱讀下列（1）～（3）的文章，並回答問題。請從選項1・2・3・4中，選出一個最適當的答案。

(1)

わたしは 大学生です。わたしの 父は 大学で 英語を おしえて います。母は 医者で、病院に つとめて います。姉は 会社に つとめて いましたが、今は けっこんして、東京に すんで います。

我是大學生。我爸爸在大學教英文；媽媽是醫師，在醫院工作；姊姊原本在公司上班，現在結婚了，住在東京。

27 「わたし」の お父さんの しごとは 何ですか。

1 医者　　　　　2 大学生
3 大学の 先生　　4 会社員

「我」爸爸的工作是什麼呢？
1 醫師
2 大學生
3 大學老師
4 公司職員

解答（3）

解題 題型分析：

此題考查考生是否能根據文章內容提取關鍵資訊，並正確理解日語句子的主題與描述。問題聚焦於「わたしのお父さんのしごと」，要求讀者從文章中找出父親的職業。

選項解析：

1. 医者：文中提到「母は医者で、病院につとめています」，明確指出母親是醫生，而非父親。
2. 大学生：文章開頭「わたしは大学生です」表示「我」是大學生，與父親無關。
3. 大学の 先生（正確答案）：文中「父は大学で英語をおしえています」清楚表明父親在大學教授英文，符合「大学の先生」的描述。
4. 会社員：文中提到「姉は会社につとめていました」，表示姊姊曾在公司工作，與父親無關。

解題關鍵：

1. 找出與「お父さん」相關的敘述：「父は大学で英語をおしえています」。
2. 確認職業的具體表述：「英語をおしえています」表示「教英文」，可推測職業為「大学の先生」。
3. 排除與母親、姊姊或自己的職業相關的誤導選項，最終選擇符合父親身份的正確答案。

(2)

これは、わたしが とった 家族の しゃしんです。父は とても 背が 高く、母は あまり 高く ありません。母の 右に 立って いるのは、母の お父さんで、その となりに いるのが 妹です。父の 左で いすに すわって いるのは 父の お母さんです。

這是我拍的全家福相片。我爸爸身材很高，媽媽則不太高。站在媽媽右邊的是媽媽的爸爸，再隔壁的是我妹妹。坐在爸爸左邊椅子上的是爸爸的媽媽。

28 「わたし」の 家族の しゃしんは どれですか。

請問「我」的全家福相片是哪一張呢？

解答 (3)

解題　在四幅圖中，人物的排列順序是唯一的差異。文章的第一句和第二句並未提供關於順序的線索，而第三句提到：「母の右に立っているのは、母のお父さんで、そのとなりにいるのが妹です」（媽媽右邊站著的是媽媽的父親，他旁邊是妹妹）。以下依選項逐一分析：
1：媽媽右邊站著一位身材較高的中年男子（很可能是爸爸），而他旁邊坐著奶奶，因此不符合條件。
2：媽媽右邊沒有任何人，因此也不符合條件。
3：媽媽右邊是爺爺，他的旁邊是一位比媽媽矮的女孩，符合條件。
4：同樣符合上述條件，但根據文章第四句，爸爸的左邊應該是爸爸的母親，因此選項 4 不正確。

翻譯＋通關解題

(3)

テーブルの 上に たかこさんの お母さんの メモが ありました。

桌上有一張貴子媽媽寫的留言紙條。

　　たかこ

　午後から 出かける ことに なりました。7時ごろには かえります。れいぞうこに ぶたにく と じゃがいもと にんじんが あるので、夕飯を 作って、まっ て いて ください。

　　貴子

　我下午得出門一趟，最晚七點左右會回來。冰箱裡有豬肉和馬鈴薯以及紅蘿蔔，麻煩妳先做晚餐，等我回來一起吃。

---

29 たかこさんは、お母さんが いない あいだ、何を しますか。

1 ぶたにくと じゃがいもと にんじんを かいに 行きます。
2 れいぞうこに 入って いる もので 夕飯 を 作ります。
3 7時ごろまで お母さんの かえりを まち ます。
4 学校の しゅくだいを して おきます。

請問貴子在媽媽不在家的這段期間會做什麼事呢？
1 去買豬肉和馬鈴薯以及紅蘿蔔。
2 用冰箱裡的食材做晚飯。
3 等候媽媽七點左右到家。
4 先做學校的功課。

解答 (2)

1　2　3　4　5　6
回數

解題 題型分析：

本題考查考生是否能從留言中提取具體指令，並正確判斷たかこさん在媽媽不在時應該做的事。

重點在理解「～してください」的要求，並辨別行動順序和內容。

選項解析：

1. 冰箱裡已經有豬肉、馬鈴薯和紅蘿蔔，無需外出購買，不正確。
2. 留言明確指示「用冰箱裡的食材做晚餐並等媽媽回來」，此選項完全符合要求。正確答案。
3. 雖然提到媽媽 7 點左右回來，但沒有指示只需等待，需準備晚餐，因此不正確。
4. 留言未提及與學校作業相關的內容，與要求無關，不正確。

解題關鍵：

找出留言核心指令「用冰箱食材準備晚餐」，確認選項 2 符合內容，其他選項均無相關或不符指令。

問題五 翻譯與解題

もんだい5 つぎの ぶんしょうを 読んで、しつもんに こたえて ください。こたえは、1・2・3・4から 一ばん いい ものを 一つ えらんで ください。

第 5 大題　請閱讀下列文章，並回答問題。請從選項 1・2・3・4 中，選出一個最適當的答案。

きのうは、中村さんと いっしょに 音楽会に 行く 日でした。音楽会は 1時半に はじまるので、中村さんと わたしは、1時に 池田駅の 花屋の 前で 会う ことに しました。

わたしは、1時から、西の 出口の 花屋の 前で 中村さんを まちました。しかし、10分すぎても、15分すぎても、中村さんは 来ません。わたしは、中村さんに けいたい電話を かけました。

電話に 出た 中村さんは「わたしは 1時10分前から 東の 出口の 花屋の 前で まって いますよ。」と 言います。わたしは、西の 出口の 花屋の 前で まって いたのです。

わたしは 走って 東の 出口に 行きました。そして、まって いた 中村さんと 会って、音楽会に 行きました。

昨天是我和中村小姐一起去聽音樂會的日子。因為音樂會是從一點半開始，所以中村小姐和我約好了一點在池田車站的花店門前碰面。

我從一點開始，便在車站西出口的花店前等候中村小姐。可是，過了十分鐘、十五分鐘，中村小姐還是沒來。我撥了中村小姐的行動電話。

接了電話的中村小姐說：「咦，我從十二點五十分就一直在東出口的花店前面等著耶！」然而，我一直在西出口的花店前面等她。

我於是跑去了東出口。這才和等在那裡的中村小姐見到面，一起去聽音樂會了。

30 中村さんが 来なかった とき、「わたし」は どう しましたか。

1 東の 出口で ずっと まって いました。

2 西の 出口に 行きました。

3 けいたい電話を かけました。

4 いえに かえりました。

中村小姐一直沒來的時候，「我」採取了什麼行動呢？

1 一直在東出口等著她。

2 去了西出口。

3 撥了她的行動電話。

4 回家了。

解答 (3)

解題 題型分析：

本題檢測考生是否能理解文章中「わたし」在中村さん未出現時的具體應對行動。重點是找到相關段落的行動描述並正確判斷選項。

選項解析：

1. 文中提到「わたし」是在西出口等候，非東出口，不正確。
2. 文中表示「わたし」本就在西出口，並未移動到西出口，不正確。

3. 文中清楚提到「わたしは、中村さんにけいたい電話をかけました」，正確。
4. 文中最後描述「走って東出口去了」，未提及回家，不正確。
解題關鍵：
找出「わたしは、中村さんにけいたい電話をかけました」的描述，確認選項3符合內容，其餘選項均不符或未提及。

31

中村さんは、どこで「わたし」を まって
いましたか。
1 西の 出口の 花屋の 前
2 東の 出口の 花屋の 前
3 音楽会を する ところ
4 中村さんの いえ

中村小姐一直在哪裡等「我」呢？
1 西出口的花店前面
2 東出口的花店前面
3 舉辦音樂會的地方
4 中村小姐家

解答 (2)

解題 題型分析：
本題考查是否能準確定位文章中中村小姐的所在位置，並判斷符合的選項。
重點在於理解第三段的描述，特別是對話中提到的位置資訊。
選項解析：
1. 文中提到「わたし」是在西出口的花店等候，但中村小姐不在此，因此此選項不正確。
2. 第三段清楚指出中村小姐說自己從 1 點 10 分前就一直在東出口的花店等候，完全符合描述。
3. 文中沒有提及中村小姐在音樂會場等候，此選項與內容不符。
4. 文中未提到中村小姐在家等候，排除此選項。
解題關鍵：
1. 定位文章第三段的對話：「わたしは 1 時 10 分前から東の出口の花屋の前でまっていますよ。」
2. 確認選項 2 完全符合對話內容，其餘選項均與文章描述不符。

もんだい6　右の　ページを　見て、下の　しつもんに　こたえて　ください。こたえは、1・2・3・4から
いちばん　いい　ものを　一つ　えらんで　ください。

第6大題　請閱讀下方「圖書館相關規則」，並回答下列問題。請從選項1・2・3・4中，選出一個最適當的答案。

郵便料金
（てがみや　はがきなどを　出すときの　お金）

定形郵便物*1	25g 以内*2	82 円
	50g 以内	92 円
定形外郵便物*3	50g 以内	120 円
	100g 以内	140 円
	150g 以内	205 円
	250g 以内	250 円
	500g 以内	400 円
	1 kg 以内	600 円
	2 kg 以内	870 円
	4 kg 以内	1,180 円
はがき	通常はがき	52 円
	往復はがき	104 円

特殊取扱料金

速達*4	250g 以内	280 円
	1 kg 以内	380 円
	4 kg 以内	650 円

＊1　定形郵便物：郵便の　会社が　きめた　大きさ
　　　で　50gまでの　てがみ。
＊2　25 g 以内：25gより　重く　ありません。
＊3　定形外郵便物：定形郵便物より　大きいか　小さ
　　　いか、または　重い　てがみや　にもつ。
＊4　速達：ふつうより　早く　つくこと。

郵件資費
（信函、明信片等寄送資費一覽）

定型郵件*1	25 公克以內*2	82 日圓
	50 公克以內	92 日圓
非定型郵件*3	50 公克以內	120 日圓
	100 公克以內	140 日圓
	150 公克以內	205 日圓
	250 公克以內	250 日圓
	500 公克以內	400 日圓
	1 公斤以內	600 日圓
	2 公斤以內	870 日圓
	4 公斤以內	1,180 日圓
明信片	普通明信片	52 日圓
	附回郵明信片	104 日圓

特殊受理金額

限時專送*4	250 公克以內	280 日圓
	1 公斤以內	380 日圓
	4 公斤以內	650 日圓

＊1　定型郵件：在郵局規定的大小以內，重量不超
　　　過 50 公克的函件。
＊2　25 公克以內：重量不大於 25 公克。
＊3　非定型郵件：比定型郵件更大或更小，或者更
　　　重的函件或包裹。
＊4　限時專送：比普通郵件更早送達。

32　中山さんは、200 gの　手紙を　速達で
出します。いくらの　切手を　はります
か。

1　250 円　　　　2　280 円
3　650 円　　　　4　530 円

中山先生想要用限時專送寄出兩百公克的
信，請問他該貼多少錢的郵票呢？
1 兩百五十日圓
2 兩百八十日圓
3 六百五十日圓
4 五百三十日圓

解答（4）

解題　題型分析：
本題要求計算重 200g 的「定形外郵件」加限時專送服務的總郵資，重點是正確辨別資費並加總兩部分費用。
解題步驟：
1. 確認基本郵資：200g 屬於「定形外郵件」250g 以內，費用為 250 日圓。
2. 確認速達費用：限時專送服務「250g 以內」的費用為 280 日圓。
3. 計算總郵資：250 日圓（基本郵資）+ 280 日圓（速達費用）= 530 日圓。
選項解析：
1. 250 円：僅包含基本郵資，錯誤。
2. 280 円：僅包含速達費用，錯誤。
3. 650 円：資費超出條件，不正確。
4. 530 円：正確加總基本郵資和速達費用，符合條件。

第二回
聽解

もんだい1では、はじめに しつもんを きいて ください。それから はなし を きいて、もんだいようしの 1から4の なかから、いちばん いい もの を ひとつ えらんで ください。

在問題1中，請先仔細聆聽問題。接著，聽對話內容，然後從題目用紙中的1到4 個選項中，選出最適合的答案。

翻譯＋通關解題

1

店で、女の人と店の人が話しています。
女の人は、どのシャツを買いますか。
F：子どものシャツがほしいのですが。
M：犬の絵のと、ねこの絵のと、しまもよ うのがあります。どれがいいですか。
F：犬の絵のがいいです。
M：今の季節は、涼しいですので……。
F：いえ、夏に着るシャツがいるんです。

女の人は、どのシャツを買いますか。

女士和店員正在商店裡交談。請問這位女 士會買哪一件上衣呢？
F：我想買小孩的上衣。
M：有小狗圖案的、貓咪圖案的，還有條 紋圖案的。請問您喜歡哪一件呢？
F：我喜歡小狗圖案的。
M：目前的季節有點涼，所以……。
F：不要緊，我要買的是在夏天穿的上衣。
請問這位女士會買哪一件上衣呢？

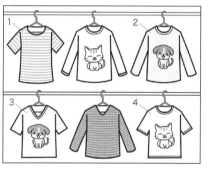

解答(3)

1

2

3

4

5

6

解題 關鍵點：
1. 女士想買的是「子どものシャツ」（小孩的上衣）。
2. 店員提供三種選擇：「犬の絵の」（小狗圖案的）、「ねこの絵の」（貓咪圖案的）和「しまもようの」（條紋 圖案的）。
3. 女士明確表示「犬の絵のがいいです」（我喜歡小狗圖案的），並說明購買目的：「夏に着るシャツがいるん です」（我要買的是在夏天穿的上衣）。
請用刪除法找出正確答案。首先從三種圖案種類中選擇。在N5的階段不知道「しまもよう」是什麼也沒關係， 不過因為選了「犬の絵の」，所以可以集中看2和3的選項。再加上不是現在涼爽的天氣要穿，而是「夏に着る シャツ」，所以短袖的3是正確答案。

回數

2

病院で、医者が女の人に話しています。女の人は、1日に何回歯をみがきますか。

M：ご飯のあとは、すぐに歯をみがいてください。

F：昼ご飯のあともですか。会社につとめていると、歯をみがく時間も場所もないのですが。

M：それなら、朝と夕方のご飯のあとだけでもみがいてください。あ、でも、寝る前にも、もう一度みがくといいですね。

F：わかりました。寝る前にもみがきます。

女の人は、1日に何回歯をみがきますか。

1　1かい　　　　2　2かい

3　3かい　　　　4　4かい

醫師和女士在醫院裡交談。請問這位女士一天刷牙幾次呢？

M：請在飯後立刻刷牙。

F：請問吃完午餐後也要嗎？我在公司裡上班，既沒有時間也沒有地方刷牙。

M：那樣的話，請至少在早餐和晚餐之後刷牙。啊，不過在睡覺前也要再刷一次比較好喔。

F：我知道了，睡覺前也會刷一次。

請問這位女士一天刷牙幾次呢？

1　一次　　　　　　　　2　兩次

3　三次　　　　　　　　4　四次

解題　關鍵點：

1. 醫師建議女士飯後立刻刷牙。
2. 女士提到午餐後也要嗎，但因公司條件限制，醫師表示至少早餐和晚餐後刷牙。
3. 醫師補充睡前再刷一次比較好，女士答應睡前也會刷一次。

選項解析：

1. 一次：對話中至少提到早餐和晚餐後各刷一次，因此不可能是一次。
2. 兩次：醫師建議睡前再刷一次，女士也答應，因此總共是三次，而非兩次。
3. 三次：正確答案。女士會在早餐後、晚餐後，以及睡前各刷一次牙，總共是三次。
4. 四次：對話中未提及四次刷牙的情況，因此排除。

3

男の人と女の人が話しています。二人は、何時に会いますか。

M：授業は3時に終わるから、学校の前のみどり食堂で、3時20分に会いませんか。

F：あの食堂にはみんな来るからいやです。少し遠いですが、みどり食堂の100メートルぐらい先のあおば喫茶店はどうですか。私は、学校を3時半に出るから、3時40分なら大丈夫です。

M：じゃ、そうしましょう。あおば喫茶店ですね。

二人は、何時に会いますか。

1　3時　　　　　　　2　3時20分

3　3時30分　　　　　4　3時40分

男士和女士正在交談。請問這兩位會在幾點見面呢？

M：我上課到三點結束，所以我們約三點二十分在學校前面的綠意餐館碰面好嗎？

F：不要，那家餐館大家都會去。雖然稍微遠了一點，我們還是約距離綠意餐館大概一百公尺的綠葉咖啡廳吧？我三點半離開學校，三點四十分應該就會到了。

M：那就這樣吧。綠葉咖啡廳，對吧？

請問這兩位會在幾點見面呢？

1　三點　　　　　　　　2　三點二十分

3　三點三十分　　　　　4　三點四十分

解題　關鍵點：

因為提到「私は、学校を3時半に出るから、3時40分なら大丈夫です」、「じゃ、そうしましょう」，所以兩人是在三點四十分見面。

選項解析：

1. 三點：對話中並未提到三點見面的計畫，因此排除。
2. 三點二十分：這是男士最初的提議，但被女士拒絕，因此排除。
3. 三點三十分：女士提到她三點半離開學校，因此不可能在這個時間見面。
4. 三點四十分：正確答案。對話中雙方同意在三點四十分於綠葉咖啡廳見面。

4

男の人と女の人が話しています。女の人は、明日、何をもっていきますか。

M：明日のハイキングには、何を持っていきましょうか。

F：そうですね。お弁当と飲み物は、私が持っていくつもりです。

M：あ、飲み物は重いから、僕が持っていきますよ。

F：じゃ、私、あめを少し持っていきますね。疲れた時にいいですから。

女の人は、明日、何をもっていきますか。

男士和女士正在交談。請問這位女士明天會帶什麼東西去呢？

M：明天的健行，我們帶些東西去吧。

F：好啊。我原本就打算帶便當和飲料去。

M：啊，飲料很重，由我帶去吧！

F：那，我帶一些糖果去吧。累的時候有助於恢復體力。

請問這位女士明天會帶什麼東西去呢？

1

2

3

4

解答 (2)

解題 關鍵點：

1. 女士一開始提到「お弁当と飲み物は、私が持っていくつもりです」（便當和飲料我來帶）。
2. 男士表示「飲み物は重いから、僕が持っていきますよ」（飲料很重，我來帶）。因此女士不再帶飲料。
3. 女士改說「私、あめを少し持っていきますね」（那我帶一些糖果）。
女士原本打算帶便當和飲料去，不過男士提議飲料「僕が持っていきますよ」，所以女士不帶飲料而帶糖果。
女士接受男士的提議，不帶飲料去的這件事，可以從「じゃ」得知。

5

会社で男の人が話しています。山下さんは、明日の朝、どうしますか。

M：明日は12時から、会社でパーティーがあります。お客様は11時半ごろには来ますので、みなさんは11時までに集まってください。山下さんは、お客様が来る前に、入り口の机の上に、お客様の名前を書いた紙を並べてください。

F：はい、わかりました。

山下さんは、明日の朝、どうしますか。

1 客の名前を紙に書く

2 名前を書いた紙を客にわたす

3 客の名前を書いた紙をつくえの上にならべる

4 入り口につくえをならべる

男士正在公司裡說話。請問山下小姐明天早上該做什麼呢？

M：明天從十二點開始，公司要舉行派對。客戶最晚會在十一點半左右抵達，所以大家在十一點之前集合。山下小姐請在客戶到達之前，在門口的桌面上擺好寫有客戶大名的一覽表。

F：好的，我知道了。

請問山下小姐明天早上該做什麼呢？

1 書寫客戶大名一覽表

2 將寫上大名的紙張交給客戶

3 把寫有客戶大名的一覽表擺到桌上

4 在門口排桌子

解答 (3)

解題 關鍵點：

山下小姐在十一點以前要來公司，然後要做「入り口の机の上に、お客様の名前を書いた紙を並べ（る）」。
男士說的是「場所＋に＋物＋を」的順序，雖然選項 3 的順序是「物＋を＋場所＋に」，不過意思是一樣的。
選項解析：

1. 對話中未提到山下小姐需要書寫，只需擺放現有的紙張。
2. 對話中提到的任務是將紙張擺放到桌上，而非交給客戶。
3. 正確答案。男士明確指示山下小姐「入り口の机の上に、お客様の名前を書いた紙を並べてください」，這與選項內容一致。
4. 對話中提到的是將紙張擺放到已經設置好的桌子上，並非需要排桌子。

6

バス停で、女の人とバス会社の人が話しています。女の人は何番のバスに乗りますか。

F：中町行きのバスは何番から出ていますか。

M：5番と8番です。中町に行きたいのですか。

F：いいえ、中町の三つ前の山下町に行きたいのです。

M：ああ、そうですか。5番のバスも8番のバスも中町行きですが、5番のバスは、8番とちがう道をとおりますので、山下町にはとまりません。

F：わかりました。ありがとうございます。

女の人は何番のバスに乗りますか。

1 5番　　　　　　2 8番
3 5番か8番　　　4 バスにはのらない

女士和巴士公司的員工正在巴士站交談。請問這位女士該搭幾號的巴士呢？

F：請問開往中町的巴士是從幾號月台出發呢？

M：五號和八號。您要去中町嗎？

F：不是，我想到中町前面三站的山下町。

M：哦，這樣啊。五號的巴士和八號的巴士都會到中町，但是五號和八號走的是不同路線，所以不會停靠山下町。

F：我知道了。謝謝您。

請問這位女士該搭幾號的巴士呢？

1 五號　　　　　　2 八號
3 五號或八號　　　4 不搭巴士

解答(2)

解題 關鍵點：

女士最先問的是「中町行きのバス」。要去中町有五號和八號兩個選擇，不過女士實際上想去的並不是終點站中町，而是山下町，所以必須要坐八號。五號雖然是往中町，但是並沒有停靠山下町。

選項解析：

1. 五號：男士明確說明「5番のバスは山下町にはとまりません」，因此排除。
2. 八號：八號巴士會停靠山下町，符合女士的需求。
3. 五號或八號：男士解釋兩條路線不同，只有八號會停靠山下町，因此排除。
4. 不搭巴士：女士明確表示要搭巴士到山下町，因此排除。

7

駅の前で、男の人と女の人が話しています。男の人は、どこへ行きますか。

M：すみません。中央図書館へ行きたいんですが、この道ですか。

F：はい、この道をまっすぐ進んで、公園の前で右に曲がると中央図書館です。

M：ありがとうございます。

F：でも、歩くと20分くらいかかりますよ。すぐそこに駅前図書館がありますよ。

M：前に中央図書館で借りた本を返しに行くのです。

F：返すだけなら、近くの図書館でも大丈夫ですよ。駅前図書館で返してはいかがですか。

M：わかりました。そうします。

男の人は、どこへ行きますか。

1 えき　　　2 ちゅうおうとしょかん
3 こうえん 4 えきまえとしょかん

男士和女士正在車站前交談。請問這位男士要去哪裡呢？

M：不好意思，我想去中央圖書館，請問走這條路對嗎？

F：對，沿著這條路往前直走，在公園前面往右轉就是中央圖書館了。

M：謝謝您。

F：不過，步行前往大概要花二十分鐘喔！前面就有車站前圖書館囉！

M：我是要去中央圖書館歸還之前在那裡借閱的圖書。

F：如果只是要還書，就近到方便的圖書館還也可以喔。您不如就在車站前圖書館還書吧。

M：我知道了，那去那裡還書。

請問這位男士要去哪裡呢？

1 車站　2 中央圖書館
3 公園　4 車站前圖書館

解答(4)

解題 關鍵點：

1. 男士一開始想去「中央図書館」（中央圖書館），詢問路線並得到指引。
2. 女士提到「駅前図書館」（車站前圖書館）可以更方便地還書，並建議男士考慮就近還書。
3. 男士最後表示「わかりました。そうします」（我知道了，那去那裡還書），決定前往車站前圖書館。

選項解析：

1. 車站：對話中提到車站前的圖書館，但男士並未要去車站本身，因此排除。
2. 中央圖書館：雖然男士最初計劃去中央圖書館，但在女士的建議下改變了計劃，因此排除。
3. 公園：公園只是在前往中央圖書館的路徑中提到，並非男士的目的地，因此排除。
4. 車站前圖書館：男士最後同意女士的建議，選擇到車站前圖書館還書，這是最終的目的地。

もんだい2では、はじめに しつもんを きいて ください。それから はなしを きいて、もんだいようしの 1から4の なかから、いちばん いい ものを ひとつ えらんで ください。

在問題2中，請先仔細聆聽問題。接著，聽對話內容，然後從問題用紙中的1到4個選項中，選出最適合的答案。

1

男の人と女の人が話しています。大山商会の電話番号は何番ですか。

M：大山商会の電話番号を教えてくれますか。

F：ええと、大山商会ですね。0247の98の3026です。

M：0247？それは隣の市だから、違うのではありませんか。

F：あ、ごめんなさい、0247は一つ上に書いてある番号でした。大山商会は、0248の98の3026です。

M：わかりました。ありがとうございます。

大山商会の電話番号は何番ですか。

1 0248—98—3025
2 0248—98—3026
3 0248—98—3027
4 0247—98—3026

男士和女士正在交談。請問大山商會的電話號碼是幾號呢？

M：可以告訴我大山商會的電話號碼嗎？

F：我查一下……是大山商會吧？０２４７－９８－３０２６。

M：０２４７？那是隔壁市的區域號碼，會不會弄錯了？

F：啊！對不起！０２４７是寫在上一則的電話號碼。大山商會是０２４８－９８－３０２６。

M：好，謝謝妳。

請問大山商會的電話號碼是幾號呢？

1 ０２４８－９８－３０２５
2 ０２４８－９８－３０２６
3 ０２４８－９８－３０２７
4 ０２４７－９８－３０２６

解答(2)

解題 關鍵點：

1. 女士最初提供的電話號碼是「０２４７－９８－３０２６」，但男士指出「０２４７」是隔壁市的區域號碼，不正確。
2. 女士糾正錯誤，確認大山商會的正確電話號碼是「０２４８－９８－３０２６」。
3. 男士確認並接受了這個號碼。

選項解析：

1. 此號碼與對話中提到的大山商會號碼不符，因此排除。
2. 女士最後確認這是大山商會的正確電話號碼，男士也接受了此號碼。
3. 此號碼與對話中提到的大山商會號碼不符，因此排除。
4. 這是最初提供的錯誤號碼，區域碼「０２４７」並非正確的大山商會區域號碼，因此排除。

翻譯＋通關解題

1
2
3
4
5
6

回數

2

女の学生と男の学生が話しています。男の学生は、何人の家族で暮らしていますか。

F：渡辺さんは、下に弟さんか妹さんがいるのですか。

M：弟は二人いますが、妹はいません。しかし、姉が二人います。

F：ごきょうだいとご両親で、暮らしているのですか。

M：いえ、それに祖母も一緒です。

F：ご家族が多いんですね。

男の学生は、何人の家族で暮らしていますか。

15人　　　　　27人

38人　　　　　49人

女學生和男學生正在交談。請問這位男學生家裡有多少人住在一起呢？

F：渡邊同學，你下面還有弟弟或妹妹嗎？

M：我有兩個弟弟，但是沒有妹妹；不過，有兩個姊姊。

F：你和姊姊弟弟以及爸媽都住在一起嗎？

M：不是，還有奶奶也住在一起。

F：你家裡人好多呀！

請問這位男學生家裡有多少人住在一起呢？

1 五個人　　　　　　　　2 七個人

3 八個人　　　　　　　　4 九個人

解答（3）

解題 關鍵點：

1. 男學生提到自己有兩個弟弟（弟は二人います）和兩個姊姊（姉が二人います）。
2. 女學生確認是否與「兄弟姊妹和父母一起生活」，男學生回答「それに祖母も一緒です」（還有奶奶一起住）。
3. 因此，家中成員包括父母、兩個姊姊、兩個弟弟、奶奶和男學生本人。

選項解析：

1. 五個人：五個人不足以包含父母、兩個姊姊、兩個弟弟、奶奶和男學生本人，因此排除。
2. 七個人：七個人不足以包含所有家人，排除。
3. 八個人：家中成員包括父母（2人）、兩個姊姊（2人）、兩個弟弟（2人）、奶奶（1人）、男學生本人（1人），總共8人。
4. 九個人：對話中並未提及有多於八人的情況，排除。

3

男の人と女の人が公園で話しています。子どもは、今、どこにいるのですか。

M：こんにちは。今日はお子さんと一緒に公園を散歩しないのですか。

F：子どもは、明日、学校でテストがあるので、自分の部屋で勉強しています。

M：そうですか。何のテストですか。

F：漢字のテストです。明日の午後は一緒に公園に来ますよ。

子どもは、今、どこにいるのですか。

1 こうえん　　　　2 こどものへや

3 がっこう　　　　4 デパート

男士和女士正在公園裡交談。請問孩子現在在哪裡呢？

M：妳好！今天沒有和孩子一起來公園散步嗎？

F：孩子明天學校有考試，正在自己房間裡用功。

M：這樣啊。考什麼科目呢？

F：漢字測驗。我明天下午會帶他一起來公園喔！

請問孩子現在在哪裡呢？

1 公園　　　　　　　　　2 孩子的房間

3 學校　　　　　　　　　4 公寓

解答（2）

解題 關鍵點：

因為提到「自分の部屋で勉強しています」，所以孩子現在在房間裡。為什麼不到公園來、明天有什麼測驗等話題，和答案沒有關係。

選項解析：

1. 公園：對話中明確提到孩子並未在公園，因此排除。
2. 孩子的房間：女士說孩子正在「自分の部屋で勉強しています」，符合此選項。
3. 學校：孩子明天才會去學校考試，現在不在學校，因此排除。
4. 公寓：雖然孩子在家中，但女士明確提到的是「自分の部屋」，而非整個公寓，因此排除

4

教室で先生が話しています。明日学校でやる練習問題は、何ページの何番ですか。

M： 今日は 33 ページの問題まで終わりましたね。あとの練習問題は宿題にします。

F： えーっ、次の 2 ページは全部練習問題ですが、この 2 ページ全部宿題ですか。

M： うーん、ちょっと多いですね。では、34 ページの 1・2 番と、35 ページの 1 番だけにしましょう。

F： 34 ページの 3 番と、35 ページの 2 番は、しなくていいのですね。

M： はい。それは、また明日、学校でやりましょう。

明日学校でやる練習問題は、何ページの何番ですか。

1　34 ページ全部と 35 ページ全部

2　34 ページの 1・2 番と 35 ページの 1 番

3　34 ページの 3 番と 35 ページの 2 番

4　34 ページの 2 番と 35 ページの 3 番

老師正在教室裡說話。請問明天要在學校做的練習題是第幾頁的第幾題呢？

M：今天已經做到第三十三頁的問題了吧。剩下的練習題當作回家功課。

F：不要吧——！接下來兩頁都是練習題，這兩頁全部都是回家功課嗎？

M：嗯，好像有點多哦。那麼，只做第三十四頁的第一、二題，還有第三十五頁的第一題吧。

F：那第三十四頁的第三題，還有第三十五頁的第二題不用寫嗎？

M：對，那幾題留到明天來學校寫吧！

請問明天要在學校做的練習題是第幾頁的第幾題呢？

1 第三十四頁的全部和第三十五頁的全部

2 第三十四頁的第一、二題和第三十五頁的第一題

3 第三十四頁的第三題和第三十五頁的第二題

4 第三十四頁的第二題和第三十五頁的第三題

解答（3）

翻譯＋通關解題

1
2
3
4
5
6

回數

解題 關鍵點：

作業是「34 ページの 1・2 番と、35 ページの 1 番」，另外的「34 ページの 3 番と、35 ページの 2 番」明天在學校做。

選項解析：

1. 對話中並未提到全部題目都在學校做，因此排除。
2. 這些題目被指定為回家功課，並非明天在學校做的練習題，因此排除。
3. 這些題目被留到明天在學校做，符合對話內容。
4. 對話中並未提到第三十五頁的第三題，因此排除。

5

女の学生と男の学生が話しています。男の学生は、1日に何時間ぐらいゲームをやりますか。

F：1日に何時間ぐらいゲームをやりますか。

M：朝、起きてから30分、朝ごはんを食べてから、学校に行く前に30分。それから……。

F：学校では、ゲームはできませんよね。

M：はい。だから、学校から帰って30分で宿題をやって、夕飯まで、また、ゲームをやります。

F：帰ってからも？どれぐらいですか。

M：6時半ごろ夕飯を食べるから、2時間ぐらいです。

男の学生は、1日に何時間ぐらいゲームをやりますか。

1 1時間
2 1時間30分
3 2時間
4 3時間

女學生和男學生正在交談。請問這位男學生一天玩電動遊戲大約幾小時呢？

F：你一天大約玩電動遊戲幾小時呢？

M：早上起床後三十分鐘、吃完早飯後上學前再三十分鐘，還有……。

F：在學校不能玩電動遊戲吧？

M：對，所以放學回家後寫功課三十分鐘，然後在吃晚飯之前再玩一下。

F：放學回家後也會玩？大概玩多久呢？

M：六點半左右吃飯，所以大概兩個小時。

請問這位男學生一天玩電動遊戲大約幾小時呢？

1 一個小時
2 一個半小時
3 兩個小時
4 三個小時

解答 (4)

解題 關鍵點：
1. 男學生早上起床後玩30分鐘，吃完早餐後上學前再玩30分鐘，共計1小時。
2. 放學回家後完成功課後，他在晚餐前玩約2小時。
3. 總時間為「1小時＋2小時＝3小時」。
選項解析：
1. 一個小時：早上玩了1小時，放學後又玩了2小時，因此排除。
2. 一個半小時：總時間為3小時，並非1.5小時，因此排除。
3. 兩個小時：早上與放學後的遊戲時間加總為3小時，因此排除。
4. 三個小時：早上玩1小時，放學後玩2小時，總共3小時，符合對話內容。

6

男の人と女の人が話しています。明日のハイキングに行く人は何人ですか。

F：明日のハイキングには、誰と誰が行くんですか。

M：君と、僕。それから、僕の友だちが3人行きたいと言っていました。その中の二人は、奥さんもいっしょに来ます。

F：そうですか。私の友だちも二人来ます。

M：それは、楽しみですね。

明日のハイキングに行く人は何人ですか。

1 5人
2 7人
3 9人
4 10人

男士和女士正在交談。請問明天要去健行的有幾個人呢？

F：明天的健行，有誰和誰要去呢？

M：你和我，還有我有三個朋友說過想去，其中兩人的太太也一起來。

F：這樣呀。我的朋友也有兩個要來。

M：那明天一定會很開心喔！

請問明天要去健行的有幾個人呢？

1 五個人
2 七個人
3 九個人
4 十個人

解答 (3)

解題 關鍵點：
1. 男士提到「君と、僕」（你和我），加上「僕の友だちが3人」（我的三個朋友）。
2. 男士補充「その中の二人は、奥さんもいっしょに来ます」（其中兩人會帶上太太），表示朋友中多了兩位太太。
3. 女士提到「私の友だちも二人来ます」（我的兩個朋友也會來）。
選項解析：
1. 五個人：這僅包含男士和女士以及三個朋友，未計算太太和女士的兩個朋友，因此排除。
2. 七個人：這僅包含男士、女士、三個朋友及兩位太太，未計算女士的兩個朋友，因此排除。
3. 九個人：人數計算如下：男士（1人）＋女士（1人）＋男士的三個朋友（3人）＋朋友的太太（2人）＋女士的兩個朋友（2人）＝9人。
4. 十個人：對話中沒有提到第十個人，因此排除。

もんだい３では、えを　みながら　しつもんを　きいて　ください。➡（やじるし）の　ひとは、なんと　いいますか。１から３の　なかから、　いちばん　いい　ものを　ひとつ　えらんで　ください。

在問題 3 中，請一邊看圖，一邊仔細聆聽問題。➡（箭頭）指向的人會說什麼呢？請從 1 到 3 個選項中，選出最適合的答案。

1

学校（がっこう）から帰（かえ）るとき、先生（せんせい）に会（あ）いました。
何（なん）と言（い）いますか。

　Ｆ：１さようなら。
　　　２じゃ、お元気（げんき）で。
　　　３こんにちは。

從學校放學回家時遇到了老師。請問這時該說什麼呢？

　Ｆ：１ 再見。
　　　２ 那麼，請多保重。
　　　３ 午安。

解答 (1)

解題 關鍵詞：

關鍵詞「さようなら」是日語中常用的告別語，用於分別時表達「再見」的意思，尤其在較為正式或不確定何時再見的場合使用。在學校情境中，學生對老師說「さようなら」是一種尊敬且適合的表達方式。

選項解析：

1. さようなら：這是標準的告別語，用於結束當天與老師的接觸，符合學校學生對老師說再見的禮貌用語，因此是正確答案。
2. じゃ、お元気で：這是表達長期告別時的用語，例如在預期長時間無法見面的情況下使用，但在日常放學情境中顯得不合適。
3. こんにちは：這是日語中的問候語，意為「午安」或「你好」，通常用於遇到別人時的寒暄，而非分別時的語句，因此不正確。

2

お隣（となり）の家（いえ）に行（い）きます。入（い）り口（ぐち）で何（なん）と言（い）いますか。

　Ｆ：１おーい。
　　　２ごめんください。
　　　３入（はい）りましたよ。

去隔壁鄰居家。請問這時在大門處該說什麼呢？

　Ｆ：１ 喂！
　　　２ 有人在家嗎？
　　　３ 我進來了喔！

解答 (2)

解題 關鍵詞：

關鍵詞「ごめんください」是一種日語中禮貌的問候語，用於造訪他人家時在門口詢問是否有人在家。它表達了訪客的禮貌和尊重，適合用於正式或非正式的訪問場合。

選項解析：

1. おーい：這是比較隨意的呼喊語，用於熟人或非正式場合，不符合去鄰居家造訪時應保持的禮貌語氣，因此不正確。
2. ごめんください：這是標準的拜訪用語，表示「有人在家嗎？」既禮貌又適合在大門處使用，因此是正確答案。
3. 入りましたよ：這句話意為「我進來了喔」，通常是進入他人家中後才會說，但在未經允許之前進入他人家是失禮的，因此不適合用於此情境。

翻譯＋通關解題

1

2

3

4

5

6

回數

3

おじさんに、本を借りました。返すとき、何と言いますか。

M：1 ごちそうさまでした。

2 失礼しました。

3 ありがとうございました。

向叔叔借了書。請問歸還的時候該說什麼呢？

M：1 我吃飽了。

2 先失陪了。

3 謝謝您。

解答 (3)

解題 關鍵詞：

關鍵詞「ありがとうございました」是日語中表示感謝的正式用語，常用於表達對過去行為的感謝，例如接受他人幫助或借用他人物品後表示謝意。

選項解析：

1. ごちそうさまでした：這是用於用餐後感謝招待的用語，與借書和歸還書的情境無關，因此不正確。

2. 失礼しました：這是用於道歉或表示失禮的用語，適用於對他人行為造成打擾的情境，而非用來表達感謝，因此不適合。

3. ありがとうございました：這是歸還物品時對對方的幫助表示感謝的標準用語，既禮貌又符合此情境，因此是正確答案。

4

八百屋でトマトを買います。お店の人に何と言いますか。

F：1 トマトをください。

2 トマト、いりますか。

3 トマトを買いました。

要在蔬果店買蕃茄。請問這時該向店員說什麼呢？

F：1 請給我蕃茄。

2 你要蕃茄嗎？

3 我買了蕃茄。

解答 (1)

解題 關鍵詞：

關鍵詞「トマトをください」是一種日語中常用的購物表達，意為「請給我蕃茄」，用於向店員表達購買某物的需求。這是一種禮貌而直接的請求語句，適合在購物時使用。

選項解析：

1. トマトをください：這是購物時的標準用語，用於向店員請求商品，表達了購買蕃茄的意圖，既禮貌又符合情境，因此是正確答案。

2. トマト、いりますか：這句話意為「你需要蕃茄嗎？」是詢問對方是否需要蕃茄的表達，不符合顧客購物時應說的話，因此不正確。

3. トマトを買いました：這句話意為「我買了蕃茄」，通常用於陳述已完成的購買行為，但不適合用於購物時的請求，因此不正確。

5

友だちが新しい服を着ています。何と言いますか。

F：1 ありがとう。
　　2 きれいなスカートですね。
　　3 どういたしまして。

朋友穿了新衣服來。請問這時該說什麼呢？

F：1 謝謝。
　　2 這裙子好漂亮喔！
　　3 不客氣。

解答 (2)

解題 關鍵詞：

關鍵詞「きれいなスカートですね」是一種稱讚的表達方式，用於對他人的衣著或物品進行讚美。在日語中，這樣的讚美可以用來拉近關係並表達友善。

選項解析：

1. ありがとう：這句話意為「謝謝」，通常用於回應他人的幫助或稱讚，但在這種情境下，朋友穿了新衣服並未涉及需要道謝的行為，因此不正確。

2. きれいなスカートですね：這是對朋友的新衣服進行稱讚的適切表達，既禮貌又符合情境，因此是正確答案。

3. どういたしまして：這句話意為「不客氣」，通常用於回應別人的感謝，但此情境並未涉及到需要說「不客氣」的場合，因此不正確。

問題四 翻譯與解題

もんだい4は、えなどが　ありません。ぶんを　きいて、1から3の　なかから、いちばん　いい　ものを
ひとつ　えらんで　ください。

在問題 4 中，沒有圖片等輔助資料。請仔細聆聽句子，然後從 1 到 3 個選項中，選出最適合的答案。

1

F：今、何時ですか。
M：1 3月3日です。
　　2 12時半です。
　　3 5分間です。

F：現在是幾點呢？

M：1 三月三號。
　　2 十二點半。
　　3 五分鐘。

解答 (2)

解題 關鍵詞：

關鍵詞「何時」中的「何」是疑問詞，表示「什麼」，而「時」表示時間。「今、何時ですか」的意思是：「現在是幾點呢？」問題的重點在於詢問具體的時間（時刻）。

選項解析：

1. 3月3日です：這是回答具體的日期（幾月幾日），而非時間（時刻）。問題並未詢問日期，因此此選項答非所問，並不正確。

2. 12時半です：這是回答具體的時間（12 點半），符合問題中對時間的詢問，準確解釋了「何時」的意思，因此是正確答案。

3. 5分間です：這是回答一段時間的長度（五分鐘），而非具體的時間點，問題詢問的是「現在是幾點」，因此此選項答非所問，並不正確。

2

M：今日の夕飯は何ですか。

F：１ 17時にはできますよ。

　　２ カレーライスです。

　　３ レストランには行きません。

M：今天晚飯要吃什麼呢？

F：1 七點前就會做好了喔！

　　2 咖哩飯。

　　3 不會去餐廳。

解答 (2)

解題 關鍵詞：

關鍵詞「何ですか」中的「何」是疑問詞，表示「什麼」，用於詢問具體內容。「今日の夕飯は何ですか」的意思是：「今天晚飯要吃什麼呢？」問題的重點在於詢問晚餐的具體內容，而非時間或計畫。

選項解析：

1. 7時にはできますよ：這是回答準備晚餐所需的時間，並未提及晚餐的內容，因此答非所問，並不正確。

2. カレーライスです：這是回答晚餐的具體內容（咖哩飯），直接符合問題的提問，準確解釋了「何ですか」的意思，因此是正確答案。

3. レストランには行きません：這是回答是否去餐廳，但並未説明晚餐的內容，因此與問題不符，並不正確。

3

M：そのサングラス、どこで買ったんですか。

F：１ 安かったです。

　　２ 駅の前のめがね屋さんです。

　　３ 先週の日曜日です。

M：那支太陽眼鏡是在哪裡買的呢？

F：1 買得很便宜。

　　2 在車站前面的眼鏡行。

　　3 上星期天買的。

解答 (2)

解題 關鍵詞：

關鍵詞「どこで買ったんですか」中的「どこ」是疑問詞，表示「在哪裡」，用於詢問地點。「買ったんですか」則是詢問購買的過去行為。「そのサングラス、どこで買ったんですか」的意思是：「那支太陽眼鏡是在哪裡買的呢？」問題的重點在於詢問購買的地點。

選項解析：

1. 安かったです：這是描述價格的回答（很便宜），並未提及購買地點，答非所問，並不正確。

2. 駅の前のめがね屋さんです：這是回答具體的購買地點（車站前面的眼鏡行），直接符合問題的提問，因此是正確答案。

3. 先週の日曜日です：這是描述購買的時間（上星期天），問題並未詢問時間，因此答非所問，並不正確。

4

M：荷物が重いでしょう。私が持ちましょうか。

F：１ いえ、大丈夫です。

　　２ そうしましょう。

　　３ どういたしまして。

M：東西很重吧？要不要我幫你提？

F：1 不用了，我沒問題的。

　　2 那就這樣吧。

　　3 不客氣。

解答 (1)

解題 關鍵詞：

關鍵詞「私が持ちましょうか」中的「持ちましょうか」是表示「要不要我來幫忙拿」的提議語句，帶有禮貌且友善的意思。「荷物が重いでしょう」是對物品沉重的觀察並提出幫助的背景。

選項解析：

1. いえ、大丈夫です：這是拒絕對方幫助的表達，意思是「不用了，我沒問題的」，符合回應他人幫助提議的情境，因此是正確答案。

2. そうしましょう：這是表示同意對方提議的語句，意思是「那就這樣吧」。但在此情境中，如果希望對方幫忙提物，應使用更具禮貌的表達方式，因此不太恰當。

3. どういたしまして：這是回應他人感謝時的表達，意思是「不客氣」，與此情境無關，因此不正確。

5

F：今、どんな本を読んでいるのですか。
M：1　はい、そうです。
　　2　やさしい英語の本です。
　　3　図書館で借りました。

F：你現在正在讀什麼書呢？
M：1　是的，沒錯。
　　2　簡易的英文書。
　　3　在圖書館借來的。

解答(2)

解題　關鍵詞：

關鍵詞「どんな本」中的「どんな」是疑問詞，表示「什麼樣的」，用於詢問物品的特徵或類型。「今、どんな本を読んでいるのですか」的意思是：「你現在正在讀什麼樣的書呢？」問題的重點在於詢問書的類型或內容，而非其他相關資訊。

選項解析：

1. はい、そうです：這是用於回應是否定義的句子（例如「你正在讀書嗎？」），但此問題詢問的是書的類型，而非確認動作，因此答非所問，不正確。

2. やさしい英語の本です：這是回答書的類型（簡易的英文書），直接符合問題提問的重點，準確解釋了「どんな本」的意思，因此是正確答案。

3. 図書館で借りました：這是回答書的來源（在圖書館借的），問題並未詢問書的取得方式，因此答非所問，不正確。

6

F：えんぴつを貸してくださいませんか。
M：1　はい、どうぞ。
　　2　ありがとうございます。
　　3　いいえ、いいです。

F：可以借我鉛筆嗎？
M：1　來，請用。
　　2　謝謝妳。
　　3　不，不用了。

解答(1)

解題　關鍵詞：

關鍵詞「貸してくださいませんか」是一種禮貌的請求表達，意為「可以借我 … 嗎？」問題的重點在於向對方請求某物，因此正確的回答應該是表達允許或拒絕的語句。

選項解析：

1. はい、どうぞ：這是禮貌地表示同意並將鉛筆借給對方的語句，直接回應了請求，符合問題的情境，因此是正確答案。

2. ありがとうございます：這是表示感謝的語句，但此問題是在請求對方幫助，並非對方幫助後的回應，因此不適用於此情境。

3. いいえ、いいです：這是拒絕語句，意為「不，不用了」，通常用於婉拒他人提供的幫助，但並未回應借鉛筆的請求，因此不正確。

第三回
言語知識
（文字、語彙）

もんだい1 ＿＿の ことばは ひらがなで どう かきますか。1・2・3・4から いちばん いい ものを ひとつ えらんで ください。

問題1 以下＿＿的詞語的平假名為何？請從選項1・2・3・4中選出一個最適合的答案。

---

1 <u>長い</u>（なが） じかん ねました。

1 みじかい　　　　2 ながい

3 ひろい　　　　　4 くろい

我睡了很長一段時間。

1 短　　　　2 長
3 寬廣　　　4 黑

解答 (2)

解題 訓讀與音讀的區分：

● 訓讀→長い（ながい）：形容詞，用來表示「長的」，常用於形容時間、距離或物體的長度；長さ（ながさ）：名詞，用於表示「長度」。

● 音讀→ちょう：常見於複合詞，如「長期（ちょうき，長期）」或「校長（こうちょう，校長）」。

形容詞等有語尾活用變化的字，唸法通常是訓讀。本題中的「ながい」是訓讀，表示「長的」，用於形容時間，符合題意。

學習提示：

訓讀形式多用於形容詞單獨使用，如「長い時間（ながいじかん，長時間）」。

音讀多見於正式詞彙或複合詞組，如「長所（ちょうしょ，優點）」和「長編（ちょうへん，長篇）」。

選項分析：

1. 短い（みじかい／短的）：形容時間或距離等短，與題幹「長時間」矛盾。不是「長い」的平假名讀音。
2. 長い（ながい／長的）：描述時間、距離等長度，符合題意，正確的讀音。
3. 広い（ひろい／寬廣的）：描述空間或範圍，不是「長い」的平假名讀音。
4. 黒い（くろい／黑色的）：描述顏色，不是「長い」的平假名讀音。

---

2 あなたは くだものでは <u>何が</u>（なに） すきですか。

1 どれが　　　　2 なにが

3 これが　　　　4 なんが

在水果當中你喜歡哪種呢？

1 哪種　　　　2 什麼
3 這個　　　　4 無此用法

解答 (2)

解題 訓讀與音讀的區分：

● 訓讀→單獨漢字如「何」有訓讀形式，如「なん（何）」表示「什麼」；● 音讀→なに（何）：疑問詞，用於詢問事物或內容，例如「何が（哪種、什麼）」或「何を（什麼）」。

本題中的「なにが」是訓讀形式，表示「什麼」，用於詢問喜歡的種類，符合題意。

學習提示：

「何（なに）」用於詢問不特定的事物，如「何が好きですか（喜歡什麼）」。

「どれ」用於詢問多個選項中的一個，如「どれが一番好きですか（最喜歡哪一個）」。

選項分析：

1. どれが（哪一個）：用於多個選項中挑選，與題幹「什麼」的廣泛詢問不符。不是「何が」的平假名讀音
2. なにが（哪種）：用於詢問對象事物，符合題意，讀音正確。
3. これが（這個）：用於指定單一物品，與題幹不符。不是「何が」的平假名讀音。
4. なんが：發音和語法均錯誤。

3

わたしは 自転車で だいがくに いきます。

1 じどうしゃ　　2 じてんしゃ

3 じてんしや　　4 じでんしゃ

我騎自行車去大學校園。

1 汽車　　　　2 自行車

3 無此用法　　4 無此用法

解答 (2)

解題 訓讀與音讀的區分：
- 訓讀→「自」單獨使用時，如「自ら (みずから，自己)」或「転ぶ (ころぶ，跌倒)」屬於訓讀形式。
- 音讀→じてんしゃ (自転車)：音讀形式，指「自行車」，是日常使用的詞彙。

本題中的「じてんしゃ」是音讀，表示「自行車」，用於描述交通工具，符合題意。

學習提示：

訓讀形式多用於單字，如「転ぶ (ころぶ)」描述動作或情景。

音讀形式常見於複合詞，如「自動車 (じどうしゃ，汽車)」和「自転車 (じてんしゃ，自行車)」。

選項分析：

1. 自動車 (じどうしゃ／汽車)：用於描述機動車輛，不是「自転車」的平假名讀音。
2. 自転車 (じてんしゃ／自行車)：符合題幹描述的交通工具，讀音正確。
3. じてんしや：寫法錯誤，「ゃ」寫成大寫的「や」了。
4. じでんしゃ：寫法錯誤。「て」寫成濁音「で」了。

4

うちの ちかくに きれいな 川が あります。

1 かわ　　　　2 かは

3 やま　　　　4 うみ

我家附近有一條美麗的河。

1 河　　　　　2 無此用法

3 山　　　　　4 海

解答 (1)

解題 訓讀與音讀的區分：
- 訓讀→川 (かわ)：用於表示河流，是日常生活中常用的表達。

單獨使用時多以訓讀形式，如「大きな川 (大河)」。
- 音讀→せん：常見於複合詞，如「川流 (せんりゅう，河流)」或「河川 (かせん，河川)」。

本題中的「かわ」是訓讀形式，指「河」，用於描述自然地貌，符合題意。

學習提示：

訓讀形式多見於單獨使用或修飾名詞，如「川の水 (かわのみず，河水)」。

音讀形式多用於正式場合或複合詞，如「河川 (かせん)」。

選項分析：

1. 川 (かわ／河川)：用於描述河流，與題幹中的「美麗的河」一致，讀音正確。
2. かは：無此用法，「わ」被誤寫成發音及字形接近的「は」。
3. 山 (やま／山)：用於描述山脈地貌，不是「川」的平假名讀音。
4. 海 (うみ／海)：用於描述海洋，不是「川」的平假名讀音。

5

はこに おかしが 五つ はいっています。

1 ごつ　　　　2 ごこつ

3 いつつ　　　4 ごっつ

盒子裡裝有五個糕餅。

1 無此用法　　2 無此用法

3 五塊　　　　4 無此用法

解答 (3)

解題 訓讀與音讀的區分：
- 訓讀→五つ (いつつ)：用於表示五個物品，是數量詞的常用形式。訓讀數詞多用於日常生活中表達具體的數量，如「五つの箱 (いつつのはこ，五個盒子)」。

「五」後面接著「つ」表示「…個」，用訓讀讀作「いつ」。
- 音讀→ご：用於正式場合或複合詞，如「五角形 (ごかくけい)」或「五感 (ごかん)」。

本題中的「いつつ」是訓讀形式，表示數量「五個」，符合題意。

學習提示：

訓讀形式常與量詞搭配，如「三つ (みっつ)」、「四つ (よっつ)」。

音讀形式多見於正式或書面語，如「五大陸 (ごたいりく)」。

6 　<ruby>出口<rt>でぐち</rt></ruby>は　あちらです。

1 でるくち 　　　　 2 いりぐち

3 でくち 　　　　　 4 でぐち

出口在那邊。

1 無此用法 　　　　 2 入口

3 無此用法 　　　　 4 出口

解答(4)

解題 訓讀與音讀的區分：

● 訓讀→出る（でる）：表示「出去」或「離開」；口（くち）：訓讀，表示「口」或「出口」。

● 音讀→出（しゅつ）：常用於正式詞彙或複合詞，如「出発（しゅっぱつ，出發）」。

本題中的「でぐち」是訓讀形式，表示「出口」，用於日常會話中，符合題意。這個用法的「口」是訓讀「くち」，產生連濁唸作「ぐち」。

學習提示：訓讀形式適用於日常用語，如「入口（いりぐち，入口）」和「出口（でぐち，出口）」。

選項分析：

1. でるくち：無此用法，混淆「出る」和「口」的組合形式。

2. 入口（いりぐち／入口）：用於描述進入的地方，不是「出口」的平假名讀音，且與題幹「出口」不符。

3. でくち：無此用法，拼寫錯誤。

4. 出口（でぐち／出口）：表示離開的地方，符合題意，讀音正確。

7 　<ruby>大人<rt>おとな</rt></ruby>に　なったら、いろいろな　くにに
いきたいです。

1 おとな 　　　　　 2 おおひと

3 たいじん 　　　　 4 せいじん

等我變成大人以後，想去很多國家遊歷。

1 大人 　　　　　　 2 無此用法

3 巨人 　　　　　　 4 成人

解答(1)

解題 訓讀與音讀的區分：

● 訓讀→大人（おとな）：表示「大人」，指已成年的人，常用於日常會話中。
訓讀形式的詞彙更適合描述具體對象，如「大人しい（おとなしい，文靜）」。

● 音讀→大人（たいじん）：表示「身體大的人」；せいじん（成人）：表示「成為大人」，多用於正式場合，
如「成人の日（せいじんのひ，成人日）」。

本題中的「おとな」是訓讀形式，表示「大人」，符合題意。

學習提示：訓讀形式多用於日常用語，如「大人になる（變成大人）」和「大人っぽい（成熟）」。

音讀形式常見於書面語或正式場合，如「成人式（せいじんしき，成人典禮）」或「未成年（みせいねん，
未成年人）」。

選項分析：

1. 大人（おとな／成人）：用於描述成年的人，符合題意，讀音正確。

2. おおひと：無此用法，不是「大人」的平假名讀音。

3. 大人（たいじん／巨人）：通常用於描述身體大的人，不是「大人」的平假名讀音，且與題幹語意不符。

4. 成人（せいじん／成人）：偏向正式場合的表達，不是「大人」的平假名讀音，且與題幹日常語氣不符。

8 　こたえは　<ruby>全部<rt>ぜんぶ</rt></ruby>　わかりました。

1 ぜんぶ 　　　　　 2 ぜんたい

3 ぜいいん 　　　　 4 ぜんいん

答案已經全部懂了。

1 全部 　　　　　　 2 全體

3 無此用法 　　　　 4 全員

解答(1)

解題 訓讀與音讀的區分：

● 訓讀→全て（すべて，全部）：表示「全範圍內毫無遺漏的整體」。

● 音讀→ぜんぶ（全部）：表示「全部」，用於指事物的整體，常見於日常表達；ぜんたい（全体）：音讀形式，
表示「全體」，用於描述集合或團體的整體。

本題中的「ぜんぶ」是音讀形式，表示「全部」，符合題意。

選項分析：：

1. 全部（ぜんぶ／全部）：指範圍內所有的事物，如「全部わかる（全部懂了）」。符合題意，讀音正確。

2. 全体（ぜんたい／全體）：偏向描述集合整體，如「全体の意見（全體意見）」，不是「全部」的平假名讀音，
且與題幹不符。

3. ぜいいん：無此用法，不是「全部」的平假名讀音。

4. 全員（ぜんいん／全員）：指所有人，不是「全部」的平假名讀音，且與題幹的事物範圍不符。

9

暑い（あつ）　まいにちですが、おげんきですか。

1 さむい　　　　　　　2 あつい

3 つめたい　　　　　　4 こわい

毎天暑熱逼人，您最近好嗎？

1 冷　　　　　　　　　2 熱

3 冰冷　　　　　　　　4 可怕

解答 (2)

解題 訓讀與音讀的區分：

● 訓讀→暑い（あつい）：形容詞，用於描述天氣的「炎熱」。訓讀形式的形容詞適用於自然現象或主觀感受，如「今日は暑いです（今天很熱）」。

● 音讀→しょ：常用於複合詞，如「暑中見舞い（しょちゅうみまい，夏季問候）」或「酷暑（こくしょ，酷熱）」。

本題中的「あつい」是訓讀形式，描述天氣的炎熱，符合題意。

學習提示：

訓讀形式的形容詞多用於具體描述，如「暑い夏（あついなつ，炎熱的夏天）」。

音讀形式多見於正式場合或詞組，如「猛暑（もうしょ，酷暑）」。

選項分析：

1. 寒い（さむい／冷）：描述寒冷的天氣，不是「暑い」的平假名讀音，且與題幹的炎熱不符。

2. 暑い（あつい／熱）：用於描述天氣炎熱，符合題意，讀音正確。

3. 冷たい（つめたい／冰冷）：描述物品或溫度的冷感，不是「暑い」的平假名讀音，且與題幹不符。

4. 怖い（こわい／可怕）：描述情緒或感受，不是「暑い」的平假名讀音，且與題幹不符。

10

今月（こんげつ）は　ほんを　3さつ　かいました。

1 きょう　　　　　　　2 ことし

3 こんげつ　　　　　　4 らいげつ

這個月買了三本書。

1 今天　　　　　　　　2 今年

3 這個月　　　　　　　4 下個月

解答 (3)

解題 訓讀與音讀的區分：

● 訓讀→今（いま）：用於描述「現在」的時間，如「今何時（いまなんじ，現在幾點）」。

● 音讀→こん：用於複合詞表達當前時間段，如「今月（こんげつ，這個月）」。

本題中的「こんげつ」是音讀形式，表示「這個月」，用於描述特定時間，符合題意。

學習提示：

訓讀形式多用於直接描述，如「今は忙しい（現在很忙）」。

音讀形式多見於時間相關詞組，如「今週（こんしゅう，這週）」或「今夜（こんや，今晚）」。

選項分析：

1. 今日（きょう／今天）：表示一天的時間段，不是「今月」的平假名讀音，且與題幹「這個月」不符。

2. 今年（ことし／今年）：描述一年的時間段，不是「今月」的平假名讀音，且與題幹不符。

3. 今月（こんげつ／這個月）：表示當前月份，符合題意，讀音正確。

4. 来月（らいげつ／下個月）：描述未來的月份，不是「今月」的平假名讀音，且與題幹不符。

問題二　翻譯與解題

もんだい2　＿＿の　ことばは　どう　かきますか。1・2・3・4から　いちばん　いい　ものを　ひとつ
えらんで　ください。

問題2　以下＿＿的詞語應為何？請從選項1・2・3・4中選出一個最適合的答案。

11

わたしは　ちいさな　あぱーとの　2かい
に　すんで　います。

1 アパート　　　　　2 アパト

3 アパトー　　　　　4 アパアト

我住在狹小的公寓的二樓。

1 公寓　　　　　　　2 無此用法

3 無此用法　　　　　4 無此用法

解答 (1)

解題 留意長音的片假名表記「ー」及位置。另外，要小心別把片假名「ア」跟「マ」，或「ト」跟「イ」搞混了。

選項分析：

1. アパート（あぱーと／公寓）：是正確答案，與題目語意一致。此為外來語，正確表記為「アパート」，需熟記其拼寫和發音。
2. アパト（あぱと）：此寫法省略了長音「ー」，並非正確的外來語表記。
3. アパトー（あぱとー）：此寫法位置錯誤，長音「ー」應位於「パ」之後，而非「ト」之後。
4. アパアト（あぱあと）：長音「ー」寫成「ア」，並非正確的表記。

---

12 ひとりで　かいものに　いきました。

1 二人（ふたり）　　　　2 一人（ひとり）

3 一入　　　　　　　　4 日人

我一個人去買東西了。

1 兩個人　　　　2 一個人

3 無此用法　　　　4 無此用法

解答（2）

解題「ひとり」是「一人」的讀音，請多加留意這種特殊唸法。這個單字意思與中文相同，但答題時得小心不要把「人」跟「入」看錯囉。

選項分析：

1. 二人（ふたり／兩個人）：不是「ひとり」的漢字。
2. 一人（ひとり／一個人）：是正確漢字，與題目語意一致。「一人」的訓讀是「ひとり」，需熟記此漢字和讀音。
3. 一入：此寫法無效，「入（にゅう）」的意思是「進入」，不是「ひとり」的漢字。
4. 日人：此寫法無效，「日人」並非正確用法。

---

13 まいにち　おふろに　はいります。

1 毎目　　　　　　　　2 母見

3 母日　　　　　　　　4 毎日（まいにち）

每天都會洗澡。

1 無此用法　　　　2 無此用法

3 無此用法　　　　4 每天

解答（4）

解題「まい」、「にち」分別是「毎」、「日」兩字的音讀。請特別注意，「毎」下方的寫法跟「母」不同。

選項分析：

1. 毎目：此寫法無效，「目（め／もく）」的意思是「眼睛」或「次序」，但無法用於表示「每天」。
2. 母見：此寫法無效，「母（はは）」表示「母親」，「見（けん）」表示「看見」，組合起來無意義。
3. 母日：此寫法無效，「母」和「日」的組合並非正確表記。
4. 毎日（まいにち／每天）：是正確答案，與題目語意一致。「毎日」的訓讀為「まいにち」，需熟記此用法。

---

14 その　くすりは　ゆうはんの　あとに　のみます。

1 葉（は）　　　　　　2 薬（くすり）

3 楽（らく）　　　　　4 草（くさ）

那種藥應於晚飯後服用。

1 葉子　　　　2 藥

3 輕鬆　　　　4 草

解答（2）

解題 選項分析：

1. 葉（は／葉子）：植物枝條上生長的扁平部分。不是「くすり」的漢字。
2. 薬（くすり／藥）：用於治病或改善健康的物質，是正確漢字，與題目語意一致。
3. 楽（らく／輕鬆、快樂）：感到輕鬆舒適或愉快的狀態。不是「くすり」的漢字。
4. 草（くさ／草）：生長在地上的綠色植物。不是「くすり」的漢字。

---

15 ふゆに　なると　やまが　ゆきで　しろく　なります。

1 百く　　　　　　　　2 黒く（くろ）

3 白く（しろ）　　　　4 自く

一到冬天，山就會被雪覆蓋成一片雪白。

1 無此用法　　　　2 黑

3 白　　　　4 無此用法

解答（3）

解題 選項分析：

1. 百く：不是「しろく」的漢字，「百（ひゃく）」表示「一百」，無法用於形容「顏色」。
2. 黒く（くろく／黑色）：不是「しろく」的漢字。
3. 白く（しろく／白）：是正確漢字，意思是「白」，與題目語意一致。形容詞「白い」在此處變形為副詞，用於描述山被雪覆蓋後的狀態，需熟記用法。

4. 自く：不是「しろく」的漢字，「自（じ）」的意思是「自己」，與顏色或題目語境無關。

16

てを あげて こたえました。

1 手
2 牛
3 毛
4 未

我舉手回答了問題。

1 手
2 牛
3 毛
4 無此用法

解答 (1)

解題 選項分析：
1. 手（て／手）：是正確漢字，意思是「手」，與題目語意一致。「手をあげる」是常見表達，意思是「舉手」。需熟記此詞的正確用法和讀音。
2. 牛（うし／牛）：不是「て」的漢字，且與題目中的動作「舉手」無關。
3. 毛（け／毛髮）：動物或人體表面生長的細絲狀物，不是「て」的漢字。
4. 未（み／未來、尚未）：尚未發生或未完成的狀態，不是「て」的漢字。

17

ちちも ははも げんきです。

1 元木
2 元本
3 見気
4 元気

家父跟家母都安好。

1 無此用法
2 無此用法
3 無此用法
4 健康

解答 (4)

解題 選項分析：
1. 元木：不是「げんき」的漢字，「木（き）」表示樹木，組合後無意義，與題目中的「健康」不符。
2. 元本：不是「げんき」的漢字，「本（ほん）」表示書本或來源，組合後無法表達「健康」。
3. 見気：不是「げんき」的漢字，「見（けん）」表示看見，「気（き）」表示氣息，組合後無實際意義。
4. 元気（げんき／健康；有精神）：是正確漢字，意思是「健康；有精神」，常用於問候或描述健康情況的語境。與題目語意一致。「元気」是日常常用詞，需熟記其用法和讀音。

18

ごごから 友だちと えいがに 行きます。

1 五後
2 午後
3 後午
4 五語

下午和朋友去看電影。

1 無此用法
2 下午
3 無此用法
4 無此用法

解答 (2)

解題 選項分析：
1. 五後：不是「ごご」的漢字，「五（ご）」表示數字5，「後（ご）」表示後面，組合後無意義，與「下午」的語境無關。
2. 午後（ごご／下午）：是正確答案，與題目語意一致。「午後」是常用時間詞彙，需熟記其正確用法與讀音。
3. 後午：此寫法相反了，「後」和「午」的組合並非正確表記，與語境無關。
4. 五語：不是「ごご」的漢字，「語（ご）」表示語言，組合後無意義，與「下午」的語境不符。

問題三 翻譯與解題

もんだい3 （　　　）に なにを いれますか。1・2・3・4から いちばん いい ものを ひとつ えらんで ください。

問題3 （　　　）中的詞語應為何？請從選項1・2・3・4中選出一個最適合填入（　　　）的答案。

19

この みせの （　　　）は、とても おいしいです。

1 はさみ
2 えんぴつ
3 おもちゃ
4 パン

這家店的（麵包）非常好吃。

1 剪刀
2 鉛筆
3 玩具
4 麵包

解答 (4)

解題 解題關鍵：
從後項的「おいしい」，推出前項主語是食物，所以答案是「パン」。
選項分析：
1. 鋏（はさみ／剪刀）：屬於工具類，無法食用。
2. 鉛筆（えんぴつ／鉛筆）：屬於文具，無法食用。
3. 玩具（おもちゃ／玩具）：屬於娛樂用品，無法食用。
4. 麵包（ぱん／麵包）：屬於食品，符合題意，答案正確。

20

にくを 500 （　　　） かって、みんな
で たべました。

1 クラブ　　　　　　　　2 グラム

3 グラス　　　　　　　　4 リットル

買了500（公克）的肉，和大家一起享用
了。

1 夜店　　　　　　　2 公克
3 杯子　　　　　　　4 公升

解答（2）

解題 解題關鍵：
日本人日常生活購買肉類時，通常是以公克是單位。因此，由「にく」可以對應到答案的「グラム」。
選項分析：
1. クラブ（くらぶ／夜店）：與重量單位無關。
2. グラム（ぐらむ／公克）：為重量單位，符合題意，答案正確。
3. グラス（ぐらす／杯子）：屬於容器，非重量單位。
4. リットル（りっとる／公升）：屬於容量單位，不符合題意。

21

ふうとうに きってを はって、
（　　　） に いれました。

1 ドア　　　　　　　　2 げんかん

3 ポスト　　　　　　　4 はがき

在信封貼上郵票，投進（郵筒）裡了。

1 門　　　　　　　　2 門口
3 郵筒　　　　　　　4 明信片

解答（3）

解題 解題關鍵：
從前項「ふうとう」、「きって」二字，以及後項的「いれました」，推出空格應該要填入相關用詞「ポスト」。
選項分析：
1. ドア（どあ／門）：與投信無關。
2. 玄関（げんかん／門口）：為出入口，非郵件相關。
3. ポスト（ぽすと／郵筒）：用於投信，符合題意，答案正確。
4. 葉書（はがき／明信片）：是郵件類型，非投遞對象。

22

あには おんがくを （　　　） べん
きょうします。

1 ききながら　　　　　2 うちながら

3 あそびながら　　　　4 ふきながら

我哥（一邊聽）音樂邊唸書。

1 邊聽　　　　　　　2 邊打
3 邊玩　　　　　　　4 邊吹

解答（1）

解題 解題關鍵：
日語中，表示「聽音樂」動詞用「きく」。因此，由「おんがく」可以對應到答案的「ききながら」。句型「動詞ながら」表示同一主體同時進行兩個動作。
選項分析：
1. 聞きながら（ききながら／邊聽）：表示一邊聽音樂一邊進行其他活動，與題幹中的「一邊聽音樂邊學習」
　完全吻合，答案正確。
2. 打ちながら（うちながら／邊打）：表示一邊打某物，例如打字或敲擊，與題幹中的音樂或學習情境無關。
3. 遊びながら（あそびながら／邊玩）：表示一邊玩樂一邊進行其他活動，與題幹中描述的學習情境不符。
4. 吹きながら（ふきながら／邊吹）：表示一邊吹某物，例如吹樂器，與題幹中的「聽音樂」情境無關。

23

おひるに なったので、（　　　） を
たべました。

1 さら　　　　　　　　2 ゆうはん

3 おべんとう　　　　　4 テーブル

因為午休時間到了，所以我吃了（便當）。

1 盤子　　　　　　　2 晚餐
3 便當　　　　　　　4 桌子

解答（3）

解題 解題關鍵：
「ので」表示理由。看到前項出現「おひるになった」，推出後項是吃「おべんとう」。
選項分析：
1. 皿（さら／盤子）：與食物無關。
2. 夕飯（ゆうはん／晚餐）：屬於晚間餐點，不符合題意。
3. お弁当（おべんとう／便當）：適合午餐，符合題意，答案正確。
4. テーブル（てーぶる／桌子）：與食物無關。

24 また （　　　）の にちようびに
あいましょう。

1 らいねん　　　　　2 きょねん

3 きのう　　　　　　4 らいしゅう

（下週）的星期日再見面吧。

1 明年　　　　　2 去年
3 昨天　　　　　4 下週

解答（4）

解題 解題關鍵：
由「また」、「あいましょう」可以知道題目句在說未來的事，由「にちようび」可以對應到答案的「らいしゅう」。
選項分析：
1. 来年（らいねん／明年）：與「下週」不符。
2. 去年（きょねん／去年）：與「下週」不符未來時間。
3. 昨日（きのう／昨天）：不符合未來時間。
4. 来週（らいしゅう／下週）：符合題意，答案正確。

---

25 この （　　　）は とても あついです。

1 おちゃ　　　　　　2 みず

3 ネクタイ　　　　　4 えいが

這杯（茶）很燙。

1 茶　　　　　2 涼水
3 領帶　　　　4 電影

解答（1）

解題 解題關鍵：
由後項的「あつい」可以對應到答案的「おちゃ」。在日語中，一般來說不會用「あつい」去形容「みず」，
要表達「熱水」的話，通常會用「おゆ／お湯」，因此這一題的選項2並不適合當答案。
選項分析：
1. お茶（おちゃ／茶）：適合描述「あつい」（燙），符合題意，答案正確。
2. 水（みず／水）：雖可以是燙的，但通常指涼水。
3. ネクタイ（ねくたい／領帶）：不適合描述溫度。
4. 映画（えいが／電影）：無法與溫度相關。

---

26 かべに ばらの えが （　　　）
います。

1 かけて　　　　　　2 さがって

3 かかって　　　　　4 かざって

牆壁上（掛著）玫瑰花的畫。

1 掛著　　　　　2 下降
3 掛著　　　　　4 裝飾著

解答（3）

解題 解題關鍵：
由「かべ」跟「ばらのえが」可以對應到答案的「かかって」。句型「動詞＋ています」可以表示結果或狀
態的持續。
選項分析：
1. 掛けて（かけて／掛著）：是「他動詞」，表示「把某物掛起來」，但這裡的句子是描述「畫已經掛著的狀態」，
   而不是「掛上畫的動作」，應該使用「かかる」（自動詞）而非「かける」（他動詞），所以錯誤。
2. 下がって（さがって／下降）：表示物品向下移動或懸垂的狀態，與題幹中的「畫掛在牆上」不符。
3. 掛かって（かかって／掛著）：是「自動詞」，表示「某物處於懸掛的狀態」。這裡的句子表達的是「玫瑰
   花的畫正掛在牆上」，因此答案正確。
4. 飾って（かざって／裝飾著）：描述物品用作裝飾的狀態，與題幹中的懸掛動作語境不符。

---

27 もんの （　　　）で 子どもたちが
あそんで います。

1 まえ　　　　　　　2 うえ

3 した　　　　　　　4 どこ

孩子們在門（前）玩耍。

1 前　　　　　2 上
3 下　　　　　4 哪裡

解答（1）

解題 解題關鍵：

用「場所＋で」句型，前項是後項動作進行的場所。插圖中，孩子們在門前玩耍，因此答案是「まえ」。

選項分析：

1. 前（まえ／前）：表示位置在門的前方，符合題幹中描述孩子們在門前遊玩的情境，答案正確。
2. 上（うえ／上）：表示位置在門的上方，通常用於描述垂直方向的高處，與題幹語境不符。
3. 下（した／下）：表示位置在門的下方，與題幹中孩子們遊玩的情境不符。
4. 何処（どこ／哪裡）：表示詢問地點，通常用於疑問句，與題幹中陳述的語境不符。

28

としょかんで　ほんを　（　　　　）　かりました。

1 さんまい　　　　　2 さんぼん
3 みっつ　　　　　　4 さんさつ

在圖書館借了（三本）書。

1 三張　　　　　2 三本
3 三個　　　　　4 三冊

解合（4）

解題 解題關鍵：

題目問的是量詞。在日語中，表示「ほん」的數量時，必須用「さつ」。插圖中，櫃臺上的書有三本，因此答案是「さんさつ」。

選項分析：

1. 三枚（さんまい／三張）：用於紙類，與題意不符。
2. 三本（さんぼん／三本）：用於長條物品，與題意不符。
3. 三つ（みっつ／三個）：用於物品數量，與題意不符。
4. 三冊（さんさつ／三冊）：用於書籍，符合題意，答案正確。

問題四 翻譯與解題

もんだい４　＿＿の　ぶんと　だいたい　おなじ　いみの　ぶんが　あります。１・２・３・４から　いちばん　いい　ものを　ひとつ　えらんで　ください。

問題4　選項中有和＿＿意思相近的句子。請從選項１・２・３・４中選出一個最適合的答案。

29

わたしの　だいがくは　すぐ　そこです。

1 わたしの　だいがくは　すこし　とおいです。
2 わたしの　だいがくは　すぐ　ちかくです。
3 わたしの　だいがくは　かなり　とおいです。
4 わたしの　だいがくは　この　さきです。

我的大學就在這附近。

1 我的大學有點遠。
2 我的大學很近。
3 我的大學非常遠。
4 我的大學就在前面

解答（2）

解題 找出關鍵字或句：

題目中的「すぐそこです」表示「就在附近」，與選項2中的「すぐ　ちかくです」意思一致

選項分析：

1.「すこしとおい」意思是「有點遠」，與題目中的「すぐそこです」（就在附近）不符。
2.「すぐちかく」意思是「就在附近」，與題目中的「すぐそこです」語意一致，因此為正確答案。
3.「かなりとおい」意思是「非常遠」，與題目中的「就在附近」完全相反。
4.「このさき」意思是「就在前面」，表示某物或地方在前方，雖然有距離感，但並未強調距離的遠近，因此排除。

30 わたしは　まいばん　11じに　やすみます。

1　わたしは　あさは　ときどき　11じに　ねます。

2　わたしは　よるは　ときどき　11じに　ねます。

3　わたしは　よるは　いつも　11じに　ねます。

4　わたしは　あさは　いつも　11じに　ねます。

我每天晚上都是 11 點睡覺。

1　我偶而會早上 11 點睡覺。

2　我偶而會晚上 11 點睡覺。

3　我總是晚上 11 點睡覺。

4　我總是早上 11 點睡覺。

解答 (3)

解題　找出關鍵字或句：

這一題的「まいばん」是解題關鍵，可以對應到答案句選項 3 中的「よる」及「いつも」。選項 3 中的「よるは　いつも」(總是晚上) 意思與此一致，其他選項中的時間和頻率與題目不符。

選項分析：

1.「あさはときどき」意思是「早上偶爾」，這與題目中的「まいばん」(每天晚上) 不符。

2.「よるはときどき」意思是「晚上偶爾」，這與題目中的「每晚」(每天晚上) 不符。

3.「よるはいつも」意思是「我總是晚上」，這與題目中的「每晚」(每天晚上) 意思完全一致，因此為正確答案。

4.「あさはいつも」意思是「我總是早上」，與題目中的「每晚」(每天晚上) 不符。

31 スケートは　まだ　じょうずでは　ありません。

1　スケートは　やっと　じょうずに　なりました。

2　スケートは　まだ　すきに　なれません。

3　スケートは　また　へたに　なりました。

4　スケートは　まだ　へたです。

我的溜冰技術還不太高明。

1　我總算很會溜冰了。

2　我還沒辦法喜歡上溜冰。

3　我的溜冰技術又變差了。

4　我的溜冰技術還很差。

解答 (4)

解題　找出關鍵字或句：

這一題的解題關鍵在於「じょうずではありません」，與選項 4 中的「まだ　へたです」(還很差) 語意一致，其他選項則涉及技能提高或喜好，與題目不符。

選項分析：

1.「やっと」意思是「終於」，「じょうずに　なりました」意思是「變得擅長」，與題目中「還不擅長」的情況相反。

2.「すきになれません」意思是「還不能喜歡」，這與題目中關於技能的問題無關。

3.「またへたになりました」意思是「又變得不擅長」，與題目中「還不擅長」的意思相反。

4.「まだへたです」意思是「還很差」，與題目中「還不擅長」的意思一致，因此為正確答案。

32 おととし　とうきょうで　あいましたね。

1　ことし　とうきょうで　あいましたね。

2　2ねんまえ　とうきょうで　あいましたね。

3　3ねんまえ　とうきょうで　あいましたね。

4　1ねんまえ　とうきょうで　あいましたね。

前年我們在東京見過面吧。

1　今年我們在東京見過面吧。

2　兩年前我們在東京見過面吧。

3　三年前我們在東京見過面吧。

4　一年前我們在東京見過面吧。

解答 (2)

解題　找出關鍵字或句：

「おととし」和「2ねんまえ」都表示「兩年前」，因此這兩者語意一致，正確答案為選項 2。

選項分析：

1.「ことし」是「今年」，與題目中的「前年」不符。

2.「2ねんまえ」意思是「兩年前」，與題目中的「前年」一致，因為「おととし」也表示兩年前，因此這是正確答案。

3.「3ねんまえ」意思是「三年前」，與題目中的「前年」不符。

4.「1ねんまえ」意思是「一年前」，與題目中的「前年」不符。

3 3

まだ あかるい ときに いえを でました。

1 くらく なる まえに いえを でました。

2 おくれないで いえを でました。

3 まだ あかるいので いえを でました。

4 くらく なったので いえを でました。

趁天還亮著的時候就出門了。

1 趁天色暗下來之前就出門了。

2 趁還沒遲到的時候就出門了。

3 因為天還亮著，所以出門了。

4 因為天色變暗了，所以出門了。

解答（1）

解題 找出關鍵字或句：

題目中的「まだあかるい」表示「天還亮」，選項 1 中的「くらくなるまえに」正確描述了在天暗之前的動作，因此正確答案為選項 1。另外，「形容詞＋とき」意是「…的時候」；「形容詞く＋なります」表示事物的變化。

選項分析：

1.「くらくなるまえに」意思是「在變暗之前」，這與題目中的「まだあかるい」（天還亮）意思一致，因此這是正確答案。

2.「おくれないで」意思是「不遲到」，這與題目中的「天亮」或「趁天亮出門」無關。

3.「まだあかるいので」意思是「因為天還亮」，這與題目中的「趁天還亮著的時候」意思相似，但缺少了「在變暗之前」這層時間概念。

4.「くらくなったので」意是「因為天色變暗了」，這與題目中的「天亮」的情況相反。

第三回
言語知識
（文法、讀解）

問題一 翻譯與解題

もんだい1 （　　　）に 何を 入れますか。1・2・3・4から いちばん いい ものを 一つ えらんで ください。

問題 1 請從 1・2・3・4 之中選出一個最適合填入（　　　）的答案。

1

夜、わたしは 母（　　　） でんわを かけました。

1 は 　　　　　 2 に

3 の 　　　　　 4 が

晚上我打了電話（給）媽媽。

1 是（主題助詞）

2 給（表示對象）

3 的

4 是（主語助詞）

解答（2）

解題 考點分析：

此題考查日語中的助詞用法。句子中的「母」是動作的對象，也就是「打電話的對象」，因此應該選擇表示對象的助詞「に」。

選項解析：

1. は：是主題標示助詞，用來標示句子的主題，但在這個句子中，「母」並非句子的主題，而是動作的對象，因此不適用。

2. に（正確答案）：表示動作的對象或目的地，適用於表示「打電話給誰」的情況。因此，這個選項是正確的。

3. の：表示所有格或修飾關係，但在這個句子中，「の」並不適用，因為它不能表示「對象」。

4. が：是主語標示助詞，用來標示動作的主體或主語，但這裡的「母」是動作的對象，而非主語，因此這個選項不正確。

2

朝（あさ）は、トマト（　　　）　ジュースを
つくって　のみます。

1 で　　　　　　　　　2 に
3 から　　　　　　　　4 や

早上（用）蕃茄做了果汁喝下。

1 用　　　　　　　　　2 在
3 從　　　　　　　　　4 和

解答（1）

解題 考點分析：

此題考查助詞「で」的用法。「で」用於表示動作的工具或手段，意思是「用～」。句中的「トマトでジュースをつくってのみます」表示「用蕃茄做果汁來喝」，符合語法規則。

選項解析：

1. で（用）：用於表示動作的工具、手段或材料，例如「箸で食べます」（用筷子吃）。本句中「トマトでジュースをつくって」正確表示「用蕃茄做果汁」，語法正確且符合句意，答案正確。
2. に（在）：用於表示動作的方向、時間點或存在的場所，例如「学校に行きます」（去學校）。本句描述的是「用蕃茄」來做果汁，因此「に」不適用。
3. から（從）：表示起點或來源，例如「駅から歩きます」（從車站走）。本句並未描述起點或來源，故使用「から」不正確。
4. や（和）：用於列舉名詞，例如「りんごやバナナ」（蘋果和香蕉等）。本句並非列舉名詞，因此「や」不適用。

3

A「あなたは　（　　　）　だれと
　　会（あ）いますか。」
B「小学校（しょうがっこう）の　ときの　先生（せんせい）です。」

1 きのう　　　　　　　2 おととい
3 さっき　　　　　　　4 あした

A：「你（明天）要去和誰見面呢？」
B：「小學時代的老師。」

1 昨天　　　　　　　　2 前天
3 剛才　　　　　　　　4 明天

解答（4）

解題 考點分析：

此題考查表示時間的副詞的用法。「あした」表示「明天」，用於描述將來的時間。句中的「あなたはあしただれと会いますか」表示「你明天要和誰見面呢」，符合語法規則。

選項解析：

1. 昨日（きのう／昨天）：用於描述過去的時間，例如「きのう行きました」（昨天去了）。但本句是詢問將來的時間，因此「昨日」不正確。
2. 一昨日（おととい／前天）：例如「おととい会いました」（前天見面）。本句描述的是明天的情況，而非過去的時間，故「一昨日」不適用。
3. さっき（さっき／剛才）：例如「さっき食べました」（剛才吃了）。本句需要的是表示未來的時間，而「さっき」描述的是最近發生的事，因此不正確。
4. 明日（あした／明天）：用於描述將來的時間，例如「あした行きます」（明天去）。本句詢問的是明天的計劃，因此「あした」正確且符合句意，答案正確。

4

A「この　かさは　だれ（　　　）
　　かりたのですか。」
B「すずきさんです。」

1 から　　　　　　　　2 まで
3 さえ　　　　　　　　4 にも

A：「這把傘是（向）誰借的呢？」
B：「向鈴木先生借的。」

1 向、從　　　　　　　2 直到
3 甚至　　　　　　　　4 也

解答（1）

解題 考點分析：

此題考查助詞「から」的用法。「から」用於表示動作的起點或來源，意思是「從…」或「向…」。句中的「だれからかりた」表示「從誰借的」，符合語法規則。

選項解析：

1. から（從）：正確答案。表示來源、起點或起始時間，例如「学校から帰ります」（從學校回來）。本句中詢問「這把傘是從誰借來的」，因此使用「から」正確且符合句意，答案正確。
2. まで（直到）：表示動作的終點或範圍的終點，例如「駅まで歩きます」（走到車站）。本句並未描述終點，而是詢問借來的來源，因此「まで」不適用。

3. さえ（甚至）：表示強調，意思是「甚至」，例如「お金さえあれば幸せです」（只要有錢就幸福）。但本句描述的是借傘的對象，使用「さえ」不合適。

4. にも（也）：表示某事物或行動也會影響到的對象或範圍，例如「彼にも言いました」（我也對他說了）。本句並未涉及這種強調或範圍的語境，因此「にも」不正確。

5

わたしは　1年まえ　にほんに （　　）。	我一年前（來到了）日本。
1 行きます　　　　2 行きたいです 3 来ました　　　　4 来ます	1 去　　　　　　2 想去 3 來到了　　　　4 來

解答 (3)

解題 考點分析：

此題考查動詞的時態和動作方向。「来ました」是動詞「来る」的過去形，表示從外地來到說話者所在的地方。在這句中，「わたしは 1 年まえにほんに来ました」表示「我一年前來到了日本」，符合語法規則。

選項解析：

1. 行きます（いきます／去）：是「行く」的現在形，表示動作的方向是從說話者所在的地方往外走。這與句中描述的是「來到」日本的情況不符。

2. 行きたいです（いきたいです／想去）：是「行く」的願望形，表示未來的願望，而句子是描述過去的動作，因此不適用。

3. 来ました（きました／來了）：是「来る」的過去形，表示「來了」，強調從外地來到說話者所在的地方。本句描述的是「來到」日本的情況，符合語法和句意，答案正確。

4. 来ます（きます／來）：是「来る」的現在形，表示動作的方向是從外地來到說話者所在的地方。但本句描述的是過去的動作，因此「来ます」不適用。

6

レストランへ　食事（　　）　行きます。	前往餐廳（去）吃飯。
1 や　　　　　　　　2 で 3 を　　　　　　　　4 に	1 和 2 在 3 （賓語助詞，表動作對象） 4 去

解答 (4)

解題 考點分析：

此題考查助詞「に」的用法。「に」表示動作的目的，意思是「為了～」或「去做～」。「に」用於表示動作的方向或目的地，意思是「到～」或「往～」。句中的「レストランへ食事に行きます」表示「前往餐廳吃飯」，符合語法規則。

選項解析：

1. や（和）：用於列舉名詞，例如「りんごやバナナ」（蘋果和香蕉等）。本句並未涉及列舉的情境，因此「や」不適用。

2. で（在）：用於表示動作發生的場所，例如「レストランで食事をします」（在餐廳吃飯）。但本句描述的是前往餐廳去吃飯，應該使用表示方向或目的地的助詞「に」，因此「で」不正確。

3. を：用於表示動作的對象或受詞，例如「本を読む」（讀書）。本句並不是描述動作的對象，而是描述動作目的，因此「を」不適用。

4. に（去）：用於表示動作的目的，例如「図書館へ勉強に行きます」（我到圖書館去讀書）。本句中「レストランへ食事に行きます」正確表示「前往餐廳去吃飯」，語法正確且符合句意，答案正確。

7

やおやで　くだもの（　　）　やさいを　かいました。	在蔬果店買了水果（和）蔬菜。
1 も　　　　　　　　2 や 3 を　　　　　　　　4 など	1 也 2 和 3 （賓語助詞，表動作對象） 4 等等

解答 (2)

考點分析：

此題考查日語中「列舉」的表達方法。句子中的「や」用來列舉名詞，通常用於表示「和～等」的意思，適用於表示不完全的列舉。

選項解析：

1. も（也）：用來強調並列的對象，通常用於「Ａも Ｂも」的結構中，但不適用於列舉名詞，因此不正確。
2. や（～和～等）：正確答案。用於列舉名詞，並表示「～和～等」的意思。在這個句子中，「や」用來連接「くだもの（水果）」和「やさい（蔬菜）」，表示列舉的關係。
3. を：是賓語標示助詞，通常與動詞搭配使用，表示動作的對象或受詞。但在這個句子中，「を」用於連接名詞並不符合語法規範，因為這裡不是表示動作的對象。
4. など（～等）：用來表示列舉，並且強調「等」，但「や」已經起到了列舉的作用，並且「など」不會直接連接名詞，因此這個選項不適合。

8

わたしは　いぬ（　　　）　ねこも　すきです。

1 も　　　　　　　　2 を
3 が　　　　　　　　4 の

我（既）喜歡狗也喜歡貓。

1 既、也
2 （賓語助詞，表示動作對象）
3 （主語助詞，表示主語）
4 的

解答（1）

解題　考點分析：

此題考查助詞「も」的用法。「も」用於表示「也」或「同樣」，強調與前述事物相同的情況。句中的「いぬもねこもすきです」表示「既喜歡狗也喜歡貓」，符合語法規則。

選項解析：

1. も（也）：正確答案。用於表示與前述相同的情況，例如「りんごも食べます」（也吃蘋果）。本句中描述了「既喜歡狗也喜歡貓」，因此使用「も」正確且符合句意，答案正確。
2. を：用於表示動作的對象或受詞，例如「本を読みます」（看書）。本句描述的是喜歡的對象，因此應使用「も」來表示「也」，而不是「を」。
3. が：用於標示主語，例如「いぬがすきです」（我喜歡狗）。本句描述的是喜歡的對象，並強調「也」，因此「が」不適用。
4. の（的）：用於表示所有格或修飾名詞，例如「わたしの本」（我的書）。本句並未涉及所有格的情況，因此「の」不正確。

9

行く（　　　）　行かないか、まだわかりません。

1 と　　　　　　　　2 か
3 や　　　　　　　　4 の

到底去（還是）不去，現在還不知道。

1 和、與
2 還是、或者
3 和、與
4 的

解答（2）

解題　考點分析：

此題考查疑問詞「か」的用法。「か」用於表示選擇或疑問，通常用來連接兩個動作或狀態的選擇。句中的「行くか行かないか」表示「去還是不去」，符合語法規則。

選項解析：

1. と（和）：用於表示列舉，通常表示兩者的連接，例如「りんごとバナナ」（蘋果和香蕉）。但本句中是描述選擇，使用「と」不合適。
2. か（～還是～呢）：正確答案。用於表示選擇或疑問，常見於「～か～」結構中，例如「行くか行かないか」（去還是不去呢）。本句正確使用了「か」來表示選擇的兩個情況，語法正確且符合句意，答案正確。
3. や（和）：用於列舉名詞，表示「～和～等」，例如「りんごやバナナ」。但本句並非列舉名詞，而是表達選擇，因此「や」不適用。
4. の（的）：用於表示所有格或解釋說明，但本句的結構需要表示選擇，因此「の」不正確。

10

つくえの 上には （　　　） ありません。

1 何でも　　　　　　　　2 だれも
3 何が　　　　　　　　　4 何も

桌上（什麼東西都）沒有。

1 無論什麼都　　　　2 任何人都
3 什麼　　　　　　　4 什麼都

解答（4）

解題 考點分析：

此題考查「何も」的用法。用句型「疑問詞＋も＋否定」，表示全面否定，用來強調完全沒有某物。句中的「つくえの上には何もありません」表示「桌上什麼東西都沒有」，符合語法規則。

選項解析：

1. 何でも（なんでも／無論什麼都）：用於肯定句中表示「什麼都可以」或「任何東西都」，例如「何でも食べます」（我什麼都吃）。但本句是否定句，因此「何でも」不適用。

2. 誰も（だれも／任何人都）：用於否定句中，例如「だれも来ませんでした」（沒有人來）。但本句描述的是「東西」，不是「人」，因此「だれも」不正確。

3. 何が（なにが／什麼）：用於表示疑問，例如「何が好きですか」（喜歡什麼）。但本句是表示「完全沒有」，並非詢問「什麼」，因此「何が」不適用。

4. 何も（なにも／什麼都）：在否定句中表示「什麼都」，例如「何もありません」（什麼都沒有）。本句正確使用了「何も」來強調桌上完全沒有東西，符合語法規則，答案正確。

11

先生「掃除は（　　　） おわりましたか。」
学生「あと すこしで おわります。」

1 まだ　　　　　　　　2 もう
3 ずっと　　　　　　　4 なぜ

老師：「打掃（還沒）掃完嗎？」
學生：「只剩一點點就做完了。」

1 還沒　　　　　　　2 已經
3 一直　　　　　　　4 為什麼

解答（2）

解題 考點分析：

此題考查副詞「もう」的用法。表示某事已經完成，這裡的老師是在詢問「打掃是否已經完成」，所以應該使用「もう」，表示「已經～了嗎？」

選項解析：

1. まだ（還沒）：表示某事尚未完成，例如「まだ食べていません」（還沒吃）。如果句子是「掃除はまだ終わっていませんか？」（打掃還沒完成嗎？），那麼可以使用「まだ」，但這裡是一般疑問句「掃除は（已經）完成了嗎？」所以錯誤。

2. もう（已經）：通常用於詢問某件事是否完成，例如「もう宿題をしましたか」（作業已經做完了嗎？）。這裡的老師在確認「打掃是否已經完成」，因此正確。

3. ずっと（一直）：表示某事的持續，例如「ずっと勉強していました」（一直在學習）。但本句是詢問是否已經完成掃除，因此「ずっと」不適用。

4. なぜ（為什麼）：表示詢問原因，例如「なぜ来なかったのですか」（為什麼沒來）。但本句是在詢問掃除是否完成，並非詢問原因，因此「なぜ」不正確。

12

この みせの ラーメンは、（　　　）
おいしいです。

1 やすくて　　　　　　2 やすい
3 やすいので　　　　　4 やすければ

這家店的拉麵（既便宜）又好吃。

1 便宜且…　　　　　2 便宜的
3 因為便宜…　　　　4 如果便宜…

解答（1）

解題 考點分析：

此題考查形容詞的連接及語境的使用。「やすくて」是「やすい」的連接形，表示「便宜且…」，適用於描述兩者特徵的情境。句中的「このみせのラーメンは、やすくておいしいです」表示「這家店的拉麵既便宜又好吃」，符合語法規則。

選項解析：

1. やすくて（便宜且）：正確答案。是「やすい」的連接形，表示「便宜且～」，用來連接兩個形容詞或形容詞與其他詞語。例如「やすくておいしい」（便宜且好吃）。本句描述的是拉麵的特點，既強調便宜又好吃，使用「やすくて」正確且符合句意，答案正確。

2. やすい（便宜的）：是形容詞的基本形，表示「便宜的」。但本句需要的是將形容詞連接起來描述兩個特徵，使用基本形「やすい」無法表達這個意圖，因此不正確。

3. やすいので（因為便宜）：表示因為便宜，用於解釋原因。例如「やすいので買いました」（因為便宜，所以買了）。但本句並非說明原因，而是描述兩個特徵，因此「やすいので」不適用。

4. やすければ（如果便宜）：是「やすい」的假定形，表示「如果便宜」。用於條件句中，表示假設的情況。例如「やすければ買います」（如果便宜就買）。本句並未描述條件，而是描述兩個特徵，因此「やすければ」不正確。

13

あの　こうえんは　（　　　）　ひろい
です。

1 しずかでは　　　　　2 しずかだ

3 しずかに　　　　　　4 しずかで

這座公園（既安靜）又遼闊。
1 （不）安靜…　　2 安靜的
3 安靜地　　　　　4 安靜且…

解答（4）

解題 考點分析：

此題考查形容詞連接的用法。句中使用的是「ひろい」和「しずか」來描述公園的特點，而「しずかで」是「しずか」的連接形，用來連接兩個形容詞，表達「既安靜又遼闊」的意思，符合語法規則。

選項解析：

1. 静かでは（しずかでは／（不）安靜的）：是「静か」的否定形或說明形，並不是用來連接形容詞的形態。這個選項在描述兩個形容詞時並不正確。

2. 静かだ（しずかだ／安靜的）：是「静か」的基本形。然而，本句需要的是將兩個形容詞連接的形式，因此「静かだ」無法正確表達「既安靜又遼闊」的意思。

3. 静かに（しずかに／安靜地）：是「静か」的副詞形，用來修飾動詞，例如「静かに話す」（安靜地說話）。本句並非修飾動詞，而是連接形容詞，因此「静かに」不適用。

4. 静かで（しずかで／安靜且）：是「静か」的連接形，用來連接形容詞，表示「既安靜又…」，例如「静かできれい」（既安靜又美麗）。這個選項正確地連接了兩個形容詞，符合句意，答案正確

14

すみませんが、この　てがみを　あなた
の　おねえさん　（　　　）　わたしてく
ださい。

1 が　　　　　2 を

3 に　　　　　4 で

不好意思，麻煩將這封信轉交（給）你姊姊。
1 是（主語助詞）
2 （賓語助詞，表動作對象）
3 給
4 在（表示地點）

解答（3）

解題 考點分析：

此題考查助詞「に」的用法。表示後項「わたして」這個動作的對象，用格助詞「に」。「に」表示動作的方向或目的地，意思是「給…」或「交給…」，用來指示接收者。句中的「あなたのおねえさんにわたしてください」表示「請將信交給你姊姊」，符合語法規則。

選項解析：

1. が：用於標示主語，表示「誰做了某事」，例如「わたしが行きます」（我去）。本句並非描述主語，而是表示動作的接收者，因此「が」不適用。

2. を：用於表示動作的對象或受詞，通常與動詞搭配使用，例如「本を読む」（讀書）。本句描述的是將信交給某人，應使用表示目的地或接收者的「に」，而不是「を」。

3. に：正確答案。用於表示動作的方向或目的地，意思是「給～」，例如「友だちに手紙を送る」（給朋友寄信）。本句正確使用「に」來表示信的接收者是「你姊姊」。

4. で：用於表示動作發生的場所，意思是「在～」，例如「学校で勉強する」（在學校學習）。但本句描述的是將信交給某人，並非描述場所，因此「で」不適用。

15

いもうとは　（　　　）　うたを　うた
います。

1 じょうずに　　　　　2 じょうずだ

3 じょうずなら　　　　4 じょうずの

我妹妹的歌唱得（很好）。
1 擅長地　　　　2 擅長的
3 如果擅長　　　4 擅長的…

解答（1）

解題 考點分析：

此題考查形容詞「じょうず」的用法。「じょうず」表示「擅長的」或「熟練的」，並且在此句中需要與名詞或動詞連接來表示程度或特徵。句中的「いもうとはじょうずにだうたをうたいます」表示「我妹妹的歌唱得很好」，符合語法規則。

選項解析：

1. 上手に（じょうずに／流利地）：是副詞形，用來修飾動詞，例如「上手に話す」（流利地說話）。本句描述的是「妹妹歌唱得很好」，需要使用副詞形式來修飾動詞「うたいます」，因此「上手に」正確且符合句意，答案正確。

2. 上手だ（じょうずだ／擅長的）：是形容詞的基本形，表示「擅長的」，用來描述名詞的特徵。例如「いもうとは上手だ」（我妹妹擅長）。但本句需要修飾動詞，故「上手だ」不適用。

3. 上手なら（じょうずなら／如果擅長）：是「上手」的假定形，表示「如果擅長」。此用法通常用於條件句，例如「上手なら、うたってください」（如果擅長，就請唱歌）。但本句並非條件句，因此「上手なら」不適用。

4. 上手の（じょうずの／擅長的）：用來修飾名詞，例如「上手のうた」（擅長的歌）。本句需要修飾動詞，故「上手の」不適用。

16

母「どうして　もう　すこし　はやく　（　　　）。」

子ども「あしが　いたいんです。」

1　あるきます

2　あるきたいのですか

3　あるかないのですか

4　あるくと

媽媽：「為什麼（不走）快一點（呢）？」

孩子：「人家腳痛嘛！」

1 走路

2 想走嗎

3 不走嗎

4 如果走路⋯

解答 (3)

解題 考點分析：

此題考查日語中「～ます」形態的運用以及「のですか」的疑問句結構。句中的「どうしてもうすこしはやくあるきます」詢問為何不走得更快一點，其中的「あるきます」是動詞「あるく」的禮貌型，表示「走路」。

選項解析：

1. あるきます（走路）：是動詞「歩く」的禮貌型，不適合用在此句中，因為本句詢問的是為什麼不走得快一點，應該選擇疑問句型。

2. あるきたいのですか（想走嗎）：是表示願望的疑問句，但本句的語境是詢問為什麼沒走得更快，並非詢問是否有走的意願，因此不適用。

3. あるかないのですか（不走嗎）：是用來詢問「走還是不走」的疑問句型，適合用來詢問是否進行某個動作（在這裡是走路）。這與媽媽的問題最為對應，因為她是在詢問孩子為何沒有走快一點。

4. あるくと（如果走的話）：用來表示條件，通常後接結果句，例如「歩くと元気になります」（走路會變得精神）。本句並不表達條件或假設，因此這個選項不正確。

問題二　翻譯與解題

もんだい2　★　に　入る　ものは　どれですか。1・2・3・4から　いちばん　いい　ものを　一つ　えらんで　ください。

問題 2 下文的　★　中該填入哪個選項，請從 1・2・3・4 之中選出一個最適合的答案。

17

（本屋で）

山田「りょこうの　本は　どこに　ありますか。」

店員「＿＿＿　＿＿＿　★　＿＿＿　あります。」

1　2ばんめに　　　　2　上から

3　むこうの　　　　　4　本だなの

※ **正確語順**

店員「むこうの　本だなの　上から　2ばんめに　あります。」

（在書店裡）

山田「請問旅遊類的書在哪裡呢？」

店員「在那邊的書架從上面往下數第二層。」

解答 (2)

解題

（1）選項意義分析

1. 2ばんめに：表示「第二層」，用來指示具體位置；2.上から：表示「從上面」，用來描述位置的起點；3. むこうの：表示「那邊的」，用來指示具體位置或方向；4.本だなの：表示「書架的」，修飾名詞「本棚」。

（2）語法結構分析

根據日語基本語序：地點 ＋ 補語 ＋ 方位 ＋ 補充語 ＋ 動詞，整理正確的句子順序。

地點（むこうの　本だなの）；方位（上から）；補充語（2ばんめに）；動詞（あります）。

因此正確句子為：「むこうの本だなの上から2ばんめにあります。」

（3）解答解析

正確答案：2（上から）。因為句子需要用「上から」來指示位置的起點，表示「從上面」，其他選項無法正確完成語法和語意的句子結構。

18

学生「テストの 日には、＿＿＿＿ ＿＿＿＿ ＿＿＿＿ ＿★＿か。」

先生「えんぴつと けしゴムだけで いいです。」

1 を　　　　　　　　2 もって
3 何　　　　　　　　4 きます

※ **正確語順**

学生「テストの 日には、何を もって きますか。」

學生「請問考試那一天該帶什麼東西來呢？」

老師「帶鉛筆和橡皮擦就好了。」

解答（4）

解題

（1）選項意義分析

1.を：助詞，表示動作的對象；2.もって：動詞「持つ」的連用形，表示「帶」；3.何：表示「什麼」，用於提問；4.きます：動詞「來」的連用形，表示「帶來」。

（2）語法結構分析

根據日語基本語序：時間 ＋ 何 ＋ 助詞 ＋ 動作，整理正確的句子順序。

時間（テストの日には）；何（何）；助詞（を）；動作（もってきます）。

因此正確句子為：「テストの日には、何をもってきますか。」

（3）解答解析

正確答案：4（きます）。因為句子是提問「來」，需要使用動詞「きます」，其他選項無法完成語法和語意正確的句子結構。

19

A「＿＿＿＿ ＿★＿ ＿＿＿＿ ＿＿＿＿ 公園は ありますか。」

B「はい、とても ひろい 公園が あります。」

1 家の　　　　　　　2 の
3 あなた　　　　　　4 近くに

※ **正確語順**

A「あなたの 家の 近くに 公園は ありますか。」

A「你家附近有公園嗎？」

B「有，有一座非常大的公園。」

解答（2）

解題

（1）選項意義分析

1.家の：表示「家的」，用來修飾名詞，表示所有關係；2.の：助詞，表示所有或關聯，連接兩個名詞；3. あなた：表示「你」，為代名詞；4.近くに：表示「在附近」，用來指示地點。

（2）語法結構分析

根據日語基本語序：主語 ＋ 所有助詞 ＋ 地點 ＋ 助詞 ＋ 名詞 ＋ 謂語，整理正確的句子順序。

主語（あなたの 家の）；地點（近くに）；名詞（公園）；謂語（あります）。

因此正確句子為：「あなたの家の近くに公園はありますか。」

（3）解答解析

正確答案：2（の）。因為這句話在詢問「你家附近有公園」，需要使用「あなたの」來表示所有關係，並且「近くに」用來表示地點。其他選項無法正確完成語法結構。

20

A「日曜日には どこかへ 行きましたか。」
B「いいえ。_____ _____ ★
_____ でした。」

1 行きません　　　　2 も
3 どこ　　　　　　　4 へ

解答 (2)

※ 正確語順
B「いいえ。どこへも 行きませんでした。」
A「星期天有沒有去了哪裡玩呢？」
B「沒有。哪裡都沒去。」

解題

（1）選項意義分析

1. 行きません：動詞「行く」的否定形式，表示「不去」；2. も：助詞，表示「也」或「都」，用於強調否定或列舉；3. どこ：表示「哪裡」，用來提問地點；4. へ：助詞，表示動作的方向或目的地。

（2）語法結構分析

根據日語基本語序：否定語句＋地點＋助詞＋動詞，整理正確的句子順序。

否定語句（いいえ）；地點（どこへも）；動詞（行きませんでした）。

因此正確句子為：「いいえ。どこへも行きませんでした。」

（3）解答解析

正確答案：2（も）。因為「どこへも」用來表示「哪裡都沒去」，其中「も」強調了完全的否定，其他選項無法正確完成語法結構。

21

A「スポーツでは なにが すきですか。」
B「野球も _____ ★ _____ _____
_____ よ。」

1 すきですし　　　　2 も
3 サッカー　　　　　4 すきです

解答 (1)

※ 正確語順
B「野球も すきですし サッカーも す
きですよ。」
A「你喜歡哪種運動呢？」
B「我既喜歡棒球也喜歡足球喔。」

解題

（1）選項意義分析

1. すきですし：表示「喜歡」，並且使用「し」來連接兩個相同的動作或狀態；2. も：助詞，表示「也」，用來表示並列或強調；3. サッカー：表示「足球」，為名詞；4. すきです：表示「喜歡」，用於敘述個人喜好。

（2）語法結構分析

根據日語基本語序：名詞＋も＋形容詞＋し＋名詞＋も＋形容詞＋謂語，整理正確的句子順序。

名詞（野球）；助詞（も）；形容詞（すきですし）；名詞（サッカー）；助詞（も）；形容詞（すきです）；謂語（よ）。

因此正確句子為：「野球もすきですしサッカーもすきですよ。」

（3）解答解析

正確答案：1（すきですし）。因為句子需要使用「すきですし」來連接兩個「喜歡」的動作或狀態，表示「既喜歡棒球也喜歡足球」，其他選項無法正確完成語法結構。

もんだい3　[22] から [26] に 何を 入れますか。ぶんしょうの いみを かんがえて、1・2・3・4から いちばん いい ものを 一つ えらんで ください。

問題 3 於閱讀下述文章之後，就整體文章的內容作答第 [22] 至 [26] 題，並從 1・2・3・4 選項中選出一個最適合的答案。

日本で べんきょうして いる 学生が、「日曜日に 何を するか」について、クラスの みんなに 話しました。

わたしは、日曜日は いつも 朝早く おきます。へや [22] そうじや せんたくが おわってから、近くの こうえんを さんぽします。こうえんは、とても [23] 、大きな 木が 何本も [24] 。きれいな 花も たくさん さいて います。

ごごは、としょかんに 行きます。そこで、3時間ぐらい ざっしを 読んだり、べんきょうを [25] します。としょかんから 帰る ときに 夕飯の やさいや 肉を 買います。夕飯は テレビを [26] 、一人で ゆっくり 食べます。

夜は、2時間ぐらい べんきょうを して、早く ねます。

在日本留學的學生以〈星期天做什麼呢〉為題名寫了一篇文章，並且在班上同學的面前誦讀給大家聽。

我星期天總是很早起床。房間 [22] 打掃、洗衣結束後，我會到附近的公園散步。那座公園 [23] ，[24] 好幾棵大樹，也開著很多美麗的花。

下午我會去圖書館，在那裡待三個小時左右，看看雜誌 [25] 讀讀功課。從圖書館回來的路上買做晚飯用的蔬菜和肉等等。晚飯 [26] 電視，[26] 自己一個人慢慢吃。

晚上大約用功兩個小時就早早上床睡覺。

22
1 や	2 の
3 を	4 に

1 和、與	2 的
3 給	4 在

解答 (2)

解題 關鍵句分析：
由於接在後面的「そうじ」是名詞，而它前面的「へや」也是名詞，兩個名詞之間需要用助詞「の」來表示修飾關係，構成「房間的打掃」這樣的結構。
語法點解釋與選項排除邏輯：
1. や（和）：用於列舉部分事物，通常與名詞搭配，但在句子中「へや」和「そうじ」並非並列關係，語意不符。
2. の（的）：表示名詞修飾或所有關係，符合語境，正確。
3. を（給）：表示動作的對象，且後面並非動詞，語意模糊且不清晰。
4. に（在）：表示動作的方向或位置，語法不通。

23
1 ひろくで	2 ひろいで
3 ひろい	4 ひろくて

1 無此用法	2 無此用法
3 寬廣的	4 寬廣且…

解答 (4)

解題 關鍵句分析：
接在空格後面的「大きな 木が 何本も」是一個描述性句子，說明公園的特徵，因此空格需要填入接續形式的「ひろくて」，連接前後兩個描述。如果填入其他選項，句子會變得不通順或不符合語法規範。
語法點解釋與選項排除邏輯：
1. ひろくで：接續詞「で」通常用於表示動作的方式或原因，但此處需要連接兩個特徵的描述，用「で」會造成語意不連貫。
2. ひろいで：日語中並無此形式，屬於不正確用法。
3. ひろい（広い／寬廣的）：形容詞基本形式，適合單一描述，但無法連接後續句子，語意斷裂。
4. ひろくて（広くて／寬廣且…）：形容詞的接續形式，用於連接多個特徵或描述，前後句子自然連接，符合語法規範，正確。

24

1 います	2 いります	1 有	2 需要
3 あるます	4 あります	3 無此用法	4 有

解答(4)

解題 關鍵句分析：
空格前的句子是「大きな木が何本も」，描述公園內樹木的存在，後面需要接一個表示「存在」的動詞形式。
由於「木」是無生命的東西，因此需要選擇用於無生命事物的存在動詞「あります」。
語法點解釋與選項排除邏輯：
1. います（有）：表示有生命的存在，用於人或動物，不適用於無生命事物。
2. いります（需要）：表示需要某物，語意與句子不符。
3. あるます：日語中並無此形式，屬於不正確用法。
4. あります（有）：表示無生命事物的存在，語意通順且符合句子的語法規範，正確。

25

1 したり	2 して	1 做了…或者…	2 做了…
3 しないで	4 また	3 不做	4 此外

解答(1)

解題 關鍵句分析：
空格前的句子是「ざっしを読んだり」，這裡使用了「～たり」，表示列舉多個行為的一部分，空格後面的
「べんきょうを」需要與前面的句子形成並列結構，因此空格需要填入「したり」，以維持句子的語法一致
性和語意完整。
語法點解釋與選項排除邏輯：
1. したり（做了…或者…）：表示列舉多個行為中的部分，常與「～たり」形式搭配使用，正確表達列舉
   的概念。語法和語意均符合，正確。
2. して（做了）：表示動作的接續，但與前面的「～たり」形式不匹配，語法結構不一致。
3. しないで（不要做）：表示否定某個行為，與句子的語境不符，語意變成「不要學習」，完全不符合上下
   文。
4. また（又／此外）：表示補充新信息，但與句子中的列舉結構不匹配，語法不正確。

26

1 見たり	2 見ても	1 看了…或者…	2 即使看了…
3 見ながら	4 見に	3 一邊看一邊…	4 去看

解答(3)

解題 關鍵句分析：
空格前的句子是「夕飯はテレビを」，描述吃晚飯時的行為，空格後接著「一人でゆっくり食べます」，表
示一邊看電視一邊吃飯的動作。這裡需要選擇表示「一邊做某事一邊做另一事」的「見ながら」。
語法點解釋與選項排除邏輯：
1. 見たり（看了…或者…）：表示列舉多個動作中的部分，常與「～たり」搭配使用，但句中並無列舉語境。
2. 見ても（即使看了…）：表示讓步或假設條件，語意變成「即使看電視也吃晚飯」，與句子語境不符。
3. 見ながら（一邊看一邊…）：表示同時進行的動作，適合描述一邊看電視一邊吃飯的情景，語意通順，
   符合句子語境，正確。
4. 見に（去看）：表示目的，用於前往某地做某事，但句中並無移動動作的語境，語意不通。

もんだい4 つぎの (1)から (3)の ぶんしょうを 読んで、しつもんに こたえて ください。こたえは、1・2・3・4から 一ばん いい ものを 一つ えらんで ください。

第4大題　請閱讀下列（1）～（3）的文章，並回答問題。請從選項1・2・3・4中，選出一個最適當的答案。

(1)

わたしは 学校の かえりに、妹と びょういんに 行きました。そぼが びょうきを して びょういんに 入って いるのです。

そぼは、ねて いましたが、夕飯の 時間に なると おきて、げんきに ごはんを 食べて いました。

我放學回家的途中和妹妹一起去了醫院。因為奶奶生病住在醫院裡。

奶奶本來在睡覺，但是到了晚飯的時間她就醒過來，而且很有精神地吃了飯。

27 「わたし」は、学校の かえりに 何を しましたか。

1 びょうきを して、びょういんに 行きました。

2 妹を びょういんに つれて 行きました。

3 びょういんに いる びょうきの そぼに 会いに 行きました。

4 びょういんで 妹と 夕飯を 食べました。

「我」在放學回家途中做了什麼事呢？

1 生病去醫院了。

2 帶妹妹去了醫院。

3 去探視了生病住院的奶奶。

4 和妹妹在醫院吃了晚飯。

解答（3）

解題 題型分析：

本題考查是否能正確理解文章中「我」的行動及與家人的細節。

關鍵句為：「わたしは 学校の かえりに、妹と びょういんに 行きました。」和「そぼが びょうきを して びょういんに 入って いるのです。」文章指出「我」和妹妹一起去醫院探望生病住院的奶奶。

選項解析：

1.「我生病去醫院」，但實際生病住院的是奶奶，不正確。

2. 此選項強調「我帶妹妹去醫院」，但文章只提到「我和妹妹一起去醫院」，不完全正確。

3. 此選項準確描述了「我」和妹妹去醫院探望奶奶，符合文章內容。

4. 此選項提到「在醫院和妹妹吃晚飯」，但文章中只提到奶奶晚飯時間醒來吃飯，與描述不符，不正確。

(2)

わたしの つくえの 上の すいそう^{※1}の 中には、さかなが います。くろくて 大きな さかなが 2ひきと、しろくて 小さな さかなが 3びきです。すいそうの 中には 小さな 石と、水草を^{※2} 3本 入れて います。

（注1）すいそう：魚などを 入れる ガラスの はこ。

（注2）水草：水の 中に ある 草。

擺在我桌上的水族箱^{※1}裡有魚。有兩條既黑又大的魚，還有三條既白又小的魚。水族箱裡面有小石頭和三株水草^{※2}。

（注1）水族箱：用來裝魚的玻璃箱。

（注2）水草：長在水裡的草。

28 「わたし」の 水そうは どれですか。

「我」的水族箱是哪一個呢？

解答 (4)

解題 題目解析：
題目要求根據水族箱內魚的數量和水草的數量來判斷「我」的水族箱是哪一個。
解題步驟：
1. 確認魚的數量：題目提到「兩條黑色大魚，三條白色小魚」，因此可以刪除與魚數量不符的選項 1 和選項 2。
2. 確認水草的數量：題目説「水草 3 株」，排除與此條件不符的選項。
3. 雖然每幅圖中都有小石頭，但只有選項 4 的水草數量，黑色大魚及白色小魚符合條件，因此答案是選項 4。

---

(3)

ゆきこさんの つくえの 上に、田中さんから
の メモが あります。

雪子小姐的桌上擺著一張田中先生寫給她的紙條。

ゆきこさん
　母が かぜを ひいて、しごと
を 休んで いるので、明日は パ
ーティーに 行く ことが できな
く なりました。わたしは、今日、
7 時には 家に 帰るので、電話を
して ください。
　　　　　　　　　田中

雪子小姐

　由於家母染上風寒，請假在家休息，所以明天沒辦法去參加派對了。我今天會在七點前回到家，請打電話給我。

田中

29 ゆきこさんは、5 時に 家に 帰りました。何
を しますか。
1 田中さんからの 電話を まちます。
2 7 時すぎに 田中さんに 電話を します。
3 すぐ 田中さんに 電話を します。
4 7 時ごろに 田中さんの 家に 行きます。

雪子小姐五點回到家裡。請問她會做什麼事呢？
1 等候田中先生打電話過來。
2 在七點多打電話給田中先生。
3 馬上打電話給田中先生。
4 七點左右去田中先生家。

解答 (2)

解題 題型分析：

本題考查是否能理解田中先生紙條中的指示，特別是聯絡的時間和方式。

關鍵句：「わたしは、今日、7時には 家に 帰るので、電話を して ください。」表示田中先生希望在 7 點後接到電話。

選項解析：

1. 紙條中要求雪子小姐打電話給田中先生，而非等待他的電話。
2. 此選項準確描述了田中先生的要求，因為他在 7 點前才會回到家，雪子小姐應在 7 點過後聯絡他。
3. 田中先生 7 點前不在家，立刻打電話與指示不符。
4. 紙條只要求打電話，未提到需要前往田中先生家

もんだい5 つぎの ぶんしょうを 読んで、しつもんに こたえて ください。こたえは、1・2・3・4か ら 一ばん いい ものを 一つ えらんで ください。

第 5 大題　請閱讀下列文章，並回答問題。請從選項 1・2・3・4 中，選出一個最適當的答案。

　わたしは、まいにち 歩いて 学校に 行きます。けさ は、おそく おきたので、朝ごはんも 食べないで 家を 出ました。しかし、学校の 近くまで きた とき、けいた い電話を わすれた ことに 気が つきました※。わたし は、走って 家に とりに 帰りました。けいたい電話は、 へやの つくえの 上に ありました。

　時計を 見ると、8時38分です。じゅぎょうに おくれ るので、じてんしゃで 行きました。そして、8時46分に きょうしつに 入りました。いつもは、8時45分に じゅ ぎょうが はじまりますが、その 日は まだ はじまって いませんでした。

（注）気がつく：わかる。

我每天都走路去上學。今天早上很晚才起床，所以連早餐也沒吃就出門了。然而，快到學校附近的時候，才發現※忘記帶行動電話了，我又跑回家去拿。行動電話就擺在房間的桌上。

　一看時鐘，已經八點三十八分了。這樣上課會遲到，於是我騎了自行車去。結果在八點四十六分進了教室。平常都是八點四十五分開始上課，但是那天還沒開始。

（注）發現：知道。

30 学校の 近くで、「わたし」は、何に 気が つきましたか。

1 朝ごはんを 食べて いなかった こと
2 けいたい電話を 家に わすれた こと
3 けいたい電話は つくえの 上に ある こと
4 走って 行かないと じゅぎょうに おく れる こと

快到學校附近的時候，「我」發現了什麼事？

1 沒吃早餐
2 行動電話忘在家裡了
3 行動電話擺在桌上
4 不用跑的就會遲到

解答 (2)

解題 題型分析：

此題考查對文章細節的理解，特別是「我」在學校附近時注意到的事情。關鍵句為：「学校の 近くまで きた とき、けいたい電話をわすれたことに気がつきました。」這表明「我」發現自己忘了帶手機。

選項解析：

1. 此選項描述的是「我」在家時的情況（沒吃早餐就出門），但與學校附近時發現的情況無關，因此不正確。
2. 此選項準確表述了文章內容，「我」在學校附近時注意到忘記帶手機，完全符合文章描述。
3. 此選項描述的是「我」回家後發現手機在桌上，但與學校附近時的發現無關，因此不正確。
4. 此選項提到的是「我」在發現手機後的行動，而不是在學校附近時發現的事情，因此不正確。

31　「わたし」は、何時何分に　きょうしつに　入りましたか。

　　１８時38分
　　２８時40分
　　３８時45分
　　４８時46分

「我」是在幾點幾分進到教室的呢？

1　八點三十八分
2　八點四十分
3　八點四十五分
4　八點四十六分

解答 (4)

解題 題型分析：

此題考查對文章中具體時間資訊的理解。關鍵句為：「そして、8時46分に きょうしつに 入りました。」這清楚地表明「我」在 8 時 46 分 進入教室。

選項解析：

1. 8時38分：此選項描述的是「我」在家看到時鐘的時間，並不是進教室的時間，因此不正確。
2. 8時40分：此選項未提及於文章中，與實際情況無關，因此不正確。
3. 8時45分：此選項提到的是平常的上課開始時間，但文章明確提到那天上課尚未開始，且「我」是在 8 時 46 分 進教室，因此不正確。
4. 8時46分，此選項準確描述了文章內容，符合「我」進教室的時間。

もんだい6　右の　ページを　見て、下の　しつもんに　こたえて　ください。こたえは、1・2・3・4から　いちばん　いい　ものを　一つ　えらんで　ください。

第6大題　請閱讀下方「圖書館相關規則」，並回答下列問題。請從選項1・2・3・4中，選出一個最適當的答案。

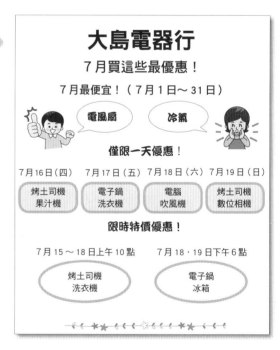

32 山中さんは、7月から アパートを かりて、ひとりで くらします。すいはんき※1と トースター※2を 同じ 日に 安く 買うには いつが いいですか。山中さんは、仕事が あるので、店に 行くのは 土曜日か 日曜日です。

（注1）すいはんき：ご飯を作るのに使います。

（注2）トースター：パンをやくのに使います。

1 7月16日　ごぜん　10時

2 7月17日　ごぜん　10時

3 7月18日　ごご　6時

4 7月19日　ごご　6時

山中小姐從七月份以後就要搬進新租的公寓裡一個人住了。請問哪一天同時買電子鍋※1和烤土司機※2最為優惠呢？由於山中小姐要上班，只有星期六或是星期日能去商店購買。

（注1）電子鍋：用途為炊煮米飯。

（注2）烤土司機：用途為烤土司麵包。

1 七月十六號上午十點
2 七月十七號上午十點
3 七月十八號下午六點
4 七月十九號下午六點

解答（4）

解題 題型分析：
此題考查對文章中條件的理解和分析，特別是山中小姐購物的時間條件：
她需要在同一天購買電子鍋（すいはんき）和烤土司機（トースター）。
由於山中小姐上班，只能在 星期六或星期日前往商店。
選項中的日期需符合這些條件。
解題步驟：
1. 購物限制：山中小姐只能在 7 月 18 日（六）或 7 月 19 日（日）購物。
2. 確認最佳時間：7 月 19 日（星期日）下午 6 點，烤土司機（1 日だけ安い！）有特價；電子鍋（決まった時間だけ安い！）有特價。在此時購買即可同時享有兩項優惠。
3. 結論：購物最佳時間為選項 4 的 7 月 19 日（星期日）下午 6 點。

もんだい1では、はじめに しつもんを きいて ください。それから はなし
を きいて、もんだいようしの 1から4の なかから、いちばん いい もの
を ひとつ えらんで ください。
在問題 1 中，請先仔細聆聽問題。接著，聽對話內容，然後從問題用紙中的 1 到 4
個選項中，選出最適合的答案。

1

店で、男の子と店の人が話しています。
男の子は、どのパンを買いますか。
M：甘いパンをください。
F：甘いのはいろいろありますよ。どれが
　　いいですか。
M：甘いパンの中で、いちばん安いのはど
　　れですか。
F：この 3 個 100 円のパンがいちばん安い
　　です。いくつ買いますか。
M：6 個ください。
男の子は、どのパンを買いますか。

男孩正在商店裡和店員交談。請問這個男
孩會買哪種麵包呢？
M：請給我甜麵包。
F：甜麵包有很多種喔，你喜歡哪一種呢？
M：請問在甜麵包裡面，哪一種最便宜呢？
F：這種三個一百日圓的最便宜。你要買幾個？
M：請給我六個。
請問這個男孩會買哪種麵包呢？

解答 (4)

解題 關鍵點：
1. 男孩請求「甘いパンをください」（請給我甜麵包），店員提供多種選擇。
2. 男孩詢問「甘いパンの中で、いちばん安いのはどれですか」（甜麵包中最便宜的是哪種），店員回答「この 3 個 100 円のパンがいちばん安いです」（這種三個一百日圓的最便宜）。
3. 男孩最後說：「6 個ください」（請給我六個）。決定購買六個這種最便宜的甜麵包。
答案解析：
問題是：「男の子は、どのパンを買いますか？」（這個男孩會買哪種麵包呢？）。男孩選擇了「3 個 100 円のパン」（三個一百日圓的麵包），並且購買了六個。因此，答案是選項 4，男孩會買三個一百日圓的麵包。

2

女の学生と男の学生が話しています。男の学生は、明日、何をしますか。

F：明日の土曜日は何をしますか。

M：今週は忙しくてよく寝なかったので、明日は一日中、寝ます。園田さんは？

F：午前中掃除や洗濯をして、午後はデパートに買い物に行きます。

M：デパートは、僕も行きたいです。あ、でも、宿題もまだでした。

F：えっ、あの宿題、月曜日まででしょう。1日では終わりませんよ。

男の学生は、明日、何をしますか。

1 一日中、寝ます
2 掃除や洗濯をします
3 買い物に行きます
4 宿題をします

女學生和男學生正在交談。請問這位男學生明天要做什麼呢？

F：明天星期六你要做什麼呢？

M：這星期很忙，都沒有睡飽，我明天要睡上一整天。園田同學呢？

F：上午要打掃和洗衣服，下午要去百貨公司買東西。

M：我也想去百貨公司……，啊，可是我功課還沒寫完。

F：嘎？可是那項功課不是星期一就要交了嗎？單單一天可是寫不完的喔！

請問這位男學生明天要做什麼呢？

1 睡上一整天
2 打掃和洗衣服
3 去買東西
4 做功課

解答(4)

解題 關鍵點：

1. 男學生提到「今週は忙しくてよく寝なかったので、明日は一日中、寝ます」(這週很忙，沒睡好，所以明天打算睡一整天)。
2. 聽到女學生要去百貨公司後，男學生表示「デパートは、僕も行きたいです」(我也想去百貨公司)。
3. 男學生接著說「あ、でも、宿題もまだでした」，表示他還有作業未完成，而女學生提醒「1日では終わりませんよ」(一天做不完)。因此，他需要利用明天完成作業。

選項解析：

1. 睡一整天：男學生原本打算睡一整天，但最終提到他有作業未完成。
2. 打掃和洗衣服：這是女學生的計畫，與男學生無關。
3. 去買東西：男學生雖表示想去，但考量到作業未完成而放棄。
4. 做作業：正確答案。男學生最終決定明天完成作業，因為作業需要多日時間完成。

3

女の人と男の人が話しています。女の人は、これからどうしますか。

F：今日のお天気はどうですか。

M：テレビでは、曇りで、夕方から雨と言っていましたよ。

F：それでは、傘を持ったほうがいいですね。

M：3時頃までは大丈夫ですよ。

F：でも、帰りはたぶん5時頃になりますから、雨が降っているでしょう。

M：雨が降ったときは、僕が駅まで傘を持っていきますよ。

F：それでは、お願いします。

女の人は、これからどうしますか。

1 かさをもって、3時ごろに帰ります
2 かさをもって、5時ごろに帰ります
3 かさをもたないで、3時ごろに帰ります
4 かさをもたないで、5時ごろに帰ります

女士和男士正在交談。請問這位女士接下來會怎麼做呢？

F：今天天氣怎麼樣？

M：電視氣象說是陰天，而且傍晚會下雨哦！

F：這樣的話，要帶傘出去比較好吧。

M：到三點之前應該還不會下吧！

F：可是，回來大概是五點左右，那時應該正在下雨吧？

M：要是那時下了雨，我再送傘去車站給妳呀！

F：那就麻煩你了。

請問這位女士接下來會怎麼做呢？

1 帶傘出門，三點左右回來
2 帶傘出門，五點左右回來
3 不帶傘出門，三點左右回來
4 不帶傘出門，五點左右回來

解答(4)

4

女の人が外国人と話しています。女の人は、どんな料理を作りますか。
F：どんな料理が食べたいですか。
M：日本料理が食べたいです。
F：日本料理にはいろいろありますが、肉と魚ではどちらが好きですか。
M：そうですね、魚が好きです。
F：おはしを使うことができますか。
M：大丈夫です。
F：わかりました。できたらいっしょに食べましょう。
女の人は、どんな料理を作りますか。

女士和外國人正在交談。請問這位女士會做什麼樣的菜呢？
F：請問您想吃什麼樣的菜呢？
M：我想吃日本菜。
F：日本菜包括很多種類，請問你比較喜歡吃肉還是吃魚呢？
M：我想想……，我喜歡吃魚。
F：您會用筷子嗎？
M：沒問題。
F：好的，等我做好以後，我們一起吃吧！

請問這位女士會做什麼樣的菜呢？

解答（3）

5

男の人と女の人が電話で話しています。男の人は何を買って帰りますか。
M：もしもし、今、駅に着きましたが、何か買って帰るものはありますか。
F：コーヒーをお願いします。
M：コーヒーだけでいいんですか。お茶は？
F：お茶はまだあります。あ、そうだ、コーヒーに入れる砂糖もお願いします。
M：わかりました。では、また。
男の人は何を買って帰りますか。

1 コーヒーだけ
2 コーヒーとお茶
3 コーヒーとさとう
4 コーヒーとミルク

男士和女士正在電話中交談。請問這位男士會買什麼東西回來呢？
M：喂？我現在剛到車站，有沒有什麼東西要我買回去的？
F：麻煩買咖啡回來。
M：只要咖啡就好嗎？茶呢？
F：茶家裡還有。啊，對了！要加到咖啡裡面的砂糖也拜託順便買。
M：好，那我等一下就回去。

請問這位男士會買什麼東西回來呢？

1 只要咖啡
2 咖啡跟茶
3 咖啡跟砂糖
4 咖啡跟牛奶

解答（3）

解題 關鍵點：
1. 男士詢問是否需要買東西回去，女士回答「コーヒーをお願いします」（請買咖啡）。
2. 男士確認是否需要買茶，女士回答「お茶はまだあります」（茶還有，不需要）。
3. 女士補充說「コーヒーに入れる砂糖もお願いします」（順便買咖啡用的砂糖）。
4. 因為有「コーヒーをお願いします」和「コーヒーに入れる砂糖もお願いします」，所以買的是咖啡和砂糖。
選項解析：
1. 對話中女士明確要求咖啡和砂糖，因此排除。
2. 女士提到茶還有，不需要購買，因此排除。
3. 正確答案。對話中女士要求購買咖啡和砂糖，符合此選項。
4. 對話中未提到需要購買牛奶，因此排除

6

女の人と店の人が話しています。女の人はどのコートを買いますか。

F：コートを買いたいのですが。

M：いろいろありますが、どんなコートですか。

F：長くて厚い冬のコートは持っていますので、春のコートがほしいです。

M：色や形は？

F：短くて白いコートがいいです。

M：それでは、このコートはいかがでしょう。

F：大きいボタンがかわいいですね。それを買います。

女の人はどのコートを買いますか。

女士和店員正在交談。請問這位女士會買哪一件大衣呢？

F：我想要買大衣。

M：有很多種款式，請問您想要哪種大衣呢？

F：我已經有冬天的長版厚大衣了，想要春天的大衣。

M：顏色和款式呢？

F：我想要短版的白色大衣。

M：那麼，這件大衣如何呢？

F：大大的鈕釦好可愛喔！我就買這件。

請問這位女士會買哪一件大衣呢？

解答 (3)

解題 關鍵點：
1. 女士提到「長くて厚い冬のコートは持っていますので、春のコートがほしいです」（我已經有冬天的長版厚大衣了，想要春天的大衣）。
2. 女士進一步說明想要「短くて白いコートがいいです」（我想要短版的白色大衣）。
3. 女士對大衣的細節表示「大きいボタンがかわいいですね」（大大的鈕釦好可愛），並決定購買這件大衣。請使用刪除法來找出正確答案。由於不需要「又長又厚的冬天大衣」，因此可以刪除選項 1 和選項 2。女士想要的是短款的白色外套，並且喜歡帶有「大鈕扣」的款式，所以選擇了選項 3。

7

店で、女の人と店の人が話しています。女の人は、何を買いますか。

F：カメラを見せてください。

M：旅行に持って行くのですか。

F：はい、そうです。ですから、小さくて軽いのがいいです。

M：それなら、このカメラがいいですよ。カメラを入れるケースもあるほうがいいですね。

F：わかりました。それと、フィルムを1本ください。

M：はい。このフィルムはとてもきれいな色が出ますよ。

F：では、そのフィルムをください。

女の人は、何を買いますか。

女士和店員正在商店裡交談。請問這位女士會買什麼呢？

F：請給我看看相機。

M：請問是要帶去旅行的嗎？

F：對，是的。所以要又小又輕的。

M：這樣的話，這一台相機很不錯喔！裝相機的相機包也要一起備妥比較好喔！

F：好的。還有，請給我一捲底片。

M：好。這種底片拍出來顏色非常漂亮喔！

F：那麼，請給我那種底片。

請問這位女士會買什麼呢？

解答 (1)

解題 關鍵點：
1. 女士要求展示相機，並表示「小さくて軽いのがいいです」（想要又小又輕的相機）。
2. 店員推薦了一台符合需求的相機，並建議加購相機包，女士同意了。
3. 女士最後要求購買一捲底片，並選擇了店員推薦的底片。
女士購買了選項1的「小巧輕便」的相機、相機套，以及一捲底片。在這次的題目中，底片的卷數是決定答案的關鍵。雖然「ケース」（相機套）這個單字對於 N5 程度的考生來說可能有些困難，但即使聽不懂，透過看圖也應該能夠推測出來。

もんだい２では、はじめに　しつもんを　きいて　ください。それから　はなしを　きいて、もんだいようしの１から４の　なかから、いちばん　いい　ものを　ひとつ　えらんで　ください。
在問題 2 中，請先仔細聆聽問題。接著，聽對話內容，然後從問題用紙中的 1 到 4 個選項中，選出最適合的答案。

1
女の人と男の人が話しています。男の人はこれから何を買いますか。
Ｆ：何をさがしているのですか。
Ｍ：手紙を書きたいんです。ボールペンはどこでしょう。
Ｆ：手紙は万年筆で書いたほうがいいですよ。
Ｍ：そうですね。じゃあ、万年筆で書きます。書いてから、郵便局に行きます。
Ｆ：ポストなら、すぐそこにありますよ。
Ｍ：いえ、切手を買いたいんです。
男の人はこれから何を買いますか。

1 ボールペン　　　　　2 万年筆
3 切手　　　　　　　　4 ふうとう

女士和男士正在交談。請問這位男士接下來會買什麼呢？
Ｆ：請問您在找什麼東西嗎？
Ｍ：我想要寫信。請問原子筆擺在哪裡呢？
Ｆ：寫信的話用鋼筆比較好喔。
Ｍ：也對，那麼就用鋼筆寫。寫完以後，就去郵局。
Ｆ：如果是寄信的郵筒就在附近！
Ｍ：不，我想要買的是郵票。
請問這位男士接下來會買什麼呢？
1 原子筆　　　　　　2 鋼筆
3 郵票　　　　　　　4 信封

解答 (3)

解題 關鍵點：
1. 男士表示「ボールペンはどこでしょう」（想找原子筆），但女士建議「手紙は万年筆で書いたほうがいいですよ」（寫信用鋼筆更好），男士同意了。
2. 男士提到「書いてから、郵便局に行きます」（寫完信後要去郵局），女士提醒「ポストなら、すぐそこにありますよ」（寄信的郵筒就在附近）。
3. 男士進一步說明「切手を買いたいんです」（想買郵票），明確表示接下來要購買的物品。
選項解析：
1. 原子筆：男士最初提到找原子筆，但接受了女士的建議，改用鋼筆寫信，因此不會購買原子筆。
2. 鋼筆：雖然男士同意使用鋼筆寫信，但對話中未提到他需要購買鋼筆。
3. 郵票：正確答案。男士明確提到「切手を買いたいんです」，表示接下來會去買郵票。
4. 信封：對話中沒有提到信封，也沒有購買相關的需求。

2

会社で、女の人と男の人が話しています。男の人は、1週間に何キロメートル走っていますか。

F：竹内さんは、毎日走っているんですか。

M：1週間に3回走ります。1回に5キロメートルずつです。

F：いつ走っているんですか。

M：朝です。だけど、土曜日は夕方です。

男の人は、1週間に何キロメートル走っていますか。

1 5キロメートル　　2 10キロメートル

3 15キロメートル　　4 20キロメートル

女士和男士正在公司裡交談。請問這位男士一星期都跑幾公里呢？

F：竹內先生每天都跑步嗎？

M：一星期跑三次，每次跑五公里。

F：您都在什麼時候跑步呢？

M：早上。不過星期六是在傍晚。

請問這位男士一星期都跑幾公里呢？

1 五公里

2 十公里

3 十五公里

4 二十公里

解答 (3)

解題 關鍵點：

1. 男士表示「1週間に3回走ります。1回に5キロメートルずつです」（一星期跑三次，每次跑五公里）。

2. 對話中未提到其他可能影響跑步公里數的變數，例如特殊情況或額外跑步次數。

3. 男士跑步的時間包括早上和星期六的傍晚，但這與公里數計算無關。

選項解析：

1. 五公里：男士表示每次跑五公里，但一星期會跑三次，因此總公里數不可能只有五公里。

2. 十公里：一星期跑三次，每次五公里，總數為十五公里，而非十公里。

3. 十五公里：正確答案。根據男士的說法「1週間に3回」和「1回に5キロメートル」，計算得知一星期總共跑十五公里。

4. 二十公里：男士並未表示會跑到二十公里的總數。

3

女の人と男の人が話しています。男の人が結婚したのは何年前ですか。

F：木村さんは何歳のときに結婚したんですか。

M：27歳で結婚しました。

F：へえ、そうなんですか。ところで、今、何歳ですか。

M：30歳です。

F：奥さんは何歳だったのですか。

M：25歳でした。

男の人が結婚したのは何年前ですか。

1 1年前　　　　　2 2年前

3 3年前　　　　　4 4年前

女士和男士正在交談。請問這位男士是幾年前結婚的呢？

F：請問木村先生是幾歲的時候結婚的呢？

M：我是二十七歲結婚的。

F：是哦，是二十七歲喔。那麼，您現在幾歲呢？

M：三十歲。

F：那時候太太幾歲呢？

M：那時是二十五歲。

請問這位男士是幾年前結婚的呢？

1 一年前　　　　2 兩年前

3 三年前　　　　4 四年前

解答 (3)

解題 關鍵點：

1. 男士提到自己是 27 歲時結婚的。

2. 男士現在 30 歲。

3. 30 歲減去 27 歲，表示結婚是在 3 年前發生的。

選項解析：

1. 1 年前：男士明確提到自己是 27 歲結婚的，而現在已經 30 歲，顯然不是 1 年前結婚的。

2. 2 年前：雖然接近，但從數字計算來看，男士結婚應該是 3 年前，不是 2 年前。

3. 3 年前：正確答案。27 歲時結婚，現在 30 歲，因此是 3 年前結婚的。

4. 4 年前：如果是 4 年前結婚，男士當時應該是 26 歲，而非 27 歲，因此不正確。

4

男の人と女の人が話しています。男の人は、だれといっしょに出かけますか。

M：長沢さん、あのう、ぼくちょっと出かけます。

F：え、一人で銀行に行くつもりですか。私も行きますから、ちょっと待ってください。

M：あ、ぼくは買い物に行くだけですから、一人で大丈夫です。銀行には、加藤さんが行きます。

F：そうなんですか。銀行には、加藤さんが一人で行くんですか。

M：はい。社長が、長沢さんにはほかの仕事を頼みたいと言っていました。

男の人は、だれといっしょに出かけますか。

1 なかさわさん　　2 一人で出かけます
3 かとうさん　　　4 しゃちょう

男士和女士正在交談。請問這位男士要和誰一起出去呢？

M：長澤小姐，呃，我出去一下。

F：咦，你要一個人去銀行嗎？我也要去，請等我一下。

M：啊，我只是要去買東西而已，自己去就行了。銀行那邊由加藤先生去處理。

F：這樣哦？銀行那邊由加藤先生一個人去嗎？

M：對。社長説了，有其他的工作要拜託長澤小姐。

請問這位男士要和誰一起出去呢？
1 長澤小姐　　　2 一個人出去
3 加藤先生　　　4 社長

解答（2）

解題　關鍵點：
這個男生恐怕是比這個女生工作經驗還少的後輩。女士剛開始認為讓男士一個人去銀行會有問題，所以説「私も行きます」，不過男士卻回答「ぼくは買い物に行くだけですから、一人で大丈夫です」。
1. 男士提到他「ぼくは買い物に行くだけですから」（只是去買東西），並説「一人で大丈夫です」（自己去就行）。
2. 銀行的事情由加藤先生處理，長澤小姐則被社長要求負責其他工作。
3. 男士明確表明他「一個人去」買東西，沒有和其他人同行。
選項解析：
1. 長澤小姐：對話中長澤小姐表示想一起去，但男士回應他一個人去，不需要她陪同，因此此選項不正確。
2. 一個人出去：正確答案。男士明確説明他要獨自去買東西。
3. 加藤先生：加藤先生負責去銀行，並沒有和男士一起出去，因此此選項不正確。
4. 社長：對話中提到社長分配了工作，但沒有提到社長要和男士一起出去，因此此選項不正確。

5

男の人と女の人が話しています。女の人はどこで昼ごはんを食べますか。

M：12時ですね。本屋のそばの喫茶店に何か食べに行きませんか。

F：そうですねえ。でも……。

M：でも、何ですか。まだ食べたくないのですか。

F：そうではありませんが……。

M：どうしたんですか。

F：吉野くんが、いっしょにまるみや食堂で食べましょうと言っていたので……。

M：ああ、それでは、僕は大学の食堂で食べますよ。

女の人はどこで昼ごはんを食べますか。

1 本屋のそばのきっさてん
2 まるみやしょくどう
3 大学のしょくどう
4 大学のきっさてん

男士和女士正在交談。請問這位女士要在哪裡吃午餐呢？

M：十二點囉！要不要去書店隔壁的咖啡廳吃些什麼呢？

F：午餐時間到了，可是……。

M：可是什麼？妳還不餓嗎？

F：也不是不餓啦……。

M：怎麼了嗎？

F：吉野同學已經問過我要不要一起去圓屋餐館吃飯了……。

M：喔喔，那我就去大學的學生餐廳吃囉！

請問這位女士要在哪裡吃午餐呢？
1 書店隔壁的咖啡廳
2 圓屋餐館
3 大學的學生餐廳
4 大學的咖啡廳

解答（2）

316

解題 關鍵點：
1. 男士提議去「書店隔壁的咖啡廳」吃飯，但女士沒有接受這個提議。
2. 女士提到吉野同學邀請她一起去「圓屋餐館」吃飯，並暗示她會去那裡。
3. 男士最後決定去「大學的學生餐廳」，但女士並沒有跟隨他去。
選項解析：
1. 書店隔壁的咖啡廳：男士提議去這裡，但女士並未同意，因此此選項不正確。
2. 圓屋餐館：正確答案。女士提到吉野同學已經邀請她一起去圓屋餐館，因此可以推斷她會去這裡。
3. 大學的學生餐廳：男士表示他會去這裡，但女士並未跟隨，因此此選項不正確。
4. 大學的咖啡廳：對話中未提及這個地點，因此此選項不正確。

6

おんな ひと おとこ ひと はな
女の人と男の人が話しています。男の人は、
きのう ごぜんちゅう なに
昨日の午前中、何をしましたか。
きのう なに
Ｆ：昨日は何をしましたか。
しゅくだい
Ｍ：宿題をしました。
いちにちじゅう しゅくだい
Ｆ：一日中、宿題をしていたのですか。
ごご うみ い
Ｍ：いいえ、午後は海に行きました。
いま がつ うみ およ
Ｆ：えっ、今は12月ですよ。海で泳いだの
ですか。
うみ しゃしん と い
Ｍ：いえ、海の写真を撮りに行ったのです。
しゃしん と
Ｆ：いい写真が撮れましたか。
うみ しょくどう
Ｍ：だめでしたので、海のそばの食堂で、
さかな た かえ
おいしい魚を食べて帰りましたよ。
おとこ ひと きのう ごぜんちゅう なに
男の人は、昨日の午前中、何をしましたか。

1 しゅくだいをしました
うみ
2 海でおよぎました
うみ しゃしん
3 海のしゃしんをとりました
うみ ちか しょくどう さかな た
4 海の近くのしょくどうでさかなを食べました

女士和男士正在交談。請問這位男士昨天上午做了什麼事呢？
Ｆ：你昨天做了什麼？
Ｍ：寫了功課。
Ｆ：一整天都在寫功課嗎？
Ｍ：不是，下午去了海邊。
Ｆ：嘎？現在是十二月耶！你到海邊游泳嗎？
Ｍ：不是，是去拍海的照片。
Ｆ：拍到滿意的照片了嗎？
Ｍ：沒辦法。所以只好到海邊附近的小餐館吃了好吃的魚就回家了。
請問這位男士昨天上午做了什麼事呢？
1 寫了功課
2 在海邊游了泳
3 拍了海的照片
4 在海邊附近的小餐館吃了魚

解答(1)

解題 關鍵點：
1. 男士提到「宿題をしました」，明確指出上午是在寫功課。
2. 提到「午後は海に行きました」，表示下午才去了海邊，上午並未做其他事情。
3. 男士否認了游泳，而是去拍照片和吃魚，這些活動都發生在下午。
選項解析：
1. 寫了功課：正確答案。男士明確表示上午的活動是寫功課，符合問題要求。
2. 在海邊游了泳：對話中男士否認有游泳，因此此選項不正確。
3. 拍了海的照片：雖然男士有提到拍照，但這是下午的活動，因此不符合問題要求。
4. 在海邊附近的小餐館吃了魚：這也是下午的活動，因此不正確。

問題三 翻譯與解題

もんだい3では、えを みながら しつもんを きいて ください。➡（やじるし）の ひとは、なんと いいますか。1から3の なかから、 いちばん いい ものを ひとつ えらんで ください。
在問題 3 中，請一邊看圖，一邊仔細聆聽問題。➡（箭頭）指向的人會說什麼呢？請從 1 到 3 個選項中，選出最適合的答案。

1

店に人が入ってきました。店の人は何と言いますか。

F：1 ありがとうございました。
　　2 また、どうぞ。
　　3 いらっしゃいませ。

有人進到店內了。請問這時店員會說什麼呢？

F：1 謝謝您。
　　2 歡迎再度光臨。
　　3 歡迎光臨。

解答 (3)

解題 關鍵詞：

關鍵詞「いらっしゃいませ」是日語中用於迎接顧客進入店內的問候語，意為「歡迎光臨」。這是一種標準的服務用語，用於表示對顧客的尊重與歡迎。

選項解析：

1. ありがとうございました（謝謝您）：這是用於感謝顧客離開時的表達，適用於結束服務時，而非顧客進入店內時，因此不正確。
2. また、どうぞ（歡迎再度光臨）：這句適用於顧客離店時的送別語，而非迎接語，因此不正確。
3. いらっしゃいませ（歡迎光臨）：這是標準的迎接語，直接對應情境中顧客進入店內的情況，因此是正確答案。

2

知らない人に水をかけました。何と言いますか。

F：1 すみません。
　　2 こまります。
　　3 どうしましたか。

噴水噴到陌生人了。請問這時該說什麼呢？

F：1 對不起。
　　2 真傷腦筋。
　　3 怎麼了嗎？

解答 (1)

解題 關鍵詞：

關鍵詞「すみません」是日語中常用的道歉語，意為「對不起」，用於表達歉意或引起對方注意。在噴水噴到陌生人的情況下，應立即使用「すみません」來表示歉意，這是最適合的表達方式。

選項解析：

1. すみません（對不起）：這是標準的道歉語，表達了對不小心噴到對方的歉意，符合問題的情境，因此是正確答案。
2. こまります（真傷腦筋）：這是用來表達困擾的語句，通常由感到困惑或麻煩的人使用，但此情境需要的是向對方道歉，而非表達自身的困惑，因此不正確。
3. どうしましたか（怎麼了嗎）：這是用來詢問對方狀況的語句，通常適用於對方情況異常時的關心，但在此情境下，並未對造成的問題表達歉意，因此不正確。

3

会社で、知らない人にはじめて会います。
何と言いますか。

M：1 ありがとうございます。
　　2 はじめまして。
　　3 失礼しました。

在公司和陌生人初次見面。請問這時該說什麼呢？

M：1 謝謝您。
　　2 幸會。
　　3 失陪了。

解答 (2)

解題 關鍵詞：

關鍵詞「はじめまして」是日語中用於初次見面的問候語，意為「幸會」，表示對初次見面者的尊重與禮貌。這是標準的場合用語，適用於正式與非正式場合。

選項解析：

1. ありがとうございます（謝謝您）：這是用於表示感謝的語句，意思是「謝謝您」，適用於接受幫助或表達感激時，但在初次見面時並未涉及需要感謝的情境，因此不正確。

2. はじめまして（幸會）：這是標準的初次見面問候語，表示對對方的尊重和友好，直接符合情境，因此是正確答案。

3. 失礼しました（失禮了）：這是用於表示道歉或承認失禮的語句，在此情境中並未涉及需要道歉或失禮的情況，因此不正確。

4

学校から家に帰ります。友だちに何と言いますか。

M：1 じゃ、また明日。
　　2 ごめんなさいね。
　　3 こちらこそ。

從學校要回家了。請問這時該向同學說什麼呢？

M：1 那，明天見！
　　2 對不起喔！
　　3 我才該向你謝謝！

解答 (1)

解題 關鍵詞：

關鍵詞「じゃ、また明日」是日語中常用的告別語，用於向朋友或同學在分別時表達「那，明天見！」的意思，表示禮貌且自然的再見用語，適合於日常的學校生活情境。另外，「バイバ（ー）イ（bye-bye）」也很常使用。

選項解析：

1. じゃ、また明日（明天再見）：這是日語中常用的告別語，適用於朋友或同學之間在即將分別時表達「明天再見」，既禮貌又符合情境，因此是正確答案。

2. ごめんなさいね（對不起喔）：這是用於道歉的語句，適用於做錯事或需向對方表達歉意的情況，與此情境無關，因此不正確。

3. こちらこそ（我才該向你謝謝！）：這是用於回應他人感謝時的語句，適用於回應對方表達的禮貌或謝意，但在分別時並不合適，因此不正確。

5

ねます。家族（かぞく）に何（なん）と言（い）いますか。

F：1 こんばんは。
　　2 おねなさい。
　　3 おやすみなさい。

準備要睡覺了。請問這時該向家人說什麼呢？

F：1 午安！
　　2 快睡！
　　3 晚安！

解答 (3)

解題 關鍵詞：

關鍵詞「おやすみなさい」是日語中用於睡前向他人道別的問候語，意為「晚安」。這是一種禮貌的表達方式，適合在家人或朋友間使用，表示即將休息。

選項解析：

1. こんばんは（晚上好）：適用於晚間初次見面時的問候語，而非睡前的道別語，因此不正確。
2. おねなさい：這並不是日語中正確的表達，應為「おやすみなさい」。此選項語法錯誤，因此不正確。
3. おやすみなさい（晚安）：這是日語中標準的睡前道別語，直接符合問題情境，因此是正確答案。

問題四 翻譯與解題

もんだい4は、えなどが　ありません。ぶんを　きいて、1から3の　なかから、いちばん　いい　ものを
ひとつ　えらんで　ください。
在問題 4 中，沒有圖片等輔助資料。請仔細聆聽句子，然後從 1 到 3 個選項中，選出最適合的答案。

1

F：いつから歌（うた）を習（なら）っているのですか。

M：1 いつもです。
　　2 12年間（ねんかん）です。
　　3 6歳（さい）のときからです。

F：請問您是從什麼時候開始練習唱歌的呢？

M：1 隨時練習。
　　2 這十二年來。
　　3 從六歲開始。

解答 (3)

解題 關鍵詞：

關鍵詞「いつから」中的「いつ」是疑問詞，表示「什麼時候」，而「から」表示起點或開始。「いつから歌を習っているのですか」的意思是：「請問您是從什麼時候開始學習唱歌的呢？」問題的重點在於詢問學習唱歌的起始時間。

選項解析：

1. いつもです（隨時練習）：這是用於回答「總是」或「隨時」的語句，並未回答起始時間的問題，因此答非所問，不正確。
2. 12年間です（這十二年來）：這是回答持續的時間（十二年），但問題詢問的是「什麼時候開始」，而非持續時間，因此不正確。
3. 6歳のときからです（從六歲開始）：這是明確回答起始時間（從六歲開始）的語句，直接符合問題的提問，因此是正確答案。

2

M：どこがいたいのですか。
F：1 はい、そうです。
　　2 足（あし）です。
　　3 とてもいたいです。

M：請問是哪裡痛呢？
F：1 對，是這樣的。
　　2 腳。
　　3 非常痛。

解答 (2)

解題 關鍵詞：
關鍵詞「どこがいたいのですか」中的「どこ」是疑問詞，表示「哪裡」，而「いたい」是形容詞，表示「痛」。這句話的意思是：「請問是哪裡痛呢？」問題的重點在於詢問具體疼痛的部位。
選項解析：
1. はい、そうです（對，是這樣的）：這是用於確認對方說法的語句，但未回答具體疼痛部位，答非所問，因此不正確。
2. 足です（腳）：這是回答具體疼痛部位（腳）的語句，直接符合問題提問的重點，因此是正確答案。
3. とてもいたいです（非常痛）：這是描述疼痛程度的語句，但問題詢問的是具體疼痛部位，未直接回應問題，因此不正確。

3

M：この仕事（しごと）はいつまでにやりましょうか。
F：1 夕方（ゆうがた）までです。
　　2 どうかやってください。
　　3 大丈夫（だいじょうぶ）ですよ。

M：請問這項工作要一直做到什麼時候呢？
F：1 做到傍晚。
　　2 請務必幫忙。
　　3 沒問題的呀！

解答 (1)

解題 關鍵詞：
關鍵詞「いつまでに」中的「いつ」是疑問詞，表示「什麼時候」，而「までに」表示完成某事的期限。「この仕事はいつまでにやりましょうか」的意思是：「這項工作要做到什麼時候呢？」問題的重點在於詢問工作的完成期限。
選項解析：
1. 夕方までです（做到傍晚）：這是回答具體的完成期限（做到傍晚），直接符合問題提問的重點，因此是正確答案。
2. どうかやってください（請務必幫忙）：這是請求對方幫忙完成工作的語句，並未回答工作的完成期限，答非所問，因此不正確。
3. 大丈夫ですよ（沒問題的呀）：這是安慰或表達沒問題的語句，並未回答工作的完成期限，與問題無關，因此不正確。

4

M：いっしょに旅行（りょこう）に行（い）きませんか。
F：1 はい、行（い）きません。
　　2 いいえ、行（い）きます。
　　3 はい、行（い）きたいです。

M：要不要一起去旅行呢？
F：1 好，不去。
　　2 不，要去。
　　3 好，我想去。

解答 (3)

解題 關鍵詞：
關鍵詞「行きませんか」是日語中的邀約表達方式，意為「要不要一起去……？」這種問句中，說話人期待的是接受或拒絕邀約的回答，因此回應的重點在於表達接受或拒絕的意圖。
選項解析：
1. はい、行きません（好，不去）：這句話表達的是「好，不去」，看似回答了邀約，但實際上語意矛盾且不合邏輯，因為「はい」表示接受，但「行きません」是否定，因此不正確。
2. いいえ、行きます（不，要去）：這句話表達的是「不，要去」，語意再次矛盾，因為「いいえ」表示否定，但後續又說「要去」，不符合自然對話邏輯，因此不正確。
3. はい、行きたいです（好，我想去）：這句話表達的是「好，我想去」，直接接受邀約，語意清晰且符合對話情境，因此是正確答案。

5

F：暗くなったので、電気をつけますね。
M：1 つけるでしょうか。
　　2 はい、つけてください。
　　3 いいえ、つけます。

F：天色變暗了，我開燈囉。
M：1 要開燈嗎？
　　2 好，麻煩開燈。
　　3 不，要開燈。

解答 (2)

解題 關鍵詞：

關鍵詞「電気をつけますね」中的「つけます」是動詞，表示「打開（燈）」，而語尾的「ね」表示確認或徵求對方的同意。「暗くなったので、電気をつけますね」的意思是：「天色變暗了，我開燈囉。」重點在於確認是否可以開燈，預期的回應應表達接受或拒絕。

選項解析：

1. つけるでしょうか：這句話表達「要開燈嗎？」是對原本提議的反問，不符合對話邏輯，因為問題本身已表明「我要開燈囉」，因此不正確。

2. はい、つけてください：這句話表達「好，麻煩開燈」，直接接受對方的提議，符合對話情境，因此是正確答案。

3. いいえ、つけます：這句話表達「不，要開燈」，語意矛盾，因為「いいえ」表示拒絕，但後續又表明要開燈，因此不正確。

6

F：あなたは何人きょうだいですか。
M：1 3人です。
　　2 弟です。
　　3 5人家族です。

F：你家總共有幾個兄弟姊妹呢？
M：1 三個。
　　2 是弟弟。
　　3 我家裡總共有五個人。

解答 (1)

解題 關鍵詞：

關鍵詞「何人きょうだい」中的「何人」是疑問詞，表示「幾個」，而「きょうだい」是日語中指兄弟姊妹的詞。「あなたは何人きょうだいですか」的意思是：「你家總共有幾個兄弟姊妹呢？」問題的重點在於詢問兄弟姊妹的總數。

選項解析：

1. 3人です：這是直接回答兄弟姊妹的總數（3個），符合問題的提問，準確解釋了「何人きょうだい」的意思，因此是正確答案。

2. 弟です：這是回答其中一位兄弟姊妹的身份（弟弟），並未回答總數，與問題不符，因此不正確。

3. 5人家族です：這是回答家中總人數（5人），但問題詢問的是兄弟姊妹的總數，與問題無關，因此不正確。

第四回
言語知識
（文字、語彙）

もんだい1 ＿＿の ことばは ひらがなで どう かきますか。1・2・3・4から いちばん いい ものを ひとつ えらんで ください。
問題1 以下＿＿的詞語的平假名為何？請從選項1・2・3・4中選出一個最適合答案。

1 りんごを 二つ 食べました。

1 ひとつ　　　　　　　2 ふたつ

3 みっつ　　　　　　　4 につ

吃了兩顆蘋果。
1 二個　　　　　　2 二個
3 三個　　　　　　4 四個

解答（2）

解題 訓讀與音讀的區分：
● 訓讀→二つ（ふたつ）：訓讀形式，用於計數物品，表示「兩個」。
- 訓讀的數量詞多用於日常生活中的物品計數，如「りんごを二つ食べる（吃兩個蘋果）」。
● 音讀→に：音讀形式，多用於正式場合或詞組，如「二次（にじ，二次）」或「二倍（にばい，兩倍）」。
本題中的「ふたつ」是訓讀形式，表示數量「兩個」，符合題意。
學習提示：
- 訓讀數量詞多與單位搭配使用，如「一つ（ひとつ）」、「三つ（みっつ）」。
- 音讀形式多見於複合詞組，如「二等（にとう，二等）」或「第二（だいに）」。
選項分析：
1.ひとつ：意為「一個」，表示數量，不是「二つ」的平假名讀音。
2.ふたつ：意為「兩個」，表示數量，與題幹描述一致，讀音正確。
3.みっつ：意為「三個」，表示數量，不是「二つ」的平假名讀音。
4.につ：無此用法，讀音錯誤。

2 タクシーを 呼んで くださいませんか。

1 よんで　　　　　　　2 かんで

3 てんで　　　　　　　4 さけんで

可以幫忙招一輛計程車嗎？
1 呼叫　　　　　　2 咀嚼
3 無此用法　　　　4 喊叫

解答（1）

解題 訓讀與音讀的區分：
● 訓讀→呼ぶ（よぶ）：訓讀，表示「呼叫」或「叫來」，常用於日常生活場景。
- 訓讀形式適用於具體動作，如「タクシーを呼ぶ（叫計程車）」。
● 音讀→漢字「呼」本身較少以音讀形式單獨使用，更多見於詞組中，如「呼吸（こきゅう，呼吸）」。
本題中的「よんで」是訓讀形式，表示「叫來」，符合題意。
學習提示：
- 訓讀形式多用於具體動作描述，如「呼んでください（請叫）」。
- 音讀形式多見於正式場合或詞組，如「呼応（こおう，呼應）」。
選項分析：
1.よんで（読んで・呼んで／讀；呼叫）：意為「讀」或「呼叫」，用於描述閱讀或叫人、叫車，符合題意，答案正確。
2.かんで（噛んで／咬）：描述咀嚼行為，不是「呼んで」的平假名讀音，且與題幹不符。
3.てんで：無此用法。此選項無法對應任何正確含義，讀音錯誤。
4.さけんで（叫んで／喊叫）：描述大聲喊叫，不是「呼んで」的平假名讀音，且與題幹不符。

翻譯＋通關解題

1

2

3

4

5

6

回數

323

3

<ruby>南<rt>みなみ</rt></ruby>へ まっすぐ すすみます。

1 ひがし　　　　　　2 にし

3 みなみ　　　　　　4 きた

朝南方徑直前進。

1 東　　　　　　　2 西
3 南　　　　　　　4 北

解答（3）

解題 訓讀與音讀的區分：
● 訓讀→南（みなみ）：訓讀，表示方向「南方」，常用於日常對話中，如「南の空（みなみのそら，南邊的天空）」。
● 音讀→なん：音讀，常見於複合詞，如「南極（なんきょく，南極）」或「東南（とうなん，東南）」。
本題中的「みなみ」是訓讀形式，表示「南方」，符合題意。
學習提示：
- 訓讀形式適用於單獨使用或描述自然方向，如「南へ行く（みなみへいく，往南走）」。
- 音讀形式多見於正式詞彙或詞組，如「南半球（なんはんきゅう）」或「東南アジア（とうなんアジア，東南亞）」。
選項分析：
1.ひがし（東／東方）：不是「南」的平假名讀音，且與題幹不符。
2.にし（西／西方）：不是「南」的平假名讀音。
3.みなみ（南／南方）：描述方向，與題幹一致，讀音正確。
4.きた（北／北方）：不是「南」的平假名讀音。

4

<ruby>三日<rt>みっか</rt></ruby>までに ここに きて ください。

1 みつか　　　　　　2 さんか

3 みっか　　　　　　4 さんじつ

請在三號之前來這裡。

1 無此用法　　　　　2 無此用法
3 三天　　　　　　　4 三號、三日

解答（3）

解題 訓讀與音讀的區分：
● 訓讀→三日（みっか）：訓讀形式，表示日期「三號」或時間「三天」。訓讀形式多用於具體日期描述。
- 單獨使用的「三（みっ）」結合「日（か）」是日常口語中的標準表達。
● 音讀→さんじつ（三日）：音讀形式，多見於正式或書面表達，特指「三天」。
本題中的「みっか」是訓讀形式，表示「三號」，符合題意。
學習提示：
- 訓讀形式適合於日常用語，如「三日後（みっかご）」或「三日坊主（みっかぼうず，三分鐘熱度）」。
- 音讀形式多用於正式場合，如「三週間（さんしゅうかん，三週期間）」或「三日月（みかづき，新月）」中的混合形式。
選項分析：
1.みつか：無此用法，讀音錯誤。
2.さんか：無此用法，與日期表達不符。
3.みっか（三日／三號）：用於描述具體日期，符合題意，答案正確。
4.さんじつ（三日／三天）：偏正式表達，與題幹日期描述不符。

5

あなたの へやは とても <ruby>広<rt>ひろ</rt></ruby>いですね。

1 せまい　　　　　　2 きれい

3 ひろい　　　　　　4 たかい

你的房間真寬敞啊。

1 狹小的　　　　　2 乾淨的
3 寬廣的　　　　　4 高的

解答（3）

解題 訓讀與音讀的區分：
● 訓讀→広い（ひろい）：訓讀，形容詞，用於描述「寬敞」或「廣闊」。常用於空間或範圍的描述，如「広い部屋（ひろいへや，寬敞的房間）」。
- 訓讀形式的形容詞常用於日常表達具體感受。
● 音讀→こう：音讀，常見於複合詞，如「広告（こうこく，廣告）」。
本題中的「ひろい」是訓讀形式，表示「寬敞」，符合題意。
學習提示：
- 訓讀形式適合形容詞單獨使用，如「広い空（ひろいそら，廣闊的天空）」。
- 音讀形式多用於正式或詞組場合，如「広大（こうだい，廣大）」或「広報（こうほう，宣傳）」。
選項分析：
1.せまい（狹い／狹窄）：用於描述空間狹窄，不是「広い」的平假名讀音。
2.きれい（綺麗／乾淨）：描述乾淨，不是「広い」的平假名讀音。
3.ひろい（広い／寬敞）：用於描述空間廣闊，符合題意，讀音正確。
4.たかい（高い／高）：描述高度或價格，不是「広い」的平假名讀音。

6

写真を とります。「はい、チーズ。」
しゃしん

1 しゃじん　　　　　2 しやしん

3 しゃかん　　　　　4 しゃしん

要拍照片了。「來，笑一個！」

1 無此用法　　　　　2 無此用法
3 無此用法　　　　　4 相片

解答（4）

解題　訓讀與音讀的區分：
● 訓讀→漢字「写」和「真」單獨時有訓讀形式，如「写す（うつす，拍攝）」和「真っ白（まっしろ，雪白）」，但「写真」本身通常不以訓讀出現。
● 音讀→しゃしん（写真）：音讀形式，表示「照片」或「拍照」，是常用詞彙。
本題中的「しゃしん」是音讀形式，表示「照片」，符合題意。
學習提示：
- 訓讀形式適用於單字或特定詞語，如「写す（うつす）」和「真（ま）」的描述。
- 音讀形式多見於詞組，如「写真館（しゃしんかん，攝影館）」和「写真家（しゃしんか，攝影師）」。
選項分析：
1. しゃじん：此寫法有誤，濁音「じ」與正確的清音「し」不同，無法表達「照片」之意。
2. しやしん：此寫法有誤，「や」為拼寫錯誤，應為小寫的「ゃ」。
3. しゃかん：此寫法有誤，「か」為拼寫錯誤，應為「し」。
4. しゃしん（写真／照片）：描述影像或拍照，符合題意，讀音正確。

7

池の なかで あかい さかなが およ
いけ
いで います。

1 いけ　　　　　　　2 うみ

3 かわ　　　　　　　4 みずうみ

池塘裡有紅色的魚正在游水。

1 池塘　　　　　　　2 海
3 河　　　　　　　　4 湖

解答（1）

解題　訓讀與音讀的區分：
● 訓讀→（いけ）：訓讀，表示「池塘」，常用於描述小型的靜止水域，如「庭の池（にわのいけ，庭院的池塘）」。
● 音讀→ち：音讀形式，常見於複合詞，如「電池（でんち，電池）」或「用水池（ようすいち，蓄水池）」。
本題中的「いけ」是訓讀形式，表示「池塘」，符合題意。
學習提示：
- 訓讀形式適合描述具體自然景觀，如「大きな池（おおきないけ，大池）」。
- 音讀形式多見於正式場合或複合詞，如「貯水池（ちょすいち，蓄水池）」。
選項分析：
1. いけ（池／池塘）：描述靜止的小型水域，符合題意，讀音正確。
2. うみ（海／海）：描述大範圍的水域，不是「池」的平假名讀音。
3. かわ（川／河流）：描述流動的水域，不是「池」的平假名讀音。
4. みずうみ（湖／湖泊）：描述大型靜止水域，不是「池」的平假名讀音。

8

にほんでは、ひとは 道の みぎがわを
みち
あるきます。

1 まち　　　　　　　2 どうろ

3 せん　　　　　　　4 みち

在日本，行人靠道路的右邊行走。

1 城市　　　　　　　2 公路
3 線　　　　　　　　4 道路

解答（4）

解題　訓讀與音讀的區分：
● 訓讀→道（みち）：訓讀，表示「道路」或「路徑」，用於日常生活中，如「細い道（ほそいみち，狹窄的道路）」。
● 音讀→どう：音讀形式，常見於複合詞，如「道路（どうろ，公路）」或「道德（どうとく，道德）」。
本題中的「みち」是訓讀形式，表示「道路」，符合題意。
學習提示：
- 訓讀形式多用於描述具體道路或路徑，如「長い道（ながいみち，長長的路）」。
- 音讀形式多見於正式場合或詞組，如「海道（かいどう，海道）」或「車道（しゃどう，車道）」。
選項分析：
1. まち（町／城市）：描述城鎮，不是「道」的平假名讀音。
2. どうろ（道路／公路）：偏向正式或大型道路描述，不是「道」的平假名讀音。
3. せん（線／線）：描述抽象的直線，不是「道」的平假名讀音。
4. みち（道／道路）：用於描述具體的路徑，符合題意，讀音正確。

9

その 角 を まがって まっすぐに いっ
た ところが、わたしの がっこうです。

1 かく　　　　　　　2 かど

3 つの　　　　　　　4 みせ

只要拐過那個轉角後往前直走，就會到
我的學校。

1 角度　　　　　　　2 轉角
3 動物的角　　　　　4 店鋪

解答 (2)

解題 訓讀與音讀的區分：

● 訓讀→角（かど）：訓讀，表示「轉角」或「拐角」，常用於描述具體地點，如「道の角（みちのかど，道路的轉角）」。

- 角（つの）：訓讀，表示「動物的角」，用於描述具體物體，如「鹿の角（しかのつの，鹿的角）」。

● 音讀→かく：音讀形式，常見於複合詞，如「角度（かくど，角度）」或「三角形（さんかくけい，三角形）」。

本題中的「かど」是訓讀形式，表示「轉角」，符合題意。

學習提示：

- 訓讀形式多用於描述具體地點或物體，如「角を曲がる（かどをまがる，轉過轉角）」或「動物の角（つの）」。

- 音讀形式多見於數學或幾何相關的描述，如「内角（ないかく，内角）」或「外角（がいかく，外角）」。

選項分析：

1. かく（角／角度）：偏向抽象或幾何相關詞彙，不是此題的「角」的平假名讀音，且與題幹中的「轉角」不符。

2. かど（角／轉角）：描述具體地點，符合題意，讀音正確。

3. つの（角／動物的角）：用於描述具體物體，不是此題的「角」的平假名讀音，且與題幹語境不符。

4. みせ（店／店鋪）：商店、販售商品或服務的地方，不是「角」的平假名讀音，且與題幹的「轉角」不符。

10

わたしは 細い ズボンが すきです。

1 すくない　　　　　2 こまかい

3 ほそい　　　　　　4 ふとい

我喜歡窄筒的褲子。

1 少的　　　　　　　2 細的
3 細窄的　　　　　　4 粗的

解答 (3)

解題 訓讀與音讀的區分：

● 訓讀→細い（ほそい）：訓讀，形容詞，表示「細的」或「纖細的」，常用於描述物體的形狀，如「細いズボン（纖細的褲子）」或「細い道（狹窄的路）」。

- 細かい（こまかい）：訓讀，形容詞，表示「細小的」或「細緻的」，用於描述事物的精細程度。

● 音讀→さい：音讀形式，常見於複合詞，如「詳細（しょうさい，詳細）」或「細工（さいく，工藝品）」。

本題中的「ほそい」是訓讀形式，表示「細的」，符合題意。

學習提示：

- 訓讀形式適合單獨使用的形容詞，如「細い線（纖細的線條）」。

- 音讀形式多見於正式場合或複合詞，如「細心（さいしん，細心）」或「精細（せいさい，精細）」。

選項分析：

1. すくない（少ない／少的）：描述數量，與題幹中物體的形狀不符。不是「細い」的平假名讀音。

2. こまかい（細かい／細小的）：用於描述事物的精細程度，不是「細い」的平假名讀音，且與題幹不符。

3. ほそい（細い／細窄的）：用於描述物體的形狀，符合題意，讀音正確。

4. ふとい（太い／粗的）：用於描述物體的粗大，不是「細い」的平假名讀音，且與題幹不符。

問題二 翻譯與解題

もんだい2　＿＿の ことばは どう かきますか。1・2・3・4から いちばん いい ものを ひとつ
えらんで ください。

問題2　以下＿＿＿詞語應為何？請從選項1・2・3・4中選出一個最適合的答案。

11

ネクタイの みせの まえに えれべー
たーが あります。

1 エルベーター　　　2 えれベーター

3 エレベター　　　　4 エレベーター

領帶店的前面有電梯。

1 無此用法　　　　　2 無此用法
3 無此用法　　　　　4 電梯

解答 (4)

解題 選項解析：
1. エルベーター（えるべーたー）：此寫法有誤，「ル」與正確的「レ」不同，無法表達「電梯」之意。
2. えれべーたー（えれべーたー）：此寫法誤用了平假名「えれ」而非外來語應用的片假名「エレ」。
3. エレベター（えれべたー）：此寫法有誤，「べ」後面缺少長音「ー」。
4. エレベーター（電梯）：正確答案。這是「電梯」的正確外來語表記，符合發音和書寫規範。

12 <u>おちゃ</u>は　テーブルの　うえに　あります。

茶就在桌上。

| 1 水 | 2 茶 |
| 3 草 | 4 米 |

1 お水
みず　　　　　　　　2 お茶
ちゃ

3 お草
くさ　　　　　　　　4 お米
こめ

解答(2)

解題 選項解析：
1. お水（おみず）：「おちゃ」的漢字是「茶」，而不是「水」。
2. お茶（おちゃ）：是正確答案，「おちゃ」的漢字是「茶」，表示「茶」，這裡指的是放在桌上的「茶」，與題目語境一致。
3. お草（おくさ）：「おちゃ」的漢字是「茶」，而不是「草」。這裡的「草」指的是植物，與飲品無關。
4. お米（おこめ）：「おちゃ」的漢字是「茶」，而不是「米」。這裡的「米」指的是食物，與飲品無關。

13 ドアを　<u>あけて</u>　なかに　はいって　ください。

請打開門進去裡面。

| 1 開門 | 2 無此用法 |
| 3 無此用法 | 4 無此用法 |

1 開けて
あ　　　　　　　　2 閉けて

3 問けて　　　　　　　　4 門けて

解答(1)

解題 選項解析：
1. 開けて（あけて／開門）：是正確答案，動詞「開ける」的命令形，，符合語境，指的是打開門。
2. 閉けて：「閉けて」並不是一個正確的日語動詞。「閉」指的是「關閉」，與題目要求的「開門」相反。
3. 問けて：「問けて」並不是一個正確的日語動詞，「問」指的是詢問，與開門無關。
4. 門けて：「門けて」並不是一個正確的日語動詞形式，「門」指的是門，但這不是日語中的正確動詞形態。

14 やまの　うえから　<u>いわ</u>が　おちて　きました。

從山上掉下了岩石。

| 1 石頭 | 2 岩石 |
| 3 岸邊 | 4 炭 |

1 石
いし　　　　　　　　2 岩
いわ

3 岸
きし　　　　　　　　4 炭
すみ

解答(2)

解題 選項解析：
1. 石（いし／石頭）：但這裡的「いわ」漢字是「岩」，「石」指的是小塊石頭，而「岩」指的是較大且堅硬的岩石。因此，這個選項不是正確的漢字。
2. 岩（いわ／岩石）：是正確答案，「いわ」是指「岩石」，描述的是從山上掉下來的大塊岩石，與題目語境一致。
3. 岸（きし／岸邊）：這個選項不是「いわ」的漢字，與題目語境無關。
4. 炭（すみ／炭）：這個選項不是「いわ」的漢字。
解題技巧：
1. 記住「石」通常用來指較小的石塊，「岩」則指較大且堅硬的岩石。
2. 排除與語境不符的選項，如「岸」和「炭」，聚焦於與語境一致的正確答案。

15 となりの　<u>むら</u>まで　あるいて　いきました。

步行到了鄰村。

| 1 材料 | 2 森林 |
| 3 村莊 | 4 林地 |

1 材
ざい　　　　　　　　2 森
もり

3 村
むら　　　　　　　　4 林
はやし

解答(3)

解題 選項解析：
1. 材（ざい／木材）：不是「むら」的漢字。材」指的是「木材」，與題目中的「村莊」無關。
2. 森（もり／森林）：不是「むら」的漢字。是一片樹木繁茂的區域，與「村」不同。

3. 村 (むら／村莊)：是正確答案，與題目語境一致，指的是走到鄰近的村莊。
4. 林 (はやし／林)：不是「むら」的漢字。表示一片樹木生長的區域，與「村」不同。
解題技巧：
1.「村」指的是一個小型的村莊或聚落，應區分與自然景觀如「森」或「林」的不同。

16

わたくしは 田中(たなか)と もうします。

1 申(もう)します　　　　2 甲します

3 田します　　　　　　　4 思します

敝姓田中。

| 1 説 | 2 無此用法 |
| 3 無此用法 | 4 我認為 |

解答(1)

解題　選項解析：
1. 申します (もうします／我叫)：是正確答案，「申します」是「もうす」的禮貌形，這是常用的自我介紹表達，與題目語境一致。
2. 甲します：不是「申します」的漢字。「甲」指的是第一、甲等，並不適用於自我介紹的語境，選項錯誤。
3. 田します：不是「申します」的漢字。「田」是姓氏或田地的意思，並不表示「我叫」。
4. 思います (おもいます／我認為)：不是「申します」的漢字。與自我介紹的語境無關。

17

りんごを はんぶんに きって くださ
い。

1 牛分　　　　　　　　2 半今

3 羊今　　　　　　　　4 半分(はんぶん)

請將蘋果對半切開。

| 1 無此用法 | 2 無此用法 |
| 3 無此用法 | 4 半分 |

解答(4)

解題　選項解析：
1. 牛分 (ぎゅうぶん)：這個選項無效，並不正確，「牛」和「分」不應該結合在這個語境中。
2. 半今 (はんこん)：這個選項錯誤，「半」表示一半，「今」表示現在，這樣的組合不符合語法規則。
3. 羊今 (ようこん)：這個選項無效，「羊」和「今」並無語義聯繫。
4. 半分 (はんぶん／一半)：是正確漢字，與題目語意一致。「半分」表示把「りんご」(蘋果)切成兩半，符合語境。

18

えきは わたしの いえから ちかいで
す。

1 低(ひく)いです　　　　2 近(ちか)いです

3 遠(とお)いです　　　　4 道いです

車站從我家過去很近。

| 1 低的 | 2 近的 |
| 3 遠的 | 4 無此用法 |

解答(2)

解題　選項解析：
1. 低いです (ひくいです／低的)：通常用來形容高度或位置，與距離無關。不是「ちかい」的漢字。
2. 近いです (ちかいです／近的)：是正確漢字，表示「車站離我家很近」，與題目語意一致。
3. 遠いです (とおいです／遠的)：與題目中「車站很近」的語境相反。不是「ちかい」的漢字。
4. 道いです：不是「ちかい」的漢字，「道」指的是「道路」，並不表示距離。

もんだい3 (　　) に なにを いれますか。1・2・3・4から いちばん いい ものを ひとつ
えらんで ください。
問題3 (　　)中的詞語應為何？請從選項1・2・3・4中選出一個最適合填入(　　)的答案。

19

あるくと おそく なるので、(　　)
で 行きます。

1 ちかく　　　　　　　2 タクシー

3 ズボン　　　　　　　4 ワイシャツ

走路去會遲到，因此搭（計程車）去。

| 1 附近 | 2 計程車 |
| 3 褲子 | 4 襯衫 |

解答(2)

解題 選項説明：

1. ちかく（近く／附近）：表示地理位置的接近，如「近くに店があります（附近有商店）」。然而，「ちかく」無法搭配「で」來表達行動方式，因此不符合語境。
2. タクシー（計程車）：表示交通工具，用於快速移動，如「タクシーで行く（搭計程車去）」。句中提到「おそくなる（會遲到）」，搭計程車是一種合理的選擇，符合題意。
3. ズボン（褲子）：表示服裝類物品，如「ズボンを履く（穿褲子）」。但「ズボンで行く」的表達不合邏輯，無法作為行動方式，因此不符合語境。
4. ワイシャツ（襯衫）：表示服裝類物品，如「ワイシャツを着る（穿襯衫）」。與「で」搭配無法表達行動方式，且與句中提到的快速移動無關，因此不符合語境。

20

おばは ちいさくて かわいいので、（　　　）みえます。

1 わかく	2 おおきく
3 あつく	4 ふとって

我阿姨個頭嬌小又可愛，所以看起來格外（年輕）。

1 年輕	2 大
3 厚	4 胖

解答(1)

解題 選項説明：

1. わかく（若く／年輕）：形容年齡小或有年輕的外貌，如「彼女は若く見えます（她看起來很年輕）」，「若く」與句中「小巧」和「可愛」的描述完全契合。
2. おおきく（大きく／大）：形容尺寸或體積，如「家が大きく見える（房子看起來很大）」，與句中「ちいさくて（小巧）」的特徵相矛盾，且無法形容外貌特質。
3. あつく（厚く／厚）：形容厚度，如「厚い本（あついほん，厚書）」或「厚着（あつぎ，穿得厚）」，無法搭配「かわいい」或「みえます」來形容外觀。
4. ふとって（太って／胖）：形容體態，如「彼は太っています（他很胖）」，與句中「小巧」和「可愛」的描述相矛盾。

21

たべた あとは、すぐ はを （　　　）。

1 あらいます	2 ふきます
3 みがきます	4 ぬきます

吃完東西以後馬上（刷）牙。

1 洗	2 吹
3 刷	4 拔

解答(3)

解題 選項説明：

1. あらいます（洗います／洗）：表示清洗，用於水洗物品，如「手を洗う（洗手）」。雖然有「清洗」的意思，但「歯を洗う」並非正確用法，無法搭配「歯」使用。
2. ふきます（拭きます／擦）：表示擦拭，用於擦拭物體表面，如「窓を拭く（擦窗戶）」。然而，「歯を拭く」並非日常習慣，也不符合語境。
3. みがきます（磨きます／刷）：表示刷或擦亮，常用於「歯を磨く（刷牙）」。題中提到「たべた あとは（吃完以後）」與「は（牙齒）」，説明是日常習慣中的刷牙行為，與「歯を磨く」的表達完全契合。
4. ぬきます（抜きます／拔）：表示拔出或去掉，用於如「歯を抜く（拔牙）」。雖然可以搭配「歯」，但語境中並未提到拔牙，且「吃完以後拔牙」並不合邏輯。

22

わたしの いえには くるまが 3
（　　　） あります。

1 だい	2 ぼん
3 き	4 こ

我家有三（輛）車。

1 輛	2 支
3 座	4 個

解答(1)

解題 選項説明：

1. だい（台／輛）：用於計算機械或交通工具，如「車が3台あります（有三輛車）」。此用法與「くるま」搭配，表示車輛數量，完全符合題意。
2. ぼん（本／支）：用於細長物體的計數，如「鉛筆が3本あります（有三支鉛筆）」。然而，車輛並非細長物體，因此「ぼん」不符合語境。
3. き（基／座）：用於大型物體或建築物的計數，如「橋が1基あります（有一座橋）」。車輛並不屬於此類，故「き」不適用於描述車輛數量。
4. こ（個／個）：用於一般小型物品的計數，如「りんごが3個あります（有三個蘋果）」。雖然泛用性較高，但用於「くるま」並不自然，助數詞不正確。

翻譯＋通關解題

1

2

3

4

5

6

回數

23

わからない とき は、いつでも わたし
に （　　） ください。

1 つくって　　　　　　2 はじめて

3 きいて　　　　　　　4 わかって

有不清楚的地方，儘管隨時（問）我。

1 做　　　　　　　2 開始
3 問　　　　　　　4 知道

解答（3）

解題 選項説明：

1. つくって（作って／做）：表示製作或創造，如「料理を作ってください（請做料理）」。然而，「わからないとき（有不清楚的時候）」與「作る」的語意無關，無法構成合理的句子。

2. はじめて（始めて／開始）：表示開始某件事情，如「勉強を始めてください（請開始學習）」。然而，句中表達的是不清楚時的請求行為，與「開始」無關，因此不符合語境。

3. きいて（聞いて／詢問）：表示詢問或請教，如「先生に聞いてください（請問老師）」。句中提到「わからないとき（有不清楚的時候）」，此時提問是合適的行動，與語境完全契合。

4. わかって（分かって／知道）：表示理解或知道，如「分かってください（請理解）」。然而，句中語境強調「不清楚的時候」進行請求行為，並非表達理解，故不符合題意。

24

この カメラ は ふるい ので、もっと
（　　） ほしい です。

1 すきなのが　　　　　2 たかいのが

3 ただしいのが　　　　4 あたらしいのが

這台相機很舊了，所以想要一台比較（新
的）。

1 喜歡的　　　　　2 貴的
3 正確的　　　　　4 新的

解答（4）

解題 選項説明：

1. すきなのが（好きなのが／喜歡的）：表示喜歡的東西，如「好きなのを選んでください（請選喜歡的東西）」。雖然表達偏好，但與句中的「ふるい（舊）」並無對比關係，語意不符。

2. たかいのが（高いのが／貴的）：表示價格高的東西，如「高い服（昂貴的衣服）」。然而，句中語境並未提到價格，且「貴」與「舊」無直接關聯，語意不符。

3. ただしいのが（正しいのが／正確的）：表示正確或正當的東西，如「正しい答え（正確的答案）」。句中討論的是物品的狀態，與「正確」無關，因此不符合語境。

4. あたらしいのが（新しいのが／新的）：用於描述新穎性，如「新しい車（新車）」。句中提到相機「舊了」，希望擁有一台「新的」，與語境完全契合。

25

ことば の いみ を しらべたい ので、
（　　） を かして ください。

1 じしょ　　　　　　2 がくふ

3 ちず　　　　　　　4 はさみ

我想要查字詞的意思，請借我（辭典）。

1 辭典　　　　　　2 樂譜
3 地圖　　　　　　4 剪刀

解答（1）

解題 選項説明：

1. じしょ（辞書／字典）：用於查詢詞語的意思，如「辞書を引く（查字典）」。句中提到「ことばのいみをしらべたい」，明確需要辭典，與語境完全契合。

2. がくふ（楽譜／樂譜）：用於記錄音樂的符號，如「楽譜を読む（看樂譜）」。然而，樂譜與「詞語的意思」無關，無法作為查詢工具使用。

3. ちず（地図／地圖）：用於顯示地理位置和路徑，如「地図を見てください（請看地圖）」。但地圖與詞語查詢無關，語意不符。

4. はさみ（鋏／剪刀）：用於剪裁物品，如「紙を鋏で切る（用剪刀剪紙）」。剪刀的功能與查詢詞語無任何關聯，完全不符合語境。

26

なつ は まいにち シャワー を （　　）。

1 はいります　　　　2 かぶります

3 あびます　　　　　4 かけます

夏天每天都要（淋）浴。

1 進入　　　　　2 戴
3 淋　　　　　　4 吊掛

解答（3）

解題 選項説明：

1. はいります（入ります／進入）：表示進入某個空間或領域，如「おふろに入る（進入浴缸洗澡）」。雖然與洗澡有關，但「シャワー」一般搭配「浴びます」，而非「入ります」，因此語義不符。

2. かぶります（被ります／戴）：表示戴上帽子或蓋住頭部，如「帽子をかぶる（戴帽子）」。此動作與「シャワー」完全無關，因此不符合語境。

3. あびます（浴びます／淋浴）：描述用水清洗身體，如「シャワーを浴びる（淋浴）」。句中提到「シャワー」和「まいにち」，明確指向淋浴行為，與語境完全契合。

4. かけます（掛けます／吊掛）：表示將物體掛起或覆蓋，如「タオルを掛ける（掛毛巾）」。此動作與「シャワー」無直接關聯，無法構成合理句意。

27

うちの　ペットは、ちいさな　（　　　） です。 1 いぬ　　　　　　　　2 くるま 3 はな　　　　　　　　4 いす	我家的寵物是一隻小（狗）。 1 狗　　　　　　2 車 3 花　　　　　　4 椅子

解答（1）

解題 選項説明：
1. いぬ（犬／狗）：用於描述常見寵物，如「かわいい犬（可愛的狗）」。句中提到「ペット」和「ちいさな」，狗是符合語境的常見寵物。
2. くるま（車／車）：表示交通工具，如「新しい車（新車）」。車輛並非寵物，無法與「ペット」搭配，因此語意完全不符。
3. はな（花／花）：表示植物的一部分或花朵，如「きれいな花（美麗的花）」。花不是寵物，無法與「ペット」搭配，因此語境不符。
4. いす（椅子／椅子）：表示家具中的座椅，如「木の椅子（木椅）」。椅子與「ペット」完全無關，無法構成合理的句意。

28

さいふが　ゆうびんきょくの　（　　　） おちて　います。 1 したに　　　　　　　　2 なかに 3 まえに　　　　　　　　4 うえに	錢包掉在郵局的（前面）。 1 下面　　　　　　2 裡面 3 前面　　　　　　4 上面

解答（3）

解題 選項説明：
1. したに（下に／下面）：表示某物位於另一物的下方，如「机の下に本があります（桌子下面有書）」。然而，錢包掉在郵局的「下」不合邏輯，語意及圖片位置都不符。
2. なかに（中に／裡面）：表示某物在另一物的內部，如「かばんの中に本があります（包裡有書）」。與圖片位置不符。
3. まえに（前に／前面）：表示某物位於另一物的前方，如「家の前に車があります（家前面有車）」。郵局「前面」是一個合適的位置來描述掉落的錢包，與語境及圖片位置完全契合。
4. うえに（上に／上面）：表示某物位於另一物的上方，如「机の上に本があります（桌上有書）」。錢包掉在郵局的「上面」不符合邏輯，因此語境及圖片位置都不合。

問題四 翻譯與解題

もんだい4　___の　ぶんと　だいたい　おなじ　いみの　ぶんが　あります。1・2・3・4から　いちばん　いい　ものを　ひとつ　えらんで　ください。
問題4　選項中有和____意思相近的句子。請從選項1・2・3・4中選出一個最適合的答案。

29

<u>1ねんに　1かいは　うみに　いきます。</u> 1 1ねんに　2かいずつ　うみに　いきます。 2 まいとし　1かいは　うみに　いきます。 3 まいとし　2かいは　うみに　いきます。 4 1ねんに　なんかいも　うみに　いきます。	**一年至少會去一趟海邊。** 1 一年會各去兩趟海邊。 2 每年至少會去一趟海邊。 3 每年至少會去兩趟海邊。 4 一年會去海邊很多趟。

解答（2）

解題 找出關鍵字或句：
題目中的關鍵字或句在「1ねんに1かい」表示「每年一次」，選項2中的「まいとし1かいは」也是指「每年一次」，因此這是正確答案。
選項分析：
「1ねんに1かいはうみにいきます」是解題的關鍵，意思是「每年去一次海邊」。
選項分析：
1.「2かいずつ」意思是「每次兩次」，與題目中「1かい」（一次）不符，因此排除。

2.「まいとし」是「每年」,「1かいは」表示「一次」,這與題目中的「1ねんに 1かい」(每年一次)意思一致,因此為正確答案。

3.「2かいは」是「兩次」,與題目中的「1かい」(一次)不符,因此排除。

4.「なんかいも」意思是「多次」,與題目中「1かいは」(一次)不符,因此排除。

30

けさ わたしは さんぽを しました。

1 きのうの よる わたしは さんぽを しました。

2 きょうの ゆうがた わたしは さんぽを しました。

3 きょうの あさ わたしは さんぽを しました。

4 わたしは あさは いつも さんぽを します。

今早我去散步了。

1 昨天晚上我去散步了。

2 今天傍晚我去散步了。

3 今日上午我去散步了。

4 我早上總是會去散步。

解答(3)

解題 找出關鍵字或句:

關鍵字或句在「けさ」和「きょうのあさ」都表示「今天早上」,因此這兩者語意一致,正確答案為選項3。

選項分析:

1.「きのうのよる」意思是「昨天的晚上」,與題目中的「けさ」(今天早上)不符,因此排除。

2.「きょうのゆうがた」意思是「今天的傍晚」,與題目中的「けさ」(今天早上)不符,因此排除。

3.「きょうのあさ」意思是「今天早上」,這與題目中的「けさ」語意一致,因此為正確答案。

4.「あさはいつも」意思是「我每天早上」,這雖然描述了習慣性行為,但並未指明是今天早上,因此排除。

31

父は、10ねんまえから ぎんこうに つとめて います。

1 父は、10ねんまえから ぎんこうを とおって います。

2 父は、10ねんまえから ぎんこうを つかって います。

3 父は、10ねんまえから ぎんこうの ちかくに すんで います。

4 父は、10ねんまえから ぎんこうで はたらいて います。

家父從十年前開始在銀行做事。

1 家父從十年前開始路經銀行。

2 家父從十年前開始利用銀行業務。

3 家父從十年前開始住在銀行附近。

4 家父從十年前開始在銀行工作。

解答(4)

解題 找出關鍵字或句:

找出關鍵字或句在「つとめています」和「はたらいています」都表示「在工作」,其中「ぎんこうで はたらいています」最符合「在銀行工作」的語意,因此正確答案為選項4。

選項分析:

1.「ぎんこうをとおっています」意思是「經過銀行」,這與「在銀行工作」不符,因此排除。

2.「ぎんこうをつかっています」意思是「使用銀行」,這與「在銀行工作」不符,因此排除。

3.「ぎんこうのちかくにすんでいます」意思是「住在銀行附近」,這與題目中的「在銀行工作」不符,因此排除。

4.「ぎんこうではたらいています」意思是「在銀行工作」,與題目中的描述完全一致,因此為正確答案。

32

わたしは いつも げんきです。

1 わたしは よく びょうきを します。

2 わたしは あまり びょうきを しません。

3 わたしは げんきでは ありません。

4 わたしは きが よわいです。

我向來很健康。

1 我經常生病。

2 我不太生病。

3 我並不健康。

4 我很膽小。

解答(2)

解題 找出關鍵字或句：

關鍵字或句在題目中的「いつもげんきです」表示「總是健康」，選項 2 的「あまりびょうきをしません」表示「不太生病」，與健康狀況相符，因此是正確答案。

選項分析：

1.「よくびょうきをします」意思是「我常常生病」，這與題目中的「健康」不符，因此排除。

2.「あまりびょうきをしません」意思是「我不太生病」，這與題目中的「總是健康」相符，因此為正確答案。

3.「げんきではありません」意思是「我不健康」，這與題目中的「我總是很有活力」相反，因此排除。

4.「きがよわい」意思是「膽子小」，這與題目中的「有活力」不符，因此排除。

33

ほんは　あさってまでに　かえします。

1 ほんは　あしたまでに　かえします。

2 ほんは　らいしゅうまでに　かえします。

3 ほんは　三日(みっか)あとまでに　かえします。

4 ほんは　二日(ふつか)あとまでに　かえします。

書會在後天之前歸還。

1 書會在明天之前歸還。

2 書會在下週之前歸還。

3 書會在三天之內歸還。

4 書會在兩天之內歸還。

解答 (4)

解題 找出關鍵字或句：

關鍵字或句在「あさって」和「二日あと」都表示「後天」，這兩者意思一致，因此選項 4 是正確答案。

選項分析：

1.「あした」意思是「明天」，與「あさって」（後天）不符，因此排除。

2.「らいしゅう」意思是「下週」，與題目中的「後天」不符，因此排除。

3.「三日あと」意思是「三天後」，與「後天」不符，因此排除。

4.「二日あと」意思是「兩天後」，這與「あさって」（後天）相符，因此為正確答案。

第四回
言語知識
（文法、讀解）

問題一 翻譯與解題

もんだい1　（　　）に　何(なに)を　入(い)れますか。1・2・3・4から　いちばん　いい　ものを　一(ひと)つ　えらんで　ください。

問題 1 請從 1・2・3・4 之中選出一個最適合填入（　　）的答案。

1

あしたの　パーティーには、お友(とも)だち（　　）いっしょに　来(き)て　くださいね。

1 は　　　　　　　2 も

3 を　　　　　　　4 に

明天的派對請把朋友（都）一起帶來喔。

1 （主題助詞）是

2 也

3 （賓語助詞，表示動作的對象）

4 給

解答 (2)

解題 句型分析：

此題考查日語中助詞「も」的用法。「も」表示「也」或「同樣」，在這裡表示「與某人一起」，並強調動作的相似性。句中的「お友だちもいっしょに来てくださいね」表示「請和你的朋友都一起來」，符合語法規則。

選項解析：

1. は：用來標示句子的主題，表示「這是～」的結構，但在此句中並非在描述主題，而是表示「請和朋友一起來」，因此「は」不適用。

2. も（正確答案）：表示「也」，在本句中強調「和朋友都一起來」，即「你朋友也來」，符合句意，強調動作的相似性。

3. を：用來表示動作的對象或受詞，通常與動詞搭配使用，但本句中的動作並未對象化，而是表示一起來，因此「を」不適用。

4. に：用來表示動作的方向、目的地或時間點，這在此句中並不符合，因為句子是要求「一起來」，並非指向某個具體的時間或場所，因此「に」不適用。

2

東（　　）あるいて いくと、えき
に つきます。

1 へ 　　　　　　　2 から
3 を 　　　　　　　4 や

（往）東走就會到車站。

1 往 　　　　　　　2 從
3 通過 　　　　　　4 和、與

解答（1）

解題 句型分析：
此題考查日語中「へ」的用法。「へ」表示方向或目的地，用於描述動作的方向或目的地。在這句話中，「東
へあるいていくと」表示「朝東方走，然後會到達車站」，符合語法規則。
選項解析：
1. へ（正確答案）：助詞「へ」用於表示動作的方向或目的地，意思是「向～」，例如「学校へ行く」（去學校）。
　 本句描述的是走向東方的方向，因此使用「へ」正確且符合句意。
2. から：助詞「から」表示出發點、起點，意為「從～」，例如「東京から来ました」（從東京來）。但本句
　 並不是描述起點，而是描述方向，因此「から」不適用。
3. を：助詞「を」表示動作的對象或受詞，通常與動詞搭配使用，例如「本を読む」（讀書）。本句描述的是
　 朝東方走，因此使用「を」不合適。
4. や：助詞「や」用於列舉名詞，表示「～和～等」，例如「りんごやバナナ」（蘋果和香蕉等）。本句並不
　 是列舉名詞，而是在描述動作的方向，因此「や」不適用。

3

A「きょう（　　）めなたの たん
　 じょうびですか。」
B「そうです。8月13日です。」

1 も 　　　　　　　2 まで
3 から 　　　　　　4 は

A「今天（是）你的生日嗎？」
B「是的。是八月十三日。」

1 也 　　　　　　　2 到
3 從 　　　　　　　4 是

解答（4）

解題 句型分析：
此題考查日語中「は」的用法。在此句中，「きょうはあなたのたんじょうびですか」表示「今天是你的生
日嗎？」「は」作為主題標示助詞，用來強調「今天」作為句子的主題，並詢問「今天是否是你的生日」。
選項解析：
1. も：用來表示「也」或「同樣」，通常用於添加或強調。例如「わたしも行きます」（我也去）。但本句中
　 並未添加其他元素來表示「也」，因此「も」不適用。
2. まで：表示「到～為止」，通常用於表示範圍或時間的終點。例如「9時まで勉強します」（我學習到9點）。
　 但本句並不涉及範圍或時間的終點，因此「まで」不正確。
3. から：表示「從～」，通常用於時間或空間的起點。例如「学校から帰ります」（從學校回來）。但本句並
　 不是詢問某事的起點或起始時間，因此「から」不適用。
4. は（正確答案）：用來標示主題，結合「きょう」形成「今天是～」的句型，強調今天作為句子的主題。
　 此用法正確且符合語法規則。

4

こんなに むずかしい もんだいは だ
れ（　　）できません。

1 も 　　　　　　　2 まで
3 さえ 　　　　　　4 が

這麼困難的題目誰（也）不會做。

1 都 　　　　　　　2 到…為止
3 甚至 　　　　　　4（主語助詞，表示主語）

解答（1）

解題 句型分析：
此題考查日語中「だれも」的用法。句中的「だれも」表示「誰都不」，強調沒有例外，語境中是想表達「這
麼困難的題目誰也做不來」。因此，選擇用「も」來表示「都（不）～」的意思，這是對「だれ」的強調，
用來指「誰也不行」。
選項解析：
　1. も（正確答案）：用來強調句子的內容，特別是在否定句中，與「だれ」搭配表示「誰都不」，適合這個
　　 語境，表示沒有任何人能夠解決這個困難的問題。
　2. まで：表示「到～為止」，通常用於表示範圍或時間的終點，例句如「9時まで勉強する」（學習到9點）。
　　 但本句中並非表示範圍或時間，使用「まで」不適合。

3. さえ：表示「甚至」的意思，通常用來表示極端的例子或最小的範圍，但在這裡語境並不適合使用「さえ」，因為句子中的重點是強調「誰都不行」，並非在列舉範例。

4. が：表示主語，通常用於標示句子的主語。例如「だれができるか？」（誰能做呢？）。但本句中並不是在詢問誰能做，而是在強調問題的難度，故「が」不正確。

5

この にくは 高(たか)いので、少(すこ)し（　　　）
買(か)いません。

1 は　　　　　　　　2 の

3 しか　　　　　　　4 より

這種肉很貴，所以（只）買一點點。
1（主題助詞）是　　2 的
3 僅只　　　　　　　4 比較

解答(3)

解題 句型分析：
此題考查日語中「しか」的用法。「しか」用於表示「僅僅」或「只有」，通常與否定動詞搭配。句中的「少ししか買いません」表示「只買一點點」，強調購買的數量很少。
選項解析：
1. は：用來標示句子的主題，並強調某事物或情況，但本句並不是在強調主題，而是表達「只買一點點」的限制，因此「は」不適用。
2. の：表示所有格、解釋或修飾的功能。例如「私の本」（我的書）。但在這句話中，並不需要表示所有格或解釋，因此「の」不適合使用。
3. しか（正確答案）：表示「僅僅」或「只有」，通常與否定動詞搭配使用。例如「少ししか買いません」（只買一點點）。本句強調買的量很少，使用「しか」是正確且符合語法規則。
4. より：表示比較，通常用於兩者之間的比較，例如「AはBより高い」（A比B高）。但本句並不是在進行比較，因此「より」不適用。

6

A「とても （　　　） 夜(よる)ですね。」
B「そうですね。庭(にわ)で 虫(むし)が ないて
　いFloatingActionButtons。」

1 しずかなら　　　　　2 しずかに

3 しずかだ　　　　　　4 しずかな

A「夜色真是（靜謐）哪。」
B「是呀，蟲兒在院子裡叫著。」
1 安靜的話　　　　　2 安靜地
3 安靜的　　　　　　4 安靜的

解答(4)

解題 句型分析：
此題考查形容詞「しずか」在句中的變化形式。形容詞「しずか」有兩種形式：形容詞本身（しずか）和形容動詞的形式（しずかな）。在這裡，根據語境，需要選擇形容動詞的形式來修飾名詞「夜」，因此選擇「しずかな」。
選項解析：
1. しずかなら：是形容詞「しずか」的假定形，表示「如果安靜的話」，用於條件句中。這種形式在本句中不適用，因為本句並不是在表達條件句，而是在描述現在的情況。
2. しずかに：是「しずか」的副詞形，表示「安靜地」，用來修飾動詞，例如「しずかに歩く」（安靜地走）。但本句並不是在描述動作，因此使用「しずかに」不合適。
3. しずかだ：是形容動詞的基本形式，直接用來作為描述名詞的修飾語。然而，語境中需要的是形容詞的連體形「しずかな」，而不是基本形「しずかだ」。
4. しずかな（正確答案）：是形容詞「しずか」的連體形，適用於修飾名詞，表示「安靜的」。此句「とてもしずかな夜ですね」正確使用了形容詞的連體形來描述名詞「夜」。

7

A「あなたは どこの くにに 行(い)きた
　いですか。」
B「スイス（　　　）オーストリアに
　行(い)きたいです。」

1 に　　　　　　　　2 か

3 へ　　　　　　　　4 も

A「你想去哪個國家呢？」
B「我想去瑞士（或是）奧地利。」
1 到　　　　　　　2 或是
3 往（方向）　　　4 也

解答(2)

解題 句型分析：

此題考查「行きたいです」後接的語法結構。句中「スイス」和「オーストリア」兩者表達的是並列的選項。使用「か」來表示選擇兩者之一是適當的語法結構，類似於中文中的「或是」。

選項解析：

1. に：表示目的地，但在這裡不適用，因為「か」用於列舉選項，「に」則不符合語境。
2. か（正確答案）：「か」用於選擇句中兩個或多個選項，表示「或者」。此處的語境中需要表示「瑞士或是奧地利」，因此使用「か」是正確的。
3. へ：表示動作的方向，雖然可以與「行く」搭配，但在選擇情況下不如「か」合適。這裡的語境應該選擇「か」來表示兩者之間的選擇。
4. も：表示「也」，用來表示相同的情況，然而在這裡不是在表達「也」的意思，而是列舉選項，因此「も」不適用。

8　さむいので、あしたは　ゆきが　（　　　）。

1 ふるでしょう　　　　2 ふりでしょう

3 ふるです　　　　　　4 ふりました

天氣這麼冷，明天（應該會下）雪（吧）。

1 應該會下吧　　　　2 無此用法
3 無此用法　　　　　4 已經下雪了

解答（1）

解題 句型分析：

此題考查日語中的未來推測表達方式。句中的「ふるでしょう」是日語中表示未來的推測或預測，意思是「應該會下雪吧」。在這裡，「でしょう」用於表達說話者對未來事件的推測或預測。句中的「さむいので」表示因為天氣寒冷，因此推測明天可能會下雪。

選項解析：

1. ふるでしょう（正確答案）：是「ふる」（下雪）的基本形加上推測語氣「でしょう」，表示未來推測或預測，意思是「應該會下雪吧」。符合語法規則，並適合用於表示推測未來的情況。
2. ふりでしょう：「ふり」並不是「ふる」的正確形式，這個選項在語法上不正確。正確的推測表達應該是「ふるでしょう」，而不是「ふりでしょう」。
3. ふるです：並不是正確的語法結構。「ふる」是動詞的基本形，不能直接接上「です」來表示推測，這個結構是錯誤的。
4. ふりました：是過去式，表示已經下過雪。句中使用過去式不符合語境，因為句子是在推測未來會發生的情況，應該使用未來推測語氣，而非過去式。

9　すずしく　なると、うみ（　　　）　およげません。

1 へ　　　　　　　　2 で

3 から　　　　　　　4 に

天氣一轉涼，就不能（在）海裡游泳了。

1 到　　　　　　　2 在
3 從　　　　　　　4 到

解答（2）

解題 句型分析：

此題考查動作發生的場所，根據句意，動作「およげません」指的是不能在海裡游泳，因此需要使用表示動作發生場所的助詞「で」。

選項解析：

1. へ：表示方向或目的地，通常用於表達移動的方向，如「東京へ行く」（到東京）等。這裡語境中並不適用，因為「およげません」並非指動作的方向，而是指不能在海中游泳。
2. で（正確答案）：用於表示動作發生的場所。這裡的句子表示在「海」這個地方無法進行游泳活動，因此正確的助詞是「で」。
3. から：表示起點，常用於表示從某個地方或時間開始。例如「駅から家まで歩く」（從車站走到家）。此句並未涉及起點，因此「から」不正確。
4. に：表示動作的目的地或達成的時間點，例如「学校に行く」（去學校）。並不符合本句「不能在海裡游泳」的語境。

10

A「あなたは ひとつきに なんさつ ざっしを かいますか。」

B「ざっしは あまり（　　　）。」

1 かいたいです　　　2 かいます

3 3さつぐらいです　　4 かいません

A「請問你一個月買幾本雜誌呢？」

B「我（不）太（買）雜誌。」

1 想買　　　　　　　2 買

3 三本左右　　　　　4 不買

解題　句型分析：

此題考查日語中「かいません」的用法。句子中的「かいません」表示「不買」，是「買う」動詞的否定形式，適用於回答「買不買」的問題，並且符合「あまり～」的否定語氣。

選項解析：

1. かいたいです：表示「想買」，用於表達意圖或願望，但本句的語境並不表示「想買」，而是在回答是否購買雜誌的問題，因此此選項不正確。

2. かいます：是「買う」的肯定形式，表示「買」，但句中的語氣是「不買」，因此使用「かいます」不符合語境。

3. 3さつぐらいです：表示「大約買三本」，用來回答買多少的問題。雖然這樣的回答可以描述數量，但並沒有對「不買」的回答給出否定的意思，因此與句子中的上下文不匹配。

4. かいません（正確答案）：是「買う」的否定形式，表示「不買」，適用於回答是否購買的問題，並且符合「あまり～」的語氣。這是正確的答案，因為問句是詢問購買頻率，而「ざっしは あまり かいません」表示「雜誌不常買」。

11

A「これは だれの 本ですか。」

B「山口くん（　　　）です。」

1 の　　　　　　　　2 へ

3 が　　　　　　　　4 に

A「這是誰的書呢？」

B「山口同學（的）。」

1 的　　　　　　　　2 到

3 是　　　　　　　　4 在

解題　句型分析：

此題考查日語中「の」的用法。當表示所有關係或屬性時，日語常用助詞「の」，這是日語中表達所有格的一種方式。句中的「だれの」表示「誰的」，用來詢問物品的所有者，回答時也使用「の」來表示所有權。

選項解析：

1. の（正確答案）：用於表示所有關係，表示「誰的」，是最常用來表示所有格的助詞。在此句中，「山口くん のです」表示「是山口同學的」，符合語法規則。

2. へ：表示方向或目的地，通常用來表示「去～」的方向。例如「学校へ行く」（去學校）。但在這句話中，並不是表示去某地，而是在回答所有權的問題，因此「へ」不適用。

3. が：表示主語或強調某個對象，通常用來表示存在或動作的主語。例如「誰が来ますか？」（誰來了？）。但這裡並不是在強調誰是所有者，所以「が」不適用。

4. に：表示方向、時間或存在的場所，常用於表示動作的目的地或時間點等。在此句中沒有涉及動作的方向或存在場所，因此「に」不適用。

12

A「10時までに 東京に つきますか。」

B「ひこうきが おくれて いるので、（　　　）10時までには つかない でしょう。」

1 どうして　　　　　2 たぶん

3 もし　　　　　　　4 かならず

A「十點以前會抵達東京嗎？」

B「因為班機延遲，所以（大概）沒辦法在十點以前到吧。」

1 為什麼　　　　　　2 可能、大概

3 如果　　　　　　　4 一定

解題　句型分析：

此題考查日語中用來表示推測或可能性的表達。句中的「でしょう」用於表達推測或可能性，「10時までにはつかないでしょう」表示「應該不會在 10 點前到達」，這是對未來的預測。選項中的「たぶん」用於表示可能性，正符合語境。

選項解析：

1. どうして：通常用於詢問原因，意思是「為什麼」。在此句中，對話已經是在談論未來的推測，而非詢問原因，因此「どうして」不適合。

2. たぶん（正確答案）：表示「大概、可能」，是用來表示某事物的可能性。在此句中，「たぶん」適用於描述未來發生的事情的可能性，即「可能不會在 10 點前到達」，這是對未來情況的合理推測。

3. もし：表示假設的意思，用於假設情境中，如「もし～なら」表示「如果～的話」。這個選項不合適，因為此句不在假設某種情況，而是在基於現實情況（飛機延誤）進行推測。

4. かならず：表示「一定、必定」，用於表達某事物必然會發生。由於句子是在推測未來情況，並且暗示可能不會在 10 點前到達，因此使用「かならず」不符合語境。

13

中山「大田さん、その バッグは きれい
　　　です ね。まえから もって いまし
　　　た か。」
大田「いえ、先週 （　　　）。」
1 かいます　　2 もって いました
3 ありました　4 かいました

中山「大田小姐，那個皮包真漂亮呀！你
以前就有的嗎？」
大田「不是的，上星期（買的）。」
1 買　　　　　　　2 擁有
3 有　　　　　　　4 買了

解答 (4)

解題 句型分析：
此題考查日語中「動作完成的表達」，尤其是關於過去經歷的動詞使用。在此句中，大田的回答表達的是他在先週買了那個包，表示動作的過去完成。選項中的「かいました」是「買う」動詞的過去形，正確地表示「買了」的意思。

選項解析：

1. かいます：是「買う」動詞的現在形，表示「買」這個動作正在進行或通常會發生。這個選項不符合句子需要表達的過去時態。

2. もって いました：是「もつ」的過去進行式，表示「曾經持有」的狀態或行為。然而，句子的重點是購買行為，因此「もって いました」不適用於表達「買了」的動作。

3. ありました：是「ある」的過去形，通常用來表示存在或過去的狀態，適用於無生命的物品或場所。在此語境中，應該使用「買いました」來表示「買」這個動作，因此「ありました」不正確。

4. かいました（正確答案）：是「買う」動詞的過去形，表示「買了」的動作。根據句中的情境，大田是在回答「那個包包是你以前就有的嗎？」這個問題，正確的回答應該是「先週買的」，因此選擇「かいました」是正確的。

14

A「こんど いっしょに 山に のぼり
ません か。」
B「いいですね。いっしょに （　　　）。」
1 のぼるでしょう　2 のぼりましょう
3 のぼりません　　4 のぼって います

A「下回要不要一起爬山呢？」
B「好耶！我們一起去（爬山吧）！」
1 可能會爬山　　　2 爬山吧
3 不爬山　　　　　4 正在爬山

解答 (2)

解題 句型分析：
此題考查日語中「提議」的句型。「～ませんか」表示對對方的邀請或提議，意思是「要不要一起做某事？」在這個情境中 B 回應對提議的接受，因此 B 應該使用「～ましょう」形式來表達「我們一起做某事」的意思。

選項解析：

1. のぼるでしょう：「でしょう」表示推測或不確定性，常用於推測某件事情的可能性。這個選項不符合接受提議的語境，而非推測。

2. のぼりましょう（正確答案）：「～ましょう」是用來提出建議或邀請的形式，表示「讓我們一起做某事」的意思。在這裡 B 的回答是對 A 的提議表示同意，因此應使用「のぼりましょう」來表示對提議的接受。

3. のぼりません：是「のぼる」的否定形，表示「不爬山」，這與句子中對提議積極回應不符。

4. のぼって います：是「のぼる」的進行式，表示「正在爬山」，通常用來描述當前的動作。此選項不符合句子中提議的語境，因為這不是對正在進行的動作的描述，而是對未來行為的邀請。

15 はがきは かって（　　　）ので、ど
うぞ つかって ください。

1 やります　　　　　　2 ください

3 あります　　　　　　4 おかない

這裡（有）買好的明信片，請自行取用。

1 給　　　　　　　　　2 請
3 有　　　　　　　　　4 不放置

解答 (3)

解題 句型分析：

此題考查「存在」的表示方法。日語中，表達某物存在時，無生命物體會使用「あります」，而有生命的物體則會使用「います」。在此句中，因為我們在討論明信片（無生命物體），所以需要使用「あります」。

選項解析：

1. やります：表示「做」或「給」，例如「手伝いをやります」（幫忙做）。但在這句話中，並不是表示動作或給予，而是談論明信片的存在，因此「やります」不適用。

2. ください：表示「請」或「請給」，例如「水をください」（請給我水）。在這句話中，我們並不是要求對方給某物，而是描述某物的存在，因此「ください」不適用。

3. あります（正確答案）：表示「有」，通常用來描述無生命物體的存在，例如「テーブルの上に本があります」（桌子上有書）。在這裡，句子是說明明信片的存在，因此「あります」是正確的選項。

4. おかない：表示「不放置」，例如「ここにおかないでください」（請不要放在這裡）。此句的意思並非涉及不放置物品，因此「おかない」不適用。

---

16 夜の そらに 丸い 月が でて
（　　　）。

1 いきます　　　　　　2 あります

3 みます　　　　　　　4 います

夜空中（有著）一輪明月。

1 持續著　　　　　　　2 有…著
3 嘗試　　　　　　　　4 正…著

解答 (4)

解題 句型分析：

此題考查自動詞「でる」的使用。在日語中，「自動詞＋ています」可以用來表示某個動作的結果或狀態，並且這個狀態持續到現在。這裡的「でる」是自動詞，表示月亮出現並持續存在，符合「自動詞＋ています」的用法，因此答案是「います」。

選項解析：

1. いきます：「ていきます」表示動作持續並發展，例如「勉強していきます」（努力學習下去），但這裡描述的是靜態狀態，因此不適用。

2. あります：如果是「てあります」通常用於他動詞，表示基於某個目的或結果的狀態，如「ドアが開けてあります」（門被開了，），這與月亮的出現狀態無關，因此不適用。

3. みます：「てみます」表示「嘗試」，這裡沒有「試試看」的意思。

4. います（正確答案）：表示某個有生命的物體存在。根據「自動詞＋ています」的語法，這裡使用「でる」表示月亮出現且持續存在，因此「います」是正確答案。

問題二 翻譯與解題

もんだい2　　★　に 入る ものは どれですか。1・2・3・4から いちばん いい ものを 一つ えらんで ください。

問題 2 下文的 ★ 中該填入哪個選項，請從 1・2・3・4 之中選出一個最適合的答案。

17 中山「リンさんは 休みの 日には 何を
して いますか。」
リン「そうですね、たいてい＿＿＿＿
＿＿＿ ★ ＿＿＿ ＿＿＿。」

1 います　　　　　　　2 して

3 を　　　　　　　　　4 ゴルフ

※ 正確語順

リン「そうですね、たいてい ゴルフを
して います。」

中山「林小姐在假日會做些什麼呢？」

林「讓我想想，通常都去打高爾夫球。」

解答 (3)

解題

（1）選項意義分析

1.います：表示「存在」或「正在」，通常用於描述人或動物的存在；2.して：動詞「する」的連用形，表示「做」；3.を：助詞，表示動作的對象或範圍；4.ゴルフ：表示「高爾夫」，為名詞。

（2）語法結構分析

根據日語基本語序：動作名詞＋助詞＋動詞＋謂語，整理正確的句子順序。

動作名詞（ゴルフ）；助詞（を）；動詞（して）；謂語（います）。

因此正確句子為：「たいていゴルフをしています。」

（3）解答解析

正確答案：3（を）。因為「ゴルフをして」是正確的動作描述，表示「打高爾夫球」，其他選項無法正確完成語法結構。

18

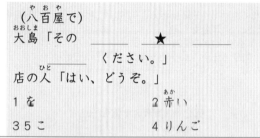

（八百屋で）

大島「その ＿＿＿＿ ★ ＿＿＿＿
　　　　　＿＿＿＿ ください。」

店の人「はい、どうぞ。」

1 を　　　　　　　2 赤い

3 5こ　　　　　　4 りんご

※ **正確語順**

大島「その　赤い　りんごを　5こ　くだ
　　　さい。」

（在蔬果店裡）

大島「請給我那種紅蘋果五顆。」

店員「好的，這個給您。」

解答（4）

解題

（1）選項意義分析

1.を：助詞，表示動作的對象；2.赤い：形容詞，表示「紅色的」，用來描述名詞；3.5こ：表示「五個」，用來修飾數量；4.りんご：表示「蘋果」，為名詞。

（2）語法結構分析

根據日語基本語序：修飾語（形容詞）＋名詞＋助詞＋數量詞＋動詞、整理正確的句子順序。

修飾語形容詞（赤い）；名詞（りんご）；助詞（を）；數量詞（5こ）；動詞（ください）。

因此正確句子為：「赤いりんごを5こください。」

（3）解答解析

正確答案：4（りんご）。因為這句話是在請求具體的物品「紅蘋果」，並且強調其數量「5顆」，其他選項無法正確完成語法結構。

19

A「お兄さんは　おげんきですか。」

B「はい、とても＿＿＿＿ ＿＿＿＿ ★ ＿＿＿＿
　　＿＿＿＿ 行って　います。」

1 げんき　　　　　2 大学

3 で　　　　　　　4 に

※ **正確語順**

B「はい、とても　げんきで　大学に　行っ
　　て　います。」

A「你哥哥好嗎？」

B「是的，他非常好，天天去大學上課。」

解答（2）

解題

（1）選項意義分析

1.げんき：表示「健康」或「精神好」，形容詞；2.大学：表示「大學」，名詞；3.で：助詞，表示動作發生的地點；4.に：助詞，表示目的地或方向。

（2）語法結構分析

根據日語基本語序：主語＋形容詞＋連接助詞＋名詞＋助詞＋動詞，整理正確的句子順序。

主語（お兄さん）；形容詞（げんき）；連接助詞（で）；名詞（大学）；助詞（に）；動詞（行っています）。

因此正確句子為：「はい、とてもげんきで大学に行っています。」

（3）解答解析

正確答案：2（大学）。因為句子描述的是哥哥的健康狀況及去大學的情況，應使用「大学」來表示目的地，並搭配「に」來表示動作的目的地。其他選項無法正確完成語法結構。

20 つくえの 上に ＿＿＿＿ ＿＿＿＿ ★＿＿ ＿＿＿＿ あります。

1 など ・・・・・・・・ 2 本や

3 が ・・・・・・・・ 4 ノート

※ 正確語順
つくえの 上に 本や ノートなどが あります。
桌上有書本和筆記本等等物品。

解答(1)

解題
（1）選項意義分析
1. など：表示「等等」，用來列舉事物；2. 本や：表示「書本或其他」，用來列舉物品；3. が：助詞，表示主語，常用於強調主語或後續動作的對象；4. ノート：表示「筆記本」，名詞。
（2）語法結構分析
根據日語基本語序：地點 + 名詞 + 助詞 + 謂語，整理正確的句子順序。
地點（つくえの上に）；名詞（本やノート）；謂語（あります）。
因此正確句子為：「つくえの上に本やノートがあります。」
（3）解答解析
正確答案：1（など）。因為這句話強調桌上有書本、筆記本等物品，因此使用「など」來表示其他類似的物品。其他選項無法正確完成語法結構。

21 （パン屋で）
女の人「＿＿＿＿ ★＿＿＿ ＿＿＿＿ ＿＿＿＿ ありますか。」
店の人「ありますよ。」

1 パン ・・・・・・・・ 2 おいしい

3 は ・・・・・・・・ 4 やわらかくて

※ 正確語順
女の人「やわらかくて おいしい パンは
　　　　ありますか。」
（在麵包店裡）
女士「請問有香軟又好吃的麵包嗎？」
店員「有喔。」

解答(2)

解題
（1）選項意義分析
1. パン：表示「麵包」，名詞；2. おいしい：形容詞，表示「美味的」，用來描述名詞；3. は：提示助詞，用來強調主題；4. やわらかくて：形容詞「やわらかい」的接續形式，表示「柔軟且」，用來連接兩個形容詞。
（2）語法結構分析
根據日語基本語序：形容詞 + 形容詞 + 名詞 + 助詞 + 動詞，整理正確的句子順序。
形容詞（やわらかくて）；形容詞（おいしい）；名詞（パン）；助詞（は）；動詞（ありますか）。
因此正確句子為：「やわらかくておいしいパンはありますか。」
（3）解答解析
正確答案：2（おいしい）。因為這句話是在詢問有「好吃的」麵包，應該使用形容詞「おいしい」來描述麵包的味道，「やわらかくて」用來形容麵包的柔軟，其他選項無法正確完成語法結構。

翻譯＋通關解題

1

2

3

4

5

6

回數

もんだい3 ［22］ から ［26］ に 何を いれますか。ぶんしょうの いみを かんがえて、1・2・3・4から いちばん いい ものを 一つ えらんで ください。

問題3 於閱讀下述文章之後，就整體文章的內容作答第 ［22］ 至 ［26］ 題，並從1・2・3・4選項中選出一個最適合的答案。

日本で べんきょうして いる 学生が、「わたしの かぞく」に ついて ぶんしょうを 書いて、クラスの みんなの 前で 読みました。

わたしの かぞくは、両親、わたし、妹の 4人です。父は 警官で、毎日 おそく ［22］ 仕事を して います。日曜日も あまり 家に ［23］。母は、料理が とても じょうずです。母が 作る グラタンは かぞく みんなが おいしいと 言います。国に 帰ったら、また 母の グラタンを ［24］ です。

妹が 大きく なったので、母は 近くの スーパーで 仕事を ［25］。妹は 中学生ですが、小さい ころから ピアノを 習って いますので、今では わたし ［26］ じょうずに ひきます。

在日本留學的學生以〈我的家庭〉為題名寫了一篇文章，並且在班上同學的面前誦讀給大家聽。

我的家人包括父母、我、妹妹共四個人。我爸爸是警察，每天都工作 ［22］ 很晚，連星期天也不常 ［23］ 家裡。我媽媽的廚藝很好，媽媽做的焗烤料理全家人都說好吃。等我回國以後，［24］ 一次媽媽做的焗烤料理。

由於妹妹長大了，媽媽便 ［25］ 在附近的超級市場裡工作。我妹妹雖然還是個中學生，但是從小就學鋼琴，所以現在已經彈得 ［26］ 我還好了。

22

1 だけ	2 て
3 まで	4 から

1 只、僅僅　2 連接助詞，表示動作的連續
3 直到　　　4 從

解答 (3)

解題 關鍵句分析：
句子「毎日おそく _____ 仕事をしています」描述父親每天工作到很晚的情況，空格需要填入表示動作時間延續到某一點的助詞，因此應選擇「まで」。
語法點解釋與選項排除邏輯：
1. だけ（只、僅僅）：表示限定範圍，與句子的語境不符。
2. て（連接助詞）：用於連接兩個動作，表示動作的連續，與句中語境無關。
3. まで（直到）：表示動作或狀態持續到某個時間點，適合用來描述「工作到很晚」。
4. から（從）：表示動作的起點，與句子想表達的「延續到晚」的意思不符。
因此正確答案是 3（まで）

23

1 いません	2 います
3 あります	4 ありません

1 不在　　2 在
3 有　　　4 沒有

解答 (1)

解題 關鍵句分析：
句子「日曜日もあまり家に _____。」中，「あまり」和「家に」表達父親不常在家的情境，因此需要選擇能表示「不在家」的表達方式。
語法點解釋與選項排除邏輯：
1. いません（不在）：表示「（人或動物）不在」，符合語境中描述父親星期天不在家的情境。
2. います（在）：表示「（人或動物）在」，但與「あまり」搭配矛盾，無法表達「不常在家」的語意。
3. あります（存在）：用於描述物品存在，與主語「父」不符，語法不通。
4. ありません（不存在）：用於描述物品不存在，無法用於描述人物的情境。
因此正確答案為 1（いません）。

24

1 食べる	2 食べてほしい	1 吃	2 希望你吃
3 食べたい	4 食べた	3 想吃	4 吃了

解答（3）

解題 關鍵句分析：

句子「国に帰ったら、また母のグラタンを ＿＿＿＿ です。」描述了作者對於未來某種行為的期待或願望。這裡的語意是「回國後想再吃母親做的焗烤」，因此應選擇能表達「想吃」的動詞形式。

語法點解釋與選項排除邏輯：

1. 食べる（吃）：普通形，表示單純的「吃」，無法表達主觀願望，不符合語境。
2. 食べてほしい（希望別人吃）：表示「希望別人吃」，語意與「自己想吃」不符。
3. 食べたい（想吃）：表示「自己想吃」，符合句中描述作者回國後的願望。
4. 食べた（吃過）：過去形，表示「吃過」，與未來回國後的情境矛盾。

因此正確答案是 3（食べたい）。

25

1 やめました	2 はじまりました	1 辭掉	2 開始
3 やすみました	4 はじめました	3 休息	4 開始

解答（4）

解題 關鍵句分析：

句子「妹が大きくなったので、母は近くのスーパーで仕事を ＿＿＿＿。」提到母親因為妹妹長大後開始在超市工作，語境中強調一個新行動的開始，因此需要選擇能表示「開始工作」的詞彙。

語法點解釋與選項排除邏輯：

1. やめました（辞めました／辭職）：語意與「開始工作」相反。
2. はじまりました（始まりました／開始）：為自動詞，用於描述某事自然而然地開始，主語通常是非意志性的事物，如活動或事件，而非人主體的動作。
3. やすみました（休みました／休息）：語意與「開始工作」矛盾。
4. はじめました（始めました／開始）：為他動詞，能描述主體開始執行行動。與語境吻合，正確答案為4（はじめました）。

26

1 では	2 より	1 那麼	2 比…
3 でも	4 だけ	3 但是	4 只有

解答（2）

解題 關鍵句分析：

句子「今では わたし ＿＿＿＿ じょうずにひきます」的語意是說因為妹妹從小學習鋼琴，因此現在比我更擅長演奏。空格需要選擇表示比較的助詞「より」。

語法點解釋與選項排除邏輯：

1. では（那麼）：用於強調或引出結論，與句子的比較語境不符。
2. より（比…）：用於進行比較，表示「比我更擅長」，符合語境和語法需求。
3. でも（但是）：表示轉折或讓步，與句子的比較語境不符。
4. だけ（只有）：表示限定範圍，與句子描述的比較語境不符。

因此正確答案為 2（より）。

問題四 翻譯與解題

もんだい4 つぎの (1) から (3) の ぶんしょうを 読んで、しつもんに こたえて ください。こたえは1・2・3・4から いちばん いい ものを 一つ えらんで ください。

第4大題 請閱讀下列（1）～（3）的文章，並回答問題。請從選項1・2・3・4中，選出一個最適當的答案。

(1)

今日は、午前中で 学校の テストが 終わったので、昼ごはんを 食べた あと、いえに かえって ピアノの れんしゅうを しました。明日は、友だちが わたしの うちに 来て、いっしょに テレビを 見たり、音楽を 聞いたり します。

今天因為上午學校的考試結束了，所以在吃完午餐之後就回家練習鋼琴了。明天朋友要來我家一起看看電視、聽聽音樂。

27
「わたし」は、今日の　午後、何を　しましたか。

1　学校で　テストが　ありました。

2　ピアノを　ひきました。

3　友だちと　テレビを　見ました。

4　友だちと　音楽を　聞きました。

「我」今天下午做了什麼呢？

1 在學校考了試。

2 彈了鋼琴。

3 和朋友看了電視。

4 和朋友聽了音樂。

解答 (2)

解題 題型分析：

這一題考查對文章中「我」今天下午所做事情的理解。關鍵句為：「昼ごはんを　食べた　あと、いえに　かえって　ピアノの　れんしゅうを　しました。」這表示「我」在下午回家後練習了鋼琴。

選項解析：

1. 這一選項提到學校考試，但文章明確説明考試是在「午前中」，因此不正確。
2. 這一選項準確描述了文章內容，「我」在下午回家後練習鋼琴，完全符合描述。
3. 這一選項描述的是「我」和朋友一起看電視，但文章明確指出這是明天的計劃，而不是今天下午的活動，因此不正確。
4. 這一選項描述的是「我」和朋友一起聽音樂，但這也是明天的計劃，而不是今天下午的活動，因此不正確。

---

(2)

　わたしの　かぞくは、まるい　テーブルで　食事を　します。父は、大きな　いすに　すわり、父の　右側に　わたし、左側に　弟が　すわります。父の　前には、母が　すわり、みんなで　楽しく　話しながら　食事を　します。

我的家人圍著圓桌吃飯。我爸爸坐在大椅子上，坐在爸爸右邊的是我，左邊是我弟弟。媽媽坐在爸爸的前面。全家人和樂融融地一邊交談一邊吃飯。

28
「わたし」の　かぞくは　どれですか。

「我」的家人是哪一張圖片呢？

解答 (3)

解題 這道題目需要用刪去法來解答。首先，題目提到的是「まるいテーブル」，因此一選項 1 和 4 不符合條件，可直接排除。接著，根據「父は大きないすにすわり」，選項 2 和 3 都符合這一描述。再看「父の右側にわたし、左側に弟がすわります」，由此可知，媽媽坐在爸爸右邊的選項 2 不正確，因此被排除。最終正確答案是選項 3。

需要特別注意的是，左右的描述方式並非依讀者觀看圖畫的視角，而是按照圍坐在桌前的人們的角度來敘述。因此，理解這一點可能需要稍作思考。不過，選項 2 中出現了一個可能是「わたし」的人物坐在「父」的對面，這是一個明顯的線索。另外，文章後續提到「父の前には、母がすわり」，這一點也與選項 3 的圖完全吻合。

(3)

中田くんの 机の 上に 松本先生の メモが
ありました。

中田同學的桌上有一張松本老師留言的紙條。

中田くん
　明日の じゅぎょうで つかう こ
の 地図を 50枚 コピーして くだ
さい。24枚は クラスの 人に 1枚
ずつ わたして ください。あとの 26
枚は、先生の 机の 上に のせて お
いて ください。
　　　　　　　　　　　松本

中田同學
　請把這張地圖影印五十份以供明天課程之用。其中的二十四張請發給全班一人一張，剩下的二十六張請放在老師的桌上。
　　　　　　　　　　　松本

29 中田くんは、地図を コピーして クラスの
みんなに わたした あと、どう しますか。
1 26枚を いえに もって 帰ります。
2 26枚を 先生の 机の 上に のせて おき
ます。
3 みんなに もう 1枚ずつ わたします。
4 50枚を 先生の 机の 上に のせて
おきます。

請問中田同學影印地圖並發給了全班同學之後，接下來該做什麼呢？
1 把二十六張帶回家裡。
2 把二十六張放在老師桌上。
3 再加發給每個同學一張。
4 把五十張放在老師桌上。

解答 (2)

解題 題型分析：
這一題考查對文章細節的理解，特別是中田同學完成發放地圖後的行動。關鍵句為：「あとの 26 枚は、先生の 机の 上に のせて おいて ください。」明確指示中田同學需將剩下的 26 張地圖放在老師的桌上。
選項解析：
1. 這一選項提到將剩下的 26 張地圖帶回家，但文章明確要求將它們放在老師的桌上，因此不正確。
2. 這一選項準確描述了文章內容，中田同學需將剩下的 26 張地圖放在老師的桌上，完全符合指示。
3. 這一選項提到再次發放地圖，但文章僅要求每位同學發放一張，並未要求多發，因此不正確。
4. 這一選項提到將全部 50 張地圖放在老師桌上，但文章要求其中 24 張需發給全班同學，因此不正確。

もんだい5 つぎの ぶんしょうを 読んで、しつもんに こたえて ください。こたえは、1・2・3・4から 一ばん いい ものを 一つ えらんで ください。

第5大題　請閱讀下列文章，並回答問題。請從選項1・2・3・4中，選出一個最適當的答案。

昨日は、そぼの たんじょうびでした。そぼは、父の お母さんで、もう、90歳に なるのですが、とても 元気 です。両親が 仕事に、わたしと 弟が 学校に 行った あと、毎日 家で そうじや せんたくを したり、夕ご飯 を 作ったり して、はたらいて います。

夕食、母は そぼの すきな りょうりを 作りました。 父は、新しい ラジオを プレゼントしました。わたしと 弟は、ケーキを 買って きて、ろうそくを 9本 立て ました。

そぼは お酒を 少し のんだので、赤い 顔を して いましたが、とても、うれしそうでした。これからも ずっ と 元気で いて ほしいです。

昨天是祖母的生日。祖母是我爸爸的母親，雖然已經高齡九十歲了，但還是非常硬朗。每天爸媽去上班、我和弟弟去上學以後，祖母就在家裡打掃、洗衣服以及做晚飯，忙著做家事。

祖母生日那天晚餐，媽媽做了祖母喜歡的菜餚，爸爸送了一台新的收音機當作禮物，我和弟弟買來蛋糕，插上了九根蠟燭。

由於祖母喝了一點酒，臉都變紅了，但是她非常開心。希望祖母往後也能永遠老當益壯。

30 そぼの たんじょうびに、父は 何を しま したか。

1 そぼの すきな りょうりを 作りました。
2 新しい ラジオを プレゼントしました。
3 たんじょうびの ケーキを 買いました。
4 そぼが すきな お酒を 買いました。

在祖母的生日這天，爸爸做了什麼事呢？
1 做了祖母喜歡的菜餚。
2 送了一台新的收音機當作禮物。
3 買了生日蛋糕。
4 買了祖母喜歡的酒。

解答 (2)

解題 題型分析：
這一題考查對文章中描述「父親在祖母生日當天所做的事情」的理解。關鍵句為：「父は、新しい ラジオを プレゼントしました。」這表明父親在祖母生日當天送了一台新收音機作為禮物。
選項解析：
1. 這一選項描述的是媽媽在祖母生日當天做的事（媽媽做了祖母喜歡的料理），與父親的行動無關，因此不正確。
2. 這一選項準確描述了文章內容，父親送了一台新的收音機作為生日禮物，完全符合描述。
3. 這一選項描述的是「我」和弟弟所做的事（買蛋糕），與父親無關，因此不正確。
4. 這一選項提到買祖母喜歡的酒，但文章中僅提到祖母喝了一點酒，未提及父親購買酒，因此不正確。

31 わたしと 弟は ケーキを 買って きて、 どう しましたか。

1 ケーキを 切りました。
2 ケーキに 立てた ろうそくに 火を つ けました。
3 ケーキに ろうそくを 90本 立てました。
4 ケーキに ろうそくを 9本 立てました。

我和弟弟買來蛋糕以後，怎麼處理呢？
1 切了蛋糕。
2 將插在蛋糕上的蠟燭點燃了。
3 在蛋糕上插了九十根蠟燭。
4 在蛋糕上插了九根蠟燭。

解答（4）

解題 題型分析：

這一題考查對文章中描述「我和弟弟買蛋糕後所做的事情」的理解。關鍵句為：「わたしと 弟は、ケーキを 買って きて、ろうそくを 9本 立てました。」這明確指出蛋糕上插了 9 根蠟燭。

選項解析：

1. 這一選項描述的是切蛋糕的行為，但文章中並未提到我們切蛋糕，因此不正確。
2. 這一選項描述的是點燃蠟燭，但文章中僅提到插蠟燭，未提及點燃，因此不正確。
3. 這一選項描述插了 90 根蠟燭，但文章中明確提到插了 9 根蠟燭，因此不正確。
4. 這一選項準確描述了文章內容，與「我」和弟弟的行為一致。

問題六 翻譯與解題

もんだい6 下の ページを 見て、下の しつもんに こたえて ください。こたえは、1・2・3・4から いちばん いい ものを 一つ えらんで ください。

第 6 大題　請閱讀下面的「通知單」，並回答下列問題。請從選項 1・2・3・4 中，選出一個最適當的答案。

お し ら せ

やまねこたくはいびん

吉田様

6月12日 午後 3時に 荷物を とどけに 来ましたが、だれも いませんでした。また とどけに 来ますので、下の 電話番号に 電話を して、とどけて ほしい 日と 時間の 番号を、おして ください。

電話番号 0120 - ○×× - △××

○とどけて ほしい 日
　番号を 4つ おします。
　れい　3月15日 ⇒ 0315

○とどけて ほしい 時間
　下から えらんで、その 番号を おして ください。
　【1】午前中
　【2】午後 1時～3時
　【3】午後 3時～6時
　【4】午後 6時～9時
　れい　3月15日の 午後 3時から 6時までに とどけて
　ほしい とき。
　⇒ 03153

通知單

山貓宅配

吉田先生

我們於 6 月 12 日下午 3 點送貨至府上，但是無人在家。我們會再次配送，請撥打下列電話，告知您希望配送的日期與時間的代號。

電話號碼 0120 - ○×× - △××

○首先是您希望配送的日期
　請按下 4 個號碼。
　例如　3 月 15 日→0315

○接著是您希望配送的時間
　請由下方時段選擇一項，按下代號。
　【1】上午
　【2】下午 1 點～3 點
　【3】下午 3 點～6 點
　【4】下午 6 點～9 點
　例如　您希望在 3 月 15 日的下午 3 點至 6 點
　配送到貨：
　→03153

32

吉田さんが 午後 6時に 家に 帰ると、下
の お知らせが とどいて いました。
あしたの 午後 6時すぎに 荷物を とど
けて ほしい ときは、0120-○××-△××
に 電話を して、何ばんの 番号を おし
ますか。

1 06124   2 06123

3 06133   4 06134

吉田先生在下午六點回到家後，收到了如
下的通知。
如果吉田先生希望在明天下午六點多左右
收到包裹的話，應該要撥電話到 0120 －
○×× －△××，接著再按什麼號碼呢？

1 06124   2 06123
3 06133   4 06134

解答（4）

解題 題型分析：

這一題考查對通知內容的理解及根據需求輸入正確編號的能力。吉田先生希望 明天的下午 6 點之後 收到包
裹，因此需輸入對應的日期和時間編號。

分析步驟：

日期編號：明天是 6 月 13 日，對應的日期編號為 0613。

時間編號：吉田先生希望下午 6 點到 9 點收到包裹，對應的時間編號為 4。

完整編號：日期編號和時間編號合併，形成 06134。

選項解析：

1.06124：這一選項的時間編號為 2，表示「下午 1 點到 3 點」，與吉田先生的需求（下午 6 點之後）不符，
因此不正確。

2.06123：這一選項的時間編號為 3，表示「下午 3 點到 6 點」，與吉田先生的需求（下午 6 點之後）不符，
因此不正確。

3.06133：這一選項的日期為 6 月 13 日，但時間編號為 3，表示「下午 3 點到 6 點」，與吉田先生的需求（下
午 6 點之後）不符，因此不正確。

4.06134：正確答案。這一選項的日期和時間編號均符合吉田先生的需求，日期為 6 月 13 日，時間為 下午
6 點到 9 點。

第四回 聽解

もんだい1では、はじめに　しつもんを　きいて　ください。それから　はなし
を　きいて、もんだいようしの　1から4の　なかから、いちばん　いい　もの
を　ひとつ　えらんで　ください。

在問題1中，請先仔細聆聽問題。接著，聽對話內容，然後從問題用紙中的1到4
個選項中，選出最適合的答案。

1

男の人と女の人が話しています。女の人
は、どれを取りますか。

M：今井さん、カップを取ってくださいま
　　せんか。

F：これですか。

M：それはお茶碗でしょう。コーヒーを飲
　　むときのカップです。

F：ああ、こっちですね。

M：ええ、同じものが3個あるでしょう。
　　2個取ってください。2時にお客さん
　　が来ますから。

女の人は、どれを取りますか。

男士和女士正在交談。請問這位女士該拿哪一
種呢？

M：今井小姐，可以麻煩妳拿杯子嗎？

F：是這個嗎？

M：那個是碗吧？我說的是喝咖啡用的杯子。

F：喔喔，是這一種吧？

M：對，那裡不是有相同款式的三只杯子嗎？
　　麻煩拿兩個。因為客戶兩點要來。

請問這位女士該拿哪一種呢？

1	2
3	4

解答 (4)

解題 關鍵點：

1. 男士請求「カップを取ってくださいませんか」，明確要求女士拿咖啡杯，而非其他器具。
2. 女士最初拿錯「お茶碗」，被提醒後確認是「コーヒーを飲むときのカップ」。
3. 男士指出「同じものが3個あるでしょう。2個取ってください」，表明拿兩個相同的咖啡杯。
請問這位女士該選哪一種呢？我們可以透過刪除法找出正確答案。首先，因為題目提到的是「カップ」，因
此選項2和3可以直接排除。雖然杯子有三個，但現在只需要兩個，因此正確答案是選項4。

2

女の学生と男の学生が話しています。男
の学生はこのあとどうしますか。

F：もう宿題は終わりましたか。

M：まだなんです。うちの近くの本屋さん
　　には、いい本がありませんでした。

F：本屋さんは、まんがや雑誌などが多い
　　ので、図書館の方がいいですよ。先生
　　に聞きました。

M：そうですね。図書館に行って本をさが
　　します。

男の学生はこのあとどうしますか。

1 ほんやに行きます
2 まんがやざっしなどを読みます
3 せんせいにききます
4 としょかんに行きます

女學生和男學生正在交談。請問這位男學
生之後會怎麼做呢？

F：你功課都寫完了嗎？

M：還沒有。因為我家附近的書店都沒有
　　好書。

F：我聽老師說過，書店裡多半都只有漫
　　畫和雜誌之類的，你最好還是去圖書
　　館喔。

M：妳說得有道理，那我去圖書館找書吧。

請問這位男學生之後會怎麼做呢？

1 去書店
2 看漫畫和雜誌等等
3 去問老師
4 去圖書館

解答 (4)

解題 關鍵點：
1. 男學生表示「うちの近くの本屋さんには、いい本がありませんでした」，已經去過書店且未找到適合的書。
2. 女學生建議「図書館の方がいいですよ」，並提到老師的建議。
3. 男學生同意後回應「図書館に行って本をさがします」，説明接下來的行動是去圖書館找書。
選項解析：
1. 書店：男學生已經提到書店找不到適合的書，故不再前往書店，因此不正確。
2. 漫畫和雜誌：對話中並未提到男學生閱讀漫畫或雜誌，因此不正確。
3. 問老師：老師的建議是由女學生轉述，男學生並未提到要直接詢問老師，因此不正確。
4. 去圖書館：正確答案。男學生明確表示會去圖書館找書。

3

女の人と男の人が話しています。二人は、いつ海に行きますか。
F：毎日、暑いですね。
M：ああ、もう7月7日ですね。
F：いっしょに海に行きませんか。
M：7月中は忙しいので、来月はどうですか。
F：13日の水曜日から、おじいさんとおばあさんが来るんです。
M：じゃあ、その前の日曜日の10日に行きましょう。
二人は、いつ海に行きますか。

1 7月7日　　　　2 7月10日
3 8月10日　　　　4 8月13日

女士和男士正在交談。請問他們兩人什麼時候要去海邊呢？
F：每天都好熱喔！
M：是啊，已經七月七號了嘛！
F：要不要一起去海邊呢？
M：我七月份很忙，下個月再去好嗎？
F：從十三號星期三起，我爺爺奶奶要來家裡。
M：那麼，就提早在十號的星期日去吧！
請問他們兩人什麼時候要去海邊呢？
1 七月七號　　　　2 七月十號
3 八月十號　　　　4 八月十三號

解答 (3)

解題 關鍵點：
1. 男士表示「7月中は忙しいので、来月はどうですか」，説明七月忙碌，計畫安排到八月。
2. 女士提到「13日の水曜日から、おじいさんとおばあさんが来るんです」，表示從八月十三日起有其他安排。
3. 男士提議「じゃあ、その前の日曜日の10日に行きましょう」，明確指出是十號的星期日。
選項解析：
1. 7月7日：對話中提到「もう7月7日ですね」，僅為陳述當天日期，並未計畫當日行動，因此不正確。
2. 7月10日：男士表示七月份忙碌，不會安排在七月去，因此不正確。
3. 8月10日：正確答案。男士提到「その前の日曜日の10日に行きましょう」，明確表示是在八月十日的星期日。
4. 8月13日：對話中提到「13日の水曜日から、おじいさんとおばあさんが来るんです」，表示該日期有其他安排，因此不正確。

4

女の人と男の人が話しています。女の人は、明日何時ごろ電話しますか。
F：明日の午後、電話したいんですが、いつがいいですか。
M：明日は、仕事が12時半までで、そのあと、午後の1時半にはバスに乗るから、その前に電話してください。
F：わかりました。じゃあ、仕事が終わってから、バスに乗る前に電話します。
女の人は、明日何時ごろ電話しますか。

1 10じ　　　　2 12じ
3 13じ　　　　4 14じ

女士和男士正在交談。請問這位女士明天大約幾點會打電話呢？
F：明天下午我想打電話給你，幾點方便呢？
M：明天我工作到十二點半結束，之後下午一點半前要搭巴士，所以請在那之前打給我。
F：我知道了。那麼，我會在你工作結束後、搭巴士之前打電話過去。
請問這位女士明天大約幾點會打電話呢？
1 十點　　　　2 十二點
3 下午一點　　　　4 下午兩點

解答 (3)

解題　關鍵點：
1. 男士表示「仕事が 12 時半まで」，説明工作到下午十二點半結束。
2. 男士接著説「午後の 1 時半にはバスに乗る」，表示一點半前有時間接電話。
3. 女士回答「仕事が終わってから、バスに乗る前に電話します」，明確表示會在這段時間打電話。
選項解析：
1. 上午十點：男士的工作尚未結束，不可能在這時候接電話，因此不正確。
2. 中午十二點：男士工作尚未結束，因此這時候也無法接電話，不正確。
3. 下午一點：正確答案。十二點半到一點半是男士方便接電話的時間，女士會選在這段時間打電話。
4. 下午兩點：男士在一點半已經搭巴士離開，因此無法接電話，不正確。

5

駅で、男の人が女の人に電話をかけています。男の人は、初めにどこに行きますか。
M：今、駅に着きました。
F：わかりました。では、5番のバスに乗って、あおぞら郵便局というところで降りてください。15分ぐらいです。
M：2番のバスですね。郵便局の前の……。
F：いいえ、5番ですよ。郵便局は降りるところです。
M：ああ、そうでした。わかりました。駅の近くにパン屋があるので、おいしいパンを買っていきますね。
F：ありがとうございます。では、郵便局の前で待っています。
男の人は、初めにどこに行きますか。

男士正在車站裡打電話給女士。請問這位男士會先到哪裡呢？
M：我剛剛到車站了。
F：好的。那麼，現在去搭五號巴士，請在一個叫作青空郵局的地方下車。大概要搭十五分鐘。
M：二號巴士對吧？是在郵局前面……。
F：不對，是五號喔！郵局是下車的地方。
M：喔喔，這樣喔，我知道了。車站附近有麵包店，我會買好吃的麵包帶過去的。
F：謝謝你。那麼，我會在郵局門口等你。

請問這位男士會先到哪裡呢？

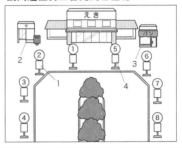

解答 (3)

解題　關鍵點：
1. 男士現在的位置是「駅」（車站），確認剛剛到達車站。
2. 女士指示男士搭乘「5 番のバス」並在「あおぞら郵便局」（青空郵局）下車。
3. 男士提到「駅の近くにパン屋があるので、おいしいパンを買っていきますね」，説明會先去麵包店。
請問這位男士會先去哪裡呢？根據情境，男士目前在車站，計劃從車站前的五號公車站牌搭乘，前往名為「青空郵局」的站點與女士見面。不過，他提到「駅の近くにパン屋があるので、おいしいパンを買っていきますね」，因此在搭公車之前，他會先去車站附近 3 的麵包店買些美味的麵包。

6

男の人と女の人が話しています。男の人はどれを使いますか。
M：行ってきます。
F：えっ、上に何も着ないで出かけるんですか。
M：ええ、朝は寒かったですが、今はもう暖かいので、いりません。
F：でも、今日は午後からまた寒くなりますよ。
M：そうですか。じゃ、着ます。
男の人はどれを使いますか。

1 コート　　　　　2 マスク
3 ぼうし　　　　　4 てぶくろ

男士和女士正在交談。請問這位男士會加穿哪一件呢？
M：我出門了。
F：嘎？你什麼外套都沒穿就要出門了嗎？
M：是啊，早上雖然很冷，可是現在已經很暖和，不用多穿了。
F：可是，今天從下午開始又會變冷喔！
M：這樣哦？那，我加衣服吧。
請問這位男士會加穿哪一件呢？

1 外套　　　　　2 口罩
3 帽子　　　　　4 手套

解答 (1)

解題 關鍵點：

1. 男士表示「行ってきます」，説明準備出門，但女士提到「上に何も着ないで出かけるんですか」，指出他沒穿外套。
2. 男士回應「朝は寒かったですが、今はもう暖かいので、いりません」，説明早上冷但現在不需要穿外套。
3. 女士提醒「午後からまた寒くなります」，於是男士改變主意説「じゃ、着ます」，決定加穿衣物。

選項解析：

1. 外套：正確答案。根據對話，男士被提醒下午會變冷，因此決定加穿外套，並使用「着る」這個動詞。
2. 口罩：對話中未提及需要戴口罩，而且口罩一般用「する」或「つける」，不符合使用「着る」的表達。
3. 帽子：對話中未提及帽子，且帽子通常用「かぶる」，不符合使用「着る」的表達。
4. 手套：對話中未提及手套，手套通常用「する」或「はめる」，不符合使用「着る」的表達。

7

女の人と男の人が話しています。男の人は卵を全部で何個買いますか。

F：スーパーで卵を買ってきてください。

M：箱に10個入っているのでいいですか。

F：お客さんが来るので、それだけじゃ少ないです。

M：あと何個いるんですか。

F：箱に6個入っているのがあるでしょう。それもお願いします。

M：Ｔわかりました。

男の人は卵を全部で何個買いますか。

1 6こ   2 10こ

3 12こ   4 16こ

女士和男士正在交談。請問這位男士總共會買幾顆雞蛋呢？

F：麻煩你去超級市場幫忙買雞蛋回來。

M：買一盒十顆包裝的那種就可以嗎？

F：有客人要來，單買一盒不夠。

M：還缺幾顆呢？

F：不是有一盒六顆包裝的嗎？那個也麻煩買一下。

M：我知道了。

請問這位男士總共會買幾顆雞蛋呢？

1 六顆   2 十顆

3 十二顆   4 十六顆

解答(4)

解題 關鍵點：

1. 男士提到「箱に10個入っているのでいいですか」，詢問是否買10顆裝的雞蛋。
2. 女士回應「それだけじゃ少ないです」，表示10顆不夠，並進一步要求「箱に6個入っているのがあるでしょう。それもお願いします」。
3. 男士回應「わかりました」，接受了要買10顆裝和6顆裝兩盒的提議。

選項解析：

1. 六顆：對話中提到除了6顆裝的，還需購買10顆裝的雞蛋，總數不止6顆。
2. 十顆：雖然包含10顆裝的雞蛋，但還需另外購買6顆裝的，總數不止10顆。
3. 十二顆：10顆裝和6顆裝的雞蛋相加為16顆，不是12顆。
4. 十六顆：正確答案。10顆裝和6顆裝各買一盒，總共為16顆。

もんだい2では、はじめに しつもんを きいて ください。それから はなしを きいて、もんだいようしの 1から4の なかから、いちばん いい ものを ひとつ えらんで ください。
在問題2中，請先仔細聆聽問題。接著，聽對話內容，然後從問題用紙中的1到4個選項中，選出最適合的答案。

1

女の人が、男の人に話しています。女の人のねこはどれですか。
F：私のねこがいなくなったのですが、知りませんか。
M：どんなねこですか。
F：まだ子どもなので、あまり大きくありません。
M：どんな色ですか。
F：右の耳と右の足が黒くて、ほかは白いねこです。
女の人のねこはどれですか。

女士和男士正在交談。請問這位女士的貓是哪一隻呢？
F：我的貓不見了！您有沒有看到呢？
M：那隻貓長什麼樣子呢？
F：還是一隻小貓，體型不太大。
M：什麼顏色呢？
F：小貓的右耳和右腳是黑的、其他部位是白色。

請問這位女士的貓是哪一隻呢？

解答（1）

解題 關鍵點：
1. 女士的貓是小貓，因此體型「不太大」（あまり大きくありません）。
2. 女士提到貓的特徵是「右耳和右腳是黑色，其餘部分是白色」（右の耳と右の足が黒くて、ほかは白いねこです）。
3. 根據對話，男士在根據描述協助尋找貓。

選項解析：
1. 小貓，右耳和右腳是黑色，其餘部分是白色：正確答案。這隻貓完全符合對話中提到的特徵。
2. 大貓，右耳和背部是黑色，其餘部分是白色：雖然顏色部分接近，但體型和腳的描述不符。
3. 大貓，全身是白色：既不符合體型描述，也不符合顏色特徵。
4. 小貓，全身多處是黑色：顏色不符合對話描述。

2

女の人と男の人が話しています。男の人はどうして海が好きなのですか。
F：今年の夏、山と海と、どちらに行きたいですか。
M：海です。
F：なぜ海に行きたいのですか。泳ぐのですか。
M：いえ、泳ぐのではありません。おいしい魚が食べたいからです。
F：そうですか。私は山に行きたいです。山は涼しいですよ。それから、山にはいろいろな花がさいています。
男の人はどうして海が好きなのですか。

1 およぐのがすきだから
2 さかながおいしいから
3 すずしいから
4 いろいろなはながさいているから

女士和男士正在交談。請問這位男士為什麼喜歡海呢？
F：今年夏天，你想要到山上還是海邊去玩呢？
M：海邊。
F：為什麼去海邊呢？去游泳嗎？
M：不，不是去游泳，而是我想吃美味的鮮魚。
F：原來是這樣哦。我想要去山上。山裡很涼爽喔！還有，山上開著各式各樣的花。

請問這位男士為什麼喜歡海呢？
1 因為他喜歡游泳
2 因為魚很美味
3 因為很涼爽
4 因為開著各式各樣的花

解答（2）

回數

解題　關鍵點：
1. 男士選擇海邊，而不是山上。
2. 男士明確表示，他並不是因為想游泳而選擇海邊（いえ、泳ぐのではありません）。
3. 男士的理由是「想吃美味的魚」（おいしい魚が食べたいからです）。
選項解析：
1. 因為他喜歡游泳：對話中明確表示他並不是因為游泳而選擇海邊。
2. 因為魚很美味：正確答案。男士選擇海邊的原因是想吃美味的魚。
3. 因為很涼爽：這是女士提到山的優點，與男士無關。
4. 因為開著各式各樣的花：這也是女士提到山的特點，並非男士的理由。

3

男の人と女の人が話しています。男の人のお兄さんはどの人ですか。

M：私の兄が友だちと写っている写真です。

F：どの人がお兄さんですか。

M：白いシャツを着ている人です。

F：眼鏡をかけている人ですか。

M：いいえ、眼鏡はかけていません。本を持っています。兄はとても本が好きなのです。

男の人のお兄さんはどの人ですか。

男士和女士正在交談。請問這位男士的哥哥是哪一位呢？

M：這是我哥哥和朋友合拍的相片。

F：請問哪一位是你哥哥呢？

M：穿著白襯衫的那個人。

F：是這位戴眼鏡的人嗎？

M：不是，他沒戴眼鏡，而是拿著書。因為我哥哥非常喜歡看書。

請問這位男士的哥哥是哪一位呢？

解答（1）

解題　關鍵點：
1. 男士描述他的哥哥穿著白襯衫（白いシャツを着ている人）。
2. 男士明確表示哥哥沒有戴眼鏡（眼鏡はかけていません）。
3. 哥哥拿著一本書，因為他非常喜歡閱讀（本を持っています）。
選項解析：
1. 白襯衫、沒戴眼鏡、拿著書的人：正確答案。符合所有描述（白いシャツ、本を持っています）。
2. 白襯衫、戴眼鏡的人：對話中提到「眼鏡はかけていません」。
3. 穿條紋襯衫、戴眼鏡、拿著書的人：對話中明確提到「白いシャツを着ている人」。
4. 穿條紋襯衫、沒戴眼鏡、拿著書的人：對話中明確提到「白いシャツを着ている人」。

4

男の人と女の人が話しています。女の人は、いつ、ギターの教室に行きますか。

M：おや、ギターを持って、どこへ行くのですか。

F：ギターの教室です。3年前からギターを習っています。

M：毎日、教室に行くのですか。

F：いいえ。火曜日の午後だけです。

M：家でも練習しますか。

F：仕事が終わったあと、家でときどき練習します。

女の人は、いつ、ギターの教室に行きますか。

1　まいにち

2　かようびのごご

3　しごとがおわったあと

4　ときどき

男士和女士正在交談。請問這位女士什麼時候會去吉他教室呢？

M：咦？妳拿著吉他要去哪裡呢？

F：吉他教室。我從三年前開始學彈吉他。

M：每天都去教室上課嗎？

F：沒有，只有星期二下午而已。

M：在家裡也會練習嗎？

F：下班以後回到家裡有時會練習。

請問這位女士什麼時候會去吉他教室呢？

1　每天

2　星期二下午

3　工作結束後

4　有時候

解答（2）

解題　關鍵點：
1. 男士詢問女士是否每天都去吉他教室，女士明確否定，説「火曜日の午後だけです」（只有星期二下午）。
2. 女士提到她從三年前開始學吉他，並且只有星期二下午會去教室。
3. 在家中有時候會練習，但不是固定去教室的時間。
選項解析：
1. 每天：對話中提到「每日」並不符合，只有星期二下午。
2. 星期二下午：正確答案。女士明確表示每週這個時間去吉他教室。
3. 工作結束後：這是她有時候在家練習的時間，與去教室無關。
4. 有時候：這指她在家練習的頻率，並非去教室的時間。

5

男の人と女の人が話しています。女の人は、日曜日の午後、何をしましたか。

M：日曜日は、何をしましたか。

F：雨が降ったので、洗濯はしませんでした。午前中、部屋の掃除をして、午後は出かけました。

M：へえ、どこに行ったのですか。

F：家の近くの喫茶店で、コーヒーを飲みながら音楽を聞きました。

M：買い物には行きませんでしたか。

F：行きませんでした。

女の人は、日曜日の午後、何をしましたか。

1 せんたくをしました

2 へやのそうじをしました

3 きっさてんにいきました

4 かいものをしました

男士和女士正在交談。請問這位女士在星期天的下午做了什麼事呢？

M：你星期天做了什麼呢？

F：因為下了雨，所以沒洗衣服。我上午打掃房間，下午出門了。

M：是哦？妳去哪裡了？

F：到家附近的咖啡廳，一邊喝咖啡一邊聽音樂。

M：沒去買東西嗎？

F：沒去買東西。

請問這位女士在星期天的下午做了什麼事呢？

1 洗了衣服

2 打掃了房間

3 去了咖啡廳

4 買了東西

解答(3)

解題　關鍵點：
1. 女士提到「雨が降ったので、洗濯はしませんでした」，所以排除洗衣服（選項1）。
2. 提到「午前中、部屋の掃除をして」，但問題問的是「午後」，所以排除打掃房間（選項2）。
3. 女士提到「午後は出かけました」，並説明她去了「家の近くの喫茶店で、コーヒーを飲みながら音楽を聞きました」，這與選項3吻合。
4. 男士詢問是否去買東西，女士回答「行きませんでした」，所以排除選項4。
選項解析：
1. 洗了衣服：因為下雨沒有洗衣服。
2. 打掃了房間：這是在上午完成的，問題問的是下午的活動。
3. 去了咖啡廳：正確答案。女士明確表示下午去了咖啡廳。
4. 買了東西：對話中提到她沒有去買東西。

6

男の留学生と女の学生が話しています。男の留学生が質問している字はどれですか。

M：ゆみこさん、これは「おおきい」という字ですか。

F：いえ、ちがいます。

M：それでは、「ふとい」という字ですか。

F：いいえ。「ふとい」という字は、「おおきい」の中に点がついています。でも、この字は「大きい」の右上に点がついていますね。

M：なんと読みますか。

F：「いぬ」と読みます。

男の留学生が質問している字はどれですか。

1 大
2 太
3 犬
4 天

男留學生和女學生正在交談。請問這位男留學生正在詢問的字是哪一個呢？

M：由美子小姐，請問這個字是那個「大」字嗎？

F：不，不對。

M：那麼，是那個「太」字嗎？

F：不是，「太」那個字是「大」的裡面加上一點。不過，這個字是在「大」字的右上方加上一點喔。

M：那這個字怎麼讀呢？

F：讀作「犬」。

請問這位男留學生正在詢問的字是哪一個呢？

1 大
2 太
3 犬
4 天

解答 (3)

解題 關鍵點：

1. 男留學生首先詢問「これは『おおきい』という字ですか」，對方回答「いえ、ちがいます」，排除選項1「大」。

2. 接著他問「それでは、『ふとい』という字ですか」，對方回應「いいえ」，並解釋「『ふとい』という字は、『おおきい』の中に点がついています」，所以排除選項2「太」。

3. 女學生進一步說明：「この字は『大きい』の右上に点がついていますね」，這符合選項3「犬」。

4. 選項4「天」並未在對話中被提及，且不符合描述。

選項解析：

1. 大：對方直接否認這是「おおきい」的字。

2. 太：女學生提到「太」是在「大」的中間加上一點，而非右上方。

3. 犬：正確答案。根據女學生的描述，「大きい」の右上に点がついている字是「犬」。

4. 天：對話中並未提及「天」，且不符合右上方加點的描述。

問題三 翻譯與解題

もんだい３では、えを みながら しつもんを きいて ください。➡（やじるし）の ひとは、なんと いいますか。１から３の なかから、 いちばん いい ものを ひとつ えらんで ください。

在問題3中，請一邊看圖，一邊仔細聆聽問題。➡（箭頭）指向的人會說什麼呢？請從1到3個選項中，選出最適合的答案。

1

友だちが「ありがとう。」と言いました。何と言いますか。

F：1 どういたしまして。

　　2 どうしまして。

　　3 どういたしましょう。

朋友說了「謝謝」。請問這時該說什麼呢？

F：1 不客氣。

　　2 怎了麼嗎？

　　3 該怎麼做呢？

解答 (1)

解題　關鍵詞：

關鍵詞「どういたしまして」是日語中用於回應感謝的標準語句，表示對他人表達感謝的禮貌回應，適用於朋友或他人在表達感謝時的場合。

選項解析：

1. どういたしまして（不客氣）：這是標準的回應感謝的語句，符合情境，因此是正確答案。
2. どうしまして：這是語法錯誤的表達，在日語中並不存在這樣的用法，因此不正確。
3. どういたしましょう（該怎麼做呢）：這是用於詢問對方需求的語句，通常用於尋求對方指示或提議行動，與回應感謝無關，因此不正確。

2

夜、道で人に会いました。何と言いますか。

M：1　こんばんは。
　　2　こんにちは。
　　3　失礼します。

晚間在路上遇到人了。請問這時該說什麼呢？

M：1　晚上好。
　　2　午安。
　　3　打擾了。

解答（1）

解題　關鍵詞：

關鍵詞「こんばんは」是日語中用於晚間的問候語，表示對在晚間相遇者的基本禮貌表達。這是適用於日落後的標準問候語。

選項解析：

1. こんばんは（晚上好）：這是標準的晚間問候語，符合夜間在路上遇到人的情境，因此是正確答案。
2. こんにちは（午安）：這是日語中用於中午至日落之間的問候語，但在晚間使用則不適合，因此不正確。
3. 失礼します（打擾了）：這是用於表示接下來要做某些行為之前的致意語，例如進入辦公室或掛電話之前，與此情境無關，因此不正確。

3

ご飯が終わりました。何と言いますか。

M：1　ごちそうさま。
　　2　いただきます。
　　3　すみませんでした。

吃完飯了。請問這時該說什麼呢？

M：1　吃飽了。
　　2　開動了。
　　3　對不起。

解答（1）

解題　關鍵詞：

關鍵詞「ごちそうさま」是日語中用於用餐後的致意語，表示對準備食物或提供餐點的人的感謝，是用餐禮儀中的一部分。

選項解析：

1. ごちそうさま（吃飽了）：這是標準的用餐後致意語，用於表達對用餐結束後的感謝，符合情境，因此是正確答案。
2. いただきます（開動了）：這是日語中用餐前的致意語，用於表達對食物和提供者的感謝，但不適合用於用餐結束後，因此不正確。
3. すみませんでした（對不起）：這是用於向他人表示歉意的語句，與用餐後的致意無關，因此不正確。

4

映画館でいすにすわります。隣の人に何と
言いますか。

M：1 ここにすわっていいですか。
　　2 このいすはだれですか。
　　3 ここにすわりましたよ。

想要在電影院裡坐下。請問這時該向鄰座的人說什
麼呢？

M：1 請問我可以坐在這裡嗎？
　　2 請問這張椅子是誰呢？
　　3 我要坐在這裡了喔！

解答 (1)

解題　關鍵詞：

關鍵詞「ここにすわっていいですか」是日語中用於詢問是否可以坐在某處的語句，表示對鄰座人員的禮
貌詢問，常見於非對號入座的場合。

選項解析：

1. ここにすわっていいですか（請問我可以坐在這裡嗎）：這是標準的詢問語句，用於確認是否可以使用
   旁邊的空位，符合情境，因此是正確答案。
2. このいすはだれですか（請問這張椅子是誰呢）：這句話的語法錯誤，因為「いす」不是人類，不能使
   用「だれ」的問法，即使改為「このいすはだれのですか」，也僅是詢問椅子的擁有者，而非確認座位
   是否空著，因此不正確。
3. ここにすわりましたよ（我要坐在這裡了喔）：這是陳述已經坐下的語句，雖然文法正確，但在實際情
   境中難以適用，並不符合禮貌詢問的需求，因此不正確。

5

友だちと映画に行きたいです。何と言いま
すか。

M：1 映画を見ましょうか。
　　2 映画を見ますね。
　　3 映画を見に行きませんか。

想要和朋友去看電影。請問這時該說什麼呢？

M：1 我們來看電影吧！
　　2 要去看電影囉！
　　3 要不要去看電影呢？

解答 (3)

解題　關鍵詞：

關鍵詞「映画を見に行きませんか」是日語中常用的邀約表達方式，意為「要不要去看電影呢？」這種句
型一方面提出邀請，一方面將決定權交給對方，適用於提出邀約的場合。

選項解析：

1. 映画を見ましょうか（我們來看電影吧）：這是用於對已約定好活動的確認或提議，適用於對方已表明
   想去看電影的情況，而非提出新的邀約，因此不正確。
2. 映画を見ますね（要去看電影囉）：這是表達自己的行動或感想的語句，帶有一定的強調或叮嚀之意，
   但並未表達邀約的意圖，因此不正確。
3. 映画を見に行きませんか（要不要去看電影呢）：這是標準的邀約語句，一方面表達了想法，一方面禮
   貌地徵求對方意見，符合情境，因此是正確答案。

もんだい4は、えなどが　ありません。ぶんを　きいて、1から3の　なかから、いちばん　いい　ものを
ひとつ　えらんで　ください。
在問題 4 中，沒有圖片等輔助資料。請仔細聆聽句子，然後從 1 到 3 個選項中，選出最適合的答案。

1

F：コーヒーと紅茶（こうちゃ）とどちらがいいですか。
M：1 はい、そうしてください。
　　2 コーヒーをお願い（ねが）します。
　　3 どちらもいいです。

F：咖啡和紅茶，想喝哪一種呢？
M：1 好，麻煩你了。
　　2 麻煩給我咖啡。
　　3 哪一種都可以。

解答 (2)

解題 關鍵詞：
關鍵詞「どちらがいいですか」是日語中用於讓對方在兩者之間選擇其一的語句，意為「想要哪一種呢？」
回答應清楚表明選擇之一，以回應對方的提問。
選項解析：
1. はい、そうしてください（好，麻煩你了）：這是用於同意對方建議的語句，但無法回答「どちらがい
　　いですか」這種需要二選一的問題，因此不正確。
2. コーヒーをお願いします（麻煩給我咖啡）：這是清楚選擇其中之一（咖啡）的語句，直接回應了問題的
　　提問，符合情境，因此是正確答案。
3. どちらもいいです（哪一種都可以）：這句話在語義上可能表示「兩種都可以」或「兩種都不要」，語意
　　不明確，不適合作為回應。若想表達「哪一種都可以」，應使用「どちらでもいいです」這樣的語句，
　　因此此選項不正確。

2

M：ここに名前（なまえ）を書（か）いてくださいませんか。
F：1 はい、わかりました。
　　2 どうも、どうも。
　　3 はい、ありがとうございました。

M：能不能麻煩您在這裡寫上名字呢？
F：1 好，我知道了。
　　2 你好、你好！
　　3 好的，感謝你！

解答 (1)

解題 關鍵詞：
關鍵詞「名前を書いてくださいませんか」是日語中用於請求對方幫忙的禮貌表達，意為「能不能麻煩您
在這裡寫上名字呢？」回答應表示接受請求並表明理解。
選項解析：
1. はい、わかりました（好，我知道了）：這是表示接受對方請求並理解其要求的標準回答，符合情境，
　　因此是正確答案。
2. どうも、どうも（你好、你好）：這個説法語意曖昧，通常作為寒暄語使用，無法回答請求性的問題，
　　因此不正確。
3. はい、ありがとうございました（好的，感謝你）：這是用於表達感謝的語句，適用於對方已完成某事
　　後的場合，但不適合作為答應請求的回應，因此不正確。

3

M：どうしたのですか。
F：1 財布（さいふ）がないからです。
　　2 財布（さいふ）をなくしたのです。
　　3 財布（さいふ）がなくて困（こま）ります。

M：怎麼了嗎？
F：1 因為錢包不見了。
　　2 我錢包不見了。
　　3 沒有錢包很困擾。

解答 (2)

解題 關鍵詞：
關鍵詞「どうしたのですか」是日語中用於詢問對方發生了什麼事的語句，意為「怎麼了嗎？」回答應直
接説明發生的情況或問題。
選項解析：
1. 財布がないからです（因為錢包不見了）：這句話用於回答原因或理由，適合回答「なぜ」或「どうして」
　　的問題，但未直接説明情況，不符合本題，因此不正確。

2. 財布をなくしたのです（我錢包不見了）：這是直接說明情況的語句，清楚回答了發生了什麼事，符合問題情境，因此是正確答案。

3. 財布がなくて困ります（沒有錢包很困擾）：這是描述現狀的困擾，而非直接說明發生了什麼事，與問題不完全對應，因此不正確。

4

M：この車には何人乗りますか。
F：1 私の車です。
　　2 3人です。
　　3 先に乗ります。

M：這輛車是幾人座的呢？
F：1 是我的車。
　　2 三個人。
　　3 我先上車了。

解答 (2)

解題 關鍵詞：

關鍵詞「何人乗りますか」是日語中用於詢問某物（例如車子）可以搭載幾個人的語句，意為「這輛車是幾人座的呢？」回答應直接說明車子的載客人數。

選項解析：

1. 私の車です（是我的車）：這是回答車子的所有權，而非回答車子可載幾人的問題，因此不正確。

2. 3人です（三個人）：這是直接回應車子的載客人數，清楚回答了問題的提問，符合情境，因此是正確答案。

3. 先に乗ります（我先上車了）：這是描述自己的行動，與題目詢問的車子可搭載人數無關，因此不正確。

5

F：何時ごろ、出かけましょうか。
M：1 10時ごろにしましょう。
　　2 8時に出かけました。
　　3 お兄さんと出かけます。

F：我們什麼時候要出發呢？
M：1 十點左右吧。
　　2 八點出門了。
　　3 要跟哥哥出門。

解答 (1)

解題 關鍵詞：

關鍵詞「何時ごろ、出かけましょうか」是日語中用於詢問對方何時出發的語句，意為「我們什麼時候要出發呢？」回答應對「何時ごろ」的時間做出建議或回應。

選項解析：

1. 10時ごろにしましょう（十點左右吧）：這是對提問的時間建議，直接回答了問題，清楚地回應了「何時ごろ」的詢問，因此是正確答案。

2. 8時に出かけました（八點出門了）：這是描述過去的行動，而問題是對未來的時間提問，因此不正確。

3. お兄さんと出かけます（要跟哥哥出門）：這是回答「與誰同行」，與問題中的「何時ごろ」無關，因此不正確。

6

F：ここには、何回来ましたか。
M：1 10歳のときに来ました。
　　2 初めてです。
　　3 母と来ました。

F：這裡你來過幾趟了？
M：1 十歲的時候來的。
　　2 第一次。
　　3 是和媽媽一起來的。

解答 (2)

解題 關鍵詞：

關鍵詞「何回来ましたか」是日語中用於詢問次數的語句，意為「這裡你來過幾趟了？」回答應直接對次數做出回應。

選項解析：

1. 10歳のときに来ました（十歲的時候來的）：這是回答具體的時間點，而非次數，與問題「何回」無關，因此不正確。

2. 初めてです（第一次）：這是回答「以前從未來過，這是第一次來」，等於回答了「來過幾次」的問題，符合情境，因此是正確答案。

3. 母と来ました（是和媽媽一起來的）：這是回答「與誰同行」，與問題中的次數無關，因此不正確。

第五回
言語知識
（文字、語彙）

もんだい1 ＿＿の ことばは ひらがなで どう かきますか。1・2・3・4から いちばん いい ものを ひとつ えらんで ください。

問題 1 以下＿＿的詞語的平假名為何？請從選項 1・2・3・4 中選出一個最適合填入。

1

まいあさ、たいしかんの まわりを 散^{さん}歩^ぽします。

1 さんぼう　　　　　2 さんほ

3 さんぽ　　　　　　4 さんぼ

每天早上會沿著大使館的周圍散步。

1 無此用法　　　　2 無此用法

3 散步　　　　　　4 無此用法

解答 (3)

解題 訓讀與音讀的區分：
- 訓讀→散る（ちる）：表示「散落」，用於具體描述，如「花が散る（花落下）」。
- 歩く（あるく）：表示「步行」，單獨使用時為訓讀形式，如「歩いて行く（步行前往）」。
- 音讀→散歩（さんぽ）：音讀形式，表示「散步」，為複合詞常用讀法。
本題中的「さんぽ」是音讀形式，用於複合詞，表示「散步」，符合題意。
學習提示：
- 訓讀形式多用於單一動詞描述，如「花が散る」「道を歩く」。
- 音讀形式多用於複合詞描述，如「散歩（散步）」或「遠足（えんそく，遠足）」。

2

両親^{りょうしん}は がっこうの せんせいです。

1 りょおおや　　　　2 りょうしん

3 りょしん　　　　　4 りょうおや

我父母是學校老師。

1 無此用法　　　　2 雙親

3 無此用法　　　　4 無此用法

解答 (2)

解題 訓讀與音讀的區分：
在日語中，像「両」和「親」這類漢字，其讀法因使用場合而異：
- 訓讀→親（おや）：表示「父母」或「親人」，常用於單獨使用，如「親子（おやこ，親子）」或「親しい（したしい，親密的）」。
- 音讀→両（りょう）：音讀，表示「雙方」或「兩」，常見於複合詞，如「両手（りょうて，雙手）」或「両目（りょうめ，雙眼）」；親（しん）：音讀，表示「親屬」或「父母」，常見於複合詞，如「両親（りょうしん，父母）」或「親族（しんぞく，親屬）」。
本題中的「りょうしん」是音讀形式，為「両」和「親」的組合，表示「父母」，符合題意。
學習提示：
- 訓讀形式適合單獨描述，如「親（おや）」。
- 音讀形式多用於複合詞，如「両親（父母）」或「親友（しんゆう，好友）」。

3

わたしには 九つ^{ここの}に なる おとうとがいます。

1 きゅうつ　　　　　2 ここのつ

3 くつ　　　　　　　4 やっつ

我有個滿九歲的弟弟。

1 無此用法　　　　2 九個，九歲

3 鞋子　　　　　　4 八個，八歲

解答 (2)

解題 訓讀與音讀的區分：
在日語中，像「九」這類漢字，其讀法因使用場合而異：
- 訓讀→九つ（ここのつ）：用於數物件或描述年齡時，表示「九個」或「九歲」。
- 音讀→九（きゅう）：常見於複合詞或數字計算中，如「九月（きゅうがつ，九月）」或「九円（きゅうえん，九圓）」。
本題中的「ここのつ」是訓讀形式，用於描述弟弟的年齡，表示「九歲」，符合題意。
學習提示：
- 訓讀形式多用於描述具體數量或年齡，如「九つ（九歲）」或「三つ（みっつ，三個）」。
- 音讀形式多見於數字的書寫或正式場合，如「十九（じゅうきゅう）」。
選項分析：
1. きゅうつ：無此用法。
2. ここのつ（九つ／九個）：表示數量為九個，用於描述數量或年齡，符合題意，讀音正確。
3. くつ（靴／鞋子）：穿在腳上，用來保護足部或行走的鞋子，不是「九つ」的平假名讀音，且與題幹不符。
4. やっつ（八つ／八個）：表示數量為八個，用於數物品或年齡的單位，不是「九つ」的平假名讀音。

翻譯+通關解題

1

2

3

4

5

6

回數

4

くるまは みちの 左側(ひだりがわ)を はしります。

1 みぎがわ   2 にしがわ

3 きたがわ   4 ひだりがわ

車子在馬路的<u>左側</u>奔馳。

1 右側   2 西側
3 北側   4 左側

解答（4）

解題 訓讀與音讀的區分：
- 訓讀→左（ひだり）：訓讀，表示「左邊」，常見於日常用語，如「左側（ひだりがわ，左側）」；側（がわ）表示位置、方向或某一側。如「右側（みぎがわ，右側）」、「川の側（かわのがわ，河邊）」。
- 音讀→さ（左）：用於複合詞中，表示左側或左邊，如「左右（さゆう，左右）」；側（そく）：表示旁邊、側面或某一方向的位置。常見於複合詞，如「側面（そくめん，面）」。

本題中的「ひだりがわ」是訓讀，表示「左側」，符合題意。
學習提示：
- 訓讀形式多用於單一方向描述，如「右（みぎ）」或「左（ひだり）」。
- 音讀形式多見於方向的複合描述，如「東側（ひがしがわ）」或「外側（そとがわ）」。
選項分析：
1. みぎがわ（右側／右側）：描述右邊的方向，不是「左側」的平假名讀音。
2. にしがわ（西側／西側）：描述方位「西邊」，不是「左側」的平假名讀音。
3. きたがわ（北側／北側）：描述方位「北邊」，不是「左側」的平假名讀音。
4. ひだりがわ（左側／左側）：描述左邊的方向，符合題意，平假名讀音正確。

5

まいにち 牛乳(ぎゅうにゅう)を のみます。

1 ぎゅうにゅ   2 ぎゅうにゆう

3 ぎゅうにゅう   4 ぎゆうにゅう

每天都喝<u>牛奶</u>。

1 無此用法   2 無此用法
3 牛乳   4 無此用法

解答（3）

解題 訓讀與音讀的區分：
在日語中，像「牛」和「乳」這類漢字，其讀法因使用場合而異：
- 訓讀→牛（うし）：表示「牛」，如「牛を育てる（うしをそだてる，養牛）」；乳（ちち／ち）：表示「乳汁」，如「乳を与える（ちちをあたえる，哺乳）」。
- 音讀→牛（ぎゅう）：常見於複合詞，如「牛肉（ぎゅうにく，牛肉）」或「牛乳（ぎゅうにゅう，牛奶）」。乳（にゅう）：表示「乳製品」，常見於詞組，如「牛乳」或「乳製品（にゅうせいひん）」。

本題中的「ぎゅうにゅう」是音讀形式，為「牛」和「乳」的組合，表示「牛奶」，符合題意。
學習提示：
- 訓讀形式多用於單一動物或單一乳類描述，如「牛（うし）」或「乳（ちち）」。
- 音讀形式多見於複合詞，如「牛乳（牛奶）」或「乳酸菌（にゅうさんきん，乳酸菌）」。

6

赤(あか)い ネクタイを しめます。

1 あおい   2 しろい

3 ほそい   4 あかい

<u>繫上紅領帶</u>。

1 藍色的   2 白色的
3 細的   4 紅色的

解答（4）

解題 訓讀與音讀的區分：
- 訓讀→赤い（あかい）：形容詞，用來表示「紅色的」。
- 音讀→赤（せき）：常見於複合詞，如「赤道（せきどう，赤道）」或「赤血球（せっけっきゅう，紅血球）」。

本題中的「あかい」是訓讀形式，作形容詞用，表示「紅色的」，符合題意。
學習提示：
- 訓讀形式多用於描述具體顏色，如「赤い花（紅花）」或「赤い車（紅車）」。
- 音讀形式多見於正式詞組或學術術語，如「赤道」或「赤字（せきじ，赤字）」。
選項分析：
1. あおい（青い／藍色的）：指藍色或綠色的顏色，不是「赤い」的平假名讀音。
2. しろい（白い／白色的）：接近純淨、無色的顏色，不是「赤い」的平假名讀音。
3. ほそい（細い／細的）：形狀纖細或直徑較小的樣子，不是「赤い」的平假名讀音，且與題幹中的顏色描述無關。
4. あかい（赤い／紅色的）：接近鮮紅或朱紅的顏色，平假名讀音正確。

7

いま　<u>4時</u>15ふんです。

1 よんじ　　　　　　　2 よじ

3 しじ　　　　　　　　4 よし

現在是四點十五分。
1 無此用法　　　　2 四點
3 無此用法　　　　4 無此用法

解答（2）

解題 訓讀與音讀的區分：
● 訓讀→四つ（よっつ）：用於數物品或描述數量，如「四つの箱（よっつのはこ，四個箱子）」。
● 音讀→四（し）：常見於複合詞，如「四季（しき，四季）」或「第四（だいし，第四）」。
特殊讀法：
- 四（よ）：時間表達中，使用特殊讀法「よ」來避免音同「死（し）」的不吉利含義，如「四時（よじ，四點）」。
本題中的「よじ」是特殊讀法，表示時間「四點」，符合題意。
學習提示：
- 表達時間時，「四」讀作「よ」，如「四時（よじ）」。
- 在其他場合中，「四」可讀作「し」或「よん」，如「四月（しがつ）」或「四位（よんい）」。
選項分析：
1. よんじ：在日語中，表示「4點」的標準讀音是「よじ」，所以此選項不正確。
2. よじ（四時／四點）：「よじ」是「4時」的正確讀音。
3. しじ：雖可表示「4點」，但這種讀音不常用於時間表達，且不符合標準用法。
4. よし：不是正確的讀音，且不具相關意義，與句意無關。

8

そこで　<u>待って</u>　いて　ください。

1 たって　　　　　　2 もって

3 かって　　　　　　4 まって

請在那邊等一下。
1 站著　　　　　　2 拿著
3 買著　　　　　　4 等待

解答（4）

解題 訓讀與音讀的區分：
● 訓讀→待つ（まつ）：表示「等待」，如「バスを待つ（等待巴士）」。
● 音讀→待（たい）：常見於複合詞，如「招待（しょうたい，邀請）」或「期待（きたい，期待）」。
本題中的「まって」是「待つ」的連用形，表示「等待」，符合題意。
學習提示：
- 訓讀形式多用於描述動作，如「待つ（等待）」。
- 音讀形式多見於複合詞，如「待機（たいき，待命）」或「招待」。
選項分析：
1. たって（立って／站立）：從坐姿或躺姿改為站姿。不是「待って」的平假名讀音。
2. もって（持って／持有）：手持或攜帶某物品的動作。不是「待って」的平假名讀音。
3. かって（買って／購買）：用金錢購得物品或服務。不是「待って」的平假名讀音。
4. まって（待って／等待）：停留片刻以期待某事發生。平假名讀音正確。

9

がっこうの　<u>横</u>には　ちいさな　こうえんが　あります。

1 まえ　　　　　　　2 よこ

3 そば　　　　　　　4 うしろ

學校的旁邊有一座小公園。
1 前面　　　　　　2 旁邊
3 附近　　　　　　4 後面

解答（2）

解題 訓讀與音讀的區分：
● 訓讀→横（よこ）：表示「旁邊」或「橫向」，如「横になる（よこになる，躺下）」。
● 音讀→横（おう）：常見於複合詞，如「横断（おうだん，橫跨）」或「横幅（おうふく，寬幅）」。
本題中的「よこ」是訓讀形式，表示「旁邊」，符合題意。
學習提示：
- 訓讀形式多用於描述具體方位，如「横にいる（在旁邊）」。
- 音讀形式多見於正式場合或學術術語，如「横断」或「横行（おうこう，橫行）」。
選項分析：
1. まえ（前／前面）：描述位置在前面，不是「横」的平假名讀音。
2. よこ（横／旁邊）：表示位置在旁邊，平假名讀音正確。
3. そば（側／附近）：描述位置在附近，範圍較廣，不是「横」的平假名讀音。
4. うしろ（後ろ／後面）：描述位置在後面，不是「横」的平假名讀音。

10

とても 楽しく なりました。

1 うれしく 2 ただしく

3 たのしく 4 さびしく

變得非常開心。

1 高興地 2 正確地

3 愉快地 4 孤單地

解答（3）

解題 訓讀與音讀的區分：

在日語中，像「楽」這類漢字，其讀法因使用場合而異：

● 訓讀→楽しい（たのしい）：形容詞，用來表示「愉快的」或「有趣的」。

● 音讀→楽（がく／らく）：常見於複合詞，如「音楽（おんがく，音樂）」或「楽観（らっかん，樂觀）」。

本題中的「たのしく」是訓讀形式，表示「愉快的」，符合題意。

學習提示：

- 訓讀形式多用於描述情感，如「楽しい時間（愉快的時光）」。

- 音讀形式多見於複合詞，如「音楽」或「安楽（あんらく，安樂）」。

選項分析：

1. うれしく（嬉しく／高興的）：感到高興或愉快的樣子，不是「楽しく」的平假名讀音。

2. ただしく（正しく／正確的）：正確或符合規範的樣子，不是「楽しく」的平假名讀音，且與題幹的情感表達無關。

3. たのしく（楽しく／愉快的）：感到愉快或愉悅的樣子，平假名讀音正確。

4. さびしく（寂しく／寂寞的）：感到孤單或寂寞的樣子，不是「楽しく」的平假名讀音。

もんだい2 ＿＿の ことばは どう かきますか。1・2・3・4から いちばん いい ものを ひとつ えらんで ください。

問題2 以下＿＿的詞語應為何？請從選項1・2・3・4中選出一個最適合填入的答案。

11

あつく なったので、しゃつを ぬぎました。

1 ツャシ 2 シャン

3 シャツ 4 シヤツ

由於天氣變熱了，所以脫掉了襯衫。

1 無此用法 2 無此用法

3 襯衫 4 無此用法

解答（3）

解題 選項解析：

1. ツャシ：這是錯誤的片假名排列。「ツ」和「シ」位置相反了。

2. シャン：「ツ」寫成字形相似「ン」了。

3. シャツ：這是正確的片假名拼寫，能正確表達「襯衫」的意思。

4. シヤツ雖然發音接近，但「シヤ」使用了大小寫不一致的假名（「ヤ」應為小寫「ャ」），因此拼寫有誤。

12

りょこうの ことを さくぶんに かきました。

1 昨人 2 作文

3 昨文 4 作分

把那趟旅行寫進了作文裡。

1 無此用法 2 作文

3 無此用法 4 無此用法

解答（2）

解題 選項解析：

1. 昨人：錯誤的表記，「昨」表示「昨天」，「人」表示「人」，與「作文」無關。不是「さくぶん」的漢字。

2. 作文（さくぶん／作文）：用於學校教育中訓練表達能力的寫作練習。是正確漢字，意思是「作文」，與題目語意一致。

3. 昨文：錯誤的表記，雖然寫法與正確答案相似，但「昨」應該指「昨天」，「文」也與「作文」無關。不是「さくぶん」的漢字。

4. 作分：錯誤的表記，「分」表示「分數」或「部分」，與「作文」無關。不是「さくぶん」的漢字。

13 <u>あかるい</u> へやで ほんを よみました。

1 朋るい　　　　　2 暗るい

3 赤_{あか}るい　　　　4 明_{あか}るい

在明亮的房間裡看了書。

1 無此用法　　　　2 無此用法

3 無此用法　　　　4 明亮的

解答（4）

解題　選項解析：
1. 朋るい：：錯誤的拼法，「朋」表示「朋友」，與形容詞「明亮」無關。不是「あかるい」的漢字。
2. 暗るい（くらるい）：錯誤的拼法，拼法應為「暗い（くらい）」表示「黑暗的」，不是「あかるい」的漢字。
3. 赤るい（あかるい）：拼法錯誤，「赤」表示「紅色」，並不與「明亮」有關。不是「あかるい」的漢字。
4. 明るい（あかるい）：明亮，指光線充足，或性格開朗、積極的樣子。是正確漢字。

---

14 めがねは 6<u>かい</u>の みせに あります。

1 6院　　　　　　2 6階_{かい}

3 6皆　　　　　　4 6回_{かい}

眼鏡在六樓的店家有販賣。

1 六院　　　　　2 六樓

3 無此用法　　　4 六次

解答（2）

解題　選項解析：
1. 6院（ろくいん／六院）：選項錯誤，「院」通常指醫院或某些機構，不是「かい」的漢字。
2. 6階（ろっかい／六樓）：正確漢字，符合語境。
3. 6皆：拼法錯誤，「皆」通常指所有的人或事物，不是「かい」的漢字。
4. 6回（ろっかい／六次）：選項錯誤，「回」指的是次數或輪次，不是「かい」的漢字。

---

15 かわいい <u>おんなのこ</u>が うまれました。

1 男_{おとこ}の子_こ　　　2 妹_{いもうと}の子_こ

3 女_{おんな}の子_こ　　　4 母_{はは}の子_こ

生下了一個可愛的女孩子。

1 男孩　　　　　2 妹妹的孩子

3 女孩　　　　　4 母親的孩子

解答（3）

解題　選項解析：
1. 男の子（おとこのこ／男孩）：指年幼的男性，不是「おんなのこ」的漢字。
2. 妹の子（いもうとのこ／妹妹的孩子）：可能是侄子或外甥，不是「おんなのこ」的漢字。
3. 女の子（おんなのこ／女孩）：指年幼的女性，是正確漢字，與題目語意一致。
4. 母の子（ははのこ／母親的孩子）：指兒子或女兒，不是「おんなのこ」的漢字。

---

16 <u>つよい</u> ちからで おしました。

1 強_{つよ}い　　　　　2 弱_{よわ}い

3 引い　　　　　　4 勉い

用強大的力量推倒了。

1 強的　　　　　2 弱的

3 無此用法　　　4 無此用法

解答（1）

解題　選項解析：
1. 強い（つよい／強的）：強壯、有力或耐久的樣子。是正確漢字，且與語境一致。
2. 弱い（よわい／弱的）：脆弱、力量不足或不堅強的樣子。與語境相矛盾。不是「つよい」的漢字。
3. 引い：不是「つよい」的漢字。
4. 勉い：不是「つよい」的漢字。

17

そとは さむいですが、うちの <u>なか</u> は あたたかいです。

1 申（さる）　　　2 日（ひ）

3 甲（こう）　　　4 中（なか）

外面雖然很冷，但是房子<u>裡面</u>很溫暖。

1 申請　　　　　2 日子

3 第一　　　　　4 裡面

解答（4）

解題 選項解析：

1. 申（しん／申請）：表示申請、提出請求或報告的意思。不是「なか」的漢字。與「外」或「內」的關係無關。
2. 日（にち／日子）：太陽、日子或一天的單位。不是「なか」的漢字。
3. 甲（こう／第一）：常用於排名或分類天干的第一位。不是「なか」的漢字。
4. 中（なか／裡面）：中間、內部或適中的意思，是正確漢字，與題目中的「うちのなか」一致，表示「家裡的裡面」，語境符合。

18

わたしは <u>さかな</u>の りょうりが すき です。

1 漁（ぎょ）　　　2 魚（さかな）

3 鳥（とり）　　　4 肉（にく）

我喜歡<u>魚</u>類的餐點。

1 漁業　　　　　2 魚

3 鳥　　　　　　4 肉

解答（2）

解題 選項解析：

1. 漁（ぎょ／漁業）：捕魚或與漁業相關的活動，與「料理」無關。不是「さかな」的漢字。
2. 魚（さかな／魚）：水中生物，可食用的魚類。是正確答漢字。「さかなのりょうり」指的是「魚的料理」，完全符合語境。
3. 鳥（とり／鳥）：有翅膀並能飛翔的動物。不是「さかな」的漢字。
4. 肉（にく／肉）：動物的肌肉組織，常作為材。不是「さかな」的漢字。

問題三 翻譯與解題

もんだい3　（　　　）に なにを いれますか。1・2・3・4から いちばん いい ものを ひとつ えらんで ください。

問題3　（　　　）中的詞語應為何？請從選項1・2・3・4中選出一個最適合填入（　　　）的答案。

19

<u>何か</u>（　　　）は ありませんか。す こし おなかが すきました。

1 よむもの　　　　2 のみもの

3 かくもの　　　　4 たべもの

有沒有什麼（食物）？我肚子有點餓了。

1 讀物　　　　　2 飲品

3 寫字用品　　　　4 食物

解答（4）

解題 選項分析：

1. よむもの（読むもの／讀物）：如「本や雑誌（書本或雜誌）」，與題幹中「餓了」的語境不符。
2. のみもの（飲み物／飲品）：如「ジュースやお茶（果汁或茶）」，儘管與題幹有些關聯，但「餓了」更傾向於尋找食物。
3. かくもの（書くもの／寫字用品）：如「鉛筆やペン（鉛筆或筆）」，與題幹的「餓了」無關。
4. たべもの（食べ物／食物）：如「パンやご飯（麵包或飯）」，與題幹中的「餓了」語境完全符合，答案正確。

20

あたまが いたいので、これから （　　　）に いきます。

1 びょういん　　　2 びょういん

3 びょうき　　　　4 としょかん

頭很痛，所以現在要去（醫院）。

1 醫院　　　　　2 美容院

3 疾病　　　　　4 圖書館

解答（1）

解題 選項分析：

1. びょういん（病院／醫院）：表示提供診療服務的場所，與題幹的「頭痛」情境一致，答案正確。
2. びよういん（美容院／美容院）：表示美髮、整容的地方，與題幹的「頭痛」情境不符。
3. びょうき（病気／疾病）：表示「疾病」的概念，無法對應「去某地」的需求。
4. としょかん（図書館／圖書館）：表示提供書籍閱讀的場所，與題幹的「頭痛」情境無關。

21

たばこを （　　　） ひとが　すくなく
なりました。

1 たべる　　　　　　　2 はく

3 すう　　　　　　　　4 ふく

（抽）菸的人變得愈來愈少了。

1 吃　　　　　　　　2 穿
3 抽　　　　　　　　4 擦

解答 (3)

解題 選項分析：

1. たべる（食べる／吃）：常用於描述進食行為，與題幹中「抽菸」的語境不符。
2. はく（履く／穿）：指穿鞋、襪子或褲子的動作，通常用於從腳部開始穿戴的物品。與題幹無關。
3. すう（吸う／抽）：常用於描述吸菸行為，如「たばこをすう（抽菸）」，符合題意，答案正確。
4. ふく（拭く／擦）常用於清潔相關語境，與題幹不符。

22

なつ、そとに　でる　ときは、ぼうしを
（　　　）。

1 かぶります　　　　2 はきます

3 きます　　　　　　4 つけます

夏天外出時會（戴）帽子。

1 戴（帽子）
2 穿（鞋、襪、褲等）
3 穿（衣）
4 戴（耳環、胸針等）

解答 (1)

解題 選項分析：

1. かぶります（被ります／戴）：如「帽子をかぶる（戴帽子）」，指將物品放在頭上穿戴的動作，與題幹描述一致，答案正確。
2. はきます（履きます／穿）：如「靴をはく（穿鞋子）」，指穿著鞋子、褲子或襪子的動作，與題幹的帽子無關。
3. きます（着ます／穿）：如「シャツをきる（穿襯衫）」，指穿著上半身衣物的動作，與題幹的帽子無關。
4. つけます（付けます／戴上、附上）：如「アクセサリーをつける（戴飾品）」，指將飾品或物件附著於身上的動作，與題幹的帽子無關。

23

わたしの　うちは、この　（　　　）を
まがって　すぐです。

1 そば　　　　　　　　2 かど

3 みぎ　　　　　　　　4 まち

我家拐過這個（轉角）就到了。

1 附近　　　　　　　2 轉角
3 右邊　　　　　　　4 城鎮

解答 (2)

解題 選項分析：

1. そば（側／附近）：描述位置接近的地方，如「駅のそば（車站附近）」，與題幹「轉彎」的語境不符。
2. かど（角／角落）：如「角を曲がる（轉彎）」，指在道路或建築物的拐角處轉向，符合題幹的「轉彎」語境，答案正確。
3. みぎ（右／右邊）：如「右に曲がる（向右轉）」，指方向的描述，無法準確表達題幹的「角落」。
4. まち（町／城鎮）：如「静かな町（安靜的城鎮）」，描述地理位置，與題幹的「轉彎」語境不符。

24

あさは、つめたい　みずで　かおを
（　　　）。

1 かきます　　　　　　2 ぬります

3 はきます　　　　　　4 あらいます

早上會用冰冷的水（洗）臉。

1 畫　　　　　　　　2 塗抹
3 穿　　　　　　　　4 洗

解答 (4)

解題 選項分析：

1. かきます（書きます・描きます／畫）：如「絵を描く（畫畫）」，指用筆在紙或畫布上進行創作，與題幹的「用冷水洗臉」語境不符。
2. ぬります（塗ります／塗抹）：如「ペンキを塗る（塗油漆）」，指將液體或膏狀物均勻地塗抹在物品表面，常用於牆壁或物品，與洗臉的語境無關。
3. はきます（履きます／穿）：如「靴をはく（穿鞋子）」，指穿著鞋子的動作，與題幹的「用冷水洗臉」語境無關。
4. あらいます（洗います／洗）：如「顔を洗う（洗臉）」，指用水清潔面部，與題幹的「用冷水洗臉」完全符合，答案正確。

25

かれは　友だちを　とても　（　　　）
して　います。

1 たいせつに	2 しずかに
3 にぎやかに	4 ゆうめいに

他非常（珍惜）朋友。

1 珍惜	2 安靜
3 熱鬧	4 有名

解答（1）

解題 選項分析：

1. たいせつに（大切に／珍視）：如「友だちをたいせつにする（珍視朋友）」，指對朋友懷有珍惜和重視的態度，與題意「珍視朋友」完全符合，答案正確。
2. しずかに（静かに／安靜）：如「しずかに話す（安靜地說話）」，指行為或環境保持安靜，與題幹「珍視朋友」的語境無關。
3. にぎやかに（賑やかに／熱鬧）：如「にぎやかに歌う（熱鬧地唱歌）」，指氣氛或場面充滿活力和喧鬧，不符合「珍視朋友」的語境。
4. ゆうめいに（有名に／有名）：如「ゆうめいになる（變得有名）」，指獲得名聲或知名度，與朋友的珍視無關。

26

いもうとは　らいねんの　4がつに　5
ねんせいに　（　　　）。

1 のぼります	2 なりました
3 なります	4 します

我妹妹在明年的四月就會（升到）五年級了。

1 攀登	2 升了
3 升到	4 做

解答（3）

解題 選項分析：

1. のぼります（登ります／攀登）：如「山にのぼる（爬山）」，指攀登高處的動作，與題幹描述的「升五年級生」無關。
2. なりました（なりました／成為，過去式）：如「五年生になりました（升五年級生了）」，表示已經完成的狀態，與題幹的未來情境不符。
3. なります（なります／成為，未來式）：如「先生になります（將成為老師）」，指未來將達成某個狀態，符合題幹描述的未來情境，答案正確。
4. します（します／做）：如「宿題をします（做作業）」，指執行某個行為，無法準確表達「升五年級生」。

27

（　　　）を　ひいたので、くすりを
のみました。

1 かぜ	2 びょうき
3 じしょ	4 せん

染上（感冒）了，所以吃了藥。

1 感冒	2 疾病
3 辭典	4 線

解答（1）

解題 選項分析：

1. かぜ（風邪／感冒）：如「風邪をひく（感冒了）」，指輕微的身體不適，與題幹「吃藥」的語境一致，答案正確。
2. びょうき（病気／疾病）：如「病気になる（患病）」，通常描述較為嚴重或長期的病情，與題幹中的輕微感冒不符。
3. じしょ（辞書／辭典）：如「辞書を引く（查字典）」，指用於學習和查詢，與「吃藥」毫無關係。
4. せん（線／線）：如「電線（電線）」，指物理上的線條或電纜，與題幹的健康語境無關。

28

そこで、くつを（　　　）なかに
はいって ください。

1 はいて　　　　　2 すてて
3 かりて　　　　　4 ぬいで

請在那邊把鞋子（脫掉），進來裡面。

1 穿上　　　　　2 丟掉
3 借用　　　　　4 脫掉

解答（4）

解題 選項分析：

1. はいて（履いて／穿上）：如「靴をはく（穿上鞋子）」，指將鞋子穿在腳上的動作，與題幹要求脫鞋進入的語境不符。
2. すてて（捨てて／丟掉）：如「ゴミを捨てる（丟垃圾）」，指將不需要的物品丟棄，脫鞋與丟棄無關。
3. かりて（借りて／借用）：如「お金を借りる（借錢）」，指從他人那裡暫時取得物品或金錢，與脫鞋進入無關。
4. ぬいで（脫いで／脫掉）：如「靴を脫ぐ（脫掉鞋子）」，指將鞋子從腳上脫下的動作，符合題幹要求脫鞋的語境，答案正確。

問題四 翻譯與解題

もんだい4 ＿＿＿の ぶんと だいたい おなじ いみの ぶんが あります。1・2・3・4から いちばん いい ものを ひとつ えらんで ください。

問題4 選項中有和＿＿＿意思相近的句子。請從選項1・2・3・4中選出一個最適合的答案。

29

わたしには おとうとが 二人（ふたり）と いもうと
が 一人（ひとり） います。

1 わたしは 3人（にん）きょうだいです。
2 わたしは 4人（にん）かぞくです。
3 わたしは 2人（ふたり）きょうだいです。
4 わたしは 4人（にん）きょうだいです。

我有兩個弟弟和一個妹妹。

1 我家是三個兄弟姊妹。
2 我家總共有四個人。
3 我家是兩個兄弟姊妹。
4 我家是四個兄弟姊妹。

解答（4）

解題 找出關鍵字或句：

「おとうとが二人といもうとが一人います」是解題的關鍵，意思是「我有兩個弟弟和一個妹妹」。

選項分析：

1. 「3人きょうだい」：意思是「三個兄弟姐妹」，原文中的「わたし」本身也算在內，因此兄弟姐妹總數應該是4人，而不是3人。
2. 「4人かぞく」：意思是「四口之家」，但題目中只提到兄弟姐妹的數量，並未提及全家人，因此排除。
3. 「2人きょうだい」：是「兩個兄弟姐妹」，原文中有兩個弟弟和一個妹妹，加上自己，兄弟姐妹總數是4人，不是2人。
4. 「4人きょうだい」：意思是「四個兄弟姐妹」，原文提到「弟二人＋妹一人＋自己」，共4人，符合「4人きょうだい」的表達。

30

でんきを けさないで ください。

1 でんきを けして ください。
2 でんきを つけないで ください。
3 でんきを つけて いて ください。
4 でんきを けしても いいです。

請不要把電燈關掉。

1 請把電燈關掉。
2 請不要開電燈。
3 請讓電燈繼續亮著。
4 可以把電燈關掉沒關係。

解答（3）

解題 找出關鍵字或句：

「けさないで」是「關燈」的否定形式，是解題的關鍵。

選項分析：

1. 「けしてください」（消してください／請關燈）：與題目中的「けさないで」（請不要關燈）正好相反，因此排除。
2. 「つけないでください」（点けないでください／請不要開燈）：與題目中的「けさないで」（請不要關電燈），意思不同。
3. 「つけていてください」（点けていてください／請保持開燈）：與題目中的「請不要開燈」的意思相同。
4. 「けしても　いいです」（消してもいいです／可以關燈）：與題目中的「不要關燈」不符，因此排除。

31

こんなに　むずかしく　ない　こどもの　ほん
は　ありますか。

1　もっと　むずかしい　こどもの　ほんは　あ
　　りますか。
2　こんなに　やさしく　ない　こどもの　ほん
　　は　ありますか。
3　もっと　りっぱな　こどもの　ほんは　あり
　　ますか。
4　もっと　やさしい　こどもの　ほんは　あり
　　ますか。

請問有沒有不這麼艱深難懂的兒童書呢？

1　請問有沒有更艱深的兒童書呢？
2　請問有沒有不這麼淺顯的兒童書呢？
3　請問有沒有更了不起的兒童書呢？
4　請問有沒有更淺顯易讀的兒童書呢？

解答（4）

解題 找出關鍵字或句：

「こんなにむずかしくないこどものほんはありますか」是解題的關鍵，意思是「有這麼難的兒童書嗎？」。
這裡的「むずかしくない」表示「不難」。

選項分析：

1. 「もっとむずかしい」（もっと難しい／更難的）：與題目中的「むずかしくない」（不難）相反，因此排除。
2. 「やさしくない（易しくない／不容易）：這句話是在尋找更難的書，與原文想要找更容易的書相反。
3. 「りっぱな」（立派な／更棒的、出色的）：與原文要求的難易度無關，因此排除。
4. 「もっとやさしい」（もっと易しい／更容易的）：與題目中「むずかしくない」（不難）的意思一致意，正確答案。

32

いまは　あまり　いそがしく　ないです。

1　いまは　まだ　いそがしいです。
2　いまは　すこし　ひまです。
3　いまは　とても　いそがしいです。
4　いまは　まだ　ひまでは　ありません。

現在不太忙。

1　現在還很忙。
2　現在有一點空檔時間。
3　現在非常忙碌。
4　現在還沒有空檔時間。

解答（2）

解題 找出關鍵字或句：

「いそがしくない」表示「不忙」是解題的關鍵。

選項分析：

1. 「まだいそがしい」意思是「還忙」，與題目中的「あまりいそがしくない」（不太忙）相反，因此排除。
2. 「すこしひま」意思是「有一些空閒時間」，這與題目中的「不太忙」相符，因此為正確答案。
3. 「とてもいそがしい」意思是「非常忙」，與題目中的「不太忙」相反，因此排除。
4. 「ひまではありません」表示「沒有空檔時間」，與原文「不太忙」的意思不同，這句話偏向於「仍然有些忙碌」，因此排除。

33

二日<ruby>二日<rt>ふつか</rt></ruby>まえ　ははから　でんわが　ありました。

1　おととい　ははから　でんわが　ありました。

2　あさって　ははから　でんわが　ありました。

3　いっしゅうかんまえ　ははから　でんわが　ありました。

4　きのう　ははから　でんわが　ありました。

解答 (1)

兩天前家母打了電話給我。

1　前天家母打了電話給我。

2　後天家母打了電話給我。

3　一個星期前家母打了電話給我。

4　昨天家母打了電話給我。

解題 找出關鍵字或句：

「二日まえ」表示「兩天前」是解題的關鍵。

選項分析：

1.「おととい」是「前天」，與「二日まえ」（兩天前）語意一致，因此為正確答案。

2.「あさって」是「後天」，與題目中的「兩天前」時間差距太大，因此排除。

3.「いっしゅうかんまえ」是「一週前」，這與題目中的「兩天前」不符，因此排除。

4.「きのう」是「昨天」，與題目中的「兩天前」時間對不上，因此排除。

1

2

3

4

5

6

回數

第五回
言語知識
（文法、讀解）

問題一 翻譯與解題

もんだい1 （　　　）に 何を 入れますか。1・2・3・4から いちばん いい ものを 一つ えらんで ください。
問題1請從1・2・3・4之中選出一個最適合填入（　　　）的答案。

1

これは 妹 （　　　） 作った ケーキ
です。

1 は　　　　　　　　2 が
3 へ　　　　　　　　4 を

這是妹妹（所）做的蛋糕。
1 是（主題助詞）
2 所（主語助詞）
3 到
4 （賓語助詞，表示動作的對象）

解答（2）

解題 句型分析：

在句子「これは 妹（　　　） 作った ケーキです。」中，「妹」表示的是「誰做的」這個屬性或擁有者，因此應使用表示所有關係的助詞。

選項解析：

1. は：是主題標示助詞，通常用來標示句子的主題，而不是表示所有格。在這個句子中，應該強調「妹妹做的」這個關係，而不是句子的主題，因此不適合使用「は」。

2. が（正確答案）：在這裡用來標示「作った」這個動作的執行者，也可以表示「擁有者」或「來源」。在此情境中，表示「妹妹做的蛋糕」，所以使用「が」是正確的。

3. へ：用於表示方向，通常用來指向某地或某方向。此句中並不是表示方向，因此不適用。

4. を：是賓語助詞，通常用於動作的受詞。在這個句子中，沒有與動作對象的關係，因此不適用。

2

A「あなたの くにでは、雪が ふりま
すか。」
B「（　　　） ふりません。」

1 あまり　　　　　　2 ときどき
3 よく　　　　　　　4 はい

A「你的國家會下雪嗎？」
B「（不常）下雪。」
1 不常　　　　　2 有時
3 經常　　　　　4 是的

解答（1）

解題 句型分析：

此題考查日語中「副詞」的使用，尤其是如何表達頻率或程度。在此情境中，B 回答的是「雪不下」，因此需要根據語境選擇適當的副詞來強調頻率的低度。

選項解析：

1. あまり（正確答案）：用來表示「不太」或「不常」，常用於否定句中，表示某事發生的頻率很低。在這句話中，B 表示「雪不太下」，因此使用「あまり」是最適合的。

2. ときどき：表示「有時」，常用於肯定句中，指某事會偶爾發生。但這裡是回答否定的問題，使用「ときどき」不符合語境。

3. よく：表示「常常」，通常用於肯定句中，指某事發生的頻率較高。因為 B 的回答是否定的「不下雪」，所以「よく」並不適用。

4. はい：表示「是的」，用於肯定句中。這裡 B 是回答是否定的問題，因此使用「はい」不正確。

3

A「パンの （　　　）方を おしえて
くださいませんか。」
B「いいですよ。」

1 作ら　　　　　　　2 作って
3 作る　　　　　　　4 作り

A「可以教我（做）麵包的方法嗎？」
B「可以呀！」
1 製作　　　　　　2 製作
3 製作　　　　　　4 製作

解答（4）

解題 句型分析：

此題考查日語中「動詞的ます形」使用。句型「をおしえてくださいませんか」用來請求對方告訴某事的做法，「方」是指方法或方式，應該搭配「動詞的ます形」來構成動作的方式。

372

選項解析：
1. 作ら：是「作る」的未然形，並不適合用在此句中。未然形通常用於否定形式或表示未來的行為，而非表達請求。
2. 作って：是「作る」的て形，用來表示動作的連接（例如「作って食べる」=「做完再吃」），而「～方」前面不能接て形。
3. 作る：是「作る」的基本形（辭書形），用於描述動作的原型，但在此情況下，與「（　）方をおしえてくださいませんか」搭配時需要使用ます形，因此「作る」不合適。
4. 作り（正確答案）：是「作る」的「ます形」去掉「ます」後的形式，這是動詞名詞化的一種方式（如「泳ぎ方」=「游泳的方法」）。「作り方」正確地表示「製作的方法」，所以這是正確答案！

4

しんごうが 青（あお）（　　　）なりました。
わたりましょう。

1 で　　　　　　　　　2 い
3 に　　　　　　　　　4 へ

交通號誌變成綠燈了。我們過馬路吧！
1 在　　　　　　　　2 無此用法
3 變成　　　　　　　4 到

解答（3）

解題　句型分析：
此題考查日語中「變成某個狀態」表達方式的使用。句子「しんごうが青（　　）なりました」中的「青」描述信號燈變為綠色，後續的「わたりましょう」是指「過馬路」，因此需要選擇適合表示狀態變化的助詞。
選項解析：
1. で：用於表示場所或動作發生的地方，但不能用來表示「變成某個狀態」。因此，在這裡不適用。
2. い：日文沒有「いなる」的文法。形容詞變化時不能直接接「い」，因此這個選項不正確。
3. に：（正確答案）：表示表示變化的結果或狀態。在此情境中，表示信號燈變成青燈後，這是「～が～になる」句型的一部分，表示「變成～的狀態」。「に」是正確的選擇。
4. へ：通常用來表示「方向」（例如「学校へ行く」= 去學校），但這裡不是描述方向，而是「狀態變化」，所以錯誤。

5

A「どんな くだものが すきですか。」
B「りんごも みかん（　　　）すき
　です。」

1 は　　　　　　　　2 を
3 も　　　　　　　　4 が

A「你喜歡吃哪些水果呢？」
B「我喜歡蘋果，（也）喜歡橘子。」
1 是
2 （賓語助詞，表示動作的對象）
3 也
4 （主語助詞）是

解答（3）

解題　句型分析：
此題考查日語中「も」的使用。句子「りんごもみかん（　　　）すきです」中的「も」用來表示「也」，用於列舉喜歡的水果，並且強調除了蘋果外，還喜歡橘子。
選項解析：
1. は：用於標示主題，通常用於對比或強調句子的主題。此處不符合語境，因為我們是列舉喜歡的水果，而非強調某個單一水果。
2. を：表示動作的對象或受詞，通常與動詞搭配使用。此句並未包含動作，因此使用「を」不正確。
3. も（正確答案）：用於列舉名詞，並表示「也」，在此句中表示「除了蘋果，橘子也是喜歡的」，符合文法規則。
4. が：用於表示主語，並且有強調作用。此句中並不需要強調名詞，而是要表示列舉，因此「が」不適合。

6

いえの 前（まえ）で タクシー（　　　）と
めました。

1 が　　　　　2 に
3 を　　　　　4 は

在家門前（把）計程車攔下來了。
1 是（主語助詞）
2 到
3 把（賓語助詞，表示動作的對象）
4 是（主題助詞）

解答（3）

解題　句型分析：
此題考查日語中助詞「を」的使用。在句子「いえの前でタクシー（　　　）とめました」中，他動詞「とめました」表示「停」這個動作，因此需要使用表示動作對象的助詞「を」，用來標示「タクシー」是被「停」的對象。

選項解析：
1. が：用於表示主語，通常與動作的發生者搭配，這句中並不需要強調主語，因此「が」不合適。
2. に：表示方向或存在地點，但在這裡動詞「とめました」表示停車，應該使用「を」來標示受動作影響的對象，而非方向或存在地點。
3. を（正確答案）：用於表示動作的對象或受詞。在本句中，動作「とめました」是他動詞，表示「讓某物停止」，動作的對象是「計程車」，所以要用「を」。
4. は：用於強調或標示主題，而這裡不是強調「計程車」，而是敘述一個動作的受詞，因此不適合此處的語境。

7

A「さあ、出かけましょう。」
B「あと、10分（　　　）まって くださいませんか。」

1 ずつ　　　　　　　2 だけ
3 など　　　　　　　4 から

A「好了，我們出門吧！」
B「可以麻煩再等我十分鐘（就好）嗎？」

1 每次　　　　　　　2 只
3 等等　　　　　　　4 從

解答（2）

解題　句型分析：
此題考查日語中「助詞」的選擇。句中「あと、10分（　　）まってくださいませんか」的意思是請對方再等 10 分鐘。在這個情境下，應該選擇一個表示時間量或程度的助詞。
選項解析：
1. ずつ：是表示每次、逐步的意思，常用於「少しずつ（一點一點地）」或「一つずつ（一個一個地）」等情境。此處並不合適，因為句子中的意思是要求對方再等 10 分鐘，而不是分次等行。
2. だけ：表示「僅僅、只」用來強調數量或程度的限制。在這裡「10分だけ」表示「僅僅 10 分鐘」，是正確的用法，符合句子的語境。
3. など：表示列舉，常用於列舉事物的一部分，在此句中並不適合，因為句子是要求對方再等一段具體的時間，而不是列舉。
4. から：表示起點或原因，通常用於表示時間或動作的起點。這裡不適用，因為句子中要求的是一段具體的等待時間，並非表示時間的起點

8

（　　　）ながら けいたい電話を かけるのは やめましょう。

1 歩き　　　　2 歩く
3 歩か　　　　4 歩いて

不要一邊（走路）一邊打行動電話吧！

1 走路　　　　　　　2 走路
3 走路　　　　　　　4 走路

解答（1）

解題　句型分析：
此題考查日語中「動詞的ます形」的使用。「～ながら」是連接兩個動作的結構，表示「一邊……一邊……」，後接動詞的ます形。因此，句子中需要使用「歩く」的ます形。
選項解析：
1. 歩き：「歩く」的ます形，符合「～ながら」結構的要求，搭配形成「歩きながら」，表示「一邊走一邊……」。此選項正確。
2. 歩く：是動詞的基本形，不能與「～ながら」結合使用，因為「～ながら」需要ます形，因此這個選項不正確。
3. 歩か：是「歩く」的未然形，通常用於否定形式「歩かない」等，與「～ながら」不搭配。
4. 歩いて：是「歩く」的て形，通常用來連接動作（如「歩いて 学校へ行く」＝「走路去學校」），但不能用在「ながら」的句型中。

9

A「ここから 学校（　　　）どれくらい かかりますか。」
B「20分ぐらいです。」

1 へ　　　　　　　　2 で
3 に　　　　　　　　4 まで

A「從這裡（到）學校大約需要多少時間呢？」
B「二十分鐘左右。」

1 向　　　　　　　　2 在
3 去　　　　　　　　4 直到

解答（4）

解題　句型分析：
此題考查日語中「動作或範圍的終點」的表達方式。在日語中，表示動作或範圍的終點時，通常使用助詞「まで」。在句子中，「学校」是行動的終點，因此應使用「まで」來表達「到學校」的意思。
選項解析：
1. へ：也表示方向，但用於表達「向……」的概念，這裡不是說「去學校」，而是問「到學校要多久」，所以錯誤。
2. で：表示動作發生的場所或手段、方法，這裡不是描述「手段或地點」，因此不適用。
3. に：是用來表示動作的目的地或方向，這裡要表達的是「到學校」的語境，而不是「去學校」。
4. まで（正確答案）：表示「到達某地」的意思，通常用於表達範圍或終點，符合此處「到學校」的語境，因此是正確的選擇。

10

A「きょうしつには　だれか　いました
　か。」
B「いえ、（　　　）いませんでした。」

1 だれか　　　　　　　2 どれも

3 だれも　　　　　　　4 だれでも

A「有誰在教室裡嗎？」
B「沒有，（誰都）不在。」

1 某人　　　　　　　　2 任何一個都
3 誰都　　　　　　　　4 無論誰

解答（3）

解題 句型分析：
此題考查日語中的否定句型與「だれか」和「だれも」的區別。在這種情境下，當回答是否定問題時，應該使用「だれも」，它與否定語「いませんでした」搭配，表示「誰都沒有」。
選項解析：
1. だれか：用於表示「某人」，通常用於疑問句中。如果使用在否定句中，語義不正確，因此這個選項不合適。
2. どれも：表示「哪一個都」，用於選擇範圍內的所有東西，但這裡是在說「沒有人」，而不是「每一個」。
3. だれも（正確答案）：表示「誰都（沒有）」，與否定語「いませんでした」搭配，表示「一個人也沒有」，因此是正確的選擇。
4. だれでも：表示「誰都（可以）」，通常用於肯定句中。用於否定句時語義不對，因此這個選項不適用。

11

A「なぜ　あなたは　新聞を　読まないの
　ですか。」
B「朝は　いそがしい（　　　）です。」

1 から　　　　　　　　2 ほう

3 まで　　　　　　　　4 と

A「為什麼你不看報紙呢？」
B「（因為）早上很忙。」

1 因為　　　　　　　　2 比較
3 直到　　　　　　　　4 和

解答（1）

解題 句型分析：
此題考查日語中「～から」的用法。當表示原因或理由時，使用「～から」來引導原因。此句中的「いそがしい」是原因，使用「から」來解釋「為什麼不看報」。
選項解析：
1. から（正確答案）：用於表示原因或理由，這裡的意思是「因為早上很忙，所以不看報」，符合語境，正確。
2. ほう：表示「比較、方向」，在這個句子中與比較無關並不適用。這個選項不合適。
3. まで：表示「直到」的意思，常用於表示時間的終點或空間的範圍，本句中説明理由的語境不符合使用這個選項。
4. と：主要用於表示「和」或「如」，不符合表示原因的語境，因此不正確。

12

A「その　シャツは　（　　　）でした
　か。」
B「2千円です。」

1 どう　　　　　　　　2 いくら

3 何　　　　　　　　　4 どこ

A「那件襯衫是花了（多少錢）買的呢？」
B「兩千日圓。」

1 如何　　　　　　　　2 多少錢
3 什麼　　　　　　　　4 哪裡

解答（2）

解題 句型分析：
此題考查日語中「いくら」的用法。「いくら」用於詢問價格或費用，對應「多少錢」。在這個句子中，A詢問的是「那件襯衫是多少錢」，因此應該使用「いくら」。
選項解析：
1. どう：通常用來詢問狀態或評價「怎麼樣」或「如何」，不適用於詢問價格。這個選項不正確。
2. いくら（正確答案）：表示「多少錢」，在這裡用來詢問價格，符合語境，正確。
3. 何：用於詢問「什麼」的時候，不適用於詢問價格，這個選項不正確。
4. どこ：用來詢問地點「哪裡」，在這個情境中詢問價格並不合適，因此不正確。

13

これは、わたし（　　　）あなたへの
プレゼントです。

1 が　　　　　　　　　2 に

3 へ　　　　　　　　　4 から

這是我送給你的禮物。

1 是　　　　　　　　　2 給
3 到　　　　　　　　　4 從

解答（4）

解題 句型分析：
此題考查日語中助詞「から」的用法。「から」表示來源，適用於贈送情境。句中的「あなたへのプレゼント」指的是「送給你的禮物」，所以此處應該選擇「から」，表示「禮物的來源」。

選項解析：
1. が：用於表示主語，通常用來強調或引入某個名詞。此處不是主語的情境，因此不正確。
2. に：用來表示接受者，但這裡的「わたし」是贈送者，而不是接受者。
3. へ：表示方向或對象，但這裡的「わたし」是贈與者，而非動作的對象。
4. から（正確答案）：表示來源，適用於贈送、借出、學習對象等情境，這裡的「わたし」是「禮物的來源」，所以要用「から」。

14

ねる（　　　）はを みがきましょう。

1 まえから	2 まえに
3 のまえに	4 まえを

在睡覺（前）要刷牙喔！
1 從以前開始　　　2 之前
3 之前的　　　　　4 前面

解答 (2)

解題 句型分析：
此題考查日語中「時間表現」的用法。句子中提到「ねる（睡覺）」和「はをみがきましょう（刷牙）」，意思是「睡覺之前刷牙」。在這種情況下，應使用「まえに」，表示「在某事發生之前」。
選項解析：
1. まえから：通常表示「從以前開始」，強調時間的起點。此處不適用，因為我們描述的是「在某事之前」而不是「從以前開始」。
2. まえに（正確答案）：表示「在某事之前」，正確描述在睡覺之前刷牙的情境。
3. のまえに：通常用於「名詞＋まえに的形式」，像是「食事のまえに（在用餐前）」。這裡的「ねる」是動詞，不適合使用這種結構。
4. まえを：是「前面（的某個地方）」的意思，如「まえを 通ります（經過前面）」，但這裡是表達「在睡覺之前」，因此不適用。

15

子どもは あまい もの（　　　）すきです。

1 が	2 に
3 だけ	4 や

小孩子喜歡甜食。
1 是（主語助詞）
2 給（賓語助詞，表示動作的對象）
3 只
4 和、與

解答 (1)

解題 句型分析：
此題考查日語中「動作對象」助詞的用法。句子中提到「子どもは（子供）」，這是句子的主題，後面跟著「あまいもの（甜食）」這個對象，表示孩子喜歡甜食。此處需要搭配助詞「が」，用來表示喜歡的對象。
選項解析：
1. が（正確答案）：用於標示句子中的動作對象或主語的特徵。在這句中，「あまい もの」是孩子喜歡的對象，應該使用「が」。
2. に：表示方向、目的地等，通常用於動作的方向或受益者，不適用於表示「喜好」的情境。
3. だけ：表示「僅僅」或「只有」，用於限制範圍，但此處的句子並非表達範圍，因此不適用。
4. や：通常用於列舉名詞，例如「りんごやバナナ」，表示「～和～等」，在這個句型中並不適用。

16

山田「田上さん、きょうだいは？」
田上「兄は います（　　　）、弟は
　　　いません。」

1 から	2 ので
3 で	4 が

山田「田上先生有兄弟姊妹嗎？」
田上「我（雖然）有哥哥，但是沒有弟弟。」
1 因為　　　2 所以
3 在　　　　4 但是

解答 (4)

解題 句型分析：
此題考查日語中「對比關係」的表達方式。根據句子的結構，「います」和「いません」後接的部分是描述「兄」和「弟」的有無，並且使用「が」來連接，表示「有」與「沒有」之間的轉折關係。
選項解析：
1. から：表示原因或理由，通常用於說明某種行為或狀態的原因，並不適合用於此句中表達「兄弟之間的轉折對比關係」。
2. ので：也表示原因或理由，通常用於說明「因為～，所以～」，但這裡不是因果關係，而是對比。
3. で：表示手段、方法、原因、地點等，但這裡不是表示手段或方法，而是前後句對比。
4. が（正確答案）：在此用來表示前後兩個句子的對比關係。「兄はいますが、弟は いません」表達了「有兄弟但沒有弟弟」的轉折，這種情況下，使用「が」是正確的。

もんだい2 ＿★＿ に 入る ものは どれですか。1・2・3・4から いちばん いい ものを 一つ
えらんで ください。
問題 2 下文的 ＿★＿ 中該填入哪個選項，請從 1・2・3・4 之中選出一個最適合的答案。

17

A「あなたは、日本の たべもので ど
んな ものが すきですか。」
B「日本の たべもので ＿＿＿ ＿＿＿
＿★＿ ＿＿＿ てんぷらです。」

1 は　　　　　　　　　　2 すきな

3 わたしが　　　　　　　4 の

※ 正確語順
B「日本の たべもので わたしが すきな
のは てんぷらです。」
A「在日本的食物當中，你喜歡什麼樣的呢？」
B「在日本的食物當中，我喜歡的是天婦羅。」

解答（4）

解題
（1）選項意義分析
1. は：提示助詞，用於強調主題；2. すきな：形容動詞「好き」的連體形，表示「喜歡的」，用來修飾名詞；
3. わたしが：表示「我」，但「が」通常用於主語標記；4. の：助詞，表示所有或關聯，連接名詞。
（2）語法結構分析
根據日語基本語序：名詞 + 形容詞 + 助詞 + 名詞 + 謂語，整理正確的句子順序。
名詞（日本のたべもの）；形容詞（すきな）；助詞（のは）；名詞（てんぷら）；謂語（です）。
因此正確句子為：「日本のたべものですきなものはてんぷらです。」
（3）解答解析
正確答案：4（の）。在這個句子中，「の」是用來連接形容詞「すきな」和名詞，表示「我喜歡的食物是天
婦羅」，其他選項無法正確完成語法結構。

18

夕ご飯は ＿＿＿ ＿★＿ ＿＿＿
＿＿＿ 食べます。

1 入った　　　　　　　　2 に

3 あとで　　　　　　　　4 おふろ

※ 正確語順
夕ご飯は おふろに 入ったあとで 食べ
ます。
晚飯等到洗完澡以後吃。

解答（2）

解題
（1）選項意義分析
1. 入った：表示「進入」的動詞過去形；2. に：助詞，表示動作的方向或目的地；3. あとで：表示「之後」，
用於指示時間；4. おふろ：表示「浴室」，名詞。
（2）語法結構分析
根據日語基本語序：主語 + 助詞 + 名詞 + 助詞 + 動詞 + 時間詞 + 謂語，整理正確的句子順序。
主語（夕ご飯は）；名詞（おふろ）；助詞（に）；動詞（入った）；時間詞（あとで）；謂語（食べます）。
因此正確句子為：「夕ご飯はおふろに入ったあとで食べます。」
（3）解答解析
正確答案：2（に）。這句話描述的是「洗完澡後吃晚飯」，因此需要使用「に」來表示時間點，其他選項
無法正確完成語法結構。

19

先生「きのうは、なぜ　休んだのですか。」
学生「朝、＿＿＿＿　＿★＿＿＿　＿＿＿＿
　　　＿＿＿＿　からです。」

1 いたく　　　　　　　　2 が
3 あたま　　　　　　　　4 なった

※ 正確語順
学生「朝、あたまが　いたく　なったからです。」
老師「昨天為什麼沒來學校呢？」
學生「因為我早上頭痛了。」

解答(2)

解題
（1）選項意義分析
1.いたく：形容詞「痛い」的連用形，表示「痛」；2.が：助詞，表示主語或對象；3.あたま：表示「頭」，名詞，通常和「痛い」一起使用；4.なった：動詞「なる」的過去形，表示「變成」。
（2）語法結構分析
根據日語基本語序：時間＋主語＋助詞＋形容詞（狀態變化）＋助詞＋謂語，整理正確的句子順序。
時間（朝）；主語（あたま）；助詞（が）；形容詞（いたくなった）；助詞（から）；謂語（です）。
因此正確句子為：「朝、あたまがいたくなったからです。」
（3）解答解析
正確答案：2（が）。因為這句話描述的是「頭痛」，需要使用「が」來標示主語「頭」的情況，其他選項無法正確完成語法結構。

20

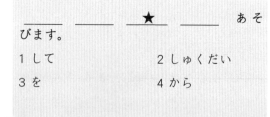

＿＿＿＿　＿＿＿＿　＿★＿＿＿　＿＿＿＿　あそ
びます。

1 して　　　　　　　　2 しゅくだい
3 を　　　　　　　　　4 から

※ 正確語順
しゅくだいを　してから　あそびます。
先做功課以後再玩。

解答(1)

解題
（1）選項意義分析
1.して：動詞「する」的連用形，表示「做」；2.しゅくだい：表示「作業」，為名詞；3.を：助詞，表示動作的對象；4.から：助詞，表示起點或原因。
（2）語法結構分析
根據日語基本語序：目的語＋助詞＋動詞＋接續助詞＋謂語，整理正確的句子順序。
目的語（しゅくだい）；助詞（を）；動詞（して）；接續助詞（から）；謂語（あそびます）。
因此正確句子為：「しゅくだいをしてからあそびます。」
（3）解答解析
正確答案：1（して）。這句話描述的是「先做功課再玩」，需要使用「して」來連接兩個動作，表示先後的順序，其他選項無法正確完成語法結構。

21

A「うちの　＿＿＿＿　＿＿＿＿　＿★＿＿＿
　＿＿＿＿よ。」
B「あら、うちの　ねこも　そうですよ。」

1 ねて　　　　　　　　2 一日中
3 います　　　　　　　4 ねこは

※ 正確語順
A「うちの　ねこは　一日中　ねて　いますよ。」
A「我家的貓一天到晚都在睡覺耶！」
B「那麼巧！我家的貓也是一樣耶！」

解答(1)

解題
（1）選項意義分析
1.ねて：動詞「寝る」的連用形，表示「睡覺」；2.一日中：表示「整天」，用來描述時間範圍；3.います：表示動作的持續或狀態的保持；4.ねこは：表示「貓」，是名詞「ねこ」加上提示助詞「は」。
（2）語法結構分析
根據日語基本語序：主語＋助詞＋副詞＋謂語＋助動詞＋助詞，整理正確的句子順序。

主語（うちのねこは）；副詞（一日中）；謂語（ねて）；助動詞（ています）；結句助詞（よ）。
因此正確句子為：「うちのねこは一日中ねていますよ。」
（3）解答解析
正確答案：1（ねて）。這句話描述的是「我家的貓整天在睡覺」，需要使用動詞「ねる」的連用形「ねて」
來連接描述的動作，其他選項無法正確完成語法結構。

もんだい3 | 22 | から | 26 | に 何を 入れますか。ぶんしょうの いみを かんがえて、1・2・3・4から いちばん いい ものを 一つ えらんで ください。

問題3 於閱讀下述文章之後，就整體文章的內容作答第 | 22 | 至 | 26 | 題，並從1・2・3・4選項中選出一個最適合的答案。

日本で べんきょうして いる 学生が、「しょうらいの わたし」に ついて ぶんしょうを 書いて、クラスの みんなの 前で 読みました。

（1）

わたしは、日本の 会社 | 22 | つとめて、ようふくの デザインを べんきょうする つもりです。デザインが じょうずに なったら、国へ 帰って よい デザインで | 23 | 服を | 24 | です。

（2）

ぼくは、5年間ぐらい、日本の 会社で コンピューターの 仕事を します。 | 25 | 国に 帰って、国の 会社で はたらきます。ぼく | 26 | 国に 帰るのを、両親も きょうだいたちも まっています。

在日本留學的學生以〈未來的我〉為題名寫了一篇文章，並且在班上同學的面前誦讀給大家聽。

（1）

我想 | 22 | 日本的公司上班，學習服裝設計。等我學會了服裝設計之後就會回國，希望 | 24 | 出物美 | 23 | 的服裝。

（2）

我想在日本公司從事電腦工作大約五年， | 25 | 回國在國內的公司工作。因為我父母和兄弟姊妹們都在等著我 | 26 | 回國。

22

1 に	2 から
3 を	4 と

1 在	2 從
3 （對象或範圍）	4 和

解答(1)

解題 關鍵句分析：
句子「わたしは、日本の 会社（22）つとめて、ようふくの デザインを べんきょうする つもりです。」其中，「つとめて」的動詞「勤める」意味著「在某處任職」，需要搭配適當的助詞來表達「在哪裡工作」。語法點解釋與選項排除邏輯：

1. に（在）：「～に勤める」是固定搭配，表示「在（某公司）工作」，例如「銀行に勤めています」（在銀行工作）。符合句意。
2. から（從）：表示起點。這裡不是強調工作的起點，而是工作的地點，因此不適合。
3. を（對象或範圍）：表示動作的對象或範圍，但「つとめる」的對象不會使用「を」。
4. と（和）：表示伴隨的對象或列舉，但這裡並不是指「和公司一起」工作，而是「在公司工作」。

因此正確答案是 1（に）。

翻譯＋通關解題

1

2

3

4

5

6

23

1 おいしい	2 安^{やす}い	1 好吃的	2 價廉的
3 さむい	4 広^{ひろ}い	3 寒冷的	4 寬廣的

解答 (2)

解題 關鍵句分析：

句子「デザインがじょうずになったら、国へ帰ってよいデザインで (23) 服を (24) です。」這裡的「(23)」應該填入一個形容詞，來描述服裝的特性。

語法點解釋與選項排除邏輯：

1. おいしい (美味的)：表示「美味的」，用來形容食物，而服裝並不能用「好吃的」來形容。
2. 安い (やすい／便宜的)：表示「便宜的」，形容價格，在服裝設計的背景下，指的是「設計出價格實惠的衣服」，這符合語境。
3. さむい (さむい／寒冷的)：表示「寒冷的」，形容天氣或氣候寒冷，但此處描述的是服裝的特性，與冷無關。
4. 広い (ひろい／寬闊的)：形容空間或範圍廣，但這裡描述的是服裝特性，不適用。

因此正確答案是 2（安い）。

24

1 作^{つく}りましょう	2 作^{つく}る	1 讓我們做	2 製作
3 作^{つく}ります	4 作^{つく}りたい	3 製作	4 想做

解答 (4)

解題 關鍵句分析：

句子「デザインがじょうずになったら、国へ帰ってよいデザインで安い服を (24) です。」這裡的 (24) 應該填入一個動詞的適當形態，來表達説話者對於製作衣服的意圖或計畫。

語法點解釋與選項排除邏輯：

1. 作りましょう (讓我們做)：這是「作る」的提議形式，表示「讓我們一起做吧」，但語境中説話者是在描述自己的計畫，而不是邀請他人一起行動，因此不適合。
2. 作る (製作)：這是動詞的原形，雖然可以表示製作衣服的動作，但語境更偏向説話者的願望或意圖，因此不如「作りたい」適合。
3. 作ります (製作)：是「作る」的敬體形式，通常用於禮貌的陳述句，但本句更偏向個人的願望或計畫，因此不適合。
4. 作りたい (想做)：屬於願望表達，符合句子的語境，因為説話者是在表達自己回國後想製作便宜服裝的願望。

因此正確答案是 4（作りたい）。

25

1 もう	2 しかし	1 已經	2 可是
3 それから	4 まだ	3 然後	4 尚未

解答 (3)

解題 關鍵句分析：

句子「ぼくは、5 年間ぐらい、日本の会社でコンピューターの仕事をします。(25) 国に帰って、国の会社ではたらきます。」這裡的 (25) 應該填入一個適當的連接詞，來表示前後兩個行動之間的關係。

語法點解釋與選項排除邏輯：

1. もう (已經)：表示已經發生，但這裡需要的是一個連接詞，而非時間副詞。
2. しかし (但是)：表示轉折，但這裡前後句子之間沒有轉折關係，與語境中的連貫表述不符。
3. それから (然後)：表示順序中的「接下來」，符合語境，描述回國後的動作，正確。
4. まだ (還沒)：表示某事尚未結束、仍在進行，或強調未達預期狀態。但這裡需要的非時間副詞。

因此，正確答案是 3（それから）。

26

1 は	2 が	1（標示主題）	2（標示主語）
3 と	4 に	3 和	4 往

解答 (2)

解題 關鍵句分析：

句子「ぼく (26) 国に帰るのを、両親もきょうだいたちもまっています。」這裡的 (26) 應該填入適當的助詞，來標示「ぼく」在句子中的角色。

語法點解釋與選項排除邏輯：

1. は：是話題標示助詞，表示主題，但在這個句子中，焦點是「両親もきょうだいたちもまっています」，即「家人們在等待我回國」，因此「ぼく」是主語，應該用「が」來標示。
2. が：用來標示主語，特別是當句子中出現「〜を待っています」（等待〜）這樣的句型時，需要「が」來指明誰是回國的主語，因此最適合。
3. と：通常表示「和〜一起」，但這裡並不是「和誰一起回國」，而是「我回國」，所以不適合。
4. に：通常表示動作的方向或對象，但這裡的「ぼく」是主語，而不是動作的目標，因此不適合。

因此正確答案是 2（が）。

もんだい4 つぎの (1)から (3)の ぶんしょうを 読んで、しつもんに こたえて ください。こたえは、1・
2・3・4から 一ばん いい ものを 一つ えらんで ください。

第4大題 請閱讀下列（1）～（3）的文章，並回答問題。請從選項1・2・3・4中，選出一個最適當的答案。

(1)

昨日、スーパーマーケットで、トマトを 三つ 100円で 売って いました。わたしは 「安い！」と 言って、すぐに 買いました。帰りに 家の 近くの 八百屋さんで 見たら もっと 大きい トマトが 四つで 100円でした。

昨天超級市場三個蕃茄賣一百日圓。我喊了聲「好便宜！」，馬上買了。回家的路上到家附近的蔬果店一看，發現更大顆的蕃茄四個才賣一百日圓。

27 「わたし」は、トマトを、どこで いくらで 買いましたか。

1 スーパーで 三つ 100円で 買いました。
2 スーパーで 四つ 100円で 買いました。
3 八百屋さんで 三つ 100円で 買いました。
4 八百屋さんで 四つ 100円で 買いました。

「我」在什麼地方用多少錢買了蕃茄呢？
1 在超級市場買了三個一百日圓的番茄。
2 在超級市場買了四個一百日圓的番茄。
3 在蔬果店買了三個一百日圓的番茄。
· 4 在蔬果店買了四個一百日圓的番茄。

解答 (1)

解題 題型分析：
這一題考查對文章中描述「我在哪裡、用多少錢買了幾個蕃茄」的理解。
關鍵句為：「昨日、スーパーマーケットで、トマトを三つ100円で売っていました。わたしは『安い！』と言って、すぐに買いました。」
這表明「我」在超市以100日圓買了三顆蕃茄。
選項解析：
1. 這一選項準確描述了文章內容，指出「我」在超市以100日圓購買了三個蕃茄，完全符合描述，因此正確。
2. 這一選項描述的數量不符，文章中提到的是「三個」蕃茄，而非四個，因此不正確。
3. 這一選項描述的地點不符，文章中明確提到是在超市購買，而蔬果店只是「看到了」其他價格，並未購買，因此不正確。
4. 這一選項描述的地點和數量皆不符，文章提到在蔬果店看到更大顆的四個蕃茄賣100日圓，但未提及購買，因此不正確。

(2)

今朝、わたしは 公園に さんぽに 行きました。となりの いえの おじいさんが 木の 下で しんぶんを 読んで いました。

今天早上我去了公園散步。住隔壁的爺爺坐在樹下看著報紙。

28 となりの いえの おじいさんは どれです か。

請問隔壁的爺爺是哪一位呢？

解答 (1)

(3)

　とおるくんが 学校から お知らせの 紙を もらって きました。

徹同學從學校拿到了一張通知單。

ご家族の みなさまへ お知らせ
3月25日（金曜日） 朝 10時か ら、学校の 体育館で 生徒の 音楽会 が あります。
　生徒は、みんな 同じ 白い シャ ツを 着て 歌いますので、それまでに 学校の 前の 店で 買って おいて ください。
　体育館に 入る ときは、入り口に ならべて ある スリッパを はいて ください。写真は とって いいです。
○○高等学校

　三月二十五日（星期五）早上十點 起，本校將於體育館舉辦學生音樂成 果發表會。

　由於全體同學必須穿著同樣的白襯 衫唱歌，請先至位於學校前方的店鋪 購買。

　進入體育館時，請換穿擺放在入口 處的拖鞋。會場內歡迎拍照。

　○○高中

29 お母さんは とおるくんの 音楽会までに 何 を 買いますか。

1 スリッパ　　　　2 白い ズボン
3 白い シャツ　　4 ビデオカメラ

請問媽媽在徹同學參加音樂成果發表會之 前，會買什麼東西呢？

1 拖鞋　　　　2 白長褲
3 白襯衫　　　4 錄影機

解答 (3)

解題 題型分析：

這一題考查對文章中描述「音樂會之前，媽媽需要準備什麼物品」的理解。

關鍵句為：「生徒は、みんな同じ白いシャツを着て歌いますので、それまでに学校の前の店で買っておいてください。」

這表明音樂會前，學生需要穿同樣的白襯衫，因此需要提前購買。

選項解析：

1. 這一選項提到的是進入體育館時需穿的拖鞋，但文章未要求購買，體育館入口已準備好拖鞋，因此不正確。
2. 這一選項提到白色褲子，但文章中並未提到需要白色褲子，因此不正確。
3. 這一選項準確描述了文章內容，提到音樂會時學生需要穿白襯衫，且必須提前購買，完全符合描述，因此正確。
4. 這一選項提到攝影機，但文章僅提到「可以拍照」，未要求購買攝影機，因此不正確。

問題五　翻譯與解題

もんだい5　つぎの　ぶんしょうを　読んで、しつもんに　こたえて　ください。こたえは、1・2・3・4から　いちばん　いい　ものを　一つ　えらんで　ください。

第5大題　請閱讀下列文章，並回答問題。請從選項1・2・3・4中，選出一個最適當的答案。

去年、わたしは　友だちと　沖縄に　りょこうに　行きました。沖縄は、日本の　南の　ほうに　ある　島で、海が　きれいな　ことで　ゆうめいです。

わたしたちは、飛行機を　おりて　すぐ、海に　行って　泳ぎました。その　あと、古い　お城を※　見に　行きました。お城は　わたしの　国の　ものとも、日本で　前に　見た　ものとも　ちがう　おもしろい　たてものでした。友だちは　その　しゃしんを　たくさん　とりました。

お城を　見た　あと、4時ごろ、ホテルに　向かいました。ホテルの　門の　前で、ねこが　ねて　いました。とても　かわいかったので、わたしは　その　ねこの　しゃしんを　とりました。

（注）お城：大きくてりっぱなたてものの一つ。

去年我和朋友去了沖繩旅行。沖繩是位於日本南方的島嶼，以美麗的海景著稱。

我們一下了飛機，立刻去了海邊游泳。游完泳後再去參觀了一座古老的城堡※。那座城堡和我國家的城堡，或是我以前在日本看過的其他城堡都不一樣，是一座很有意思的建築。朋友拍下了很多張城堡的照片。

看完城堡以後，大約四點左右，我們前往旅館。在旅館的門前有一隻貓咪在睡覺。那隻貓咪實在長得太可愛了，所以我拍了很多張那隻貓咪的照片。

（注）城堡：規模宏大又氣派的一種建築物。

30

わたしたちは、沖縄に　ついて　はじめに　何を　しましたか。

1 古い　お城を　見に　行きました。
2 ホテルに　入りました。
3 海に　行って　しゃしんを　とりました。
4 海に　行って　泳ぎました。

我們一到達沖繩，最先做了什麼事情？

1 去看了古老的城堡。
2 進了旅館。
3 去了海邊拍照。
4 去了海邊游泳。

解答（4）

解題 題型分析：

這一題考查對文章中描述「到達沖繩後，最先做的事情」的理解。

關鍵句為：「わたしたちは、飛行機をおりてすぐ、海に行って泳ぎました。」

這表明他們一下飛機就去了海邊游泳，這是他們到達後做的第一件事。

選項解析：

1. 這一選項提到參觀古老的城堡，但文章描述這是在游泳之後進行的，因此不正確。

2. 這一選項提到進入飯店，但文章中提到他們是下午四點左右才前往飯店，並非到達沖繩後立即進行的活動，因此不正確。

3. 這一選項提到在海邊拍照，但文章中只提到他們「游泳」，並未提及拍照，因此不正確。

4. 這一選項準確描述了文章內容，表明他們一下飛機就去了海邊游泳，完全符合描述，因此正確。

31

「わたし」は、何の しゃしんを とりましたか。

1 古い お城の しゃしん

2 きれいな 海の しゃしん

3 ホテルの 前で ねて いた ねこの しゃしん

4 お城の 門の 上で ねて いた ねこの しゃしん

「我」拍了什麼照片呢？

1 古老城堡的照片
2 美麗海景的照片
3 睡在旅館門前的貓咪的照片
4 睡在城堡門上的貓咪的照片

解答 (3)

解題 題型分析：

這一題考查對文章中描述「我拍了什麼照片」的理解。

關鍵句為：「ホテルの門の前で、ねこがねていました。とてもかわいかったので、わたしはそのねこのしゃしんをとりました。」

這表明「我」拍的是在飯店門口睡著的貓的照片。

選項解析：

1. 這一選項提到古老城堡的照片，但文章中提到拍攝古城堡照片的是朋友，而不是「我」，因此不正確。

2. 這一選項提到美麗海洋的照片，但文章中沒有提到拍攝海的照片，因此不正確。

3. 這一選項準確描述了文章內容，表明「我」拍攝了在飯店門口睡覺的貓的照片，完全符合描述，因此正確。

4. 這一選項提到城堡門上睡覺的貓，但文章中並未提到有這樣的場景，因此不正確。

問題六 翻譯與解題

もんだい6 右の ページを 見て、下の しつもんに こたえて ください。こたえは、1・2・3・4から いちばん いい ものを 一つ えらんで ください。

第6大題 請閱讀下方「從川越至東京所需時間與金額」，並回答下列問題。請從選項1・2・3・4中，選出一個最適當的答案。

川越から 東京までの 時間と お金

① かかる時間 54分　かかるお金 570円

川越 → 乗りかえ → 乗りかえ → 東京

② かかる時間 54分　かかるお金 640円

川越 → 乗りかえ → 東京

③ かかる時間 56分　かかるお金 640円

川越 → 乗りかえ → 乗りかえ → 東京

④ かかる時間 1時間6分　かかるお金 3,320円

川越 → 乗りかえ → 東京

從川越至東京所需時間與金額

① 所需時間 54 分鐘 所需金額 570 日圓

川越 → 轉乘 → 轉乘 → 東京

② 所需時間 54 分鐘 所需金額 640 日圓

川越 → 轉乘 → 東京

③ 所需時間 56 分鐘 所需金額 640 日圓

川越 → 轉乘 → 轉乘 → 東京

④ 所需時間 1 小時 6 分鐘 所需金額 3,320 日圓

川越 → 轉乘 → 東京

32

ヤンさんは、川越と いう 駅から 東京駅まで 電車で 行きます。行き方を 調べたら、四つの 行き方が ありました。乗りかえ※の 回数が 少なく、また かかる 時間も 短いのは、①～④の うちの どれですか。

（注）乗りかえ：電車やバスなどをおりて、ほかの電車やバスなどに乗ること。

1 ①　　　　　　　　　2 ②
3 ③　　　　　　　　　4 ④

楊小姐要從一個叫川越的車站搭電車前往東京車站。查詢乘車方式之後，發現有四種方法可以抵達。請問轉乘※次數最少，而且所需時間最短的是①～④之中的哪一種呢？

（注）轉乘：下了電車或巴士以後，再搭上其他電車或巴士。

1 ①　　　　　　　　　2 ②
3 ③　　　　　　　　　4 ④

解答（2）

解題：

1. 首先，需要選擇「乗り換えの回数が少なく」的方式。由於沒有不換乘即可到達的選項，需優先尋找僅需換乘一次的路徑，因此篩選出②和④。
2. 接著，再從中比較哪種方式所需時間較短，結果篩選出①和②。
3. 綜合以上兩項條件，最終符合要求的就是②。

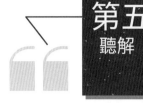

第五回
聽解

もんだい1では、はじめに しつもんを きいて ください。それから はなし を きいて、もんだいようしの 1から4の なかから、いちばん いい もの を ひとつ えらんで ください。

在問題 1 中，請先仔細聆聽問題。接著，聽對話內容，然後從問題用紙中的 1 到 4 個選項中，選出最適合的答案。

1

男の人と女の人が話しています。男の人は、この後、何を食べますか。

M：晩ご飯、おいしかったですね。この後、何か食べますか。

F：果物が食べたいです。それから、紅茶もほしいです。

M：僕は、果物よりおかしが好きだから、ケーキにします。

F：私もケーキは好きですが、太るので、晩ご飯の後には食べません。

男の人は、この後、何を食べますか。

男士和女士正在交談。請問這位男士之後會吃什麼呢？

M：這頓晚餐真好吃！接下來要吃什麼呢？

F：我想吃水果。還有，也想喝紅茶。

M：比起水果，我更喜歡吃甜點，我要吃蛋糕。

F：我也喜歡蛋糕，但是會變胖，所以晚餐之後不吃。

請問這位男士之後會吃什麼呢？

1	2
	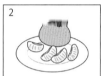
3	4

解答 (4)

解題 關鍵點：

1. 男士提到「僕は、果物よりおかしが好きだから、ケーキにします」，表明選擇了蛋糕。

2. 女士提到「果物が食べたいです。それから、紅茶もほしいです」，説明她選擇水果和紅茶。

3. 女士雖然表示喜歡蛋糕，但因為考慮到會變胖而決定不吃。

從他的話「僕は、…ケーキにします」可以看出，他的選擇是選項 4。

2

学校で、女の人と男の人が話しています。男の人は、後でどこに行きますか。

F：山田先生があなたをさがしていましたよ。

M：えっ、どこでですか。

F：教室の前のろうかです。あなたのさいふが学校の食堂に落ちていたと言っていましたよ。

M：そうですか。山田先生は今、どこにいるのですか。

F：さっきまで先生方の部屋にいましたが、もう授業が始まったので、B組の教室にいます。

M：じゃ、授業が終わる時間に、ちょっと行ってきます。

男の人は、後でどこに行きますか。

1 きょうしつのまえのろうか
2 がっこうのしょくどう
3 せんせいがたのへや
4 Bぐみのきょうしつ

女士和男士正在學校裡交談。請問這位男士之後要去哪裡呢？

F：山田老師正在找你喔！

M：嘎？在哪裡遇到的呢？

F：在教室前面的走廊。説是你的錢包掉在學校餐廳裡了。

M：原來是這樣哦。山田老師現在在哪裡呢？

F：剛才還在教師們的辦公室裡，可是現在已經開始上課了，所以在B班的教室。

M：那，等下課以後我去一下。

請問這位男士之後要去哪裡呢？

1 教室前面的走廊
2 學校的餐廳
3 教師們的辦公室
4 B班的教室

解答（4）

解題 關鍵點：
1. 山田老師提到男士的錢包掉在學校的餐廳，並讓男士去找他。
2. 山田老師目前在B班教室上課，所以男士計劃等下課後再去找他。
3. 男士明確表示「授業が終わる時間に、ちょっと行ってきます」，説明目標地點是B班教室。
選項解析：
1. 教室前面的走廊：這是山田老師早些時候待過的地方，但現在他已經離開了。
2. 學校的餐廳：錢包掉在餐廳，但山田老師不在這裡，男士也沒有計劃去這裡。
3. 教師們的辦公室：山田老師之前在這裡，但現在已經去了B班教室。
4. B班的教室：正確答案。山田老師正在B班教室上課，男士計劃等下課後去見他。

3

店で、女の人と店の人が話しています。店の人は、どのかばんを取りますか。

F：子どもが学校に持っていくかばんはありますか。

M：お子さんはいくつですか。

F：12歳です。

M：では、あれはどうですか。絵がついていない、白いかばんです。大きいので、にもつがたくさん入りますよ。動物の絵がついているのは、小さいお子さんが使うものです。

店の人は、どのかばんを取りますか。

女士和店員正在商店裡交談。請問這位店員會拿出哪一個提包呢？

F：有沒有適合兒童帶去學校用的提包呢？

M：請問您的孩子是幾歲呢？

F：十二歲。

M：那麼，那個可以嗎？上面沒有圖案，是白色的提包，容量很大，可以放很多東西喔！有動物圖案的是小小孩用的。

請問這位店員會拿出哪一個提包呢？

解答（3）

解題 關鍵點：
1. 女士需要為她12歲的孩子選擇一個學校用的提包。
2. 店員建議的是「絵がついていない、白いかばん」，並強調「大きいので、にもつがたくさん入ります」。
3. 帶有動物圖案的小提包則是給小小孩使用的，並不符合需求。
我們可以透過刪除法來找出正確答案。題目提到的是「絵がついていない、白いかばん」，因此只有選項3和4符合條件。接著，又提到「大きいので」，因此小型的選項4也被排除，正確答案是選項3。

4

女の留学生と男の留学生が話しています。
男の留学生は、夏休みにまず何をしますか。

F：夏休みには、何をしますか。

M：プールで泳ぎたいです。本もたくさん
　読みたいです。それから、すずしいと
　ころに旅行にも行きたいです。

F：わたしの学校は、夏休みの宿題がたく
　さんありますよ。あなたの学校は？

M：ありますよ。日本語で作文を書くのが
　宿題です。宿題をやってから遊ぶつも
　りです。

男の留学生は、夏休みにまず何をしますか。

1　プールでおよぎます

2　本をよみます

3　りょこうに行きます

4　しゅくだいをします

女留學生和男留學生正在交談。請問這位男留學生
暑假時最先會做什麼呢？

F：你暑假要做什麼呢？

M：我想去泳池游泳，也想看很多書。然後，還想
　去涼爽的地方旅行。

F：我的學校給了很多暑假作業耶！你的學校呢？

M：有啊！作業是用日文寫作文。我打算先做完作
　業後再去玩。

請問這位男留學生暑假時最先會做什麼呢？

1　在泳池游泳

2　看書

3　去旅行

4　做作業

解答 (4)

解題 關鍵點：

1. 男留學生提到他暑假有很多計畫，包括游泳、看書和旅行。

2. 女留學生提到她的學校有很多暑假作業，並詢問男留學生的情況。

3. 男留學生回答説，他的學校也有作業，而且他計畫先完成作業再去玩。

選項解析：

1. 在泳池游泳：游泳是男留學生計畫的活動之一，但他説會先做作業再去玩。

2. 看書：這是他暑假計畫的一部分，但並不是他會最先做的事情。

3. 去旅行：他提到旅行是計畫的一部分，但需要先完成作業。

4. 做作業：正確答案。他明確表示「宿題をやってから遊ぶつもり」，所以最先會做的是完成暑假作業。

5

ペットの店で、男のお店の人と女の客が
話しています。女の客はどれを買いますか。

M：あの大きな犬はいかがですか。

F：家がせまいから、小さい動物の方がい
　いんですが。

M：では、あの毛が長くて小さい犬は？か
　わいいでしょう。

F：あのう、犬よりねこの方が好きなんで
　す。

M：じゃ、あの白くて小さいねこは？かわ
　いいでしょう。

F：あ、かわいい。まだ子ねこですね。

M：鳥も小さいですよ。

F：いえ、もうあっちに決めました。

女の客はどれを買いますか。

男店員和女顧客正在寵物店裡交談。請問
這位女顧客會買哪一隻動物呢？

M：您覺得那隻大狗如何呢？

F：家裡很小，小動物比較適合。

M：那麼，那隻長毛的小狗呢？很可愛吧？

F：呃，比起狗，我更喜歡貓。

M：那麼，那隻白色的小貓呢？很可愛吧？

F：啊！好可愛！還是一隻小貓咪吧？

M：鳥的體型也很小哦！

F：不用了，我已經決定要那一隻了。

請問這位女顧客會買哪一隻動物呢？

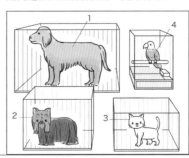

解答 (3)

解題 關鍵點：

1. 女顧客拒絕了大狗，原因是家裡空間小。
2. 提到小狗時，女顧客表示比起狗更喜歡貓。
3. 提到小貓時，女顧客明確表示「かわいい」，並決定選擇那隻貓。
4. 提到鳥時，女顧客直接拒絕，表示已經決定選擇小貓。

因此只有選項 3 和 4 符合條件。接著，又提到「大きいので」，因此小型的選項 4 也被排除，正確答案是選項 3。

6

女の人と男の人が話しています。男の人は、このあと初めに何をしますか。

F：おかえりなさい。寒かったでしょう。今、部屋を暖かくしますね。

M：うん、ありがとう。

F：熱いコーヒーを飲みますか。すぐ晩ご飯を食べますか。

M：晩ご飯の前に、おふろのほうがいいです。

F：どうぞ。おふろも用意してあります。

男の人は、このあと初めに何をしますか。

1 へやをあたたかくします

2 あついコーヒーをのみます

3 ばんごはんをたべます

4 おふろに入ります

女士和男士正在交談。請問這位男士之後要先做什麼呢？

F：你回來了！外面很冷吧？我現在就開暖氣喔！

M：嗯，謝謝。

F：要不要喝熱咖啡？晚飯馬上就可以吃了。

M：我想在吃晚飯前先洗澡。

F：去洗吧，洗澡水已經放好了。

請問這位男士之後要先做什麼呢？

1 開室內暖氣
2 喝熱咖啡
3 吃晚飯
4 洗澡

解答（4）

解題 關鍵點：

1. 女士提到「寒かったでしょう」，説明房間需要暖氣，但由女士負責操作，與男士行動無關。
2. 女士詢問是否要喝熱咖啡，但男士並未明確回應接受。
3. 男士表達「晩ご飯の前に、おふろのほうがいいです」，説明洗澡是他的優先事項。

選項解析：

1. 開室內暖氣：這是女士的行動，不是男士要做的事情。
2. 喝熱咖啡：對話中沒有提到男士接受喝咖啡。
3. 吃晚飯：男士明確表示會先洗澡再吃晚飯。
4. 洗澡：正確答案。男士優先選擇的是洗澡，並且女士已經準備好洗澡水。

7

男の人とホテルの女の人が話しています。男の人は、どこで晩ご飯を食べますか。

M：晩ご飯をまだ食べていません。近くにレストランはありますか。

F：駅の近くにありますが、ホテルからは遠いです。タクシーを呼びましょうか。

M：そうですね……。パン屋はありますか。

F：パンは、ホテルの中の店で売っています。

M：そうですか。疲れていますので、パンを買って、部屋で食べたいです。

F：パン屋はフロントの前です。

男の人は、どこで晩ご飯を食べますか。

1 ホテルのちかくのレストラン
2 えきのちかくのレストラン
3 ホテルのちかくのパンや
4 ホテルのじぶんのへや

男士和旅館女性員工正在交談。請問這位男士要在哪裡吃晚餐呢？

M：我還沒吃晚餐，這附近有餐廳嗎？

F：車站附近有，但是從旅館去那裡太遠了。要幫您叫計程車嗎？

M：這樣哦……，有麵包店嗎？

F：麵包的話，在旅館附設的麵包店有販售。

M：這樣啊。我很累了，想買麵包帶回房間裡吃。

F：麵包店在櫃臺前方。

請問這位男士要在哪裡吃晚餐呢？

1 旅館附近的餐廳
2 車站附近的餐廳
3 旅館附近的麵包店
4 旅館內自己的房間裡

解答(4)

解題　關鍵點：
1. 男士詢問有無餐廳，得知車站附近有餐廳，但距離太遠且需要搭計程車。
2. 男士改問有無麵包店，得知旅館內有麵包店可供購買。
3. 男士表示「疲れていますので、パンを買って、部屋で食べたいです」，明確説明他會帶麵包回房間吃。
選項解析：
1. 旅館附近的餐廳：對話中並未提到旅館附近有餐廳。
2. 車站附近的餐廳：雖然有提到車站附近有餐廳，但男士未選擇去那裡用餐。
3. 旅館附近的麵包店：麵包店位於旅館內，男士只是購買麵包，並未在麵包店內用餐。
4. 旅館內自己的房間裡：正確答案。男士明確表示會購買麵包後，在房間內用餐。

問題二　翻譯與解題

もんだい2では、はじめに　しつもんを　きいて　ください。それから　はなしを　きいて、もんだいようしの 1から4の　なかから、いちばん　いい　ものを　ひとつ　えらんで　ください。

在問題 2 中，請先仔細聆聽問題。接著，聽對話內容，然後從問題用紙中的 1 到 4 個選項中，選出最適合的答案。

1

男の留学生と日本の女の人が話しています。「つゆ」とは何ですか。

M：今日も雨で、嫌ですね。

F：日本では、6月ごろは雨が多いんです。「つゆ」と言います。

M：雨がたくさん降るのが「つゆ」なんですね。

F：いいえ。秋にも雨がたくさん降りますが、「つゆ」とは言いません。

M：6月ごろ降る雨の名前なんですか。知りませんでした。

「つゆ」とは何ですか。

1 いやなあめ　　　　2 6月ごろのあめ
3 たくさんふるあめ　4 秋のあめ

男留學生正在和日本女士交談。請問「梅雨」是指什麼呢？

M：今天又下雨了，好討厭哦！

F：日本在六月份經常下雨，這叫作「梅雨」。

M：下很多雨就叫作「梅雨」對吧？

F：不是的。雖然秋天也會下很多雨，但不叫「梅雨」。

M：原來是在六月份下的雨才叫這個名稱喔，我以前都不曉得。

請問「梅雨」是指什麼呢？

1 討厭的雨　　　　2 六月份左右的雨
3 下很多的雨　　　4 秋天的雨

解答(2)

解題 關鍵點：

1. 女士提到「6月ごろは雨が多いんです」，並進一步說明這叫作「つゆ」。這句話指出了「つゆ」的時間範圍與特徵。
2. 男留學生問：「雨がたくさん降るのが『つゆ』なんですね」，女士否定並說明：「秋にも雨がたくさん降りますが、『つゆ』とは言いません」，這排除了僅僅是下很多雨的定義。
3. 最後男留學生總結：「6月ごろ降る雨の名前なんですか」，這是對「つゆ」的正確理解。

選項解析：

1. 討厭的雨：對話中並未強調「つゆ」是否令人討厭。
2. 六月份左右的雨：正確答案。對話清楚指出「つゆ」是六月份多雨時期的特定名稱。
3. 下很多的雨：對話明確說明即使秋天下很多雨，也不稱為「つゆ」。
4. 秋天的雨：對話中女士特別說明秋天的雨不叫作「つゆ」。

2

女の人と男の人が話しています。女の人は、どんな結婚式をしたいですか。

F：昨日、姉が結婚しました。

M：おめでとうございます。

F：ありがとうございます。

M：にぎやかな結婚式でしたか。

F：はい、友だちがおおぜい来て、みんなで歌を歌いました。

M：よかったですね。あなたはどんな結婚式がしたいですか。

F：私は、家族だけの静かな結婚式がしたいです。

M：それもいいですね。私は、どこか外国で結婚式をしたいです。

女の人は、どんな結婚式をしたいですか。

1 にぎやかなけっこんしき

2 しずかなけっこんしき

3 がいこくでやるけっこんしき

4 けっこんしきはしたくない

女士和男士正在交談。請問這位女士想要舉行什麼樣的婚禮呢？

F：昨天我姊姊結婚了。

M：恭喜！

F：謝謝。

M：婚禮很熱鬧嗎？

F：是的，來了很多朋友，大家一起唱了歌。

M：真是太好了！妳想要什麼樣的婚禮呢？

F：我只想要家人在場觀禮的安靜婚禮。

M：那樣也很不錯喔。我想要到國外找個地方舉行婚禮。

請問這位女士想要舉行什麼樣的婚禮呢？

1 熱鬧的婚禮

2 安靜的婚禮

3 到外國舉行的婚禮

4 不想舉行婚禮

解答 (2)

解題 關鍵點：

1. 女士提到昨天姊姊的婚禮「にぎやかな結婚式」，但並未表示自己喜歡這種婚禮形式。
2. 男士問：「あなたはどんな結婚式がしたいですか」，女士回答：「家族だけの静かな結婚式がしたいです」，清楚表達了她的喜好。
3. 男士提到他自己希望舉行的婚禮形式（在國外舉行），但這與問題中的答案無關。

選項解析：

1. 熱鬧的婚禮：雖然姊姊的婚禮是熱鬧的，但女士表明自己不想要這種婚禮。
2. 安靜的婚禮：正確答案。女士明確說想要只有家人參加的安靜婚禮。
3. 到外國舉行的婚禮：這是男士的婚禮計畫，並非女士的想法。
4. 想舉行婚禮：女士提到她想舉行安靜的婚禮，而不是不想舉行婚禮。

3

女の人と男の人が、電話で話しています。今、男の人がいるところは、どんな天気ですか。

F：寒くなりましたね。

M：そうですね。テレビでは、午前中はくもりで、午後から雪が降ると言っていましたよ。

F：そうなんですか。そちらでは、雪はもう降っていますか。

M：まだ、降っていません。でも、今、雨が降っているので、夜は雪になるでしょう。

今、男の人がいるところは、どんな天気ですか。

1 くもり　　　　　　　2 ゆき

3 あめ　　　　　　　　4 はれ

女士和男士正在講電話。請問那位男士目前所在地的天氣如何呢？

F：天氣變冷了吧？

M：是啊。電視氣象說了，上午是陰天，下午之後會下雪喔。

F：這樣哦。你那邊已經在下雪了嗎？

M：還沒下。不過，現在正在下雨，入夜之後應該會轉為下雪吧。

請問那位男士目前所在地的天氣如何呢？

1 陰天　　　　　　　　2 下雪天

3 雨天　　　　　　　　4 晴天

解答（3）

解題 關鍵點：
1. 男士所在地的天氣現況為「今、雨が降っている」，表示當前正在下雨。
2. 雖然提到「夜は雪になるでしょう」，但這是對未來的預測，與當前情況無關。
3. 問題明確詢問的是「今」，即當前的天氣。
選項解析：
1. 陰天：男士提到現在正在下雨，而非陰天。
2. 下雪天：男士提到目前還未下雪，但可能晚上會下雪。
3. 雨天：正確答案。男士明確提到「今、雨が降っている」。
4. 晴天：男士所在地並非晴天，而是正在下雨。

4

男の人と女の人が話しています。女の人は、ぜんぶでいくら買い物をしましたか。

M：たくさん買い物をしましたね。お酒も買ったのですか。いくらでしたか。

F：1本 1,500 円です。2本買いました。

M：お酒は高いですね。そのほかに何を買いましたか。

F：パンとハム、それに卵を買いました。パーティーの料理にサンドイッチを作ります。

M：パンとハムと卵でいくらでしたか。

F：2,500 円でした。

女の人は、ぜんぶでいくら買い物をしましたか。

1 1,500 えん　　　　　2 2,500 えん

3 3,000 えん　　　　　4 5,500 えん

男士和女士正在交談。請問這位女士總共買了多少錢的東西呢？

M：妳買了好多東西哦！還買了酒嗎？多少錢？

F：一瓶一千五百日圓，我買了兩瓶。

M：酒好貴喔！其他還買了什麼呢？

F：麵包和火腿，還買了蛋。派對的餐點我要做三明治。

M：麵包和火腿還有蛋是多少錢呢？

F：兩千五百日圓。

請問這位女士總共買了多少錢的東西呢？

1 1,500 日圓　　　　　2 2,500 日圓

3 3,000 日圓

4 5,500 日圓

解答（4）

解題 關鍵點：
1. 女士購買了兩瓶酒，每瓶價格為 1,500 日圓，共計 3,000 日圓。
2. 女士還購買了麵包、火腿和蛋，這些物品的總價格為 2,500 日圓。
3. 問題詢問的是「ぜんぶで」，即總共的花費金額。
選項解析：
1. 1,500 日圓：這僅是單瓶酒的價格，而非總金額。
2. 2,500 日圓：這是麵包、火腿和蛋的總價格，並未包含酒的費用。
3. 3,000 日圓：這是兩瓶酒的總價格，但未包含其他物品的費用。
4. 5,500 日圓：正確答案。3,000 日圓（酒）加上 2,500 日圓（其他物品），總計為 5,500 日圓。

5

女の学生と男の学生が話しています。二人は、今日は何で帰りますか。

F：あ、佐々木さん。いつもこのバスで帰るんですか。

M：いいえ、お金がないから、自転車です。天気が悪いときは、歩きます。

F：今日はどうしたんですか。

M：足が痛いんです。小野さんは、いつも地下鉄ですよね。

F：ええ、でも今日は、電気が止まって地下鉄が走っていないんです。

M：そうですか。

二人は、今日は何で帰りますか。

1 バス　　　　　　　2 じてんしゃ

3 あるきます　　　　4 ちかてつ

女學生和男學生正在交談。請問他們兩人今天要用什麼交通方式回家呢？

F：啊，佐佐木同學！你平常都是搭這條路線的巴士回家嗎？

M：不是，我沒錢，都騎自行車；天氣不好的時候就走路。

F：那今天為什麼會來搭巴士呢？

M：我腳痛。小野同學通常都搭地下鐵吧？

F：是呀。不過今天停電了，地下鐵沒有運行。

M：原來是這樣的喔。

請問他們兩人今天要用什麼交通方式回家呢？

1 巴士　　　　　　　2 自行車

3 步行　　　　　　　4 地下鐵

解答(1)

解題 關鍵點：

1. 男學生平時騎自行車，但今天因為腳痛，改變了交通方式：「足が痛いんです。」
2. 女學生平時搭地下鐵，但今天因為停電，地下鐵無法運行：「電気が止まって地下鉄が走っていないんです。」
3. 對話中提到兩人交談的地點可能是在巴士上或巴士站，暗示今天選擇了巴士：「あ、佐々木さん。いつもこのバスで帰るんですか。」

選項解析：

1. 巴士：正確答案。今天兩人都選擇搭巴士回家，符合對話內容。
2. 自行車：男學生平時騎自行車，但今天因為腳痛，並未使用自行車。
3. 步行：男學生腳痛，無法步行；女學生未提到今天選擇步行。
4. 地下鐵：女學生提到地下鐵因停電而無法運行。

6

女の人と店の男の人が話しています。女の人はかさをいくらで買いましたか。

F：すみません。このかさは、いくらですか。

M：2,500 円です。前は 2,800 円だったのですよ。

F：300 円安くなっているのですね。同じかさで、赤いのはないですか。

M：ないですね。では、もう 200 円安くしますよ。買ってください。

F：じゃあ、そのかさをください。

女の人はかさをいくらで買いましたか。

1 2,200 えん　　　　2 2,300 えん

3 2,500 えん　　　　4 2,800 えん

女士和男店員正在交談。請問這位女士用多少錢買了傘呢？

F：不好意思，請問這把傘多少錢呢？

M：兩千五百日圓。原本賣兩千八百日圓喔！

F：這樣便宜了三百日圓囉。有沒有和這個同樣款式的紅色的呢？

M：沒有耶。那麼，再便宜兩百日圓給您喔！跟我買吧！

F：那，請給我那把傘。

請問這位女士用多少錢買了傘呢？

1 兩千兩百日圓　　　　　　2 兩千三百日圓

3 兩千五百日圓　　　　　　4 兩千八百日圓

解答(2)

解題 關鍵點：

1. 傘的原價是「2,800 円」，現價降到「2,500 円」：「前は 2,800 円だったのですよ。」**
2. 女士希望找同款的紅色傘，但店員表示沒有：「同じかさで、赤いのはないですか。」->「ないですね。」
3. 店員為促銷，表示再便宜 200 日圓：「では、もう 200 円安くしますよ。」
4. 女士接受店員的提議，購買了傘：「じゃあ、そのかさをください。」

選項解析：

1. 2,200 日圓：對話中並未提到降價至 2,200 日圓。
2. 2,300 日圓：正確答案。現價 2,500 日圓，店員再減 200 日圓，實際購買價格為 2,300 日圓。
3. 2,500 日圓：這是最初降價後的價格，並非最終購買價格。
4. 2,800 日圓：這是原價，並非購買價格。

もんだい3では、えを みながら しつもんを きいて ください。➡（やじるし）の ひとは、なんと いいますか。1から3の なかから、 いちばん いい ものを ひとつ えらんで ください。
在問題 3 中，請一邊看圖，一邊仔細聆聽問題。➡（箭頭）指向的人會說什麼呢？請從 1 到 3 個選項中，選出最適合的答案。

1

向こうにある荷物がほしいです。何と言いますか。
F：1 すみませんが、あの荷物を取ってくださいませんか。
2 おつかれさまですが、あれを取りませんか。
3 大丈夫ですが、あれを取ってください。

想要請人家幫忙拿擺在那邊的東西。請問這時該說什麼呢？
F：1 不好意思，可以幫我拿那件行李嗎？
2 辛苦了，但是您不拿那個嗎？
3 我沒事，可是請幫忙拿那個。

解答（1）

解題 關鍵詞：
關鍵詞「すみませんが、あの荷物を取ってくださいませんか」是日語中用於禮貌地請求他人幫忙的表達方式，意為「不好意思，可以幫我拿那件行李嗎？」這是一種得體的央託表達。
選項解析：
1. すみませんが、あの荷物を取ってくださいませんか（不好意思，可以幫我拿那件行李嗎？）：這是用禮貌方式請求對方幫忙的語句，符合情境，因此是正確答案。
2. おつかれさまですが、あれを取りませんか（辛苦了，您不拿那個嗎？）：這句話中「取りませんか」不具有央託的意思，反而像是在詢問對方是否要拿某物，語意不符，因此不正確。
3. 大丈夫ですが、あれを取ってください（我沒事，可是請幫忙拿那個）：雖然「取ってください」本身正確，但前面的「大丈夫ですが」語意不明，整句話表達不自然，因此不正確。

2

先生の部屋から出ます。何と言いますか。
M：1 おはようございます。
2 失礼しました。
3 おやすみなさい。

準備要離開老師的辦公室。請問這時該說什麼呢？
M：1 早安。
2 打擾了。
3 晚安。

解答（2）

解題 關鍵詞：
關鍵詞「失礼しました」是日語中用於向對方表達告退時的禮貌語句，意為「報告完畢」或「先告退了」。這在正式場合如離開老師或上司的辦公室時非常常用。
選項解析：
1. おはようございます（早安）：這是早晨的問候語，用於迎接一天的開始，與題目中「離開老師的辦公室」無關，因此不正確。
2. 失礼しました（打擾了）：這是離開老師或上司辦公室時常用的禮貌語句，符合情境，因此是正確答案。
3. おやすみなさい（晚安）：這是用於晚上就寢時的致意語，與題目無關，因此不正確。

3

会社に遅れました。会社の人に何と言いますか。
M：1 僕も忙しいのです。
　　2 遅れたかなあ。
　　3 遅れて、すみません。

上班遲到了。請問這時該跟公司的人說什麼呢？
M：1 我也很忙。
　　2 是不是遲到了呢？
　　3 我遲到了，對不起。

解答 (3)

解題 關鍵詞：
關鍵詞「遅れて、すみません」是日語中用於向對方表達遲到歉意的語句，意為「我遲到了，對不起」。
這是上班遲到時對公司同事或上司應說的標準表達。
選項解析：
1. 僕も忙しいのです（我也很忙）：這是為遲到找藉口的語句，顯得不負責任，對於工作場合來說不恰當，
　 因此不正確。
2. 遅れたかなあ（是不是遲到了呢）：這是用於不確定自己是否遲到時的語句，但作為上班族應做好時間
　 管理，這種不確定性的回答不恰當，因此不正確。
3. 遅れて、すみません（我遲到了，對不起）：這是為遲到正式致歉的語句，符合工作場合的禮貌需求，
　 因此是正確答案。

4

ボールペンを忘れました。そばの人に何と言いますか。
F：1 ボールペンを貸してくださいませんか。
　　2 ボールペンを借りてくださいませんか。
　　3 ボールペンを貸しましょうか。

忘記帶原子筆了。請問這時該跟隔壁同學說什麼呢？
F：1 能不能向你借原子筆呢？
　　2 能不能來借原子筆呢？
　　3 借你原子筆吧？

解答 (1)

解題 關鍵詞：
關鍵詞「ボールペンを貸してくださいませんか」是日語中用於禮貌地請求他人借用物品的語句，意為
「能不能向你借原子筆呢？」這是常用於需要幫助的正式表達。
選項解析：
1. ボールペンを貸してくださいませんか（能不能向你借原子筆呢？）：這是用於禮貌地向他人請求幫忙
　 借用物品的語句，直接回應了情境需求，因此是正確答案。
2. ボールペンを借りてくださいませんか（能不能來借原子筆呢？）：這句話意思變成請對方來向自己借
　 原子筆，語意錯誤，因此不正確。
3. ボールペンを貸しましょうか（借你原子筆吧？）：這是用於表達自己要將物品借給對方的語句，語境
　 與情境需求不符，因此不正確。

5
メロンパンを買います。何と言いますか。

M：1 メロンパンでもください。
　　2 メロンパンをください。
　　3 メロンパンはおいしいですね。

要買菠蘿麵包。請問這時該說什麼呢？

M：1 請隨便給我一塊菠蘿麵包之類的。
　　2 請給我菠蘿麵包。
　　3 菠蘿麵包真好吃對吧？

解答 (2)

解題 關鍵詞：
關鍵詞「メロンパンをください」是日語中用於請求購買商品的語句，意為「請給我菠蘿麵包」。這是購物時最直接且常用的表達方式。
選填解析：
1. メロンパンでもください (請隨便給我一塊菠蘿麵包之類的)：「でも」表示還有其他可能性，語意模糊，且具有降低前述名詞評價的作用，不適合直接用於清楚表達購買意圖的情境，因此不正確。
2. メロンパンをください (請給我菠蘿麵包)：這是直接明確請求購買菠蘿麵包的語句，符合購物時的需求，因此是正確答案。
3. メロンパンはおいしいですね (菠蘿麵包真好吃對吧？)：這是對菠蘿麵包口感的感想表達，與購物需求無直接關係，因此不正確。

問題四 翻譯與解題

もんだい4は、えなどが　ありません。ぶんを　きいて、1から3の　なかから、いちばん　いい　ものを
ひとつ　えらんで　ください。

在問題 4 中，沒有圖片等輔助資料。請仔細聆聽句子，然後從 1 到 3 個選項中，選出最適合的答案。

1
F：誕生日はいつですか。
M：1 8月3日です。
　　2 24歳です。
　　3 まだです。

F：你生日是什麼時候呢？
M：1 八月三號。
　　2 二十四歲。
　　3 還沒有。

解答 (1)

解題 關鍵詞：
關鍵詞「誕生日はいつですか」是日語中用於詢問生日日期的語句，意為「你的生日是什麼時候呢？」回答應直接說明具體的日期。
選項解析：
1. 8月3日です (八月三號)：這是直接回答生日日期的語句，清楚地回應了問題的提問，符合情境，因此是正確答案。
2. 24歳です (二十四歲)：這是回答年齡的語句，與問題詢問的生日日期無關，因此不正確。
3. まだです (還沒有)：這句話語意模糊，可以用於其他情境，但不適用於回答生日日期的問題，因此不正確。

2

M：この花はいくらですか。
F：1 スイートピーです。
　　2 3本で400円です。
　　3 春の花です。

M：這種花多少錢呢？
F：1 碗豆花。
　　2 三枝四百日圓。
　　3 春天的花。

解答 (2)

解題 關鍵詞：
關鍵詞「いくらですか」是日語中用於詢問價格的語句，意為「這個多少錢呢？」回答應直接說明商品的價格。
選項解析：
1. スイートピーです（碗豆花）：這是回答花的名稱或種類，但題目詢問的是價格，與問題無關，因此不正確。
2. 3本で400円です（三枝四百日圓）：這是直接回答價格的語句，清楚地回應了「いくら」的提問，符合情境，因此是正確答案。
3. 春の花です（春天的花）：這是描述花的季節特性，但題目並未詢問季節，答非所問，因此不正確。

3

M：きらいな食べ物はありますか。
F：1 野菜がきらいです。
　　2 くだものがすきです。
　　3 スポーツがきらいです。

M：你有討厭的食物嗎？
F：1 我討厭蔬菜。
　　2 我喜歡水果。
　　3 我討厭運動。

解答 (1)

解題 關鍵詞：
關鍵詞「きらいな食べ物はありますか」是日語中用於詢問是否有討厭的食物，意為「你有討厭的食物嗎？」回答應直接說明是否有，或具體列出討厭的食物。
選項解析：
1. 野菜がきらいです（我討厭蔬菜）：這是直接描述討厭的食物，回答了問題「ありますか」，符合情境，因此是正確答案。
2. くだものがすきです（我喜歡水果）：這是描述喜歡的食物，與問題詢問的「討厭的食物」無關，因此不正確。
3. スポーツがきらいです（我討厭運動）：這是描述討厭的事物，但與問題中的「食べ物」無關，答非所問，因此不正確。

4

F：この洋服、どうでしょう。
M：1 5,800円ぐらいでしょう。
　　2 白いシャツです。
　　3 きれいですね。

F：這件洋裝好看嗎？
M：1 大概要五千八百日圓吧？
　　2 白襯衫。
　　3 好漂亮喔！

解答 (3)

解題 關鍵詞：
關鍵詞「どうでしょう」是日語中用於詢問對某事物的感覺或意見的語句，意為「你覺得怎麼樣？」回答應提供與對方意見或感受相關的回應。
選項解析：
1. 5,800円ぐらいでしょう（大概要五千八百日圓吧）：這是猜測價格的回答，但對方並未詢問價格，因此不正確。
2. 白いシャツです（白襯衫）：這是描述衣服的種類或顏色，但對方並未詢問衣服的種類或顏色，因此不正確。
3. きれいですね（好漂亮喔！）：這是對衣服的外觀表達感覺或讚美，直接回應了「どうでしょう」的提問，符合情境，因此是正確答案。

5

F：外国旅行は好きですか。
M：1 好きな方です。
　　2 はい、行きました。
　　3 いいえ、ありません。

F：你喜歡到國外旅行嗎？
M：1 還算喜歡。
　　2 是的，我去了。
　　3 不，沒有。

解答（1）

解題 關鍵詞：

關鍵詞「外国旅行は好きですか」是日語中用於詢問對某事物的喜好，意為「你喜歡到國外旅行嗎？」回答應直接表達喜好程度。

選項解析：

1. 好きな方です（還算喜歡）：這是直接回答對國外旅行的喜好程度，符合問題提問，雖然語氣較委婉，但仍然清楚表達了意圖，因此是正確答案。
2. はい、行きました（是的，我去了）：這是回答是否去過，但對方問的是「喜不喜歡」，而非是否有過經歷，因此不正確。
3. いいえ、ありません（不，沒有）：這是回答是否存在，但對方問的是喜好程度，與問題無關，因此不正確。

6

F：あなたの国は、どんなところですか。
M：1 おいしいところです。
　　2 とてもかわいいです。
　　3 海がきれいなところです。

F：你的國家是個什麼樣的地方呢！
M：1 很好吃的地方。
　　2 非常可愛。
　　3 海岸風光很美的地方。

解答（3）

解題 關鍵詞：

關鍵詞「どんなところですか」是日語中用於詢問對某地區的特徵或印象的語句，意為「你的國家是個什麼樣的地方呢？」回答應描述地點的特徵或特色。

選項解析：

1. おいしいところです（很好吃的地方）：這回答雖然提到一個特點，但表達過於簡略且籠統，無法完整描述國家的特徵，因此不完全符合問題需求。
2. とてもかわいいです（非常可愛）：這是形容可愛的語句，適用於描述某人或事物，但無法表達地點的特徵，因此不正確。
3. 海がきれいなところです（海岸風光很美的地方）：這是描述地點特徵的語句，明確回答了「どんなところ」的提問，符合情境，因此是正確答案。

第六回
言語知識
（文字、語彙）

問題一 翻譯與解題

もんだい1 ＿＿の ことばは ひらがなで どう かきますか。1・2・3・4から いちばん いい ものを ひとつ えらんで ください。

問題1 以下詞語的平假名為何？請從選項1・2・3・4中選出一個最適合填入＿＿的答案。

1

丸い テーブルの うえに おさらを
ならべました。

1 せまい　　　　　　2 ひろい

3 まるい　　　　　　4 たかい

在圓形的桌子上面擺放了碟子。

1 狹窄的　　　　　　2 寬廣的

3 圓的　　　　　　　4 高的

解答（3）

解題 訓讀與音讀的區分：
- 訓讀→丸い（まるい）：形容詞，表示「圓的」，如「丸い形（圓形狀）」。
- 音讀→がん：常見於複合詞，如「弾丸（だんがん，子彈）」或「丸薬（がんやく，丸藥）」。

本題中的「丸い」是訓讀形式，用於描述形狀，符合題意。

學習提示：

訓讀多用於描述具體形狀，如「丸い机（圓形桌子）」。

音讀多見於專業用語或複合詞，如「丸太（がんた，原木）」。

選項解析：

1. せまい（狭い／狹窄的）：如「せまい部屋（狹小的房間）」，指空間不足或狹小的狀態，不是「丸い」的平假名讀音。
2. ひろい（広い／寬廣的）：如「ひろい庭（寬敞的庭院）」，指空間或範圍很大，不是「丸い」的平假名讀音。
3. まるい（丸い／圓形的）：如「まるい月（圓月）」，指沒有尖角的圓形物體，平假名讀音正確。
4. たかい（高い／高的）：如「たかい建物（高聳的建築物）」，指高度很高的狀態，不是「丸い」的平假名讀音。

2

この かみに 番号を かいて ください。

1 ばんごう　　　　　2 ばんち

3 きごう　　　　　　4 なまえ

請在這張紙上寫下號碼。

1 號碼　　　　　　　2 門牌號

3 符號　　　　　　　4 名字

解答（1）

解題 訓讀與音讀的區分：
- 訓讀→此詞語無常用訓讀。
- 音讀→ごう：番（ばん）：表示順序、次序、號碼等，用於數字或順序的標示，如「私の番（わたしのばん，輪到我）」；号（ごう）：表示「號碼」或「符號」，常見於「番号（ばんごう，號碼）」或「信号（しんごう，信號）」。

本題中的「番号」是音讀形式，用於指代編號，符合題意。

學習提示：

「番号」常用於表達順序或編號，如「電話番号（でんわばんごう，電話號碼）」。

音讀形式多見於正式場合或複合詞中。

選項解析：

1. ばんごう（番号／號碼）：如「電話番号（電話號碼）」，指用於識別或聯絡的數字組合，平假名讀音正確。
2. ばんち（番地／門牌號）：如「住所の番地（住址的門牌號碼）」，指住址中的門牌或街道編號，不是「番号」的平假名讀音。
3. きごう（記号／符號）：如「数学の記号（數學符號）」，指用於表示概念或信息的特殊標誌，不是「番号」的平假名讀音。
4. なまえ（名前／名字）：如「名前を書く（寫上名字）」，指表示人或事物的名稱，不是「番号」的平假名讀音。

翻譯＋通關解題

1

2

3

4

5

6

回數

399

3

庭で　こどもたちが　あそんで　います。

1 へや　　　　　　　　2 にわ

3 には　　　　　　　　4 いえ

孩子們正在庭院裡嬉戲。

1 房間　　　　　　　　2 庭院

3 無此用法　　　　　　4 房子

解答 (2)

解題 訓讀與音讀的區分：

● 訓讀→庭 (にわ)：表示「庭院」，常用於日常對話中，如「広い庭 (ひろいにわ，大庭院)」。

● 音讀→庭 (てい)：表示庭院、院子等，多用於複合詞中。如「家庭 (かてい，家庭)」或「校庭 (こうてい，校園操場)」。

本題中的「にわ」是訓讀形式，表示「庭院」，符合題意。

學習提示：

「庭」的訓讀常用於描述戶外空間，如「庭で遊ぶ (にわであそぶ，在庭院玩耍)」。

音讀形式多見於正式場合或複合詞中。

選項解析：

1. へや (部屋／房間)：如「狭い部屋 (小房間)」，指室內的空間，不是「庭」的平假名讀音。

2. にわ (庭／庭院)：如「美しい庭 (美麗的庭院)」，指房屋周圍的戶外空間，平假名讀音正確。

3. には：無此用法。

4. いえ (家／房子)：如「小さい家 (小房子)」，指人居住的建築物，不是「庭」的平假名讀音。

4

かんじの　かきかたを　習いました。

1 なれい　　　　　　　2 うたい

3 ほしい　　　　　　　4 ならい

學習了漢字的寫法。

1 無此用法　　　　　　2 歌唱

3 想要　　　　　　　　4 學習

解答 (4)

解題 訓讀與音讀的區分：

● 訓讀→習う (ならう)：表示「學習」，常用於日常對話，如「日本語を習う (學日語)」。

● 音讀→習 (しゅう)：常見於複合詞，如「練習 (れんしゅう，練習)」或「習慣 (しゅうかん，習慣)」。

本題中的「ならい」是訓讀形式，表示「學習」，符合題意。

學習提示：

訓讀形式常用於日常生活，如「ピアノを習う (學鋼琴)」。

讀形式多見於正式場合或詞組，如「自習室 (じしゅうしつ，自習室)」。

選項解析：

1. なれい (無效拼法)：此讀法並不常見，且在日文中並無具體意義，不是「習い」的平假名讀音。

2. うたい (歌／歌唱)：如「歌を歌う (唱歌)」，指用聲音演唱歌曲，不是「習い」的平假名讀音。

3. ほしい (欲しい／想要)：如「新しい本がほしい (想要新書)」，表示對某物的需求或渴望，不是「習い」的平假名讀音。

4. ならい (習い／學習)：訓讀形式，表示「學習」，如「英語を習う (學英文)」，指通過學校或老師學習某項技能或知識，符合題意，平假名讀音正確。

5

今朝は　はやく　おきました。

1 あさ　　　　　　　　2 こんや

3 けさ　　　　　　　　4 きょう

今天早上很早就起床了。

1 早晨　　　　　　　　2 今晚

3 今早　　　　　　　　4 今天

解答 (3)

解題 訓讀與音讀的區分：

● 訓讀→今 (いま)：表示現在、此刻或當下的時間。如「今すぐ (いますぐ，立刻)」；朝 (あさ)：意為「早晨」，用於日常會話，如「あさごはん (早餐)」。

● 音讀→こん (今)：表示「現在、當前」，常用於複合詞中，如「今月 (こんげつ，本月)」；朝 (ちょう)：常用於正式複合詞，如「朝刊 (ちょうかん，晨報)」。

本題中的「けさ (今朝)」是特殊訓讀形式，表示「今天早晨」，符合題意。

學習提示：

「けさ (今朝)」是專指「今天早晨」的常用詞。

訓讀形式多於日常交流，如「毎朝 (まいあさ，每天早晨)」。

音讀形式多見於正式場合，如「朝日 (ちょうにち，朝日)」。

選項解析：

1. あさ (朝／早晨)：如「朝早く起きる (早晨早起)」，表示一天中的早晨，不是「今朝」的平假名讀音。

2. こんや (今夜／今晚)：如「今夜は寒い (今晚很冷)」，指一天中的夜晚，不是「今朝」的平假名讀音。

3. けさ (今朝／今天早晨)：訓讀形式，專指「今天早晨」，如「今朝は晴れだ (今天早晨是晴天)」，符合題意，平假名讀音正確。

4. きょう (今日／今天)：如「今日は忙しい (今天很忙)」，表示一天的整體時間範圍，不是「今朝」的平假名讀音。

6

小さい　ときの　ことは　わすれました。
（ちい）

1 ちいいさい　　　　　2 ちさい
3 うるさい　　　　　　4 ちいさい

小時候的事已經忘了。

1 無此用法　　　　　2 無此用法
3 吵鬧的　　　　　　4 小的

解答（4）

解題　訓讀與音讀的區分：
● 訓讀→小さい（ちいさい）：形容詞，用於表示「小的」，如「小さい家（小房子）」。
● 音讀→小（しょう）：常見於複合詞，如「小学校（しょうがっこう，小學）」或「小説（しょうせつ，小說）」。
本題中的「ちいさい」是訓讀形式，表示「小的」，符合題意。
學習提示：
訓讀形式多用於單獨詞語或修飾名詞，如「小さな声（ちいさなこえ，小聲）」。
音讀形式多用於正式場合或詞組，如「小型車（しょうがたしゃ，小型車）」。
選項解析：
1. ちいいさい：無效拼法。「ち」後面多了一個平假名「い」，不是「小さい」的平假名讀音。
2. ちさい：無效拼法。「ち」後面少了一個平假名「い」，不是「小さい」的平假名讀音。
3. うるさい（煩い／吵鬧）：如「うるさい音（吵鬧的聲音）」，指聲音或環境令人感到煩躁，不是「小さい」的平假名讀音。
4. ちいさい（小さい／小的）：訓讀形式，如「小さい家（小房子）」，指尺寸或範圍很小的狀態，平假名讀音正確。

7

ここから　えいがかんまでは　とても
遠いです。
（とお）

1 ちかい　　　　　　2 とおい
3 ながい　　　　　　4 とうい

從這裡去電影院非常遠。

1 近的　　　　　　2 遠的
3 長的　　　　　　4 無此用法

解答（2）

解題　訓讀與音讀的區分：
● 訓讀→遠い（とおい）：形容詞，表示「遠的」，如「遠い町（とおいまち，遠的城市）」。
● 音讀→遠（えん）：常見於複合詞，如「遠足（えんそく，遠足）」或「永遠（えいえん，永遠）」。
本題中的「とおい」是訓讀形式，符合題意。
學習提示：
訓讀形式多用於描述具體的距離或空間感，如「遠い山（遠山）」。
音讀形式多見於正式場合或詞組，如「遠方（えんぽう，遠方）」。
選項解析：
1. ちかい（近い／近的）：如「駅が近い（車站很近）」，表示距離很短，不是「遠い」的平假名讀音。
2. とおい（遠い／遠的）：訓讀形式，表示「遠的」，如「学校が遠い（學校很遠）」，指距離較大，平假名讀音正確。
3. ながい（長い／長的）：如「長い道（長的道路）」，用於描述時間或物體的長度，不是「遠い」的平假名讀音。
4. とうい：「お」寫成「う」了，不是「遠い」的平假名讀音。

8

この　デパートの　9階が　レストラン
（かい）
です。

1 きゅうかい　　　　2 くかい
3 はちかい　　　　　4 はっかい

這家百貨公司的九樓設有餐廳。

1 九樓　　　　　　2 無此用法
3 八樓　　　　　　4 無此用法

解答（1）

解題　訓讀與音讀的區分：
● 訓讀→九（ここの）：數字單獨使用時多為訓讀，如「九つ（ここのつ，九個）」。
● 音讀→九（きゅう）：數字與量詞結合時多為音讀，如「九階（きゅうかい，九樓）」；階（かい）：表示樓層或台階的數量，用於描述建築物內的層數，如「一階（いっかい，一樓）」。
本題中的「きゅうかい」是音讀形式，與量詞「階」結合，表示建築物的第九層，符合題意。
學習提示：
當數字與「階」結合時，特定讀法需要注意，例如：一階（いっかい）、三階（さんがい）、六階（ろっかい）、十階（じゅっかい）。
此外，需注意促音現象，如「八階（はっかい）」與本題的「九階（きゅうかい）」發音規則不同。
選項解析：
1. きゅうかい（九階／九樓）：正確表示第九層，符合題意，平假名讀音正確。
2. くかい：「きゅう」寫成「く」了。不是常見的「九階」平假名讀音。
3. はちかい（八階／八樓）：表示第八層，不是「九階」的平假名讀音。
4. はっかい：無此用法，不是「九階」的平假名讀音。

9

塩を すこし かけて やさいを たべ
ます。

1 しう   2 しお

3 こな   4 しを

在蔬菜上灑了一點鹽後食用。

1 無此用法   2 鹽

3 粉末   4 無此用法

解答 (2)

解題 訓讀與音讀的區分：

「塩」是一個常見漢字，其讀法如下：

● 訓讀→塩 (しお)：表示「鹽」，用於日常生活，如「塩をかける (加上鹽巴)」。

● 音讀→塩 (えん)：通常用於詞組中，但較少單獨使用，如「塩分 (えんぶん，鹽分)」。

本題中的「しお」是訓讀形式，單獨使用來描述調味料鹽，符合題意。

學習提示：

需要區分「しお (塩)」和「こな (粉)」的用法，「こな」指的是各類粉狀物質，如「小麦の粉 (こむぎのこ，小麥粉)」。日常對話中，描述鹽時多使用訓讀「しお」，不會混用其他讀法。

選項解析：

1. しう「お」寫成發音相同的「う」，無效拼法。不是「塩」的平假名讀音。

2. しお (塩／鹽)：訓讀，正確表示「鹽巴」，平假名讀音正確。

3. こな (粉／粉末)：粉狀或細小顆粒狀的物質，不是「塩」的平假名讀音。

4. しを：「お」寫成發音相同的「を」，無效拼法，不是「塩」的平假名讀音。

10

再来年 いんしけ、くにに かえります。

1 さらいしゅう   2 さいらいねん

3 さらいねん   4 らいねん

後年我要回國了。

1 下下週   2 無此用法

3 後年   4 明年

解答 (3)

解題 訓讀與音讀的區分：

● 訓讀→再び (ふたたび)：表示「再次、重複」，如「再び会う (ふたたびあう，再次相見)」；来る (くる)：表示「來、到來」，如「友達が来る (ともだちがくる，朋友來)」；年 (とし)：表示「年、歲月」，如「新しい年 (あたらしいとし，新的一年)」。

● 音讀→再 (さ、さい)：表示「再次、重新」，常用於複合詞中，如「再来年 (さらいねん)」、「再 (さいかい，再相會)」；来 (らい)：表示「到來、未來」，常用於複合詞中，如「来月 (らいげつ，下個月)」；年 (ねん)：表示「年、年度」，常用於複合詞中，如「去年 (きょねん，去年)」。

本題中的「再来年」是音讀形式，單獨使用來描述未來兩年後的情況，符合題意。

學習提示：

記憶重點在於「再来」後加的單位詞，如「年」或「週」。

選項解析：

1. さらいしゅう (再来週／下下週)：下下週，兩週後的那一週，不是「再来年」的平假名讀音。

2. さいらいねん：無此用法。「さ」後面多一個「い」了。不是「再来年」的平假名讀音。

3. さらいねん (再来年／後年)：兩年後的那一年，平假名讀音正確。

4. らいねん (来年／明年)：下一個年度，不是「再来年」的平假名讀音。

問題二 翻譯與解題

もんだい2 ＿＿の ことばは どう かきますか。1・2・3・4から いちばん いい ものを ひとつ えらんで ください。

問題2 以下＿＿的詞語應為何？請從選項1・2・3・4中選出一個最適合的答案。

11

つめたい かぜが ふいて います。

1 寒たい   2 冷たい

3 冷たい   4 令たい

冷風吹著。

1 無此用法   2 無此用法

3 冷的   4 無此用法

解答 (3)

解題 選項解析：

1. 寒たい：「寒たい」並不是日語中的正確表達方式。不是「つめたい」的漢字。

2. 冷たい：「冷」並不是正確的字形。

3. 冷たい (つめたい／冷的)：表示風帶有寒冷的感覺，如「冷たい風 (冷風)」。漢字正確。

4. 令たい：「令」是錯誤的拼寫。不是「つめたい」的漢字。

12 あの ひとは ゆうめいな いしゃです。

1 左名　　　　　　　2 有名（ゆうめい）

3 夕名　　　　　　　4 右明

那個人是知名的醫師。
1 無此用法　　　　　2 有名
3 無此用法　　　　　4 無此用法

解答(2)

解題 選項解析：
1. 左名：不是「ゆうめい」的漢字，「左」表示左邊方向。
2. 有名（ゆうめい／有名的 ）：是描述人的名氣或知名度。是正確的漢字。
3. 夕名：拼寫錯誤，不是「ゆうめい」的漢字。
4. 右明：拼寫錯誤，「右」表示右邊方向，不是「ゆうめい」的漢字。

---

13 すぽーつで じょうぶな からだを つくります。

1 スポツ　　　　　　2 スポーソ

3 スボーン　　　　　4 スポーツ

透過運動打造強壯的體魄。
1 無此用法　　　　　2 無此用法
3 無此用法　　　　　4 運動

解答(4)

解題 選項解析：
1. スポツ：缺少長音「ー」，發音不正確，排除。
2. スポーソ：「ツ」被誤寫為「ソ」，且發音錯誤，排除。
3. スボーン：「ポ」被誤寫為濁音的「ボ」；「ツ」被誤寫為「ソ」，排除。
4. スポーツ（すぽーつ／運動）：身體活動或競技遊戲，促進健康或娛樂，是正確答案。
注意長音的片假名表記「ー」的位置，以及半濁音記號是在右上角打圈，而不是點點。另外，請小心
別把片假名「ツ」跟「シ」、「ン」搞混囉。

---

14 ちちは おさけが すきです。

1 お湯（ゆ）　　　　2 お酒（さけ）

3 お水（みず）　　　4 お洋

我父親喜歡喝酒。
1 熱水　　　　　　　2 酒
3 水　　　　　　　　4 無此用法

解答(2)

解題 選項解析：
1. お湯（おゆ／熱水）：表示加熱的水，如「お湯を飲む（喝熱水）」，不是「おさけ」的漢字。
2. お酒（おさけ／酒）：表示酒類飲品，如「お酒を飲む（喝酒）」，漢字正確。
3. お水（おみず／水）：指未加熱的清水，如「お水を飲む（喝水）」，不是「おさけ」的漢字。
4. お洋（およう／無效選項）：無效拼法，「洋」通常指西洋或衣服，不是「おさけ」的漢字。
「さけ」是漢字「酒」的訓讀。單字意思與中文相同，但背單字時要小心別把假名「さ」跟「き」，或「け」
跟「は」搞混了。

---

15 にほんの ふゆは さむいです。

1 春（はる）　　　　2 久（ひさし）

3 冬（ふゆ）　　　　4 夏（なつ）

日本的冬天很冷。
1 春天　　2 長久
3 冬天　　4 夏天

解答(3)

解題
1. 春（はる／春天）：指一年四季中的春季，如「春は暖かい（春天很溫暖）」，不是「ふゆ」的漢字。
2. 久（ひさし／長久）：表示長時間未見或長久持續，並不適用於季節的描述，不是「ふゆ」的漢字。
3. 冬（ふゆ／冬天）：表示一年四季中的冬季，如「冬は寒い（冬天很冷）」，是正確漢字。題目描述的
　 是日本的「冬天」，且形容「寒冷」，符合語境。
4. 夏（なつ／夏天）：指一年四季中的夏季，如「夏は暑い（夏天很熱）」，不是「ふゆ」的漢字。

16

きれいな みずで <u>かお</u>を あらいま
す。

1 顔（かお）　　　　2 頭（あたま）

3 類（るい）　　　　4 題（だい）

用乾淨的水洗<u>臉</u>。

1 臉　　　　　　　2 頭

3 種類　　　　　　4 題目

解答（1）

解題　選項解析：

1. 顔（かお／臉）：臉部，表情或人類的面部特徵，如「顔をあらう（洗臉）」，與題目中的動作相符，正確漢字。

2. 頭（あたま／頭）：頭部，位於身體上方的部分，如「頭が痛い（頭痛）」，不是「かお」的漢字。

3. 類（るい／類）：種類：類型、種類或相似的事物，如「動物の類（動物的種類）」，不是「かお」的漢字。

4. 題（だい／題目）：題目，主題或標題，如「試験の題（考試的題目）」，不是「かお」的漢字。

17

としょかんで ほんを <u>かりました</u>。

1 貸りました　　　　2 昔りました

3 買りました　　　　4 借りました（か）

在圖書館<u>借了</u>書。

1 無此用法　　　　2 無此用法

3 購買　　　　　　4 借來了

解答（4）

解題　選項解析：

1. 貸りました：寫法錯誤，不是「かりました」的漢字。如果是「貸しました」如「本を貸しました（把書借出去）」，表示將自己的物品借給別人，也與題目中的「かりました（借來）」不符。

2. 昔ました：寫法錯誤，「昔」意為「從前、以前」，如「昔話（往事）」是名詞，不是「かりました」的漢字。

3. 買いました（かいました／買了）：指購買行為，如「本を買いました（買了書）」，不是「かりました」的漢字。

4. 借りました（かりました／借來了）：表示從他人或地方取得物品使用，如「本を借りました（從圖書館借了書）」，符合題目語意，漢字正確。

「かりる」是動詞「借りる」的訓讀。請特別注意，「借りる」和「貸す」漢字的訓讀讀音一樣，但意思相反，千萬別搞混了。

18

がっこうの プールで まいにち <u>およ</u>
ぎます。

1 永ぎます　　　　2 泳ぎます（およ）

3 池ぎます　　　　4 海ぎます

每天在學校的游泳池<u>游泳</u>。

1 無此用法　　　　2 游泳

3 無此用法　　　　4 無此用法

解答（2）

解題　選項解析：

1. 永ぎます（えいぎます）：寫法錯誤，不是「およぎます」的漢字。

2. 泳ぎます（およぎます／游泳）：是正確漢字，指在水中移動或活動的動作，與題目語境一致。

3. 池ぎます（いけぎます）：寫法錯誤，「池」指的是「池塘」，不是「およぎます」的漢字。

4. 海ぎます（うみぎます）：寫法錯誤，「海」指的是「海洋」，不是「およぎます」的漢字。

「およぐ」是動詞「泳ぐ」的訓讀。「泳」意思和中文相近，音讀讀作「えい」，如「すいえい／水泳（游泳）」。
答題時請注意不要把「泳」跟「永」看錯囉。

もんだい3 （　　　）に　なにを　いれますか。1・2・3・4から　いちばん　いい　ものを　ひとつ　えらんで　ください。
問題3 （　　　）中的詞語應為何？請從選項1・2・3・4中選出一個最適合填入（　　　）的答案。

19

きいろい　きれいな　（　　　）が　さきました。

1 いろ
2 はっぱ
3 き
4 はな

黃色的美麗（花朵）綻放了。
1 顏色　　　2 葉子
3 樹　　　　4 花朵

解答（4）

解題 選項解析：
1.いろ（色／顏色）：用於描述色彩，不能搭配動詞「さく（開花）」。
2.はっぱ（葉っぱ／葉子）：雖然可能與植物相關，但不會使用「さく」來描述葉子的動作。
3.き（木／樹）：樹雖能開花，但主題應是花，而非整棵樹，語意不符。
4.はな（花／花）：與動詞「さく」搭配自然，正確答案。
學習提示：
動詞「さく」專指花朵或植物開花的動作，例如「桜が咲きました（櫻花開了）」。
名詞「はな」除指花朵外，還可以指「鼻子」，需根據上下文判斷語意。
其他選項如「いろ（顏色）」和「はっぱ（葉子）」無法與「さく」搭配，避免混淆。

20

まいあさ　（　　　）に　のって　だいがくに　いきます。

1 ちかてつ
2 テーブル
3 つくえ
4 エレベーター

每天早上搭乘（地下鐵）去大學。
1 地下鐵　　2 桌子
3 書桌　　　4 電梯

解答（1）

解題 選項解析：
1.ちかてつ（地下鉄／地鐵）：如「地下鉄にのる（乘地鐵）」，表示使用地鐵作為交通方式，與「のって」搭配合理，符合題目語意，答案正確。
2.テーブル（桌子）：如「テーブルに置く（放在桌子上）」，表示家具，無法搭配「のって」，語意不符。
3.つくえ（机／書桌）：如「机で勉強する（在書桌上學習）」，表示書桌，與動詞「のる」的語意不符，無法表達「搭乘」的意思。
4.エレベーター（電梯）：如「エレベーターにのる（乘電梯）」，雖可與「のって」搭配，但題目描述的是日常通勤工具，語境不符。
學習提示：
動詞「のる」表示乘坐交通工具，如「車に乗る（坐車）」或「電車に乗る（搭電車）」。
交通工具名詞如「ちかてつ（地鐵）」、「バス（巴士）」需與「のる」搭配。
名詞如「テーブル（桌子）」和「つくえ（書桌）」通常與靜態動作搭配，如「使う（使用）」或「置く（放置）」。

21

きってを　（　　　）、てがみを　だしました。

1 つけて
2 はって
3 とって
4 ならべて

（貼上）郵票，把信寄出去了。
1 附上　　　2 貼上
3 拿取　　　4 排上

解答（2）

解題 選項解析：
1.つけて（付けて／附上）：如「アクセサリーをつける（戴上飾品）」，表示附著或附上，但語意模糊，未明確指向「貼上郵票」，與題目不符。
2.はって（貼って／貼上）：如「きってをはる（貼郵票）」，表示將郵票貼到信封上，與「きって（郵票）」搭配合理，符合寄信情境，答案正確。
3.とって（取って／拿走）：如「本を取って（拿走書本）」，表示取走某物，與題目中寄信的動作不符。
4.ならべて（並べて／排列）：如「本を並べて（把書排列好）」，表示將物品整齊排列，與寄信及郵票無直接關聯。
學習提示：
「はる（貼る）（貼上）」表示將某物附著於表面，例如「きってをはる（貼郵票）」。
「つける（付ける）（附上、黏上）」用於廣義的附加或加裝，語意不如「はる」明確。
動詞需根據語境選擇適當搭配，如郵票情境下應選「はる」。

22 がっこうは 8じ20ぷんに （　　　）。

1 はじまります　　　　2 はしります

3 はじめます　　　　　4 はなします

學校是在八點二十分（開始）上課。

1 開始　　　　　2 奔跑

3 開始　　　　　4 説

解答（1）

解題　選項解析：

1. はじまります（始まります／開始）：如「授業が始まります（課程開始了）」，表示事物自然地開始，符合學校固定時間上課的情境，答案正確。
2. はしります（走ります／跑步）：如「公園を走ります（在公園跑步）」，指快速移動的行為，與學校開始的語意不符。
3. はじめます（始めます／開始）：如「授業を始めます（開始上課）」，表示人主動開始某事，但題目描述的是學校的固定時間開始，與語境不符。
4. はなします（話します／説話）：如「友だちと話します（和朋友説話）」，表示交流或説話行為，與學校開始的時間無關。

學習提示：

「はじまる（始まる）」為自動詞，描述事件自發開始，如「授業が始まります（課程開始）」。

「はじめる（始める）」為他動詞，描述主動開始某事，如「先生が授業を始めます（老師開始上課）」。

23 わたしの クラスの （　　　）は ま
だ 24さいです。

1 せいと　　　　　　2 せんせい

3 ともだち　　　　　4 こども

我班上的（老師）才二十四歲。

1 學生　　　　　2 老師

3 朋友　　　　　4 小孩

解答（2）

解題　選項解析：

1. せいと（生徒／學生）：如「生徒が勉強する（學生在學習）」，表示班級中的學生，與題目描述的 24 歲的老師語境不符。
2. せんせい（先生／老師）：如「先生が教える（老師在教課）」，表示班級中的老師，用於指導者或老師的尊稱，強調專業身份。符合題目語意，答案正確。
3. ともだち（友達／朋友）：如「友達と遊ぶ（和朋友玩耍）」，表示朋友，與題目描述的班級的老師語境不符。
4. こども（子供／孩子）：如「子供が遊ぶ（孩子在玩耍）」，表示年幼的孩子，與題目描述的班級的老師語意不符。

學習提示：

せんせい（先生）：用於指導者或老師的尊稱，強調專業身份。

せいと（生徒）：用於指學生，通常指中學或小學學生，而非大學生或成人學員。

24 あと （　　　）しか じかんが あり
ません。

1 10冊（さつ）　　　　2 10回（かい）

3 10個（こ）　　　　　4 10分（ぷん）

時間只剩下（十分鐘）了。

1 10 本　　　　　2 10 次

3 10 個　　　　　4 10 分鐘

解答（4）

解題　選項解析：

1. 10 冊（じゅっさつ／ 10 本）：指書籍的單位量詞，與「時間」語境不符。
2. 10 回（じゅっかい／ 10 次）：描述次數，通常用於活動或動作，與「時間」無關。
3. 10 個（じゅっこ／ 10 個）：描述個數，適用於物品計數，與「時間」語境不符。
4. 10 分（じゅっぷん／ 10 分鐘）：描述時間長度，符合「時間」的語意，答案正確。

學習提示：

分（ふん／ぷん）：用於描述時間單位，1分、10分等。

冊（さつ）：計算書籍數量的專用量詞，如「1 冊の本（一本書）」。

回（かい）：表示次數的量詞，如「1 回（一次）」。

25 とりが きれいな こえで （　　　）
います。

1 ないて 　　　　　　2 とまって
3 はいって 　　　　　4 やすんで

鳥兒正以優美的歌聲（啼鳴）。
1 啼鳴 　　　　　　2 停靠
3 進入 　　　　　　4 休息

解答(1)

解題　選項解析：
1. ないて（鳴いて／鳴叫）：正確答案，表示動物（特別是鳥類）發出的聲音，符合題意。
2. とまって（止まって／停著）：描述靜止的動作，與「聲音」無關。
3. はいって（入って／進入）：描述進入某場所，與「聲音」無關。
4. やすんで（休んで／休息）：描述靜止或休息的狀態，與「聲音」語境不符。
學習提示：
鳴く（なく）：適用於動物的叫聲，例如鳥鳴、貓叫等。
止まる（とまる）：表示物體停止移動或靜止的狀態。
入る（はいる）：常用於描述進入建築物或空間的動作。
休む（やすむ）：用於表達休息或暫時停止活動的狀態。

26 つよい かぜが （　　　）　います。

1 おりて 　　　　　　2 ふって
3 ふいて 　　　　　4 ひいて

強勁的風呼呼地（吹）著。
1 下來 　　　　　　2 降下
3 吹 　　　　　　　4 拉

解答(3)

解題　選項解析：
1. おりて（降りて／下降）：表示向下的動作，與「風」無關。
2. ふって（降って／降下）：用於描述雨雪的降落，不適合形容風。
3. ふいて（吹いて／吹）：正確答案，描述風的動作，符合題意。
4. ひいて（引いて／拉）：表示拉動的動作，與「風」無關。
學習提示：
吹く（ふく）：表示風、氣流或樂器的「吹」動作，例：「風が吹く（風吹）」。
降る（ふる）：適用於雨、雪等降落的自然現象，例如「雨が降る（下雨）。」
降りる（おりる）：指從高處下降，如「階段を降りる（下樓梯）。」
引く（ひく）：用於表示拉動物體的動作，如「いすを引く（拉椅子）。」

27 はこに えんぴつが （　　　）　はい
って います。

1 ごほん 　　　　　　2 ろっぽん
3 ななほん 　　　　　4 はっぽん

盒子裡裝有（五支）鉛筆。
1 五支 　　　　　　2 六支
3 七支 　　　　　　4 八支

解答(1)

解題　選項解析：
1. ごほん（五本／五支）：正確答案，表示數量為五，與插圖符合。
2. ろっぽん（六本／六支）：表示數量為六，不符合插圖。
3. ななほん（七本／七支）：表示數量為七，與插圖不符。
4. はっぽん（八本／八支）：表示數量為八，與插圖不符。
學習提示：
本（ほん／本）：計數細長物品的單位，常用於鉛筆、瓶子等，如「三本（さんぼん）（三根、三枝）」或「十本（じゅっぽん）（十根、十枝）」。
數字接續變化：
　1本（いっぽん）
　3本（さんぼん）
　6本（ろっぽん）
　8本（はっぽん）
注意發音的音變規則。
使用場景：描述鉛筆、樹木、飲料瓶等細長物品的數量，如「木が五本あります（有五棵樹）。」

28

とても さむく なったので、（　　　）
コートを きました。

1 しずかな　　　　　2 あつい
3 すずしい　　　　　4 かるい

因為變得非常寒冷，所以穿上了（厚）
大衣。

1 安靜的　　　　　2 厚的
3 涼爽的　　　　　4 輕的

解答 (2)

解題　選項解析：

1. しずかな（静かな／安靜的）：形容環境安靜，與寒冷或外套無關。
2. あつい（厚い／厚的）：形容衣物厚實，適合冷天氣，符合題意，答案正確。
3. すずしい（涼しい／涼爽的）：描述涼快的天氣，與題目寒冷的情境不符。
4. かるい（軽い／輕的）：形容物品重量輕，與題目寒冷需厚衣物的情境不符。

學習提示：

あつい（厚い）：形容厚實的物體，常用於衣物、書本等，例如「厚い本（厚書）」、「厚いコート（厚外套）」。

形容詞的使用：

しずかな：描述環境的安靜，如「静かな部屋（安靜的房間）」。

すずしい：多用於描述涼爽天氣，如「涼しい風（涼風）」。

かるい：多形容重量輕的物體，如「軽い荷物（輕行李）」。

句型應用：形容詞接續名詞，表達該物品的特徵，如「寒い日に厚いコートを着ます（冷天穿厚外套）」。

問題四 翻譯與解題

もんだい4　＿＿の ぶんと だいたい おなじ いみの ぶんが あります。1・2・3・4から いちば
ん いい ものを ひとつ えらんで ください。

問題 4　選項中有和＿＿意思相近的句子。請從選項 1・2・3・4 中選出一個 最適合的答案。

29

みどりさんの おばさんは あの ひとです。

1 みどりさんの おかあさんの おかあさん
　は あの ひとです。
2 みどりさんの おとうさんの おとうさん
　は あの ひとです。
3 みどりさんの おかあさんの おとうとは
　あの ひとです。
4 みどりさんの おかあさんの いもうとは
　あの ひとです。

小綠小姐的阿姨是那一位。

1 小綠小姐的媽媽的媽媽是那一位。
2 小綠小姐的爸爸的爸爸是那一位。
3 小綠小姐的媽媽的弟弟是那一位。
4 小綠小姐的媽媽的妹妹是那一位。

解答 (4)

解題　找出關鍵字或句：

題目中提到的是「おばさん」（姨媽），選項 4 中的「おかあさんのいもうと」也表示「母親的妹妹」，與題
目一致。

選項解析：

1.「おかあさんのおかあさん」意思是「母親的母親」，即「外祖母」，這與題目中的「おばさん」（阿姨或伯母）
　不符，因此排除。
2.「おとうさんのおとうさん」意思是「父親的父親」，即「祖父」，這與題目中的「おばさん」（阿姨或伯母）
　指的是母親或父親的姐妹，不符。
3.「おかあさんのおとうと」意思是「母親的弟弟」，即「舅舅」，這與題目中的「おばさん」（阿姨或伯母）
　不符，因此排除。
4.「おかあさんのいもうと」意思是「母親的妹妹」，即「姨媽」，這與題目中的「おばさん」可以指母親或
　父親的姐妹，完全一致，因此為正確答案。

30

あなたは どうして その えいがに いきたいのですか。

1 あなたは どんな えいがに いきたいのですか。

2 あなたは だれと その えいがに いきたいのですか。

3 あなたは なぜ その えいがに いきたいのですか。

4 あなたは いつ その えいがに いきたいのですか。

請問你為什麼想去看那部電影呢？

1 請問你想去看什麼樣的電影呢？

2 請問你想和誰去看那部電影呢？

3 請問你為何想去看那部電影呢？

4 請問你想在什麼時候去看那部電影呢？

解答 (3)

解題 找出關鍵字或句：

「どうして」表示「為什麼」是解題的關鍵。「どうして」和「なぜ」在日語中都表示「為什麼」。

選項解析：

1.「どんな」意思是「哪種」，詢問的是「你想去哪種類型的電影」，與題目中的「為什麼」不符。

2.「だれと」意思是「和誰一起」，詢問的是「你和誰看那部電影」，與題目中的「為什麼」不符。

3.「なぜ」意思是「為什麼」，這與題目中的「どうして」完全一致，表示詢問理由，因此為正確答案。

4.「いつ」意思是「何時」，詢問的是「你什麼時候想去看那部電影」，與題目中的「為什麼」不符。

31

だいがくは ちかく ないので、あるいて いきません。

1 だいがくは ちかいので、あるいて いきます。

2 だいがくは とおいので あるいて いきます。

3 だいがくは とおいですが、あるいても いけます。

4 だいがくは とおいので、あるいて いきません。

因為大學不在附近，所以沒辦法走路到達。

1 因為大學很近，所以走路過去。

2 因為大學很遠，所以走路過去。

3 大學雖然很遠，但是走路也能到。

4 因為大學很遠，所以沒辦法走路到達。

解答 (4)

解題 找出關鍵字或句：

「ちかくない」表示「不近」，是解題的關鍵。選項 4 中的「とおいので、あるいていきません」表示「大學很遠，所以不走路去」，與題目意思完全一致。

選項解析：

1.「ちかい」意思是「近」，這與題目中的「ちかくない」（不近）相反。

2.「とおい」（遠）雖然與「ちかくない」（不近）意思相符，但「あるいていきます」（走路去）與原文的「あるいていきません」（不走路去）相反，所以不正確。

3. 這句話表示「雖然遠，但走路也能去」，與原文的「因為遠，所以不走路去」意思相反。

4.「とおいので」與「ちかくないので」意思相同，都是表示「不近＝遠」，而「あるいていきません」與原文一致，因此為正確答案。

32

ヤンさんは　かわださんに　にほんごを　なら
いました。

1　ヤンさんや　かわださんに　にほんごを　お
しえました。

2　かわださんは　ヤンさんに　にほんごを　お
しえました。

3　かわださんは　ヤンさんに　にほんごで　は
なしました。

4　ヤンさんは　かわださんに　にほんごで　は
なしました。

楊小姐向川田先生學習了日文。

1　楊小姐和川田先生教了我日文。

2　川田先生教了楊小姐日文。

3　川田先生向楊小姐説了日文。

4　楊小姐向川田先生説了日文。

解答 (2)

解題　找出關鍵字或句：

題目中的「ならいました」表示「學習」，是解題的關鍵。項 2 中的「おしえました」表示「教」，這與題目中的意思最符合。

選項解析：

1.「おしえました」意思是「教」，這與題目中的「ならいました」（學習）相反，此外，「や」表示列舉，意思變成「楊小姐和川田先生」，但原文是「楊小姐向川田先生學習」，與原文意思不符。

2.「ならいました」（學習）和「おしえました」（教導）是一組相對應的詞語，而句子結構也正確地表達了原文的意思。

3.「にほんごではなしました」意思是「用日語講話」，這與題目中的「學日語」不符。

4.「にほんごではなしました」意思是「用日語講話」，這與題目中的「學日語」不符。

33

りょうしんは　どこに　すんで　いますか。

1　きょうだいは　どこに　すんで　いますか。

2　おじいさんと　おばあさんは　どこに　すん
で　いますか。

3　おとうさんと　おかあさんは　どこに　すん
で　いますか。

4　かぞくは　どこに　すんで　いますか。

請問您雙親住在哪裡呢？

1　請問您兄弟姊妹住在哪裡呢？

2　請問您祖父和祖母住在哪裡呢？

3　請問您父親和母親住在哪裡呢？

4　請問您家人住在哪裡呢？

解答 (3)

解題　找出關鍵字或句：

解題的關鍵是「りょうしん」表示「父母」。選項 3 中的「おとうさんとおかあさん」也表示父母，因此是最精確的選項。

選項解析：

1.「きょうだい」是「兄弟姊妹」，題目問的是父母，而不是兄弟姊妹。

2.「おじいさんとおばあさん」是「祖父和祖母」，題目問的是「父母」。

3.「おとうさんとおかあさん」是「父親和母親」，這與題目中的「りょうしん」（父母）完全一致，因此為正確答案。

4.「かぞく」指的是整個家庭成員，範圍比「りょうしん」（雙親）更廣，因此不完全符合原文的意思。

第六回
言語知識
（文法、讀解）

もんだい1 （　　　）に 何を 入れますか。1・2・3・4から いちばん いい ものを 一つ えらんで ください。

問題 1 請從 1・2・3・4 之中選出一個最適合填入（　　　）的答案。

1

A「あなたは いま （　　　）ですか。」
B「17 さいです。」

1 いくら　　　　　2 いつ

3 どこ　　　　　　4 いくつ

A「你現在是（幾歲）呢？」
B「十七歲。」
1 多少　　　　　2 什麼時候
3 哪裡　　　　　4 幾歲

解答（4）

解題　句型分析：

此題考查日語中詢問年齡時使用的表達方式。當問年齡時，應使用「いくつ（多少個、幾歲）」來詢問對方幾歲。其他的疑問詞則不適用於詢問年齡。

選項解析：

1. いくら（多少）：通常用來詢問價格或數量，如「これはいくらですか（這個多少錢）」，表示金額或數量的疑問詞，與詢問年齡無關，因此不正確。

2. いつ（何時）：表示「什麼時候」，用來詢問時間，如「いつ行きますか（什麼時候去）」，適用於時間相關的問題，這裡不適用於詢問年齡，因此不正確。

3. どこ（哪裡）：表示「什麼地方」，用來詢問地點，如「どこに住んでいますか（住在哪裡）」，適合與地點相關的問題，與詢問年齡無關，因此不正確。

4. いくつ（幾歲）：用來詢問年齡或數量的疑問詞，如「いくつですか（幾歲）」，表示對年齡的提問，正確且符合文法規則，因此答案正確。

2

歩くと とおい （　　　）、タクシーで行きましょう。

1 けれど　　　　　2 のは

3 ので　　　　　　4 のに

走路去太遠了，（所以）我們還是搭計程車去吧！
1 但是　　　　　2 的是
3 所以　　　　　4 儘管

解答（3）

解題　句型分析：

這裡的「因為走路太遠了」是「搭計程車去」的原因，因此要使用表示「因果關係」的助詞「ので」。

選項解析：

1. けれど（但是）：表示轉折或對比，通常用來接續前半句與後半句表達對比或異議，如「行きたいけれど、時間がない（想去但是沒時間）」。在這句話中使用不夠流暢，因為這裡的前後句沒有轉折，因此不正確。

2. のは（的是）：用來將動作名詞化，如「走るのは 楽しいです（跑步很開心。）」，但這裡的句子需要的是「因果關係」，而不是名詞化。

3. ので（所以）：用於表示原因或理由，如「忙しいので行けません（因為忙所以無法去）」，並且在語氣上較為柔和，適用於這種表達原因的情境。「とおいので（因為很遠）」是合適的選擇，因此答案正確。

4. のに（儘管）：表示轉折，常用來表達儘管有某些條件或原因，卻出現了相反的情況，如「雨が降っているのに、出かけます（儘管下雨，還是要出門）」。這裡用「のに」不符合語境，因為句子並未呈現轉折，的情況，而是因果關係。

3

つくえの 上^{うえ}には 本^{ほん}（　　　） じしょ
などを おいて います。

1 も 　　　　　　　　2 など

3 や 　　　　　　　　4 から

桌上擺著書（和）辭典等等。

1 也　　　　　　　　2 等、之類的

3 和～等　　　　　　4 從、原因

解答（3）

解題 句型分析：
這裡的「本」和「じしょ」是桌上擺放的物品，我們需要選擇適當的助詞來表達「列舉多個事物」。
選項解析：
1. も（也）：通常用於表示與前述事物相同或相似的事物，如「私も行きます（我也要去）」。但這裡的句子是要列舉物品，而不是強調「也有」，因此不正確。
2. など（等、之類的）：如「本や辞書などを買いました（買了書和字典等）」，通常放在句尾，但這裡需要的是連接兩個物品，而不是單獨使用「など」。
3. や（和～等）：用於列舉兩個以上的事物，如「本や雑誌（書和雜誌）」表示「～和～等」，這正符合句意。
4. から（從、原因）：表示「從」或「因為」，如「学校から帰る（從學校回家）」或「疲れたから寝ます（因為累了要睡覺）」。在這句話中不符合語法，因為這並不但這裡的句子是「列舉物品」，而不是表示來源或原因。

4

かれが 外国^{がいこく}に 行^いく ことは、だれも
（　　　）。

1 しりませんでした

2 しっていました

3 しっていたでしょう

4 しりました

他要去外國這件事，誰都（不曉得）。

1 不知道（過去式，否定）

2 知道（過去式，肯定）

3 應該知道（過去推測）

4 知道了（過去式）

解答（1）

解題 句型分析：
此題考查日語中動詞「しる」的各種變化。句中的「ことは」表示「某事」，通常接在動詞或名詞後面作為名詞化，表示某個事實或情況。由於句子結尾有「だれも」，這是「誰也（不）」的意思，因此語境需要搭配否定表現的動詞形式。
選項解析：
1. しりませんでした（正確答案）：是「しる」的過去否定形式，表示「不知道」，符合句中的否定語氣「だれも」的語境，表達「誰也不知道」的意思。這是正確的選擇。
2. しっていました：「しる」的過去肯定形式，表示「知道過」，但這不符合句中的否定語境，因此不適用。
3. しっていたでしょう：是「しる」的過去形式，並且帶有推測語氣，意思是「可能知道」，但句中的語境需要的是一個簡單的過去否定形式，因此這個選項也不適合。
4. しりました：是「しる」的過去形式，表示「知道了」，但這也不符合句中的否定語境，因此不正確。

5

自転車^{じてんしゃ}が こわれたので、新^{あたら}しい
（　　　） かいました。

1 のを 　　　　　　　2 のが

3 のに 　　　　　　　4 ので

因為自行車壞掉了，所以買了新（的）。

1 的　　　　　　　　2 的

3 為了　　　　　　　4 原因

解答（1）

解題 句型分析：
此題考查「如何用『の』來替代名詞」。這裡的「新しい（　）」指的是「新的自行車」，因此我們需要選擇正確的語法來讓「新しい」變成「新的東西」。
選項解析：
1. のを（正確答案）：用來將形容詞或動詞的部分變成名詞，並作為句子的賓語。句子「自転車が こわれたので、新しいのを かいました」中的「の」指代的是「自転車」，而「を」則是賓語助詞，表示買的目的是一輛新的自行車。這是正確的選擇。
2. のが：用來標示主語或強調某事物的存在，在這個語境下並不適合。因為這裡的「新しいの（新的那個）」是指具體的物品，因此不需要使用「が」。
3. のに：表示目的或原因的對比關係，通常用於「為了」或「儘管」的語境，但這裡的句子是因果關係，而不是對比關係。
4. ので：表示原因或理由，但這裡已經有「こわれたので」，句子不需要再用「ので」。

6

この　かびん（　　　）、あの　かびん
の　ほうが　いいです。

1 なら　　　　　　　　2 でも

3 から　　　　　　　　4 より

（比起）這只花瓶，那只花瓶比較好。

1 如果　　　　　　　2 即使

3 從　　　　　　　　4 比

解答 (4)

解題　句型分析：

此題考查日語中比較句型的使用。句子表示對比時，「～より」是常用的結構，用來比較兩個事物或情況的不同，意為「比」或「相比之下」。此題中的「このかびん（這個花瓶）」和「そのかびん（那個花瓶）」進行比較，因此使用「より」來表達「比」。

選項解析：

1. なら（如果）：通常用於條件句中，表示假設或條件，如「雨が降るなら行きません（如果下雨就不去）」。但這個句子是比較句型，與條件無關，因此這個選項不正確。

2. でも（即使）：用來表示讓步或轉折，如「雨でも行きます（即使下雨也要去）」或「安いでも買わない（即使便宜也不買）」。但它並不是用於比較的結構中，因此不適用於此句。

3. から（從、因為）：用來表示起點、原因或方向，如「駅から家まで（從車站到家）」或「忙しいから行けません（因為忙所以不能去）」。與比較的表達無關，因此不適合在這裡使用。

4. より（比）：是常見的比較助詞，如「この花瓶はあの花瓶よりきれいです（這個花瓶比那個花瓶漂亮）」，用於比較兩個事物之間的差異。因此，使用「より」是正確的，符合語境。

7

へやの　そうじを　して（　　　）出
かけます。

1 から　　　　　　　　2 まで

3 ので　　　　　　　　4 より

先打掃完房間（之後）再出門。

1 之後　　　　　　　2 直到

3 所以　　　　　　　4 比

解答 (1)

解題　句型分析：

道題的關鍵在於「先發生的動作」，即「～てから」（之後）的句型，表示「做完 A 之後，再做 B」，所以我們需要使用「から」。

選項解析：

1. から（之後）：「～てから」表示「做完 A 之後，再做 B」，這正符合句意。

2. まで（直到）：用於表示動作的範圍或終點，如「駅まで歩く（走到車站）」或「12 時まで待つ（等到 12 點）」，並不表示先發生的動作，因此不適用於此句。

3. ので（因為／所以）（正確答案）：用於表示原因或理由，如「時間がないので急ぎます（因為沒有時間，所以很急）」，但這裡的句子並沒有表達「原因」，而是「先做完 A 再做 B」。

4. より（比）：用於比較事物之間的差異，如「この花はあの花より大きいです（這朵花比那朵花大）」，表示比較關係。然而，「より」並不適用於表示先發生的動作，因此這個選項不正確。

以「動詞て形＋から」的形式，結合兩個句子，表示動作順序，強調先做前項再進行後項。由前項「そうじをして」與後項「出かけます」的關係，可以解出答案。

8

弟は　今日　かぜ（　　　）ねて　い
ます。

1 を　　　　　　　　　2 ので

3 で　　　　　　　　　4 へ

弟弟今天（由於）感冒而在睡覺。

1（賓語助詞，表示動作的對象）

2 因為

3 原因

4 到

解答 (3)

解題　句型分析：

此題考查日語中表示原因的接續詞。這裡的「因為感冒」是導致「在睡覺」的原因，所以要使用「で」來表示原因或理由。

選項解析：

1. を：通常用於標示動作的對象或受詞，如「本を読む（看書）」或「道を歩く（走路）」，但這裡的「かぜ（感冒）」不是動作的對象，而是「原因」。

2. ので（因為）（正確答案）：用於表示原因或理由，如「風邪をひいたので休みます（因為感冒所以休息）」，
   語氣柔，但「ので」後面一般是完整的句子，而這裡需要的是「單純的原因」。
3. で（原因）：當某個狀況導致結果時，適合使用「で」，這裡的「かぜで ねています。」表示「因為感冒，
   所以在睡覺」，符合語法規則。
4. へ（朝／向）：表示方向或移動的目的地，如「学校へ行く（去學校）」或「手紙を彼へ送る（寄信給他）」，
   但這裡的「感冒」不是方向，而是「原因」。

9

これから　かいもの（　　　）　行きます。	我現在正要出門買東西。
1 を　　　　　　　　2 に	1（賓語助詞，表示動作的對象）
3 が　　　　　　　　4 は	2 去
	3 是
	4 是

解答（2）

解題 句型分析：
此題考查日語中表示動作目的地的助詞用法。在句子「これからかいもの（　　　）行きます」中，「行きます（去）」表示動作的進行，而「かいもの（買東西、購物）」是動作的目的，因此需要用「に」來表示目的地。
選項解析：
1. 「を」：表示動作的對象或受詞，通常與動詞搭配，然而本句中的「かいもの」是動作的目的而非對象，因此「を」不合適。
2. に：表示動作的目的地，用於標示「行きます」這個動作的目的「かいもの（買東西、購物）」，因此是正確的選擇。
3. が：表示主語或焦點，並不適用於此情境，因為這句話是描述目的地，應使用「に」而非「が」。
4. は：用於標示主題，雖然可以在句子中使用，但在這句話中我們需要的是表示動作目的地的助詞，因此「は」不正確。

10

もっと（　　　）ひろい　へやに　すみたいです。	我想要住在更（安靜而且）寬敞的房間。
1 しずかなら　　　　2 しずかだ	1 安靜的話　　　　2 安靜的
3 しずかに　　　　　4 しずかで	3 安靜地　　　　　4 安靜且

解答（4）

解題 句型分析：
這道題的關鍵在於「如何連接兩個形容詞」。這裡的「安靜」和「寬敞」是並列的兩個特徵，所以我們需要使用「で」來連接這兩個形容詞。
選項解析：
1. しずかなら：「なら」表示條件，意思是「如果～的話」，但這裡不是要「如果安靜的話」，而是「安靜且寬敞」，所以錯誤。
2. しずかだ：這是形容詞「しずか」的基本形式，用來描述名詞的狀態，然而在此句中需要的是直接連接兩個形容詞，因此不適用。
3. しずかに：「しずかに」是副詞形式，表示「安靜地」，然而這裡需要直接連接兩個形容詞，來描述房間的特徵，這個選項不合適。
4. しずかで：「で」是な形容詞的連接形式，用來並列兩個形容詞，表示「既～又～」。這裡的句子需要連接「しずか」和「ひろい」，所以是正確答案。

11 たんじょうびに、おいしい ものを た
べ（　　）のんだり しました。

1 たり	2 て
3 たら	4 だり

在慶生會上（又）吃又喝地享用了美食。

1 又…又…	2 然後
3 如果	4 無此用法

解題 句型分析：

此題考查日語中「たり～たりする」結構的使用。這是日語中表示列舉動作或行為的一種句型，用來描述多個動作或狀況，並強調這些動作是例舉的，而非全部。例如，「食べたり飲んだり」表示「又吃又喝」。

選項解析：

1. たり（又～又）：「たり～たりする」是列舉多個行為或狀況的標準用法，如「たべたりのんだりする（又吃又喝）」，用來表示多個動作的發生。句中的「たべたりのんだり」正確地描述了這樣的行為，因此答案正確。
2. て（接續形）：是用來連接動詞的形式，如「食べて飲む（吃了之後喝）」，表示動作的順序，但無法表示列舉多個動作或狀況。在這裡應使用「たり」來列舉，因此不適用。
3. たら（如果）：是條件形式，用於表示假設或條件，如「雨が降ったら出かけません（如果下雨就不出門）」。但這不符合句中描述多個動作的情境，因此不適用。
4. だり：「だり」並不存在於日語文法中。

---

12 A「日曜日は どこかへ 行きましたか。」
B「いいえ、（　　）行きませんでした。」

1 どこへ	2 どこへも
3 どこかへも	4 だれも

「星期天去了哪裡嗎？」
「沒有，（哪裡都）沒去。」

1 去哪裡	2 哪裡都
3 某處也	4 誰也

解答 (2)

解題 句型分析：

此題考查的是日語中「どこ」的使用和「も」的搭配。「どこ」表示「哪裡」，而「も」用來強調否定的情境，表示「一個地方也沒有」，與否定動詞搭配使用時，強調「完全沒有」的意思。

選項解析：

1. どこへ（去哪裡）：表示動作的方向，如「どこへ行きますか（你去哪裡）」。然而，這個選項不適用於句中的否定語境，因為它沒有強調「一個地方也沒有去」的語氣，因此不正確。
2. どこへも（哪裡都）：搭配否定動詞使用，如「どこへも行きません（哪裡都沒去）」，表示完全的否定，強調沒有去任何地方。這個句型符合語境，答案正確。
3. どこかへも（某處也）：「どこかへ」表示「去了某個地方」，如「どこかへ 行きましたか（有沒有去某個地方）」。「も」表示「也」，但這裡的句子是全盤否定，而不是「某個地方也沒去」。
4. だれも（誰也）：如「だれも来なかった（誰也沒來）」，通常用在否定句中，表示「一個人也沒有」。然而，這個選項不適合用於「去的地方」這個語境，因此不正確。

---

13 A「赤い 目を して いますね。ゆうべは
何時に 寝ましたか。」
B「ゆうべは（　　）勉強しました。」

1 寝なくて	2 寝たくて
3 寝てより	4 寝ないで

A「你的眼睛是紅的哦。昨天晚上是幾點
睡的呢？」
B「昨天晚上（沒有睡），一直在讀書。」

1 沒有睡	2 想睡覺
3 睡覺比較	4 不睡覺

解答 (4)

解題 句型分析：

此題考查的是日語中「寝ないで」的用法。在日語中，「寝ないで」是「寝る（睡覺）」的否定形與「で」的結合，用來表示在不睡覺的情況下做某事。這種句型常用來表達「不做某事」的同時進行其他動作。

選項解析：

1. 寝なくて（不睡覺）：是「寝ない」的否定形與「て」的結合，如「寝なくて疲れる（不睡覺所以很累）」，「～なくて」通常用來表示「原因」或「後悔、困擾的狀況」但這裡的句子不是表示「因為沒睡覺所以怎樣」，而是「沒有睡覺，而是讀書」，所以不正確。

翻譯＋通關解題

1
2
3
4
5
6

回數

415

2. 寝たくて（想睡覺）：是「寝る」的意向形（希望做某事）與「て」的結合，如「寝たくてしょうがない（想睡覺得不得了）」。然而，這並不符合句中的意思，因為語境強調的是未睡覺而進行了其他活動，因此不正確。

3. 寝てより：「〜より」表示「相比之下」，但這裡的句子不是「睡覺比讀書如何」，而是「沒睡覺，而是讀書」。

4. 寝ないで（不睡覺）：是「寝る」的否定形與「で」的結合，如「寝ないで勉強する（不睡覺學習）」，用來表示在不睡覺的情況下做某事。語境中正確的表達是「不睡覺，然後做其他事」，完全符合句子意思，因此是正確答案。

14

A「（　　　　）　りょこうしますか。」
B「来年（らいねん）の　3月（がつ）です。」

1 いつ　　　　　　　　　2 どうして
3 何（なに）を　　　　　4 どこで

A「請問（什麼時候）要去旅行呢？」
B「明年三月。」

1 什麼時候　　　2 為什麼
3 做什麼　　　　4 在哪裡

解答（1）

解題　句型分析：
此題考查的是「〜しますか」的提問形式以及用於詢問時間的疑問詞。在這裡，A 的提問是關於旅行的時間，因此需要使用表示「何時」的疑問詞。

選項解析：

1. いつ（何時）：是用來詢問時間的疑問詞，如「旅行はいつですか（旅行是什麼時候）」。在這個句子中，A 詢問的是「旅行的時間」，因此使用「いつ」是合適的，語法上正確。

2. どうして（為什麼）：用來詢問原因或理由，如「どうして行きませんか（為什麼不去）」。然而，A 的提問並非詢問旅行的原因，而是詢問時間，所以這個選項不正確。

3. 何を（做什麼）：如「何を食べますか（吃什麼）」用來詢問動作的對象或內容。這個選項不適用於詢問時間，因此不正確。

4. どこで（在哪裡）：如「どこで会いますか（在哪裡見面）」用來詢問地點。雖然 A 詢問的是「旅行」，但提問的重點是時間而非地點，因此這個選項不正確。

15

テレビ（　　　　）ニュースを　見（み）ます。

1 に　　　　　　　　　2 から
3 で　　　　　　　　　4 には

在電視（上）收看新聞。

1 在…裡　　　　2 從…
3 在…上　　　　4 在…裡面

解答（3）

解題　句型分析：
這道題的關鍵在於「如何表達使用的媒介或工具」，即「〜で」的句型，表示「透過某種媒介或方式進行動作」。這裡的「電視」是用來「觀看新聞的媒介」，所以我們要使用「で」來表示。

選項解析：

1. に（到）：用來表示動作的目的地、時間、存在的地點，如「学校に行く（去學校）」。但這裡的「電視」並不是一個「目的地」，而是觀看新聞的媒介，答案不正確。

2. から（從）：表示動作的起點，如「家から駅まで歩く（從家走到車站）」。在這個句子中，但這裡的意思不是「從電視獲得新聞」，而是「透過電視觀看新聞」。

3. で（在）：表示使用的媒介、方法或場所，如「学校で勉強する（在學校學習）」或「車で行く（搭車去）」。這裡的「テレビでニュースを見ます」表示「透過電視觀看新聞」，答案正確。

4. には（在…）：通常用於強調某個場所或時間的特定情境，如「庭には花がたくさんあります（院子裡有很多花）」。但這裡的「電視」不是地點，而是觀看新聞的媒介，因此不正確。

16

テーブルの　上に　おはしが　ならべて
（　　　）。

1 おります　　　　　　2 います

3 きます　　　　　　　4 あります

桌上擺（有）筷子。

1 在　　　　　　　2 在
3 來　　　　　　　4 有

解答（4）

解題　句型分析：

這道題的關鍵在於「他動詞＋てあります」的句型，表示「某個動作已經完成，並且結果保持著」。這裡的「ならべる」（並べる）是 他動詞，表示「擺放、排列」，當我們想表達「有人已經擺好筷子，並且它們還保持著這個狀態」時，應該使用「〜てあります」。

選項解析：

1. おります（在）：「〜ております」是「〜ています」的敬語表達方式，表示「持續的狀態」。如「この会社で働いております（在這間公司工作）」。這裡的句子是描述「筷子被擺好」的狀態，而不是持續進行中的動作。

2. います（在）：「〜ています」表示「正在進行的動作」或「持續的狀態」。如「雨が降っています（正在下雨）」。如果這裡使用「ならべています」，意思會變成「筷子正在被擺放」，但句子的意思應該是「筷子已經被擺好，而不是正在擺放中」。

3. きます（來）：「〜てきます」表示「動作開始並朝説話者的方向進行」或「動作的變化」。「ならべてきます」會讓句子變成「筷子擺好並過來」，但這裡沒有移動的意思，也不是變化的過程。

4. あります（有）：「〜てあります」表示「動作已經完成，並且狀態保持著」，通常與 他動詞 搭配，強調「有意識的安排」。這裡的句子「テーブルの上におはしがならべてあります」表示「筷子已經被擺好，狀態還在維持」，所以正確。

問題二 翻譯與解題

もんだい2　★　に　入る　ものは　どれですか。1・2・3・4から　いちばん　いい　ものを　一つ　えらんで　ください。

問題 2 下文的＿＿★＿＿中該填入哪個選項，請從 1・2・3・4 之中選出一個最適合的答案。

17

A「これは、＿＿＿＿　＿＿★＿＿　＿＿＿＿
　　＿＿＿＿ですか。」
B「クジャクです。」

1 鳥（とり）　　　　　　2 いう

3 と　　　　　　　　　　4 なん

※ **正確語順**
A「これは、なんと　いう　鳥ですか。」
A「這叫作什麼鳥呢？」
B「這叫孔雀。」

解答（3）

解題

（1）選項意義分析

1. 鳥（とり）：名詞，表示「鳥」；2. いう：動詞「言う（いう）」的基本形，意思是「説、叫做」。但在這裡，「という」作為固定表達；3. と：助詞，與「いう」搭配形成「という」，用來表示名稱或定義，意思是「稱作〜的」；4. なん：疑問詞，表示「什麼」。

（2）語法結構分析

根據日語基本語序：疑問詞＋助詞＋動詞＋名詞＋謂語，整理正確的句子順序。

疑問詞（なん）；助詞＋動詞（という）；名詞（鳥）；謂語（ですか）。

因此正確句子為：「これは、なんという鳥ですか。」

（3）解答解析

正確答案：3（と）。這句話是在詢問「這是什麼鳥」，「なんという」用來詢問名稱，其他選項無法正確完成語法結構。

18

A「駅は　どこですか。」
B「しらないので、交番で　＿＿＿＿　＿＿＿＿
　　＿★＿　＿＿＿ませんか。」

1 に　　　　　　　　　　2 おまわりさん

3 ください　　　　　　　4 聞いて（きいて）

※ **正確語順**
B「しらないので、交番で　おまわりさんに
　　聞いて　くださいませんか。」
A「請問車站在哪裡呢？」
B「我不曉得，可以請你去派出所問警察嗎？」

解答（4）

417

解題

（1）選項意義分析

1.に：助詞，表示目的地或方向；2.おまわりさん：表示「警察」，名詞；3.ください：表示「請」，用於請求；4.聞いて：動詞「聞く」的連用形，表示「詢問」。

（2）語法結構分析

根據日語基本語序：場所 + 助詞 + 名詞（對象）+ 助詞 + 動詞 + 謂語，整理正確的句子順序。

場所（交番で）；名詞（對象）（おまわりさん）；助詞（に）；動詞（聞いて）；謂語（くださいませんか）。

因此正確句子為：「交番でおまわりさんに聞いてくださいませんか。」

（3）解答解析

正確答案：4（聞いて）。因為句子是描述詢問的動作，需要用動詞「聞く」的連用形「聞いて」來表示請求，其他選項無法正確完成語法結構。

19

A「この とけいの じかんは ただしい
　ですか。」
B「いいえ、＿＿＿＿ ＿＿★＿ ＿＿＿＿
　＿＿＿＿。」

1 います　　　　　　　2 ぐらい
3 おくれて　　　　　　4 3分（ふん）

※ 正確語順
B「いいえ、3分ぐらい おくれて います。」
A「請問這個時鐘顯示的時間是正確的嗎？」
B「不是的，大概慢了三分鐘。」

解答（2）

解題

（1）選項意義分析

1.います：表示「存在」或「正在」；2.ぐらい：表示大約或程度；3.おくれて：表示「遲到」，動詞「遅れる」的連用形，適合用來描述時間上的偏差；4.3分：表示具體時間。

（2）語法結構分析

根據日語基本語序：數量詞 + 助詞 + 動詞 + 謂語，整理正確的句子順序。

數量詞（3分）；助詞（ぐらい）；動詞（狀態）（おくれて）；謂語（います）。

因此正確句子為：「3分ぐらいおくれています。」

（3）解答解析

正確答案：2（ぐらい）。這句話是描述時間的偏差，應該使用「ぐらい」來表示大約的時間，其他選項無法正確完成語法結構。

20

A「春（はる）と 秋（あき）では どちらが すきですか。」
B「春（はる）＿＿＿＿ ＿＿＿＿ ＿＿★＿ ＿＿＿＿
　すきです。」

1 秋（あき）の　　　　　2 より
3 ほう　　　　　　　　4 が

※ 正確語順
B「春より 秋の ほうが すきです。」
A「春天和秋天，你比較喜歡哪個呢？」
B「比起春天，我更喜歡秋天。」

解答（3）

解題

1. 秋の：表示「秋天的～」，通常用來修飾名詞。但在本題中，需要與「ほう」搭配形成「秋のほう」，才能表達比較對象；2.より：助詞，表示比較的基準；3.ほう：名詞，表示「～的一方」，用於比較兩者時，表示某一方的優勢；4. が：助詞，標示主語或強調對比。

（2）語法結構分析

根據日語基本語序：比較對象 + 助詞 + 參照對象 + 助詞 + 形容詞 + 謂語，整理正確的句子順序。

比較對象（春）；助詞（より）；參照對象（秋のほう）；助詞（が）；形容詞（すきです）。

因此正確句子為：「春より秋のほうがすきです。」

（3）解答解析

正確答案：3（ほう）。因為這句是在比較春天和秋天，應該使用「ほう」來表示更喜歡的一方，其他選項無法正確完成語法結構。

21

（くだもの屋で）

女の人「めずらしい　くだものは　ありますか。」

店の人「これは　_____　★_____　_____　くだものです。」

1 に　　　　　　　　2 ない

3 は　　　　　　　　4 日本

解答（1）

※ 正確語順

店の人「これは　日本には　ない　くだものです。」

（在水果店裡）

女士「請問有沒有很少見的水果呢？」

店員「這是日本沒有的水果。」

解題

1. に：助詞，表示動作的方向、地點或存在的範圍；2. ない：形容詞（否定），表示「不存在」或「沒有」；3. は：助詞，表示主題或強調對比；4. 日本：名詞，表示「日本」。

（2）語法結構分析

根據日語基本語序：主語＋助詞＋地點＋助詞＋否定動詞＋名詞＋謂語，整理正確的句子順序。

主語（これは）；地點（日本）；助詞（には）；否定動詞（狀態）（ない）；名詞（くだもの）；謂語（です）。

因此正確句子為：「これは日本にはないくだものです。」

（3）解答解析

正確答案：1（に）。這句話描述的是「這是日本沒有的水果」，應使用「には」來指示「日本」作為對比的地點，其他選項無法正確完成語法結構。

問題三　翻譯與解題

もんだい3　[22]　から　[26]　に　何を　入れますか。ぶんしょうの　いみを　かんがえて、1・2・3・4から　いちばん　いい　ものを　一つ　えらんで　ください。

問題 3 於閱讀下述文章之後，就整體文章的內容作答第 [22] 至 [26] 題，並從1・2・3・4選項中選出一個最適合的答案。

日本で　べんきょうして　いる　学生が　「こわかった　こと」に　ついて　ぶんしょうを　書いて、クラスの　みんなの　前で　読みました。

6さいの　とき、わたしは　父に　自転車の　乗り方を　[22]　。わたしが　小さな　自転車の　いすに　すわると、父は　自転車の　うしろを　もって、自転車　[23]　いっしょに　走ります。そうして、何回も　何回も　練習しました。

少し　[24]　なった　ころ、わたしが　自転車で　[25]　うしろを　向くと、父は　わたしが　知らない　間に　手を　はなして　いました。それを　知った　とき、わたしは　とても　[26]　です。

在日本留學的學生以〈曾經令我害怕的事〉為題名寫了一篇文章，並且在班上同學的面前誦讀給大家聽。

六歲的時候，我向爸爸 [22] 騎腳踏車的方法。我坐在小自行車的座椅上，爸爸抓著自行車的後方，推著自行車 [23] 奔跑。我們就這樣練習了很多很多次。

就在我騎得 [24] 的時候，我 [25] 自行車，一面回頭看，看到爸爸在我沒察覺的時候已經將手放開了。當我發現這一點的時候，非常地 [26] 。

22

1 おしえました　　　　2 しました

3 なれました　　　　　4 ならいました

1 教了　　　　　2 做了

3 習慣了　　　　4 學了

解答（4）

解題　關鍵句分析：

句子「6さいのとき、わたしは父に自転車の乗り方を　_____。」描述的是小時候父親教孩子騎自行車的情景，這裡需要選擇一個能表達「學習」或「教導」的動詞，並符合主語和語境的邏輯。

語法點解釋與選項排除邏輯：
1. おしえました（教えました／教導）：但句子的主語是「わたし（我）」，描述的是孩子接受教導，而非父親教導他人，因此語意不符，排除。
2. しました（しました／做了）：但這裡需要的是「學習」這個動作，而不是單純的「做某件事」。
3. なれました（慣れました／習慣了）：語意偏向結果已經習慣騎腳踏車，無法表達「學習」騎腳踏車這一過程。
4. ならいました（習いました／學習了）：用於描述接受某人教導學會某項技能，準確描述了孩子向父親學習騎自行車的行為，符合語境，正確。

23

1 と	2 に	1 和	2 到
3 を	4 は	3 賓語助詞	4 主題助詞

解答（1）

解題 關鍵句分析：
句子「父は自転車のうしろをもって、自転車 _____ いっしょに走ります。」這句話描述的是父親握住自行車後面，然後和孩子一起跑的情境，因此應該填入一個能夠表示一起的助詞。
語法點解釋與選項排除邏輯：
1. と（和）：「～といっしょに」的意思是「和～一起」，符合文意：「父親和我一起跑」。
2. に（到）：通常用來表示方向、目標或存在，而這裡需要的是表示「一起」的助詞，所以不適合。
3. を：通常用來標示動作的對象（如「本を読む」讀書），但這裡的「いっしょに走る」不需要這種結構。
4. は：用來標示主題，這裡需要的是表示「一起」的詞。

24

1 じょうずな	2 じょうずだ	1 熟練的	2 熟練
3 じょうずに	4 じょうずで	3 熟練地	4 熟練且…

解答（3）

解題 關鍵句分析：
句子「少し _____ なったころ、」這句話描述的是經過一段時間的練習後，技術變得更好，因此應該填入一個能夠表示變得更熟練的詞語。
語法點解釋與選項排除邏輯：
1. じょうずな（上手な／熟練的）：形容動詞的連體形，用於修飾名詞，如「じょうずな人」，但無法直接與「なった」連接，語法不通，排除。
2. じょうずだ（上手だ／熟練的）：形容動詞的基本形，常用於句子結尾，無法直接修飾「なった」，語法不符合，且這裡需要的是變得如何的表達方式。
3. じょうずに（上手に／熟練地）：形容動詞的副詞形，用於修飾動詞，表示「變得熟練」，語法正確且符合語境，正確。
4. じょうずで（上手で／熟練且…）：形容動詞的連用形，表示列舉或接續，但這裡沒有需要接續其他內容。

25

1 走ったら	2 走りながら	1 如果跑步的話	2 一邊跑步
3 走ったほうが	4 走るより	3 跑步比較好	4 比起跑步

解答（2）

解題 關鍵句分析：
句子「わたしが自転車で _____ うしろを向くと、」描述的是作者在騎自行車時的行為，強調邊騎邊轉頭的動作，因此需要選擇表達「一邊進行某個動作，一邊執行另一個動作」的形式。
語法點解釋與選項排除邏輯：
1. 走ったら（如果跑的話）：表示條件句，語意偏向假設，無法表達同時進行的兩個動作。
2. 走りながら（一邊跑一邊…）：表示同時發生的兩個動作，準確表達「邊騎車邊回頭」，符合語境，正確。
3. 走ったほうが（跑比較好）：偏向建議或比較，與句子描述的實際情況不符。
4. 走るより（與其跑）：表達比較，語意與同時進行的語境不符。

26

1 こわい	2 こわくて
3 こわかった	4 こわく

1 害怕	2 因為害怕
3 害怕了	4 害怕地

解答 (3)

解題 關鍵句分析：

句子「それを知ったとき、わたしはとても _____ です。」描述了當作者發現父親已經放開手時的感受，根據語境需要表達過去曾經「非常害怕」的情感，因此應選擇合適的形容詞形式來修飾「とても」。

語法點解釋與選項排除邏輯：

1. こわい（怖い／害怕）：為現在形，用於描述現在的情緒，與語境中描述的過去情境不符。
2. こわくて（怖くて／因為害怕）：為連接詞形式，用於連接句子，表示原因或結果，但這裡的句子沒有表示原因，且無法用於句尾斷句。
3. こわかった（怖かった／害怕了）：形容詞的過去形，正確表達過去「曾經害怕」的情感，符合語境，正確。
4. こわく（怖く／害怕地）：為連用形，用於修飾後續動詞，（如「こわく思う」＝覺得害怕），但這裡的句子結構需要的是形容詞的過去式。

問題四 翻譯與解題

もんだい４つぎの　(1) から　(3) の　ぶんしょうを　読んで、しつもんに　こたえて　ください。こたえは、1・2・3・4から　一ばん　いい　ものを　一つ　えらんで　ください。

第 4 大題　請閱讀下列（1）～（3）的文章，並回答問題。請從選項 1・2・3・4 中，選出一個最適當的答案。

(1)

わたしには、姉が　一人　います。姉も　わたしも　ふとって　いますが、姉は　背が　高くて、わたしは　低いです。わたしたちは　同じ　大学で、姉は　英語を、わたしは　日本語を　べんきょうして　います。

我有一個姊姊。姊姊和我都很胖，但是姊姊長得高，我長得矮。我們在同一所大學裡就讀，姊姊主修英文，我主修日文。

27

まちがって　いるのは　どれですか。

1 二人とも　ふとって　います。
2 同じ　大学に　行って　います。
3 姉は　大学で　日本語を　べんきょうして　います。
4 姉は　背が　高いですが、わたしは　低いです。

請問以下何者為非？

1 兩人都胖。
2 上同一所大學。
3 姊姊在大學裡主修日文。
4 姊姊長得高，但我長得矮。

解答 (3)

解題 題型分析：

這一題考查對文章中描述「姊妹的外貌和學習情況」的理解。

題目要求選出「錯誤」的選項，需逐一比對選項與文章內容。

選項解析：

1. 這一選項描述兩人都很胖，文章中提到「姉もわたしもふとっています」，與原文一致，因此正確，不符合題意。
2. 這一選項描述兩人都在同一所大學，文章中提到「わたしたちは同じ大学で」，與原文一致，因此正確，不符合題意。
3. 這一選項描述姊姊在大學學習日文，文章中提到「姉は英語を、わたしは日本語をべんきょうして　います」，姊姊主修的是英文，而非日文，因此這一選項錯誤，符合題意。
4. 這一選項描述姊姊高而我矮，文章中提到「姉は背が高くて、わたしは低いです」，與原文一致，因此正確，不符合題意。

(2)

5さいの ゆうくんと お母（かあ）さんは、スーパーに 買（か）い物（もの）に 行（い）きました。しかし お母（かあ）さんが 買（か）い物（もの）を して いる ときに、ゆうくんが いなく なりました。ゆうくんは みじかい ズボンを はいて、ポケットが ついた 白（しろ）い シャツを きて、ぼうしを かぶって います。

五歲的小祐和媽媽一起去超級市場買東西了。但是在媽媽買東西的時候，小祐走丟了。小祐穿著短褲、有口袋的白色襯衫，還戴著帽子。

28 ゆうくんは、どれですか。

請問哪一位是小祐呢？

解答（4）

解題

1. 這一題需要使用刪除法來解答。文章提到「みじかいズボンをはいて」（穿著短褲），因這一選項 1 和 2 可以排除。
2. 接著，文章中提到「ポケットがついた白いシャツをきて」（穿著帶口袋的白襯衫），因此答案應該是選項 4。
3. 為求慎重，文章最後提到「ぼうしをかぶっています」（戴著帽子），進一步確認選項 4 是正確答案。
4. 此外，一般來說「…くん」的稱呼不會用在女性身上，也從側面支持了選項 4 的正確性。

(3)

大学（だいがく）で 英語（えいご）を べんきょうして いる お姉（ねえ）さんに、妹（いもうと）の 真矢（まや）さんから 次（つぎ）の メールが 来（き）ました。

姊姊在大學裡主修英文，妹妹真矢小姐寄了一封如下的電子郵件給她。

お姉（ねえ）さん
　わたしの 友（とも）だちの 花田（はなだ）さんが、弟（おとうと）に 英語（えいご）を 教（おし）える 人（ひと）を さがして います。お姉（ねえ）さんが 教（おし）えて くださいませんか。
　花田（はなだ）さんが まって いますので、今日中（きょうじゅう）に 花田（はなだ）さんに 電話（でんわ）を して ください。
　　　　　　　　　　　真矢（まや）

姊姊
　我朋友花田同學正在找人教她弟弟英文。姊姊可以教他嗎？
　花田同學正在等候聯絡，請在今天之內打電話給花田同學。
　　　　　　　　　　　真矢

29 お姉さんは、花田さんの 弟に 英語を 教えるつもりです。どうしますか。

1 花田さんに メールを します。
2 妹の 真矢さんに 電話を します。
3 花田さんに 電話を します。
4 花田さんの 弟に 電話を します。

姊姊有意願教花田同學的弟弟英文。請問她該怎麼做呢？

1 寄電子郵件給花田同學。
2 打電話給妹妹真矢。
3 打電話給花田同學。
4 打電話給花田同學的弟弟。

解答 (3)

解題 題型分析：

這一題考查對文章中描述「姊姊應該採取的行動」的理解。

關鍵句為：「今日中に花田さんに電話をしてください。」

這表明姊姊需要在當天之內聯絡花田小姐，向她確認是否願意教她的弟弟英語。

選項解析：

1. 這一選項提到用電子郵件聯絡花田小姐，但文章明確要求姊姊「電話をして」，並未提到以電子郵件聯絡，因此不正確。
2. 這一選項提到姊姊聯絡妹妹真矢，但文章中未提到需要聯絡真矢，而是直接與花田小姐聯絡，因此不正確。
3. 這一選項準確描述了文章內容，明確指出姊姊需要當天之內給花田小姐打電話，完全符合描述，因此正確。
4. 這一選項提到直接聯絡花田小姐的弟弟，但文章中要求姊姊聯絡的是花田小姐，而不是她的弟弟，因此不正確。

問題五 翻譯與解題

つぎの ぶんしょうを 読んで、しつもんに こたえて ください。こたえは、1・2・3・4から 一ばん いい ものを 一つ えらんで ください。

第5大題　請閱讀下列文章，並回答問題。請從選項1・2・3・4中，選出一個最適當的答案。

わたしの 友だちの アリさんは 3月に 東京の 大学を 出て、大阪の 会社に つとめます。

アリさんは、3年前 わたしが 日本に 来た とき、いろいろと 教えて くれた 友だちで、今まで 同じ アパートに 住んで いました。アリさんが もう すぐ いなく なるので、わたしは とても さびしいです。

アリさんが、「大阪は あまり 知らないので、困って います。」と 言って いたので、わたしは 近くの 本屋さんで 大阪の 地図を 買って、それを アリさんに プレゼントしました。

我的朋友亞里小姐三月要從東京的大學畢業，到大阪的公司工作。

亞里小姐這位朋友在我三年前剛來日本的時候，教了我很多事情，我們一直住在同一棟公寓裡。亞里小姐很快就要離開了，我非常捨不得。

由於亞里小姐説過「我對大阪不太熟悉，所以正煩惱著。」因此我到附近的書店買了大阪的地圖，送給了亞里小姐。

30 友だちは どんな 人ですか。

1 大阪の 同じ 会社に つとめて いた 人
2 同じ 大学で いっしょに べんきょうした 人
3 日本の ことを 教えて くれた 人
4 東京の 本屋さんに つとめて いる 人

請問這位朋友和「我」有什麼樣關係呢？

1 在大阪的同一家公司工作的人
2 在同一所大學裡一起念書的人
3 教了我關於日本事情的人
4 在東京的書店裡工作的人

解答 (3)

解題 題型分析：

這一題考查對文章中描述「友人是怎樣的人」的理解。

關鍵句為：「アリさんは、3年前わたしが日本に来たとき、いろいろと教えてくれた友だちで、今まで同じアパートに住んでいました。」

這表明阿里（アリさん）是 3 年前教我關於日本事情的朋友，並且與我住在同一間公寓。

選項解析：

1. 這一選項提到朋友與我在大阪同一家公司工作，但文章中僅提到阿里即將到大阪的公司工作，與我無關，因此不正確。
2. 這一選項提到朋友與我在同一所大學學習，但文章中並未提到我們曾在同一所大學就讀，因此不正確。
3. 這一選項準確描述了文章內容，表明阿里在我剛到日本時教了我許多事情，完全符合描述，因此正確。
4. 這一選項提到朋友在東京的書店工作，但文章中僅提到我在書店買了地圖，與朋友的工作無關，因此不正確。

31

「わたし」は アリさんに、何を プレゼント しましたか。

1 本を プレゼントしました。
2 大阪の 地図を プレゼントしました。
3 日本の 地図を プレゼントしました。
4 東京の 地図を プレゼントしました。

「我」送了什麼東西給亞里小姐呢？

1 送了書。
2 送了大阪的地圖。
3 送了日本的地圖。
4 送了東京的地圖。

解答 (2)

解題 題型分析：

這一題考查對文章中描述「我送給阿里什麼禮物」的理解。

關鍵句為：「わたしは近くの本屋さんで大阪の地図を買って、それをアリさんにプレゼントしました。」

這表明「我」買了一張大阪的地圖，作為禮物送給阿里。

選項解析：

1. 這一選項提到書本，但文章明確說明禮物是「地圖」，並非書，因此不正確。
2. 這一選項準確描述了文章內容，明確指出「我」送給阿里的是大阪的地圖，完全符合描述，因此正確。
3. 這一選項提到日本地圖，但文章中明確說明禮物是「大阪的地圖」，而非整個日本的地圖，因此不正確。
4. 這一選項提到東京地圖，但文章中禮物是「大阪的地圖」，與此不符，因此不正確。

問題六 翻譯與解題

右の ページを 見て、下の しつもんに こたえて ください。こたえは、1・2・3・4から いちばん いい ものを 一つ えらんで ください。

第 6 大題 請閱讀右頁，並回答下列問題。請從選項 1・2・3・4 中，選出一個最適當的答案。

毎朝新聞 古紙回収の お知らせ

31日 朝 9時までに
出して ください。

トイレットペーパーと かえます。
（古い 新聞紙 10〜15 kgで、トイレットペーパー 1個。）

● この お知らせに へや番号を 書いて、新聞紙の 上に のせて 出して ください。
● アパートなどに すんで いる 人は、1階の 入り口まで 出して ください。

【へや番号】

《毎朝報》舊報紙回收通知
請於三十一日早上九點之前
拿出來回收。

可換回廁用衛生紙。
（舊報紙每十至十五公斤，交換廁用衛生紙一捲。）

● 請於本通知單上填寫房間號碼，再放在舊報紙的最上面。
● 公寓住戶，請擺到一樓的大門處。

【房間號碼】

32

新聞販売店か^{※1}ら　中山さんの　へやに　古紙回収^{※2}の　お知らせが　きました。中山さんは、31日の　朝、新聞紙を　回収に　出すつもりです。中山さんの　へやは、アパートの　2階です。

（注1）新聞販売店：新聞を　売ったり、家に　とどけたりする店。

（注2）古紙回収：古い新聞紙を集めること。トイレットペーパーと　かえたりしてくれる。

1　自分の　へやの　前の　ろうかに　出す。
2　1階の　入り口に　出す。
3　1階の　階段の　下に　出す。
4　自分の　へやの　ドアの　中に　出す。

派報社^{※1}投遞了一張舊報紙回收^{※2}通知單到中山小姐的房間。中山小姐打算在三十一日的早晨把舊報紙拿出去回收。中山小姐的房間位於公寓的二樓。請問正確的回收方式是下列何者？

（注1）派報社：販賣報紙或是分送報紙到住家的商店。

（注2）舊報紙回收：收集舊報紙。可以拿舊報紙換廁用衛生紙等。

1　放在自己房門前的走廊上。
2　放在一樓的大門口。
3　放在一樓樓梯下面。
4　放在自己房門裡面。

解答（2）

解題 題型分析：

這一題考查對廢紙回收規定的理解，特別是住在公寓的居民應將報紙放置在哪裡。

關鍵句為：「アパートなどにすんでいる人は、1階の入り口まで出してください。」

這表明住在公寓的住戶需要將報紙放置在1樓的入口，並在報紙上附上房間號碼。

選項解析：

1. 這一選項提到將報紙放置在自己房間外的走廊，但文章明確要求住戶需將報紙帶到1樓入口，因此不正確。
2. 這一選項準確描述了文章的要求，住在公寓的住戶需將報紙帶到1樓入口，完全符合描述，因此正確。
3. 這一選項提到將報紙放置在1樓的樓梯下，但文章要求明確是放置在1樓的入口處，並未提到樓梯下，因此不正確。
4. 這一選項提到將報紙放在房間內，但文章中並未提到這樣的做法，並且與規定要求矛盾，因此不正確。

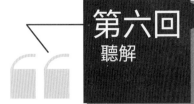

もんだい1では、はじめに しつもんを きいて ください。それから はなし を きいて、もんだいようしの 1から4の なかから、いちばん いい もの を ひとつ えらんで ください。

在問題 1 中，請先仔細聆聽問題。接著，聽對話內容，然後從問題用紙中的 1 到 4 個選項中，選出最適合的答案。

1

デパートで、男の人と店の人が話しています。男の人はどのネクタイを買いますか。

M：青いシャツにしめるネクタイを探しているんですが……。

F：何色が好きですか。

M：ここにあるのは、どれもいい色ですね。

F：何の絵のがいいですか。

M：ガラスのケースの中の、鍵の絵のはおもしろいですね。青いシャツにも合うでしょうか。

F：大丈夫ですよ。

男の人はどのネクタイを買いますか。

男士正在百貨公司裡和店員交談。請問這位男士要買的是哪一條領帶呢？

M：我正在找適合搭配藍色襯衫的領帶……。

F：您喜歡什麼顏色呢？

M：陳列在這裡的每一條都是不錯的顏色耶！

F：什麼圖案的比較喜歡呢？

M：擺在玻璃櫥裡那條鑰匙圖案的蠻有意思的。不曉得適不適合搭在藍色襯衫上呢？

F：很適合喔！

請問這位男士要買的是哪一條領帶呢？

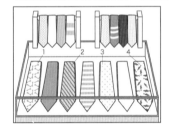

解答（1）

解題 關鍵點：
1. 男士正在尋找適合搭配藍色襯衫的領帶。
2. 他對所有顏色的領帶表示「どれもいい色ですね」，即顏色方面無特定要求。
3. 男士對玻璃櫥裡鑰匙圖案的領帶特別感興趣，並詢問是否適合藍色襯衫。
4. 店員保證「大丈夫ですよ」，即這條領帶適合搭配藍色襯衫。
選項解析：
1. 鑰匙圖案的領帶：正確答案。男士明確表示這條領帶「おもしろい」，並得到店員的保證，選擇購買。
2. 斜紋圖案的領帶：對話中未提到考慮其他圖案。
3. 點點圖案的領帶：男士沒有表示喜歡點點圖案的領帶。
4. 鯊魚圖案的領帶：男士沒有表示喜歡鯊魚圖案的領帶。

2

男の人と女の人が話しています。男の人ははじめにどこへ行きますか。

M：これから銀行に行くんですが、この手紙、家の前のポストに入れましょうか。

F：いえ、それは、まだ切手を貼っていないので、あとでわたしが郵便局に行って出しますよ。

M：それじゃ、銀行に行く前にぼくが郵便局に行きますよ。

F：そう。では、そうしてください。

M：わかりました。銀行に行ってお金を預けたら、すぐ帰ります。

男の人ははじめにどこへ行きますか。

1 ぎんこう

2 いえのまえのポスト

3 ゆうびんきょく

4 ぎんこうのまえのポスト

男士和女士正在交談。請問這位男士會先去哪裡呢？

M：我現在要去銀行，這封信要不要幫妳投進我們家前面的郵筒裡呢？

F：不用。那封信還沒有貼郵票，我等一下再去郵局寄就好囉！

M：那麼，我去銀行之前，先去郵局一趟吧！

F：是哦？那麼麻煩你了。

M：好的。我去銀行存款之後馬上回來。

請問這位男士會先去哪裡呢？

1 銀行　　　　　2 住家前面的郵筒

3 郵局　　　　　4 銀行前面的郵筒

解答（3）

解題　關鍵點：

1. 男士提到他要去銀行，但也提出是否需要幫忙將信件投入住家前的郵筒。

2. 女士指出信件還未貼郵票，表示會稍後親自去郵局寄信。

3. 男士主動提議「銀行に行く前にぼくが郵便局に行きますよ」，並得到女士的同意。

選項解析：

1. 銀行：男士要先去郵局，之後才去銀行。

2. 住家前面的郵筒：女士說信件還未貼郵票，不能投到郵筒裡。

3. 郵局：正確答案。男士表示要先去郵局處理信件，女士也同意了這個安排。

4. 銀行前面的郵筒：對話中沒有提到這個地點。

3

お母さんが子どもたちに話しています。まり子は何をしますか。

F1：今日はおじいさんの誕生日ですから、料理をたくさん作りますよ。はな子はテーブルにお皿を並べて、さち子は冷蔵庫からお酒を出してください。

F2：わたしは？

F1：まり子は、テーブルに花をかざってください。

まり子は何をしますか。

媽媽正對著女兒們說話。請問真理子該做什麼呢？

F1：今天是爺爺的生日，要做很多菜喔！花子幫忙在桌上擺盤子，幸子幫忙把酒從冰箱裡拿出來。

F2：我呢？

F1：真理子幫忙把花放到桌上做裝飾。

請問真理子該做什麼呢？

解答（2）

解題　關鍵點：

1. 對話中提到今天是爺爺的生日，需要準備很多事情，包括擺盤子、拿酒和裝飾花。

2. 花子被指定負責在桌上擺盤子，幸子負責從冰箱拿酒出來。

3. 真理子被安排的任務是「テーブルに花をかざってください」，也就是裝飾桌上的花。

選項解析：

1. 準備食物：對話中未提到真理子參與料理製作。

2. 裝飾花：正確答案。真理子的任務是「テーブルに花をかざる」。
3. 擺盤子：這是花子的任務，與真理子無關。
4. 拿酒：這是幸子的任務。

4

女の人と男の人が話しています。男の人は、何で病院に行きますか。
F：顔色が青いですよ。
M：電車の中でおなかが痛くなったんです。
F：すぐ、近くの病院へ行った方がいいですね。
M：でも、病院まで歩きたくありません。
F：自転車は？
M：いえ、すみませんが、タクシーをよんでくださいませんか。
男の人は、何で病院に行きますか。

1 でんしゃ

2 あるきます

3 じてんしゃ

4 タクシー

女士和男士正在交談。請問這位男士為什麼要去醫院呢？
F：您的臉色發青耶！
M：在電車裡忽然肚子痛了起來。
F：馬上去附近的醫院比較好喔！
M：可是，我不想走路去醫院。
F：騎自行車可以嗎？
M：不行。不好意思，可以麻煩妳幫我叫一輛計程車嗎？
請問這位男士為什麼要去醫院呢？
1 電車　　　　　2 步行
3 自行車　　　　4 計程車

解答（4）

解題 關鍵點：
1. 男士在電車上開始感覺肚子痛，表示身體不舒服。
2. 男士明確表示不想步行去醫院，否決了自行車的建議。
3. 男士請求幫忙叫計程車「タクシーをよんでくださいませんか」。
選項解析：
1. でんしゃ（電車）：雖然男士是在電車上感到不舒服，但並未選擇搭電車去醫院。
2. あるきます（步行）：男士明確表示「歩きたくありません」，排除步行的可能性。
3. じてんしゃ（自行車）：女士建議男士騎自行車，但男士以「いえ」否定了此選項。
4. タクシー（計程車）：正確答案。男士提出請求，明確要求搭乘計程車去醫院。

5

会社で、女の人と男の人が話しています。男の人は今から何をしますか。
F：佐藤さん、ちょっといいですか。
M：何でしょう。今、仕事で使う本を読んでいるんですが。
F：ちょっと買い物を頼みたいんです。
M：2時にお客さんが来ますよ。
F：その、お客さんに出すものですよ。
M：わかりました。何を買いましょうか。
F：何か果物をお願いします。私はお茶の用意をします。
男の人は今から何をしますか。

1 ほんをよみます

2 かいものに行きます

3 きゃくをまちます

4 おちゃのよういをします

女士和男士正在公司裡交談。請問這位男士接下來要做什麼呢？
F：佐藤先生，可以打擾一下嗎？
M：什麼事？我現在正在看工作上要用到的書。
F：我想請你幫忙去買點東西。
M：兩點有客戶要來喔！
F：就是要招待那位客戶的東西呀！
M：我知道了。要買什麼呢？
F：麻煩你去買點水果。我來準備茶水。
請問這位男士接下來要做什麼呢？
1 看書　　　　　2 去買東西
3 等客戶　　　　4 準備茶水

解答（2）

解題　關鍵點：
1. 男士正在讀工作需要的書，但被女士打斷。
2. 女士請男士幫忙去買東西，目的是為了接待兩點會來的客戶。
3. 男士同意去買水果，女士則負責準備茶水。
選項解析：
1. 看書：男士原本在看書，但已停止，準備去完成購物的任務。
2. 去買東西：正確答案。男士明確表示「わかりました」，並詢問需要購買的物品，決定去買水果。
3. 等客戶：男士提到「２時にお客さんが来ますよ」，但現階段的任務是去買東西，而非直接等客戶。
4. 準備茶水：女士提到「私はお茶の用意をします」，準備茶水是由女士負責的工作。

6

女の人と店の男の人が話しています。店の男の人はどの時計をとりますか。
F：時計を買いたいのですが。
M：壁にかける大きな時計ですか。机の上などに置く時計ですか。
F：いえ、腕にはめる腕時計です。目が悪いので、数字が大きくてはっきりしているのがいいです。
M：わかりました。ちょうどいいのがありますよ。
店の男の人はどの時計をとりますか。

女士和男店員正在交談。請問這位男店員會把哪一只鐘錶拿出來呢？
F：我想買鐘錶。
M：是掛在牆上的大時鐘嗎？還是擺在桌上的時鐘呢？
F：不是，是戴在手上的手錶。我視力不佳，想要買數字大、看得清楚的。
M：好的。剛好有符合您需求的手錶。
請問這位男店員會把哪一只鐘錶拿出來呢？

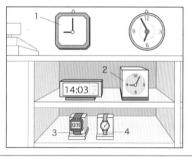

解答（3）

解題　關鍵點：
1. 女士明確說明需要的是「腕にはめる腕時計」（戴在手上的手錶）。
2. 女士視力不佳，要求手錶的「数字が大きくてはっきりしている」（數字要大且清晰）。
3. 男店員表示有「ちょうどいい」的選擇符合需求。
選項解析：
1. 掛在牆上的大時鐘：女士明確否定這類時鐘。
2. 放在桌上的時鐘：女士也否定了這種時鐘的選項。
3. 數字大且清晰的手錶：正確答案。符合女士對手錶的具體要求。
4. 數字小的手錶：女士要求數字大且清晰，這項不符合需求。

7

女の人と男の人が話しています。男の人は、何で名前を書きますか。
F：ここに名前を書いてください。
M：はい。鉛筆でいいですね。
F：いえ、鉛筆はよくないです。
M：どうしてですか。
F：鉛筆の字は消えるので、ボールペンか、万年筆で書いてください。色は、黒か青です。
M：わかりました。万年筆は持っていないので、これでいいですね。
F：はい、青のボールペンなら大丈夫です。
男の人は、何で名前を書きますか。

1 くろのえんぴつ
2 あおのまんねんひつ
3 くろのボールペン
4 あおのボールペン

女士和男士正在交談。請問這位男士會用哪種筆寫名字呢？
F：請在這裡寫上大名。
M：好，可以用鉛筆寫嗎？
F：不，用鉛筆不妥當。
M：為什麼呢？
F：因為鉛筆的字跡可以被擦掉，請用原子筆或鋼筆書寫。墨水的顏色要是黑色或藍色的。
M：我知道了。我沒有鋼筆，用這個可以嗎？
F：可以的，藍色的原子筆沒有問題。
請問這位男士會用哪種筆寫名字呢？
1 黑色的鉛筆
2 藍色的鋼筆
3 黑色的原子筆
4 藍色的原子筆

解答（4）

解題　關鍵點：

1. 女士要求書寫工具必須是「ボールペンか、万年筆」（原子筆或鋼筆）。
2. 墨水顏色必須是「黒か青」（黑色或藍色）。
3. 男士最終選擇了「青のボールペン」（藍色的原子筆）。

選項解析：

1. 黑色的鉛筆：女士明確表示鉛筆不合適，因為「鉛筆の字は消える」。
2. 藍色的鋼筆：男士提到「万年筆は持っていない」，因此排除鋼筆選項。
3. 黑色的原子筆：雖然黑色的原子筆符合要求，但男士最終使用的是藍色的原子筆。
4. 藍色的原子筆：正確答案。男士最終確認「これ」為藍色的原子筆，並獲得女士同意。

もんだい２では、はじめに　しつもんを　きいて　ください。それから　はなしを　きいて、もんだいようしの１から４の　なかから、いちばん　いい　ものを　ひとつ　えらんで　ください。

在問題２中，請先仔細聆聽問題。接著，聽對話內容，然後從問題用紙中的１到４個選項中，選出最適合的答案。

1

男の人が、外国から来た友だちに話をしています。たたみのへやに入るときは、どうしますか。

M：家に入るときは、げんかんでくつをぬいでください。

F：くつをぬいで、スリッパをはくのですね。

M：そうです。あ、ここでは、スリッパもぬいでください。

F：えっ、スリッパもぬぐのですか。どうしてですか。

M：たたみのへやでは、スリッパははかないのです。あ、くつしたはそのままでいいですよ。

たたみのへやに入るときは、どうしますか。

1 くつをはきます

2 スリッパをはきます

3 スリッパをぬぎます

4 くつしたをぬぎます

男士正對著從國外來的朋友說話。請問進入鋪有榻榻米的房間時該怎麼做呢？

M：進去家裡的時候，請在玄關處把鞋子脫下來。

F：要脫掉鞋子，換上拖鞋對吧？

M：對。啊，到這裡請把拖鞋也脫掉。

F：什麼？連拖鞋也要脫掉嗎？為什麼呢？

M：在鋪有榻榻米的房間裡是不能穿拖鞋的。啊，襪子不用脫沒有關係。

請問進入鋪有榻榻米的房間時該怎麼做呢？

1 要穿鞋子　　　　　　2 要穿拖鞋

3 要將拖鞋脫掉　　　　4 要將襪子脫掉

解答 (3)

解題　關鍵點：

1. 進家門時要脫鞋，換穿拖鞋：「家に入るときは、げんかんでくつをぬいでください。」
2. 進入鋪有榻榻米的房間時，連拖鞋也要脫掉：「ここでは、スリッパもぬいでください。」
3. 襪子可以穿著，不用脫掉：「くつしたはそのままでいいですよ。」

選項解析：

1. くつをはきます（穿鞋）：榻榻米房間裡不能穿鞋。
2. スリッパをはきます（穿拖鞋）：拖鞋也必須脫掉。
3. スリッパをぬぎます（脫拖鞋）：正確答案。進榻榻米房間時必須脫掉拖鞋。
4. くつしたをぬぎます（脫襪子）：男士提到襪子不用脫。

2

女の留学生と、男の先生が話しています。
女の留学生は、なんという言葉の読み方がわかりませんでしたか。

F：先生、この言葉の読み方がわかりません。教えてください。

M：この言葉ですか。「さいふ」ですよ。

F：それは何ですか。

M：お金を入れる入れ物のことですよ。

F：ああ、そうですか。ありがとうございました。

女の留学生は、なんという言葉の読み方がわかりませんでしたか。

1 せんせい

2 さいふ

3 おかね

4 いれもの

女留學生和男老師正在交談。請問這位女留學生不知道什麼詞語的讀法呢？

F：老師，我不知道這個詞該怎麼唸，請教我。

M：這個詞嗎？是「錢包」喔！

F：那是什麼呢？

M：就是指裝錢的東西呀！

F：喔喔，原來是那個呀！謝謝您！

請問這位女留學生不知道什麼詞語的讀法呢？

1 老師

2 錢包

3 錢

4 容器

解答 (2)

解題 關鍵點：

1. 女留學生詢問不會的詞語：「先生、この言葉の読み方がわかりません。」
2. 男老師解釋詞語的讀法：「この言葉ですか。『さいふ』ですよ。」
3. 男老師進一步說明詞語的意義：「お金を入れる入れ物のことですよ。」

選項解析：

1. 老師：這是女留學生直接稱呼老師的詞語，不是她不會讀的詞。
2. 錢包：正確答案。男老師明確指出她不會的詞是「さいふ」。
3. 錢：這是男老師用來解釋「さいふ」時提到的內容，但不是女留學生不會讀的詞。
4. 容器：這是男老師對「さいふ」的補充說明，但不是女留學生詢問的詞語。

3

パーティーで、女の人と男の人が話しています。男の人は、初めに何をしたいですか。

F：冷たい飲み物はいかがですか。

M：今は飲み物はいりません。灰皿を貸してくださいませんか。

F：たばこは外で吸ってください。こちらです。

M：ああ、ありがとう。きれいな庭ですね。たばこを吸ってから、中でおすしをいただきます。

男の人は、初めに何をしたいですか。

1 のみものをのみたいです

2 たばこをすいたいです

3 にわをみたいです

4 おすしをたべたいです

女士和男士正在派對上交談。請問這位男士想先做什麼呢？

F：您要不要喝點什麼冷飲呢？

M：我現在不需要飲料。可以借我一個菸灰缸嗎？

F：請到戶外抽菸，往這裡走。

M：喔喔，謝謝。這院子好漂亮呀！我先抽完菸，再進去裡面享用壽司。

請問這位男士想先做什麼呢？

1 想喝飲料

2 想抽菸

3 想看院子

4 想吃壽司

解答 (2)

解題 關鍵點：

1. 女士詢問男士是否需要飲料：「冷たい飲み物はいかがですか。」
2. 男士表示目前不需要飲料，並提出要求：「今は飲み物はいりません。灰皿を貸してくださいませんか。」
3. 男士說明順序：「たばこを吸ってから、中でおすしをいただきます。」

選項解析：

1. 想喝飲料：男士明確表示「今は飲み物はいりません」。

2. 想抽菸：正確答案。男士請求借灰皿，並提到先抽菸後吃壽司。

3. 想看院子：男士只是稱讚院子漂亮，但不是他當下的首要行動。

4. 想吃壽司：男士提到「中でおすしをいただきます」，但是在抽完菸之後。

4

会社で、男の人と女の人が話しています。会社に来たのは、どの人ですか。

M：増田さんがいないとき、井上さんという人が来ましたよ。

F：男の人でしたか。

M：いいえ、女の人でした。仕事で来たのではなくて、増田さんのお友だちだと言っていましたよ。

F：井上という女の友だちは、二人います。どちらでしょう。眼鏡をかけていましたか。

M：いいえ、眼鏡はかけていませんでした。背が高い人でしたよ。

会社に来たのは、どの人ですか。

男士和女士正在公司裡交談。請問來過公司的是什麼樣的人呢？

M：增田小姐不在的時候，有位姓井上的人來過喔！

F：是先生嗎？

M：不是，是一位小姐。她不是來洽公的，說自己是增田小姐的朋友喔！

F：姓井上的女性朋友，我有兩個，不知道是哪一個呢？有沒有戴眼鏡？

M：不，沒有戴眼鏡。身高很高喔！

請問來過公司的是什麼樣的人呢？

解答（4）

解題　關鍵點：

1. 提到訪客是女性：「いいえ、女の人でした。」

2. 來訪原因：「仕事で来たのではなくて、増田さんのお友だちだと言っていましたよ。」

3. 外觀特徵：「眼鏡はかけていませんでした。背が高い人でしたよ。」

選項解析：

1. 未戴眼鏡的男性：對話明確提到訪客是女性。

2. 戴眼鏡的女性：訪客未戴眼鏡。

3. 未戴眼鏡的男性：訪客是女性。

4. 未戴眼鏡且身高高的女性：正確答案。符合訪客的描述條件。

5

男の人と女の人が話しています。女の人の赤ちゃんは、いつうまれましたか。

M：あなたは3年前に東京に来ましたね。いつ結婚しましたか。

F：今から2年前です。去年の秋に子どもが生まれました。

M：男の子ですか。

F：いいえ、女の子です。

M：3人家族ですね。

F：ええ。でも、今年の春から犬も私たちの家族になりました。

女の人の赤ちゃんは、いつうまれましたか。

1　3ねんまえ　　　　2　2ねんまえ

3　きょねんのあき　　4　ことしのはる

男士和女士正在交談。請問這位女士的寶寶是什麼時候出生的呢？

M：妳是三年前來到東京的吧？什麼時候結婚的呢？

F：兩年前。去年秋天生小孩了。

M：是男孩嗎？

F：不是，是女孩。

M：現在變成一家三口囉！

F：是呀。不過，從今年春天家庭成員又多了一隻小狗。

請問這位女士的寶寶是什麼時候出生的呢？

1　三年前　　　　　　2　兩年前

3　去年秋天　　　　　4　今年春天

解答（3）

解題　關鍵點：
1. 提到「去年の秋に子どもが生まれました」（去年秋天生小孩）。
2. 小孩性別為「女の子」（女孩）。
3. 今年春天家庭多了一隻狗，與小孩出生時間無關。

選項解析：
1. 三年前：三年前女士剛來東京，並未生小孩。
2. 兩年前：兩年前女士結婚，並未提到小孩出生。
3. 去年秋天：正確答案。對話中明確提到「去年の秋に子どもが生まれました」。
4. 今年春天：今年春天是狗加入家庭，與小孩無關。

6

男の人と女の人が話しています。二人はどうして有名なレストランで晩ご飯を食べませんか。

M：あのきれいな店で晩ご飯を食べましょう。

F：あの店は有名なレストランです。お金がたくさんかかりますよ。

M：大丈夫ですよ。お金はたくさん持っています。

F：でも、違うお店に行きましょう。

M：どうしてですか。

F：ネクタイをしめていない人は、あの店に入ることができないのです。

M：そうですか。では、駅の近くの食堂に行きましょう。

二人はどうして有名なレストランで晩ご飯を食べませんか。

1 おいしくないから

2 たかいから

3 おとこのひとがネクタイをしめていないから

4 えきの近くのしょくどうのほうがおいしいから

男士和女士正在交談。他們兩人為什麼不在知名的餐廳吃晚餐呢？

M：我們去那家很漂亮的餐廳吃晚餐吧！

F：那家店是很有名的餐廳，一定要花很多錢吧？

M：別擔心啦，我帶了很多錢來。

F：可是我們還是去別家餐廳吧！

M：為什麼？

F：因為沒繫領帶的客人不能進去那家餐廳吃飯啦。

M：這樣喔。那麼，我們到車站附近的餐館吧！

他們兩人為什麼不在知名的餐廳吃晚餐呢？

1 因為不好吃

2 因為很貴

3 因為男士沒有繫領帶

4 因為車站附近的餐館比較好吃

解答（3）

解題　關鍵點：
1. 男士提議去「きれいな店」用餐，女士表示「あの店は有名なレストラン」（那家店是有名的餐廳）。
2. 男士認為「お金はたくさん持っています」，所以價格並不是問題。
3. 女士解釋原因：「ネクタイをしめていない人は、あの店に入ることができない」，指出男士沒有繫領帶是主要理由。

選項解析：
1. 因為不好吃：對話中沒有提到餐廳的食物味道。
2. 因為很貴：男士明確表示「お金はたくさん持っています」，價格不是問題。
3. 因為男士沒有繫領帶：正確答案。女士指出該餐廳要求繫領帶才能進入。
4. 因為車站附近的餐館比較好吃：兩人選擇車站附近的餐館是因為男士無法進入有名餐廳，並非基於味道的比較。

もんだい3では、えを みながら しつもんを きいて ください。➡ (やじるし) の ひとは、なんと いいますか。1から3の なかから、 いちばん いい ものを ひとつ えらんで ください。

在問題3中，請一邊看圖，一邊仔細聆聽問題。➡（箭頭）指向的人會說什麼呢？請從1到3個選項中，選出最適合的答案。

1

人の話がよくわかりませんでした。何と言いますか。

F：1 もう一度話してください。

　　2 もしもし。

　　3 よくわかりました。

聽不太清楚對方的話。這時該說什麼呢？

F：1 請再說一次。

　　2 喂？

　　3 我完全明白了。

解答(1)

解題 關鍵詞：

關鍵詞「もう一度話してください」是日語中用於請求對方重複剛才話語的語句，意為「請再說一次」。這是在聽不清楚或無法理解時最常用的表達方式。

選項解析：

1. もう一度話してください（請再說一次）：這是請求對方重複剛才話語的語句，直接符合情境，是最適切的回答，因此是正確答案。

2. もしもし（喂？）：這通常用於電話接通後的發語詞，也可用於引起陌生人的注意，但無法清楚表達希望對方重複話語的意思，因此不正確。

3. よくわかりました（我完全明白了）：這是表達完全理解的語句，與聽不清楚的前提矛盾，因此不正確。

2

おいしい料理を食べました。何と言いますか。

M：1 よくできましたね。

　　2 とてもおいしかったです。

　　3 ごちそうしました。

吃了很美味的飯菜。這時該說什麼呢？

M：1 做得真好啊！

　　2 非常好吃！

　　3 吃飽了。

解答(2)

解題 關鍵詞：

關鍵詞「とてもおいしかったです」是日語中用於表達對食物味道感想的語句，意為「非常好吃」。這是用餐後對料理進行讚美的適切表達方式。

選項解析：

1. よくできましたね（做得真好啊）：這是用於讚美烹飪過程或料理製作完成的情況，適用於廚師或料理製作者面前，但不一定是用餐者的直接感想，因此不完全符合情境。

2. とてもおいしかったです（非常好吃）：這是對料理味道的直接讚美，符合題目「吃了美味的飯菜」的描述，因此是正確答案。

3. ごちそうしました（吃飽了）：這是與「ごちそうさまでした」相似但語意不同的表達，並非用於表達對食物味道的感想，且幾乎無法想像會用於一般用餐後的情況，因此不正確。

3 バスに乗ります。バスの会社の人に何と聞きますか。

M：1 このバスですか。
　　2 山下駅はどこですか。
　　3 このバスは、山下駅に行きますか。

準備要搭巴士。這時該向巴士公司的員工問什麼呢？

M：1 是這輛巴士嗎？
　　2 請問山下站在哪裡呢？
　　3 請問這輛巴士會經過山下站嗎？

解答(3)

解題　關鍵詞：
關鍵詞「このバスは、山下駅に行きますか」是日語中用於詢問巴士是否到達特定地點的語句，意為「請問這輛巴士會經過山下站嗎？」這是搭乘巴士前需要確認的關鍵資訊。

選項解析：
1. このバスですか（是這輛巴士嗎）：這句話過於簡略，對方可能無法了解您實際想問的內容，需要補充更多細節才能清楚表達，例如「山下駅行きは、このバスですか」，因此不正確。
2. 山下駅はどこですか（請問山下站在哪裡呢）：這是詢問地點的位置，但並未直接解答是否應搭乘這輛巴士的問題，與搭乘需求無直接關聯，因此不正確。
3. このバスは、山下駅に行きますか（請問這輛巴士會經過山下站嗎）：這是直接詢問巴士是否到達目標地點的語句，清楚地回應了搭乘巴士前確認路線的需求，因此是正確答案。

4 客に肉の焼き方を聞きます。何と言いますか。

M：1 よく焼いたほうがおいしいですか。
　　2 焼き方はどれくらいがいいですか。
　　3 何の肉が好きですか。

顧客詢問烤肉的方式。這時該說什麼呢？

M：1 烤熟一點比較好吃喔！
　　2 請問要烤到幾分熟比較好呢？
　　3 請問您喜歡哪種肉呢？

解答(2)

解題　關鍵詞：
關鍵詞「焼き方」是日語中表示烤肉熟度的方法，意為「烤肉的方式」或「烤肉的熟度」。在詢問顧客喜好時，應直接表達對熟度的關心。

選項解析：
1. よく焼いたほうがおいしいですか（烤熟一點比較好吃喔！）：這是向顧客提供建議的語句，但不適合作為詢問顧客偏好的表達，因此不正確。
2. 焼き方はどれくらいがいいですか（請問要烤到幾分熟比較好呢？）：這是直接詢問顧客對熟度偏好的語句，符合情境，且能讓顧客清楚表達需求，因此是正確答案。
3. 何の肉が好きですか（請問您喜歡哪種肉呢？）：這是詢問顧客對肉類種類的偏好，但與題目中的「烤肉的方式」無關，因此不正確。

5

部屋にいる人たちがうるさいです。何と言いますか。

M：1 少し、静かにしてください。
　　2 少し、うるさくしてくださいませんか。
　　3 少してつだってください。

現在在房間裡的人們非常吵。這時該說什麼呢？

M：1 請稍微安靜一點。
　　2 能不能請你們稍微吵一點呢？
　　3 請幫我一下。

解答(1)

解題　關鍵詞：
關鍵詞「静かにしてください」是日語中用於請求對方安靜的禮貌表達，意為「請稍微安靜一點」。這是面對吵鬧環境時最適合使用的語句。
選項解析：
1. 少し、静かにしてください（請稍微安靜一點）：這是標準的請求語句，直接表達了希望對方降低音量的意圖，符合情境，因此是正確答案。
2. 少し、うるさくしてくださいませんか（能不能請你們稍微吵一點呢？）：這是語義矛盾的語句，「うるさい」不僅指音量大，還帶有嫌惡語氣，這樣的請求不符合常理，因此不正確。
3. 少し手伝ってください（請幫我一下）：這是請求幫忙的語句，與吵鬧或安靜的情境無關，因此不正確。

問題四 翻譯與解題

もんだい4は、えなどが ありません。ぶんを きいて、1から3の なかから、いちばん いい ものを ひとつ えらんで ください。
在問題4中，沒有圖片等輔助資料。請仔細聆聽句子，然後從1到3個選項中，選出最適合的答案。

1

F：あなたは今いくつですか。
M：1 5人家族です。
　　2 22歳です。
　　3 日本に来て8年です。

F：你現在幾歲呢？
M：1 全家共有五個人。
　　2 二十二歲。
　　3 來日本八年了。

解答(2)

解題　關鍵詞：
關鍵詞「今いくつですか」是日語中用於詢問對方年齡的語句，意為「你現在幾歲呢？」回答應直接對年齡進行說明。
選項解析：
1. 5人家族です（全家共有五個人）：這是回答家庭成員人數的語句，適用於回答「何人家族ですか」類似問題，與年齡無關，因此不正確。
2. 22歳です（二十二歲）：這是直接回答年齡的語句，清楚回應了問題的提問，符合情境，因此是正確答案。
3. 日本に来て8年です（來日本八年了）：這是回答在日本居住時間的語句，適用於回答「日本に何年住んでいますか」類似問題，與年齡無關，因此不正確。

2

M：どこで写真をとったのですか。

F：1 このレストランでとりたいです。

　　2 あのレストランです。

　　3 いいえ、とりません。

M：請問這是在哪裡拍的照片呢？

F：1 我想在這家餐廳拍照。

　　2 在那家餐廳。

　　3 不，我沒拍。

解答（2）

解題　關鍵詞：

關鍵詞「どこで写真をとったのですか」是日語中用於詢問照片拍攝地點的語句，意為「請問這是在哪裡拍的照片呢？」回答應明確説明地點。

選項解析：

1. このレストランでとりたいです（我想在這家餐廳拍照）：這是表達尚未拍照但希望拍照的語句，與問題中已拍攝完成的情境不符，因此不正確。

2. あのレストランです（在那家餐廳）：這是直接回答拍攝地點的語句，清楚回應了「どこで」的提問，符合情境，因此是正確答案。

3. いいえ、とりません（不，我沒拍）：這是否定拍照的語句，與問題中已經拍攝完成的情境矛盾，且特殊疑問句不能用「はい／いいえ」回答，因此不正確。

3

M：どの人が鈴木さんですか。

F：1 私の友だちです。

　　2 あの、青いシャツを着ている人です。

　　3 1年前に日本に来ました。

M：請問哪一位是鈴木先生呢？

F：1 是我的朋友。

　　2 那位穿著藍襯衫的人。

　　3 在一年前來到了日本。

解答（2）

解題　關鍵詞：

關鍵詞「どの人が鈴木さんですか」是日語中用於詢問特定人員的語句，意為「請問哪一位是鈴木先生呢？」回答應明確指出特徵或位置，以便對方識別。

選項解析：

1. 私の友だちです（是我的朋友）：這是介紹身份的語句，但未提供具體特徵或指引，無法回應「どの人」的提問，因此不正確。

2. あの、青いシャツを着ている人です（那位穿著藍襯衫的人）：這是直接描述對方特徵的語句，清楚地回應了問題的提問，符合情境，因此是正確答案。

3. 1年前に日本に来ました（在一年前來到了日本）：這是描述背景的語句

4

M：いちばん好きな色は何ですか。

F：1 黄色です。

　　2 青いのです。

　　3 赤い花です。

M：你最喜歡什麼顏色呢？

F：1 黃色。

　　2 是綠色的。

　　3 紅色的花。

解答（1）

解題　關鍵詞：

關鍵詞「いちばん好きな色は何ですか」是日語中用於詢問對方最喜歡顏色的語句，意為「你最喜歡什麼顏色呢？」回答應直接對顏色做出回應。

選項解析：

1. 黄色です（黃色）：這是直接回答顏色的語句，清楚地回應了問題的提問，符合情境，因此是正確答案。

2. 青いのです（是綠色的）：這句話中的「の」是代指某物的代稱，用於特定情境下的指代，與顏色的直接提問不完全匹配，因此不正確。

3. 赤い花です（紅色的花）：這是描述某物的語句，但問題詢問的是「顏色」，而非物品，答非所問，因此不正確。

5

F：もう晩ご飯を食べましたか。

M：1 いいえ、まだです。

2 はい、まだです。

3 いいえ、食べました。

F：晚飯已經吃過了嗎？

M：1 不，還沒。

2 是的，還沒。

3 不，已經吃完了。

解答 (1)

解題 關鍵詞：

關鍵詞「もう晩ご飯を食べましたか」是日語中用於詢問某事是否已經完成的語句，意為「晚飯已經吃過了嗎？」回答應明確說明是否完成該行為。

選項解析：

1. いいえ、まだです (不，還沒)：這是直接回答尚未完成行為的語句，與問題的提問「晩ご飯を食べる」是否完成相符，因此是正確答案。

2. はい、まだです (是的，還沒)：這句話邏輯上不通，因為「はい」表示肯定，但後續的「まだです」表示否定，與問題提問不匹配，因此不正確。

3. いいえ、食べました (不，已經吃完了)：這是對否定疑問句的典型回答

6

M：ご主人は何で会社に行きますか。

F：1 1 時間です。

2 電車です。

3 毎日です。

F：請問您先生是搭什麼交通工具去公司的呢！

M：1 一個小時。

2 搭電車。

3 每天。

解答 (2)

解題 關鍵詞：

關鍵詞「何で会社に行きますか」是日語中用於詢問交通工具或方式的語句，意為「請問是搭什麼交通工具去公司的呢？」回答應直接説明交通方式。

選項解析：

1. 1 時間です (一個小時)：這是回答所需時間的語句，與問題中詢問的「方式」無關，因此不正確。

2. 電車です (搭電車)：這是直接回答交通方式的語句，清楚地回應了問題的提問，符合情境，因此是正確答案。

3. 毎日です (每天)：這是回答頻率的語句，與問題中詢問的交通方式無關，因此不正確。

絕對合格 學霸攻略！ 新日檢 N5

寶藏題庫 6回

題目全翻譯+通關解題

【讀解、聽力、言語知識〈文字、語彙、文法〉】 （16K+6回 QR Code線上音檔）

QR 全攻略 23

發行人	林德勝
著者	山田社日檢題庫小組, 吉松由美, 田中陽子, 西村惠子 ,林勝田
出版發行	山田社文化事業有限公司 地址　臺北市大安區安和路一段112巷17號7樓 電話　02-2755-7622　02-2755-7628 傳真　02-2700-1887
郵政劃撥	19867160號　大原文化事業有限公司
日語學習網	https://www.stsdaybooks.com/
總經銷	聯合發行股份有限公司 地址　新北市新店區寶橋路235巷6弄6號2樓 電話　02-2917-8022 傳真　02-2915-6275
印刷	上鎰數位科技印刷有限公司
法律顧問	林長振法律事務所　林長振律師
定價+QR Code	新台幣529元
初版	2025年 3 月

日語學習網站

ISBN :978-986-246-880-7
© 2025, Shan Tian She Culture Co. , Ltd.